E. Annie Proulx
Schiffsmeldungen

E. ANNIE PROULX

Schiffsmeldungen

Roman

Aus dem Amerikanischen
von Michael Hofmann

List Verlag
München · Leipzig

Die Originalausgabe »The shipping news«
erschien 1993
bei Charles Scribner's Sons, New York

Die Zitate aus dem
Ashley-Buch der Knoten wurden
mit freundlicher Genehmigung
der Edition Maritim, Hamburg, abgedruckt

2. Auflage 1995

ISBN 3-471-78430-6

Satz: Compusatz GmbH, München
Druck und Bindung: Mohndruck, Gütersloh
Gedruckt auf chlor- und säurefreiem Papier

Für John, Gillis und Morgan

»Bei einem Knoten mit acht Überkreuzungen, das ist ein Knoten durchschnittlicher Größe, sind 256 verschiedene ›Über- und Unterhand‹-Anordnungen möglich... Macht man nur eine einzige dieser Über- und Unter-Folgen falsch, so entsteht entweder ein anderer oder überhaupt kein Knoten.«

Das Ashley-Buch der Knoten

1
Quoyle

Quoyle: Taurolle

»Eine Flämische Scheibe ist eine spiralige Rolle in einer einzigen Ebene. Sie wird in dieser Art auf Deck gemacht, so daß man, wenn nötig, drüber gehen kann.«

DAS ASHLEY-BUCH DER KNOTEN

Im folgenden ein Bericht über einige Jahre im Leben von Quoyle, geboren in Brooklyn und aufgewachsen in einem Sammelsurium öder Städte im Norden des Staates New York.

Übersät mit Quaddeln, die Eingeweide in Aufruhr vor Gasen und Krämpfen, überlebte er die Kindheit; an der Universität überspielte er, die Hand vorm Kinn, Qualen mit Lächeln und Schweigen. Stolperte durch seine Zwanziger in die Dreißiger, lernte seine Gefühle von seinem Leben zu trennen, rechnete auf nichts. Er aß ungeheuer viel, mochte Eisbein, Butterkartoffeln.

Seine Tätigkeiten: Auffüller von Süßigkeitenautomaten, Nachtverkäufer in einem rund um die Uhr geöffneten Laden, drittklassiger Reporter. Mit sechsunddreißig, verwitwet, voll Kummer und glückloser Liebe, steuerte Quoyle davon nach Neufundland, zu dem Felsen, der seine Vorfahren gezeugt hatte, an einen Ort, wo er nie gewesen war noch jemals hatte sein wollen.

Ein Ort am Wasser. Quoyle hatte Angst vor Wasser, konnte nicht schwimmen. Immer wieder hatte sein Vater seinen Klammergriff gelöst und ihn in Becken, Bäche, Seen und Gischt geworfen. Quoyle kannte den Geschmack von Brackwasser und Wasserpest.

In der Unfähigkeit seines jüngsten Sohnes, schwimmen zu lernen, sah der Vater anderweitige Unfähigkeiten sich ausbreiten wie eine Explosion ansteckender Zellen – Unfähigkeit, deutlich zu sprechen, Unfähigkeit, gerade zu sitzen, Unfähigkeit, morgens aufzustehen, Unfähigkeit, sich durchzusetzen, Unfähigkeit, Ehrgeiz und Talent zu entwickeln, ja zu allem. Seine eigene Unfähigkeit.

Quoyle schlurfte, war einen Kopf größer als die Kinder um ihn herum, war weich. Er wußte es. »Ach, du Trampel«, sagte der Vater. Aber selber kein Pygmäe. Und Bruder Dick, Vaters Liebling, tat, als würde er sich erbrechen, wenn Quoyle ins Zimmer kam, zischte: »Speckarsch, Rotzgesicht, Ekelschwein, Warzensau, Blödian, Stinkbombe, Furztrog, Fettsack«, boxte und trat ihn, bis Quoyle sich, Hände über dem Kopf, schniefend, auf dem Linoleum krümmte. Alles kam von Quoyles schlimmster Unfähigkeit, der Unfähigkeit, normal auszusehen.

Ein großer feuchter Laib von Leib. Mit sechs wog er siebzig Pfund. Mit sechzehn war er unter einem Gehäuse aus Fleisch begraben. Der Kopf wie eine Melone, kein Hals, rötliche, nach hinten gewellte Haare. Gesichtszüge so verkniffen wie sich berührende Fingerspitzen einer Hand. Augen wie Plexiglas. Das monströse Kinn, ein grotesker Vorsprung, der aus der unteren Gesichtshälfte ragte.

Im Augenblick seiner Zeugung hatte irgendein anomales Gen gezündet, wie manchmal ein einzelner Funke aus mit Asche belegten Kohlen sprüht, hatte ihm das Kinn eines Riesen mitgegeben. Als Kind erfand er Strategien, um starrende Blicke abzulenken; ein Lächeln, gesenkter Blick, die rechte Hand schoß nach oben, um das Kinn zuzudecken.

Sein frühester Eindruck von sich selbst war eine ferne Gestalt: Dort im Vordergrund stand seine Familie; hier an der äußersten Sichtgrenze stand er. Bis vierzehn hegte er die

Vorstellung, daß er in der falschen Familie gelandet war, daß sich irgendwo seine echten Verwandten, mit dem Wechselbalg der Quoyles geschlagen, nach ihm sehnten. Dann, als er in einer Schachtel mit Schnappschüssen von einem Ausflug wühlte, fand er Fotos von seinem Vater neben seinen Geschwistern an einer Reling. Ein Mädchen, etwas abseits von den anderen, schaute aufs Meer hinaus, die Augen zusammengekniffen, als könnte sie tausend Meilen im Süden den Bestimmungshafen sehen. Quoyle erkannte sich in Haaren, Armen und Beinen aller wieder. Dieser verschlagen aussehende Klotz im eingelaufenen Pullover, die Hand am Schritt – sein Vater. Mit blauem Stift auf die Rückseite gekritzelt: »Abschied von Zuhausc, 1946«.

Auf der Universität besuchte er Seminare, die er nicht begriff, schleppte sich hin und wieder fort, ohne mit jemandem zu reden, fuhr am Wochenende zu Spott und Kritik nach Hause. Schließlich ging er von der Universität ab und suchte sich Arbeit, behielt die Hand über dem Kinn.

Nichts war dem einsamen Quoyle klar. Seine Gedanken stampften wie das unförmige Ding, das die alten Seeleute, wenn sie ins Halblicht der Arktis trieben, Seelunge nannten; wogendes Treibeis unter Nebel, wo Luft und Wasser verschwammen, wo Flüssiges fest war, wo Festes sich auflöste, wo der Himmel gefror und Licht und Dunkel ineinanderquollen.

Ins Zeitungsgewerbe verschlug es ihn, als er gemütlich bei einem fettigen Würstchen und einem Stück Brot saß. Das Brot war gut, ohne Hefe hergestellt, nur aus Sauerteig gegangen und in Partridges im Freien stehenden Ofen gebacken. Partridges Hof roch nach verbranntem Maismehl, gemähtem Gras, Brotdampf.

Das Würstchen, das Brot, der Wein, Partridges Gequassel. Deswegen verpaßte er die Gelegenheit, eine Stelle zu bekommen, die seinen Mund vielleicht an die stramme Brust der Bürokratie gelegt hätte. Sein Vater, der sich aus eigener Kraft zum Gipfel des Einkaufsleiters einer Supermarktkette hochgestrampelt hatte, hielt ihm eine mit seiner eigenen Geschichte bebilderte Predigt: »Als ich hier ankam, hab' ich Schubkarren voll Sand für den Maurer rumfahren müssen.« Und so weiter. Der Vater bewunderte die Geheimnisse der Geschäftswelt – Männer, die Papiere unterschrieben, welche sie mit ihrem linken Arm abschirmten, Konferenzen hinter undurchsichtigem Glas, verschlossene Aktenkoffer.

Aber Partridge, Öl sabbernd, meinte: »Ach, scheiß drauf.« Schnitt dunkelrote Tomaten auf. Wechselte das Thema zu Schilderungen von Orten, an denen er gewesen war: Strabane, South Amboy, Clark Fork. In Clark Fork hatte er mit einem Mann mit verkrümmter Nasenscheidewand Pool gespielt. Der trug Känguruhlederhandschuhe. Quoyle auf dem Gartenstuhl hörte zu, deckte sein Kinn mit der Hand zu. Auf seinem Anzug für das Vorstellungsgespräch war Olivenöl, auf seiner karierten Krawatte ein Tomatenkern.

Quoyle und Partridge lernten sich in einem Waschsalon in Mockingburg, New York, kennen. Quoyle war über seine Zeitung gebeugt und umkringelte Stellenanzeigen unter »Aushilfe gesucht«, während sich seine Hemden in Übergröße drehten. Partridge bemerkte, der Stellenmarkt sei dicht. Ja, meinte Quoyle, das sei er. Partridge gab eine Meinung über die Dürre von sich, Quoyle nickte. Partridge brachte das Gespräch auf die Schließung der Sauerkrautfabrik. Quoyle zerrte seine Hemden aus dem Trockner; mit einem Regen aus heißen Münzen und Kugelschreibern fielen sie zu Boden. Die Hemden waren voller Tintenflecken.

»Im Eimer«, sagte Quoyle.

»Nöö«, meinte Partridge. »Reiben Sie die Tinte mit heißer Salzlösung und Talkumpuder ein. Dann waschen Sie die Hemden noch mal, schütten einen Becher Bleichmittel dazu.«

Quoyle sagte, er wolle es versuchen. Seine Stimme zitterte. Partridge war erstaunt, die farblosen Augen des schwergewichtigen Mannes groß vor Tränen zu sehen. Denn Quoyle war unfähig zum Einsamsein, sehnte sich nach Geselligkeit, nach der Erfahrung, daß seine Gesellschaft für andere ein Vergnügen war.

Die Trockner ächzten.

»Hey, kommen Sie doch abends mal vorbei«, sagte Partridge und schrieb seine Adresse und Telefonnummer schräg auf die Rückseite eines verknitterten Kassenzettels. Auch er hatte nicht viele Freunde.

Am nächsten Abend war Quoyle da, Papiertüten unter dem Arm. Die Fassade von Partridges Haus, die leere Straße lagen in bernsteinfarbenes Licht getaucht. Eine goldene Stunde. In den Tüten eine Packung importierter schwedischer Cracker, Rot-, Rosé- und Weißwein, in Folie verpackte Dreiecke ausländischer Käsesorten. Auf der anderen Seite von Partridges Tür irgendeine heiße, hüpfende Musik, die Quoyle erregte.

Sie waren eine Zeitlang Freunde – Quoyle, Partridge und Mercalia. Die Unterschiede: Partridge schwarz, klein, ein ruheloser Wanderer über dem Abhang des Lebens, redete die ganze Nacht; Mercalia, Partridges zweite Frau und von der Farbe einer braunen Feder auf dunklem Wasser, scharfer Verstand; Quoyle beleibt, weiß, stolperte herum, ziellos.

Partridge blickte über die Gegenwart hinaus, hatte flüchtige Eingebungen über zukünftige Ereignisse, als würden lose Gehirndrähte kurzgeschlossen. Er war mit einer Glückshaube auf die Welt gekommen; sah mit drei einen Kugelblitz eine Feuerleiter hinunterhüpfen; träumte in der Nacht, bevor sein Bruder von Hornissen gestochen wurde, von Gurken. Er war sich seines Glücks gewiß. Er konnte perfekte Rauchringe blasen. Die Seidenschwänze machten auf ihren Zügen immer in seinem Hof Rast.

Als Partridge jetzt in seinem Hinterhof sah, daß Quoyle in einem Herrenanzug steckte wie ein Hund auf einem Witzfoto, fiel ihm etwas ein.

»Ed Punch, der Chefredakteur von der Zeitung, wo ich arbeite, sucht einen billigen Reporter. Der Sommer ist vorbei, und seine Uniratten verziehen sich wieder in ihre Löcher. Die Zeitung ist Schrott, aber vielleicht machst du's ein paar Monate, schaust dich nach was Besserem um. Was soll's, vielleicht gefällt's dir ja als Reporter.«

Quoyle nickte, die Hand überm Kinn. Wenn Partridge ihm vorgeschlagen hätte, von einer Brücke zu springen, hätte er sich zumindest über das Geländer gebeugt. Freundes Rat.

»Mercalia! Ich hab' dir den Kanten aufgehoben, schönes Kind. Ist der beste Teil. Komm raus zu uns.«

Mercalia steckte die Kappe auf ihren Füller. Müde der Wunderkinder, die sich die Nägel abbissen, um Wohnzimmerstühle kreisten und unmögliche Summen hervorsprudelten, während unter ihren stampfenden Füßen von den Orientteppichen Staub aufwirbelte.

Ed Punch redete mitten aus seinem Mund heraus. Beim Reden schätzte er Quoyle ab, bemerkte das billige Tweedsakko, so groß wie eine Pferdedecke, die Fingernägel, die aussahen wie regelmäßig an einen Schleifstein gehalten. Er witterte in Quoyle Unterwerfung, erriet, daß er Butter mit guter Streichfähigkeit war.

Quoyles Augen schweiften an die Wand zu einem Stich voller Wasserflecken. Er sah ein grobporiges Gesicht, Augen wie Glaseier, ein Haarbüschel, das aus dem Kragen ragte und über dessen gestärkten Rand quoll. War das in dem abgesplitterten Rahmen Punchs Großvater? Er machte sich Gedanken über Vorfahren.

»Das ist eine Familienzeitung. Wir bringen fröhliche Geschichten mit Schwerpunkt auf dem Gemeindeleben.«

Der *Mockinburg Record* war auf anbiedernde Anekdoten ortsansässiger Geschäftsleute, Profile volkstümlicher Originale spezialisiert; dieser dünne Stoff wurde mit Rätseln und Preisausschreiben, Meldungen, die gleichzeitig in anderen Zeitungen erschienen, Features und Cartoons unterfüttert. Auch einen Psycho-Test gab es: »Sind Sie Frühstücksalkoholiker?«

Punch seufzte, tat so, als träfe er eine gewichtige Entscheidung. »Ich stecke Sie zur Lokalpolitik, als Hilfe für Al Catalog. Er wird Sie einweisen. Von ihm kriegen Sie Ihre Aufträge.«

Das Gehalt war erbärmlich, aber das wußte Quoyle nicht.

Al Catalog, ein Gesicht wie ein Kaninchen mit Stoppeln, feuchte Lippen, fuhr mit dem Fingernagelrücken die Auftragsliste entlang. Sein Blick rutschte von Quoyles Kinn ab wie ein Hammer von einem Nagel.

»Okay, die Planungsausschußsitzung is' 'n guter Anfang für Sie. In der Grundschule unten. Machen Sie das doch heut abend. Setzen Sie sich hinten auf ein Stühlchen. Schreiben Sie alles auf, was Sie hören, tippen's ab. Maximal fuffzich Zeilen. Nehmen Sie 'n Recorder mit, wenn Sie wollen. Zeigen Sie mir die Sache morgen früh. Daß ich sie seh', bevor Sie sie dem schwarzen Hund zum Korrigieren geben.« Der schwarze Hund war Partridge.

Quoyle hinten in der Sitzung, auf seinem Block mitschreibend. Ging nach Hause, tippte und tippte die ganze Nacht am Küchentisch. Am Morgen, Ringe um die Augen, vom Kaffee aufgeputscht, ging er ins Redaktionsbüro. Wartete auf Al Catalog.

Ed Punch, der immer als erster kam, glitt in sein Büro wie ein Aal in eine Felsspalte. Die Morgenparade begann. Der Feature-Mensch, eine Tüte Kokosnußkrapfen in der Hand; die große Chinesin mit dem gelackten Haar; der ältliche Vertriebsmensch mit Armen wie Trossen; die zwei Frauen vom Layout; der Bildredakteur mit dem Hemd von gestern voller Flecken unter den Achseln. Quoyle hinter seinem Schreibtisch, an seinem Kinn zupfend, den Kopf gesenkt, tat so, als korrigierte er seinen Artikel. Er war elf Seiten lang.

Um zehn Uhr Partridge. Rote Hosenträger und ein Leinenhemd. Er nickte und tätschelte sich durch das Redaktionsbüro, steckte den Kopf in Punchs Loch, zwinkerte Quoyle zu, zwängte sich auf den Korrektorenplatz vor dem Computer.

Partridge wußte tausend Dinge: daß nasse Taue ein größeres Gewicht aushielten, warum ein hartgekochtes Ei besser kreiselte als ein rohes. Mit halb geschlossenen Augen, den Kopf in leichter Trance zurückgelegt, konnte er Baseballtabellen zitieren, wie die Alten *Die Ilias* herunterspulten. Er formte geistlose Prosa um, kratzte den Schimmel von Jimmy-Breslin-Imitationen. »Wo sind die Reporter von früher?«

schimpfte er. »Die nagelkauenden, galligen, alkoholisierten Nachteulen, die wirklich gewußt haben, wie man schreibt?«

Quoyle brachte ihm seinen Text. »Al ist noch nicht da«, sagte er und schichtete die Seiten auf den Tisch, »da hab' ich gedacht, ich geb's dir.«

Sein Freund lächelte nicht. War bei der Arbeit. Las ein paar Sekunden lang, hob das Gesicht ins Neonlicht. »Wenn Edna da wäre, würde sie das zerfetzen. Wenn Al es zu sehen kriegen würde, würde er Punch raten, dich rauszuschmeißen. Das mußt du umschreiben. Hier, setz dich hin. Ich zeig' dir, was nicht stimmt. Es heißt, Reporter kann jeder werden. Du bist der Testfall.«

Das hatte Quoyle erwartet.

»Deine Aufhänger«, sagte Partridge. »O Gott!« In einem hohen Singsang las er sie laut vor.

> Gestern abend stimmte die Planungskommission von Pine Eye mit großer Mehrheit dafür, frühere Empfehlungen für Zusätze zum städtischen Bebauungsplan zu überarbeiten, die die Grundstücksmindestgröße für Wohnbauten in allen Gebieten außer der Innenstadt auf drei Hektar erhöhen würden.

»Das ist ja, als würde man Beton lesen. Zu lang. Viel, viel, viel zu lang. Wirr. Keine Bürgernähe. Keine Zitate. Fad.« Sein Bleistift wütete zwischen Quoyles Sätzen, schüttelte sie durch, stellte sie um. »Kurze Wörter. Kurze Sätze. Aufbrechen. Schau hier, und dort. Hier unten hast du's. Das ist 'ne Meldung. Rauf damit.«

Er schob die Wörter herum. Quoyle rückte näher an ihn heran, glotzte, zappelte herum, begriff nichts.

»Okay, versuch's damit.«

> Janice Foxley, Mitglied der Planungskommission von Pine Eye, erklärte Dienstag abend in einer aufgebrachten Sitzung ihren Rücktritt: »Ich setze mich nicht hierher und sehe zu, wie die Armen in der Stadt für dumm verkauft werden«, meinte sie.

Kurz vor ihrem Rücktritt hatte die Kommission mit einem Ergebnis von neun zu eins eine neue Bebauungsvorschrift gebilligt. Diese setzt die Grundstückmindestgröße auf drei Hektar fest.

»Nicht besonders packend, kein Stil und immer noch zu lang«, sagte Partridge, »aber die Richtung stimmt. Kapierst du's? Steigst du dahinter, was 'ne Meldung ist? Was du als Aufhänger brauchst? Hier, schau, was sich machen läßt. Gib dem Ganzen ein bißchen Schwung.«

Partridges Feuer brachte ihn nie auf Touren. Nach einem halben Jahr redaktioneller Eingriffe hatte Quoyle noch immer kein Gespür für Nachrichten, keine Hand für Details. Vor mehr als seinen zwölf oder fünfzehn Verben hatte er Angst. Hatte einen fatalen Hang zu umständlichen Passivkonstruktionen. »Gouverneur Murchie wurde ein Blumenstrauß von der Erstkläßlerin Kimberley Plud überreicht«, schrieb er, und Edna, die bärbeißige Korrektorin, stand auf und bellte Quoyle an: »Sie gehirnamputierter Schwachkopf. Wie zum Teufel kann man so einen Schwanz schreiben?« Quoyle war nur wieder einer von den halben Analphabeten, die heutzutage als Journalisten arbeiteten. An die Wand mit ihnen!

Quoyle saß in Versammlungen und kritzelte auf Blöcke. Es hatte den Anschein, als würde er irgendwo dazugehören. Ednas Gebrüll, Partridges Gestichel taten ihm nicht weh. Er war unter dem unbändigen Bruder aufgewachsen, der gnadenlosen Kritik des Vaters. Vom Anblick seines gedruckten Namenszugs erregt. Die unregelmäßigen Arbeitszeiten gaukelten ihm vor, er sei Herr über seine Zeit. War er nach Mitternacht von einer Debatte über die Ausformulierung einer nebensächlichen städtischen Verordnung zum Recycling von Flaschen wieder zu Hause, hatte er das Gefühl, ein Rädchen im Gefüge der Macht zu sein. Sah die Gemeinplätze des Lebens als Zeitungsschlagzeilen. MANN GEHT GEMESSENEN SCHRITTES ÜBER PARKPLATZ. FRAUEN REDEN ÜBER WETTER. TELEFON KLINGELT IN LEEREM ZIMMER.

Partridge mühte sich ab, ihn weiterzubringen. »Auch was nicht passiert, ist eine Nachricht, Quoyle.«

»Ich verstehe.« Tat nur so. Die Hände in den Taschen.

»Die Geschichte über den öffentlichen Nahverkehr im Bezirk? Vor 'nem Monat waren sie so weit, in vier Städten mit dem Busnetz loszulegen, wenn Bugle Hollow mitgemacht hätte. Du schreibst da, daß vergangene Nacht eine Versammlung war, und ganz am Ende erwähnst du so nebenbei, daß Bugle Hollow nicht mitzieht. Hast du eine Ahnung, wie viele alte Leute, Autolose, Leute, die sich kein Auto oder Zweitauto leisten können, Pendler darauf warten, daß dieser verfluchte Bus beikommt? Und jetzt passiert nichts. Nachrichten, Quoyle, Nachrichten. Du könntest ein bißchen Massel gut gebrauchen.« Eine Minute später fügte er in einem anderen Ton hinzu, daß er Freitag abend griechisch marinierten Fisch mit roten Paprika am Spieß machen würde und ob Quoyle kommen wolle.

Er wollte, überlegte aber, was eigentlich Massel war.

Gegen Ende des Frühjahrs rief Ed Punch Quoyle zu sich ins Büro, sagte ihm, er sei gefeuert. Aus seinem kaputten Gesicht heraus schaute er an Quoyles Ohr vorbei. »Es ist mehr eine Art Arbeitspause. Wenn es später hier wieder besser läuft ...«

Quoyle fand eine Teilzeitstelle als Taxifahrer.

Partridge wußte, warum. Überredete Quoyle, eine riesige Schürze anzuziehen, gab ihm einen Löffel und ein Senfglas. »Seine Kinder sind von der Uni da. Die haben deinen Job gekriegt. Kein Grund zum Weinen. Ja, genau so, streich den Senf übers Fleisch. Laß ihn einziehen.«

Im August sagte Partridge, als er gerade Dill für ein russisches Rindsgeschnetzeltes mit Essiggurken schnitt: »Punch will dich wiederhaben. Wenn's dich interessiert, sollst du am Montag morgen kommen.«

Punch zierte sich. Machte viel Aufhebens, als täte er Quoyle mit seiner Wiedereinstellung einen besonderen Gefallen. Vorübergehend.

In Wahrheit war Punch aufgefallen, daß Quoyle zwar selbst wenig redete, andere aber zum Reden anregte. Sein einziger Trumpf im Lebensspiel. Seine aufmerksame Haltung, sein schmeichelhaftes Nicken lösten Sturzbäche von Meinungen,

Erinnerungen, Reminiszenzen, Theorien, Einschätzungen, Darlegungen, Resümees und Erklärungen aus, preßten aus Fremden die Geschichte ihres Lebens heraus.

Und so ging es weiter. Gefeuert, Job in einer Autowaschanlage, wiedereingestellt.

Gefeuert, Taxifahrer, wiedereingestellt.

Hin und her fuhr er, landauf und landab, hörte sich das Gerangel von Abwasserkomitees und Straßenbaukommissionen an, meißelte aus Etats zur Brückenausbesserung Geschichten heraus. Die kleinen Entscheidungen örtlicher Behörden kamen ihm wie das verborgene Wirken des Lebens vor. In einem Beruf, der seine Adepten in der Niedertracht der menschlichen Natur unterwies, der das korrodierte Metall der Zivilisation bloßlegte, zimmerte Quoyle sich seine persönliche Illusion von geordnetem Fortschritt. In einer Atmosphäre von Vereinzelung und schwelender Eifersucht träumte er von vernunftbestimmten Kompromissen.

Quoyle und Partridge aßen Forelle blau und Knoblauchgarnelen. Mercalia war nicht da. Quoyle schleuderte den Fenchelsalat. Bückte sich gerade, um eine hinuntergefallene Garnele aufzuheben, als Partridge mit dem Messer gegen die Weinflasche hämmerte.

»Bekanntmachung. Betreffend Mercalia und mich.«

Quoyle grinste. Erwartete zu erfahren, daß sie ein Kind bekäme. Setzte sich bereits als Patenonkel ein.

»Wir ziehen nach Kalifornien. Reisen am Freitag ab.«

»Was?« sagte Quoyle.

»Der Grund: die Rohstoffe«, sagte Partridge. »Wein, reife Tomaten, Avocados.« Er goß sich Fumé blanc ein und erzählte Quoyle, der eigentliche Grund sei Liebe, nicht Gemüse. »Alles, was zählt, passiert aus Liebe, Quoyle. Sie ist der Motor des Lebens.«

Mercalia habe ihre Doktorarbeit hingeschmissen, sagte er, würde jetzt auf Arbeiterin machen. Reisen, Cowboystiefel, Geld, das Zischen der Luftdruckbremsen, vier Lautsprecher in der Kabine und das Uptown String Quartet aus dem Kassettendeck. In der Fernfahrerschule eingeschrieben. Summa cum laude abgeschlossen. Der Overland Express in Sausalito habe sie eingestellt.

»Sie ist die erste schwarze Truckfahrerin Amerikas«, sagte Partridge und blinzelte unter Tränen. »Wir haben schon eine Wohnung. Die dritte, die sie sich angeschaut hat.« Die habe, sagte er, eine Küche mit Fenstertüren, himmlischen Bambus als Schattenspender im Hof. Einen Kräutergarten, so groß wie ein Gebetsteppich. Wo er sich hinknien würde.

»Sie hat die Strecke nach New Orleans. Und ich geh' mit. Mach' ihr Sandwiches mit geräucherter Ente, kalte Hühnerbrüstchen mit Estragon, für unterwegs, damit sie nicht in Raststätten geht. Ich will Mercalia nicht in den Fernfahrerkneipen haben. Werd' Estragon ziehen. Irgend'nen Job find' ich schon. Korrektoren gibt's nie genug. Krieg' überall 'nen Job.«

Quoyle versuchte, ihm zu gratulieren, schüttelte Partridge schließlich unentwegt die Hand, konnte nicht mehr loslassen.

»Hör mal, besuch uns doch«, sagte Partridge. »Wir bleiben in Verbindung.« Und noch immer schüttelten sie einander die Hand, pumpten Luft, als holten sie Wasser aus einem tiefen Brunnen.

Quoyle steckte in dem heruntergekommenen Mockinburg fest. Ein Ort, der zum drittenmal starb. Innerhalb von zweihundert Jahren wurden aus Wäldern und Waldvölkern Bauernhöfe, eine Arbeiterstadt mit Werkzeugmaschinen- und Reifenfabriken. Eine lange Rezession entvölkerte die Innenstadt, machte die Einkaufszentren kaputt. Fabriken zum Verkauf. Elendsstraßen, Jugendliche mit Schießeisen in der Tasche, litaneiartiges politisches Wortgeklapper, fransig geredete Münder und zerschlagene Ideen. Wer wußte schon, wo die Leute hingingen? Vermutlich nach Kalifornien.

Quoyle kaufte Lebensmittel im A&B-Lebensmittelladen, tankte an der D&G-Tankstelle, brachte das Auto in die R&R-Werkstatt, wenn es Öl oder einen neuen Keilriemen brauchte. Er schrieb seine Artikel, wohnte in seinem gemieteten Wohnwagen, sah fern. Manchmal träumte er von der

Liebe. Warum nicht? Ein freies Land. Wenn Ed Punch ihn feuerte, gönnte er sich Gelage aus Kirscheis, Dosenravioli.

Er trennte sein Leben von den Zeitläuften. Er hielt sich für einen Zeitungsreporter, las aber keine Zeitung außer dem *Mockinburg Record* und übersah auf diese Weise erfolgreich Terrorismus, Klimaveränderung, Regierungsumstürze, Chemieunfälle, Seuchen, Rezession und Bankzusammenbrüche, Weltraummüll, das Ozonloch. Vulkane, Erdbeben und Wirbelstürme, Sektenscharlatane, fehlerhaft produzierte Fahrzeuge und Wissenschaftshochstapler, Massen- und Serienmörder, Flutwellen von Krebserkrankungen, Aids, Zerstörung des Regenwalds und explodierende Flugzeuge lagen ihm so fern wie Haarspangen, Rüschenhöschen und rosenbestickte Strumpfhalter. Die Wissenschaftsmagazine spuckten Berichte über mutierende Viren aus, über Apparate, die in die Beinahe-Toten Leben pumpten, über die Entdeckung, daß die Galaxien apokalyptisch auf einen unsichtbaren Großen Magneten zuströmten wie Fliegen in die Düse eines Staubsaugers. Das war Stoff aus dem Leben anderer. Er wartete darauf, daß seines anfing.

Er gewöhnte sich an, um den Wohnwagen herumzugehen und laut »Wer weiß?« zu fragen. »Wer weiß?« sagte er. Denn keiner wußte es. Alles war möglich, meinte er.

Eine kreiselnde Münze, die noch auf dem Rand schaukelt, kann in beide Richtungen fallen.

2
Liebesknoten

In alten Zeiten sandte ein liebeskranker Seemann seiner Angebeteten bisweilen ein Stück Tau, das locker zu einem Echten Liebhaberknoten gebunden war. Wenn der Knoten zurückkam, wie er geschickt worden war, galt die Beziehung als offen. Kam der Knoten eng zusammengezogen zurück, hieß das, die Leidenschaft beruhte auf Gegenseitigkeit. Ein umgekippter Knoten bedeutete jedoch den stillschweigenden Rat, die Leinen zu lösen und in See zu stechen.

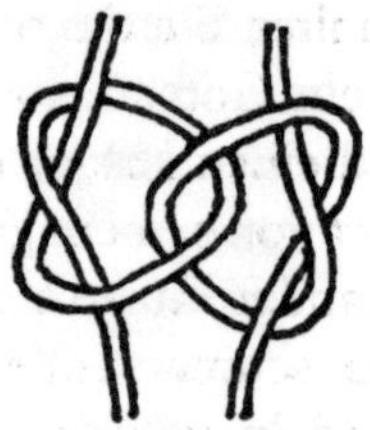

Dann bei einer Versammlung Petal Bear. Dünn, feucht, heiß. Zwinkerte ihm zu. Quoyle hatte die Sehnsucht des dicken Mannes nach einer zierlichen Frau. Er stellte sich neben sie an den Tisch mit den Erfrischungen. Engstehende graue Augen, lockiges eichenbraunes Haar. Das Neonlicht machte sie blaß wie Kerzenwachs. Ihre Augenlider schillerten von einer pulverigen Creme. Ein metallisch glänzender Faden in ihrem rosa Pullover. Diese schwachen Funken übergossen sie mit einem Schimmer wie ein Lichtschwall. Sie lächelte, die perlenfarbigen Lippen feucht von Cidre. Seine Hand schoß zu seinem Kinn empor. Sie nahm sich ein Plätzchen mit weißen Cremeaugen und einem Mandelmund. Schaute ihn an, als ihre Zähne eine Mondsichel herausbissen. Eine unsichtbare Hand warf in Quoyles Eingeweiden Schlingen und Knoten aus. Knurren aus seinem Hemd.

»Was denken Sie?« sagte sie. Sie redete schnell. Sie sagte,

was sie immer sagte. »Sie wollen mich heiraten, was? Denken Sie nicht, daß Sie mich heiraten wollen?« Wartete auf den Witz. Beim Sprechen veränderte sie sich auf provozierende Weise, wirkte plötzlich wie in Erotik getaucht, wie ein Taucher, der aus einem Becken hochkommt und, den Bruchteil eines Augenblicks von einer heilen Wasserschicht überzogen, wie Chrom glänzt.

»Ja«, erwiderte er und meinte es. Sie hielt es für Schlagfertigkeit. Sie lachte, grub ihre Finger mit den scharfen Nägeln in seine. Starrte ihm fest in die Augen wie ein Optiker, der nach einem Schwachpunkt sucht. Eine Frau verzog das Gesicht, als sie die beiden sah.

»Verschwinden wir von hier«, sagte sie. »Gehen wir was trinken. Es ist jetzt sieben Uhr fünfundzwanzig. Bis zehn habe ich Sie gevögelt, was halten Sie davon?«

Später sagte sie: »Mein Gott, das ist bis jetzt der größte.«

Wie ein heißer Mund einen kalten Löffel, so wärmte Petal Quoyle. Er stolperte fort von seinem gemieteten Wohnwagen, von seinem Durcheinander aus schmutziger Wäsche und leeren Raviolidosen zu schmerzvoller Liebe; das Herz auf immer von Tätowiernadeln vernarbt, die den Namen Petal Bear eingruben.

Ein Monat feuriger Glückseligkeit. Danach sechs verkorkste Jahre Leiden.

Petal Bear war von Verlangen durchdrungen, aber, nachdem sie geheiratet hatten, nicht mehr nach Quoyle. Das Begehren verkehrte sich in Abscheu wie ein nach außen gewendeter Gummihandschuh. In anderen Zeiten, mit einem anderen Geschlecht wäre sie Dschingis Khan gewesen. Wo sie brennende Städte, das Gestotter und Geplapper von Gefangenen, vom Abreiten der erschütterten Grenzen ihres Reiches erschöpfte Pferde brauchte, hatte sie nur die kleinen Triumphe sexueller Begegnungen. So geht's, sagte sie bei sich. Vor deinen Augen, sagte sie.

Tags verkaufte sie für Northern Security Alarmanlagen, nachts wurde sie zu einer Frau, die vor den Zimmern von Fremden nicht haltmachte, die sexuelle Vereinigung um jeden

Preis wollte, ob in stinkenden Toiletten oder Besenschränken. Mit unbekannten Männern ging sie überallhin. Flog zu Nachtclubs in fernen Städten. Drehte ein Pornovideo, bei dem sie eine aus einer Kartoffelchipspackung geschnittene Maske trug. Spitzte ihren Lidstift mit dem Schälmesser, daß Quoyle sich wunderte, warum sein Sandwichkäse grün gestreift war.

Nicht Quoyles Kinn haßte sie, sondern seine kriecherische Unentschlossenheit, als wartete er auf ihren Zorn, rechnete damit, daß sie ihm Leid zufügte. Sie konnte seinen heißen Rücken nicht ertragen, seine unförmige Gestalt im Bett. Den Teil von Quoyle, der wunderbar war, konnte man unglücklicherweise vom Rest nicht trennen. Ein keuchendes Walroß auf dem Kissen neben ihr. Während sie eine merkwürdige Gleichung blieb, die viele Mathematiker anzog.

»'tschuldigung«, nuschelte er, sein haariges Bein streifte ihren Oberschenkel. Im Dunkeln krochen seine bettelnden Finger ihren Arm hinauf. Sie schauderte, schüttelte seine Hand ab.

»Laß das!«

»Speckarsch« sagte sie nicht, aber er hörte es. Nichts an ihm konnte sie leiden. Sie wünschte ihn zur Hölle. Konnte dagegen ebenso wenig tun wie er gegen seine einfältige Liebe.

Quoyle mit verkniffenem Mund, mit dem Gefühl, daß sich um ihn herum Seile spannten wie von einer Winde zusammengezogen. Was hatte er erwartet, als er geheiratet hatte? Nicht das Discount-Leben seiner Eltern, sondern etwas wie Partridges Hinterhof – Freunde, Rauch vom Grillen, Zuneigung mit ihrer unausgesprochenen Sprache. Doch so kam es nicht. Es war, als wäre er ein Baum und sie ein in seine Seite gepfropfter, dorniger Ast, der sich mit jedem Wind bog, die verletzte Rinde geißelte.

Was er hatte, war, was er sich vormachte.

Vier Tage nach Bunnys Geburt kam die Babysitterin, um vor dem Fernsehgerät zu dösen – Mrs. Moosup mit Armen, zu fett für Ärmel –, und Petal streifte ein Kleid über ihren schlaffen Bauch und ihre tropfenden Brüste, auf dem Flecken nicht leicht zu sehen wären, und ging aus, schauen, was sie auftreiben konnte. Schlug einen bestimmten Ton an. Und kochte vor Wut während ihrer Schwangerschaft mit Sunshine im nächsten Jahr, bis das fremde Wesen ihren Leib verlassen hatte.

In Quoyles trägen Gewässern brodelte Aufruhr. Denn er fuhr die Babys herum, nahm sie manchmal auf Sitzungen mit, Sunshine in einem Beutel, den er sich auf den Rücken schnallte, Bunny Daumen lutschend an seinem Hosenbein. Das Auto zugemüllt mit Zeitungen, winzigen Fäustlingen, zerrissenen Umschlägen, Zahnringen. Auf dem Rücksitz eine Zahnpastakruste aus einer zertretenen Tube. Limonadedosen rollten hin und her.

Abends kam Quoyle in sein gemietetes Haus. Einige seltene Male war Petal da; meistens war es Mrs. Moosup, die in einer Trance aus elektronischen Farben und vorgetäuschtem Leben Überstunden machte, Zigaretten rauchte und sich keine Fragen stellte. Auf dem Boden um sie herum lauter haarlose Puppen. Im Spülbecken stapelte sich das Geschirr, denn Mrs. Moosup sagte, sie sei kein Hausmädchen und würde auch nie eins werden.

Durch einen Wirrwarr aus Handtüchern und Elektrokabeln ins Bad, ins Kinderzimmer, wo er wegen der Straßenlampen die Rollos herunterzog, wegen der Nacht Bettdecken hochzog. Zwei eng zusammengeschobene Kinderbetten wie Vogelkäfige. Gähnend spülte Quoyle etwas von dem Geschirr ab, ehe er endlich auf die grauen Laken fiel und schlief. Machte die Hausarbeit aber heimlich, weil Petal aufbrauste, wenn sie ihn beim Abstauben und Wischen ertappte, als hätte er ihr das zum Vorwurf gemacht. Oder was anderes.

Einmal rief sie Quoyle aus Montgomery, Alabama, an.

»Ich bin hier unten in Alabama, und keiner, nicht mal der Barkeeper, weiß, wie man einen Alabama Slammer macht.« Quoyle hörte das Gebrabbel und Gelächter in der Bar. »Also paß auf, geh in die Küche und schau oben auf dem Kühlschrank, wo ich den *Mr. Boston* habe. Hier unten haben sie nur 'ne alte Ausgabe davon. Schau den Alabama Slammer für mich nach. Ich bleib' dran.«

»Warum kommst du nicht heim?« bettelte er mit seiner

jämmerlichen Stimme. »Ich mach' dir einen.« Sie erwiderte nichts. Das Schweigen zog sich in die Länge, bis er das Buch holte und das Rezept vorlas, während die Erinnerung an den kurzen Monat der Liebe, als sie in seinen Armen gelegen hatte, die heiße Seide ihres Slips, ihm durch den Kopf flog wie ein verfolgter Vogel.

»Danke«, sagte sie und legte auf.

Es kam zu scheußlichen kleinen Zwischenfällen. Manchmal tat sie so, als würde sie die Kinder nicht wiedererkennen.

»Was macht das Kind da im Bad? Ich bin gerade rein, um mich zu duschen, und da sitzt ein Kind auf dem Pott! Wer zum Teufel ist das Mädchen überhaupt?« Der Fernseher rasselte vor Gelächter.

»Das ist Bunny«, erwiderte Quoyle. »Das ist unsere Tochter Bunny.« Er quälte sich ein Lächeln ab, um ihr zu zeigen, daß er wußte, daß es nur ein Witz war. Über einen Witz konnte er lachen. Das konnte er.

»Mein Gott, ich hab' sie nicht erkannt.« Sie brüllte in Richtung Badezimmer. »Bunny, bist das echt du?«

»Ja.« Eine kampflustige Stimme.

»Es gibt noch eins, oder? Na ja, ich bin hier weg. Brauchst vor Montag oder so nicht nach mir zu suchen.«

Es tat ihr leid, daß er sie so verzweifelt liebte, aber das war's.

»Schau mal, es hat keinen Zweck«, sagte sie. »Such dir 'ne Freundin – es laufen genug Frauen rum.«

»Ich will bloß dich«, sagte Quoyle. Kläglich. Bettelnd. Leckte seinen Hemdsärmel.

»Das einzige, was hier noch hilft, ist die Scheidung«, sagte Petal. Er zog sie hinunter. Sie warf ihn um.

»Nein«, stöhnte Quoyle. »Nicht die Scheidung.«

»Dann deine Beerdigung«, sagte Petal. Die Iris ihrer Augen silbrig im Sonntagslicht. Der grüne Stoff ihres Mantels wie Efeu.

Eines Abends löste er im Bett ein Kreuzworträtsel, hörte Petal heimkommen, hörte das Fließen von Stimmen. Kühlschranktür auf und zu, Klirren der Wodkaflasche, Geräusch des Fernsehers und nach einer Weile Quietschen, das Quietschen des Schlafsofas im Wohnzimmer und das Aufstöhnen eines Fremden. Die Rüstung aus Gleichmut, mit der er seine Ehe schützte, war zerbrechlich. Selbst nachdem er die Tür hinter dem Mann hatte zugehen und ein Auto wegfahren hören, stand er nicht auf, sondern blieb auf dem Rücken liegen, während die Zeitung bei jedem Heben seines Brustkorbs raschelte, ihm die Tränen in die Ohren hinabrannen. Wie konnte etwas, was andere Menschen in einem anderen Zimmer taten, ihm solches Leid zufügen? MANN AN GEBROCHENEM HERZEN GESTORBEN. Seine Hand wanderte zu der Dose Erdnüsse neben dem Bett.

Am Morgen starrte sie ihn an, aber er sagte nichts, stolperte mit dem Saftkrug in der Küche herum. Er setzte sich an den Tisch, die Tasse in seiner Hand wackelte. Seine Mundwinkel weiß vor Erdnußsalz. Ihr Stuhl scharrte. Er roch ihr feuchtes Haar. Wieder kamen die Tränen. Schwelgt im Elend, dachte sie. Man braucht sich bloß seine Augen anzusehen.

»Ach, um Gottes willen, werd erwachsen«, sagte Petal. Ließ ihre Kaffeetasse auf dem Tisch stehen. Die Tür knallte.

Quoyle glaubte an stummes Leiden, erkannte nicht, daß es aufreizte. Er bemühte sich, seine Gefühle abzutöten, sich anständig zu benehmen. Eine Liebesprobe. Je stechender die Schmerzen, desto größer der Beweis. Wenn er es jetzt ertrüge, wenn er es aushielte, würde am Ende alles gut werden.

Doch die Umstände umschlossen ihn wie die sechs Seiten eines Metallkastens.

3
Strangulierknoten

»Der Strangulierknoten ... wird erst lose gebunden und dann fest zusammengezogen.«

Das Ashley-Buch der Knoten

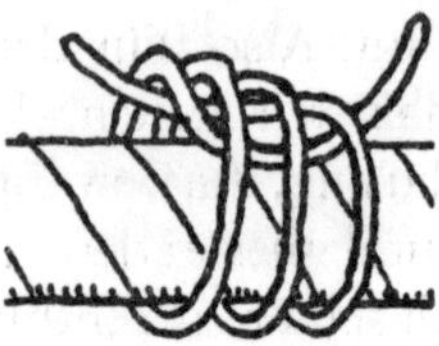

Es kam ein Jahr, da dieses Leben jäh herumgerissen wurde. Stimmen über die Leitung, das Knirschen von zusammengedrücktem Stahl, Feuer.

Mit seinen Eltern fing es an. Erst der Vater, bei dem Leberkrebs diagnostiziert wurde, ein Aufflammen wild wuchernder Zellen. Einen Monat später hängte sich ein Tumor wie eine Klette ans Gehirn der Mutter, schob ihr Denken auf einer Seite zusammen. Der Vater gab dem Elektrizitätswerk die Schuld. Von den Türmen im Norden her trafen sich in zweihundert Meter Entfernung von ihrem Haus sirrende Leitungen, dick wie Aale.

Zwinkernden Ärzten schmeichelten sie Rezepte für Beruhigungsmittel ab, horteten die Kapseln. Als es genug waren, diktierte der Vater, die Mutter tippte den Abschiedsbrief, ein Manifest persönlicher Entscheidung und Selbstbefreiung –, Sätze, die den Rundschreiben der Gesellschaft für humanes Sterben entnommen waren. Nannten Einäscherung und Verstreuen der Asche als Entsorgungswunsch.

Es war Frühling. Schwerer Boden, Erdgeruch. Der Wind peitschte durch die Zweige, verströmte einen grünlichen Duft, wie wenn man Flint anschlägt. Huflattich in den Gräben; ungestüme Tulpenflecken, vereinzelt in Gärten. Strömender

Regen. Uhrzeiger sprangen vor zu lichten Abenden. Der Himmel in Bewegung wie Karten, gemischt von einer kreideweißen Hand.

Der Vater stellte den Wasserboiler ab. Die Mutter goß die Zimmerpflanzen. Sie schluckten ihr Kapselgemisch mit Schlafkräutertee.

Mit letzter, benommener Kraft rief der Vater bei der Zeitung an und hinterließ eine Nachricht auf Quoyles Anrufbeantworter. »Hier spricht dein Vater. Ich rufe dich an. Dicky hat bei sich kein Telefon. Also. Für deine Mutter und mich ist es an der Zeit, daß wir gehen. Wir haben uns dazu entschlossen. Die Erklärung, Anweisungen für den Bestatter und die Einäscherung und alles andere liegen auf dem Eßzimmertisch. Du mußt dich selber zurechtfinden. Ich mußte mich in einer gnadenlosen Welt zurechtfinden, seitdem ich in dieses Land kam. Keiner hat mir je was geschenkt. Andere hätten aufgegeben und wären zum Penner geworden, aber ich nicht. Ich hab' geschwitzt und geackert, Schubkarren voll Sand für den Maurer gefahren, auf alles verzichtet, damit du und dein Bruder es mal besser haben – nicht, daß ihr viel aus euren Chancen gemacht hättet. Hab' nicht viel vom Leben gehabt. Setz dich mit Dicky und meiner Schwester Agnis Hamm in Verbindung, erzähl ihnen alles. Die Adresse von Agnis liegt auf dem Eßzimmertisch. Wo die anderen alle hingekommen sind, weiß ich nicht. Sie waren nicht ...« Ein Piepton. Der Platz für eine Nachricht war ausgefüllt.

Aber der Bruder, geistlicher Oberleutnant in der Kirche vom persönlichen Magnetismus, hatte ein Telefon und Quoyle seine Nummer. Es zog ihm den Magen zusammen, als die verhaßte Stimme durch den Hörer drang. Verstopftes Näseln, Schnaufen durch die Polypen. Der Bruder sagte, er dürfe nicht zu religiösen Feierlichkeiten für Außenstehende kommen.

»Von so beschissenem Aberglauben halte ich nichts«, sagte er. »Bestattungen. In der KPM gibt's da eine Cocktailparty. Wo hast du übrigens einen Geistlichen aufgetrieben, der bei Selbstmördern predigt?«

»Hochwürden Stain gehört zu ihrer Gruppe für humanes Sterben. Du solltest kommen. Wenigstens, um mir beim

Kelleraufräumen zu helfen. Vater hat da unten ungefähr vier Tonnen alte Zeitschriften zurückgelassen. Mensch, ich hab' mit ansehen müssen, wie unsere Eltern aus dem Haus getragen wurden.« Hätte fast geschluchzt.

»Ey, Speckarsch, haben sie uns was hinterlassen?«

Quoyle wußte, was er meinte.

»Nein. 'ne Riesenhypothek auf dem Haus. Sie haben ihre Ersparnisse ausgegeben. Das ist, glaube ich, der Hauptgrund, warum sie's getan haben. Na ja, ich weiß schon, daß sie an humanes Sterben geglaubt haben, aber sie haben alles ausgegeben. Die Lebensmittelkette ist bankrott gegangen, und seine Rente ist nicht mehr gekommen. Wenn sie weiter gelebt hätten, hätten sie sich Jobs suchen müssen, als Verkäufer im Supermarkt oder so. Ich hab' gedacht, daß Mutter vielleicht auch 'ne Rente kriegt, war aber nicht so.«

»Soll das 'n Witz sein? Du mußt ja blöder sein, als ich gedacht hab'. Ey, Kotztüte, wenn was da ist, dann schick mir meinen Anteil. Meine Adresse hast du.« Er legte auf.

Quoyle legte die Hand übers Kinn.

Auch Agnis Hamm, die Schwester seines Vaters, kam nicht zur Bestattung. Schickte Quoyle eine Notiz auf blauem Papier; Name und Anschrift waren mit einem Stempel vom Versandhaus gedruckt.

> Schaffe es nicht zum Gottesdienst. Komme aber nächsten Monat um den 12. vorbei. Hole die Asche Deines Vaters ab, wie angewiesen, und besuche Dich und Deine Familie. Dann können wir alles bereden. In Liebe, Deine Tante Agnis Hamm.

Doch bis die Tante ankam, war der verwaiste Quoyle von den Umständen abermals umgeformt, diesmal zum sitzengelassenen und gehörnten Ehemann, zum Witwer.

»Pet, ich muß mit dir reden«, hatte er mit überfließender Stimme gebettelt. Wußte von ihrem Neuesten, einem Immobilienmakler, der seine Stoßstangen mit magischen Zeichen zupflasterte, an Zeitungshoroskope glaubte. Sie wohnte bei ihm, kam nur nach Hause, um sich Kleider zu holen, ab und zu. Oder seltener. Quoyle nuschelte Glückwunschkartengefühle. Sie schaute weg, sah sich selbst im Schlafzimmerspiegel.

»Du sollst mich nicht ›Pet‹ nennen. Ist schon schlimm genug, so 'nen dämlichen Namen wie Petal zu haben. Sie hätten mich ›Iron‹ oder ›Spike‹ nennen sollen.«

»Iron Bear?« Bleckte die Zähne zu einem Grinsen. Oder einem Riß.

»Versuch nicht, witzig zu sein, Quoyle. Tu nicht so, als wäre alles lustig und wunderbar. Laß mich einfach in Ruhe.« Wandte sich von ihm ab, Kleider über dem Arm, Bügelhaken wie Hälse und Köpfe von gerupften Gänsen. »Hör mal, es war ein Witz. Ich hab' mit niemand verheiratet sein wollen. Und mir ist auch nicht danach, für jemand die Mama zu spielen. Es war alles ein Fehler, und damit hat sich's.«

Eines Tages war sie verschwunden, tauchte nicht in der Arbeit bei der Northern Security auf. Der Geschäftsführer rief Quoyle an. Ricky Irgendwer.

»Na ja, äh, ich bin ziemlich besorgt. Petal wäre nicht einfach ›verduftet‹, wie Sie das nennen, ohne mir was zu sagen.« An seinem Tonfall erkannte Quoyle, daß Petal mit ihm geschlafen hatte. Ihm dumme Hoffnungen gemacht hatte.

Ein paar Tage nach diesem Gespräch deutete Ed Punch mit dem Kopf auf sein Büro, als er an Quoyles Schreibtisch vorbeiging. So machte er es immer.

»Muß Sie ziehen lassen«, sagte er mit gelbsprühenden Augen, leckender Zunge.

Quoyles Blick wanderte zu dem Stich an der Wand. Konnte die Signatur unter dem haarigen Hals gerade noch entziffern: Horace Greeley.

»Das Geschäft geht runter. Hab' keine Ahnung, wie lang das Blatt noch durchhält. Müssen sparen. Fürchte, diesmal besteht kaum 'ne Chance, daß wir Sie wieder einstellen.«

Um halb sieben öffnete er die Küchentür. Mrs. Moosup saß am Tisch und schrieb auf einer Umschlagrückseite. Marmorierte Arme wie kalte Oberschenkel.

»Da sind Sie ja!« rief sie. »Hab' gehofft, daß Sie kommen,

damit ich das Zeug nich' alles aufschreiben muß. Da tut einem ja die Hand weh. Muß heute abend wieder zur Akupunktur. Nützt wirklich was. Erstens, Mrs. Bear sagt, Sie sollen mir meinen Lohn zahlen. Schuldet mir noch sieben Wochen, das macht dreitausendachtzig Dollar. Ein Scheck wär' mir sehr recht. Hab' ja wie jeder Mensch Rechnungen zu zahlen.«

»Hat sie angerufen?« fragte Quoyle. »Hat sie gesagt, wann sie zurückkommt? Ihr Chef hat danach gefragt.« Konnte den Fernseher im Zimmer nebenan hören. Ein Dröhnen von Rumbakugeln, klappernden Bongos.

»Angerufen nicht. Ist so vor zwei Stunden hier reingerauscht, hat ihre ganzen Klamotten zusammengepackt, hat mir 'ne Menge Zeug gesagt, was ich Ihnen sagen soll, hat sich die Kinder geschnappt und ist mit dem Typen in dem roten Geo abgezischt. Sie wissen schon, wen ich meine. Genau den. Hat gesagt, daß sie mit ihm nach Florida zieht, soll Ihnen sagen, daß sie Ihnen irgendwelche Papiere schickt. Hat ihren Job hingeschmissen und ist fort. Hat ihren Chef angerufen und gesagt: ›Ricky, ich geh'.‹ Ich hab' genau hier gestanden, wie sie's gesagt hat. Soll Ihnen sagen, Sie sollen mir sofort 'nen Scheck ausstellen.«

»Das pack' ich nicht«, sagte Quoyle. Hatte den Mund voll kaltem Würstchen. »Sie hat die Kinder mitgenommen? Die Kinder würd' sie doch nie mitnehmen.« MUTTER LÄUFT DAVON UND ENTFÜHRT KINDER.

»Na, wie dem auch sei, Mr. Quoyle, sie hat sie mitgenommen. Vielleicht täusch' ich mich da, aber das letzte, was sie gesagt hat, hat sich so angehört, als würd' sie die Mädels bei Leuten in Connecticut lassen. Die Kleinen waren ganz aufgeregt, weil sie in dem roten Auto fahren durften. Sie wissen ja, daß sie kaum mal wohin kommen. Lechzen nach Aufregung. Aber das mit dem Scheck, mit meinem Scheck, hat sie ganz klar gesagt.« Die massigen Arme verschwanden unter ihrem Umhang aus lila und gold geflecktem Tweed.

»Mrs. Moosup, ich habe ungefähr zwölf Dollar auf meinem Konto. Vor einer Stunde bin ich gefeuert worden. Sie sollten von Petal bezahlt werden. Wenn Sie das mit den dreitausendachtzig ernst meinen, dann muß ich unsere Anlage versetzen, um Sie bezahlen zu können. Das geht erst morgen. Aber keine Sorge, Sie kriegen Ihr Geld.« Er aß die verschrumpelten Würstchen weiter. Was noch.

»Das hat *sie* auch immer gesagt«, entgegnete Mrs. Moosup bitter. »Darum bin ich gar nicht so scharf auf das hier. Arbeiten macht keinen Spaß, wenn man sein Geld nicht kriegt.«

Quoyle nickte. Später, als sie weg war, rief er die Polizei an.

»Meine Frau. Ich will meine Kinder wiederhaben«, sagte Quoyle zu einer routinierten Stimme ins Telefon. »Meine Töchter, Bunny und Sunshine Quoyle. Bunny ist sechs und Sunshine viereinhalb.« Sie gehörten ihm. Rötliche Haare, Sommersprossen wie gemähtes Gras auf einem nassen Hund. Sunshine, die kleine Schönheit mit ihrem Wust oranger Locken. Die unscheinbare Bunny. Aber klug. Hatte Quoyles farblose Augen und rötliche Brauen, die linke schief und von einer Narbe eingekerbt, seitdem sie einmal aus einem Einkaufswagen gefallen war. Das Haar kurz geschnitten, kraus. Grobknochige Kinder.

»Die sehen beide aus wie diese Möbel aus Obstkisten«, hatte Petal gewitzelt. Die Kindergartenleiterin sah in ihnen unbändige Störenfriede und warf erst Bunny hinaus, dann Sunshine. Wegen Zwicken, Schubsen, Kreischen und Nörgeln. Für Mrs. Moosup waren sie Rangen, die jammerten, daß sie Hunger hatten, und sie nicht in Ruhe ihre Sendungen sehen ließen.

Doch vom ersten Augenblick an, da Petal getobt hatte, sie sei schwanger, ihre Handtasche auf den Boden geworfen hatte wie einen Dolch, Quoyle ihre Schuhe entgegengeschleudert und gesagt hatte, sie wolle abtreiben lassen, hatte Quoyle erst Bunny und dann Sunshine geliebt, sie mit der Angst geliebt, daß er sie, wenn sie tatsächlich zur Welt kämen, nur auf Zeit haben würde, daß ihm durch einen schrecklichen Zwischenfall eines Tages ein Draht ins Gehirn gestoßen würde. Nie hätte er gedacht, daß es Petal sein würde. Obwohl er von ihr schon das Schlimmste abbekommen hatte.

In einem schwarzweißkarierten Hosenanzug saß die Tante auf dem Sofa, hörte zu, wie Quoyle würgte und schluchzte. Machte in der noch nie benutzten Kanne Tee. Eine steif wirkende Frau mit weißsträhnigem rotblondem Haar. Hatte ein Profil wie eine Schießbudenfigur. Ein braungelbes Muttermal am Hals. Schwenkte den Tee in der Kanne, goß ihn ein, tröpfelte Milch dazu. Ihr Mantel über der Sofaarmlehne ähnelte einem Kellner, der eine Weinmarke vorzeigt.

»Trink das. Tee ist was Gutes, der hält dich in Gang. Das stimmt wirklich.« Ihre Stimme hatte pfeifende Obertöne, als kämen sie aus dem einen Spalt breit geöffneten Fenster eines flitzenden Autos. Der Körper war in Abschnitte aufgeteilt wie ein Schnittmuster.

»Ich hab' eigentlich nichts von ihr gewußt«, sagte er, »außer daß sie von schrecklichen Mächten getrieben war. Sie mußte ihr Leben auf ihre Art führen. Das hat sie millionenmal gesagt.« Das schlampige Zimmer war voller spiegelnder Flächen, die ihn anklagten, die Teekanne, die Fotos, sein Ehering, Hochglanztitel von Zeitschriften, ein Löffel, der Fernsehbildschirm.

»Trink ein bißchen Tee.«

»Manche Leute haben sie wahrscheinlich für schlecht gehalten, aber ich glaube, sie hat nur nach Liebe gehungert. Ich glaube, sie hat einfach nicht genug davon kriegen können. Darum war sie so, wie sie war. Ganz tief drinnen hat sie keine gute Meinung von sich gehabt. Was sie gemacht hat – das hat ihr eine Zeitlang Sicherheit gegeben. Ich hab' ihr nicht gereicht.«

Glaubte er diesen Blödsinn? fragte die Tante sich. Sie vermutete, daß diese liebeshungrige Petal Quoyles Erfindung war. Warf einen Blick auf die arktischen Augen, die starr verführerische Pose Petals auf dem Foto, Quoyles alberne Rose in einem Wasserglas daneben und dachte bei sich: eine aufgedonnerte Schlampe.

Quoyle hatte den Atem angehalten, den Hörer am Ohr; das Gefühl von Verlust durchflutete ihn wie das Meer einen geborstenen Schiffsrumpf. Sie sagten, der Geo sei von der

Autobahn abgekommen und eine Böschung voll Wildblumen hinabgekullert, sei in Flammen aufgegangen. Aus der Brust des Immobilienmaklers sei Rauch gequollen, Petals Haar sei verbrannt gewesen. Ihr Genick gebrochen.

Aus dem Auto seien Zeitungsausschnitte die Autobahn entlanggeflattert; Berichte über ein Ungetüm von Ei in Texas, einen Pilz, der Jascha Heifetz ähnelte, einer Rübe, so groß wie ein Kürbis, einem Kürbis, so klein wie ein Rettich.

Als die Polizei sich durch versengte Astrologiezeitschriften und Kleidung wühlte, fand sie Petals Handtasche, in die mehr als neuntausend Dollar in bar gestopft waren, ihren Terminkalender mit einem Eintrag, daß sie am Morgen vor dem Unfall Bruce Cudd treffen wollte. In Bacon Falls, Connecticut. Es fand sich eine Quittung über siebentausend Dollar für »persönliche Dienste«. Es sehe so aus, als habe sie die Kinder an Bruce Cudd verkauft, meinte die Polizei.

Quoyle, der im Wohnzimmer hinter roten Fingern flennte, sagte, er könne Petal alles vergeben, wenn nur die Kinder in Sicherheit seien.

Warum weinen wir vor Kummer, fragte sich die Tante. Hunde, Rehe, Vögel litten trockenen Auges und schweigend. Das dumpfe Leiden von Tieren. Vermutlich eine Überlebenstechnik.

»Du hast ein gutes Herz«, sagte sie. »Andere würden ihre entstellte Leiche verfluchen, weil sie die kleinen Mädchen verkauft hat.« Die Milch war kurz vor dem Sauerwerden. In der Zuckerdose dunkle Klumpen von feuchten Kaffeelöffeln.

»Das kann ich nie und nimmer glauben – daß sie sie verkauft hat. Nie und nimmer«, heulte Quoyle. Er donnerte mit dem Oberschenkel gegen den Tisch. Das Sofa quietschte.

»Vielleicht hat sie's nicht getan. Wer weiß?« tröstete die Tante. »Ja, du hast ein gutes Herz. Du schlägst nach Sian Quoyle. Deinem armen Großvater. Ich hab' ihn nie erlebt. War tot, bevor ich auf die Welt kam. Aber das Foto von ihm hab' ich oft gesehen; hatte den Zahn von einem Toten um den Hals hängen. Um Zahnweh abzuwehren. An so was haben die Leute geglaubt. Aber er soll sehr gutmütig gewesen sein, heißt es. Hat gelacht und gesungen. Hat sich von jedem auf den Arm nehmen lassen.«

»Klingt einfältig«, schluchzte Quoyle in seine Teetasse.

»Also, wenn er das war, dann höre ich zum erstenmal davon. Als er unter dem Eis verschwunden ist, soll er gerufen haben: ›Wir sehen uns im Himmel.‹«

»Die Geschichte kenn' ich«, sagte Quoyle mit salzigem Speichel im Mund und anschwellender Nase. »Er war noch ein Kind.«

»Zwölf Jahre alt. Bei der Robbenjagd. Er hat so viele Robbenjunge erlegt wie jeder andere dort, bevor er einen von seinen Anfällen bekam und vom Eis rutschte. Neunzehnsiebenundzwanzig.«

»Vater hat uns manchmal von ihm erzählt. Aber zwölf kann er nicht gewesen sein. Ich hab' noch nie gehört, daß er zwölf war. Wenn er mit zwölf ertrunken ist, kann er nicht mein Großvater gewesen sein.«

»Ach, du kennst die Neufundländer nicht. Auch wenn er erst zwölf war, er war der Vater von deinem Vater. Aber nicht von meinem. Meine Mutter – deine Großmutter – war Sians Schwester Addy, und als der junge Sian tot war, hat sie sich mit Turvey eingelassen, dem anderen Bruder. Und als *der* ertrank, hat sie Cokey Hamm geheiratet. Der war mein Vater. Hat jahrelang in dem Haus auf Quoyle's Point gewohnt – wo ich geboren wurde –, dann sind wir nach Catspaw umgezogen. Als wir 1946 fortgingen, ist mein Vater umgekommen –«

»Ertrunken«, warf Quoyle ein. Hörte wider Willen zu. Schneuzte sich in die Papierserviette. Die er faltete und auf den Rand seiner Untertasse legte.

»Nein. Anschließend sind wir zu dem stinkigen Hafen von Catspaw rüber, wo uns diese Meute wie Dreck behandelt hat. Da war ein scheußliches Mädchen, aus ihrer Braue ist eine lila Flechte gewachsen. Hat Steine geworfen. Und dann kamen wir in die Staaten.« Sie sang: »›Terra Nova weint um alle Seelen, die für immer von ihr gehen.‹ Mehr weiß ich von dem Liedchen nicht mehr.«

Quoyle mochte sich nicht vorstellen, daß sein Großvater

ein blutschänderisches, zu Anfällen neigendes, Robben tötendes Kind gewesen war, aber er hatte keine Wahl. Die Geheimnisse einer ungekannten Familie.

Als die Polizei hereinplatzte, blaffte der Fotograf in fleckigen Boxer-Shorts gerade ins Telefon. Quoyles nackte Töchter hatten Spülmittel auf den Boden gespritzt und schlitterten darin herum.

»Sie sind nicht ersichtlich sexuell mißbraucht worden, Mr. Quoyle«, sagte die Stimme am Telefon. Quoyle konnte nicht erkennen, ob da ein Mann oder eine Frau sprach. »Wir fanden eine Videokamera. Überall lagen leere Filmkassetten herum, aber die Kamera war blockiert oder so. Als die Beamten reinkamen, war er gerade am Telefon und hat den Verkäufer von dem Laden angebrüllt, wo er die Kamera gekauft hatte. Die Kinder wurden von einer Spezialistin für Kindsmißbrauch untersucht. Sie meint, es gibt keinen Beweis dafür, daß er ihnen körperlich etwas antat, außer daß er sie auszog und ihnen Finger- und Zehennägel schnitt. Aber er hatte eindeutig etwas vor.«

Quoyle brachte keinen Ton heraus.

»Die Kinder sind jetzt bei Mrs. Bailey im Sozialamt«, sagte die mehlige Stimme. »Wissen Sie, wo das ist?«

Sunshine war mit Schokolade verschmiert und drehte an einer Kurbel, die ein Plastikgetriebe in Gang setzte. Bunny schlief auf einem Stuhl; ihre Augäpfel rollten unter violetten Lidern. Er schleppte sie ins Auto hinaus, drückte sie in seinen heißen Armen und murmelte, daß er sie liebe.

»Die Mädchen sehen ganz wie Feeny und Fanny aus, meine jüngeren Schwestern«, sagte die Tante und nickte heftig. »Sie sehen ganz genauso aus. Feeny ist jetzt in Neuseeland, Meeresbiologin, weiß alles über Haie. Hat sich diesen Frühling die Hüfte gebrochen. Fanny ist in Saudi-Arabien. Hat einen Falkner geheiratet. Muß so ein schwarzes Ding über dem Gesicht tragen. Kommt her, ihr Kleinen, und gebt eurer Tante einen dicken Schmatz«, sagte sie.

Aber die Kinder stürzten sich auf Quoyle, klammerten sich

an ihn, wie ein Fallender sich an den Fenstersims klammert, wie ein Strom elektrisch geladener Teilchen eine Lücke überbrückt und einen Stromkreis schließt. Sie rochen nach Spülmittel mit Ringelblumen- und Pfefferminzduft. Die Miene der Tante unergründlich, als sie sie beobachtete. Sehnsüchtig vielleicht.

Quoyle in den Klauen seiner Probleme, sah eine beherzte ältere Frau. Seine einzige weibliche Verwandte.

»Bleib bei uns«, sagte er. »Ich weiß nicht, was ich tun soll.« Er erwartete, daß die Tante den Kopf schütteln, nein sagen würde, sie müsse zurückfahren, könne keine Minute länger bleiben.

Sie nickte. »Ein paar Tage. Um die Dinge wieder ins Lot zu bringen.« Rieb sich die Hände, als hätte ein Kellner ihr gerade eine Köstlichkeit hingestellt. »Sieh's doch mal so«, sagte sie. »Du hast eine Chance, noch mal ganz von vorn anzufangen. Ein neuer Ort, neue Leute, neue Aussichten. Klar Schiff. Schau, wenn du neu anfängst, kannst du tun, was du willst. Auf gewisse Weise geht's mir genauso.«

Ihr fiel etwas ein. »Würdest du gern Warren kennenlernen?« fragte sie. »Warren ist draußen im Auto und träumt von den schönen alten Zeiten.«

Quoyle stellte sich einen tattrigen alten Ehemann vor, aber Warren war eine Hündin mit schwarzen Wimpern und einem eingefallenen Gesicht. Sie knurrte, als die Tante die hintere Tür aufmachte.

»Hab keine Angst«, sagte die Tante. »Warren beißt nie wieder jemand. Sie haben ihr vor zwei Jahren sämtliche Zähne gezogen.«

4
Schiffbruch

»Schiffbruch erleiden:
bei einem Unglück über Bord gehen.«

SEEMANNSLEXIKON

Quoyles Gesicht hatte die Farbe einer schlechten Perle. Er saß auf den Sitz einer Fähre gezwängt, die nach Neufundland schlingerte, die Windjacke bis zur Wange hochgezogen, den Ellbogen naß, dort, wo er hineingebissen hatte.

Der Geruch von Meeresfeuchte und Farbe, gekochtem Kaffee. Und kein Entrinnen vor dem Rauschen in den Lautsprechern für die Mitteilungen an die Passagiere, dem Gewehrknattern aus dem Kinoraum. Passagiere, die »Einen Dollar für mich« sangen und über ihrem Whiskey schwankten.

Bunny und Sunshine standen auf den Sitzen Quoyle gegenüber und starrten durch Scheiben in die Spielzimmer. Karmesinrote Kunststoffüberzüge an den Wänden, eine Decke, die Köpfe und Schultern spiegelte wie körperlose Putten auf alten Glückwunschkarten. Die Kinder hatten nur Augen für die Wasserblasenmusik.

Neben Quoyle ein Knäuel vom Strickzeug der Tante. Die Nadeln stachen ihm in die Oberschenkel, aber das war ihm egal. Er war seekrank bis zum Gehtnichtmehr. Auch wenn die Fähre nach Neufundland tuckerte – seine Chance für einen Neuanfang.

Die Tante hatte treffend argumentiert. Was blieb ihm in Mockingburg noch? Arbeitslos, die Frau weg, die Eltern gestorben. Und da war das Geld aus Petals Unfallversicherung. Dreißigtausend für den Ehegatten und zehntausend für jedes rechtmäßige Kind. An eine Versicherung hatte er nicht gedacht, aber der Tante war sie sofort in den Sinn gekommen. Die Kinder schliefen, Quoyle und die Tante saßen am Küchentisch. Die Tante in ihrem weiten lila Kleid, die aus einer Teetasse einen Schluck Whiskey trank. Quoyle mit einer Tasse Ovomaltine. Damit er besser einschlafen könne, sagte die Tante. Blaue Schlaftabletten. Es war ihm peinlich, aber er schluckte sie. Völlig abgebissene Fingernägel.

»Es ist sinnvoll«, sagte sie, »daß du an einem anderen Ort ein neues Leben anfängst. Den Kindern und auch dir zuliebe. Damit würdet ihr alle leichter über das Geschehene wegkommen. Man braucht nämlich ein Jahr, einen ganzen Kalenderlauf, um über den Verlust von jemand wegzukommen. Die Redensart stimmt. Und es hilft einem, wenn man an einem anderen Ort lebt. Und was wäre natürlicher als der Ort, aus dem deine Familie stammt? Vielleicht könntest du rumfragen, bei deinen Zeitungsfreunden, dich umhören. Vielleicht gibt's da oben einen Job für dich. Schon allein die Reise wäre für die Mädchen ein Erlebnis. Sie würden was Neues von der Welt sehen. Und um ehrlich zu sein«, sie tätschelte ihm den Arm mit ihrer alten fleckigen Hand, »es wäre mir eine Hilfe, wenn ich dich dabei hätte. Ich wette, wir würden ein gutes Gespann abgeben.«

Die Tante lehnte sich auf den Ellbogen. Stützte das Kinn aufs Handgelenk. »Wenn man älter wird, merkt man, daß der Ort, wo alles angefangen hat, immer stärker an einem zieht. Wie ich jung war, hab' ich Neufundland nie wieder sehen wollen, aber die letzten Jahre war's wie ein Schmerz, einfach eine Sehnsucht, dorthin zurückzukehren. Ist vermutlich ein primitiver Drang, da zu enden, wo man angefangen hat. Also fange ich gewissermaßen auch wieder von vorn an. Will mein kleines Geschäft da rauf verlegen. Weh tun kann's dir doch nicht, dich nach einem Job zu erkundigen.«

Er überlegte, ob er Partridge anrufen, es ihm erzählen sollte. Die Trägheit des Kummers hatte ihn im Griff. Er konnte es nicht. Nicht im Moment.

Wachte um Mitternacht auf, tauchte aus einem auberginefarbenen Alptraum hoch. Petal steigt in einen Brotlieferwagen. Der Fahrer ist grobschlächtig, kahlköpfig, aus seinen

Nasenlöchern tropft Rotz, seine Hände sind von etwas Unnennbarem verklebt. Quoyle vermag beide Seiten des Lieferwagens gleichzeitig zu sehen. Sieht, wie die Hände sich unter Petals Kleid nach oben schieben, das Gesicht in ihrem eichenbraunen Haar versinkt, und die ganze Zeit schlingert der Lieferwagen Autobahnen entlang, schwankt über Brücken ohne Geländer. Quoyle fliegt irgendwie neben ihnen her, von Sorge getrieben. Scheinwerferbündel flackern immer näher. Er bemüht sich, Petals Hand zu erreichen, sie aus dem Brotlieferwagen zu ziehen, weil er weiß, was folgen muß (und es dem Fahrer wünscht, der sich in seinen Vater verwandelt hat), kann sie aber nicht erreichen, leidet an einer quälenden Lähmung, obwohl er dagegen ankämpft. Die Scheinwerfer ganz nah. Er will ihr zurufen, daß ihr der Tod droht, hat aber keine Stimme. Wachte auf und zerrte noch am Laken.

Die übrige Nacht saß er mit einem Buch auf dem Schoß im Wohnzimmer. Seine Augen wanderten hin und her, er las, verstand aber kein Wort. Die Tante hatte recht. Nichts wie weg hier.

Er brauchte eine halbe Stunde, um Partridges Telefonnummer herauszubekommen.

»Mensch, Mann, neulich hab' ich erst an dich gedacht.« Partridges Stimme kam frisch über die Leitung. »Hab' mir überlegt, was wohl aus dem alten Quoyle geworden ist! Wann besuchst du uns denn mal? Weißt du, daß ich ausgestiegen bin aus der Zeitungsbranche? Ja, ausgestiegen.« Der Gedanke, daß Mercalia allein da draußen unterwegs war, sagte er, habe ihn dazu gebracht, selber den Lkw-Führerschein zu machen.

»Wir fahren jetzt im Team. Haben vor zwei Jahren ein Haus gekauft. Wollen uns bald 'ne eigene Karre kaufen und auf eigene Rechnung fahren. Diese Lkw sind was Feines – Doppelkoje, kleine Kochnische. Klimaanlage. Wir sitzen über dem Verkehr, schauen auf die Autos runter. Verdienen dreimal soviel Geld wie ich früher. Die Zeitung vermiss' ich überhaupt nicht. Und was gibt's bei dir Neues, arbeitest du noch bei Punch?«

Er brauchte nur zehn oder elf Minuten, um Partridge alles zu erzählen, von seiner unerwiderten Liebe über die alptraumhaften Geschehnisse bis zu den Gesprächen mit der Tante an einem Tisch voller Landkarten.

»Bist 'n Hund, Quoyle. Hast alle Höhen und Tiefen durchgemacht. Nichts ausgelassen. Wenigstens hast du deine Kinder wieder. Also, ich will dir was sagen. Aus der Zeitungsbranche bin ich draußen, aber ein paar Beziehungen hab' ich noch. Mal sehen, was ich machen kann. Wie heißen noch mal die nächstgelegenen Städte?«

Da gab's nur eine, und die hatte den merkwürdigen Namen Killick-Claw – Ankerhaken.

Zwei Tage später war Partridge wieder am Apparat. Freute sich, Quoyles Leben erneut einrichten zu können. Bei Quoyle mußte er immer an eine riesige Rolle Zeitungspapier aus der Papiermühle denken. Weiß und gesprenkelt mit kleinen Fehlern. Doch in dieser Schwammigkeit nahm er schwach einen Lichtreflex wie von einer weit entfernten Radkappe wahr, ein Glitzern, das besagte, daß in Quoyles Leben die Chance auf ein wenig Glanz bestand. Zufriedenheit? Glück? Ruhm und Reichtum? Wer weiß, dachte Partridge. Er selbst mochte den kräftigen Geschmack des Lebens so sehr, daß er Quoyle auch ein oder zwei Mahlzeiten wünschte.

»Erstaunlich, wie die alten Fäden noch ziehen. Ja, da oben gibt's 'ne Zeitung. 'ne Wochenzeitung. Und sie suchen nach 'nem Mitarbeiter. Wenn's dich interessiert, geb' ich dir den Namen, den ich rausgefunden hab'. Die wollen jemanden für die Rubrik ›Schiffsmeldungen‹. Liegt vermutlich direkt an der Küste. Wollen möglichst jemand mit Verbindungen zur Seefahrt. Quoyle, hast du Verbindungen zur Seefahrt?«

»Mein Großvater war Robbenjäger.«

»Mein Gott. Du erwischst mich immer wieder kalt. Jedenfalls wenn's klappt, dann mußt du dich um Arbeitserlaubnis, Einwanderungsgenehmigung und so weiter kümmern. Handel was aus mit denen. Okay. Der Chefredakteur heißt Tertius Card. Hast du was zum Schreiben? Ich geb' dir die Nummer.«

Quoyle schrieb mit.

»Also dann, viel Glück. Halt mich auf dem laufenden. Und noch was: Wenn du Lust hast, bei mir und Mercalia zu wohnen, dann komm einfach. Hier kannst du wirklich gut Kohle machen.«

Doch der Gedanke an den Norden ergriff von ihm Besitz. Er brauchte etwas, wogegen er sich wappnen konnte.

Einen Monat später fuhren sie in seinem Kombiwagen davon. Im Seitenspiegel warf er einen letzten Blick auf das gemietete Haus, sah die leere Veranda, den Forsythienstrauch, die fleischfarbenen Unterhosen des Nachbarn, die an der Wäscheleine flatterten.

Und so saßen Quoyle und die Tante auf dem Vordersitz, die Kinder hinten und die alte Warren bald zwischen den Koffern, bald kletterte sie unbeholfen nach vorn und setzte sich zwischen Bunny und Sunshine. Aus Servietten bastelten sie ihr Papiermützen, banden ihr den Schal der Tante um den haarigen Hals, fütterten ihr Pommes frites, wenn die Tante nicht aufpaßte.

Über zweitausend Kilometer durch New York, Vermont und schräg nach oben durch die übel zugerichteten Wälder von Maine. Durch Neubraunschweig und Neuschottland auf dreispurigen Autobahnen, Schwierigkeiten auf der mittleren Spur, daß die Tante die Fäuste ballte. In North Sydney öligen Fisch zum Abendessen, und keinen störte es, und am rauhen Morgen die Fähre nach Port-aux-Basques. Endlich.

Quoyle litt auf den Polstern, die Tante schritt auf dem Deck hin und her, blieb ab und zu stehen, um sich an der Reling über das schwappende Wasser zu beugen. Oder stand mit gespreizten Beinen da, die Hände auf dem Rücken verschränkt, das Gesicht im Wind. Die Haare von einem Kopftuch gebändigt, das Gesicht wie ein Stein mit kleinen klugen Augen.

Mit einem Mann mit Seemannsstrickmütze redete sie über das Wetter. Sie unterhielten sich eine Weile. Jemand anderes, der vorbeischlingerte, sagte: Stürmisch heute, wie? Sie machte sich Sorgen um Warren, die unten im Kombiwagen auf und ab geschaukelt wurde. Konnte nicht wissen, wie ihr geschah. War nie auf See gewesen. Dachte vermutlich, die Welt würde untergehen, und war ganz allein in einem fremden Auto. Der Mann mit der Strickmütze sagte: »Keine Sorge, der Hund verschläft die ganze Überfahrt. Hunde sin' so.«

Die Tante hielt Ausschau, sah blaues Land voraus, ihr erster Blick auf die Insel seit fast fünfzig Jahren. Konnte die Tränen nicht zurückhalten.

»Se kommen nach Hause, wie?« sagte der Mann mit der Strickmütze. »Tjä, da geht's ein'm so.«

Dieser Ort, dachte sie, dieser Felsen, neuntausend Kilometer dicht eingenebelte Küste. Gesunkene Schiffe unter gekräuseltem Wasser, Boote, die sich durch Meerengen zwischen eisverkrusteten Klippen fädelten. Tundra und Ödland, ein Landstrich voll verkümmerter Fichten, welche die Menschen fällten und wegzerrten.

Wie viele waren hierhergekommen und hatten an der Reling gelehnt wie jetzt sie? Auf den Felsen im Meer gestarrt. Wikinger, die Basken, die Franzosen, Engländer, Spanier, Portugiesen. Angezogen vom Kabeljau, in den Tagen, als Unmengen von Fisch die Schiffe in der Drift auf ihrem Weg zu den Gewürzinseln aufhielten, erwarteten sie Städte aus Gold. Der Matrose im Mastkorb träumte von gebratenem Alk oder süßen Beeren in Bechern aus geflochtenem Glas, sah jedoch krumpelige Wellen, Lichter, die die Reling entlangflackerten. Die Städte bestanden einzig aus Eis, Eisberge mit Kernen aus Beryll, blauen Edelsteinen in weißen Edelsteinen, von denen einige behaupteten, sie würden einen Mandelgeruch verströmen. Als Kind hatte sie den bitteren Duft gerochen.

Küstenerkundungstrupps kehrten blutverkrustet vor Insektenstichen an Bord zurück. Naß, naß sei das Innere der Insel, erzählten sie, Sumpf und Moor, Flüsse und ein Teich am anderen, wo es vor metallisch krächzenden Vögeln wimmelte. Die Schiffe schrammten um die Küstenzacken. Und der Matrose im Ausguck sah Schatten von Karibus im Nebel auftauchen.

Später war die Gegend bei manchen dafür bekannt, daß sie bösartige Geister hervorbrachte. Die Hungersnöte im Frühling zeitigten knochige Köpfe, knotige Gelenke unter Fleisch. Was für eine verzweifelte Mühsal, am Leben zu bleiben, sich durch harte Zeiten zu kratzen und zu scharren. Das alchimistische Meer verwandelte Fischer in nasse Knochen, trieb Boote zum Kabeljau hinaus, warf sie aufs Küstenvorland. Sie erinnerte sich an die Erzählungen aus alten Mündern: der Vater, der seine ältesten Kinder und sich selbst erschoß, damit der Rest von den Mehlkrümeln leben konnte; Robbenfänger, auf einer Eisscholle kauernd, die wegen ihres Gewichts vom Wasser überspült war, bis einer ins Meer sprang; Sturmfahrten, um Arzneien zu holen – immer das Falsche und zu spät für den von Krämpfen geschüttelten an Land Gebliebenen.

Seit ihrer Zeit als junges Mädchen war sie nicht mehr in diesen Gewässern gewesen, aber es brandete wieder in ihr hoch, das hypnotische Brodeln des Meeres, der Geruch nach Blut, Wetter und Salz, Fischköpfen, Fichtenholzrauch und stinkenden Achselhöhlen, das Rappeln von Felsen wie Seifenkugeln in fauchenden Wogen, Lummen, der Geschmack von hartem, eingeweichtem und gekochtem Brot, das Schlafzimmer unter der Dachrinne.

Doch jetzt, hieß es, sei es mit dem harten Leben vorbei. Die Kräfte des Schicksals geschwächt von der Arbeitslosenversicherung, der aufflammenden Hoffnung auf Geld aus Ölbohrungen vor der Küste. Alles war jetzt Fortschritt und Besitz, alles ein Drängen und Schieben. Hieß es.

Fünfzehn war sie gewesen, als sie von Quoyle's Point fortzogen, siebzehn, als die Familie in die Staaten ging, ein Tropfen in den Fluten von Neufundländern, die fortbrausten von den abgelegenen Fischerdörfern, Inseln und versteckten Buchten, wie Wasser fortbrausten von Isolation, Ungebildetheit, Hosen aus abgenutzten Polsterstoffen, zahnlosen Gebissen, fort von verdrehten Gedanken und rauhen Händen, von der Verzweiflung.

Und ihr Vater, Harold Hamm, einen Monat vor ihrem Aufbruch gestorben, umgekommen, als ein Knoten, der einen

Ladehaken sicherte, nicht hielt. Beim Ausladen von Fässern mit Nägeln. Die Schlinge rutschte, das Faß krachte herunter. Seine eisenberingte Kante traf ihn im Nacken, renkte ihm Wirbel aus und zerschmetterte sein Rückgrat. Gelähmt verschied er auf dem Dock, ohne sprechen zu können; wer wußte, welche Gedanken gegen die Flutlinie seines zusammenschnurrenden Gehirns brandeten, als Frau und Kinder sich über ihn beugten und flehten: Vater, Vater. Keiner sagte seinen Namen, nur das Wort ›Vater‹, als wäre die Vaterschaft das Größte in seinem Leben gewesen. Sie weinten. Sogar Guy, dem es nur auf sich selbst ankam.

Es ist so merkwürdig, dachte sie, dorthin zurückzukehren – mit einem verwitweten Neffen und Guys Asche. Sie hatte dem schluchzenden Quoyle den Behälter weggenommen und ins Gästezimmer hinaufgetragen. Hatte wachgelegen und gedacht, daß sie Guy in eine Plastiktüte vom Supermarkt schütten, die Tragegriffe zuschnüren und ihn in die Mülltonne werfen könnte.

Bloß der Gedanke.

Fragte sich, wer sich mehr verändert hatte, der Ort oder sie selbst. Es war ein machtvoller Ort. Sie schauderte. Jetzt war es bestimmt besser. Lehnte sich auf die Reling und blickte in den dunklen Atlantik, der am Abgrund der Vergangenheit schnupperte.

5
Ein Rollstek

»Mit einem Roll- oder Kneifstek kann man einen Besen, der keine Kerbe hat, aufhängen, sofern die Oberfläche nicht zu glatt ist.«

DAS ASHLEY-BUCH DER KNOTEN

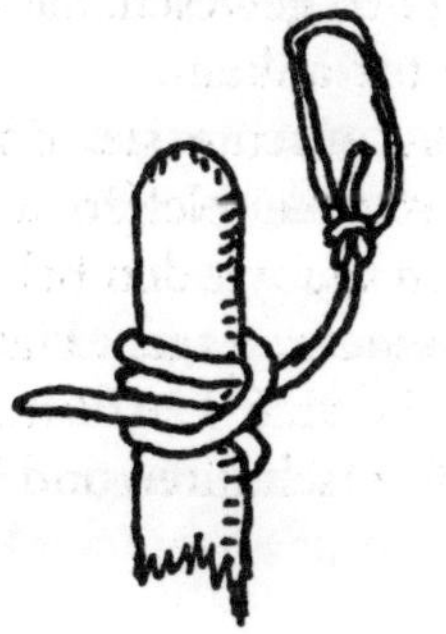

Auf dem Boden hinter dem Sitz knurrte Warren. Auf einem Highway, der von Güterlastwagen eingefurcht war, steuerte Quoyle die Westküste der Großen Nördlichen Halbinsel entlang. Der Highway verlief zwischen den kabbeligen Wellen der Belle-Isle-Straße und Bergen wie blauen Melonen. Jenseits der Meerenge das schwermütige Labrador. Lastwagen schaukelten in Karawanen gen Osten, die Fahrerkabinen aus rostfreiem Stahl voll Nebelperlen. Fast erkannte Quoyle den drohenden Himmel wieder. Als hätte er einst von diesem Landstrich geträumt, ihn später vergessen.

Das Auto rollte über zerklüftetes Land. Gestrüpp. Rissige Klippen unter vulkanischen Lasuren. Auf einem Vorsprung über dem Meer legte ein Seetaucher sein einzelnes Ei. Die Häfen noch vereist. Grabsteinhäuser, die auf rauhem Granit emporragten, die Küste schwarz, glitzernd wie Brocken aus Silbererz.

Ihr Haus, sagte die Tante, die Finger kreuzend, stehe draußen auf Quoyle's Point. Die Landspitze jedenfalls sei noch auf der Karte. Ein Haus, das vierundvierzig Jahre leer gestanden habe. Sie spöttelte, sagte, es könne nicht immer noch stehen, glaubte aber insgeheim, daß etwas sich erhalten, die Zeit sie nicht um diese Rückkehr betrogen habe. Ihre Stimme schepperte. Quoyle hörte zu und fuhr mit offenem Mund, als wollte er die subarktische Luft schmecken.

Am Horizont Eisberge wie weiße Gefängnisse. Das riesige blaue Gewebe des Meeres, verkrumpelt und zerknittert.

»Schau«, sagte die Tante. »Fischerboote.« Ganz klein in der Ferne. Wellen, die an die Landzungen brandeten. Berstendes Wasser.

»Ich erinnere mich an einen Kerl, der hat in einem Bootswrack gewohnt«, sagte die Tante. »Der alte Danny Soundso. Es wurde so weit ans Ufer gezogen, daß es sturmsicher war, und er richtete es wieder her. Mit einem kleinen Schornsteinturm, einem steingesäumten Pfad. Hat dort jahrelang gewohnt, bis eines Tages, als er davorsaß und Fischernetze flickte, der verrottete Rumpf zusammenkrachte und ihn erschlug.«

Auf dem Weg nach Osten schrumpfte der Highway zu einer zweispurigen Straße zusammen, verlief unter den Klippen, dann vorbei an Fichtenwäldern, vor denen Schilder mit der Aufschrift FÄLLEN VERBOTEN standen. Quoyle maß die wenigen Motels, an denen sie vorüberfuhren, mit dem Blick eines Menschen, der erwartete, in einem davon zu schlafen.

Die Tante ringelte Quoyle's Point auf der Karte ein. An der Westseite der Omaloor Bay ragte die Landzunge in den Ozean wie ein gebogener Daumen. Mochte das Haus nun eingestürzt, verwüstet, abgebrannt, in Teilen davongetragen worden sein – dort hatte es gestanden. Früher.

Die Bucht sah auf der Karte aus wie ein hellblaues Reagenzglas, in das der Ozean floß. Durch den Flaschenhals fuhren Schiffe in die Bucht ein. An der Ostküste die Siedlung Flour Sack Cove, fünf Kilometer weiter unten die Stadt Killick-Claw und am Flaschenboden entlang haufenweise kleine Buchten. Die Tante wühlte in ihrer großen schwarzen Handtasche nach einer Broschüre. Las laut die Reize von

Killick-Claw vor, Zahlen über die staatliche Werft, Fischfabrik, Frachthafen, Restaurants. Einwohner: zweitausend. Unbegrenztes Potential.

»Deine neue Stelle ist in Flour Sack Cove, oder? Das liegt genau gegenüber von Quoyle's Point. Dürften zu Wasser so etwa drei Kilometer sein. Und eine lange Fahrt zu Land. Früher gab's jeden Morgen und Abend eine Fähre von Capsize Cove nach Killick-Claw. Aber die ist vermutlich eingestellt. Wenn du ein Boot mit Motor hättest, könntest du selber fahren.«

»Wie kommen wir zu Quoyle's Point raus?« fragte er.

Es gehe eine Straße von der Hauptstraße ab, sagte die Tante, die sei als gepunktete Linie auf der Karte eingezeichnet. Quoyle gefielen die als gepunktete Linien eingezeichneten Straßen nicht, an denen sie vorbeifuhren. Kies, Morast, ein Waschbrett ins Nirgendwo.

Sie verpaßten die Abzweigung, fuhren weiter, bis sie Zapfsäulen sahen. Ein Schild. IG'S STORE. Ein Laden in einem Wohnhaus. Dunkler Raum. Hinter dem Tresen konnten sie eine Küche sehen, einen fauchenden Teekessel auf dem Herd. Bunny hörte Fernsehgelächter.

Während Quoyle darauf wartete, daß jemand kam, sah er sich Bärentatzen-Schneeschuhe an. Ging herum, betrachtete die selbstgemachten Regale, offene Schachteln mit Messern zum Häuten, Nadeln zum Netzflicken, Garnspulen, Gummihandschuhe, Fleischkonserven, einen Stapel Abenteuervideos. Bunny lugte durch die Kühlschranktür auf warzige Frostschichten über Eiskrembehältern.

Aus der Küche kam ein Mann mit abstehendem Riedgrashaar unter einer Mütze, auf die der Name eines französischen Fahrradherstellers gestickt war; kaute etwas Knorpeliges. Die Hose ein fades, verbeultes Etwas aus Wolle. Die Tante redete. Quoyle probierte für seine Kinder eine Robbenfellmütze auf, half ihnen, sich Puppen aus Wäscheklammern auszusuchen. Auf den Köpfen lächelten mit Tusche gemalte Gesichter.

»Können Sie uns sagen, wo die Straße nach Capsize Cove abgeht?«

Kein Lächeln. Schluckte vor dem Antworten.

»'n ganzes Stück hinter Ihn'n. Zweigt einfach vonner Hauptstraße ab. Rechts, wenn Se zurückfahr'n. Dort is' jetzt nich' viel.« Er blickte weg. Sein Adamsapfel ein haariger Hügel an seinem Hals wie irgendein sonderbares Geschlechtsorgan.

Quoyle vor einem Gestell mit Comic-Heften; musterte einen Gangster, der mit einer Laserkanone auf eine gefesselte Frau feuerte. Die Gangster hatten immer grüne Anzüge an. Er bezahlte die Puppen. Kalte Münzen fielen aus den Fingern des Mannes.

Auf der Hauptstraße dreimal hin und her, ehe sie einen holprigen Streifen entdeckten, der sich in den Himmel erstreckte.

»Tante, ich glaub' nicht, daß ich da fahren kann. Das sieht nicht so aus, als würde es da irgendwohin gehen.«

»Da sind Reifenspuren drauf«, sagte sie und zeigte auf Abdruckrillen. Quoyle bog in die morastige Straße ein. Wühlte sich durch Schlamm. Die Reifenspuren verschwanden. Muß umgekehrt sein, dachte Quoyle, wollte am liebsten das gleiche tun und es am nächsten Tag wieder versuchen. Oder war in ein abgrundtiefes Loch gefallen.

»Wann sind wir denn endlich da?« fragte Bunny und trat von hinten gegen den Sitz. »Ich hab's satt, irgendwohin zu fahren. Ich will dort sein. Ich will meinen Badeanzug anziehen und am Strand spielen.«

»Ich auch.« Beide warfen sie sich im Takt gegen den Sitz.

»Es ist zu kalt. Jetzt gehen bloß Eisbären schwimmen. Aber ihr könnt Steine ins Wasser werfen. Auf der Karte, Tante, wie lang ist die Straße da?« Schmerzende Hände vom tagelangen Klammern.

Sie schnaufte eine Weile über der Karte. »Von der Hauptstraße bis nach Capsize Cove sind es fünfundzwanzig Kilometer.«

»Fünfundzwanzig Kilometer auf so was!«

»Und dann« – als hätte er nichts gesagt – »noch einmal siebzehn bis Quoyle's Point. Zu dem Haus. Was noch davon übrig ist. Auf der Karte ist die Straße eingezeichnet, aber früher war sie nicht da. Es gab einen Fußweg. Die Leute sind nämlich nicht gefahren, die hatten damals keine Autos. Haben das Boot genommen. Keiner hatte einen Pkw oder Lkw. Die Asphaltstraße, auf der wir hergekommen sind, ist ganz neu.« Dagegen die mit schwerer Hand an den Horizont geschriebene Signatur des Felsgesteins; unverändert, unveränderlich.

»Hoffentlich kommen wir nicht nach Capsize Cove und merken, daß wir noch siebzehn Kilometer marschieren müssen.« Das Rascheln seines Nylonärmels am Lenkrad.

»Wär' schon möglich. Dann kehren wir einfach um.« Ihr Gesichtsausdruck wirkte abwesend. Die Bucht schien aus ihren Gedanken hervorzukommen, eine blaue Halluzination.

Quoyle und die Straße im Zweikampf. AUTO FÄLLT AUF ABGELEGENEM ZIEGENPFAD AUSEINANDER. Dämmerung drang herein, das Auto mühte sich einen Hang hinauf. Sie waren am Rand der Klippen. Unten Capsize Cove, die verlassenen Häuser windschief. Verblassendes Licht. Weiter vorn verlief sich die Fahrspur in der Ferne.

Quoyle fuhr auf das Bankett, fragte sich, ob schon einmal jemand hinuntergestürzt war – von Felsen abprallendes Metall. Die Abzweigung hinunter zu dem verfallenen Dorf steil, mit Gesteinsbrocken übersät. Eher eine Wasserfurche als eine Straße.

»Also, bis zur Landspitze schaffen wir's heut abend nicht«, sagte er. »Weiter sollten wir, finde ich, nicht fahren, bevor wir nicht bei Tageslicht einen Blick auf die Straße werfen können.«

»Du willst doch nicht vielleicht auf die Hauptstraße zurück, oder?« rief die Tante mit ihrer hitzigen Stimme. So nah am Anfang von allem.

»Genau«, sagte Bunny. »Ich will in ein Motel mit Fernseher und Hamburgern und Pommes zum Im-Bett-Essen. Und mit Lichtern, die immer weiter ausgehen, wenn man am Schalter dreht. Und den Fernseher kann man mit dem Ding ein- und ausschalten, ohne aus dem Bett zu gehen.«

»Ich will Brathähnchen im Bett«, sagte Sunshine.

»Nein«, sagte Quoyle. »Wir bleiben, wo wir sind. Wir

haben ein Zelt im Kofferraum. Das stelle ich neben dem Auto auf, und da schlaf' ich drin. So sieht's aus.« Er blickte die Tante an. Es war ihre Idee gewesen. Aber sie beugte sich über ihre Handtasche und wühlte nach etwas Persönlichem. Ihr altes Haar war plattgedrückt und zerzaust.

»Wir haben Luftmatratzen, wir haben Schlafsäcke. Wir blasen die Luftmatratzen auf und klappen den Rücksitz um, breiten sie aus, legen die Schlafsäcke drauf, und schon habt ihr zwei schöne, bequeme Betten. Eins bekommt die Tante, und ihr zwei Mädels könnt euch das andere teilen. Ich brauche keine Luftmatratze. Ich lege meinen Schlafsack auf den Zeltboden.« Er schien Fragen zu stellen.

»Aber ich hab' so Hunger!« jammerte Bunny. »Ich hasse dich, Dad! Du bist blöd!« Sie beugte sich nach vorn und schlug Quoyle auf den Hinterkopf.

»Jetzt reicht's!« Die empörte Tante brüllte Bunny an. »Setz dich auf deinen Platz, Miss, und laß mich nie wieder hören, daß du so mit deinem Vater sprichst, oder ich versohl' dir deinen Hintern.« Die Tante ließ zu, daß das Blut um ihr Herz aufwallte.

Bunnys Gesicht verzog sich zu einer tragischen Maske. »Petal sagt, daß Dad blöd ist.« Sie haßte sie alle.

»Jeder ist bei bestimmten Sachen blöd«, sagte Quoyle sanft. Er langte zwischen den Sitzen nach hinten, bot Bunny seine rote Hand an. Um sie wegen des Scheltens der Tante zu trösten. Der Hund leckte ihm die Finger. Er hatte das vertraute Gefühl, daß alles schief lief.

»Also, das mach' ich nie wieder«, sagte die Tante, legte den Kopf zurück und ließ ihn kreisen. »Im Auto schlafen. Ich hab' das Gefühl, mein Hals ist angeschweißt. Und Bunny schläft so ruhig wie ein Schneebesen.«

Sie gingen in der dunstigen Feuchte umher, schweigend. Das Auto verkrustet von Salz. Quoyle blinzelte nach der Straße. Sie machte eine Biegung, führte von der Küste weg in den Nebel hinein. Was er von ihr erkennen konnte, sah gut aus. Besser als am Vortag.

Die Tante schlug nach Mücken, verknotete ein Kopftuch

unter ihrem Kinn. Quoyle sehnte sich nach bitterem Kaffee oder klarer Sicht. Was er sich auch erhoffte, nichts traf ein. Er rollte das feuchte Zelt zusammen.

Als er Zelt und Schlafsack ins Auto warf, klappten Bunnys Augen auf, aber sobald er das Auto anließ, versank sie wieder in Schlaf. Sah blaue Perlen, die unaufhörlich von einer Schnur fielen, obwohl sie beide Enden ganz fest hielt.

Das Innere des Kombiwagens roch nach Menschenhaar. Im Nebel tauchte ein Bogen auf, dahinter ein zweiter mit einem blassen Farbprisma.

»Ein Nebelbogen«, sagte die Tante. Wie laut der Motor klang.

Plötzlich waren sie auf einer guten Kiesstraße.

»Schau einer an«, sagte Quoyle. »Ist ja prima.« Die Straße schlängelte sich dahin. Sie überquerten eine Betonbrücke über einem bierfarbenen Bach.

»Verflixt aber auch«, sagte die Tante. »Eine herrliche Straße. Aber wofür?«

»Das weiß ich auch nicht«, meinte Quoyle und gab Gas.

»Muß doch einen Grund haben. Vielleicht kommen die Leute von Killick-Claw mit der Fähre nach Capsize Cove herüber und fahren dann auf dem Weg hier zu Quoyle's Point? Gott weiß, warum. Vielleicht gibt's dort einen Naturschutzpark. Vielleicht ein großes Hotel«, sagte die Tante. »Aber wie in aller Welt sollten sie von Capsize Cove heraufkommen? Die Straße dort ist völlig ausgewaschen. Und Capsize Cove ist tot.«

Sie sahen Riedgras auf dem Mittelstreifen, eine morastige Grube, wo ein Bachabfluß unter der Straße eingebrochen war, und auf den schlammigen Banketten Hufabdrücke, so groß wie Kochtöpfe.

»Auf dieser Wunderstraße ist lang keiner mehr gefahren.«

Quoyle trat auf die Bremse. Warren jaulte auf, als sie gegen den Rücksitz geworfen wurde. Quer zur Fahrbahn stand drohend ein Elch; zog sich mißmutig zurück.

Kurz nach acht bogen sie um eine letzte Kurve. Die Straße endete an einem asphaltierten Parkplatz neben einem Betongebäude. Von allen Seiten drängte verwildertes Ödland heran.

Quoyle und die Tante stiegen aus. Stille – mit Ausnahme des Windes, der sich an der Ecke des Gebäudes wetzte, der nagenden See. Die Tante zeigte auf Risse in den Mauern, ein paar Fenster oben unter der Dachtraufe. Sie versuchten es an den Türen. Aus Metall und verschlossen.

»Keine Ahnung«, sagte die Tante, »was das ist. Oder war.«

»Ich weiß nicht, was ich davon halten soll«, sagte Quoyle, »aber hier hört alles auf. Und der Wind geht wieder los.«

»Oh, das Gebäude gehört zweifellos zur Straße«, meinte die Tante. »Also, wenn wir was zum Wasserkochen auftreiben können, ich hab' Teebeutel in meiner Brieftasche. Machen wir eine Pause und denken wir über die Sache nach. Wir können aus den Limodosen der Mädels trinken. Ich kann's nicht glauben, daß ich vergessen hab', Kaffee zu besorgen.«

»Ich hab' meine Campingpfanne dabei«, sagte Quoyle. »Ist noch nie benutzt worden. Sie war in meinem Schlafsack. Ich hab' die ganze Nacht drauf gelegen.«

»Probieren wir's«, sagte die Tante und klaubte abgestorbene, mit Moos behangene Fichtenzweige zusammen, Knallzweige sagte sie dazu, und das Moos war Altmännerschnurrbart. Erinnerte sich an die Namen der Dinge. Schichtete die Zweige im Windschatten des Gebäudes auf.

Quoyle holte die Wasserkanne aus dem Auto. Eine Viertelstunde später tranken sie aus den Limonadedosen brühheißen Tee, der nach Rauch und Orangenlimonade schmeckte. Die Tante zog den Ärmel ihres Pullovers herunter, um ihre Hand vor dem heißen Metall zu schützen. Nebel wallte ihnen ins Gesicht. Die Hosenschläge der Tante knallten im Wind. Ockerfarbener Glanz durchflutete den zerfledderten Nebel, gab die Bucht frei, füllte sie aus.

»Ah!« rief die Tante und zeigte in den sich auflösenden Nebel. »*Ich habe das Haus gesehen.* Die alten Fenster. Zwillingskamine. Wie es immer war. Da drüben! Ich sag' dir, ich hab's gesehen!«

Quoyle starrte hinüber. Sah sich auflösenden Nebel.

»Gleich da drüben. Die kleine Einbuchtung und dann das Haus.« Die Tante marschierte davon.

Bunny stieg aus dem Auto, noch im Schlafsack, schlurfte über den Asphalt. »Ist es das?« fragte sie, auf die Betonmauer starrend. »Ist ja scheußlich. Es hat keine Fenster. Wo soll mein Zimmer sein? Krieg' ich auch eine Limonade? Dad, aus der Dose kommt Rauch und aus deinem Mund auch. Wie machst du das, Daddy?«

Eine halbe Stunde später kämpften sie sich gemeinsam zu dem Haus vor, die Tante mit Sunshine auf den Schultern, Quoyle mit Bunny, der Hund humpelte hinterher. Der Wind fuhr unter den Nebel, trieb ihn nach oben. Kurze Blicke auf die zerzauste Bucht. Die Tante deutete; ihr Arm wie der einer Schießbudenfigur, die eine Zigarre in der metallenen Hand hält. In der Bucht sahen sie einen Muschelkutter auf halbem Weg zur Meerenge, hinter ihm Kielwasser wie ein Unterrocksaum.

Bunny saß auf Quoyles Schultern, die Hände unter seinem Kinn verschlungen, während er durch das Gestrüpp stapfte. Das Haus war grasfleckengrün, von Nebel bedeckt. Sie ertrug die Hände ihres Vaters auf den Knien, den Geruch seines langweiligen Haars, sein Gebrabbel, daß sie eine Tonne wiege, daß sie ihn ersticke. Das Haus schaukelte bei seinen Schritten durch ein peitschendes Meer von Zwergbirken. Bei diesem Grün wurde ihr übel.

»Sei jetzt brav«, sagte er und lockerte ihre Finger. Sechs Jahre trennten ihn von ihr, und jeder Tag bedeutete breiter werdendes Wasser zwischen ihrem seewärts gerichteten Boot und der Küste, die ihr Vater war. »Wir sind fast da, fast«, keuchte Quoyle zum Steinerweichen.

Er setzte sie auf dem Boden ab. Sie rannte mit Sunshine den Felshang hinauf und hinunter. Das Haus warf ihre Stimmen zurück, hohl und ungewohnt.

Das verlassene Gebäude stand auf Fels. Das auffälligste Merkmal war ein Fenster, das zu beiden Seiten je ein kleineres hatte, wie ein Erwachsener, der dasteht und schützend die Arme um die Schultern von Kindern legt. Oberlichte über der Tür. Quoyle fiel auf, daß die Hälfte der Scheiben fehlte. Vom Holz blätterte Farbe ab. Löcher im Dach. Die Bucht rollte und rollte.

»Ein Wunder, daß es noch steht. Die Dachtraufe ist schnurgerade«, sagte die Tante. Zitterte.

»Schauen wir mal, wie es innen aussieht«, meinte Quoyle. »Womöglich sind die Böden in den Keller durchgebrochen.«

Die Tante lachte. »Das ist unwahrscheinlich«, rief sie fröhlich. »Es gibt keinen Keller.« Das Haus sei mit Seilen an in den Felsen eingelassenen Eisenringen vertäut. Im Felsen Rostrillen, geschlagene Tritte wie Stufen, Mulden, so tief, daß man ein Kind darin hätte verstecken können. Die Trossen starrten vor gerissenen Drähten.

»Die Felsspitze ist nicht ganz eben«, sagte die Tante, und ihre Sätze flatterten davon wie Bänder an einem Pfahl. »Es war vor meiner Zeit, aber es hieß, bei Sturm wackelte es wie ein großer Schaukelstuhl hin und her. Den Frauen wurde übel davon, sie hatten Angst, also zurrten sie es fest, und es bewegt sich keinen Deut, aber der Wind, der durch die Trossen sirrt, macht ein Geräusch, das man nicht vergißt. Ach, ich weiß noch, wie es in den Winterstürmen war. Wie ein Stöhnen.« Denn das Haus sei von Wind umschlungen. »Das war ein Grund, warum ich froh war, als wir nach Capsize Cove rüberzogen. In Capsize gab's einen Laden, und das war 'ne große Sache. Aber dann sind wir die Küste runter nach Catspaw gezogen, und ein Jahr später waren wir unterwegs in die Staaten.« Sagte sich, daß sie sich beruhigen sollte.

Verrostete Vier-Zoll-Nägel; Bretter vor den Fenstern im Erdgeschoß. Quoyle schob seine Finger unter die Bretter und versuchte, sie anzuheben. Als würde er am Ende der Welt ziehen.

»Im Auto ist ein Hammer«, sagte er. »Unter dem Sitz. Vielleicht auch ein Stemmeisen. Ich geh' zurück und hol' die Sachen. Und das Essen. Wir können ein Frühstückspicknick machen.«

Der Tante fielen tausend Dinge wieder ein. »Hier bin ich geboren«, sagte sie. »In diesem Haus.« Auch andere Riten hatten hier stattgefunden.

»Ich auch«, sagte Sunshine und blies auf eine Mücke auf ihrer Hand. Bunny schlug danach. Fester als nötig.

»Nein, bist du nicht. Du bist in Mockingburg, New York,

geboren. Da drüben ist Rauch«, sagte Bunny, über die Bucht blickend. »Da brennt was.«

»Das ist Schonsteinrauch von den Häusern in Killick-Claw. Die machen sich da drüben gerade ihr Frühstück. Haferflocken und Pfannkuchen. Siehst du das Fischerboot da draußen, in der Bucht? Siehst du, wie es fährt?«

»Ich will's auch sehen«, sagte Sunshine. »Ich kann's nicht sehen. Ich kann's nicht *sehen.*«

»Hör auf zu brüllen, oder du siehst, wie dein Hintern eine Abreibung bekommt«, sagte die Tante. Das Gesicht rot im Wind.

Quoyle fiel ein, wie er selbst einmal einen Mathelehrer, der sich abwandte, keine Antworten gab, angeschrien hatte: »Ich kann's nicht sehen.« Der Nebel riß auf, das Meer leuchtete wie blaues Neon.

Das Holz, gehärtet von der Zeit und zerstörerischem Wetter, hielt die Nägel fest. Kreischend lösten sie sich. Er riß am Riegel, brachte die Tür aber erst auf, als er den Wagenheber in den Spalt zwängte und sie aufbrach.

Dunkelheit außer dem blendenden Viereck, das durch die Tür hereinstörmte. Echo von Dielen, die auf Fels auftrafen. Stückweise schoß Licht durch Glas, landete auf den staubigen Böden wie Streifen gelber Leinwand. Die Kinder rannten zur Tür hinein und wieder hinaus, hatten Angst, allein in die Düsternis zu gehen, kreischten, als Quoyle, der draußen Bretter abhob, gespenstisch lachte und »Huhuu, huhuu« stöhnte.

Dann drinnen. Die Tante kletterte die schmale Wendeltreppe hoch, Quoyle prüfte die Bodendielen, sagte: Vorsicht, Vorsicht. Staub lag dick in der Luft, und alle niesten. Kälte, Mief; schiefe Türen an losen Scharnieren. Die Treppenstufen abgetreten von tausendfachem Hinauf- und Hinunterschlurfen. Die Tapeten rollten sich von den Wänden. Auf dem Dachboden ein Federbett, aus dem Vogeldaunen quollen, der Drillich mit Flecken übersät. Die Kinder rannten von Zimmer zu Zimmer. Sogar in neuem Zustand mußten sie schäbig und hoffnungslos gewesen sein.

»Erster«, kreischte Bunny und wirbelte über knirschenden Boden. Doch vor den Fenstern die kühle Fläche der See.

Quoyle ging wieder nach draußen. Der Wind in seiner Nase so süß wie Quellwasser in einem durstigen Mund. Die Tante drinnen hustete und weinte halb.

»Da ist der Tisch, der geheiligte Tisch, die alten Stühle, der Ofen, o mein Gott, dort hängt der Besen an der Wand, wo er immer war.« Und sie langte nach dem Holzstiel. Der vermoderte Knoten riß, das Stroh fiel aus dem Bindedraht heraus, und die Tante hielt einen Stecken in der Hand. Sie sah, daß das Ofenrohr durchgerostet war, der Tisch auf kaputten Beinen stand, die Stühle gebrechlich waren. »Muß mal so richtig durchgeschrubbt werden. Wie Mutter immer sagte.«

Jetzt wanderte sie durch die Zimmer, drehte Bilder um, die zerbrochenes Glas spuckten. Hielt das Erinnerungsfoto von einer Toten hoch, nur halb geschlossene Augen, die Handgelenke mit Streifen aus weißem Tuch umwickelt. Der abgezehrte Körper lag auf dem Küchentisch, der Sarg lehnte an der Wand.

»Tante Eltie. Sie starb an Tbc.« Hielt ein anderes Foto von einer dicken Frau hoch, die eine Henne packte.

»Tante Pinkie. Sie war so stämmig, daß sie sich nicht auf den Nachttopf setzen konnte und ihn zum Pinkeln aufs Bett stellen mußte.«

Quadratische Zimmer, hohe Decken. Licht tröpfelte wie Wasser durch hundert funkelnde Löcher im Dach, verfing sich an Splittern. Dieses Schlafzimmer. In dem sie das Muster der Risse an der Decke besser kannte als alles andere in ihrem Leben. Ertrug es nicht, hinzusehen. Wieder unten, berührte sie einen mit Farbe verschmierten Stuhl, sah, daß die Enden der vorderen Stuhlbeine ganz abgenutzt waren. Die Dielen bogen sich unter ihren Füßen, Holz so nackt wie Haut. Ein vom Meer geglätteter Stein als Türstopper. Und drei Glückssteine an einem Draht zum Schutz für das Haus.

Eine Stunde später draußen: Quoyle an seinem Feuer, die Tante beim Ausräumen der Essensbox; Eier, eine zerknautschte Packung Brot, Butter, Marmelade. Sunshine drängte sich an die Tante, ihre Hände folgten ihr, griffen nach Packungen. Das Kind wickelte die Butter aus, die Tante verstrich sie mit einem Stück abgebrochenem Holz als Messer, verrührte die wackelnden Eier in der Pfanne. Den Brotkanten für den alten Hund. Am Ufer Bunny, die gesprenkelte Steine warf. Wenn einer auftraf, schlossen sich Schaumlippen über ihm.

Sie setzten sich ans Feuer. Der beißende Rauch wie eine Opfergabe auf einem Steinaltar, dachte die Tante und beobachtete, wie der Qualm mit dem Himmel verschmolz. Bunny und Sunshine lehnten sich an Quoyle. Bunny aß ein Stück Brot, das zusammengerollt war, so daß die Konfitüre an einem Ende hing, und beobachtete, wie der Rauch sich kräuselte.

»Dad. Warum schlängelt der Rauch sich?«

Quoyle riß Brotkringel ab, legte ein bißchen Ei darauf und sagte: »Da kommt ein kleines gelbes Küken zur Höhle des Riesen.«

Und er ließ die Bröckchen durch die Luft und in Sunshines Mund segeln. Schon waren die Kinder wieder auf und davon, sprangen ums Haus herum, über die verrosteten Trossen, die es am Felsen festhielten.

»Dad«, keuchte Bunny und schlug zwei Steine aufeinander. »Will denn Petal nicht mehr bei uns wohnen?«

Quoyle war verblüfft. Er hatte erklärt, daß Petal fort war, daß sie schlief und nie wieder aufwachen würde, hatte seinen Kummer hinuntergeschluckt und laut aus einem Buch vorgelesen, das ihm der Bestattungsunternehmer gegeben hatte: *Handreichungen, um Kinder über das Verscheiden eines geliebten Angehörigen zu trösten.*

»Nein, Bunny. Sie hat sich schlafen gelegt. Sie ist im Himmel. Weißt du nicht mehr, daß ich dir das gesagt habe?« Er hatte sie nämlich vor der Bestattung bewahrt, hatte das Wort nie benutzt. Tot.

»Und sie kann nicht wieder aufstehen?«

»Nein, sie schläft jetzt für immer und kann nie wieder aufstehen.«

»Du hast geweint, Daddy. Du hast deinen Kopf an den Kühlschrank gelehnt und geweint.«

»Ja«, erwiderte Quoyle.

»Aber ich hab' nicht geweint. Ich hab' gedacht, daß sie zurückkommt. Dann läßt sie mich ihre blauen Perlen tragen.«

»Nein. Sie kann nicht zurückkommen.« Und Quoyle hatte die blauen Perlen an eine wohltätige Einrichtung verschenkt, all die Ketten und Perlen, armvollweise edelsteinfarbene Kleidungsstücke, die alberne, mit Straß bestickte Samtmütze, das gelbe Trikot, den falschen Rotfuchsmantel, sogar die halb leeren Flakons »Trésor«.

»Wenn ich schlafen würde, würde ich aufwachen«, sagte Bunny und ging von ihm weg und um das Haus herum.

Sie war allein dort hinten, am Fuß des Felsens drängten sich die verkrüppelten Bäume. Ein Geruch nach Harz und Salz. Hinter dem Haus ein Felsvorsprung. Ein Süßwasserbach ergoß sich in ein Loch. Die Farbe des Hauses auf dieser, der Sonne abgewandten Seite war wieder dieses böse Grün. Sie schaute empor, und die Wände quollen nach außen, als würden sie einstürzen. Wandte sich wieder ab, und das Gestrüpp bewegte sie wie Beine unter einer Decke. Dort stand ein sonderbarer Hund, weiß, irgendwie mißgestaltet, mit verfilztem Fell. Die Augen glitzerten wie nasse Beeren. Er stand da, starrte sie an. Das schwarze Maul klaffte, die Zähne schienen dicht mit steifen Haaren überzogen. Dann war er verschwunden wie Rauch.

Sie kreischte, stand kreischend da, und als Quoyle zu ihr rannte, kletterte sie an ihm hoch, brüllte, er solle sie retten. Und obwohl er später eine halbe Stunde lang mit einem Stecken das Gestrüpp durchkämmte, sah er keinen Hund, keine Spur. Die Tante sagte, daß in alten Zeiten, als der Postbote mit einem Gespann gefahren kam und die Männer Feuerholz mit Hunden zogen, jeder solche Bestien hielt. Vielleicht, meinte sie zweifelnd, sei aus diesen Hunden ein wilder Stamm entstanden. Warren schnüffelte ohne Begeisterung, weigerte sich, Witterung aufzunehmen.

»Also, dann lauft jetzt nicht allein durch die Gegend. Bleibt bei uns.« Die Tante verzog Quoyle gegenüber das Gesicht, was bedeuten sollte – ja was? Daß das Kind eine Nervensäge war.

Sie blickte auf die Bucht hinunter, suchte die Küstenlinie ab, die Fjorde, dreihundert Meter hohe Klippen über milchigem Wasser. Dort flogen noch immer die gleichen Vögel auf wie Signalflaggen, zerrissen die Luft mit ihren messerscharfen Schreien. Sich verdüsternder Horizont.

Die alte Heimat der Quoyles, halb verfallen, abgelegen, die Wände und Türen abgerieben von den steinernen Leben toter Generationen. Die Tante spürte einen heißen Stich. Durch nichts würde sie sich ein zweites Mal vertreiben lassen.

6
Zwischen Schiffen

Jetzt mach sie fest, stau weg das Gier,
Hau ab, Johnny, hau ab hier!
Leg sie auf an der verdammten Pier,
Für uns ist's Zeit zu gehn!

Altes Shanty

Das Feuer war am Verlöschen. Schwarzweiß gesprenkelte Kohlen gaben ihre letzte Hitze ab. Bunny lag an Quoyle geschmiegt unter seiner gebauschten Jacke. Sunshine hockte auf der anderen Seite des Feuers und türmte Kieselsteine aufeinander. Quoyle hörte, wie sie ihnen zuraunte: »Nur rauf mit dir, mein Schatz, willst du Pfannkuchen?« Sie schaffte es nicht, mehr als vier aufeinanderzustapeln, ohne daß die Säule umstürzte.

Die Tante zählte an ihren Fingern Punkte ab, zog mit einem verkohlten Stecken auf dem Felsen Striche. Aber in dem Haus könnten sie nicht wohnen, meinte Quoyle, vielleicht noch lange nicht. Sie *könnten* in dem Haus wohnen, erwiderte die Tante, und die Worte schnappten nach etwas, aber es werde schwierig werden. Ja sogar wenn das Haus wie neu wäre, entgegnete Quoyle, könne er nicht jeden Tag auf dieser Straße hin und her fahren. Der erste Teil der Straße sei verflucht schlimm.

»Beschaff dir ein Boot.« Die Tante, verträumt, als meinte sie einen Schoner für die Handelsschiffahrt. »Mit einem Boot brauchst du keine Straße.«

»Und was ist bei stürmischem Wetter? Im Winter?« Quoyle hörte seine dämliche Stimme. Er wollte kein Boot, scheute den Gedanken ans Wasser. Schämte sich, daß er nicht schwimmen konnte, es nicht lernen konnte.

»Selten ist der Sturm, in dem ein Neufundländer die Bucht nicht überqueren könnte«, meinte die Tante trocken. »Im

Winter mit dem Motorschlitten.« Ihr Stecken kratzte über den Felsen.

»Eine Straße wäre vielleicht trotzdem besser«, erwiderte Quoyle und stellte sich vor, daß Kaffee aus einem Zapfhahn in seine Tasse schoß.

»Also gut, zugegeben, eine Zeitlang können wir in dem Haus nicht wohnen, vielleicht zwei oder drei Monate lang«, sagte die Tante. »Da können wir uns in Killick-Claw was zur Miete suchen, wo du in der Nähe deiner Zeitung bist, bis das Haus hergerichtet ist. Fahren wir doch heute nachmittag rauf, nehmen uns zwei Motelzimmer und schauen, ob wir ein Haus zum Mieten finden, trommeln ein paar Zimmerleute zusammen, die hier mit der Arbeit anfangen. Für die Mädchen brauchen wir einen Babysitter oder einen Kindergarten. Ich hab' meine eigene Arbeit, das weißt du. Muß mir eine Werkstatt suchen, mich einrichten. Der Wind wird stärker.« Die Kohlen sprühten Funken.

»Was arbeitest du eigentlich, Tante? Es ist mir ja peinlich, aber ich weiß es nicht. Na ja, es ist mir nie eingefallen, dich danach zu fragen.« War in diese unglaubliche Reise gestolpert, ohne etwas zu wissen, atmete Kummer wie ein saures Gas. Hoffte auf baldigen Sauerstoff.

»Verständlich unter den Umständen«, antwortete die Tante. »Ich bin Polsterer.« Sie zeigte ihre gelben, schwieligen Finger. »Ich hab' das Werkzeug und die Stoffe in Kisten packen und hierher schiffen lassen. Müßten nächste Woche ankommen. Weißt du, solange wir noch hier sind, sollten wir eine Liste der Arbeiten machen, die an dem Haus vorzunehmen sind. Es braucht ein neues Dach, der Kamin muß repariert werden. Hast du ein Stück Papier?« Sie wußte, er hatte eine ganze Schachtel voll.

»Im Auto. Ich geh' zurück und hol' mein Notizbuch. Komm, Bunny, setz dich da hin. Du kannst mir den Platz warmhalten.«

»Schau mal, ob du die Cracker auf dem Vordersitz findest. Bunny würde, glaube ich, munterer werden, wenn sie einen Cracker hätte.« Das Kind verzog mürrisch das Gesicht. Ist ja 'ne hübsche Grimasse, dachte die Tante. Spürte, wie der Wind heftig von der Bucht her wehte. Eine Wolkenbank am Rand des Meeres und die schwarzen und weißen Wellen wie rauher Tweed.

»Schauen wir mal«, sagte die Tante. Sie hatte frisches Holz aufs Feuer geworfen, und die Flammen flackerten im böigen Wind auf. »Fensterglas, Isoliermaterial, Wände herausreißen, neue Wandbohlen, eine neue Tür, eine Doppeltür, Kamine reparieren, Ofenrohr, eine neue Wasserleitung von der Quelle her. Kann man diesen Kindern ein Außenklo zumuten?« Quoyle verabscheute den Gedanken, daß ihre kleinen Hintern auf einen Donnerbalken mit zwei Löchern klatschen sollten. Und für sein eigenes haariges Gesäß behagte ihm die Vorstellung auch nicht.

»Der Fußboden oben muß repariert werden, der Küchenboden wirkt ziemlich stabil.« Am Ende meinte Quoyle, es könne billiger kommen, woanders ein neues Haus zu bauen, vielleicht an der Riviera. Sogar mit der Versicherung und den Ersparnissen der Tante würde es womöglich nicht reichen.

»Ich denke, wir kommen hin. Aber du hast recht«, sagte sie. »Vermutlich müssen wir von dem geheimnisvollen Parkplatz bis zum Haus einen Fahrweg anlegen. Vielleicht tut die Provinzverwaltung was für die Straße. Am Ende müssen wir wahrscheinlich doch zahlen. Könnte teuer werden. Viel teurer als ein Boot.« Sie stand auf, legte sich ihren schwarzen Mantel um und knöpfte ihn bis zum Hals zu. »Es wird ganz schön kalt«, sagte sie. »Schau.« Streckte ihren Arm aus. Auf dem dicken Wollstoff landeten Schneeflocken. »Machen wir uns lieber auf die Socken«, sagte sie. »Das hier ist nicht der beste Ort für einen Schneesturm. Das weiß ich nur zu gut.«

»Im Mai?« fragte Quoyle. »Also, mach mal 'nen Punkt, Tante.«

»In jedem Monat des Jahres, mein Junge. Das Wetter hier übersteigt jede Vorstellungskraft.«

Quoyle blickte aufs Meer hinaus. Die Bucht verblaßte, als schaute er durch ein Stück Wachspapier. Brennende Schneeflocken in seinem Gesicht. »Ich kann's nicht fassen«, sagte er. Doch genau das hatte er gewollt. Sturm und Gefahr. Schwierige Aufgaben. Erschöpfung.

Auf dem Weg zurück beutelte der Wind das Auto. Vom bewölkten Himmel sickerte Finsternis herab, Schneekörner prasselten gegen die Windschutzscheibe. Die Hauptstraße war bereits von einem Schneefilm überzogen. Er fuhr wieder vor Ig's Store vor.

»Ich hol' mir einen Kaffee«, sagte er zur Tante. »Willst du auch einen?«

»Weiter drin ist ein großes Gebäude und ein Parkplatz.«

»Jawoll. War 'ne Handschuhfabrik. Hat vor Jahren dichtgemacht.« Der Mann schob ihm zwei Pappbecher mit zusammengefalteten Henkeln hin.

Kreischender Wind. Der bittere Kaffee zitterte.

»Ein Wetter«, sagte der Mann zu Quoyle, der mit seinen beschlagenen Bechern durch die Tür balancierte.

Er duckte sich vor der Luft. Klaffender Himmel, ein verrückter Ausbruch. Das Schild über der Zapfsäule, ein handgemalter Kreis auf Walzblech, riß sich los, schlitterte über den Laden. Der Mann kam heraus, die Tür sprang ihm aus der Hand, wurde weggerissen. Wind schleuderte Quoyle gegen die Zapfsäulen. Das erschrockene Gesicht der Tante hinter dem Autofenster. Dann stürmten die Böen aus dem Osten heran, feuerten den Blizzard auf sie ab.

Quoyle stemmte die Tür auf. Er hatte den Kaffee fallenlassen. »Schau dir das an. Schau dir das genau an!« schrie er. »Durch den Sturm können wir nicht dreißig Kilometer nach Killick-Claw fahren.«

»Haben wir auf dem Weg hierher nicht ein Motel gesehen?«

»Ja, haben wir. Und zwar in Bloody Banks.« Er fuhr über die Karte, die Hand mit schmelzendem Schnee bedeckt. »Siehst du's? Es liegt fünfundfünfzig Kilometer hinter uns.« Das Auto wackelte.

»Helfen wir dem Kameraden mit seiner Tür«, sagte die Tante. »Den fragen wir. Der wird das wissen.«

Quoyle holte den Hammer unter dem Sitz vor, und sie duckten sich unter dem Wind. Hielten die Tür fest, während der Mann Nägel einklopfte.

Er sah sie kaum an. Hat anderes im Kopf, dachte Quoyle, zum Beispiel ob das Dach abhebt oder nicht. Doch er brüllte Antworten. Tickle Motel. Zehn Kilometer weiter östlich. Zum drittenmal in dem Jahr sei die Tür abgerissen. Das Schild zum erstenmal. Habe den ganzen Morgen Schnee gespürt, schrie er, als sie auf die Hauptstraße hinausfuhren. Winkte sie in verwehten Schnee hinein.

Rutschige Straße; Sicht über die Kühlerverzierung hinaus gleich Null. Alles aufgelöst in wirbelnde Teilchen. Die Tachometernadel stand bei zwanzig, und trotzdem schlitterten und scherten sie aus. Die Tante lehnte sich bald hierhin, bald dorthin, die Hand mit weitgespreizten Fingern am Armaturenbrett, als hielte sie dadurch das Auto im Gleichgewicht.

»Dad, haben wir Angst?« fragte Sunshine.

»Nein, Schnecke. Es ist ein Abenteuer.« Wollte nicht, daß sie als Angsthasen aufwuchsen. Die Tante schnaubte. Er blickte in den Rückspiegel. Warrens gelbe Augen kreuzten seine. Quoyle zwinkerte der Hündin zu. Um sie aufzuheitern.

Das Neonschild des Motels, TICKLE MOTEL – BAR & RESTAURANT, flackerte, als er auf den Parkplatz bog, sich an Lkw und Pkw vorbeifädelte, an Fernlastzügen, Geländewagen mit kaputter Federung, Transportern mit Vierradantrieb, Schneepflügen, Motorschlitten. Der Laden war voll.

»Das einzige, was noch frei ist, ist das De-Luxe-Hochzeitszimmer«, sagte der Angestellte und rieb sich seine entzündeten Augen. »Wegen dem Sturm bleibt jeder da, außerdem ist heute abend das Darts-Finale. Brian Mulroney, der Premierminister, hat letztes Jahr in dem Zimmer übernachtet. Es ist groß, zwei Betten und zwei Feldbetten. Seine Leibwächter haben auf den Feldbetten geschlafen. Hundertzehn Dollar die Nacht.« Er hatte sie in der Zange. Reichte Quoyle einen verzierten Schlüssel mit der Prägung 999. Neben der Kasse stand ein Korb mit Aufzieh-Pinguinen, und Quoyle kaufte jedem Mädchen einen. Bunny brach die Flügel von ihrem ab, noch bevor sie aus der Eingangshalle waren. Eine nasse Spur auf dem Teppichboden.

Zimmer 999 lag drei Meter von der Hauptstraße entfernt, hatte nach vorne ein großes Glasfenster. Bei jedem Paar Scheinwerfer, das auf den Parkplatz bog, glitten die Lichtkegel über die Wände des Zimmers wie rohe Eier in Öl.

Der innere Türknauf blieb Quoyle in der Hand hängen, und er steckte ihn vorsichtig wieder auf. Er würde sich von dem Angestellten am Empfang eine Schraube holen und den Knauf befestigen. Sie sahen sich in dem Zimmer um. Eines der Betten war ein rundes Sofa. Der Teppichboden voller Dreckstapfen.

»Es gibt keinen Kleiderschrank«, sagte die Tante. »Mr. Mulroney muß in seinem Anzug geschlafen haben.« Toilette und Dusche in eine Zelle gequetscht. Das Waschbecken gleich neben dem Fernsehgerät hatte nur einen Hahn. Wo der andere gewesen war, klaffte ein Loch. Aus dem Fernsehgerät hingen Kabel bis zum Boden. Die Oberseite des Apparats sah geschmolzen aus, offensichtlich durch ein Lagerfeuer.

»Ist doch egal«, gähnte die Tante, »besser, als im Auto zu schlafen«, und suchte nach einem Lichtschalter. Das Ergebnis war ein glimmender lila Schein.

Quoyle nahm als erster eine Dusche. Aus einer kaputten Kachel spritzte verfärbtes Wasser, sickerte unter der Tür durch und in den Teppichboden hinein. Die Sprinkler-Anlage tropfte, solange der Kaltwasserhahn aufgedreht war. Seine Kleider rutschten vom Klosettdeckel und landeten in der Überschwemmung, denn die Haken an der Tür waren abgerissen. An einer Kette neben dem Klosett hing eine Bibel, deren lose Seiten kurz vor dem Herausfallen waren. Erst am nächsten Abend bemerkte er, daß er den ganzen Tag lang mit einer Seite aus Levitikus auf dem Rücken herumgelaufen war.

In dem Zimmer war es heiß.

»Schau auf den Thermostat«, sagte die Tante. »Kein Wunder.« An der Seite eingebeult, wie von einer Kriegskeule zerschmettert.

Quoyle nahm den Telefonhörer ab, aber die Leitung war tot.

»Wenigstens kriegen wir ein Abendessen«, sagte die Tante. »Es gibt einen Speisesaal. Ein anständiges Essen und eine Nacht gut durchschlafen, dann sind wir zu allem bereit.«

Der Speisesaal – voller Männer – wurde von roten Glühbirnen erhellt, so daß sie aussahen, als würden sie auf ihren Stühlen bei lebendigem Leib geröstet. Quoyle fand den Kaffee widerlich, aber an den anderen Tischen wurde er grinsend getrunken. Sie warteten eine Stunde lang auf ihr Essen, und Quoyle, der mit seinen aufsässigen Kindern, seiner gähnenden alten Tante und Tatarsauce auf beiden Knien dasaß, konnte kaum lächeln. Petal hätte den Tisch umgestoßen und wäre hinausstolziert. Und wieder war sie bei ihm, Petal, wie ein Ohrwurm, wie ein paar in der Kindheit auswendig gelernte, hartnäckige Gedichtzeilen. Die Nadel war hängengeblieben.

»Danke«, murmelte Quoyle der Kellnerin zu, wischte seinen Teller mit einem Brötchen blank. Ließ einen Zwei-Dollar-Schein unter der Untertasse.

In den Zimmern auf beiden Seiten von ihnen tobte es vor Streitereien, brüllenden Kindern. Schneepflüge erschütterten die Jesusbilder über den Betten. Durch die schlechtsitzenden Fensterrahmen heulte der Wind. Als Quoyle die Tür zuzog, blieb ihm wieder der Knauf in der Hand, und er hörte auf der anderen Seite der Tür ein Poltern, weil die andere Hälfte des Knaufs herunterfiel.

»O Mann, das ist ja wie im Krieg«, sagte Bunny und beobachtete, wie die Wand aus Sperrholz zitterte. Die Tante meinte, da müsse jemand mit beiden Füßen dagegen treten. Schlug die Bettdecken zurück und deckte aus zerrissenen Laken zusammengenähte Bettlaken auf. Warren schlabberte Wasser aus der Kloschüssel.

»Ist ein bißchen besser, als im Auto zu schlafen«, sagte die Tante wieder. »Viel wärmer.«

»Erzähl uns eine Geschichte, Dad«, sagte Bunny. »Du hast uns seit mindestens hundert Jahren keine Geschichte mehr erzählt.«

Sunshine stürzte auf Quoyle zu, klammerte sich an sein Hemd, schwang sich in seinen Schoß hinauf, hatte den Daumen schon im Mund, noch ehe sie an seiner Brust lehnte, wo sie das knirschende Geräusch seines Atems hören konnte, das Klopfen seines Herzens, das Gurgeln und Glucksen in seinem Bauch.

»Noch nicht, noch nicht«, wehrte Quoyle ab. »Erst putzen alle die Zähne. Waschen sich alle das Gesicht.«

»Und sprecht eure Gebete«, fügte die Tante hinzu.

»Ich kenne keins«, greinte Sunshine.

»Schon gut«, sagte Quoyle auf seinem Stuhl neben dem Bett. »Schauen wir mal. Ich erzähle euch eine Geschichte über Hämmer und Holz.«

»Nein, Dad! Nicht Hämmer und Holz! Erzähl eine schöne Geschichte.«

»Von was denn?« fragte Quoyle hilflos, als wäre der Quell seiner Einbildungskraft versiegt.

»Von einem Elch«, sagte Bunny. »Einem Elch und Straßen. Langen Straßen.«

»Und einem Hund. Wie Warren.«

»Einem netten Hund, Dad. Einem grauen Hund.«

Und so fing Quoyle an. »Es war einmal ein Elch, ein ganz armer, dünner, einsamer Elch, der lebte auf einem Felshügel, wo nur bitteres Laub wuchs und Büsche mit dornigen Ästen. Eines Tages fuhr ein rotes Auto vorbei. Auf dem Rücksitz saß ein grauer Zigeunerhund mit einem goldenen Ohrring.«

In der Nacht wachte Bunny aus einem Alptraum auf, schluchzte, während Quoyle sie hin und her wiegte und sagte: »Es ist doch nur ein schlechter Traum, nur ein schlechter Traum, es ist nicht echt.«

»Die alte Hexe hat sie erwischt«, murmelte die Tante. Aber Quoyle wiegte sie weiter, denn die alte Hexe wußte auch, wo sie ihn finden konnte. Bruchstücke von Petal in jeder Stunde der Nacht.

Warren machte Knallgeräusche unter dem Bett. Ein übler Gestank. HUNDEFURZE ERLEDIGEN VIERKÖPFIGE FAMILIE.

Ein Morgen voll tosendem Schnee. Überwältigendes Schnarchen hinter den Wänden. Quoyle zog sich an und ging zur Tür. Konnte den Türknauf nicht finden. Kroch herum und schaute unter dem Bett nach, im Badezimmer, im Gepäck, in den mit Bibeln vollgestopften Schubladen. Eines der Mädchen mußte ihn mit ins Bett genommen haben, dachte er, doch als sie auf waren, fand sich kein Knauf. Er hämmerte gegen die Tür, um sich bemerkbar zu machen, bekam aber nur den Zuruf: »Ruhe, verdammt noch mal, oder es setzt was vom Zimmer nebenan!« Die Tante drückte auf der Telefongabel herum, in der Hoffnung, die Leitung erwache wieder zum Leben. Tot. Das Telefonbuch war das für Ontario von 1972. Viele Seiten herausgerissen.

»Mir tun die Augen weh«, sagte Bunny. Beide Kinder hatten gerötete, verklebte Augen.

Eine Gefangenenstunde lang sahen sie dem nachlassenden Sturm und den Schneepflügen zu, donnerten gegen die Tür, riefen: »Hallo, hallo!« Beide Plastikpinguine waren kaputt. Quoyle wollte die Tür einschlagen. Die Tante schrieb eine Nachricht auf einen Kissenüberzug und hängte ihn ans Fenster. HILFE. SIND IN ZIMMER 999 EINGESPERRT. TELEFON TOT.

Der Mann vom Empfang öffnete die Tür. Schaute sie mit Augen wie Rücklichter an.

»Sie brauchen bloß den Alarmknopf zu drücken. Dann kommt sofort jemand.» Zeigte auf einen Schalter unter der Decke. Griff nach oben und legte ihn um. Schrilles Gerassel drang durch das Motel und löste allgemeines Wandgehämmere aus, bis das Gebäude bebte. Der Mann rieb sich die Augen wie ein Fernsehschauspieler, der ein Wunder erlebt.

Der Sturm hielt noch einen Tag an, Winde kreischten, peitschten die Hauptverkehrsstraße entlang.

»Ein Sturm ist ja ganz schön, aber das hier reicht jetzt«, sagte die Tante, der nach einem Zusammenprall mit dem Leuchter über einem Ohr die Haare herunterhingen, »und falls ich jemals wieder aus diesem Motel rauskomme, dann führe ich ein gutes Leben, gehe regelmäßig zur Kirche, backe zweimal in der Woche Brot und lasse nie das schmutzige Geschirr stehen. Ich werde niemals mit nackten Beinen ausgehen, also hilf mir, laß mich einfach hier raus. Ich hatte vergessen, wie es ist, aber allmählich fällt's mir wieder ein.«

In der Nacht schlug das Wetter in Regen um, der Wind kam von Süden, warm, mit einem Geruch nach sahniger Milch.

7
Gammy Bird

Die gemeine Eiderente wird in Neufundland wegen ihrer Gewohnheit, sich in Schwärmen zu gemütlichen Schnatterrunden zusammenzufinden, gammy bird *genannt. Der Name geht zurück auf die Tage der Segelschiffahrt, da zwei Schiffe, wenn sie einander begegneten, die Rahen back holten und einander Neuigkeiten zuriefen. Das Schiff im Luv brasste die Großrahen und das im Lee die Vorrahen, so daß sie nebeneinander kreuzten. Dazu sagte man* gamming.

Eine Frau in einem langen Regenmantel, ein Kind an der Hand, ging am Straßenrand entlang. Als Quoyles Kombi auf ihre Höhe kam, starrte sie das nasse Auto an. Den Fremden. Er hob seine Hand ein paar Zentimeter, aber sie hatte den Blick bereits gesenkt. Das flache Gesicht des Kindes. Rote Stiefel. Und vorbei war er.

Die Straße nach Flour Sack Cove verlief von Killick-Claw steil bergauf über den Hügelkamm, fiel dann zu Häusern, ein paar aufs Ufer gezogenen Booten ab. Fischschuppen, Gestelle aus entrindeten Fichten aus den alten Tagen des Stockfischmachens. Er fuhr an einem weiß und rot gestrichenen Haus vorbei. Der Eingang genau in der Mitte. Eine Ansammlung von Docks und Lagerschuppen von Fischern. Bucklige Felsbrocken, von Schleiern aus Netzen umhüllt.

Das Zeitungsbüro war nicht zu verfehlen. Über der Tür ein verwittertes Teakholzschild. THE GAMMY BIRD über dem Gemälde einer schnatternden Eiderente. Vor dem Gebäude parkten zwei Transporter, ein verrosteter, altmodischer Dodge und ein noch älterer, aber glänzender Toyota.

Von drinnen ertönte Geschrei. Die Tür sprang nach innen auf. Ein Mann stürmte an ihm vorbei, stieg in den Toyota. Das Auspuffrohr erzitterte. Der Motor spuckte ein bißchen und verstummte dann, als wäre er verlegen. Der Mann schaute Quoyle an. Stieg aus dem Transporter und kam mit ausgestreckter Hand auf ihn zu. Aknenarben entstellten seine Wangen. »Wie Sie sehen«, sagte er, »kommt man manchmal nicht weg. Ich bin Tert Card, der verfluchte sogenannte Chefredakteur, Textredakteur, Umschreiber, Techniker, Anzeigenkosmetiker, Zustellungs- und Vertriebschef, Schneeschaufler. Und Sie sind entweder ein Anzeigengroßkunde, der eine vierseitige Beilage zurückziehen will, auf der Sie die Vorzüge Ihres Warenhauses für linksfüßige japanische Stiefel anpreisen, oder Sie sind der atemlos erwartete Mr. Quoyle. Also was nun?« Die Stimme nörgelig vor Gejammer. Denn der Teufel hatte seit langem einen Narren an Tert Card gefressen und ihn bis zum Rand mit Zorn und Gereiztheit gefüllt. Seine Mittelinitiale lautete X. Ein Gesicht wie von einer Gabel durchfurchter Hüttenkäse.

»Quoyle.«

»Dann kommen Sie rein, Quoyle, und lernen Sie die Räuberbande kennen, der schlimmste von allen ist der verdammte Nutbeem mit seiner Würgehand. Der Meister, Mr. Jack Buggit, ist oben in seinem Haus und läßt sich Zauberformeln über seine knochige Brust sprechen, um die wundersame Ansammlung von Schleim zu vertreiben, an der er seit einer Woche herumhustet.« Hätte auf einer Bühne deklamieren können.

»Das ist die sogenannte Redaktion«, höhnte Card. »Und dort sitzt Billy Pretty«, mit dem Finger deutend wie auf ein Wahrzeichen. »Er ist ein alter Seebär.« Billy Pretty war klein, bestimmt weit im siebten Lebensjahrzehnt. Saß an einem Tisch, die Wand hinter ihm mit Öltuch von der Farbe von Insektenflügeln bespannt. Sein Gesicht: Holz mit fächerförmig eingekerbten Linien. Blaue Augen in schrägen Augenhöhlen, schwere Lider. Seine Wangenpolster von einem dünnen, schiefen Lächeln nach oben geschoben, von der Nase zur Oberlippe eine schmale Rinne wie eine Narbe. Buschige Augenbrauen, kurzgestutztes Haar von der Farbe einer alten Taschenuhr.

Sein Tisch schwankte, als er sich darauf stützte, war übersät mit Kirchenbasarutensilien. Quoyle sah Körbchen, Holzschmetterlinge, Babysöckchen aus Billignylon.

»Billy Pretty macht die Seite ›Heim und Herd‹. Er hat Hunderte von Korrespondenten. Er bekommt Schätze mit der Post, wie Sie sehen. Ein ganzer Schwall von Leuten ist hinter ihm her und schickt ihm alle möglichen Sachen.«

»Tja«, sagte Billy Pretty. »Weißt du noch, der Omaloor, der mir bemalte Lummeneier gebracht hat? Handbemalt mit Landschaften. Über Nacht aufgeplatzt, der ganze Tisch war voll. Hat ein Jahr danach noch gestunken.« Wischte sich die Finger an seinem Seemannspullover mit Rautenmuster ab, an den Ellbogen geflickt und mit weißen Noppen aus Leim und Papierschnitzeln übersät.

»›Ein Omaloor‹? Wie in Omaloor Bay?»

»Ganz genau. Ein Omaloor – ein dicker, begriffsstutziger, unbeholfener, geistloser, einfältiger Kerl. Auf der anderen Seite der Bucht hat's früher Scharen davon gegeben«, er deutete auf Quoyle's Point, »darum hat man sie nach ihnen benannt.« Zwinkerte Quoyle zu. Der überlegte, ob er lächeln sollte. Lächelte.

Neben dem Fenster hörte ein Mann Radio. Das fettige Haar hinter die Ohren zurückgestrichen. Zusammengekniffene Augen, Schnurrbart. Auf seinem Schreibtisch ein Haufen importierter Datteln. Er stand auf und schüttelte Quoyle die Hand. Schlaksige Bewegungen. Fliege mit Schottenmuster und abgewetzter Pullover. Der britische Akzent quälte sich durch seine nach oben gebogene Nase. »Nutbeem«, sagte er. »Nutbeem aus der Arktis.« Salutierte halb vor Quoyle, das Imitat einer Figur aus einem vergilbten Kriegsfilm.

»Das ist B. Beaufield Nutbeem«, sagte Tert Card, »ein elender, häßlicher Brite, vor einem Jahr an der unwirtlichen Küste Neufundlands Schiffbruch erlitten und immer noch da. Bildet sich unter anderem ein, der Chef für die Auslandsmeldungen zu sein. Klaut sich jede Geschichte aus dem Radio und schreibt sie in seinem blumigen Stil um.«

»Und dann erdreistet die verdammte Mißgeburt von Card sich, sie in seine eigene geisteskranke Sprache umzuformulieren. Wie er es gerade getan hat, die verfluchte Kanalratte.«

Nutbeems Nachrichten kamen aus einem Kurzwellenempfänger, der brummte, als hätte er Migräne. Waren die Frequenzen klar, ertönte ein tenorales Summen, aber wenn das Nordlicht den Empfang störte, knisterte es. Nutbeem lag über seinem Schreibtisch, das Ohr am Empfänger, graste die Wellenlängen ab, die jaulenden fremdländischen Stimmen, verdrehte die Meldungen, bis sie seiner Tageslaune entsprachen. Der Lautstärkeknopf war verlorengegangen, und er stellte sie ein, indem er die Spitze eines Tafelmessers in den Metallschlitz steckte und drehte. Seine Ecke roch nach Radios – Staub, Hitze, Metall, Holz, Strom, Zeit.

»Nur damit dir niemand geistigen Diebstahl vorwirft, mein alter Junge.«

Nutbeem lachte bitter. »Ich sehe, du hast dich wieder gefangen, du neufundländischer Mistkäfer.« Er beugte sich zu Quoyle. »Ja. Ein unglaublicher Schutz vor geistigem Diebstahl. Jeder Satz ist so üppig mit Druckfehlern geschmückt, daß die ursprünglichen Verfasser ihre eigenen Geschichten nicht mehr erkennen würden. Ich will Ihnen ein paar Beispiele geben.« Er wühlte in Aktenmappen herum, zog ein zerknittertes Blatt heraus.

»Ich lese Ihnen eines der Juwele in seinem Kauderwelsch vor, nur damit Ihnen die Augen aufgehen. Die erste Version stammt von mir, die zweite ist so in der Zeitung erschienen. Also: ›Am Dienstag trafen sich in Tokio burmesische Sägemühlenbesitzer und der Entwicklungsverband Rangun, um über die gemeinsame Vermarktung tropischer Harthölzer im In- und Ausland zu beraten.‹ Und das hat Card daraus gemacht: ›Am Mittwoch trafen sich bei Tokio Sägemühlenbesetzer mit Burnussen und das Entwicklungsland Rangun, um utopisches Haarholz zu braten.‹« Setzte sich auf seinen quietschenden Stuhl zurück. Ließ die Seiten in den Papierkorb fallen.

Tert Card kratzte sich am Kopf und schaute seine Fingernägel an. »Schließlich ist es ja sowieso überhaupt geklaut und frei zusammengereimt«, sagte er.

»Jetzt finden Sie das komisch, Quoyle, Sie lächeln«, meinte Nutbeem, »auch wenn Sie's hinter vorgehaltener Hand tun, aber warten Sie nur, bis er das mit Ihnen macht. Ich lese Ihnen diese Kostproben nur vor, damit Sie wissen, was auf Sie zukommt. Aus ›Sperrholz‹ wird ›Sparhals‹, aus ›Flosse‹ wird ›Fossil‹ und aus ›Hebebaum‹ ›Hebamme‹. Und diesem Mann vertraut Jack Buggit unsere Prosa an. Vermutlich fragen Sie sich: ›Warum?‹, wie ich das auch in vielen dunklen, schlaflosen Nächten getan habe. Jack behauptet, die Druckfehler von Card würden der Zeitung Witz verleihen. Er behauptet, sie seien besser als ein Kreuzworträtsel.«

Die Ecke ganz hinten in dem Raum war mit einer Preßspanwand abgezäunt.

»Das ist Jacks Büro«, sagte Card. »Und dort ist *Ihre* kleine Ecke, Quoyle.« Card schwenkte großartig seinen Arm. Ein Schreibtisch, ein halber Aktenschrank, die abgesägte Deckplatte von einem Stück Sperrholz ersetzt, ein Telefonbuch der Provinz Ontario von 1983, ein Drehstuhl mit nur einer Armlehne. Neben dem Schreibtisch stand eine Lampe, wie sie in den dreißiger Jahren in Hotelhallen zu finden waren, mit einem dicken roten Kabel wie ein Rattenschwanz und einem Stecker, so groß wie ein Baseball.

»Was soll ich tun?« sagte Quoyle. »Was hat Mr. Buggit für mich vorgesehen?«

»Ach, das weiß nur er selbst. Sie sollen brav dasitzen und warten, bis er wieder hier ist. Er wird Ihnen schon sagen, was er will. Sie tanzen einfach jeden Morgen an, und eines schönen Tages taucht er auf und offenbart alles. Schauen Sie sich alte Ausgaben an. Machen Sie sich mit dem *Gammy Bird* vertraut. Fahren Sie rum und lernen Sie unsere vier Straßen kennen.« Card wandte sich ab, werkelte am Computer.

»Ich muß los«, sagte Billy Pretty. »Ein Interview mit 'nem Typen, der Voodoo-Armreifen aus Hummerfühlern für 'n Export nach Haiti macht. Kann ich mir dein'n Kombi leih'n, Card? Meiner hat 'n kaputtes Auspuffrohr. Muß auf 'n Teil warten.«

»Du wartest immer auf 'n Teil für die Klapperkiste. Und meiner startet heut nicht besonders gut. Stirbt alle Nase lang ab.«

Billy drehte sich zu Nutbeem um.

»Bin heut mit dem Fahrrad gekommen. Das kannst du, denke ich, nehmen.«

»Lieber geh' ich zu Fuß, als daß ich mir auf dieser Schrottmühle die Beine breche.« Er räusperte sich und warf Quoyle einen Blick zu. Doch Quoyle schaute zum Fenster hinaus. Er war zu neu, um sich da hineinziehen zu lassen.

»Na schön. Ich latsche. Sind ja einfach bloß fünfundzwanzig Kilometer.«

Eine Minute später hörten sie ihn draußen fluchen, als er auf das klapprige Fahrrad stieg.

Eine halbe Stunde später brach Tert Card auf, startete seinen Transporter, fuhr problemlos weg.

»Ab zum Saufen«, sagte Nutbeem freundlich. »Ab, um scin Lotterielos zu kaufen und sich dann zu besaufen. Merke: Der Wagen startet, wenn er es will.«

Quoyle lächelte, fuhr sich mit der Hand ans Kinn.

Den Rest des Tages, den Rest der Woche verbrachte er damit, das alte Telefonbuch durchzublättern und alte Ausgaben des *Gammy Bird* zu lesen.

Die Zeitung war ein 44seitiges kleinformatiges Informationsblatt, auf dünnem Papier gedruckt. Sechs Spalten, bescheidene Schlagzeilen, 36-Punkt bedeutete eine Riesensensation, eine gedrungene, aber ungewohnte Grotesktype. Ein sehr kleiner Nachrichtenteil und eine überwältigende Anzahl von Anzeigen.

So viele Anzeigen hatte er noch nie gesehen. Sie liefen links und rechts die Seiten hinunter wie absteigende Treppenstufen, und die Nachrichten waren in den vasenförmigen Raum dazwischen gequetscht. Grobschlächtige Anzeigen mit ein paar Druckzeilen genau in der Mitte. KEINE ZAHLUNGEN BIS JANUAR! KEINE ANZAHLUNG! KEINE ZINSEN! Als wären diese Ausrufe frisch geprägte Umschreibungen für Vinylverkleidungen, Gummistempel, Lebensversicherungen, Volksmusikfestivals, Bankdienstleistungen, Strickleitern, Frachtnetze, Seefahrtzubehör, Bordwäschereien, Davits, Auftritte von Rockbands in der Snowball Lounge, Uhren, Feuerholz, Steuerberater, Bodensteckdosen, Schnittblumen, Auspufftöpfe, Grabsteine, Warmwasserboiler, Messingnägel, Lockenstäbe, Jogginghosen, Motorschlitten, die Tanznacht in der Seal Flipper Lounge mit Arthur dem Akkordeon-As, gebrauchte Motorschlitten, Brathähnchen, ein Stintwettfischen, T-Shirts, Wartung von Ölbohrtürmen, gasbefeuerte Grills, Wiener Würstchen, Flüge nach Goose Bay, Angebote von chinesischen Restaurants, die Beförderung von Trockenschüttgut, ein Glas Wein zum Schweinekotelett spezial in der Norse Sunset Lounge, Umschulungen für Fischer, Videorecorderreparaturen, Ausbildungen an schweren Zugmaschinen, Reifen, Gewehre, Zweisitzersofas, Tiefkühlmais, Götterspeisepulver, Tanzabende in Uncle Demmy's Bar, Kerosinlaternen, Schiffsrumpfreparaturen, Luken, Teebeutel, Bier, Holzfällen, Magnetbesen, Hörhilfen.

Er schätzte den Anzeigenraum ab. Der *Gammy Bird* mußte Geld machen. Und da war jemand ein höllisch guter Verkäufer.

Quoyle fragte Nutbeem. »Macht Mr. Buggit die Anzeigen?«

»Nein. Tert Card. Gehört zu den Aufgaben des Chefredakteurs. Ob Sie's glauben oder nicht.« Kicherte hinter seinem Schnurrbart. »Und so gut, wie sie aussehen, sind sie nicht.«

Quoyle blätterte die Seiten um. Verzog das Gesicht bei den Fotos von Autounfällen auf der Titelseite. Geschichten über Kindsmißbrauch – drei oder vier in jeder Ausgabe. Eisbären auf Eisschollen. Die Schiffsmeldungen wirkten einfach – nichts als eine Liste der Schiffe, die eingelaufen waren. Oder ausliefen.

»Leute mit Hunger«, eine Restaurantkritik von Benny Fudge und Adonis Collard unter zwei unscharfen Fotos. Das Gesicht von Fudge sah aus, als bestünde es aus grob zusammengepreßten Fleischresten. Collard hatte eine Kappe auf, die seine Augen verdeckte. Quoyle erschauerte beim Lesen.

Sie wissen nicht, wo Sie schnell was futtern können? Es gibt Schlimmeres als Grudge's Cod Hop. Die Inneneinrichtung besteht aus Buchten mit einem großen Fenster nach vorne raus. Da kann man die Lkws auf der Autobahn beobachten! Was wir auch taten. Wir bestellten den Fischstreifenteller, zu dem drei gebackene Fischstreifen, Krautsalat und eine großzügige Portion Pommes frites gehörten. Das zum Preis von $ 5,70. Getränke gingen extra. Zu dem Fischteller sollten auch Brötchen gehören, wir bekamen aber statt dessen Brotscheiben. Die Fischstreifen waren sehr knusprig und gut. Sie haben die Wahl zwischen einem Tütchen mit Zitronensaft oder Tatarsauce. Wir nahmen beide Tatarsauce. Es wird auch über die Theke verkauft.

Billy Prettys Arbeit, die »Heim und Herd«-Seite, ein Mischmasch aus Gedichten, Babyfotos, Mustern für selbstgeknüpfte Teppiche zum Bestellen. Immer ein Beitrag in einem Kasten – wie man Vogelhäuschen aus Blechbüchsen macht, Axtblätter aus Pappe, Bratenheber aus alten Küchengabeln. Rezepte für selbstgebackene Brotfladen, gebratene Sturmtaucher, Hundsbeerwein und Erbsen mit Milz.

Aber was man unbedingt zuerst lesen mußte, dachte Quoyle, das war »Geschnetzeltes«, ein Sturzbach aus beinahe verleumderischem Klatsch. Der Verfasser verstrickte Polizei- und Gerichtsmeldungen, Auszüge aus Briefen ferner Verwandter, ungehobelte Hinweise auf grobe Kerle, die »Urlaub hinter schwedischen Gardinen« machten. Die Rubrik übertraf jede Klatschspalte, die Quoyle jemals gelesen hatte. Gezeichnet war sie mit Junior Sugg.

Der Postbote ist also für 45 Tage ins Gefängnis gewandert, weil er die Post ins Hafenbecken von Killick-Claw warf. Er habe zuviel Post auszutragen, meinte er, und wenn die Leute sie haben wollten, könnten sie sie sich ja selber holen. Schwimmer sind dabei vermutlich im Vorteil. Letzten Dienstag wurde die arme Mrs. Tudge von einem Touristen mit einer Luxuskarosse angefahren. Sie liegt im Krankenhaus, und es geht ihr nicht besonders gut. Dem Wagen des Touristen soll es auch nicht besonders gut gehen. Und die Distriktpolizei untersucht einen Brandfall, bei dem frühmorgens auf Shebeen Island die Fischfabrik Pinhole Seafood niederbrannte; sie könnte ja vielleicht einmal bei einem bestimmten Kerl in einer bestimmten Bucht der Insel nachfragen. Ein Unglücksfall mit einem Motorschlitten kostete den 78jährigen Rick Puff das Leben. Mr. Puff war gerade auf dem Heimweg von einem – wie Mrs. Puff es nannte – »Gröl- und Zechgelage«, als sein Gefährt durchs Eis krachte. Mr. Puff war ein bekannter Akkordeonspieler, der sogar einmal von einem Universitätsteam gefilmt wurde. In den siebziger Jahren saß er vier Jahre wegen sexueller Belästigung seiner Töchter. Die weinen ihm bestimmt keine Träne nach. Gute Nachrichten! Der Hund von Kevin Mercy mit dem Spitznamen »Beißer« wurde letzte Woche bei einer Lawine am Chinese-Hill verschüttet. Und was lesen wir da in den Zeitungen aus Übersee? Entführer sollen der Familie eines sizilianischen Geschäftsmanns, den sie als Geisel festhalten, dessen linkes Ohr mit der Post geschickt haben. Also, wie die Leute im Ausland leben, da muß man sich schon wundern!

Die Meinungsseite troff nur so von Schmähartikeln auf die Provinzpolitik. Mit deftigen Beiwörtern gespickte Ergüsse. Der *Gammy Bird* war ein harter Brocken. Sah dem Leben geradewegs ins verschlagene, blutunterlaufene Auge. Eine nicht unterzukriegende kleine Zeitung. So daß Quoyle ein mulmiges Gefühl bekam, als würde er auf einem Spielplatz stehen und anderen beim Spielen zusehen, deren Regeln er nicht kannte. In nichts zu vergleichen mit dem *Record*. Solches Zeug konnte er nicht schreiben.

An seinem zweiten Montagmorgen stand die Tür zu Jack Buggits Büro weit offen. Drinnen saß Buggit höchstpersönlich, eine Zigarette hinter dem Ohr, auf seinem Holzstuhl zurückgelehnt, und machte am Telefon »Hmm«. Mit zwei Kreisbewegungen der rechten Hand winkte er Quoyle zu sich herein.

Quoyle auf einem Stuhl, dessen Sitz vorne zersplittert war und ihm in die Oberschenkel schnitt. Die Hand am Kinn. Hinter der Trennwand konnte er das Gebrabbel von Nutbeems Radio hören, das Klicken der Computertasten, den alten Billy Pretty, wie er sich mit einem kratzenden Federhalter, den er in ein Fäßchen tauchte, Notizen machte.

Jack Buggit sah gar nicht nach einem Zeitungsbesitzer aus. Ein kleiner Mann mit roter Stirn, irgendwo, dachte Quoyle, zwischen fünfundvierzig und fünfundneunzig. Stoppeliges Kinn, schlaffer Hals. Strähniges, miefiges Haar. Vom Kettenrauchen dunkelgelbe Finger. Er hatte einen mit Fischschuppen gesprenkelten Overall an, und seine Füße auf dem Schreibtisch steckten in Gummistiefeln mit roten Sohlen.

»Jaja!« sagte er mit erschreckend lauter Stimme. »Jaja«, und legte auf. Steckte sich eine Zigarette an.

»Quoyle!« Die Hand kam angeschossen, und Quoyle schüttelte sie. Es war, als nähme man einen Topflappen aus Leder in die Hand.

»Schwüles Wetter und wenig Regen. Da sitzen wir also in der Zentrale des *Gammy Bird*, Quoyle. Also, Sie arbeiten für die Zeitung, und der geht's recht gut, und ich will Ihnen mal erzählen, wie ich dazu gekommen bin. Damit Sie Bescheid wissen. Weil Sie ja sehen können, daß ich nicht auf die Journalistenschule gegangen bin.« Feuerte Rauchfahnen aus den Mundwinkeln, schaute zur Decke hinauf wie zu Seemannssternen.

»Mein Ururgroßvater mußte, um zu überleben, zum Kannibalen werden. Wir ließen uns in Flour Sack Cove nieder, genau hier, jetzt sind nur noch ein paar Familien von damals übrig. Die Buggits haben in diesen Gewässern gefischt, Robben gejagt, Schiffahrt betrieben, alles getan, um durchzukommen. Früher konnte man gut leben vom Fischen. Als ich noch jung war, gab's nur die Küstenfischerei. Man hatte sein Boot, seine Netze. Den Fisch aufzuspüren war 'ne Kunst. Es heißt, ›der Fisch trägt keine Glocken‹. Billy Pretty war eine der besten Spürnasen. Kannte das Gewässer wie die Löcher in seiner Matratze. Er kann Ihnen jedes Riff hier an der Küste nennen, das ist die Wahrheit, bei Gott.

Man schuftete bis zum Umfallen, machte weiter, so lange man konnte, holte sich hier und da ein bißchen Schlaf, arbeitete nachts bei Fackellicht, bekam vom Salzwasser überall an den Händen und den Unterarmen Furunkel, aber die

Arbeit ging weiter. Na ja, ich hab' keine mehr gekriegt, sobald ich ein Mittel dagegen wußte. Man schneidet sich die Nägel an 'nem Montag, dann kriegt man keine. Das tun jetzt alle! Sie wissen, wie schnell eine geschickte Hand Fisch aufschneiden kann? Nein, ich seh' schon, Sie wissen's nicht. Wenn ich Ihnen sage, dreißig Stück in der Minute, dann sagt Ihnen das nichts. Stellen Sie sich vor: Dreißig Fische in einer Minute zu säubern! Meine Schwester konnte das im Schlaf!« Er hielt inne, saß da, schnaufte. Steckte sich noch eine Zigarette an, spie Rauch.

Quoyle versuchte sich vorzustellen, wie er sich abmühte, es mit Profis im Fischausnehmen aufzunehmen, unter einer glitschigen Flut ersterbender Leiber begraben wurde. Petal schwamm in einem langen Kleid aus platinfarbenen Fischschuppen voran, die nackten Arme wie aus Silber, ihr Mund weiß.

»Es war ein hartes Leben, aber es machte zufrieden. Aber es war hart. Schrecklich hart in der alten Zeit. Geschichten gibt's, da werden Ihnen über Nacht die Haare grau, und ich bin der Knabe, der sie Ihnen erzählen könnte. Es gab wilde, gesetzlose Gegenden, wo ein Mann tat, was er wollte. *Sie* kennen das ja wohl, so wie Sie gebaut sind! Aber die Dinge änderten sich. Als die verfluchte Gegend die harten Zeiten sein ließ und sie gegen den Bund mit Kanada eintauschte, was haben wir da gekriegt? Langsam, aber sicher haben wir die Regierung gekriegt. Jaja, Joey Smallwood hat gesagt: ›Jungs, zieht die Boote an Land, verbrennt eure Stellinge und vergeßt die Fischerei; in Neufundland gibt's für jeden bald zwei Jobs.‹«

Er lachte freudlos, zeigte Quoyle dabei vier Zähne, zündete sich noch eine Zigarette an.

»Na ja, ich war ein Dämlack, ich hab' ihm geglaubt. Die ersten zehn Jahre etwa hab' ich alles mitgemacht. Klar, ich wollte das Zeug eben auch, den Strom und die Straßen, Telefon, Radio. Klar wollte ich Krankenversorgung, Post, 'ne gute Schulbildung für meine Kinder. Einiges kam ja auch. Aber die Stellen nicht. Und mit der Fischerei ist es abwärts gegangen, immer weiter und weiter, vierzig Jahre lang ist sie ins Nichts gerutscht, weil die verdammte kanadische Regierung jedem Land auf der Erde Fischereirechte einräumte, uns aber aus dem Geschäft hinausreglementierte. Die verfluchten ausländischen Kutter. Die haben alles leergefischt. Und dann versuchen die verfluchten Greenpeace-Leute die Robbenjagd kaputtzumachen. Okay, sag' ich mir, wie ich damals seh', daß ich vom Fischen nich' mehr leben kann, okay, sag' ich, ich bin schlau, ich mach' mit, ich spring' auf den Plan von der Regierung auf. Also geh' ich zur kanadischen Arbeitsvermittlung in Killick-Claw und sag': ›Da bin ich. Brauch' Arbeit. Was haben Sie für mich?‹

Und die sagen: ›Was können Sie?‹

›Tja‹, sag' ich, ›ich kann fischen. Im Winter hab' ich im Wald gearbeitet.‹

›Nein, nein, nein. Wir wollen keine Fischer. Wir geben Ihnen eine brauchbare Ausbildung.‹ Verstehen Sie, die bringen Industrie hierher. Arbeit für alle. Das erste, wo sie mich reingesteckt haben, war 'ne verdammte Gerberei unten in Go Slow Harbor. Da haben bloß zehn oder fuffzehn Mann gearbeitet, weil die Produktion nich' auf vollen Touren lief. Und in was sie mich ausgebildet haben, war, so stinkige Häute, aus, na woher noch mal, Argentinien oder so, in Tröge zu schmeißen. Das hab' ich vier Tage lang den ganzen Tag gemacht, dann sind ihnen die Häute ausgegangen und keine neuen mehr gekommen, also haben wir bloß rumgestanden oder den Boden gefegt. Ein paar Monate später ist die Gerberei hops gegangen. Also fahr' ich wieder heim und fische, so lang ich kann. Dann wieder zur kanadischen Arbeitsvermittlung.

›Geben Sie mir was‹, sag' ich. ›Ich brauch 'nen neuen Job.‹

›Was können Sie?‹ sagen die.

›Ich kann fischen, ich kann Holz fällen, ich kann den ganzen Tag Häute in einen Trog schmeißen, ich kann fegen.‹

›Nein, nein, nein. Wir bilden Sie aus. Die Industrialisierung von Neufundland.‹ Sie schickten mich runter nach St. John's, wo 'ne große neue Fabrik steht, die Industriemaschinen fertigen soll, alle möglichen Maschinen, Futtermühlen, Zerkleinerungsmaschinen für Steine und Erdnüsse, Diamantbohrer, Schleifmaschinen. Das war vielleicht 'n Ding. Groß. Ich hab' nie was Vergleichbares gesehen. 'ne Fünf-Millionen-Dollar-Fabrik. Aber keiner drin. Ich fahr' also da runter, besorg' mir ein Zimmer, teil's mir mit irgend 'nem alten Stinker, warte. Ich war da unten, halb am Verhungern, hab' genommen, was ich für 'nen Viertel Dollar pro Tag gekriegt hab', und drauf gewartet, daß die verfluchte Fabrik aufmacht. Hat das Miststück aber nie. Hat nich' ein Ding produziert. Also fahr' ich wieder nach Hause und fische die Saison über. Kommt der Herbst, ich wieder zum Arbeitsamt und sag': ›'s wird eng. Ich brauch' einen Job.‹ Zur der Zeit hab' ich noch dran geglaubt, daß sie was für mich finden, mit der ganzen Industrialisierung und so. ›Tja‹, sagt der Kerl von der Arbeitsvermittlung, ein ganz Aufgeweckter, ›bei jedem Gewerbe gibt's mal Kummer, Jack. Aber wir schauen uns für Sie um. Wir stecken Sie in die Third Mill drüben in Hyphenville. Da machen Sie Pappdeckeleinbände.‹ In dem Irrenhaus hab' ich drei Monate lang gearbeitet. Dann wurde es dichtgemacht. Dann haben sie mir erzählt, daß ich mit meiner Erfahrung einen guten Job bei der neuen Ölraffinerie in Bird Wing kriegen könnte oder bei der Kraftwerksanlage in Eden Falls. Die Raffinerie wär' noch nich' in Betrieb, sagten sie, also halfen sie mir, den Bewerbungsbogen auszufüllen, der vielleicht drei Kilometer lang war, sagten mir, ich sollte nach Hause gehen und auf den Brief aus Eden Falls warten. Ich warte immer noch. Ja, sie haben sie in Betrieb genommen, aber es gibt bloß ein paar Stellen dort. Also blieb ich zu Hause und fischte, was ich konnte. Magere Zeiten. Meine Frau war krank, wir waren wirklich am hinterletzten Ende. Es war die schlimmste Zeit. Wir hatten unseren Ältesten verloren, wissen Sie. Also geh' ich wieder hin.

›Paßt auf, Jungs, die Zeiten sind hart. Ich brauch' einen Job.‹ Sie sagten, daß sie genau das Richtige für mich hätten. Hätten es die ganzen Versuchsjahre für mich aufgespart. Und es war' auch noch gleich auf der anderen Seite der Omaloor Bay, eine Handschuhfabrik! Genau da draußen, Quoyle, genau da draußen bei Ihrem Haus auf der Landspitze. Dort wollten sie Handschuhe fertigen, Lederhandschuhe. Klang, als ob die Regierung das Ding speziell für mich gebaut hätte. Sie sagten, es wär' ganz klar der Job für mich mit meiner Erfahrung in der Gerberei. Ich wär' praktisch ein Meister im Lederhandwerk! Ich könnt' vermutlich 'nen Job als Vorarbeiter kriegen! Was war ich nicht froh! Sie haben die Fähre in Betrieb genommen. Am ersten Tag kamen 'ne Menge Leute, um zur Arbeit zu fahren. Also, glauben Sie's mir, wir fuhren rüber, gingen rein, da standen 'ne Reihe Leute rum, 'ne hübsche Cafeteria, große Tröge aus rostfreiem Stahl zum Färben, Nähmaschinen und Schneidetische. Bloß zwei Sachen hatten sie nich' – jemanden, der wußte, wie man Handschuhe macht, und das Leder. Sehen Sie, das Leder für die Handschuhe sollt' von der Gerberei kommen, wo ich ein paar Jahre vorher gearbeitet hatte, aber die war geschlossen, und das hat den Typen, die die Handschuhfabrik bauten, nie einer gesagt, und auch der Arbeitsvermittlung nich'. Soweit das.

Also bin ich wieder auf dem Nachhauseweg über die Bucht, die Fähre machte ihre zweite und letzte Fahrt. Und ich überlege. Ich überlege: ›Wenn ich gewußt hätt', daß das Drecksding kein Leder hat, hätt' ich mir den Weg sparen können.‹ Aber wie weiß man so was? Man liest es in der Zeitung! 'ne Lokalzeitung gab's nich'. Bloß dieses Regierungsblatt unten in St. John's, den *Sea Lion*. Also sag' ich mir, ich versteh' zwar nichts davon, kann kaum 'nen Satz schreiben – ich bin in der Schule übers ABC kaum rausgekommen –, aber ich kam zu dem Schluß, wenn die eine Handschuhfabrik aufmachen können ohne Leder und ohne jemand, der weiß, wie man welche macht, dann kann ich 'ne Zeitung aufmachen.‹

Also geh' ich rüber zur kanadischen Arbeitsvermittlung und sag': ›Ich will 'ne Zeitung aufmachen. Könnt ihr mir vielleicht dabei helfen?‹

›Wie viele Leute wollen Sie beschäftigen?‹ fragen sie. Und ich lang' in die vollen. ›Fünfzig. Sobald die Sache mal läuft‹, sag ich. ›'türlich gibt's erst mal 'ne Probezeit‹, sag' ich. ›Die Leute müssen ausgebildet werden.‹ Das haben sie gefressen. Sie gaben mir ganze Schachteln voll Formularen zum Ausfüllen. Da fingen die Schwierigkeiten für mich an, und darum hab' ich Billy Pretty dazu gebracht, das Fischen seinzulassen und mit an Bord zu kommen. Er hat 'ne schöne Handschrift, kann lesen wie einer von der Regierung. Wir haben die Sache angepackt.

Sie schickten mich nach Toronto rüber, damit ich was vom Zeitungsgeschäft lerne. Sie gaben mir Geld. Ich hing, na ja, so vier, fünf Wochen in Toronto rum, ließ mich von ihnen vollschwafeln über redaktionelle Ausgewogenheit, Sauberkeit, den neuen Journalismus, journalistisches Ethos, den Dienst an der Gesellschaft. Hat mich in Rage gebracht. Nich' die Hälfte von dem, was sie geblubbert haben, hab' ich verstanden. Hab' das, was ich wissen mußte, erst dadurch gelernt, daß ich's genau hier, in meiner alten Werkstatt, gemacht hab'. Ich leite den *Gammy Bird* jetzt seit sieben Jahren, und die Auflage ist auf dreizehntausend rauf, wird jedes Jahr mehr. Die ganze Küste lang. Weil ich weiß, was die Leute lesen wollen. Und darüber wird nich' diskutiert.

Erst hab' ich Billy eingestellt, dann Tert Card. Gute Leute. Da drüben in Toronto war der halbe Laden voller Frauen, die quasselten und schäkerten und den Männern schöne Augen machten, oder die Männer machten ihnen schöne Augen. Gearbeitet wurde überhaupt nich'. Billy weiß alles, was man wissen muß, um das ganze Frauenzeug zusammenzuschreiben. Er ist 'n alter Junggeselle und kann höllisch gut kochen. Meine Frau, Mrs. Buggit, schaut für den Fall des Falles drüber. Ich weiß, was meine Leser wollen und erwarten, und das kriegen sie. Und was ich sag', das wird auch gemacht. Ich will von Ihnen nichts hören von wegen journalistische Ideen, dann kommen wir gut miteinander aus.«

Hörte zu reden auf, um sich noch eine Zigarette anzustecken. Blickte Quoyle an, dessen Beine eingeschlafen waren. Der nickte langsam in seine Hand hinein.

»Okay, Mr. Buggit. Ich werde mein Bestes tun.«

»Sagen Sie Jack zu mir. Also, der Laden läuft folgendermaßen: Ich leite die Veranstaltung. Ich bin der Kapitän. Billy Pretty kümmert sich um die ›Heim und Herd‹-Seite, schreibt ›Geschnetzeltes‹ – erzählen Sie ja keinem, daß er Junior Sugg ist –, betreut die Lokalmeldungen, Gemeinde- und Schulangelegenheiten. In Kanada gibt's mehr Regierung als sonst wo auf der Welt. Fast die halbe Bevölkerung arbeitet für die Regierung. Und die andere Hälfte wird bearbeitet. Und auf lokaler Ebene haben wir den lieben langen Tag Versammlungen die Küste rauf und runter. Billy berichtet zum Teil auch über Verbrechen. Und davon gibt's mehr als früher. Denn was früher Jux und Tollerei hieß, gilt jetzt als Vandalismus und Aggression. Billy Pretty. Der ist bei mir, seit ich mit dem *Gammy Bird* angefangen hab'.«

»Beim *Record* hab' ich über Gemeindedinge berichtet«, krächzte Quoyle mit überschnappender Stimme.

»Ich hab' Ihnen doch gerade gesagt, das macht Billy. Dann haben wir Nutbeem. Der schreibt die Auslands- und die Inlandsnachrichten, die nationalen und die aus der Provinz, holt sich seine Meldungen aus dem Radio und schreibt sie um. Berichtet auch über sexuellen Mißbrauch. Damit kann er kaum Schritt halten. Wir bringen jede Woche zwei oder drei Geschichten darüber, eine große auf der Titelseite, die anderen weiter hinten. Er ist auch für Sport zuständig und für Füller, manchmal ein Feature, aber darin sind wir nicht so groß. Er ist erst seit sechs, sieben Monaten bei der Zeitung. Und ich behaupte nich', daß er vollkommen ist. Er ist sowieso nur vorübergehend da. *Hast du das gehört, Nutbeem.*«

»Allerdings«, kam es aus dem Büro draußen.

»Tert Card vertritt mich, wenn ich nicht da bin, er ist der Chefredakteur und vieles andere auch. Verteilt die Aufgaben, setzt, macht das Rohlayout, bringt die Montage zum Drucker in Misky Bay, macht die Aufkleber und den Postversand, den Vertrieb, schiebt den einen oder anderen Lokalbericht ein, wenn er Zeit hat. Ist schon 'ne ganze Weile dabei. Ich hab' schon viele Klagen über Tert Card und Druckfehler gehört, aber Druckfehler gehören zum *Gammy Bird*. Kümmert sich um die Anzeigen. Und Fischergeschichten, davon will ich zuerst was wissen. Ich kenne die Probleme, bin ja immer noch im Fischfang.

Also, was Sie machen sollen. Sie sollen über Autounfälle in der Gegend berichten, die Geschichte schreiben, Fotos machen. Wir bringen jede Woche auf der Titelseite ein Foto von einem Autounfall, ob es einen gegeben hat oder nicht. Das ist unsere goldene Regel. Ohne Ausnahme. Tert hat 'nen dicken Aktenordner mit Unfallfotos. Wenn wir kein frisches haben, schauen wir im Ordner nach. Aber normalerweise haben wir ein paar gute. Die Horncup-Leute sorgen dafür. Tert zeigt Ihnen, wo die Kamera ist. Den Film geben Sie ihm. Er entwickelt ihn zu Hause.

Und die ›Schiffsmeldungen‹. Sie besorgen sich die Liste vom Hafenmeister. Welche Schiffe in Killick-Claw einlaufen, welche auslaufen. Es werden jedes Jahr mehr. Ich hab' da so 'ne Ahnung. Wir werden improvisieren. Sehen Sie, was sich machen läßt.«

»Wie ich schon am Telefon sagte«, meinte Quoyle, »ich hab' keine große Erfahrung mit Schiffen.« Autounfälle! Entgeistert angesichts der Wahrscheinlichkeit von Blut und sterbenden Menschen.

»Na, entweder sagen Sie das Ihren Lesern, oder Sie schuften sich einen ab, um was zu lernen. Boote liegen Ihrer Familie im Blut. Sie machen die Sache. Und springen ein, wo Tert Card es Ihnen sagt.«

Quoyle lächelte steif, stand auf. Seine Hand lag schon am Türknauf, als Jack Buggit noch etwas sagte.

»Noch eins. Ich hab' durchaus Humor, Quoyle, aber ich will nie einen Witz über Neufundland oder Neufundländer hören. Merken Sie sich das. Ich hasse Neufundi-Witze.«

Quoyle kam aus dem Büro. Autounfälle. Starrte die zerfledderten Telefonbücher an.

»Quoyle!« flüsterte Nutbeem. »Ahoi, Quoyle, Sie werden uns doch nicht losflennen, oder? Sie werden doch nicht in die Staaten zurücklaufen, oder? Wir rechnen mit Ihnen, Quoyle. Wir bauen um Sie herum einen Kult auf, Quoyle.«

Jack Buggit steckte den Kopf zur Glastür heraus.

»Billy! Hat Elvis schon seine Welpen?«

»Ja, hat er. Seit letzter Woche. Drei Stück. Jeder is' schwarz mit weißen Pfoten.«

»Gut, ich will einen davon.« Die Tür ging wieder zu.

8
Ein Slippender Stek

»An Bord wird der Knoten selten verlangt, aber auf kleinen Booten, speziell offenen Booten, die leicht kentern, benötigt man ihn häufig, um sofort loswerfen zu können. Hier findet man, daß der Slippende Stek unentbehrlich ist.«

DAS ASHLEY-BUCH DER KNOTEN

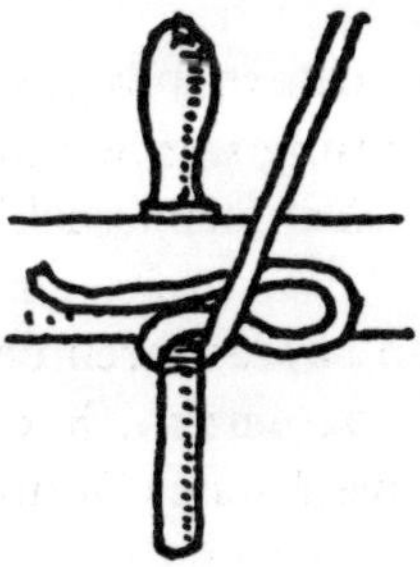

»Ich glaube, den Job pack' ich nicht«, sagte Quoyle. Der im Sea Anchor von Killick-Claw zwei Bier gekippt, eine Tüte ranziges Popcorn verschlungen und sich gefragt hatte, ob er einfach zur falschen Zeit am falschen Ort war, wie ein Passagier in einem Flugzeug, das kurz aufsteigt, und dann auf die Landebahn kracht.

Die Tante schaute auf. Sie saß auf dem runden Bett, strickte eine Wolke aus Angora so schnell wie eine Maschine; ihr zu Füßen flätzte Warren, bewegte nur die rot umränderten Augen. Bunny tränenüberströmt auf einem Stuhl mit zerrissenem Polster. Der Stuhl schaute in eine Zimmerecke. Sunshine rannte brüllend zu Quoyle.

»Daddy, sie hat mich gebissen. Bunny hat mich ins Bein gebissen.« Sie zeigte Quoyle zwei halbkreisförmige Abdrücke in ihrem Oberschenkel.

»Sie hat angefangen!« schrie Bunny. Machte ein finsteres Gesicht wie Beethoven.

»Du bist ein verbissenes, verkommenes Stück Scheiße!« blaffte Sunshine.

»Um Himmels willen, regt euch ab«, sagte die Tante.»Neffe, wir müssen was unternehmen. Die Kinder müssen irgendwohin. Im Haus könnten wir sie, wenn wir einen Löwenbändiger hätten, Unkraut jäten und fegen lassen, Geschirr abwaschen und Fenster putzen, anstatt daß sie einander kratzen und beißen. Sie sind hier eingesperrt. Und Warren ist halb tot, weil sie keinen Auslauf hat.«

»Rate mal, Daddy«, sagte Sunshine. »Warren hat unters Bett gekotzt.«

»Sie ist jedenfalls nicht mehr die alte«, murmelte die Tante. »Was hast du da über deinen Job gesagt?« Spröde Stimme.

»Ich hab' gesagt, ich glaube, ich schaff's nicht. So was wie diese Zeitung hab' ich noch nie gesehen. Der Herausgeber ist irgendwie verrückt. Jack Buggit. Ich kenne die Gegend und die Leute noch nicht und soll über Autounfälle berichten. Ich kann nicht über Autounfälle berichten. Du weißt, warum. Ich muß an das denken, was passiert ist. Autounfälle. Schiffe. Außerdem bezweifle ich, daß wir in das Haus ziehen können. Der Kombi hält auf der Straße keine Woche durch. Wie soll ich dann zur Arbeit und wieder zurück kommen? Wahrscheinlich könnten wir einen Kleinlaster mit Vierradantrieb und verstärkten Stoßdämpfern kaufen, aber das heißt stundenlange Fahrten. Wie wär's, wenn wir hier in Killick-Claw was mieten?«

Die Tante bewegte wütend ihre Nadeln. Die Wolle sauste durch ihre Finger.

»Natürlich schaffst du den Job. Wir stellen uns schrecklichen Dingen, weil wir sie nicht umgehen oder vergessen können. Je früher du darüber hinwegkommst, je früher du sagst: ›Ja, es ist passiert, und ich kann's nicht ändern‹, desto früher kannst du dein eigenes Leben weiterleben. Du hast Kinder großzuziehen. Also *mußt* du darüber hinwegkommen. Über was wir auch wegkommen müssen, irgendwie schaffen wir's. Auch wenn es noch so schlimm ist.«

Klar, darüber wegkommen, dachte Quoyle. Drei-Groschen-Philosophie. Sie wußte nicht, was er durchgemacht hatte. Durchmachte.

»Also, ich hab' mich die ganze Woche lang umgesehen, habe die Kinder in Tom Rocks Taxi in Killick-Claw herumgezerrt und gesucht – ein Haus, eine Wohnung, sogar einzelne Zimmer. Ich muß mein Geschäft aufmachen. Jeden Abend hab' ich das gesagt. Aber du bist mit dem Kopf woanders.« Fragte sich, wie lange er sich noch im Grab der toten Frau suhlen würde. »Wir müssen alle hier Tritt fassen und uns zusammenreißen.«

»Du hast recht, Tante. Es tut mir leid, daß du die ganze Sucherei am Hals hast.« Er war jetzt hier, und ein Zurück gab es nicht.

»Na, viel hab' ich nicht gefunden. Es gibt ein kleines dunkles Zimmer bei der alten Mrs. Speck. Die Stadtverwaltung hat ihr gesagt, sie soll die Bettwäsche wechseln und das Schild ›Pension‹ raushängen. Es ist schlimmer als das Loch hier, aber billiger. Allerdings ist nur Platz für eine Person. In Killick-Claw scheint Wohnungsmangel zu herrschen. Der Ort boomt gerade.«

Ihre Sätze wurden schneller, prasselten heraus, als würden sie mit den klappernden Nadeln Schritt halten wollen.

»Wie ich sagte – wir brauchen ein Boot. Damit ist man in einer halben Stunde über der Bucht. Idiotisch, mit der Miete für ein Haus Geld zu vergeuden, wenn wir den alten Familiensitz da drüben haben, der bloß hergerichtet zu werden braucht. Ich habe heute mit einem Zimmermann geredet. Dennis Buggit, lebt in Killick-Claw. Seine Frau paßt morgen auf die Kinder auf, und ich fahre mit Dennis zum Haus rüber, ein paar Schätzungen anstellen, schauen, was alles zu machen ist. Beety heißt seine Frau. Überlegt, ob sie bei sich zu Hause eine Kindertagesstätte einrichten soll. Die beste Nachricht, seit wir hier sind. Die zwei«, sie schwenkte den Kopf, »könnten die ersten und besten Kunden werden.«

Bunny trat gegen die Wand. Flennte.

Das einzige, was Quoyle hörte, war »Boot«. »Tante, ich kenne mich mit Booten überhaupt nicht aus. Sie sind teuer. Sie sind unbequem. Sie sind gefährlich. Man braucht einen Liegeplatz oder so was. Ich will kein Boot.«

»Ich fürchte, es ist das Vernünftigste. Es sei denn, du willst für gute hundert Dollar die Nacht hier bleiben. Das sind zwei Tage Arbeit vom Zimmermann.« Blaffte. Mit funkelnden Augen.

Quoyle drückte auf die Knöpfe des Fernsehgeräts, vergaß, daß es kaputt war.

»Es geht nicht, Dad«, schluchzte Sunshine.

»Ich find's scheußlich hier.« Bunny, die mit ihren abgewetzten Schuhen gegen die Wand trat. »Ich will Boot fahren. Ich will das grüne Haus herrichten, wo die Tante geboren ist, und ein eigenes Zimmer haben. Ich feg' auch den Boden, wenn wir gehen, Daddy. Ich mach' alles.«

»Gehen wir zum Abendessen«, murmelte Quoyle. »Ich pack' das jetzt nicht.«

»Der Speisesaal ist für das Publikum geschlossen. Heute ist das Essen von der Curlingmeisterschaft. Sie haben uns einen Fischeintopf gemacht, aber wir müssen ihn uns selber holen und ihn hier auf dem Zimmer essen.«

»Ich will Fleisch«, sagte Bunny. »Ich will Fleischeintopf.«

»So ein Pech«, sagte die Tante recht heftig, »steht nicht auf der Speisekarte.« Bei sich sagte sie: Friß Fisch oder stirb.

Tert Card mit rotem Hemd und weißer Krawatte am Telefon. Billy Pretty am anderen Apparat. Billy lachte, würgte dunkle Sätze hervor, die Quoyle nicht verstand, fast eine andere Sprache. Trommelnder Regen, die Bucht getüpfelt. In der Ecke röhrte der Gasofen.

Quoyle sah Nutbeem an. »Ist ein Kerl namens Dennis Buggit mit Jack verwandt? Ein Zimmermann? Die Tante redet mit ihm, daß er das alte Haus herrichtet. Wir müssen etwas unternehmen. In dem verfluchten Motel können wir nicht länger bleiben. Und die Straße hinaus zur Landspitze ist übel, aber in Killick-Claw gibt's nichts zu mieten. Ich weiß nicht, was wir tun werden. Ich ziehe wieder in die Staaten, bevor ich ein Boot kaufe.»

Nutbeem zog sein Kinn nach unten, hob mit gespieltem Schrecken beide Hände hoch. »Sie mögen keine Boote? Kann recht nett sein, wissen Sie. Ganz praktisch in einer Gegend, wo alles aus Küste und Buchten und wenig Straßen besteht.

So bin ich hier gelandet, wissen Sie, wegen meinem Boot. Die *Pluckerwank*. Ich nenne sie so, weil sie elump ist.« Nutbeems beiläufiges Geschwätz. Theatralische Reden wie bei einem Wahlkampfauftritt, im Augenblick ganz dringlich, aber bis zum nächsten Morgen vergessen, der Redner unterwegs zu einem anderen Ort.

Quoyles Notizblock an den Teebecher gelehnt, ein halbfertiger Absatz über einen Lkw-Unfall in der mechanischen Schreibmaschine. Alle anderen hatten einen Computer.

»Sie kriegen einen, wenn ich Ihnen einen gebe«, hatte Jack Buggit gesagt. Aber nicht auf die gemeine Art.

»Dennis ist Jacks jüngster Sohn«, sagte Tert Card, der alles hörte, und beugte sich zu ihnen, daß sein Mundgeruch durchs Zimmer schwappte. »Er kommt mit dem Alten nicht gut aus. War früher der Augapfel von dem Alten, vor allem nachdem er den armen Jesson verloren hatte. Man kann nie wissen, Jack könnte es falsch auffassen, wenn Dennis für Sie arbeitet. Aber auf der anderen Seite auch wieder nicht.« Das Telefon trillerte wie eine Spielzeugpfeife.

»Das ist er«, sagte Card, der das immer wußte, und nahm den Hörer ab.

»*Gammy Bird!* Jo, okay. Verstanden, Käpt'n.« Legte auf, wirbelte auf seinem Stuhl herum, schaute auf das trübe Meer hinaus. Lachte. »Billy! Was meint ihr. Er ist oben im Haus mit Ohrenweh auf beiden Seiten. ›Mich bekommt ihr erst morgen oder übermorgen wieder zu Gesicht‹, sagt er.«

»Ich hab' gedacht, diesmal sind's gebrochene Rippen«, sagte Nutbeem. »Ohrenweh ist gut. Das hatten wir noch nicht.« Das Telefon klingelte.

»*Gammy Bird!* Jo, okay, okay. Ihre Telefonnummer? Moment mal. Nutbeem, die Tankstelle von Marcus unten in Four Hands Cove steht in Flammen. Übernimmst du das?«

»Warum besorgen Sie sich kein Boot, Quoyle?« rief Billy Pretty aus seiner Ecke. Er hatte zwei Waschkörbe auf seinem Schreibtisch stehen, einen aus Plastik und einen aus handgeflochtenem Rohr.

Quoyle tat so, als hätte er ihn nicht gehört. Doch Nutbeem am Schreibtisch nebenan konnte er nicht ausweichen. Der schob sein Radio beiseite und blickte Quoyle aufgeregt an. Sein Gesicht legte sich in Falten, seine Finger schlugen einen Takt, ein Überbleibsel seiner Zeit in Bahia, wo er von *foxés* und *bloco afros* magnetisiert war, Musik mit Trommeln und Metallzylindern, paillettenblitzenden Zimbeln, abgehacktem Kastagnettengeklapper. Nutbeem unter dem Einfluß des Mondzyklus. Hatte etwas von einem Werwolf. Bei Vollmond platzte er, redete sich leer, machte Fitneßübungen dergestalt, daß er in der Starlight Lounge tanzte und sich prügelte, und verfiel dann langsam wieder der Kontemplation.

Vor Bahia, sagte Nutbeem, habe er in Recife herumgehangen, für einen vom Rum verwahrlosten Ex-Reporter der *London Times* gearbeitet, der ein vierseitiges Blättchen im Sprachenmischmasch herausgab.

»Da habe ich mir zum erstenmal in den Kopf gesetzt, mir ein Boot anzuschaffen«, sagte Nutbeem und nahm sich eine Dattel aus dem Paket auf seinem Tisch. »Weil ich an der Küste gelebt habe, glaube ich, und jeden Tag Boote und Wasser sah. Die *jangadas* sah – das sind ungewöhnlich kleine Fischerboote, bloß eine Plattform aus einem halben Dutzend dürrer Balken – so ähnlich wie Balsaholz –, mit Holzdübeln zusammengesteckt und mit Fasern zusammengebunden. Werden vom Wind angetrieben, mit einem Ruder gelenkt. Die Welt bestand früher einmal ganz aus Knoten und Tauen – sich biegen und nachgeben hieß es vor der rohen Gewalt von Nägeln und Schrauben. Sagt Ihnen was, wie? Von weitem sieht es so aus, als würden die Fischer auf dem Wasser stehen. Und das tun sie im Grunde auch. Das Wasser überspült die Plattform glatt. Und ihre Füße.« Er war aufgestanden und tigerte hin und her, reckte das Kinn zur Decke.

Da mischte Billy sich ein. »So waren auch die alten Komatiks, die Eskimoschlitten, gemacht. Da gab's nicht einen Nagel. Alles mit Sehnen und Leder zusammengebunden.«

Nutbeem ging auf die Unterbrechung nicht ein. »Wie die Boote aussahen, gefiel mir, aber ich habe nichts unternommen. Nach einem Krach mit dem schmierigen Suffkopf von der *Times* – der lag da auf seinem Wasserbett, spielte auf dem Kamm und trank schwarzen Rum –, flog ich nach

Houston, Texas – fragen Sie mich nicht, warum – und kaufte mir ein Tourenrad. Ein Fahrrad, kein Motorrad. Und damit bin ich nach Los Angeles gestrampelt. Die fürchterlichste Fahrt der Welt. Will sagen, Apsley Cherry-Garrard und Scott am Südpol hatten keine Ahnung. Ich machte Sandstürme durch, beängstigende, tödliche Hitze, Durst, eiskalte Winde, Lastwagen, die mich umzubringen versuchten, Fahrradpannen, einen heftigen Kältesturm, sintflutartige Regenfälle und Überschwemmungen, Wölfe, Rancher in einmotorigen Fliegern, die Mehlbomben abwarfen. Und, Quoyle, das einzige, was mich bei all dem aufrecht hielt, war der Gedanke an ein kleines Boot, ein leichtes, süßes Segelboot, das durch kühles Wasser gleitet. Die Idee setzte sich fest. Ich schwor mir, sollte ich jemals von diesem beschissenen Fahrradsattel runterkommen, der mir inzwischen in die Arschritze eingeschweißt war, sollte ich jemals von dem Ding loskommen, dann würde ich mich an die See halten und mich nie wieder von ihr trennen.«

Das Telefon schellte wieder.

»*Gammy Bird!* Jo. Jo, Jack, er ist da. Nein, Nutbeem ist gerade los, um über einen Brand zu berichten. Die Tankstelle von Marcus. In Four Hands Cove. Weiß ich nich'. Die haben mir bloß 'ne Telefonnummer gegeben. Jo. Okay. Sobald er zurück is'. Quoyle, 's is' noch mal Jack. Für Sie.«

»Was haben Sie diese Woche geschrieben?« Stimmkugeln schossen aus dem Hörer in sein Ohr.

»Äh. Den Lkw-Unfall. Bin gerade damit fertig.«

»Was war das für ein Unfall?«

»Ein Sattelschlepper hat in der Kurve die Kontrolle verloren und ist nach Desolation reingerast. Hatte neue Motorschlitten geladen. Die Hälfte davon ist ins Wasser gekippt, und alle Boote im Hafen haben sich drangemacht, sie mit Greifern rauszuholen. Der Fahrer ist abgesprungen. Keiner verletzt.«

»Vergessen Sie die Schiffsmeldungen nicht.« Die Leitung war tot.

»*Nutbeem!* Kümmere dich lieber um das Feuer, bevor es aus ist und du keine netten Bilder mehr von den züngelnden Flammen kriegst. Und nimm die Kamera mit. Kann nicht schaden, wenn man Bilder machen soll.« Ätzender Sarkasmus.

»Warum kaufen Sie sich nicht ein schönes kleines Rodney?« fragte Billy Pretty. »Ist jetzt genau die richtige Zeit, so 'ne Schönheit aufzugabeln. An den Wochenenden könnten Sie nach Groppen fischen, sich von den Touristen fotografieren lassen. Sie würden sich gut machen in 'nem Boot.«

Aber Nutbeem war noch nicht soweit. »Also, Quoyle, ich war also wieder in London, wieder am Verhungern. Wenigstens war meine Kassettensammlung heil. Aber daß ich ein Boot brauchte, das wußte ich. Ich war verzweifelt. Sie denken vielleicht, die Gleichung heißt ›Boot und Wasser‹. Weit gefehlt. Sie heißt ›Boot und Geld‹. Das Wasser ist eigentlich überflüssig. Darum stehen so viele Boote auf Hinterhöfen. Weil ich kein Geld hatte, war ich verzweifelt. Ich verbrachte ein ganzes Jahr damit, Bücher über Boote und das Meer zu lesen. Ich fing an, auf Bootswerften herumzulungern. Auf einer bauten zwei junge Typen ein Ruderboot. Sie schienen eine Menge Pläne zu schmieden – das Plänemachen hat mir immer ganz gut gefallen –, und da kam mir die Erleuchtung. Einfach so. Ich würde mir selbst ein Boot bauen. Und mit dem würde ich über den Atlantik segeln.«

»*Nutbeem!*« brüllte Card.

»Ach, buchstabier' doch ›Pterodactylus‹«, versetzte Nutbeem, zog sich Jacke und Wollmütze über und stürmte zur Tür hinaus.

»Herrje, er hat die Kamera vergessen. Quoyle, ich soll Sie von Jack aus an die Schiffsmeldungen erinnern. Gehen Sie in die Hafenmeisterei runter, und schreiben Sie die Liste ab. Sie besorgen sich Namen, Datum und Herkunftsland. Übers Telefon sagen die Ihnen die Daten nicht. Sie müssen selber hin.«

»Das wollte ich heute nachmittag machen«, sagte Quoyle. »Kann aber auch jetzt gehen. Wo ist die Hafenmeisterei?«

»Neben Pubbys Seefahrtzubehör auf dem öffentlich zugänglichen Kai. Die Treppe rauf.«

Quoyle stand auf, zog seine Jacke an. Wenigstens war es kein Autounfall mit lauter Glas, sickernden Flüssigkeiten und Rettungssanitätern, die in zerquetschten Mündern herumfummelten.

9
Der Muringstek

»Der Vorteil dieses Steks ist, daß er nicht am Pfosten herunterrutscht, wenn er richtig angebracht ist. Jeder, der nach einem harten Angeltag seine Vorleine bei Hochwasserstand ein oder anderthalb Meter unter der Hochwassermarke an einem Pfahl festgemacht vorfindet, wird sich schon Gedanken über diesen Knoten gemacht haben.«

DAS ASHLEY-BUCH DER KNOTEN

Auf der Wharf Road schlängelte er sich durch das Gewirr der Gabelstapler und Winden. Regennaß glänzende Boote. Ein Stück weiter vorn sah er die schwarze Küstenfähre mit ihrer roten Reling Autos aufnehmen, daneben das Lazarettschiff von Labrador. Am städtischen Anlegeplatz die orange Flanke des Such- und Rettungsschiffs der Küstenwache. Für die Fischfabrik fuhr ein Kutter ein.

Die Wharf Road war mit abgenutzten, blauen Steinen gepflastert, die als Ballast aus einer fernen Gegend hierher befördert worden waren. Meergestank aus Öl, Fisch und schmutzigem Wasser. Jenseits der Kaschemmen und Kneipen ein paar Lebensmittelläden. In einem Schaufenster fiel ihm eine riesige Pyramide aus Dattelpackungen auf, wie Nutbeem sie mochte – Desert Jujubes –, auf dem Markenschild rote Kamele und Kometen.

Das Büro des Hafenmeisters befand sich oben an einer sandigen Holztreppe.

Diddy Shovel, der Hafenmeister, beobachtete, wie Quoyles gelber Regenmantel aus dem Kombi auftauchte, beobachtete, wie er seinen Notizblock auf das nasse Kopfsteinpflaster fallen ließ. Schätzte ihn als kräftig und unbeholfen ein. Shovel war früher für seine Kraft berühmt gewesen. Mit zwanzig hatte er eine merkwürdige Bruderschaft ins Leben gerufen: den »Fingerklub«. Seine sieben Mitglieder waren alle Männer, die sich an einem einzigen kleinen Finger an einen Balken in Eddy Blunts Keller hängen konnten. Mächtige Männer waren das damals. Als er älter wurde, ergänzte er seine Kraft zunächst mit einer Stentorstimme, später ersetzte er sie dadurch. War jetzt das einzige noch lebende Mitglied des Fingerklubs. An diesem Punkt blieben seine Gedanken oft stehen.

Eine Minute später öffnete Quoyle die Tür, sah durch die vier Meter hohen Fenster, eine Glaswand mit Blick auf den vernieselten Hafen, die öffentlichen Docks und Piers im Vordergrund und dahinter die trübe, von Nebeldaumen gerubbelte Bucht.

Ein Quietschen. Ein Drehstuhl aus Holz wirbelte herum, und das fürchterliche Gesicht des Hafenmeisters richtete sich auf Quoyle.

»Das sollten Sie bei Sturm sehen, wenn die riesigen Wolken von den Bergrücken herunterwallen. Oder den Sonnenuntergang wie ein brennender Vogelschwarm. Die ungeheuerlichste Fensterfront in ganz Neufundland.« Eine Stimme so tief wie ein Ruf in einer Höhle.

»Das glaube ich«, erwiderte Quoyle. Tropfte auf den Boden. Fand in einer Ecke den Mantelhaken.

Diddy Shovels Haut war wie Asphalt, rissig und schrundig, von lebenslangen Unwettern dick geworden, dem Schorf des Alters. Durch die runzlige Oberfläche kämpften sich Stoppeln. Seine Augenlider hingen an den äußeren Winkeln in schützenden Falten herunter. Borstige Augenbrauen; vergrößerte Poren verliehen der Nase ein sandiges Aussehen. Die Jacke war an den Schulternähten aufgeplatzt.

»Ich heiße Quoyle. Neu beim *Gammy Bird*. Will die Schiffsliste abholen. Für Vorschläge wäre ich dankbar. Was die Schiffsmeldungen betrifft. Und für alles andere auch.«

Der Hafenmeister räusperte sich. MANN IMITIERT ALLIGATOR, dachte Quoyle. Stand auf und humpelte hinter den Schalter. Das kühle hohe Licht aus den Fenstern fiel auf ein Gemälde von der Größe eines Bettlakens. Ein Schiff donnerte eine Welle hinunter, und im Wellental ein bereits verlorenes Boot, breitseits. Über die Decks rannten Männer, den Mund zu Schreien aufgerissen.

Der Hafenmeister zog ein Loseblattbuch heraus, blätterte die Seiten mit dem Daumen durch und reichte das Buch dann Quoyle. EINKOMMEND stand auf dem Deckel; eine Ahnung von Geldgewinn und -verlust, Ladungen, zurückgelegten Entfernungen, der Geruch der Tropen.

Er folgte Quoyles Blick.

»Schönes Bild! Das ist die *Queen Mary*, wie sie gerade ihr Begleitboot, die *Curacoa*, in den Grund fährt. Damals 1942. Zwanzig Meilen vor der irischen Küste bei klarem Sonnenschein und kristallner Sicht. Die *Queen* mit einundachtzigtausend Tonnen, vom Passagierschiff zum Truppentransportschiff umfunktioniert, und der Kreuzer bloß viereinhalbtausend schwer. Hat ihn wie eine gekochte Karotte entzweigeschnitten.«

Quoyle schrieb, bis er einen Krampf in der Hand bekam, dann entdeckte er, daß er die Schiffe notiert hatte, die vor zwei Wochen eingetroffen waren.

»Woran sehe ich, daß die Schiffe noch da sind?«

Der Hafenmeister zog noch ein Buch hervor. Preßspandeckel. Das Wort AUSGEHEND war mit zittrigen Buchstaben eingebrannt.

»Ha-ha«, machte Quoyle. »Die sollten Ihnen lieber einen Computer hinstellen. Die Logbücher sehen nach einer Menge Arbeit aus.«

Der Hafenmeister deutete auf eine Nische hinter dem Schalter. Ein Computerbildschirm wie kochende Milch. Der Hafenmeister drückte Tasten, und in königsblauen Buchstaben sprangen Schiffsnamen hervor, Tonnagen, Eigner, Land der Registrierung, Ladungen, Ankunfts- und Abfahrtsdaten, zuletzt angelaufener Hafen, nächster Hafen, Anzahl der Tage seit dem Auslaufen aus dem Heimathafen, Crewstärke, Name des Kapitäns, Geburtsdatum und Versicherungsnummer. Der Hafenmeister tippte weiter, und ein Drucker summte los, das Papier rollte in einen Plastikkorb. Er riß Seiten ab, reichte sie Quoyle. Die »Schiffsmeldungen«.

Rissiges Grinsen, das falsche Zähne bis zur Wurzel entblößte. »Jetzt merken Sie sich bestimmt, daß wir es auf zwei Arten machen«, sagte er. »Wenn nämlich der Sturm tobt und der Strom weg ist, dann braucht man nur in die alten Bücher zu schauen, und alles ist da. Trinken Sie 'ne Tasse Tee. Gibt nichts Besseres an einem nassen Tag.«

»Gern«, erwiderte Quoyle. Setzte sich auf die Stuhlkante. Wasser rann in Strömen die Fensterscheibe hinunter.

»Runter da«, sagte der Hafenmeister und schubste eine Katze von einem Stuhl. »Es kommt jetzt eine gute Palette von Schiffen hierher. In der Omaloor Bay hat's tiefes Wasser fast bis zur Küste. Vor zwei Jahren hat die Regierung siebzehn Millionen Dollar in den Ausbau des Hafens gesteckt. Den Pier erneuert, einen neuen Containerterminal gebaut. Sechzehn Kreuzfahrtschiffe sollen dieses Jahr anlegen. Die bleiben nicht länger als einen Tag oder so, aber, Junge, Junge, wenn die einen Fuß auf den Pier setzen, dann fangen sie an, mit dem Geld um sich zu schmeißen.«

»Wie lang machen Sie das schon?«

»Kommt darauf an, was Sie mit ›das‹ meinen. Zur See bin ich zum erstenmal gefahren, da war ich dreizehn – als einfacher Matrose auf dem Sechzig-Tonnen-Segelschoner von meinem Onkel Donnal. Hab' die ganze Küste rauf und runter gearbeitet. Da hab' ich meine Kraft gekriegt. Ja, er hat mich gefüttert wie einen König. Und mich hart schuften lassen. Dann hab' ich eine Zeitlang auf einem Dory gefischt, draußen an den Belle-Isle-Bänken, auf die alte Art. Ich hab' auf einer Küstenfähre gearbeitet. Ich war in der Handelsmarine. Im Zweiten Weltkrieg Kapitänleutnant der kanadischen Marine. Nach dem Krieg bin ich zur Küstenwache. Und 1963 hab' ich dieses Büro als Hafenmeister von Killick-Claw bezogen. Dreißig Jahre. Nächstes Jahr geh' ich in Rente. Siebzig Jahre jung, und sie schmeißen mich raus. Werd' wahrscheinlich Banjospielen lernen. Falls ich's schaff', die Saiten ganz zu lassen. Manchmal kenne ich meine eigene Kraft nicht. Und Sie?« Bog die Finger durch, daß die Gelenke knackten wie Astknorren im Feuer. Zeigte einen kleinen Finger, dick wie eine Rübe.

»Ich. Ich arbeite bloß für die Zeitung.«

»Sie sehen aus, als würden Sie von hier stammen, hören sich aber nicht so an.«

»Meine Leute kamen aus Quoyle's Point, aber ich bin in den Staaten aufgewachsen. Ich bin ein Außenseiter. Mehr oder weniger.« Quoyles Hand kroch über sein Kinn hoch.

Der Hafenmeister betrachtete ihn. Kniff die Augen zusammen.

»Ja«, sagte Diddy Shovel. »Da haben Sie ja 'ne richtige Geschichte, mein Junge. Wie kam's denn, daß Sie so weit weg von zu Hause aufgewachsen sind? Daß Sie zurückkehren?« Selbst jetzt brachte er noch Dinge fertig, bei denen die Leute nur so glotzten.

Klappernd stellte Quoyle die Teetasse auf die Untertasse. »Ich war ... Ach, es ist kompliziert.« Und seine Stimme brach ab. Er hackte mit seinem Kuli auf den Notizblock. Themawechsel.

»Das Schiff da«, deutete er. »Was ist das für eins?«

Der Hafenmeister suchte unter dem Stuhl nach einem Fernglas und schaute auf die Bucht hinaus.

»Die *Polar Grinder*? Ah ja. Die ist auf Herz und Nieren geprüft. Legt regelmäßig hier an, um Fisch und Seeigelrogen für den japanischen Feinschmeckermarkt zu laden. Ein Kühlschiff, so um 1970/71 in Kopenhagen für Northern Delicacies gebaut. Haben Sie schon mal gesehen, wie sie in der Fischfabrik den Seeigelrogen herrichten?«

»Nein.« Quoyle dachte an die grünen Nadelkissen in Tidenpfützen.

»Herrlich! Herrlich. Stellen Sie sich Holztabletts vor. Die Japsen halten sie für den Leckerbissen überhaupt, zahlen hundert Dollar für ein Tablett voll. Sie ordnen sie in Phantasiemustern an wie bei einem Quilt. Umi. Umi sagen sie dazu. Essen sie roh. Die kriegen Sie in Sushi-Bars in Montreal. Ich hab' sie bestellt. Ich hab' alles probiert. Büffel. Mit

Schokolade überzogene Ameisen. Und rohen Seeigelrogen. Ich hab' nämlich 'nen Magen aus Stahl.«

Quoyle schlürfte, ein wenig angewidert, seinen Tee.

»Hier. Nehmen Sie das Glas und werfen Sie einen Blick darauf. Sie hat den knolligen Vorsteven, der gerade in Mode kam, als sie gebaut wurde. Es gibt ein Zwillingsschiff, die *Arctic Incisor*. Kühlschiff, vier Laderäume, isolierte Abteile. Karten- und Ruderhaus mittschiffs, sämtliche neuesten elektronischen Navigationsinstrumente. Für ihre Zeit hochautomatisiert. Seit ihrem Malheur bei dem Sturm ist sie mit neuem Steuergerät bestückt worden, neuen elektronischen Temperaturmeßgeräten, die man von der Brücke aus ablesen kann, und allem, was dazugehört. Als sie gebaut wurde, müssen Sie wissen, waren skandinavische Möbel in Mode – dort ist das ganze Teakholz gelandet. Erinnern Sie sich noch an das Lied ›Norwegian Wood‹?«

Sang mit röhrendem Baß ein paar Zeilen.

»Diese *Polar Grinder* ist mit geölten Teakmöbeln ausgestattet. Statt einem Schwimmbad gibt's eine Sauna. Ist in den Gewässern hier ja auch viel nützlicher, was? Wandbilder von Skirennen, Rentieren, Nordlichtern und so weiter. Sie haben von ihr gehört, nehme ich an.«

»Nein. Ist sie denn aus einem bestimmten Grund bekannt?«

»Na, sie hat doch einen Keil zwischen Vater und Sohn getrieben, zwischen Jack und seinen jüngsten Sohn Dennis.«

»Dennis«, sagte Quoyle. »Dennis macht ein paar Arbeiten für uns an unserem alten Haus. Auf Quoyle's Point.«

»In dem Haus war ich vielleicht mal«, sagte Diddy Shovel in neutralem Tonfall, »als ich noch ein Junge war. Vor langer, langer, langer Zeit. Also Dennis ist ein guter Zimmermann. Ein besserer Zimmermann als Fischer. Und das war für Jack eine Erleichterung – bei all dem, was den Buggits auf See schon zugestoßen ist. Jack hat eine Todesangst vor ihr, obwohl er soviel Zeit wie möglich auf dem Wasser zubringt. Er wollte nicht, daß seine Söhne Fischer werden. Und natürlich waren sie beide ganz wild darauf. Jack hat ihnen gesagt, daß es ein beinhartes Leben ist, bei dem am Ende nichts herauskommt als eine ruinierte Gesundheit und Armut. Und eine verflucht gute Chance, ganz allein in der eiskalten Brühe zu ertrinken. Und so war es ja mit Jesson, seinem Ältesten. Blieb draußen auf den Baggy-Bänken im Eis stecken, mit einer vollen Ladung Fisch, und kenterte, als das Wetter einbrach. Mäßige Sturmböen waren vorhergesagt, aber mit einemmal kam ein heftiger Sturm auf. Schrecklicher Eisreif hier an der Küste – je schöner, desto gefährlicher. Noch Tee.«

Er schenkte Quoyle eine Tasse schwarzen Gebräus ein. Dessen Zunge schon so rauh war wie die einer Katze.

»Also! Dennis geht bei einem bekannten Zimmermann in St. John's in die Lehre, Brian Corkery, so hieß der, wenn ich mich recht entsinne, lernt die Zunft von der Pike auf. Und was tut er dann? Seine erste Stelle, wohlgemerkt. Er heuert auf der *Polar Grinder* als Schiffszimmermann an! Sie war zwischen unseren Küstenprovinzen und Europa hin und her gefahren, zweimal nach Japan, die Küste lang nach New York runter. Dennis ist genauso wild auf Boote und aufs Meer, wie Jack es ist und Jesson es war. Am allerliebsten wäre er Fischer. Aber Jack will davon nichts hören.

Also, wie Jack sich aufführte. Erschütternd. Dachte, wenn Dennis Zimmermann wird, dann bleibt er sicher an Land. Er hatte Angst, verstehen Sie, Angst um ihn. Und vor was wir Angst haben, dagegen wüten wir oft. Verstehen Sie, er weiß, daß die See einen Pick auf alle Buggits hat.

Wie es sich gehörte, bekamen wir einen unserer Winterstürme. Und wie es das Pech wollte, erwischte er die *Polar Grinder* draußen. Etwa zweihundert Seemeilen südöstlich von St. John's. Februarsturm, unbändig wie nur was. Kalt, über zehn Meter hohe Brecher, Wind in Hurrikanstärke, der mit fünfzig Knoten tobt. Waren Sie schon mal bei Sturm auf See, Mr. Quoyle?«

»Nein«, erwiderte Quoyle. »Möcht' ich auch nicht.«

»Das läßt Sie nie wieder los. Danach hören Sie den Wind nie mehr, ohne daß Sie sich an dieses Undinenstöhnen erinnern, an die Wassergebirge, schaumzerrissene Hügelkämme, das Ächzen des armen Schiffes. Das ist zu jeder Jahreszeit schlimm, aber es war mitten im Winter und die Kälte fürchterlich, das Eis bildete sich an Reling und Takelage, bis die

Schiffe Tausende Pfund Eis trugen. Der Schnee brauste so heftig, daß vor den Fenstern hier nur noch ein weißes Tosen zu sehen war. Die Straße unten war nicht mehr zu erkennen. Die Nordwestecken der Häuser waren dreißig Zentimeter dick mit stahlhartem Schnee zugekleistert.«

In Quoyles Händen kühlte die Teetasse ab. Er lauschte. Der alte Mann hatte die Schultern hochgezogen, die Worte zischten ihm durch die Zähne. Aus seinem schwarzen Mund sprudelte die Vergangenheit heraus.

»Die Schiffe versuchten einen sicheren Hafen anzusteuern, Notsignale auf dem ganzen Nordatlantik von der Küste hier bis nach Europa. Ein Chemikalientransporter verlor seine Brücke, und der Kapitän ging mit über Bord. Ein Frachtschiff mit Eisenerz ging unter und die Mannschaft mit ihm. Ein bulgarischer Hecktrawler brach in der Mitte auseinander, die ganze Besatzung verloren. Schiffe im Hafen rissen sich vom Anker los und rammten ineinander. Ein schlimmer Sturm. Es gab keinen sicheren Ort. Die *Polar Grinder* bekam ganz schön was ab. Das Meer war zu garstig zum Anschauen. Der Kapitän drosselte die Geschwindigkeit so weit, daß er das Schiff gerade noch steuern und am Wind halten konnte, in der Hoffnung, die Sache durchzustehen. Ach, lassen Sie es sich doch gelegentlich mal von Dennis erzählen. Da stockt Ihnen das Blut, wenn Sie hören, was das Schiff alles abkriegte. Es hat die Fenster vom Ruderhaus zertrümmert. Riesige Brecher. Das einzige, an was alle die ganze Nacht lang denken konnten: Würde sie bis zum Morgen durchhalten? Sie haben die schreckliche Nacht überstanden. Der einzige Unterschied, den das Tageslicht ausmachte, bestand darin, daß sie sehen konnten, wie die Wellenungeheuer auf sie einstürzten, daß sie die Wut der tosenden See sehen konnten.

Kurz nach Tagesanbruch kam eine See, eine große, aufragende Wand, die den halben Atlantik zu umfassen schien, dann ein entsetzlicher Knall. Dennis erzählte, er hätte geglaubt, das Schiff wäre auf einen Eisberg gedonnert oder an Bord wäre etwas explodiert. Erzählte, daß er danach eine Zeitlang taub war. Aber es war die See, die sie erwischte. Unter dem Gewicht der Welle hatte der Stahlrumpf der *Polar*

Grinder mittschiffs einen Riß bekommen, einen gut zwei Zentimeter breiten Riß von Steuerbord bis Backbord.

Da hatten sie es also, rannten hin und her, mixten Beton und versuchten den Riß damit zu stopfen, Stützbalken, alles war recht, um das Wasser aufzuhalten, es strömte herein, füllte den Laderaum. Sie wateten bis zur Hüfte im Wasser.«

Schlürfte einen Schluck Tee.

»Der schwere Seegang und die Tonnen Wasser, die hereinströmten, drückten das Schiff nieder. Es sah so aus, als würde es sinken, und der Kapitän gab das ›Alle Mann von Bord!‹ aus. Stellen Sie sich nur diese winzigen Rettungsboote bei dem Seegang vor! Sie verloren siebenundzwanzig Mann. Und am Ende passierten zwei merkwürdige Dinge. Erstens ging die *Polar Grinder* – wie Sie sehen können – nicht unter. Schlingerte auf der Seite dahin. Als der Kapitän sah, daß sie noch fahrtüchtig war, machte er kehrt und ging wieder an Bord, und am nächsten Tag ließen sie einen Bergungsschlepper kommen, der sie schließlich in den Hafen brachte.«

»Und Dennis?«

Doch das Telefon klingelte, und der alte Mann schlurfte in den Kartenraum, seine Stimme dröhnte in eine andere Leitung. Kam an die Tür.

»Also, ich muß es kurz machen. Sie haben 'nen russischen Seitentrawler innerhalb der Zweihundert-Meilen-Zone geschnappt, wie er ohne Genehmigung fischte und dabei ein Netz mit zu engen Maschen benutzte. Ist das zweite Mal, daß sie den Kapitän und das Schiff erwischen. Die Küstenwache eskortiert ihn her. Ich hab' ein bißchen Papierkram zu erledigen. Kommen Sie nächste Woche, und wir trinken 'nen Schluck Tee zusammen.«

Quoyle ging den Kai entlang, reckte den Hals, um noch einmal einen Blick auf die *Polar Grinder* zu werfen, aber sie war im Regen verschwunden. Ein Mann in Pijacke und Plastiksandalen betrachtete die Gummistiefel im Schaufenster von Cuddys Seefahrtzubehör. Naß, rote Zehen. Sagte etwas, als Quoyle vorbeiging. Der Getränkeladen, der Laden für Schiffsbedarf. Ein Longliner tuckerte auf die Fischfabrik zu;

an der Reling lehnte eine Gestalt in gelbem Ölzeug und starrte in das gekräuselte motorölfarbene Wasser.

Am Ende des Kais Transportsteigen, Müllgeruch. Neben den Steigen stand ein kleines Boot aufgebockt, daneben ein Pappschild mit der Kreideaufschrift: *Zu verkaufen*. Quoyle besah sich das Boot. Regen rann über den nach oben gekehrten Kiel, platschte auf die Steine.

»Für einen Hunderter gehört's Ihnen.« Ein Mann lehnte in der Tür, die Hände tief in den Taschen. »Mein Junge hat's gebaut, aber der is' jetzt fort. Hat fünfhundert Dollar im Lotto gewonnen. Hat sich aufs Festland abgesetzt. Wo die Leute unter Schlangen leb'n.« Er lachte höhnisch. »Will sein Glück machen, der Blödmann.«

»Tja, ich hab's mir bloß mal angesehen.« Aber hundert Dollar schienen für ein Boot nicht viel zu sein. Es sah intakt aus. Stabil genug. Weiß und grau gestrichen. Praktisch neu. Da mußte etwas faul sein. Quoyle klopfte mit den Knöcheln gegen das Holz. »Ich sag' Ihnen was«, meinte der Mann. »Geben Sie mir fuffzig, und es gehört Ihnen.«

»Leckt es?«

»Nee! Leckt nich'. Is' gesund wie ein Walroß. Is' nur so, daß mein Junge es gebaut hat, jetzt aber fort is'. Was 'n Glück, daß ich ihn los hab'. Ich will das Ding nich' mehr sehn. Ich wollt's schon verbrennen«, sagte er listig, Quoyle abschätzend. »Damit mir der Anblick kein'n Kummer macht. Erinnert mich an mein'n Jungen.«

»Nein, nein, verbrennen Sie's nicht«, erwiderte Quoyle. »Bei fünfzig Möpsen kann ich ja wohl nichts falsch machen!« Er fand einen Fünfzig-Dollar-Schein und bekam auf eine Umschlagrückseite eine Quittung gekritzelt. Die Jacke des Mannes, sah er, war aus einem noppigen Stoff, zerschlissen, bis unten hin fleckig.

»Haben Sie 'nen Anhänger?« Der Mann deutete auf das Boot und machte Kreise in der Luft, um eine Rollbewegung zu verdeutlichen.

»Nein. Wie kriege ich's ohne einen nach Hause?«

»Sie könn'n unten bei Cuddy ein'n mieten, wenn's Ihnen nichts ausmacht, seine verdammten Preise zu zahlen. Oder wir binden's hinten auf die Ladefläche von Ihrem Transporter.«

»Ich hab' keinen Transporter«, sagte Quoyle. »Ich hab' einen Kombi.« Nie hatte er das Richtige.

»Na, das is' fast genauso gut, solang sie nicht zu schnell fahren. Es wird überstehen, wissen Sie, vorne und hinten 'n bißchen.«

»Was für eine Art Boot ist das überhaupt?«

»Ach, einfach 'n Schnellboot. Bringen Sie 'nen Motor an, und schon haben Sie 'nen Mordsspaß, wenn Sie die Küste langschießen!« Der Mann wirkte jetzt lebendig und begeistert. »Sobald dieses trübe Wetter abzieht.«

Am Ende mietete Quoyle einen Anhänger, und er und der Mann und ein halbes Dutzend andere, die lachend herbeigespritzt kamen und dem Mann auf eine Weise auf die Schulter klopften, die Quoyle entging, schoben das Boot auf den Anhänger. Er eilte zum *Gammy Bird* zurück. Zum Teufel, fünfzig Dollar reichten kaum für ein Abendessen für vier. Der Regen überschwemmte stellenweise die Straße. Das Boot wackelte.

Sah sie. Die hochgewachsene Frau in dem grünen Regenmantel. Ging wie gewöhnlich am Straßenrand entlang, die Kapuze zurückgeschoben. Ein ruhiges, fast hübsches Gesicht, rötliche Haare, altmodisch in Flechten um den Kopf gelegt. Ihr Haar war naß. Sie war allein. Schaute ihm unmittelbar ins Gesicht. Sie winkten gleichzeitig, und Quoyle schätzte, daß sie Beine wie ein Marathonläufer haben mußte.

Er hastete in die Redaktion und setzte sich an seinen Schreibtisch. Nur Nutbeem und Tert Card waren da, Nutbeem halb eingeschlafen wegen des Tiefs, das Ohr am Radio, Card am Telefon, während er gleichzeitig auf seine Computertasten hämmerte. Quoyle wollte Nutbeem etwas sagen, tat es aber nicht. Statt dessen arbeitete er an seinen Schiffsmeldungen. Ganz schön stumpfsinnig, dachte er.

Diese Woche eingelaufene Schiffe

Bella (Kanada) aus den Fischgründen
Farewell (Kanada) aus Montreal
Foxfire (Kanada) aus Bay Misery
Minatu Maru 54 (Japan) aus den Fischgründen
Pescamesca (Portugal) aus den Fischgründen
Porto Santo (Panama) von Hoher See
Zhok (Rußland) aus den Fischgründen
Ziggurat Zap (USA) von Hoher See

Und so weiter.

Um vier Uhr gab Quoyle die Schiffsmeldungen Tert Card, dessen feuchtes Ohr am Telefonhörer lag, während er mit hochgezogener Schulter tippte. Hatte wieder ein steifes Genick.

Draußen knallten Autotüren, Billy Prettys Stimme sägte. Nutbeem fuhr wachsam hoch.

»Da kommen Mr. Jack Buggit und Billy Pretty von dem Autounfall zurück. Zusammenstoß mit einem Elch, während Sie weg waren, Quoyle. Zwei Tote. Und der Elch auch.«

Wieder mal davongekommen, dachte Quoyle.

»Ich hoffe, die haben Fotos aus jedem Winkel, damit wir die dürftigen Beiträge kaschieren können«, sagte Tert Card, der Quoyles Schiffsliste eintippte.

Es vergingen einige Minuten, doch die Tür blieb zu. Billys Stimme war nicht mehr zu hören. Quoyle wußte, daß sie sich sein Boot ansahen. Na schön, er war ins kalte Wasser gesprungen. Lächelte, legte sich eine Geschichte zurecht, wie er sich aus der Laune des Augenblicks entschlossen hatte, ein Boot zu kaufen und die Sache hinter sich zu bringen, wie er sich beinahe wie verwandelt fühlte, bereit war, zur See zu fahren, sein Erbe anzutreten.

Die Tür ging auf. Billy Pretty eilte herein, ging ohne einen Blick auf Quoyle zu seinem Schreibtisch. Jack Buggit, dessen Haar mit Regentropfen übersät war, schritt halb durch den Raum, bleib vor Quoyles Schreibtisch stehen, zischte durch einen Mundvoll Rauch: »Wofür zum Teufel haben Sie das Ding gekauft?«

»Na, jeder hat doch auf mich eingeredet, daß ich ein Boot kaufen soll! Es hat so gut ausgesehen wie alle anderen auch. Der Preis war gut. Jetzt kann ich viel schneller hin und her fahren. Es ist ein Schnellboot.«

»Es ist ein Scheißboot!« versetzte Jack Buggit. »Am besten, Sie schaffen es in einer dunklen Nacht beiseite.« Er knallte die Tür zu seinem Glasbüro hinter sich zu, und sie hörten ihn murren, Streichhölzer anzünden, Schubladen auf- und zuziehen. Nutbeem und Tert Card gingen an die Tür und starrten auf Quoyles Boot hinaus.

»Was stimmt nicht damit?« fragte Quoyle und warf die Hände hoch. »Was stimmt nicht damit? Alle sagen, ich soll mir ein Boot kaufen, und sobald ich eines kaufe, sagen sie mir, ich hätte es lassen sollen.«

»Ich hab' Ihnen gesagt«, begann Billy Pretty, »ich hab' Ihnen gesagt, Sie sollen sich ein hübsches kleines Rodney kaufen, ein hübsches kleines, fünf Meter langes Rodney mit 'nem Sieben-PS-Motor, 'nem hübschen kleinen Rumpf, der nich' volläuft, mit 'ner guten Ausbuchtung, nich' zu bauchig, ein kleines Boot, das gut im Wasser liegt. Sie haben sich eine blödsinnige nutzlose Schaukel gekauft, mit der man, wenn's hochkommt, bei anständigem Wetter in drei Meter Entfernung von der Küste treiben kann. Der Rumpf is' so bucklig wie Seegang mit leichtem Wellenschlag, das Boot hat keinen Motorschacht, der Riß is' lächerlich, es wird schaukeln und voll Wasser laufen, hin- und herkippen, kentern und sinken.«

Nutbeem sagte nichts, schaute Quoyle aber an, als hätte er ein schön verpacktes Geschenk aufgemacht und darin Nylonsocken gefunden. Billy Pretty legte wieder los.

»Das Boot wurde von einem dämlichen Strohkopf von einem Jungen gebaut, dem Jungen von Reeder Gouch, der einen Monat, nachdem er's gebaut hatte, davongelaufen is'. Überhaupt kein Geschick dafür. Nicht nur, daß es zu nichts taugt, es kommt einem auch noch das Heulen, wenn man es anschaut. Wie kann jemand nur ein Boot bauen, das im Steven eine S-Kurve hat? Ich hab' noch nie ein Boot mit so einem Steven gesehen. Hier werden die nich' so gebaut. Reeder wollte es verbrennen, hat er gesagt. Schade, daß er 's nicht getan hat. Ich hab' Ihnen gesagt, besorgen Sie sich ein hübsches kleines Rodney, das können Sie brauchen. Oder ein Motordory. Oder ein gutes Schnellboot. Das Ding sollten Sie mit Steinen füllen und auf Grund setzen. Gehen Sie nach Nunny Bag Cove runter und reden Sie mit den Kerlen dort, mit Uncle Shag Dismal und Alvin Yark und den Kerlen. Lassen Sie sich von einem von denen ein hübsches kleines Boot bauen. Die machen Ihnen eins, das aufs Wasser paßt, eins mit ein bißchen Harmonie zwischen den beiden Steven.«

Trommelwirbel aus Regen. DUMMER MANN TUT WIEDER EINMAL DAS FALSCHE.

10
Nutbeems Seereise

Seereise: eine Fahrt in die Welt und zurück in die Heimat; in Versicherungsurkunden wird jedoch auch oft die Fahrt von einem Hafen zum anderen als Seereise bezeichnet.

SEEMANNSLEXIKON

Die Tante im Wollmantel, als Quoyle in das Motelzimmer kam. Blechernes Profil mit einem Glasauge. Ein Bündel auf dem Boden unter dem Fenster. In ein Bettuch gewickelt, mit Netzgarn zusammengebunden.

»Wo sind die Kinder?« fragte Quoyle. »Was ist das?«

»Sie bleiben über Nacht bei Dennis und Beety. Ich hab' mir gedacht, daß sie dort besser aufgehoben sind, unter den Umständen. Nach dem Erlebnis heute morgen. Warren.« Sie deutete auf das Bündel. »Sie starb während des Tages unter dem Bett. Nur ihre Pfoten haben herausgespitzt. Ganz allein. Ich kam herein und fand sie.« Sie weinte nicht, noch bebte ihre Stimme. Quoyle tätschelte die schwarze Schulter, spürte das steife Polster unter seiner Hand. Hundehaare am Ärmel. Die Tante verbarg sich irgendwo tief in ihrem Mantel.

»Den Mädchen gefällt's bei Beety. Spielen mit ihren Kindern Zahlenraten und Farben. Die Buggits haben Kinder im gleichen Alter. Die haben gebettelt, daß Sunshine und Bunny über Nacht bleiben dürfen. Ich hab' mir gedacht, du hast nichts dagegen. Unter den Umständen. Ich hab' ihnen gesagt, Warren hätte fortgehen müssen. Ich glaube nicht, daß sie verstanden haben, was ich meinte. Sunshine ist zu klein, aber Bunny wollte genau wissen, wann Warren zurückkommen würde. Du kannst es hoffentlich besser erklären.« Eine Stimme, als würde sie das Alphabet herbeten, in der Mitte zwischen Ächzen und Schweigen.

»Arme alte Warren. Es tut mir leid, Tante.« Und es tat ihm

leid. Ließ sich auf den Stuhl fallen, öffnete eine Bierflasche. Dachte an Bunnys mörderische Träume, die sie alle aufweckten, das Kind in Schweiß gebadet, Augen wie Billys Tintenfaß. Hoffte, daß sie in der Nacht nicht Dennis und Beety aufwecken würde.

»Was hat Dennis zum Herrichten des Hauses gesagt?« Müde.

»Na ja«, sagte die Tante und hängte ihren Mantel weg, zog sich die Stiefel aus, »er meint, wenn er jemand findet, der ihm hilft, könnte er es in zwei Wochen so weit kriegen, daß wir einziehen können – mit einem Dach über dem Kopf. Ob du's glaubst oder nicht. Als ich das erfuhr, hab' ich den Mann am Empfang in die Mangel genommen und es geschafft, daß wir für den Rest der Zeit, die wir hier sind, das berühmte Junggesellenapartment hinter dieser Tür« – sie zeigte auf die Seitenwand –, »plus das Zimmer hier für dasselbe kriegen, was wir für dieses Zimmer allein bezahlen. Schau.« Sie öffnete die andere Tür, brachte ein Einzelbett und eine winzige Kochnische zum Vorschein. »Da drin kannst du schlafen. Ich bleibe mit den Mädchen hier. Damit sind wir wenigstens ein bißchen ungestörter, und etwas mehr Platz haben wir auch. Wenigstens können wir uns am Morgen Kaffee und was zum Essen machen und brauchen nicht da unten unsere Mägen auf die Probe zu stellen. Ich kaufe morgen was zu essen.«

Holte ihre Whiskeyflasche heraus, schenkte sich einen Schluck ein.

»Also, jetzt zu dem, was der junge Dennis mit dem Haus vorhat. Er sagt, wenn du ihm an den Wochenenden hilfst, dann läuft die Sache schon. Es wird hart, aber wir können es schaffen. Schlimmer als hier kann es nicht werden. Den Rest herzurichten wird bis in den Herbst dauern. Er meint, daß wir uns nach einem Generator umsehen müssen, einen Gasofen und ein paar Flaschen Propan besorgen müssen. Er kommt an einen Kerl mit einem Bulldozer ran, der von der alten Handschuhfabrik bis zur Haustür eine Straße freiräumen kann. Das kann er schon morgen, sagt er, wenn wir es uns leisten können. Ich habe ihm gesagt, wir können, weil wir es müssen. Aber als erstes müssen ein paar Pfähle gesetzt werden, eine Art Pier, damit Dennis hin und her fahren und das Bauzubehör mit dem Boot rüberschaffen kann. Es gibt da jemanden, sagt er – den Namen hab' ich vergessen –, der früher die ganze Küste rauf und runter Piers gebaut hat. Er hat sich zur Ruhe gesetzt, könnte aber einen kleinen Auftrag wie den annehmen und ihn in ein paar Tagen ausführen, wenn er ein paar Leute für die schwere Arbeit hätte. Das wäre viel schneller, sagt Dennis, als den ganzen Weg außenrum zu fahren.«

Quoyle nickte, aber seine Miene war teilnahmslos. Die Tante seufzte, dachte, wenn sie ihr altes Fleisch bis hin zu den jungen Knochen abschaben könnte, würde sie es selber machen. *Sie* hätte eine neue Aufgabe in Angriff nehmen können, mit einem Boot umgehen, das Haus herrichten, über den Verlust eines treulosen Partners wegkommen. Sie zückte den Block mit Skizzen und Zahlen, lange Spalten mit Berechnungen, breitete sie auf dem Tisch aus. Stummelfinger, die Nägel schnurgerade abgeschnitten.

»Wenn ich doch nur meinen Taschenrechner finden würde«, sagte sie. »Dennis zählt alles zusammen, muß es dreimal nachrechnen, vertut sich ständig. Ich kann, scheint's, gar nicht mehr addieren. Es heißt, wenn man zehnmal am Tag Summen addiert, verkalkt man nicht. Aber das würde heißen, daß alle Bankiers Genies sind, also stimmt es nicht. Die größten Dummköpfe der Welt.« Quoyle drehte seinen Stuhl um, heuchelte Interesse. MANN MÄSSIG SCHARF AUF HEIM SEINER VORFAHREN DRAUSSEN AUF LANDZUNGE.

»Das größte Problem ist, die Isolierung anzubringen. Wenn wir in dem Haus wohnen, können wir schlecht den ganzen alten Gips und die Latten rausreißen. Dauert ewig, außerdem erstickt man da. Also hatte er diese andere Idee. Er hat vor, in jedem Zimmer unmittelbar an die vorhandenen Wände ein neues Lattengerüst zu machen, dann die Isolierung anzubringen und Wandbretter darüber zu nageln. Das wär' wie ein doppeltes Haus. Vor allem weil ich dieses Vinylzeug an den Außenwänden nicht will. ›Ach‹, sagt er, ›diese Vinyldämmung macht das Haus warm, braucht nie gestrichen zu werden, und man kann sie rechtzeitig kaufen.‹ Ich hab' gesagt, daß ich sie nicht mal auf meinem Sarg möchte.«

Mit zwei Schlucken trank sie ihren Whiskey; der eine Eiswürfel klirrte. Quoyle überraschte es, daß sie sich noch einen eingoß. Der Verlust der alten Hündin.

»Was hast du mit Warren vor?«

»Es hat keinen Sinn, sie hier begraben zu wollen«, sagte sie. »Ist alles Felsgestein. Ich möchte sie aufs Meer rausfahren, zu einer Seebestattung. Eine kurze Predigt, weißt du, ein paar Worte. Ich hab' gedacht, ich kann vielleicht die Küste rauffahren und 'ne passende Stelle finden. Sie den Wogen überantworten. Arme Warren. Sie hatte keine Chance, hier glücklich zu sein. Hatte nie Gelegenheit, einen echten Auslauf zu genießen, einen guten Spaziergang die Küste entlang. Hunde mögen das.«

»Ich habe heute ein Boot gekauft, Tante. Schade, daß ich nicht auch einen Motor bekommen habe. Da hätten wir Warren aufs Meer rausfahren können. Wenn ich wüßte, wie man damit umgeht.«

»Das hast du nicht!«

»Und ob. Aber Jack Buggit sagt, es ist keinen Pfifferling wert. Viel mehr habe ich auch nicht dafür bezahlt. Der Kerl hat's mir praktisch umsonst überlassen. Fünfzig Dollar. Also, Tante, sogar wenn's nicht so gut ist, dann war's billig. Ich habe einen Anhänger gemietet. Jetzt muß ich einen Motor besorgen. Ich kann mit dem Boot üben.«

Die Tante spähte auf den Parkplatz hinaus. »Kann's von hier aus nicht sehen«, sagte sie. »Aber es war richtig. Vielleicht könntest du ein paarmal mit Dennis rausfahren, um zu sehen, wie er es macht und so.«

»Ich hab' heute eine Geschichte über Dennis gehört. Wenigstens einen Teil davon.«

Es klopfte an die Tür, ein Klopfen mit einem merkwürdigen Rhythmus. Wieder der flatternde Takt wie bei einem Trommler, der auf ein gespanntes Fell schlägt. Wo hatte er das schon einmal gehört? Nutbeem.

»Hallo, hallo«, sagte Nutbeem, und seine langen Beine

scherten auf und zu, als er durch das Zimmer kam, der Tante die Hand schüttelte, ihr eine Flasche braunen Wein reichte. Vin de France Réserve de Terre Neuve. Schüttelte Quoyle die Hand, schaute sich lächelnd um, als würde er unbekannte Sehenswürdigkeiten bewundern. Er setzte sich in den Stuhl neben Warren, die Knie halb bis zu den Schultern hochgezogen. Warf einen Blick auf das Leichentuch.

»Hab' gedacht, ich schau' mal vorbei«, sagte er. »Und erzähle Ihnen mehr von meinem Boot. In der Zeitung kann man nicht reden. Will Ihnen ein paar Takte zu dem Boot sagen, das Sie gekauft haben. Der alte Buggit war ja ziemlich heftig deswegen, aber Sie können das Ding schon brauchen. Seien Sie nur vorsichtig. Hier ist sonst niemand, mit dem ich reden kann. Ich habe mit keinem geredet, seitdem ich hier bin. Acht Monate habe ich kein zivilisiertes Wort mit jemand gewechselt. Da habe ich mir gesagt: ›Ich schaue einfach mal vorbei und lerne Miss, Mrs. ...«

»Hamm«, sagte die Tante. »Ms. Agnis Hamm.«

»Freut mich, Ms. Hamm. Wissen Sie, eine der Tragödien des wirklichen Lebens besteht darin, daß es keine Hintergrundmusik gibt. Ich habe ein paar von meinen Kassetten mitgebracht. Ein bißchen jemenitische Blechbüchsenmusik, ein bißchen algerischen Rai, ein paar von den Pop-Dichtern. Derlei Zeug. Falls Sie einen Kassettenrecorder haben. Nein? Ist ein ziemliches Loch hier, was? Na, Sie müssen mich mal besuchen und sie anhören. Obwohl es bei mir sehr eng ist. Ich lebe in einem Wohnwagen. Aber Sie werden es ja sehen. Sie müssen einmal eins von meinen Currygerichten probieren. Ich habe sogar ein paar Kassetten von hier, wissen Sie. Diesen kauzigen Jungen, den ich in Fly-By-Night aufgenommen habe, wo ich gestrandet bin; der ist ein Experte in der sogenannten Chin Music, bei der ohne Instrumente nur gesummt wird; er entscheidet sich einfach für einen Ton und läßt dann so einen unglaublichen nasalen Fluß von Unsinnssilben herausströmen. Wie ein Tabakversteigerer. ›Wääh-judl-judl-judl-judl-wääh-hudl-hoh!‹«

Die Tante stand auf. »Meine Herren, ich habe einen langen, schweren Tag hinter mir und komme bald um vor Hunger.

Was haltet ihr davon, wenn wir in den einzigartigen Speisesaal des Tickle Motel hinuntergehen und einen schönen Teller Dorschbacken zu uns nehmen? Mr. Nutbeem?« Überlegte, ob seine breite Nase die Originalfassung oder plattgeschlagen worden war.

»Ach, ich habe schon gegessen. Curry, um genau zu sein. Aber ich begleite Sie nach unten. Sie können essen, und ich rede. Na ja, vielleicht trinke ich ein Bier.«

Quoyle bestellte die gebratene Bologneser Wurst. Das war das einzige auf der Karte, was er noch nicht probiert hatte, aber Abend für Abend hatte er Gäste an den Nachbartischen beobachtet, wie sie schlangen und kauten, meinte, es sei eine Spezialität des Hauses. Der Teller kam vollgeladen mit dicken Kringeln Bologneser Wurst, Bratkartoffeln und Soße, Rüben aus der Dose und einem Batzen grüner Bohnen aus der Dose, alles in der Mikrowelle heiß gemacht. Die vorherrschenden Eindrücke waren brutzelnde Hitze und Salzgehalt über die Maßen. Die Tante stützte sich auf die Hand, schien Nutbeem zuzuhören.

»Da war ich also, hing bei den Bootsliegeplätzen herum, in den Kneipen, die von den Bootsbauern besucht wurden, trank lang an meinem Glas Bier, hörte mir alles an, stellte ein paar Fragen. Ich verstand, wohlgemerkt, nichts von Booten, hatte außer einem Regalbrett für den Toaster meines Onkels nie etwas gebaut, war nie gesegelt, hatte noch nicht einmal eine Seereise unternommen. Ich war immer geflogen. Aber ich hörte sehr begierig zu und beschloß, es zu tun. Die Idee packte mich.

Schließlich kam ich auf etwas, das ich zu bauen imstande war und das schwimmen würde. Eine abgewandelte chinesische Dschunke aus Sperrholz mit voller Luggertakelung. Wissen Sie, die Chinesen haben mehr vom Segeln vergessen, als der Rest der Welt jemals wußte. Sie erfanden den Kompaß, sie erfanden die wasserdichten Abteilungen, sie erfanden das Heckruder und das funktionstüchtigste Segel der Welt. Dschunken sind uralte Schiffe, über fünftausend Jahre alt, und äußerst seetüchtig, gut geeignet für lange Fahrten. Und nach den chinesischen Dichtern war ich schon immer verrückt.«

»Das ist ziemlich salzig«, sagte Quoyle wie als Entschuldigung zur Bedienung. »Ich glaube, ich brauche ein Bier. Wenn Sie dazu kommen.«

Das rote Gesicht der Tante war gesenkt, Klammerzeichen um den Mund wie Schraubzwingen. Unmöglich, zu wissen, ob sie Nutbeem zuhörte oder über den Himalaja flog.

Nutbeem trank sein Lagerbier aus und bestellte noch eines. Wenn das Mädchen schon dastand. »Die ganze Zeit über schrieb ich Buchbesprechungen für eine versponnene Zeitschrift, die sich einer Art von Kritik verschrieben hatte, die außer den Leitenden keiner verstand. Ziemlicher Mist. Und indem ich meinen Onkel ausquetschte und von Schafskopfsuppe lebte, brachte ich es fertig, so viel Geld zu sparen, daß ich einen Bootszeichner engagieren konnte, der mir einen Entwurf für eine Dschunke machte, der einfach genug war, daß ich sie zu Hause aus einem Zentimeter starkem Bootssperrholz nachbauen konnte.

Ach, Ms. Hamm, Sie hätten sie sehen sollen, als sie fertig war. Sie war häßlich. Sie war ein plumpes, häßliches Ding, insgesamt neun Meter lang, einen Meter fünfzig Tiefgang und nur das eine Dschunkensegel, aber immerhin mit respektablen zweiunddreißig Quadratmetern. Am Heck hing das Steuerruder. Sie war schwerfällig und langsam. Und sehr häßlich. Noch häßlicher wurde sie, als ich sie rattenbraun anstrich. Ein Stück Schaumstoff als Matratze, mein Schlafsack. Holzkisten als Stuhl und Tisch. Und das war's. Anfangs habe ich nur vor der Küste herumgestümpert. War überrascht, wie bequem sie war, und sie ließ sich gut handhaben. Das Segel war ein Wunder. Interessant, wie ich *daran* gekommen bin.«

Die Tante trank ihren Tee aus, schwenkte die Kanne, holte aus dem Schnabel noch eine halbe Tasse heraus. Nutbeem war nicht zu bremsen, schwadronierte jetzt mit einer Gräte zwischen den Zähnen weiter.

»Wissen Sie, ein Freund von mir arbeitete bei Sotheby's, und eines Tages erwähnte er, daß sie eine Menge Seefahrts- und Marinekuriosa versteigern würden. Also ging ich hin – aus bloßer Neugier. Genau, was man erwarten konnte:

Schnitzereien aus Walroßzähnen, ein Namensschild von einem der Rettungsboote der *Titanic*, polynesische Palmblattkarten, alte Landkarten. Im Katalog stand nur ein Stück, das mich interessierte, ein aus Macao stammendes Dschunkensegel mit Bambusverstrebungen in gutem Zustand. Ich bekam es schließlich für einen geringeren Preis als ein neues. Ein kleines Wunder.

Dann erlebte ich, was für ein aerodynamisches Wunder ein Lattensegel ist – es bildet eine Art Flachkurve. Es besteht lediglich aus Schilf- oder Leinwandstücken, die mit den Latten in der Waagrechten versteift sind – das Prinzip des Fächers gewissermaßen. Man faltet es zu und wieder auf, ganz wie einen Fächer ohne Drehpunkt. Wegen der Verstrebungen läßt sich das Segel sehr gut kontrollieren – sekundenschnell reffen oder heißen. Keine Stagen und Wanten. Die kleinen Karrees lassen einen genau im richtigen Maß brassen. Man sagt, daß das Segel sogar trägt, wenn die Leinwand zur Hälfte nur aus Löchern besteht. Bei den Chinesen heißt es ›das Ohr, das auf den Wind lauscht‹. Die alten Dschunkenmatrosen benützten zusammengerollte Schilfrohrsegel sogar als Rettungsflösse, wenn sie Schiffbruch erlitten. Und mein ersteigertes Segel war gut.

Und da bin ich in dem Sommer damals einfach in See gestochen. Über den Atlantik. Es gibt einen Punkt, wissen Sie, da muß man einfach einen Schritt vorwärts machen. Ich habe mich von kleinen Packungen mit asiatischen Ramen-Nudeln ernährt, von getrockneten Pilzen, getrockneten Krabben. Ich hatte einen winzigen Kocher, so groß wie eine Teetasse. Kennen Sie sicher. Siebenundsechzig Tage bis Fly-by-Night. Ich habe vor, so um die ganze Welt zu segeln.«

»Sie sind aber immer noch hier. Sparen Sie Geld für den nächsten Schritt?« fragte die Tante.

»Ach ja, das auch, und ich schließe ein paar wichtige Reparaturen ab. Ich wollte den St.-Lorenz-Strom nach Montreal hinauf, aber es gab einen Sturm, und ich wurde vom Kurs abgetrieben. Ich hatte nie vor, überhaupt nach Neufundland zu kommen. Wenn ich es hätte verhindern können. Es war Pech, daß ich an einer der schlimmsten Stellen der ganzen Küste auflief. Schlimme Felsen. Die arme *Plucker-*

wank, den ganzen Weg gemacht, und reißt sich den Boden in Fly-by-Night auf, ein sehr sonderbarer Ort. Dort habe ich den Jungen mit der Chin Music gehört.«

»Ich könnte los und mich um Warren kümmern«, sagte Quoyle leise zur Tante. Sah, daß sie ihre Serviette zu einem weißen Seil verdrehte.

»Nein, nein. Bleib du bei Mr. Nutbeem. Ich mache das lieber selbst. Lieber allein.« Und stand auf und ging hinaus.

»Ihr Hund ist gestorben«, sagte Quoyle.

Nutbeem winkte nach noch einem Lager.

»Geht auf mich«, sagte er und schöpfte wieder Atem. Doch bevor er mit Fly-By-Night weitermachen konnte, warf Quoyle etwas ein.

»Ich habe heute nachmittag von Dennis Buggits Abenteuern auf der *Polar Grinder* gehört. Vom Hafenmeister, Mr. Shovel. Der ist ein echtes Erzähltalent.«

»O ja. Das war was, nicht? Da kriegt man eine Gänsehaut. Mein Puls fängt zu rasen an, wenn Jack hereinkommt. Komischer Kauz. Der Kerl kann Gedanken lesen.«

»Jack? Von Jack hat er nichts erzählt, außer daß er sauer war, als Dennis auf dem Schiff anheuerte. Aber wie er den Sturm und das Von-Bord-Gehen beschrieb. Echtes Seemannsgarn. Leider mußte er aufhören, ehe die Geschichte zu Ende war.«

»Herrje, die Sache mit Jack ist das Beste an der Geschichte. Na denn!« Nutbeem lehnte sich zurück, schaute sich nach der Bedienung mit dem Lager um, sah, daß das Glas bereits vor ihm stand.

»Soweit ich gehört habe, gab der Suchrettungsdienst Dennis und die übrigen verloren. Sie klaubten zwei Flöße mit Überlebenden und alle Rettungsboote auf bis auf eines. Sechs Mann, die alle mit Plastikschnur miteinander verbunden waren. Vier blieben vermißt. Einschließlich Dennis. Nach einer Woche Suchen mußten sie abbrechen. Hubschrauber, Küstenwacht, Fischerboote. Die ganze Zeit über schlief Jack kaum, ging unten am Pier der Küstenwacht auf und ab, rauchte, wartete auf Nachricht. Mrs. Buggit oben im Haus. Wohlgemerkt, ich war nicht hier. Habe alles von Billy und

Tert Card gehört – und natürlich von Dennis selbst. Sie kamen an und sagten Jack, sie müßten die Suche aufgeben. Es war, als hätte er sie nicht gehört. Stand da, wird erzählt, wie ein Stein. Dann dreht er sich um – Sie kennen die abrupte Art, wie Jack sich umdreht – und sagt: ›Er lebt noch.‹

Ging zu seinem Bruder William in Misky Bay und sagt: ›Er lebt, und ich weiß, wo er ist. Ich will rausfahren und ihn suchen.‹ William hatte nämlich einen neuen Longliner, äußerst seetüchtig. Aber er hatte Angst, sich zu weit von der Küste zu entfernen. Der Seegang war noch rauh, sogar eine Woche nach dem Sturm noch. Sagte, wohlgemerkt, nie, daß er nicht wollte, zögerte aber einen Sekundenbruchteil lang. Mehr brauchte Jack nicht. Er machte auf dem Absatz kehrt und raste wieder nach Flour Sack Cove hinauf. Trommelte ein paar Mann zusammen, die ihm halfen, sein Reusenskiff aus dem Wasser und auf den Anhänger zu wuchten, und zischte ab Richtung Südküste. Er fuhr die ganze Nacht durch bis Owl Bawl, brachte das Skiff ins Wasser aus, lud es mit seinen Treibstoffkanistern voll und fuhr los, allein aufs Meer hinaus, um Dennis zu suchen.

Und er fand ihn. Woher er wußte, wohin er fahren mußte, übersteigt jegliche Logik. Dennis und noch einen. Dennis hatte beide Arme gebrochen, und der andere war bewußtlos. Wie bekam er sie beide in das Skiff? Jack sagte, soweit ich gehört habe, kein Wort, bis sie nach Owl Bawl kamen. Dann sagte er: ›Wenn du je wieder einen Fuß auf ein Boot setzt, dann ersäufe ich dich eigenhändig.‹ Sobald er den Gips los hatte, fuhr Dennis natürlich wieder mit seiner Frau zum Kalmarfischen hinaus. Und Jack drohte ihm mit der Faust, und sie reden nicht mehr miteinander.«

»Wie lang ist das her?« fragte Quoyle und schwenkte den Schaum in seinem Glas im Kreis herum, bis sich ein Strudel bildete.

»Ach, Ewigkeiten. Sehr lange. Vor meiner Zeit hier.«

Kilometer entfernt betrachtete die Tante die windgepeitschte Küste. So gut wie jede andere Stelle. Sie parkte oben auf den Dünen und starrte zum Ufer hinunter. Steigende Flut. Die

Sonne hing am Meeresrand. Ihre flach fallenden Strahlen vergoldeten die nassen Steine. Unter einem Streifen maisgelbem Himmel tosten Brecher.

Die Wellen rollten heran, eine nach der anderen, orange gestreifte Kronen brachen, wichen zurück und rissen laut kullernde Kiesel mit. Sie öffnete die Heckklappe von Quoyles Kombi und hob den toten Hund heraus.

An der Tanglinie vorbei, auf harten Sand. Die Fransen aus Blasentang und Wasserknöterich streckten sich, entspannten sich, strömten wieder herein auf unruhigem Wasser. Die Tante legte Warren auf die Steine. Eine hereinströmende Welle durchnäßte das Laken.

»Du warst ein gutes Mädchen, Warren«, sagte die Tante. »Ein kluges Mädchen, hast keinen Ärger gemacht. Es hat mir leid getan, daß sie dir die Zähne ziehen mußten, aber es hieß, entweder das oder du weißt schon was. Haha. Hast ein paarmal gut zugebissen, was? Viele gute Jahre, obwohl du keine Knochen gekriegt hast. Tut mir leid, daß ich dich nicht begraben kann, aber wir sind hier in einer schwierigen Lage. Zu schade, daß du nicht warten konntest, bis wir in das Haus hinausziehen. Und zu schade, daß Irene dich nie kennengelernt hat. Die hätte dich gemocht, da bin ich mir ziemlich sicher.« Dachte: Irene Warren. Wie ich dich vermisse. Immer vermissen werde.

Sie schneuzte sich in ihr Taschentuch, wartete in der zunehmenden Dunkelheit, machte immer wieder ein paar Schritte rückwärts, wenn die Flut vordrang, bis Warren ungehindert schwamm, die Küste entlang Richtung Westen trieb, immer weiter drängte, auf einer unsichtbaren Strömung ritt. Das Meer sah aus, als würde es klingen, wenn man daraufschlüge. Warren glitt davon. Segelte außer Sichtweite in die untergehende Sonne hinein.

Wie in den alten Western.

Und weiter unten in der Bucht hörte Quoyle Nutbeems unendliche Geschichte, senkte sich Tert Cards Dämmerung auf sein Glas Demerara-Rum.

11
Eine Brosche aus Menschenhaar

Im 19. Jahrhundert fertigten Juweliere aus dem Haar Toter Andenkenschmuck, indem sie einzelne, lange Haare zu verschlungenen Rosen, Initialen, Singvögeln oder Schmetterlingen verknoteten.

Die Tante machte sich am Freitag morgen auf zum Haus. Sie fuhr in ihrem neuen Transporter, einem marineblauen Pickup mit silbernem Dach, Platz für einen Extrapassagier, einem CD-Spieler und verchromtem Armaturenbrett.

»Wir brauchen ihn. Wir brauchen hier einen Laster. Ich muß zwischen dem Haus und meiner Werkstatt hin und her fahren. Du hast ein Boot, ich hab' einen Laster. Sie haben die Straße hergerichtet und den Anlegesteg gebaut. Die oberen Zimmer sind fertig. Es gibt ein Außenklo. Vorläufig. Die Küche hat Wasseranschluß. Durch so eine neue, schwarze Plastikwasserleitung. Später können wir ein Bad einbauen. Diese Woche arbeitet er am Dach. Wenn das Wetter hält. Aber es ist ja recht gut. Wir könnten eigentlich rausziehen. Raus aus diesem gräßlichen Motel. Ich besorge Lebensmittel und Kerosinlampen. Morgen früh kommst du mit den Mädchen raus – und mit deinem Boot.«

Gestik und Mienenspiel rasch wechselnd, Hände, die sich plötzlich ballten wie um die Zügel eines feurigen Pferdes. Versessen darauf, hinzukommen.

Die Tante war allein im Haus. Ihre Schritte klapperten durch die Zimmer, das Scheppern von Schüssel und Löffel auf dem Tisch. Ihr Haus jetzt. Im Teekessel kochte prächtig Wasser. Nach oben. Dennoch war es, wenn sie die Treppe hinaufstieg, dieses Zimmer betrat, so, als dränge sie in eine rauhe Landschaft vor, gespickt mit Gruben und Karstlöchern, Abgründen, die unsichtbar blieben, bis sie kopfüber hineinplumpste.

Die Kiste mit der Asche ihres Bruders stand in der Ecke auf dem Boden.

»Na schön«, sagte sie und packte sie. Trug sie hinunter, durch das Haus und hinaus. Ein heller Tag. Das Meer war glasiert, mit Möwen verziert. Ihr Schatten floß von ihr weg. Sie ging in das neue Außenklo und kippte die Asche ins Loch. Raffte ihre Röcke und hockte sich hin. Der Urin plätscherte. Daß sie, daß sein eigener Sohn und seine Enkelinnen täglich ihre Körperausscheidungen auf seine Überreste entleerten, würde nur sie allein wissen.

Am Samstag morgen kamen Quoyle und seine Töchter daher, die Koffer auf den Rücksitz geworfen, das Schnellboot schwankte auf dem gemieteten Anhänger hinterher. Er steuerte über die geebnete Straße. Von dort an, wo die Straße im Parkplatz der Handschuhfabrik endete, hatte der Bulldozer eine Spur durch das Gestrüpp zum Haus freigescharrt. Unter den Reifen knirschte frischer Kies. Wolken, spitz und gezackt, und der Ozean saftfarben. Die Sonne stach durch die Wolken wie eine Forelle an der Angel.

»Ein Leiterhaus«, sagte Sunshine, als sie das Gerüst sah.

»Dad, ich hab' gedacht, es wird ein neues Haus«, sagte Bunny. »Daß Dennis es neu macht. Aber es ist noch dasselbe. Es ist häßlich, Dad. Ich hasse grüne Häuser.« Sie starrte ihn an. Hatte er sie hereingelegt?

«Dennis hat es innen hergerichtet. Wir können das Haus später in einer anderen Farbe streichen. Erst müssen wir die Schwachpunkte und die Löcher ausbessern.«

»Rot, Dad. Streichen wir es rot.«

»Also, darüber hat die Tante zu bestimmen. Das Haus

gehört größtenteils ihr, wißt ihr. Rot gefällt ihr vielleicht nicht so toll.«

»Streichen wir sie auch rot«, sagte Bunny. Lachte wie eine Hyäne.

Quoyle fuhr neben den Transporter der Tante. Mit dem Boot und dem Anhänger würde er sich am Sonntag herumschlagen. Dennis Buggit auf dem Dach. Warf Schindeln in den Wind. Die Tante machte die Tür auf und rief: »Tatatata!«

Glatte Wände und Decken, die Fugenmasse noch mit den Spuren der Maurerkelle, die frischen Fenstersimse, Preiszettel auf dem verschmierten Fensterglas. Holzgeruch. Matratzen, an die Wand gelehnt. Das Zimmer der Mädchen. Bunny türmte sich Hobelspäne auf den Kopf.

»He, Dad, schau dir meine Locken an, Daddy, schau dir meine Locken an. Dad! Ich habe Locken.« Schrill und den Tränen nahe. Quoyle kratzte an geschmolzenem Käse auf ihrem Hemd.

In der Küche ließ die Tante zur Vorführung Wasser in einen Spülstein laufen, drehte den Gasherd auf.

»Ich habe uns einen schönen Dorscheintopf gekocht«, sagte sie. »Dennis hat einen Laib von Beetys selbstgemachtem Brot mitgebracht. Ich habe Schüsseln und Löffel besorgt, bevor ich rausgefahren bin, Butter und ein paar Grundnahrungsmittel. Verderbliches ist in der Kühlbox. Du mußt Eis mitbringen. Ich weiß nicht, wann wir einen Benzinkühlschrank bekommen. Neffe, du wirst in deinem Zimmer eine Zeitlang mit der Luftmatratze und dem Schlafsack auskommen müssen. Aber die Mädchen haben Bettgestelle und Sprungfedern.«

Quoyle und Bunny stellten aus Brettern und Holzböcken einen Tisch zusammen.

»Das ist ja schwer«, sagte Bunny, setzte sich rittlings auf das eine Ende eines Bretts, keuchte vor gespielter Erschöpfung.

»Ja«, meinte Quoyle, »aber du bist ganz stark.« Sein stämmiges, farbloses Kind mit seiner verstörenden Art, aber eine große Helferin, wenn es um Planken, Steine und Schachteln ging. Kein Interesse für Küchendinge, es sei denn auf einem Teller.

Dennis kam vom Dach herunter, grinste Quoyle an. Er hatte nichts von Jack Buggit an sich, außer den Augen, die zum Horizont schossen und Himmelsstücke abmaßen.

»Tolles Brot«, sagte Quoyle und schob sich eine Scheibe in den Mund.

»Tja, Beety backt jeden Tag Brot, jeden Tag außer Sonntag. Tja.«

»Und guter Fisch«, sagte die Tante. »Alles, was wir noch brauchen, sind grüne Bohnen und Salat.«

»Tja«, sagte Dennis. »Bald ziehen die Dickmaulschwärme vorbei. Legt euch 'nen Garten an. Dickmaul ist 'n guter Dünger.«

Am Nachmittag machten Quoyle und Bunny sich mit nassen Schwämmen an die höckerige Fugenmasse, bis die Nähte glatt waren. Bunny aufmerksam, das hilfsbereite Kind. Guckte aber in jeden Winkel. Auf dem Dach hämmerte Dennis. Die Tante schmirgelte die Fensterbretter ab, trug eine erste Lasur auf.

Im letzten Dämmerschein ging Quoyle mit Dennis zum neuen Steg hinunter. Unterwegs kamen sie am Vergnügungsgarten der Tante vorbei, einem dumm mit Moos bekrönten Felsbrocken – wie Haare über einem Gesicht. Im Moos verstreut ein Stein mit einem Bullauge, eine Muschel, Korallenstückchen, ein weißer Stein, der dem Umriß eines Tierkopfs glich.

Das Holz des neuen Stegs war harzig und duftete. Darunter schwappte Wasser. Schäumte auf.

»Jetzt kannst du dein Boot anbinden, was?« sagte Dennis, »Besorg dir ein paar alte Reifen, damit es nicht scheuert.«

Dennis löste die Halteleinen, sprang in sein Boot und tuckerte auf dem sich kräuselnden Kielwasser in die Dämmerung. Die Leuchttürme auf den Landzungen fingen zu blinken an. Quoyle ging den Felsen zu seinem Haus hinauf, auf Fenster zu, die von gelbem Lampenlicht überflutet waren. Drehte sich um, blickte wieder auf die Bucht, sah Dennis' Kielwasser wie ein weißes Haar.

In der Küche mischte die Tante Karten, teilte sie aus.

»Als ich klein war, haben wir Abend für Abend gespielt«, sagte sie. »Alte Spiele. Die heute keiner mehr kennt. Französisches Boston, Euchre, Jambone, Skat, Alle Vier. Ich kenne jedes noch.«

Klatsch, klatsch, die Karten.

»Wir spielen Alle Vier. Also, jeder Bube, der vom Geber aufgedeckt wird, gibt für ihn einen Punkt. Los geht's, Karo ist Trumpf.«

Aber die Kinder begriffen es nicht und warfen ihre Karten hin. Quoyle wollte sein Buch. Das Blut der Tante wallte auf.

»Das ewige Gejammer!« Was hatte sie erwartet? Einen kostbaren Abend aus ihrer weiten Vergangenheit zu rekonstruieren? Lachte über sich selbst.

Also erzählte Quoyle seinen Töchtern in ihrem trübe beleuchteten Zimmer Geschichten – von Forscherkatzen, die neue Länder sichteten, von Vögeln, die Karten spielten und sie im Wind verloren, von Piratenmädchen und vergrabenen Schätzen.

Wieder unten, betrachtete er die Tante am Tisch, endlich zu Hause. Ihr Glas Whiskey war leer.

»Es ist still«, sagte Quoyle und horchte.

»Wir haben das Meer.« Wie eine Tür, die auf und zu ging. Und das leise Lied der Trossen.

Quoyle wachte in dem leeren Zimmer auf. Graues Licht. Ein hämmerndes Geräusch. Sein Herz. Er lag in seinem Schlafsack mitten auf dem Boden. Die Kerze war umgefallen. Konnte das Wachs riechen, die Seiten des offen neben ihm liegenden Buches riechen, den Staub in den Bodenritzen. Wieder das Hämmern und ein schlagender Schatten in den oberen Fensterscheiben. Ein Vogel.

Er stand auf und ging zu ihm. Wollte ihn vertreiben, ehe er die Tante und die Mädchen aufweckte. Es hatte den Anschein, als wollte der Vogel aus dem geschlossenen Raum von Meer und Felsen und Himmel ausbrechen, hinein in die Weite des kahlen Zimmers. Das Flüstern seiner Füße auf dem

Boden. Auf der anderen Seite der Scheibe lag das Meer fahl wie Milch, fahl der Himmel, mit Wolkennarben verkratzt und verkritzelt. Die leere Bucht, ferne Küste mit sahnigem Nebel. Quoyle zog sich seine Kleider über und ging nach unten.

Auf der Schwelle lagen drei Halme verknotetes Gras. Irgendein Einfall von Sunshine. Er ging hinter den großen Felsen, an dem das Haus vertäut war, und ins Gebüsch. Sein Atem in kalten Kegeln.

Ein kaum wahrnehmbarer Pfad lief aufs Meer zu, und Quoyle dachte, er könnte nördlich des neuen Stegs am Ufer herauskommen. Machte sich an den Abstieg. Nach dreißig Metern wurde der Pfad steil und naß, und er schlitterte durch wilde Brustwurzhalme und Hundsbeerwogen. Bemerkte die Knoten nicht, die an die Spitzen der Erlenzweige gebunden waren.

Kam in einen Fichtenstreifen, mit Moos verfilzte Zweige, flatternde Unglückshäher. Der Pfad wurde zu einem Bachbett voll glitschiger Steine. Ein Wasserfall in den flachen Ozean hinein. Er stolperte, klammerte sich an Gelbdolden, die Blätter gaben ihren Duft an seine Hände ab.

Fontänen aus Kriebel- und Stechmücken um ihn herum. Quoyle sah eine Schlinge aus blauem Plastik. Er hob sie auf, erspähte dann ein paar Schritte weiter eine durchnäßte Windel. Ein flacher Eisstiel mit dem Aufdruck 5 POINTS POPSICKLE PETE. Als er eine zerrissene Plastiktüte fand, füllte er sie mit Müll. Blechbüchsen, Kindernahrungsgläschen, eine Fleischschale aus dem Supermarkt, eine zerrissene Zeitung, die den arbeitslosen Leser beschwatzte.

> ... vielleicht trauen Sie sich nicht ganz zu, den gesamten Lehrgang als Modevertreter erfolgreich zu absolvieren. Da können wir Ihnen ein besonderes Angebot machen, das Ihnen die Sache erleichtert. Warum versuchen Sie es für den Anfang nicht erst einmal mit Teil I des Lehrgangs? Das verpflichtet Sie nicht auf lange Sicht, gibt Ihnen aber die Gelegenheit ...

Ein Stück Plastikseil, die aufgedrehte Pappe einer Rolle Toilettenpapier, rosa Einführhilfen für Tampons.

Hinter ihm ein tiefer Seufzer, der Seufzer eines Menschen jenseits jeglicher Hoffnung und Empörung. Quoyle drehte sich um. Etwa dreißig Meter entfernt eine Flosse, ein glänzender Rücken. Der Zwergwal stieg auf, glitt unter die milchige Wasserfläche. Quoyle starrte auf das Wasser. Wieder tauchte das Tier auf, seufzte, glitt hinunter. Fünfzehn Meter über dem Meer schlierige Nebelarme.

Ein Stück Gewebe fiel ihm auf, Knoten und Wirbel unten im Felsen. Der Gegenstand steckte in einem Spalt fest. Er lockerte ihn und zerrte ihn dann heraus. Legte ihn auf seine Handfläche. Raffinierte Knoten aus Draht, Spiralen und Schlaufen, die ein Muster ergaben. Dort, wo er das Ding aus dem Felsspalt gerissen hatte, waren Drähte abgebrochen. Er drehte es um, sah eine verrostete Anstecknadel. Und indem er es hin und her drehte, erfaßte er den Schnitt, sah ein phantastisches Insekt mit Doppelflügeln und gerieftem Thorax. Der Draht war kein Draht, sondern Menschenhaar – strohfarben, rostfarben, graue Strähnen. Das Haar der Toten. Etwas aus dem grünen Haus, von den toten Quoyles. Voll Ekel warf er die Brosche in die brandende See.

Er kletterte wieder Richtung Haus zurück, erreichte die Fichten, hörte einen rauhen Motor. Ein Boot steuerte auf die Küste zu, und er dachte, es wäre Dennis, bis er den abgeblätterten Anstrich sah, schäbig und schmutzig. Das Dory lief im Leerlauf. Der Mann im Heck stellte den Motor ab, zog die Schraube hoch. Trieb im Nebel. Der Kopf des Mannes war gesenkt, weiße Stoppeln, offenstehender Mund. Seine Jacke mit derbem Faden grob zusammengeflickt. Alt und stark. Zog eine Reihe von Schneckenkörben hoch. Nichts. Er ließ den Außenborder wieder hinunter, zog immer wieder an dem schmierigen Seil. Der Motor fand einen ungleichen Rhythmus. Eine Minute später waren Mann und Boot vom Nebel verschluckt. Der Motor verklang gen Süden in Richtung der Handschuhfabrik, der Ruinen von Capsize Cove.

Quoyle krabbelte hoch. Dachte, wenn er mit Axt und Säge hierherkäme, an den steilsten Stellen ein paar mit Holzschutz behandelte Stufen einsetzte, über die nassen Stellen, Kies und Moos eine Brücke baute, dann wäre es ein wunderschöner Spazierweg zum Meer hinunter. Ein Teil dieses Orts als sein Eigen.

»Wir dachten schon, die Möwen hätten dich weggetragen.« Der Kaffeegeruch, Kinderradau, die Tante in ihrer gebügelten Bluejeans, das Haar in einem Schal hochgebunden, butterte Toast für Sunshine.

»Dennis war mit seinem Laster da. Er muß mit seinem Schwiegervater zum Holzfällen. Sagte, weil schlechtes Wetter im Anzug ist, solltest du vielleicht die restlichen Schindeln anbringen. Sagt, länger als einen, anderthalb Tage sollte es nicht dauern. Hat dir seinen Zimmermannsgurt dagelassen. War sich nicht sicher, ob du Werkzeug hast. Sagte, es wären noch ein paar Quadratmeter unter der Plastikplane. Er ist sich nicht sicher, wann er wiederkommen kann. Vielleicht Mittwoch. Schau, was er den Mädchen mitgebracht hat.«

Auf dem Tisch lagen zwei kleine Hämmer mit handgeschnitzten Griffen. Die Griffe waren am Hals bemalt, einer mit roten Streifen, der andere mit blauen.

Aber Quoyle spürte, wie eine stinkende schwarze Schwinge ihn unter sich begrub. Er war nie auf einem Dach gewesen, hatte nie eine Schindel gesetzt. Er goß sich eine Tasse Kaffee ein, verschüttete etwas auf die Untertasse, lehnte den Toast aus dem Brot von Dennis' Frau ab.

Ging zum Fuß der Leiter, sah hinauf. Ein hohes Haus. Wie hoch, wußte er nicht. Steile Dachschräge. In ganz Neufundland waren die Dächer flach, aber die Quoyles mußten eine hohe Schräge haben.

Er holte Luft und begann hinaufzusteigen.

Beim Hochklettern federte und sirrte die Aluminiumleiter. Er kletterte langsam, klammerte sich an den Sprossen fest. An der Traufe schaute er hinunter, um zu sehen, wie schlimm es war. Das Katzengold im Felsen glitzerte grausam. Er ließ seinen Blick zum Dach emporschweifen. Festgeklammerte Teerpappe. Zur Hälfte neue Schindeln. Über den Schindeln war eine Holzstrebe angenagelt. Sich auf die Strebe hocken und die Schindeln festnageln? Am schlimmsten würde sein, zu der Strebe hochzukommmen. Langsam kletterte er wieder auf den Boden hinunter. Er hörte Sunshine in der Küche lachen, das Klopfen des kleinen Hammers. Süße Erde unter seinen Füßen!

Aber er schlang sich Dennis' Zimmermannsgurt um, und beim Klettern war die Tasche schwer von Dachnägeln, schlug ihm der Hammer gegen das Bein. Auf halber Höhe fielen ihm die Schindeln ein. Er stieg wieder hinunter und nahm drei.

Jetzt kletterte er nur mit einer Hand, umklammerte mit der anderen die Schindeln. Am Ende der Leiter kam ein schlimmer Augenblick für ihn. Die Leiter überragte die Traufe um mehrere Sprossen, und er mußte seitwärts auf das Dach steigen und dann, die tiefe Leere unter sich, hochkrabbeln.

Unbeholfen hockte er sich auf die Strebe, sah, daß Dennis die Schindeln in Reihen aufsetzte, die er bequem erreichen konnte, dann den Balken an eine neue Stelle versetzte. Die Wipfel der Fichten wirkten wie Flecken im Nebel unten. Er konnte das langsame Rollen des Meeres hören. Ein paar Minuten lang tat er gar nichts. So schlimm war es gar nicht.

Quoyle setzte seine drei Schindeln hinter sich auf der Schräge ab. Nahm eine, legte sie langsam an Dennis' letzte an, achtete darauf, die zwölf Zentimeter breite Überlappung einzuhalten. Er holte ein paar Nägel aus der Schürze, holte den Hammer behende unter seinem Hintern hervor, zog ihn aus der Lederschlinge. Er nagelte die Schindel an. Als er den dritten Nagel hineintrieb, hörte er etwas rutschen, sah die beiden losen Schindeln, die er hochgetragen hatte, nach unten gleiten. Er hielt sie mit seinem Hammer auf. Legte eine Schindel zurecht, nagelte sie an. Die dritte. Es war nicht schwer, bloß umständlich und atemraubend.

Jetzt balancierte Quoyle Schindeln für einen halben Quadratmeter auf seiner Schulter, kletterte wieder hoch. So war es leichter, und er kam, ohne krabbeln zu müssen, auf das Dach hinauf, legte seine Schindeln auf den First und machte sich an die Arbeit. Ein- oder zweimal warf er einen Blick aufs Meer, erspähte am Horizont das Profil eines Tankers wie eine gemütlich schwimmende Wasserschlange.

Er war bei der letzten Reihe angelangt. Es ging jetzt schnell, weil er sich rittlings auf den First setzen konnte. Die Nägel versanken im Holz.

»Hallo, Daddy.«

Er hörte Bunnys Stimme, wollte zum Boden hinunterschauen, aber sein Blick blieb in der Höhe hängen. Sie stand auf einer Sprosse oberhalb der Dachkante, mühte sich, ihren Fuß aufs Dach zu setzen. Sie hielt den Hammer mit dem rot gestreiften Griff in der Hand. In einem winzigen, lebhaften Fenster sah Quoyle, wie Bunny ihren Fuß aufs Dach setzte, auf den Rand der steilen Schräge stieg, als wäre es eine Ebene, wie sie fiel, kreischend auf den Felsen purzelte.

»Ich helfe dir.« Ihr Fuß tastete nach dem Dach.

»Ach, Kindchen«, keuchte Quoyle. »Warte da.« Seine Stimme war leise, aber leidenschaftlich drängend. »Rühr dich nicht. Warte da auf mich. Ich hol' dich. Halt dich gut fest. Steig nicht aufs Dach. Laß dich von mir holen.« Die beschwörende Stimme, der Vater, der sein Kind mit seinen fast aus den Höhlen tretenden Augen auf die Stelle bannte, sich zentimeterweise die üble, verhängnisvolle Schräge hinabbewegte, dann den Arm der Tochter packte, daß ihr der Hammer aus der Hand fiel, »Rühr dich nicht, rühr dich nicht, rühr dich nicht« sagte, den bemalten Hammer auf dem Felsen unten aufschlagen hörte. Und dann Quoyle sicher auf den Sprossen, Bunny zwischen seiner Brust und der Leiter eingeklemmt.

»Du zerquetschst mich!«

Quoyle stieg mit schlotternden Knien hinunter, eine Hand an den Sprossen, den linken Arm um die Hüfte seiner Tochter geschlungen. Die Leiter wackelte unter seinem Zittern. Er konnte es nicht glauben, daß sie nicht abgestürzt war, denn in zwei, drei Sekunden hatte er immer wieder ihren kreischenden Tod durchlebt, immer wieder die Hand nach der leeren Luft ausgestreckt.

12
Die Heckwelle

»Das Slippen hängt von der Reibung in einem Knoten ab, und die Reibung kommt durch Druck zustande. Der Druck und die Stelle innerhalb des Knotens, wo er auftritt, wird ›Bekneifstelle‹ genannt. Die Sicherheit eines Knotens scheint einzig von diesem ›Bekneifen‹ abzuhängen.«

DAS ASHLEY-BUCH DER KNOTEN

Es war wie Spiegelschriftschreiben. Die kleinste Veränderung im Rückwärtsgang brachte den Anhänger in die Gegenrichtung, und im Seitenspiegel sah Quoyle mit zusammengekniffenen Augen Reflexe des Widerstands. Immer wieder knickte der Anhänger ein, wie eine Taschenmesserklinge auf dem Weg ins Heft, und rammte zweimal den neuen Steg. Quoyle hatte es satt, als das Ding schließlich geradeaus rückwärts fuhr, ins Wasser hinein. Da war ein Trick dabei.

Stieg aus und sah sich den Anhänger an. Die Reifen standen im Wasser, das Boot schräg. Seine Hand lag schon am Slipphebel, als ihm die Sicherungsleine einfiel. Das wäre ein Spaß, das Boot zu wassern und es wegtreiben zu sehen.

Es gelang ihm, die Bug- und Heckleinen festzubinden, er schob den Hebel beiseite. Das Boot glitt hinunter. Er löste das Seil von der Slippkurbel, krabbelte auf den Steg und befestigte das Boot. Es war eher ein Manöver für zwei. Dann wieder zurück zum Anhänger, den Riegel schließen, das Seil einziehen. Das Fünfzig-Dollar-Boot war im Wasser.

Er stieg ein, erinnerte sich an den verfluchten Motor. Immer noch im Kombi. Trug ihn auf den Steg, setzte den Fuß aufs Achterdeck und fiel ins Boot. Verfluchte alle Wassergefährte von treibenden Baumstämmen bis zu Supertankern.

Quoyle sah nicht, daß er den Motor so angebracht hatte,

daß der Bug aufsteigen würde wie die Nase eines Hühnerhundes. Er goß aus dem roten Kanister Benzin hinein.

Der Motor startete beim ersten Zug. Da saß Quoyle nun im Heck eines Bootes. Seines Bootes. Der Motor lief, seine Hand lag auf der Ruderpinne, der Ehering funkelte. Er legte den Rückwärtsgang ein, wie er es bei Dennis gesehen hatte, und gab behutsam ein wenig Gas. Das Heck des Bootes schwenkte zum Steg ein. Er jonglierte hin und her, bis er am Steg vorbei war. Schaltete in den Vorwärtsgang. Der Motor fauchte leise auf, und das Boot fuhr – zu schnell – parallel zur Küste. Er drosselte den Motor, und das Boot schlingerte. Jetzt wieder vorwärts, und die Felsen sprangen vor ihm auf. Instinktiv schob er die Ruderpinne auf die Küste zu, und das Boot kurvte Richtung Omaloor Bay hinaus. Das Wasser kräuselte sich. Auf einem Glaspfeil fahren.

Er betätigte die Ruderpinne, zog Kurven. Jetzt schneller. Quoyle lachte wie ein Hund hinten in einem Pickup. Warum hatte er vor Booten Angst gehabt?

Es wehte ein ablandiger Wind, und die Wellen klatschten gegen den Bootsrumpf, während er dahinraste. Eine scharfe Wende, und er spürte, wie das Boot ins Schleudern kam. Er nahm das Gas zurück. Die Heckwelle hinter ihm rauschte auf und schwappte über das Heck, umspülte seine Knöchel und breitete sich im Boot aus. Er zog wieder am Gasseil, das Boot machte einen Satz nach vorn, aber träge, und das Wasser auf dem Boden flutete ins Heck, kam zu Quoyles Gewicht dazu. Er sah sich nach etwas um, mit dem er das Wasser hätte ausschöpfen können; nichts. Machte vorsichtig eine Kehre zum Steg hin. Das Boot war unentschlossen und widerwillig, denn das Wasser hatte sein Gleichgewicht verändert. Trotzdem bewegte er sich vorwärts, hatte keine Angst, nur zweihundert Meter vom Steg entfernt zu sinken.

Als er herankam, drosselte er das Gas wieder, und wieder schwappte die Heckwelle über das Heck. Aber er war nah genug, um den Motor abzustellen und das Boot knirschend am Steg entlangschrammen zu lassen. Er warf seine Leinen über die Poller und ging zum Haus hinauf, um sich eine Kaffeedose als Schöpfeimer zu holen.

Wieder auf dem Wasser, spielte er behutsam am Gaszug, wendete vorsichtig, achtete auf die Heckwelle. Es mußte eine Möglichkeit geben, beim Verlangsamen das Wasser draußen zu halten.

»Natürlich gibt es die«, sagte Nutbeem. »Ihr Heckspiegel liegt zu tief. Sie brauchen einen Motorschacht, ein Schott, so hoch wie die Bootswellen vor dem Motor, mit Lenzlöchern in jeder Seite. Ist in einer Stunde gebaut. Ich bin platt, daß die das so zugelassen haben.«

»Es ist nicht zugelassen«, sagte Quoyle.

»Dann springen Sie mal lieber gleich zur Küstenwache hinunter«, sagte Nutbeem. »Wenn Sie ohne Zulassung erwischt werden, ohne Motorschacht, ohne Positionslichter und Sicherheitsvorrichtungen, dann brummen die Ihnen saftige Strafen auf. Sie haben doch einen Anker?«

»Nein«, sagte Quoyle.

»Ruder? Etwas zum Ausschöpfen? Notleuchtfeuer? Haben Sie eine Sicherungsleine für Ihren Motor?«

»Nein, nein«, sagte Quoyle. »Ich habe es bloß ausprobiert.«

An einem Samstag zogen Dennis und Quoyle das Boot aus dem Wasser. Bunny stand auf dem Steg, warf Steine.

»Sie ist ein übles Scheißding«, sagte Dennis. »Eigentlich könntest du sie verbrennen und von vorn anfangen.«

»Das kann ich mir nicht leisten. Können wir keinen Motorschacht einbauen? Als ich sie letzte Woche ausprobiert habe, ist sie ganz gut gefahren. Es war in Ordnung, bis das Wasser reinkam. Ich will damit ja nur über die Bucht hin und her fahren.«

»Ich baue ein Schott ein und gebe dir einen Rat: Fahr mit dem Ding nur an ruhigen Tagen raus. Wenn es stürmisch aussieht, dann fahr lieber mit deiner Tante mit oder in deinem Kombi. Es taugt nichts, wenn du in eine steife Bö kommst.«

Quoyle starrte sein Boot an.

»Sieh sie dir doch bloß an«, sagte Dennis. »Es sind bloß ein paar zusammengeschusterte Bretter. Der Junge, der sie gebaut hat, verdient eine Tracht Prügel.«

Quoyles Hand fuhr an sein Kinn hoch.

»Dad«, sagte Bunny, die auf den Kieseln hockte, einen Stecken in den Sand bohrte. »Ich will mit dem Boot fahren.«

Dennis schnalzte mit der Zunge, als hätte sie ein unanständiges Wort gesagt.

»Rede mit Alvin Yark. Schau, ob er dir was baut. Er baut gute Boote. Ich könnte dir auch eins bauen, aber er macht es schneller, und es kostet dich weniger. Ich bau' ein Schott ein, solange mich keiner dabei sieht, wie ich das Ding anfasse, aber rede lieber mit Alvin. Du brauchst ein Boot. Das steht fest.«

Bunny rannte zum Haus hinauf, hielt Daumen und Zeigefinger zusammengedrückt.

»Tante, der Himmel ist das Größte auf der Welt. Rate mal, was das Kleinste ist?«

»Das weiß ich nicht, mein Schatz. Was denn?«

»Das.« Und streckte ihren Finger aus und zeigte ihr ein winziges Sandkorn.

»Ich will es sehen.« Sunshine brüllte los und das Sandkörnchen verschwand in einem Wirbelsturm aus Atem.

»Na, na, na«, sagte die Tante und packte Bunnys geballte Faust. »Davon gibt's noch unzählige. Es ist genug Sand für alle da.«

13
Der Holländische Legel

»Ein Legel ergibt einen ausgezeichneten Nothandgriff für einen Koffer.«

DAS ASHLEY-BUCH DER KNOTEN

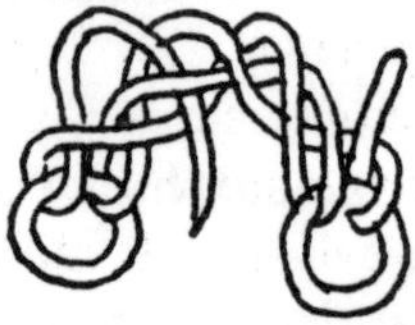

»Junge, hier unten am Pier gibt's was zu sehen. So was hat's hier in den Gewässern noch nicht gegeben.« Die dröhnende Stimme rasselte aus der Leitung in Quoyles Ohr. »Hat den Ruch des Bösen an sich. Für allen Dorsch in der Welt würd' ich damit nicht in See stechen. Schauen Sie sich das lieber mal an, Junge. So was kriegen Sie nie wieder zu Gesicht.«

»Was denn, Mr. Shovel? Das Flaggschiff der spanischen Armada?«

»Nein, mein Junge. Aber bringen Sie Ihren Bleistift und Ihre Kamera mit. Ich glaube, Sie können mehr aufschreiben als nur Einlauf- und Auslaufzeiten.« Er legte auf.

Quoyle war nicht erfreut. Ein böiger Regen fiel in einem scharfen Winkel, prasselte gegen die Fensterscheiben, trommelte auf das Dach. Der Wind bockte und bäumte sich. Es war gemütlich, sich mit dem Ellbogen auf den Schreibtisch zu stützen und eine Unfallgeschichte aus Los Angeles umzuschreiben, die Nutbeem aus dem Radio hatte. Ein älterer Mann, der von Kneipenrowdys nackt ausgezogen, mit einer Augenbinde versehen und in den Autobahnverkehr gestoßen worden war. Der Mann war gerade aus dem Krankenhaus gekommen, wo er eine Verwandte besucht hatte, war auf ein

Glas Bier in eine Kneipe nebenan gegangen, als ihn fünf Männer mit blau angemalten Köpfen packten. Tert Card sagte, das sei ein Beweis für die geisteskranke Lebensart in den Staaten. Ein Lieblingsthema der Leser des *Gammy Bird*, die Verrücktheit derjenigen, die weit fort waren. Quoyle rief zurück.

»Mr. Shovel, was ich gerade mache, lasse ich ungern liegen.«

»Ich sag' Ihnen, es ist das Boot von Hitler. Eine für Hitler gebaute Vergnügungsjacht. Eine holländische Jacht. So was haben Sie noch nicht gesehen. Der Eigner ist an Bord. Die Leute sagen, daß die Zeitung sie sich gern ansehen kann.«

»Mein Gott. Bin in einer halben Stunde da.«

Billy Pretty starrte Quoyle an. »Und, was hat er?« flüsterte er.

»Er sagt, unten am öffentlichen Pier wär' ein holländisches Boot, das Hitler gehört hat.«

»Nein!« rief Billy. »Das möcht' ich sehen. Damals, Junge, da sind uns die Deutschen die Küste hier rauf und runter gekrochen, haben Schiffe torpediert, jawohl, mitten in der Meerenge hier. Die Alliierten hatten 'n Unterseeboot, brachten ein deutsches U-Boot auf. Brachten es runter nach St. John's.

Wir hatten Spione hier. Oh, ein paar ganz schlaue! Die eine Frau, ich seh' sie noch vor mir in ihrem alten braungelben Mantel, fuhr mit ihrem quietschenden, alten Rad einmal die Woche von Rough Shop Harbor nach Killick-Claw, dann wieder runter zur Fähre. Ich weiß nicht mehr, was sie für eine Geschichte erzählt hat, warum sie soviel mit dem Rad fahren mußte, aber sie kriegten raus, daß sie 'ne deutsche Spionin war, überall die Boote zählte und die Informationen an deutsche U-Boote rausfunkte, die vor der Küste lauerten.«

»Dann nehmen Sie Ihren Regenmantel und kommen Sie mit.«

»Es hieß immer, sie ist erschossen worden. Kam eines Tages einfach nich' mehr. Es hieß, sie wurde unten in Rough Shop Harbor erwischt und hingerichtet. Hieß, sie sprang mit dem Rad über die Schleichwege, kreischte wie verrückt, die Männer hinter ihr her, rannten wie die Wilden, ehe sie sie einholten.«

Quoyle machte ein Schmatzgeräusch mit dem Mundwinkel. Er glaubte kein Wort.

Der Kombi hatte ein Loch im Boden, und durch das spritzten gelegentlich Geysire aus schmutzigem Regenwasser. Neidisch dachte Quoyle an den Pickup der Tante. Er konnte sich keinen neuen Wagen leisten. Erschreckend, wie schnell das Geld von der Versicherung zerrann. Er wußte nicht, wo die Tante ihres herbekam. Sie hatte sämtliche Reparaturen am Haus bezahlt, ihren Anteil für Lebensmittel beigetragen. Er hatte die Straße bezahlt, den neuen Steg. Die Betten der Mädchen, Kleidung, die Motelrechnung, Benzin für den Kombi. Und das neue Getriebe.

»Hätt' ich bloß meine Lederstiefel angezogen«, rief Billy Pretty. »Hatte keine Ahnung, daß von Ihrem Wagen die Hälfte fehlt.«

Quoyle ging vom Gas, um die anmutige, aufrecht gehende Frau in dem grünen Regenmantel nicht naßzuspritzen. Mein Gott, regnete es denn jeden Tag? Das Kind war bei ihr. Ihre Augen waren direkt auf Quoyle gerichtet. Seine auf ihre.

»Wer ist das? Anscheinend sehe ich sie jedesmal die Straße entlanggehen, wenn ich hier herauskomme.«

»Das ist Wavey. Wavey Prowse. Sie hat ihren Jungen vom Sonderschulunterricht abgeholt. Da geht 'n ganzer Haufen hin. Sie hat damit angefangen, mit der Sonderschule. Er is' nich' ganz richtig. Kummer hat den Jungen so gemacht, wie er ist. Wavey war mit ihm schwanger, als die *Sevenseas Hector* unterging. Hat ihren Mann verloren. Wir hätten sie mitnehmen sollen, Junge.«

»Sie ging in die andere Richtung.«

»Umkehren dauert keine Minute. Es regnet in Strippen«, sagte Billy.

Quoyle fuhr in den Eingang zum Friedhof, wendete, fuhr zurück. Als die Frau und das Kind einstiegen, sagte Billy ihre Namen. Wavey Prowse. Herry. Die Frau entschuldigte sich, daß sie so naß waren, saß den Rest des Weges bis zu einem

Häuschen einen Kilometer hinter dem *Gammy Bird* stumm da. Sah Quoyle nicht an. Im Hof neben dem Häuschen stand ein Panoptikum von bemalten Holzfiguren, galoppierende Pferde, Hunde auf Rädern, eine Reihe Chromfelgen auf Stöcken. Ein Phantasiezoo.

»Das ist vielleicht ein Hof«, sagte Quoyle.

»Dads Sachen«, sagte Wavey Prowse und knallte die Tür zu.

Die überflutete Straße zurück und wieder Richtung Killick-Claw.

»Sie sollten mal den Stuhl sehen, den er aus einem Elchgeweih gemacht hat«, sagte Billy. »Sie setzen sich rein, er ist recht bequem, aber für die anderen sieht es so aus, als wären Ihnen goldene Flügel gewachsen.«

»Sie hat eine sehr gute Haltung«, sagte Quoyle. Versuchte, die dumme Bemerkung zurückzunehmen. »Ich meine, sie hat einen guten Gang. Groß, meine ich. Sie wirkt groß.« MANN KLINGT WIE VOLLIDIOT. Er konnte sich nicht recht erklären, warum sie seine Aufmerksamkeit erregte; weil sie wie aus nassen Steinen entsprossen schien, dem Gestank von Fisch und Gezeiten.

»Vielleicht ist sie die große und stille Frau, Junge.«

»Was soll das heißen?«

»Das hat mein Dad immer gesagt.«

»Da ist sie.« Sie lugten durch die regenüberströmte Windschutzscheibe. Die Botterjacht hob sich von allen anderen Schiffen am Kai ab; sie lag vertäut zwischen einer Segeljacht, deren australische Eigner schon seit zwei Wochen da waren, und dem Kadettenschulschiff. Von oben wirkte das Boot wie eine flache Wanne mit merkwürdigen, riesenhaften Schuhlöffeln an den Seiten. Einer von der Mannschaft in einem schwarzen Regenmantel beugte sich über etwas neben der Kajütentür, ging dann rasch nach achtern und verschwand.

»Was sind die Dinger an der Seite? Sieht aus wie ein großer Käfer mit einem Paar zu klein geratener Flügel.«

»Seitenschwerter. Funktionieren wie ein Kielschwert. Sie wissen schon. Sie heben oder senken bei einem Segelboot das

Schwert, um ihm mehr Kiel zu geben. Manche sagen dazu ›den Kiel senken‹. Wenn Sie ein Boot mit wenig Tiefgang haben, mein Junge, und es am Wind segeln muß, dann danken Sie Ihrem Schöpfer für Ihr Kielschwert. Und mit den Seitenschwertern, da verlieren Sie keinen Stauraum. Das Ding hängt an der Seite draußen anstatt unten im Bauch von dem Boot. Ein Schwertkasten nimmt Platz weg.« Billys bis auf die Knochen abgemergelte Gestalt, der unbeholfene Quoyle daneben wie eine rutschende Masse.

In der Kajüte schimmerte ein Licht. Sogar im stürmischen Regen konnten sie erkennen, daß das Boot ein Schatz war.

»Eichenrumpf, schätze ich«, sagte Billy Pretty. »Schauen Sie sie sich bloß an! Schauen Sie sich ihren Mast an! Schauen Sie sich die Kajüte an! Teakholzdecks. Niedrig, flach und breit. So eine Form hab' ich in meinem ganzen Leben noch bei keinem Boot gesehen – schauen Sie sich den vollen breiten Bug an. Schauen Sie sich an, wie der Steven hochragt wie ein Eskimomesser. Sehen Sie die Schnitzerei?« Ihr Name war auf ein kunstvoll geschnitztes, vergoldetes Mahagoniband gemalt – *Tough Baby*, Puerta Malacca. Sie hörten gedämpfte Stimmen.

»Ich frag' mich, wie man ein Boot so nennen kann«, murmelte Billy Pretty, als er die Laufplanke hinaufging und auf das glänzende Deck sprang. »Ahoi, *Tough Baby!*« brüllte er. »Besuch! Dürfen wir an Bord kommen?«

Ein rotgesichtiger Mann mit weißen Haaren öffnete eine der Flügeltüren mit geschwungener Oberkante. Er trug eine Madrashose mit einem Gürtel aus Glanzleder und dazu passende weiße Schuhe. Quoyle sah sich um. Alles troff. Nasse Taurollen, ein tropfender Ventilator, Ströme von Wasser, die über das Deck liefen. Neben der Kajütentür ein nasser Schweinslederkoffer mit einem selbstgemachten Seilgriff.

»Kenne ich Sie?« Seine Augen waren blutunterlaufen.

»Sind von der Zeitung am Ort, Sir, dem *Gammy Bird*, dachten, unsere Leser könnten sich für Ihr Boot interessieren, wir versuchen über die ausgefalleneren Boote in Killick-Claw eine kleine Geschichte zu schreiben, so was wie das hier haben wir noch nie gesehen.« Quoyle sagte sein Verslein auf. Auf dem Boot fühlte er sich wie auf flachem Land. Er lächelte gewinnend, aber die *Tough Baby* war kein gastfreundliches Boot.

»Ach ja. Dieser unglaubliche Hafenmeister, wie heißt er noch, Doodles oder dergleichen, hat etwas von einem Besuch der *presse locale* genuschelt.« Der Mann seufzte tief. Machte eine Geste, als würde er Obstschalen wegwerfen. »Na schön, mein teures Weib und ich haben gerade einen fürchterlichen Streit, aber den Dressurakt kriegen wir, glaube ich, hin. Ich habe schon allen möglichen Leuten Vorträge über dieses Boot gehalten, von Andy Warhol zwei Wochen vor dieser *fatalen* Operation bis zu Scotland Yard. Sie zieht absolut immer eine Menschenmenge an, wohin wir auch segeln, ob in Antibes oder Boca Raton. Sie ist absolut einzigartig.«

Er trat in den Regen hinaus.

»Der Grundriß einer traditionellen holländischen Jacht, aber *herrlich* luxuriös durch diese unglaublichen Details. Die schönste Botterjacht, glaube ich, die je gebaut wurde. Als wir sie zum erstenmal sahen, war sie ein *totales* Wrack. Sie lag in irgendeinem gräßlichen italienischen Hafen – gehörte der Prinzessin L'Aranciata –, wir hatten uns für den Sommer in Ansedonia eine Villa gleich neben der ihren genommen, und einmal erwähnte sie dann, daß sie so ein *Wrack* von einer holländischen Jacht besitze, die Hitler gehört habe, sie aber zu Tränen rühre. Nun denn! Wir sahen sie uns an, und ich erkannte sofort das Potential – es war eindeutig klar, klar, klar, daß das etwas Außergewöhnliches, etwas absolut Einmaliges war.«

Der Regen troff von den nassen Haaren des Mannes, sein Hemd war davon durchsichtig geworden.

»Absolut flachgehend, so daß sie ohne den *geringsten* Schaden überallhin fahren kann, Sie können mit ihr direkt ans Ufer fahren, ob bei Sturm oder zur Reparatur. Unglaublich schwer. Fast vierzig Tonnen Eiche. *Natürlich* wurde sie für die Nordsee gebaut. Breiter Bug. Absolut seetüchtig. Wissen Sie, meine Frau *haßt* dieses Boot. Aber ich liebe es.«

Billy Prettys Blick war auf ein Stück Kunstrasen gefallen,

das er für einen Fußabstreifer hielt, bis er die Hundewürste sah. Glotzte.

»Das ist für den kleinen Spaniel meiner Frau. Tolles System. Hundchen macht Kacka auf das künstliche Gras, Sie werfen es über Bord – sehen Sie die Schlinge an der Ecke für das Seil? – und presto, schleppen es nach, bis es wieder blitzesauber ist. Tolle Erfindung. Die Idee geht bis aufs fünfzehnte Jahrhundert zurück. Für das Boot natürlich, nicht die Kacka-Matte. Das sind die Boote, die man auf den wunderbaren Gemälden von Rembrandt sieht. Es waren königliche Barken. Heinrich VIII. hatte eine, Elisabeth I. hatte eine. Eine königliche Barke. Sie hieß *Das Knie*, als wir sie zu Gesicht bekamen, und ich mußte auch auf die Knie gehen, um mein teures Weib dazu zu überreden, daß ich sie kaufen durfte.« Er hielt inne, um Quoyles Lachen abzuwarten. »Hatte den Namen schon, als die Prinzessin es kaufte – absolut niemand hatte ihn geändert, seitdem dieser finstere deutsche Industrielle sie nach dem Krieg besessen hatte. Mein geliebtes Weib meinte, es sollte nach ihr benannt werden, aber ich habe sie *Tough Baby* getauft. Als ich ihren wahren Charakter erkannt hatte. Dieses Boot ist in hundert Jahren noch seetüchtig. Wurde in Haarlem gebaut. Dauerte neun Jahre. Sie ist absolut, absolut unverwüstbar. Einfach unglaublich massiv. Die Planken sind siebeneinachtel mal sechs Zoll auf elf Zoll breiten Spanten.«

Billy Pretty pfiff und zog die Brauen hoch. Die Haare des Mannes klebten an seinem gelben Kopf. An Billys und Quoyles Mützen hingen Tropfen wie ein Besatz aus Mondstein. Quoyle kritzelte auf seinem Notizblock, beugte sich vor, um ihn vor dem Regen zu schützen. Zwecklos.

»Die Beplankung – keiner kann diese Beplankung fassen – ist ausgesuchte Qualitätseiche, zweidreisechzehntel Zoll dick mit doppelter Beplankung am Kiel. Warum? Wegen der seichten Heimatgewässer, voll von Sandbänken, Barren, wechselnden Fahrrinnen. Unglaublich. Die Zuider Zee. Ein trügerisches, trügerisches Gewässer. Man läuft absolut dauernd auf Grund. Auch die Decksplanken sind nicht gerade dünn. Ob Sie's glauben oder nicht, Sie stehen auf eindreiviertel Zoll Teakholz aus dem Burma vor dem Zweiten Weltkrieg! Heutzutage kann man das Holz, das in dem Boot hier steckt, nirgendwo mehr kaufen, für kein Geld der Welt. Es ist heute einfach völlig verschwunden.«

Die kieksige Stimme brabbelte in einem fort. Quoyle sah, daß Billy die Hände in den Taschen vergraben hatte.

»Du elender Lump, mit wem redest du?« schrie eine hohe, heisere Stimme. Der tropfnasse Mann redete weiter, als hätte er nichts gehört.

»Lassen Sie mich mal überlegen, wir haben eine Besatzung von vier Mann. Sie hat Kuttertakelung, zweitausend Quadratfuß Arbeitssegel, da bedarf es drei unglaublich starker Männer, um das Großsegel zu bedienen, und die haben ständig irgendwelche Hernien und Brüche. Hören ständig auf und gehen von Bord. Es wiegt tausend Pfund. Das Segel, meine ich. Und langsam ist sie. Langsam, weil sie schwer ist. Aber sehr, sehr stabil.« Ohne Pause rief er: »Ich rede mit der Lokalpresse über das Boot!« Die Nase kräuselte sich wie bei einem knurrenden Hund.

»Erzähl Ihnen, was beim Hurrikan Bob passiert ist!«

Die Worte ergossen sich mit dem Regen. Quoyle streckte seine durchnäßten Notizen weg, stand mit der nassen Hand über dem nassen Kinn da. Die Brusthaare des weißhaarigen Mannes zeichneten sich unter der nassen Seide seines Hemds wie graue Knoten ab. Er schien den Regen nicht wahrzunehmen. Quoyle bemerkte auf seinen Händen violette Narben, an seinem Ringfinger einen Rubin, so groß wie eine Kirschtomate. Konnte den Alkohol riechen.

»Die absolut *wunderbaren* Schnitzereien. Die Schnitzereien sind überall, diese unglaublichen Meisterschnitzer arbeiteten neun Jahre daran. Sämtliche bekannten Tiere. Zebras, Elche, Dinosaurier, Auerochsen, Meerleguane, Vielfraße, wir hatten international bekannte Zoologen an Bord, die all die unglaublichen Arten bestimmen sollten. Und die Vögel. Äußerst, äußerst bizarr. Es wurde für Hitler gebaut, wie Sie vermutlich wissen, aber *er* setzte nie einen Fuß darauf. Es gab tausenderlei Verzögerungen. Absichtliche Verzögerungen. Der außergewöhnliche holländische Widerstand.« Die Worte sprudelten, die Tropfen spritzten vom Deck hoch.

»Erzähl ihnen, was beim Hurrikan Bob passiert ist!«

»Ich glaube, mein *liebes* Weib versucht, unsere Aufmerksamkeit zu erregen«, sagte der nasse Mann. »Treten Sie in die Kajüte hier und schauen Sie sich das Innere an. Sie werden staunen. So schmuck die Schnitzereien außen sind, da drinnen waren sie *wirklich* nicht zu bremsen.« Er hielt eine Tür auf, zog seinen Bauch ein, um sie vorbeizulassen. Quoyle strauchelte im dicken Teppichboden. In einem gemauerten Kamin brannte ein Feuer; der Sims war aus Atlasholz und mit Orchideen aus Perlmutt, Opal und Jaspis eingelegt. Quoyle konnte gar nicht alles aufnehmen, bemerkte die Patina, eine Lampe. Alles wirkte erlesen. Die Schönheit des Raumes hatte etwas Abstoßendes, aber er wußte nicht, was. Bemerkte die das Holz verziehende Meeresfeuchte, das korrodierende Salz. Auf dem Sofa saß eine Frau in einem mit Essen bekleckerten Bademantel, Haare von der Farbe wie Abwasserschaum. Ihre Hände klirrten vor Armbändern, Ringen. Die Füße ausgestreckt, unförmige violette Knöchel. In einer Hand ein Glas mit der eingravierten Initiale M. Cellos schluchzten, verbreiteten eine theatralische Stimmung. Quoyle erblickte das CD-Gerät auf dem Couchtisch. »Breakfast in Satin Sheets.« Die Frau stellte ihr Glas ab. Nasse, gelbe Lippen.

»Bayonet, erzähl ihnen, was beim Hurrikan Bob passiert ist.« Sie befahl es dem Mann, schaute weder Quoyle noch Billy Pretty an.

»Ihre größte Breite beträgt sechzehn Fuß elf«, sagte der Mann und nahm ein Glas mit einem J vom Sims. Die Eiswürfel waren fast geschmolzen, aber er trank trotzdem. »Es gibt die Hoogansjacht und die Boeierjacht ...«

»Es gibt die Blödijacht und die Dummijacht und die Doofijacht«, sagte die Frau. »Es gibt den Döskopp und den Saftsack. Wenn du ihnen nicht erzählst, was beim Hurrikan Bob passiert ist, dann tu' ich's.«

Der Mann trank. Seine Hosensäume tropften.

Bevor die Frau handgreiflich werden konnte, sagte Billy Pretty zuckersüß: »Also, meine Teuerste, erzählen Sie uns einfach, was beim Hurrikan Bob passiert ist. Wir sind sehr gespannt darauf.«

Der Mund der Frau öffnete sich, aber es kam kein Laut heraus. Sie stierte den Mann an. Er seufzte, sprach in einem müden Singsang.

»O-kay. Sehen wir zu, daß die Scheißfamilie glücklich bleibt. Wir lagen in White Crow Harbor vor Anker, nördlich von Bar Harbor. Das ist in Maine, wissen Sie, in den Vereinigten Staaten. Ein Stück die Küste von Portland rauf. Eigentlich gibt es zwei Portlands, aber das andere liegt an der Westküste. In Oregon. Unterhalb von Britisch-Kolumbien. Also, auf dem Höhepunkt dieses unglaublichen Sturms ist die *Tough Baby* sozusagen aus ihrer Vertäuung geschlüpft. Die See hat absolut durchgedreht. Sie haben ja gesehen, wie die *Tough Baby* gebaut ist. Äußerst massiv. Äußerst schwer. Äußerst strapazierfähig. Nun ja! Sie machte *siebzehn* andere Boote zu Kleinholz. Siebzehn.«

Die Frau legte ihren Kopf zurück und krächzte.

»Das hielt sie aber nicht auf! Sie haben ja gesehen, daß sie flach im Wasser liegt. Dafür gebaut, daß man sie auf Grund setzen kann. Nachdem sie aus der schönsten Flotte von White Crow absolut Feuerholz gemacht hatte, schoben die Wellen sie weiter direkt auf den Strand. Wie so einen Rammbock. Und schon war sie da. Wumm!«

»Wumm!« sagte die Frau. Der Bademantel klaffte. Quoyle sah blaue Flecken auf dem Fleisch über ihren Knien.

»Und schon trieb sie wieder hinaus. Geriet zwischen die Strandhäuser. Das waren nicht die Häuschen von Krethi und Plethi, nein, das waren ein paar der schönsten Häuser an der Küste, entworfen von international bekannten Architekten.«

»Stimmt. Stimmt genau!« Trieb ihn, wie einen Hund durch einen Feuerreifen.

»Zermalmte zwölf Strandhäuser, die Stege und Bootshäuser zu Schrott, absolut zu Schrott. Und wieder auf den Strand. Wumm!«

»Wumm!«

»Und wieder hinaus. Pulverisierte alles. Walzte alles nieder. Wilkie Fritz-Change versuchte in einem der Gästezimmer der Häuser zu schlafen – er war Botschafter in irgendeinem kleinen europäischen Krisenherd gewesen und erholte sich in

Jack und Daphne Gershoms Strandhaus gerade von einem Zusammenbruch – und kam nur knapp mit dem Leben davon. Später meinte er, er habe gedacht, man würde mit Kanonen auf ihn feuern. Und am alleraußergewöhnlichsten war, daß der einzige Schaden, den *sie* bei diesem völlig wahnsinnigen und nicht aufzuhaltenden Wüten davontrug, ein gesplittertes Setzbord war. Keine einzige Delle, keinen einzigen Kratzer hatte sie.«

Die Frau hatte den Mund voll, schloß die Augen, nickte. War jetzt aber gelangweilt. Hatte diese Leute satt.

Quoyle stellte sich vor, wie das schwere Schiff sich auf seine Nachbarn warf, Häuser und Anlegestege zermalmte. Er räusperte sich.

»Und was führt Sie nach Killick-Claw? Eine Ferienreise?«

Der weißhaarige Mann war begierig, weiterzuerzählen. »Ferien? Hier oben? An der trostlosesten und elendsten Küste der Welt? Keine zehn Pferde könnten mich hierherbringen. Lieber würde ich auf einem Schrottkahn in den tosenden Stürmen vor Feuerland kreuzen. Nein, wir lassen uns neu polstern, nicht?« Tödlicher Sarkasmus spitzte seine Stimme zu. »Silver, mein teures Weib, besteht auf den Diensten einer bestimmten Jachtpolsterei. Unter Tausenden. Befand sich in Long Island, nur zehn Kilometer von unserem Sommersitz. Jetzt müssen wir zu diesem gottverlassenen Felsen heraufjagen. Den ganzen Weg von den Bahamas herauf, um unseren Speisesaal neu polstern zu lassen. Wie kann es ein Mensch hier nur aushalten? Mein Gott, wir mußten sogar das Leder mitbringen.«

Von der Art her, wie er den metallenen Namen der Frau ausgesprochen hatte, schloß Quoyle, daß es früher ein banaleres »Alice« oder »Bernice« gewesen war.

»Jachtpolsterei? Ich wußte nicht, daß es so was gibt.«

»Oh, absolut. Überlegen Sie doch mal. Jachten stecken voller unglaublicher, bizarrer, unregelmäßiger Ecken, äußerst *merkwürdigen* Bänken und dreieckigen Tischen. Es kostet Tausende und Abertausende Dollar, um allein den Speisesaal einer einzigartigen Jacht wie dieser hier zu polstern. Alles wird auf den Kunden zugeschnitten. Und natürlich ist jedes

Boot anders. Manche erlesenere Jachten haben Wände oder Decken aus Leder. Ich habe schon Lederböden gesehen – weißt du noch, Silver? Auf Biscuit Paragons Jacht war das so, oder? Bodenfliesen aus Korduanleder. Unglaublich. Natürlich rutscht man da häufig aus.«

»Wie heißt er?« fragte Quoyle. »Ein Jachtpolsterer hier am Ort würde unsere Leser interessieren.«

»Ach, es ist kein er«, sagte die Frau. »Sondern Agnis. Agnis Hamm. ›Hamms Inneneinrichtung und Polsterei für Jachten‹. Eine anstrengende Frau, aber mit der Polsterernadel ein absoluter Engel.« Sie lachte.

Billy Pretty trat von einem Bein aufs andere. »Also dann, vielen Dank, Leute – Bayonet und Silver ...«

»Melville. Wie in Herman Melville.« Der Mann goß sich noch ein Glas ein, zitterte, vielleicht, weil er naß war. Sie schüttelten dem Mann die Hand, Billy Pretty ergriff die kalten Finger der Frau. Aus der heißen Kajüte in den Regen. Der nasse Koffer war vermutlich ruiniert.

Hörten, wie in der Kajüte die Stimmen lauter wurden. Nur zu, sagte die Frau, raus mit dir, geh nur, sieh nur, wie weit du kommst, du widerlicher Hund. Werde wieder Reiseführer. Nur zu. Nur zu. Nur zu.

14
Wavey

In Wyoming heißen die Mädchen Skye.
In Neufundland Wavey.

Ein Samstagnachmittag. Quoyle war vom Streichen des Kinderzimmers mit türkisen Tropfen übersät. Saß am Tisch mit Tasse und Untertasse, einem Teller mit gefüllten Krapfen.

»Hm, Tante«, sagte er, »du bist also als Jachtpolsterer tätig.« Schlürfte seinen Tee. »Ich hab' die ganze Zeit gedacht, es geht um Sofas.«

»Hast du mein Schild gesehen?« Die Tante schliff einen Schreibtisch ab, rieb mit knirschendem Papier übers Holz; der Fleischwulst unten an ihrem Oberarm zitterte.

Bunny und Sunshine unter dem Tisch mit Autos und einer Pappkartonstraße, die als Rennstrecke dahinkurvte. Bunny setzte ein Klötzchen auf die Straße. »Das ist der Elch«, sagte sie. »Hier kommt Daddy. *Brrmm. Tü-tü-tüt.* Den Elch stört das gar nicht.« Sie ließ das Auto gegen das Holzklötzchen krachen.

»Das will ich machen!« sagte Sunshine, griff nach dem Klötzchen und dem Auto.

»Nimm dir selber eins. Das ist meins.« Gerangel, der Aufprall eines Schädels auf einem Tischbein und Sunshines Geheul.

»Heulsuse!« Bunny kroch unter dem Tisch hervor und warf Klötzchen und Auto auf Sunshine.

»Schluß jetzt!« sagte die Tante.

»Reg dich ab, Bunny.« Quoyle hob Sunshine auf seinen Schoß, untersuchte das rote Mal auf ihrer Stirn, küßte es, schaukelte vor und zurück. Von der anderen Seite des Zimmers her verdammte Bunny alle drei mit tödlichem Blick. Quoyles Lächeln signalisierte sein Desinteresse an wütenden Blicken. Aber ihm schien es, als wären die Laute seiner Kinder nur Schreien und Streiten. Wann würden sie anfangen, sanft zu werden?

»Die Werkstatt ist im Moment noch wie Kraut und Rüben, aber wenigstens die Nähmaschinen stehen. Erfahrene Gehilfen zu bekommen, das ist das größte Problem, aber ich lerne zwei Frauen an, Mrs. Mavis Bangs und Dawn Budgel. Mavis ist schon älter, Witwe, weißt du, aber Dawn ist erst sechsundzwanzig. War auf der Uni, mit Stipendien und allem Drum und Dran. Absolut keine Stellen auf ihrem Gebiet. Als Notbehelf hat sie in der Fabrik Lumpfisch verarbeitet – wenn Bedarf war – und sich ansonsten mit Arbeitslosengeld durchgeschlagen. Das heißt, Lumpfischkaviar.« Legte persönlich keinen Wert darauf.

»Nein, die Werkstatt hab' ich nicht gesehen. Ich hab' ein Interview mit zwei von deinen Kunden geführt. Ich schreibe über ihr Boot. Die Melvilles. Es war eine Überraschung. Hatte keine Ahnung, daß du Jachtpolsterer bist.«

»Und ob. Ich hab' bloß auf meine Ausrüstung gewartet. Hab' die Werkstatt vor zehn Tagen aufgemacht. Weißt du, mit der Jachtpolsterei habe ich nach dem Tod von Warren angefangen. 1979. Was sie heutzutage ›eine wichtige Bezugsperson‹ nennen. Nach Warren hab' ich den Hund benannt. War bei der Post. Warren, nicht der Hund.« Sie lachte. Ihr Mienenspiel ausweichend. Sagte Quoyle nicht, daß Warren Irene Warren gewesen war. Die liebste Frau auf der Welt. Wie hätte er das verstehen können? Bestimmt nicht.

»Ich schwöre, daß ich bis heute nicht wußte, daß es so was gibt. Es hätte mich weniger überrascht, wenn du Atomphysikerin wärst.« Ihm ging auf, daß er über das Leben der Tante fast nichts wußte. Und das Wissen hatte ihm nicht gefehlt.

»Weißt du, für einen Zeitungsreporter läßt du dich leicht überraschen. Es ist alles ganz einfach und logisch. Ich wuchs am Meer auf, sah mehr Boote als Autos, obwohl natürlich keins davon eine Jacht war. Mein erster Job in den Staaten war in einer Mantelfabrik, hab' Mäntel genäht. In den Jahren, als ich mit Warren zusammen war, wohnten wir auf einem Hausboot, lagen in verschiedenen Jachthäfen an der Küste von Long Island.

In Lonelybrook kriegten wir einen Sonderpreis, da lagen wir am längsten. Und wenn wir es satt hatten, immer dieselben Boote zu sehen, konnten wir sonntags zu einem anderen Hafen fahren, uns die Boote dort ansehen, zum Essen gehen. Es war wie ein Hobby, wie Vögelbeobachten. Warren sagte dann immer: ›Was hältst du von 'nem Törn, 'n paar Boote anschauen?‹ Wir träumten davon, eines Tages eine hübsche, kleine Ketsch zu besitzen, rumzukreuzen, aber soweit kam's nie. Hatte immer vor, hierher zurückzukommen, zu dem alten Haus, mit Warren, aber wir schoben es immer auf, weißt du. Darum ist die Rückkehr für mich ein bißchen wie zum Andenken an Warren.«

Mehr als das.

»Ich habe einen alten Stuhl neu gepolstert, den wir auf dem Hausboot hatten, schöne Form, aber eine Art Senfbraun, und der Schnurbesatz ganz ausgefranst und faserig. Besorgte mir einen guten Polsterstoff, dunkelblau mit einem roten Muster, zog das alte Polster ab und nahm es als Modell. Ließ mir Zeit beim Nähen, Zupassen und Glätten. Das Ergebnis war perfekt. Und die Arbeit machte mir Spaß. Nähen mochte ich schon immer, was mit den Händen machen. Warren fand den Stuhl schön. Also machte ich einen mit Leder. Das war was, mit Leder zu arbeiten. Dieses richtig dunkle Rot, Burgund würde man wohl sagen. Allerdings bekam ich die Säume nicht so perfekt hin. Wölbten sich hier und da ein bißchen. Eine Menge Mühe hatte ich auch mit den Zierknöpfen. Machte mich krank, zu sehen, wie das schöne Leder verdorben war. Denn für mich war es verdorben. Also sagte Warren zu mir – wußte, daß ich mich darüber freuen würde –, sagte: ›Warum machst du keinen Lehrgang im Lederpolstern? Einen Kurs?‹

Und Warren sah auch die Anzeige im Polsterermagazin. Schenkte mir das Abo zu Weihnachten. Eine Leseratte. Las alles, was ins Haus kam, von Zahnpastaschachteln bis Weinetiketten. Kaufte freitags zum Abendessen immer eine Flasche Wein. Bücher! Meine Güte, das Hausboot war voller Bücher. Also, die Anzeige war für einen Sommerkurs – Polstern für Fortgeschrittene – in einer Schule unten in North Carolina. Warren forderte die Broschüre an. Ich war total entsetzt über die Gebühren und wollte nicht den ganzen Sommer alleine wegfahren. Der Kurs ging acht Wochen. Aber Warren sagte: ›Man weiß nie, Agnis, vielleicht kriegst du nie wieder die Gelegenheit dazu.‹ Und am Ende machte ich's.«

Sunshine wand sich aus Quoyles Armen und nahm sich die Klötzchen. Sie legte eines auf die Straße unter dem Tisch, warf Bunny einen triumphierenden Blick zu. Bunny ließ die Beine baumeln. Machte erst ein Auge zu, dann das andere, daß Sunshine, Quoyle und die Tante hin und her hüpften. Bis es den Anschein hatte, als würde am Rand ihres Gesichtsfeldes etwas auftauchen, etwas draußen im Gestrüpp, ein gleitender Schatten. Etwas Weißes! Das verschwand.

Die Tante war in Fahrt, erzählte *ihre* Geschichte. Die romantische Version. »Es war in einem College in einer kleinen Stadt am Pamlico Sound. Es waren so etwa fünfzig Leute da von überallher. Eine Frau aus Iowa City, die sich auf Museumsrestauration spezialisieren wollte, mit alten Brokatstoffen und seltenen Geweben. Ein Mann, der Puppenmöbel baute. Ein Möbeldesigner, der immer wieder sagte, ihm ginge es um die Erfahrung. Ich schrieb Warren, ich sei froh, hingefahren zu sein. Erzählte ihnen, ich hätte kein Spezialgebiet, würde nur gern mit Leder arbeiten und wollte was dazulernen.«

Sie legte das Sandpapier weg und wischte mit einem Wachstuch über die Tischplatte, lange Striche, die den Staub mitnahmen. Bunny schlich sich an der Wand entlang, kam zu Quoyle, brauchte seine Nähe. Drückte seinen Arm mit beiden Händen.

»So nach der Hälfte des Kurses sagte dieser Ausbilder, er arbeitet mit italienischen Möbeldesignern zusammen: ›Agnis, ich hab' einen schweren Brocken für dich.‹ War ein kleiner sieben Meter langer Kreuzer aus Fiberglas, der dem Schulhausmeister gehörte. Er hatte sich gerade ein gebrauchtes Boot gekauft. An mir war es, die ungestalten Polster zuzuschneiden und zu bespannen, die tagsüber als Sitzecken und nachts als Kojen dienten. Es gab eine dreieckige Bar, die er mit schwarzem Leder mit Zierknöpfen bespannt haben wollte, wobei die Zierknöpfe den Namen des Bootes wiedergeben sollten,

Torquemada hieß es, das weiß ich noch. Ich überzeugte ihn, daß das längst nicht so gut aussehen würde wie Zierknöpfe im klassischen Rautenmuster, das Ganze mit einem hübschen unterfütterten Wulst am oberen Rand. Ich sagte ihm, er könnte sich den Bootsnamen ja auf eine Messingplatte gravieren lassen und sie hinter der Bar aufhängen, oder auch ein schönes Holzschild. Er sagte: Legen Sie los. Es klappte.

Ich machte ein paar Kurven, Schnecken und Rollen, Kräuseln und Falten rein – ein sehr protziger Stil, der den Träumen des Manns entsprach. Es ist wirklich eine Kunst, und ich übertraf mich beim Polstern selbst. Reines Glück.«

Sie stemmte eine Büchse auf. Gelbes Wachs. Der Geruch von Haushalt und Fleiß.

»Der Ausbilder meinte, ich hätte ein Händchen für Bootsarbeiten, die Jachtpolsterei würde sich lohnen. Sagte, man würde so manches tolle Boot zu sehen bekommen und eine Menge interessante Leute kennenlernen.« Eindeutig hatte die Tante durch das Lob eines Fremden ihr Leben geändert.

Quoyle hockte bei seinen Töchtern am Boden, baute eine Brücke über die Straße, eine Stadt, eine Metropole mit Klötzchenautos und dröhnenden Motoren. Baute geduldig Brücken wieder auf, die einstürzten, weil Lastwagen zusammenprallten.

»Dad, bau eine Burg. Bau eine Burg auf die Straße.« Er tat alles, was sie ihm sagten.

»Im Bus auf der Rückfahrt nach Long Island legte ich mir genau zurecht, wie ich mein eigenes kleines Geschäft aufmachen könnte. Ich entwarf ein Schild – ›Hamms Jachtpolsterei‹ – mit einem vollgetakelten Segelschiff unter den Buchstaben. Ich hatte vor, einen Laden mit Schaufenster unten am Kai in Mussle Harbor zu mieten. Ich machte eine Liste mit den nötigen Ausrüstungsgegenständen – eine Nähmaschine für Industriezwecke, eine Knopfpresse, zwei gepolsterte Böcke, Werkzeug zum Abziehen wie Beißzange und Brechbeitel, Werkzeug zum Neupolstern wie Streckrahmen für Leder und Gurte. Ich nahm mir vor, klein anzufangen, nur das Leder zu besorgen, das ich jeweils brauchte, um nicht zuviel Geld fest in Leder anzulegen.«

Die Burg wuchs, Blumen und aufragende Pfeiler, eine der Haarklemmen der Tante mit einem Stück Garn als Wimpel. Jetzt verwandelten die Autos sich in galoppierende Pferde mit zerstörerischem Drang. Bunny und Sunshine gaben den Hufschlag mit Zungenschnalzen wieder.

»Ich komme also nach Hause, ganz aufgeregt, plappere das alles aus, so schnell ich reden kann, Warren sitzt am Küchentisch und nickt. Mir fiel der Gewichtsverlust auf, sah irgendwie grau aus, wie wenn man schlimme Kopfschmerzen hat oder einem speiübel ist. Also sagte ich: ›Ist dir nicht gut?‹ Warren, die arme Seele! Ganz zugeschnürt. Platzte dann einfach damit raus. ›Krebs. Überall in mir. Noch vier bis sechs Monate. Wollte dich bei deinem Kurs nicht aufregen.‹«

Die Tante stand auf, scharrte mit dem Stuhl, ging zur Tür, um nach dem moralinsauren Wachsgestank frische Luft zu schnappen.

»Am Ende war es nach drei Monaten vorbei. Nachdem ich mich zusammengerissen hatte, war das erste, daß ich die Welpendame kaufte und taufte.« Erklärte nicht das Bedürfnis, einen Teil von Irene Warrens Namen fünfzigmal am Tag zu sagen, das Glück heraufzubeschwören, das gewesen war. »Sie wurde erst bösartig, als sie ausgewachsen war. Und dann nur gegenüber Fremden. Und nach einer Weile mietete ich den Laden mit Schaufenster und fing mit der Jachtpolsterei an. Warren – der Mensch Warren – hat den Laden nie gesehen.«

Quoyle lag rücklings auf dem Boden, Türme aus Klötzchen auf der Brust, die sich mit seinem Atem hoben und senkten.

»Das sind Boote«, sagte Sunshine. »Dad ist das Wasser, und das sind meine Fähren. Dad, du bist das Wasser.«

»So komm' ich mir auch vor«, sagte Quoyle. Bunny, wieder am Fenster, legte zwei Klötzchen auf das Fensterbrett. Schaute ins Gestrüpp hinaus.

»Jedenfalls arbeite ich seit dreizehn Jahren in dem Beruf. Und als deine Eltern starben – deine Mutter hab' ich zwar nie kennengelernt –, dachte ich, es wär' der richtige Zeitpunkt, in die alte Heimat zurückzukehren. Oder sie sonst womöglich nie wiederzusehen. Ich glaube, ich werde allmählich alt, auch wenn ich mir nicht so vorkomme. Du solltest dich nicht auf ihre Ebene begeben.« Meinte Quoyle auf dem Boden, bedeckt mit Klötzchen. »So kriegen sie nie Achtung vor dir.«

»Tante«, sagte Quoyle, dessen Gedanken irgendwo zwischen den Booten unter seinem Kinn und der Jachtpolsterei trieben. »Die Frau in deiner Werkstatt, was hat die noch mal studiert?« Er hatte immer mit seinen Kindern gespielt. Das erste Mal die verlegene Lust, mit Bunny Klötzchen aufzutürmen. Er interessierte sich für Sandkuchen.

»Dawn meinst du? Mrs. Bangs hat nie einen Fuß in eine höhere Schule gesetzt, geschweige denn eine Universität. Pharologie. Die Wissenschaft von Leuchttürmen und Signallichtern. Dawn weiß Bescheid über Höhenwinkel und Lichtstärke, über Blitzfeuer, Blinkfeuer und Bojen. Kann dich damit zu Tode langweilen. Und, weißt du, sie redet den ganzen Tag davon, weil sie es aus dem Gedächtnis verliert. Kreieren oder verlieren. Und sie vergißt allmählich alles. Sagt sie selbst. Aber Jobs gibt's keine für sie, obwohl der Schiffsverkehr so stark ist, daß man nachts beinahe wachliegen und ihn über den Ozean rauschen hören kann. Interessierst du dich etwa für Dawn?« Die Tante ließ ihre Finger über die wachsige Oberfläche gleiten, befühlte sie.

»Nein«, sagte Quoyle. »Ich kenne sie nicht mal. War nur neugierig, das ist alles.«

Eine Fliege krabbelte über den Tisch, blieb stehen, um sich mit den Vorderbeinen den Mund zu wischen, kroch dann weiter, mit Hinterbeinen, die eher Kufen als beweglichen Gliedern glichen. Die Tante griff nach ihrem Lappen.

»Warum schaust du nächste Woche nicht mal in der Werkstatt vorbei? Lernst Dawn und Mavis kennen. Wir können auf einen Happen zu Skipper Will.«

»Gute Idee«, sagte Quoyle. Warf einen Blick auf Bunny, die ins Gestrüpp hinausstarrte. »Was siehst du da, Bunny?« Ihr grollender Blick.

»Wenn ich groß bin«, sagte Bunny, »wohne ich in einer roten Blockhütte und halte ein paar Schweine. Und ich werde sie nie wegen ihrem Schinken töten. Weil Schinken nämlich von Schweinen kommt, Dad. Das hat uns Beety gesagt. Und Dennis hat ein Schwein getötet, um den Schinken zu kriegen.«

»Tatsächlich?« Quoyle täuschte Erstaunen vor.

Dienstag, und Quoyle kam mit dem Artikel nicht vom Fleck. Er schob die Seite mit regenverschmierten Notizen über die Botterjacht unter seinen Papierstapel. Er war es gewöhnt, über Beschlüsse, Abstimmungen, Protokolle, Statuten, Tagesordnungen, mit politischen Verzierungen versehene Erklärungen zu berichten. Konnte das polierte Holz der *Tough Baby* nicht beschreiben. Wie sollte er die Bösartigkeit der Melvilles zu Papier bringen? Bunny ging ihm durch den Kopf. Das An-der-Tür-Kratzen in der alten Küche. Er schob seine Papiere zusammen, schaute immer wieder auf die Uhr. Wollte in die Stadt und einen Blick auf die Werkstatt der Tante werfen. Wollte mit ihr über Bunny reden. Ob da ein Problem war oder nicht. Und außerdem war der unersättliche Quoyle am Verhungern.

Ehe er den Kombi anließ, kam ihm die große Frau in den Sinn, Wavey. Er suchte mit dem Blick die Straße in beiden Richtungen ab, ob sie unterwegs war. Manchmal ging sie mittags zur Schule. Er dachte, vielleicht um im Speisesaal auszuhelfen. Sah sie nicht. Aber als er die Anhöhe erreichte und Jacks Haus in Sicht kam, war sie da, schritt aus und schlenkerte eine Segeltuchtasche. Er fuhr heran, froh, daß sie allein war, daß er auch allein war.

Um Bücher ging es: Sie arbeite zweimal in der Woche in der Schulbibliothek, sagte sie. Ihre Stimme leicht heiser. Sie saß gerade, die Füße ordentlich nebeneinander. Sie sahen einander auf die Hände, ein Beweis für den Hang der Augen zum Ringfinger; beide sahen Gold. Wußten voneinander wenigstens eines.

Schweigen, nach und nach das Meer. Ein Skiff und ein schaukelndes Dory, Männer, die sich herausbeugten, um eine Dorschfalle wieder auszusetzen. Quoyle schaute zur Seite, sah ihren blassen Mund, Hals, Augen irgendwo zwischen Flaschengrün und Erdfarben. Rauhe Hände. Nicht ganz jung; ging auf die Vierzig zu. Doch dieses Gefühl von Einklang mit etwas, was auch immer, der Zeit oder dem Ort. Er wußte es nicht, spürte es aber. Sie wandte den Kopf, ertappte ihn beim Schauen. Die Augen schnellten rasch wieder weg. Aber beide waren erfreut.

»Ich habe eine Tochter, die diesen Herbst in die erste Klasse kommt. Bunny. Sie heißt Bunny. Meine kleine Tochter heißt Sunshine, geht zu Beety Buggit, wenn ich in der Arbeit bin.« Er dachte, er müsse etwas sagen. Räusperte sich.

»Das hab' ich gehört.« Ihre Stimme so ruhig. Als redete sie mit sich selbst.

An der Einfahrt zur Schule stieg sie halb aus, murmelte etwas, das Quoyle nicht verstand, schritt dann davon. Vielleicht hieß es: Danke. Vielleicht hieß es: Schauen Sie mal auf eine Tasse Tee vorbei. Ihre Hände schwangen mit. Sie blieb einen Moment stehen, nahm ein weißes, zerknülltes Taschentuch aus ihrer Manteltasche, schneuzte sich. Immer noch saß Quoyle da. Sah zu, wie sie die Schultreppe hinauf- und durch die Tür hineinrannte. Was war mit ihm los?

Allein zu sehen, wie sie ging, eine große Frau, die meilenweit ging. Und Petal war nie gegangen, wenn sie fahren konnte. Oder liegen.

15
Die Polstererwerkstatt

Die Knoten des Polsterers sind der Halbe Stek, der Slipstek, Zwei Halbe Schläge und der Büschelknoten.

Die Werkstatt der Tante lag in der Gasse hinter der Wharf Road. Ein ockerfarbenes Holzhaus mit Holzverzierungen und schwarzen Fensterläden. Quoyle gefiel die Ladenzeile, vom Wind geschützt, doch nahe am Kai. Die Fenster diffus, altes Glas. Als er die Tür öffnete, läutete eine Glocke. Die Tante, die einen Kordelsaum an einem ausgestopften Polster anbrachte, schaute auf. Die gekrümmte Nadel blieb mitten im Musselin stecken.

»Da bist du ja«, sagte sie. Blickte um sich, als würde sie die Werkstatt selbst zum erstenmal sehen.

An einer Nähmaschine saß eine Frau mit Emily-Dickinson-Frisur, über den Ohren gekringeltes und durch einen breiten Scheitel symmetrisch geteiltes Haar. Die klappernde Nadel wurde langsamer, der Musselin glitt über den Tisch. Die Frau lächelte Quoyle zu, zeigte zwischen violetten Lippen vollkommene Zähne, dann verblaßte ihr Lächeln, Traurigkeit legte sich über ihr Gesicht, von den Brauen zum Mund. An ihrer Kehle kräuselte sich ein Jabot.

»Mrs. Mavis Bangs«, sagte die Tante wie ein Zeremonienmeister.

An einem anderen Tisch eine junge Frau mit einem Helm aus dichten braunen Locken, die großzügig mit der Schere Leder schnitt.

»Und Dawn Budgel«, sagte die Tante. Die Frau, gespannt vor Konzentration, sah nicht auf und hörte nicht zu schneiden auf. Es roch nach Leder, Färber, Kleister und Parfüm. Das Parfüm kam von Mrs. Bangs, deren Hände jetzt verschränkt waren, die Quoyle anstarrte. Seine Hand fuhr an sein Kinn.

»Tja, das ist alles«, sagte die Tante. »Bis jetzt sind nur die zwei Nähplätze und ein Schneidetisch aufgestellt, aber da das Geschäft erst im Aufbau ist, hoffe ich auf sechs Nähmaschinen und zwei Schneidetische. Soviel hatte ich unten in Long Island. Nächste Woche kommt ein Segelkutter herauf, der unter Deck wie eine Jacht ist – wurde an der Westküste der Staaten als Lachsfangketsch gebaut, gehört aber jetzt einem Kerl in St. John's. In den letzten zwei Jahren hab' ich einige gewerbsmäßige Segelfischkutter gesehen. Sind billig zu unterhalten, heißt es. Das berufsmäßige Segeln kommt wieder in Mode. Wie ich mir das wünsche.

Dawn schneidet gerade die Stuhllehnen für den Speisesaal auf der Jacht der Melvilles zu. Dieses Blau paßt zu den Augen von Mrs. Melville. Sie hat es unten in New York eigens färben lassen. Und Mavis näht das Futter zusammen, das über den Schaumgummi kommt. Dawn, das ist mein Neffe, von dem ich Ihnen erzählt habe. Arbeitet bei der Zeitung. Wir laufen nur rasch zu Skipper Will rüber und essen was. Dawn, wenn Sie fertig sind, dann könnten Sie die andere Maschine mit dem blauen einfädeln. Sie hat auch den Faden einfärben lassen.«

Die Tante klapperte auf ihren schwarzen Absätzen durch die Tür, und Quoyle, der sie nur langsam hinter ihr schloß, hörte Mrs. Bangs zu Dawn sagen: »Nicht, was Sie gedacht haben, wie?«

Aus Skipper Wills Abzugsventilator kam ein Schwall aus heißem Öl und Angebranntem. Drinnen war der Mief noch schlimmer, Fischer in blutigem Ölzeug und Stiefeln hockten bei Pommes und Dorsch, tranken mit lose herunterbaumelndem Seezeug aus ihren Tassen. In der Wolke aus der Friteuse löste sich Zigarettenrauch auf. Die Bedienung brüllte Richtung Küche. Quoyle konnte sehen, wie Skipper Wills schmuddelige Schürze hin und her wogte wie Eis im Anbranden der See.

»Na, Agnis, Mädel, was soll's heut sein?« Die Bedienung strahlte die Tante an.

»Ich nehm' den gedünsteten Dorsch, Pearl. 'ne Tasse Tee natürlich. Das ist mein Neffe, arbeitet für die Zeitung.«

»Ach ja, hab' ihn schon gesehn. War neulich mit Billy da. Hatte den Kalmarburger.«

»Genau«, sage Quoyle. »Köstlich.«

»Skipper Will, wiss'n Se, der hat den Kalmarburger erfunden. Wolln Se 'n heut auch?«

»Ja«, sagte Quoyle. »Warum nicht? Und Tee. Mit Sahne.« Er hatte seine Erfahrung mit dem Kaffee des Skippers, eine schwache, aber herbe Brühe mit einem Beigeschmack nach Kabeljau.

Quoyle faltete seine Serviette zu einem Fächer, faltete sie wieder auf und machte immer kleiner werdende Dreiecke daraus. Er sah die Tante an.

»Möchte dich was fragen, Tante. Wegen Bunny.« Gestählt für das Gespräch. Petal hatte hundertmal gesagt, Bunny sei ein »komisches Kind«. Er hatte es abgestritten. Aber sie war tatsächlich anders. Etwas war nicht in Ordnung. Sie war wie ein Wasserkessel, der ständig vor sich hin siedete, dann wieder lautstark brodelte, ehe der Topf austrocknete und sprang, oder manchmal kalt mit einer Haut aus Mineralblumen obenauf.

»Hältst du sie für normal, Tante?«

Die Tante blies ihren Tee, sah Quoyle an. Vorsichtige Miene. Sah Quoyle scharf an, als wäre er eine neue Sorte Leder, die sie vielleicht kaufen würde.

»Diese bösen Träume. Und ihre Launen. Und –« Er hielt inne. Drückte sich ungeschickt aus.

»Also«, sagte die Tante. »Überleg doch mal, was passiert ist. Sie hat Familienangehörige verloren. Ist an einen fremden Ort gezogen. Das alte Haus. Neue Leute. Ihre Großeltern, ihre Mutter. Ich bin mir nicht sicher, ob sie begreift, was passiert ist. Manchmal sagt sie, sie wären immer noch in New York. Die Dinge stehen für sie kopf. Ich glaube, das trifft auf uns alle zu.«

»Stimmt ja alles«, sagte Quoyle und trank gierig seinen Tee, »aber da ist« – seine Gedärme rumpelten wie ein Zug –, »da ist noch etwas anderes. Ich weiß nicht, wie ich es ausdrücken soll, aber das meine ich.« Die Bezeichnung »Persönlichkeitsstörung« – die Bezeichnung der Kindergärtnerin in Mockingburg, wenn Bunny andere Kinder schubste und die Kreidestifte raffte.

»Gib mir ein Beispiel, was du meinst.«

Eine trübe Wolke senkte sich auf Quoyle. »Na ja, Bunny gefällt die Farbe des Hauses nicht. Dieses dunkle Grün.« Das klang idiotisch. Was in der Küche passiert war, zählte. Über den Rest konnte er wegsehen. Der gedünstete Kabeljau und der Kalmarburger kamen. Quoyle biß in den Kalmarburger wie in Handgelenkfesseln.

»Einmal die Alpträume. Und wie sie wegen nichts und wieder nichts schreit und zetert. Mit sechs, sechseinhalb sollte ein Kind sich nicht so aufführen. Weißt du noch, wie sie glaubte, einen Hund gesehen zu haben, als wir zum erstenmal zu dem Haus kamen? Stocksteif aus lauter Angst vor einem weißen Hund mit roten Augen? Wie wir suchten und suchten und weder Spur noch Fährte fanden?« Quoyles Stimme wurde rauher. Er hätte alles gegeben, um weit weg zu sein. Machte dennoch weiter.

»Ja, natürlich weiß ich das noch.« Die Gabel, die auf dem Teller der Tante dahinscharrte, Küchenhitze, Messergeklapper, anschwellendes Lachen. »Vor ein paar Wochen gab es noch ein Abenteuer mit einem weißen Hund. Du kennst den kleinen weißen Stein, den ich in meinem Felsgarten hatte? Wenn man ihn anblinzelte, sah er wie ein Hundekopf aus? Sie kam angerannt, hämmerte an die Tür, brüllte sich die Seele aus dem Leib. Ich dachte, es wäre was Schreckliches passiert. Brachte sie nicht dazu, daß sie mit dem Brüllen aufhört und mir erzählt, was los ist. Schließlich streckt sie die Hand aus. An einem Finger hat sie einen winzigen Schnitt, vielleicht einen halben Zentimeter lang. Ein Tropfen Blut. Ich machte ein Pflaster drüber, und sie beruhigte sich. Wollte nicht sagen, wie sie zu dem Schnitt gekommen ist. Aber ein paar Tage später sagt sie mir, daß sie den ›Stein mit dem Hundegesicht‹ weggeworfen hat und er sie gebissen hat. Sie sagt, das an ihrem Finger sei ein Hundebiß gewesen.«

Die Tante lachte, um zu zeigen, daß man sich darüber nicht aufzuregen brauchte.

»Das meine ich ja. Sie bildet sich diese Sachen ein.« Quoyle hatte den Kalmarburger verschlungen. Er war gesättigt. Die Tante machte nichts aus etwas, schweifte von Dingen ab, die gesagt werden mußten. Die Leute hinter ihnen lauschten. Er spürte ihre Aufmerksamkeit. Flüsterte. »Schau, ich mach' mir Sorgen. Wirklich. Sogar ernste Sorgen. Am Samstag morgen, als du dein Paket abholen gefahren bist? Wir kamen gerade zum Mittagessen rein. Sunshine mühte sich mit ihren Stiefeln ab – du weißt ja, daß sie sich ihre Stiefel selber ausziehen will. Bunny holte die Schachtel mit den Crackern für die Suppe raus, sie machte die Schachtel auf, und das Wachspapier innen raschelte, als sie mit einemmal innehält. Sie starrt zur Tür. Sie fängt zu weinen an. Tante, ich schwör' dir, sie hatte Todesangst. Sie sagt: ›Daddy, der Hund kratzt an der Tür. Schließ die Tür ab!‹ Dann fängt sie zu brüllen an. Sunshine sitzt mit einem Stiefel in den Händen da, hält den Atem an. Ich hätte die Tür aufmachen sollen, um ihr zu zeigen, daß nichts da war, aber statt dessen schloß ich sie ab. Weißt du, warum? Weil ich befürchtete, es könnte tatsächlich was da sein. So stark war die Kraft ihrer Angst.«

»Tss«, machte die Tante.

»Ja«, sagte Quoyle. »Und sobald ich die Tür abschloß, hörte Bunny zu brüllen auf, nahm die Schachtel mit den Crackern und nahm zwei Cracker raus. Kalt wie ein Eiszapfen. Jetzt sag bloß, das ist normal. Das möchte ich mal hören. Wie die Dinge liegen, frage ich mich, ob sie nicht zum Kinderpsychologen sollte. Oder zu irgend jemand.«

»Weißt du, Neffe, das würde ich nicht übereilen. Ich würde ihr ein bißchen Zeit lassen. Es gibt ja noch andere Möglichkeiten. Worauf ich hinauswill, ist, daß sie vielleicht auf eine Art sensibel ist wie sonst keiner von uns. Für Dinge empfänglich ist, die wir nicht mitkriegen. Solche Menschen gibt's.« Blickte Quoyle von der Seite an, um zu sehen, wie er es aufnahm. Daß seine Tochter womöglich Dinge hinter der unverrückbaren Realität wahrnahm.

Aber Quoyle glaubte nicht an eine Veranlagung fürs Absonderliche. Befürchtete, daß der Verlust, die Erbärmlichkeit der Kindheit, seine Unfähigkeit, ihr genug Liebe entgegenzubringen, Bunny geschadet hatten.

»Warum wartest du nicht einfach ab, Neffe. Schaust, wie es weitergeht. Im September kommt sie in die Schule. Drei Monate sind für ein Kind eine lange Zeit. Ich gebe dir recht, daß sie anders ist, man könnte sagen, daß sie mitunter ein wenig sonderbar ist, aber weißt du, wir sind alle anders, auch wenn wir es nicht zugeben. Im Innern sind wir alle sonderbar. Wenn wir erwachsen werden, lernen wir, unsere Andersartigkeit zu verstecken. Bunny ist noch nicht soweit.«

Quoyle atmete aus, schob sich die Hand übers Kinn. Ein Gefühl, daß sie überhaupt nicht von Bunny sprachen. Aber von wem dann? Das Gespräch löste sich auf wie Nebel in der Sonne.

Die Tante aß ihren Fisch, ein Grätengewirr am Rand ihres Tellers, das die Bedienung die Nagelschnipsel des Teufels nannte.

Gingen in die Werkstatt zurück. Als sie auf dem Gehsteig näher kamen, sah er durch das Schaufenster den Scheitel in Mrs. Bangs schwarzem Haar, die sich über einen Stuhlsitz beugte und mit einem Brechbeitel Heftklammern herauszog.

»Also«, sagte die Tante. »Gut, daß wir über die Sache geredet haben. Es ist zwar schade, aber ich muß heute abend länger bleiben. Wir müssen die Bänke abziehen. Wir müssen mit dem ganzen Kram bis nächsten Dienstag fertig werden, fix und fertig. Wenn du die Mädchen abholen würdest. Und mach dir keine Sorgen wegen Bunny. Sie ist noch ein kleines Mädchen.«

Aber das hatte Guy nicht abgehalten. Beim erstenmal war sie in Bunnys Alter gewesen.

»Ja«, sagte Quoyle, von ein paar Sekunden des Glücks hin und her gerissen. Na schön, er würde abwarten. Passieren konnte alles mögliche. »Ißt du in der Stadt zu Abend oder sollen wir was für dich vorbereiten?«

»Ach, ich nehme hier einen Happen zu mir. Mach du nur. Du mußt Milch kaufen und Eis für die Kühlbox. Und reg dich nicht auf wegen nichts und wieder nichts.«

»Tu' ich nicht«, sagte Quoyle, »ade.« Beugte sich zur weichen Wange der Tante, die schwach nach Avocadoölseife duftete. Sie meinte es gut. Wußte aber nichts über Kinder und die Angst, die sie litten.

16
Beetys Küche

»Die Knoten, die von einer Hausfrau gebraucht werden können, sind so mannigfaltig, daß die Bedürfnisse nicht spezieller Art sind und somit unter den allgemeinen Gruppen die gesuchten Knoten gefunden werden.«

DAS ASHLEY-BUCH DER KNOTEN

Ein schöner Teil von Quoyles Tag kam, wenn er bei Dennis und Beety seine Töchter abholte. Sein Anteil am Leben wirkte reicher, er wurde mehr zum Vater, konnte gleichzeitig echte Gefühle zeigen, die oft Sehnsucht waren.

Der Hügel, der sich zum Wasser neigte, die hochragenden Zaunlatten und dann Dennis' aquamarinblaues Haus mit einem Aussichtsfenster zur Straße hin. Quoyle zog Stifte aus seinem Hemd, legte sie aufs Armaturenbrett, ehe er hineinging. Denn Stifte störten. Hinter der Tür lag gleich die Küche. Quoyle stieg um Kinder herum und über sie weg. Im Wohnzimmer, unter einem getönten Foto von zwei Frauen, die sich zwischen Farnen rekelten, lümmelte Dennis auf Sofapolstern mit Leopardenmuster, sah sich die Fischereinachrichten an. Zu beiden Seiten Häkelkissen in Regenbogen- und Karomustern. ZIMMERMANN ZU HAUSE.

Das Haus war heiß, roch nach Brotbacken. Aber Quoyle liebte diese erstickende Hefehitze, das Geschnatter und Kindergeschrei über dem Fernsehlärm. Manchmal lasierten Tränen die Szenerie, er fühlte sich, als wären Dennis und Beety seine heimlichen Eltern, obwohl Dennis in seinem Alter war und Beety jünger.

Dennis sah kaum vom Bildschirm auf, rief aber in die Küche: »Mach uns einen Tee, Mutter.«

Der Wasserhahn ergoß sich in den Kessel. Ein kleinerer Kessel dampfte auf dem weißen Herd. Beety fegte mit der Handkante über den Küchentisch, legte einen Laib Brot heraus. Winnie, das älteste Buggit-Kind, holte einen Stapel Teller. Als Quoyle sich hinsetzte, warf Bunny sich ihm in die Arme, als käme er gerade von einer langen, gefahrvollen Seereise zurück, umarmte ihn, rammte ihren Kopf gegen ihn. Bei ihr stimmte alles. Alles. Sunshine spielte mit Murchie Buggit Spinne, ihre Arme krochen seinen Arm hinauf, sie sagte: Kille, Kille.

Die Kinder im Schoß, saß Quoyle am Küchentisch; aß Brot und gelbe Schellbeerenmarmelade, nickte, hörte zu. Dennis erzählte bedächtig von den Neuigkeiten des Tages, Beety bot verrückte Geschichten, die ineinander übergingen, ohne jemals zu enden.

Das Tischtuch war mit einem Muster aus Trompeten und Seifenblasen bedruckt. Dennis sagte, er sei empört; sein Kumpel Carl sei an der Straße oben nach Bone Hill in eine Baugrube gefahren. Er habe sich fast den Hals gebrochenen und liege im Krankenhaus. Beety stellte Untertassen mit Dosenaprikosen vor die Kinder. Bunny hob ihren Löffel, legte ihn wieder hin.

»Sieht so aus, als wär' er gezeichnet. Er ist der, der vor acht, neun Jahren einen Schrecken bekam. Daß seine Haare binnen eines Monats weiß wurden. Er war nämlich beim Fischen draußen, mit seinem Bruder in der Nähe des Kessels, und sieht dieses schlaffe, alte Ding im Wasser liegen. Dachte, es wär' ein Geisternetz, weißt du, eins, das sich losgerissen hat und an die Oberfläche gekommen is'. Also fahren sie hin, er stochert mit seinem Haken dran rum, und, guter Gott am Morgen, da kommt dieser riesengroße Fangarm aus dem Wasser« – Dennis hielt seinen Arm über den Kopf, die Hand gekrümmt und bedrohlich – »und packt ihn. Wickelt sich um seinen Arm. Er sagt, so was Starkes hat man noch nie erlebt. Tja, zum Glück für ihn war er nicht allein. Sein Bruder schnappt sich das Messer, das er zum Kabeljauschneiden benutzt und beginnt, an dem klammernden Fangarm herumzusäbeln, alles Muskeln, und die Saugnäpfe klebten so eng, daß fürchterliche Male zurückblieben. Aber er schnitt ihn durch und setzte den Motor in Gang, während ihm das Herz fast aus dem Leib sprang, weil er jeden Augenblick damit rechnete, daß die anderen Fangarme auf seiner Schulter landeten. Sie kamen da raus. Die Universität zahlte ihnen Geld für den abgeschnittenen Fangarm. Und jetzt bricht er sich fast den Hals, weil er in einen Straßengraben fährt. Was soll das bloß!«

Bunny stand auf und wisperte Beety etwas zu, holte den Schinken aus dem Kühlschrank, um ihn Quoyle zu zeigen. Der berühmte Schinken von dem Schwein, das Dennis getötet hatte. Quoyle sperrte die Augen auf und zog die Brauen hoch, um Bunny zu zeigen, daß er tief beeindruckt war. Hörte aber Dennis zu.

»Von Dad habe ich nie was übers Fischen gelernt. Er liebt das Fischen – aber er liebt es für sich allein. Er versuchte, mich davon abzuhalten, versuchte, uns alle vom Wasser fernzuhalten. Es hatte bloß die Wirkung, daß Jesson sich Onkel Gordons Leuten anschloß und ich dauernd auf dem Wasser sein wollte. Ach, Zimmermann wollte ich zwar schon werden, das ja, aber fischen wollte ich auch«, fuhr er verträumt fort. »Is' schon das Richtige. Es hat was, was sich nicht beschreiben läßt, so, als würdest du, jedesmal wenn du das Netz hochziehst, ein Geschenk auspacken. Du weißt nie, was drin ist, ob es dich reich macht oder ob du eine Strafe dafür blechen mußt, Seeskorpione oder Kleinhaie. Ich wollte also fischen. Weil die Buggits alle Wasserratten sind, weißt du. Alle von uns. Sogar die Mädels. Marge ist Segellehrerin in Ontario. Eva ist Organisationschefin auf einem Kreuzfahrtschiff. Ach, uns kannst du nicht von Booten fernhalten. Aber Dad hat's bis zum Gehtnichtmehr probiert.«

»Er hatte Angst um euch.«

»Ja, das auch. Und es ist, als wüßte er was, als wüßte er was über die Buggits und die See. Dad hat die Gabe. Er wußte es, als Jessons Boot unterging, genauso wie er wußte, wo er mich zu suchen hatte, als die *Polar Grinder* havarierte. Die Zeit mit dem armen Jesson werd' ich nie vergessen. Weißt du, Jesson war Mamas Liebling. War's immer, vom Tag seiner Geburt an.«

Quoyle wußte, wie das war.

»Ganz plötzlich stand Dad vom Tisch auf. Er hatte dort neben dem Kurzwellensender gesessen, wir hatten alle dort gesessen, und er sagte: ›Jesson ist nicht mehr unter uns‹, und ging über die Straße in seine Werkstatt – wo jetzt das Büro vom *Gammy Bird* ist – und blieb dort die ganze Nacht allein. In der Nacht gab's Nordlichter, so schön, daß man's kaum glauben konnte, die farbigen Streifen schossen daher, es war wie Spinnweben. Und am Morgen, da waren diese, na ja, diese Silberfäden auf allem, Takelagen, Häusern, Telefonleitungen. Mußten von den Nordlichtern stammen. Und Mutter sagte, es wär' Jessons Werk, als er seinen irdischen Leib verließ.«

»Nach Jesson fing er mit der Zeitung an, stimmt's?«

»So ungefähr. Aber weißt du, Dad leitet den *Gammy Bird* gar nicht richtig, das macht Tert Card. Die Zeitung gibt's zwar, weißt du, und er hat sie gegründet, er entscheidet mehr oder weniger, was reinkommt. Aber er ruft an, denkt sich irgendeine Geschichte aus, daß er krank ist, und geht fischen. Alle wissen, was er macht.«

»Oh, er leitet sie schon«, sagte Quoyle. »Tert Card tanzt nach seiner Pfeife, glaube ich.«

»Iß deine Aprikosen, Bunny«, sagte Beety, die die leeren Untertassen einsammelte.

Aber Bunny flüsterte Quoyle ins Ohr. »Aprikosen sehen aus wie winzig kleine Hintern, Dad. Kleine Feenhintern. Die will ich nicht essen.« Und schniefte.

Während Dennis redete, kam ein kleiner, verhutzelter Mann durch die Tür, lehnte sich an den Türstock. Er sah aus wie ein Stück Treibholz, außer seinem lila Gesicht. Trug ein Hemd mit pfannkuchengroßen Hibiskusblüten darauf. Beety gab ihm einen Becher Tee, schmierte Margarine auf ein Brot, das der alte Mann mit einem Bissen verschlang.

»Alfred!« sagte Dennis. »Skipper Alfred, komm rein und setz dich. Das hier ist Quoyle, arbeitet bei der Zeitung. Kommt mit Agnis Hamm zurück zu dem alten Haus auf Quoyle's Point.«

»Tja«, sagte der alte Mann. »Ich erinner' mich noch an die Quoyles und ihre Schwierigkeiten. Das war ein wilder Haufen. In den alten Tagen, da sagten die Leute, die Quoyles hätten ein'n Mann bei sein'n Ohren an ein'n Baum genagelt, ihm die Nase abgeschnitten, damit der Blutgeruch die Mücken und Fliegen anzog, die ihn bei lebendigem Leib auffraßen. Sind jetzt alle fort außer dem Alten, Nolan, unten in Capsize Cove. Ich hab' nie gedacht, daß einer von den andern wiederkommen würd', und jetzt sind vier von ihn'n da, auch wenn eine 'ne Hamm is' und die anderen drei nie zuvor ein'n Fuß auf die Insel Neufundland gesetzt hatten. Aber besuchen will ich eigentlich das Zimmermannsmädel.«

Dennis zeigte auf Bunny.

»Aha, du bist also das Mädel, das mit sein'm klein'n Hammer aufs Dach wollte.«

»Ich wollte Daddy helfen«, wisperte Bunny.

»Ganz recht. 's gibt heutzutage nur wenige, die ihr'm Vater helfen, ob Bub oder Mädel. Drum hab' ich dir 'ne Kleinigkeit zur Ermutigung gebracht.« Er reichte Bunny ein kleines Winkelmaß aus Messing; die Markierungen waren abgegriffen, aber noch sichtbar.

»Du denkst dir im stillen wahrscheinlich: ›Was ist das fürn Ding?‹ Tja, die Sache ist ganz einfach. Das hilft dir, gerade Linien und gerade Schnitte zu machen. Mit dem da, 'ner Säge, 'nem Hammer, ein paar Nägeln und 'nem Stück Holz kannst du tausenderlei kleine Dinge machen. Ich hab's gehabt, als ich in dein'm Alter war, und als erstes hab' ich eine Kiste mit ein'm Deckel gemacht, sechs Teile und zwei Stück Leder als Scharniere. War ich nich' ein stolzer Kerl?«

»Was sagst du, Bunny?« zischte Quoyle.

»Ich will eine Kiste mit einem Deckel und zwei Stück Scharnieren machen.«

Alle außer Quoyle lachten; der sah Bunny an, die vor Scham rot anlief.

»Dann«, sagte Quoyle, »bedanken wir uns bei Skipper Alfred für das schöne Winkelmaß und machen uns auf den Nachhauseweg, wenn wir noch Zeit für ein bißchen Zimmern nach dem Essen haben wollen.« Hatte sie gehört, was er über den Mann gesagt hatte, der an einen Baum genagelt worden war?

Und im Auto hieß er Bunny das Winkelmaß auf den Boden legen, für den Fall, daß ihnen ein verhängnisvoller Straßengraben unterkam.

17
Die Schiffsmeldungen

»Bootsvetter: ein beliebter Mensch an Bord ...«
SEEMANNSLEXIKON

Fotos von der Botterjacht auf seinem Schreibtisch. Dunkel, aber gut genug für den Druck, gut genug, um die bedrohliche Stärke des Schiffs zu zeigen. Quoyle stellte eines vor sich auf und spannte ein Blatt Papier in die Schreibmaschine. Jetzt hatte er es.

KILLER-JACHT IN KILLICK-CLAW

Diese Woche legte im Hafen von Killick-Claw ein mächtiges Schiff an, das vor fünfzig Jahren für Hitler gebaut wurde. Hitler hat nie einen Fuß auf die luxuriöse Botterjacht *Tough Baby* gesetzt, aber etwas von seiner bösen Macht scheint ihr innezuwohnen. Die gegenwärtigen Eigner, Silver und Bayonet Melville aus Long Island, beschrieben, wie das Schiff kürzlich beim Hurrikan Bob unter den Sportbooten und den exklusiven Strandhäusern in White Crow Harbor, Maine, wütete. »Sie machte siebzehn Boote zu Kleinholz, zermalmte zwölf Strandhäuser und Stege absolut zu Schrott«, berichtete Melville.

Die Worte sprudelten so schnell hervor, wie er tippen konnte. Er hatte das Gefühl, gut zu schreiben. Der Artikel ließ den Stolz der Melvilles auf die zerstörerische Kraft des Schiffes erkennen. Um elf Uhr legte er die fertige Geschichte Tert Card auf den Schreibtisch. Card zählte Wellen, blätterte in Wünschen.

»Das gehört zu den Schiffsmeldungen. Profil eines Bootes vor Anker.«

»Jack hat mir nichts von einem Profil gesagt. Hat er dir

gesagt, daß du's machen sollst?« Seine Weichteile zeichneten sich unter seiner Polyesterhose ab.

»Es ist ein Extra. Ein ziemlich interessantes Boot.«

»Nimm's rein, Tert.« Billy Pretty in der Ecke beim Runterrattern der Klatschspalte.

»Was ist mit dem Geländefahrzeugunfall? Wo ist der?«

»Den habe ich nicht gemacht«, sagte Quoyle. »War kein großer Unfall. Mrs. Diddolote hat sich das Handgelenk verrenkt. Punkt.«

Tert Card machte große Augen. »Du hast was nicht gemacht, was Jack dir angeschafft hat, und was gemacht, wovon er gar nichts weiß. Was soll's, natürlich bringen wir sie einfach. Ist genau das richtige. Ich hab' Jack schon lang nicht mehr fuchsteufelswild erlebt. Nicht mehr, seit sein Fischerstiefel auf die Kochplatte fiel und verbrutzelte. Ich sag' dir was: Laß lieber deinen Motor laufen, wenn du morgen früh reinkommst.«

Was habe ich nur getan, dachte Quoyle.

»Laß dir wegen Edith Diddolote keine grauen Haare wachsen. Die is' mit ihrem verrenkten Handgelenk und ihren giftigen Bemerkungen im Geschnetzelten.« Billys Seemannspullover mit Rautenmuster an den Armbündchen in Auflösung. Die blauen Augen noch immer erschrocken.

»Verdammte Scheiße, wird aber auch Zeit, daß du kommst. Billy ist in der Klinik oben und läßt sich die Prostata nachsehen, und Jack ist auf dem Weg hier runter. Er will dich sprechen.«

Tert Card klappte ein druckfrisches Exemplar des *Gammy Bird* auf. Schoß schwarze Blicke aus seinen glühenden Augen. Nutbeem an seinem Schreibtisch zündete sich die Pfeife an. Der Rauch stieg in weißen Kugeln auf. Vor dem Fenster Nebel und ein tosender Wind, der ihn nicht wegtragen konnte.

»Warum?« fragte Quoyle argwöhnisch. »Wegen des Artikels?«

»Jawoll. Er will dir wahrscheinlich die Gedärme rausreißen wegen dem Artikel über die Hitler-Jacht«, sagte Tert Card.

»Er mag keine Überraschungen. Hättest dich an das halten sollen, was er dir angeschafft hat.«

Das Röhren des Lkw-Motors, das Knallen der Tür; Quoyle fing an zu schwitzen und verkrampfte sich. Es ist doch bloß Jack Buggit, dachte er. Nur der fürchterliche Jack Buggit mit seiner blutigen Knute und den heißen Eisen. REPORTER ZU TODE GEPRÜGELT. Sein Ärmel verfing sich an dem Kasten mit Papier und Notizen auf seinem Schreibtisch; überall Papier. Nutbeems Pfeife zuckte zwischen seinen Zähnen, ein brennender Tabakkrümel kippte heraus, als er die Telefonschnur aufzwirbelte, indem er den Hörer nach unten hängen und sich drehen ließ. Schaute weg.

Jack Buggit stolzierte herein, die gelben Augen sprangen im Raum herum, blieben auf Quoyle haften. Er hob blitzschnell die Hand über den Kopf, als finge er eine Fliege, und verschwand hinter seiner Glastrennwand. Quoyle folgte ihm.

»Also schön«, sagte Buggit. »Die Sache steht so. Dieser kleine Artikel, den du geschrieben hast und ans Ende der Schiffsmeldungen gehängt hast –«

»Ich dachte, ich peppe die Schiffsmeldungen ein bißchen auf, Mr. Buggit«, sagte Quoyle. »Ein ausgefallenes Boot im Hafen und –«

»Jack«, sagte Buggit.

»Ich muß auch nicht noch mal einen schreiben. Ich dachte bloß...« REPORTER LECKT HERAUSGEBER DIE STIEFEL

»Du hörst dich an, als würdest du mit einem löcherigen Netz fischen, verschießt fast dein ganzes Pulver mit Ähs und Hms.« Starrte Quoyle an, der mit hängenden Schultern dasaß und die Hand übers Kinn legte.

»Hab' gestern abend wegen dem Hitler-Boot vier Anrufe gekriegt. Is' bei den Leuten gut angekommen. Mrs. Buggit hat's gefallen. Ich bin runtergefahren, um's mir selber anzusehen, und es war 'ne ganz schöne Versammlung auf dem Pier, alle haben sie in Augenschein genommen. 'türlich verstehst du nichts von Booten, aber auch das is' unterhaltsam. Also mach weiter damit. Genau solche Sachen will ich. Ich will, daß du von jetzt an eine Kolumne schreibst, klar? Die Schiffsmeldungen. Eine Kolumne über ein Schiff im Hafen.

Klar? Jede Woche eine Geschichte über ein Boot. Das werden sie fressen. Nicht nur in Killick-Claw. Die ganze Küste rauf und runter. Eine Kolumne. Such dir ein Boot und schreib drüber. Egal, ob's ein Longliner oder ein Kreuzfahrtschiff ist. Das ist alles. Wir bestellen dir einen Computer. Sag Tert Card, daß ich ihn sprechen will.«

War aber nicht nötig, es Tert Card zu sagen, der alles durch die Trennwand hörte. Quoyle ging an seinen Schreibtisch zurück. Er fühlte sich leicht und heiß. Nutbeem drückte beide Hände über dem Kopf zusammen und schüttelte sie. Seine Pfeife zuckte. Quoyle spannte Papier in die Schreibmaschine, tippte aber nichts. Sechsunddreißig Jahre alt, und zum erstenmal hatte jemand gesagt, daß er etwas richtig gemacht hatte.

Nebel am Fenster wie Milch.

18
Hummerpastete

»Der Hummerbojenstek ... sei besonders gut, um Holz anzubinden.«

DAS ASHLEY-BUCH DER KNOTEN

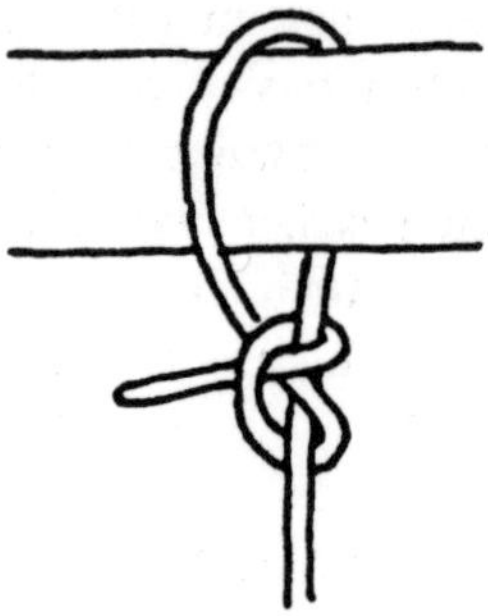

Der Junge auf dem Rücksitz hatte viel zu sagen – mit breiten verwaschenen Vokalen, die nur seine Mutter verstand. Quoyle bekam jedoch den Sinn mit; durch Herrys Gebrabbel liefen Abenteuer, eine Art ungestümer Überschwang bei Dingen wie einem blauen Faden auf seinem Pulloverärmel, dem Trommeln ockerfarbenen Regens in Pfützen, einem Keks in einem Stück Papier. Alles Helle. Die orangeroten Handschuhe der Fischer. Er hatte einen ausgeprägten Farbsinn.

»Anschuh! Anschuh!«

Oder die blauen Iris in Mrs. Buggits Garten.

»Umen!«

»Alles in Ordnung mit seinem Sehvermögen«, sagte Quoyle.

Hier hatte Wavey mit einemmal ein Thema. Down-Syndrom, sagte sie, und sie wolle, daß der Junge es gut habe im Leben. Sei nicht seine Schuld. Solle nicht in einem Hinterzimmer weggesperrt werden oder wie in früheren Zeiten sich selbst überlassen auf der Straße herumlaufen. Man könne was tun. Die Küste entlang gebe es noch mehr Kinder. Sie habe sich nach weiteren Kindern erkundigt, sie gefunden, die Eltern aufgesucht – ihr Bruder Ken habe sie in seinem Laster gefahren. Erklärte, daß man was tun könne. »Diese Kinder können lernen, können unterrichtet werden«, sagte sie.

Eifrig. Eine klingende Stimme. Hier war Wavey Feuer und Flamme. Hatte durch die Bezirksbibliothek Bücher über den Zustand angefordert. Die Elterngruppe ins Leben gerufen. Spezialisten aus St. John's seien zu Vorträgen raufgekommen. Um zu sagen, was man tun könne. Abgelehnte Kinder. Habe eine Petition aufgesetzt, Versammlungen einberufen, ach, sagte sie, sie hätte Briefe geschrieben, darin um Sonderschulunterricht gebeten. Und ihn bekommen. Ein dreijähriges Mädchen in No Name Cove habe nie laufen gelernt. Konnte es aber lernen, lernte es. Verlorene Kinder retten, ihnen Möglichkeiten zeigen, das Leben in die Hand zu nehmen. Sie preßte die Hände zusammen, zeigte ihm, daß alle Lebenden sich an Möglichkeiten klammern konnten.

Was noch, dachte er, konnte diese Hitze schüren?

Sie bat Quoyle, sie zur Bücherei zu fahren. Sei nur Freitag und Dienstag nachmittags geöffnet. »Sehen Sie, Ken fährt mich, wenn er kann, aber er ist jetzt beim Fischen. Und mir fehlen meine Bücher. Ich bin eine Leseratte. Und ich lese Herry vor, lese ihm einfach dauernd vor. Und hole welche für Dad. Was er mag. Bergsteigen, Abenteuerreisen, Fahrten nach Labrador.«

Quoyle machte sich am Freitag morgen fertig, zog sein gutes Hemd an. Putzte seine Schuhe. Wollte nicht aufgeregt sein. Meine Güte, jemanden zur Bücherei fahren. War es aber.

Die Bücherei war ein renoviertes altes Haus. Quadratische Räume, die Tapeten übermalt in kräftigem Pistazie, Melone. Selbstgezimmerte Regale an den Wänden, bemalte Tische.

»Es gibt ein Zimmer für Kinder«, sagte Wavey. »Vielleicht wollen Ihre Mädels ein paar Bücher. Sunshine und Bunny.« Sie sagte ihre Namen zögernd. Ihr Haar gekämmt und geflochten; ein graues Kleid mit Spitzenkragen. Herry bereits an den Regalen, zog an Buchrücken, klappte Buchdeckel auf, tauchte in wilde Phantasien.

Quoyle fühlte sich vier Meter breit, wie ein unbeholfenes angestochenes Schwein, und wohin er sich auch wandte, blieb sein Pullover an einem vorstehenden Buch hängen. Er warf Humoristen um, Mörder, Country-Musiker, salbadernde Ärzte, fing sie in der Luft auf oder gar nicht. Törichter Quoyle, errötend, in einer winzigen Bücherei an einer Küste im Norden. Fand aber in die Reiseabteilung und entdeckte Erics Newby und Hansen, entdeckte Redmond O'Hanlon und Wilfrid Thesiger. Nahm einen Armvoll.

Sie fuhren über Beetys Küche zurück, um die Mädchen abzuholen. Die Wavey nicht kannten.

Eine förmliche Vorstellung. »Und das ist Herry Prowse. Und das ist Wavey. Herrys Mutter.« Wavey drehte sich um und schüttelte ihnen die Hände. Und Herry schüttelte allen die Hand, Quoyle, seiner Mutter, beide Hände auf einmal. Seine Finger, Handflächen, so heiß wie Hundepfoten.

»Freut mich«, sagte Wavey. »Ja, freut mich, meine Lieben.«

Fuhr vor Waveys Haus vor mit dem Versprechen von Tee und Kuchen. Sunshine und Bunny balgten sich im Kombi, um den Hof nebenan zu sehen, die Menagerie aus bemalten Hunden und Gockeln, silbernen Gänsen und gefleckten Katzen, einem Holzmann mit einer karierten Hose, der eine Holzfrau an der Hand hielt. Ein gelbes Dory als Wetterfahne.

Dann erspähte Bunny den Sperrholzhund mit seinem Halsband aus Kronkorken. Offenes Maul, Reißzähne zwischen den Lippen, die Nase im Wind.

»Dad.« Sie packte Quoyle am Kragen. »Da ist ein weißer Hund.« Wimmerte. Quoyle hörte sie schnaufen. »Ein weißer Hund.« Und erfaßte den untergründigen Tonfall, die Wiederholung der gräßlichen Worte »weißer Hund«. Dann dämmerte es ihm: Bunny führte eine Spannung herbei – steigerte sich hinein. MÄDCHEN FÜRCHTET WEISSEN HUND, ANGEHÖRIGE WUNDERBAR AUFGEREGT.

»Bunny, es ist doch bloß ein Holzhund. Er ist aus Holz und Farbe, nicht echt.«

Aber sie wollte nicht damit aufhören. Klapperte mit den Zähnen und greinte.

»Ich denke, wir kommen ein andermal zum Tee«, sagte Quoyle zu Wavey. Und Bunny warf er einen strengen Blick zu. Beinahe wütend.

»Daddy«, sagte Sunshine, »wo ist ihr Vater? Der von Herry und Wavey?«

Am Wochenende reparierten und strichen Quoyle und die Tante. Dennis fing mit der Verkleidung in der Küche an. Auf allem Staub, Bretter 2 x 4 Zoll, in Stapeln auf dem Boden. Die Tante dabei, noch einen Küchenschrank bis aufs Holz abzukratzen.

Quoyle hackte an seinem Geheimpfad zum Ufer. Las seine Bücher. Spielte mit seinen Töchtern. Sah einmal – kurz – Petals verschwundenes Gesicht in Sunshines Blick. Schmerz, den er für abgestumpft hielt, brach heiß hervor. Als wäre die Frau selbst plötzlich aufgetaucht und wieder verschwunden. Natürlich war sie das auch, auf genetische Weise. Er rief Sunshine zu sich, wollte sie hochheben und sein Gesicht an ihren Hals drücken, um die flüchtige Illusion zu verlängern, tat es aber nicht. Schüttelte ihr statt dessen die Hand, sagte: »Sehr erfreut und sehr erfreut und nochmals erfreut.« Beschwor Wavey herauf, die große Frau. Zwang sich, mit dem Kind zu lachen.

Eines Samstagmorgens fuhr Quoyle in seinem Boot zum Hummerkaufen nach No Name Cove hinunter. Ließ Bunny tobend auf dem Steg zurück.

»Ich will mit!«

»Ich fahr' mit dir ein Stück, wenn ich wieder da bin.«

Fand sich mit den Spötteleien der Leute von No Name über sein Boot ab. Es sei ein miserabler Kahn, sagten sie, mit dem er eines Tages ertrinken würde. Auf dem Rückweg wich er einem kleinen Eisberg aus, der die Bucht entlangtrieb. Neugierig auf das Ding, ein schmales Stück Eis, von Bögen und Höhlen durchlöchert. Aber so groß wie eine Spielhalle.

»Dieses Jahr sind schon über vierhundert Eisberge an der

Küste aufgelaufen«, erzählte er der Tante. Er kam nicht darüber weg. Hatte sich nie träumen lassen, daß Eisberge in seinem Leben sein würden. »Ich weiß nicht, wo sie an die Küste trieben, aber es heißt so. Gestern kam eine Verlautbarung raus.«

»Hast du die Hummer bekommen?«

»Hab' sie von Lud Young gekriegt. Er hat immer noch ein paar nachgeschoben, als wären 's Rettungsringe. Hab' versucht, dafür zu bezahlen, aber er wollte nichts.«

»Die Saison wird ziemlich bald vorbei sein, essen wir sie also lieber, solange wir welche kriegen. Wenn er dir Hummer schenken will, dann nimm sie. An die Youngs kann ich mich noch von früher erinnern. Denen hingen immer die Haare in die Augen. Weißt du, das Beste hier«, sagte die Tante, »ist der Fisch. Warte nur, bis die Schneekrabben kommen. Das zarteste Fleisch der Welt. Also, wie sollen wir die Hummer machen?«

»Gekocht.«

»Ja, schon. Wir haben eine Zeitlang keine schöne Hummersuppe mehr gehabt. Und die hat auch ihre Vorteile.« Sie schaute in Richtung des anderen Zimmers, wo Bunny am Hämmern war. »Da müssen wir uns nicht das Gekreisch über ›rote Spinnen‹ anhören und ihr dann eine Schüssel Cornflakes hinstellen. Oder ich könnte sie auch kochen, nur das Fleisch nehmen und Hummer in Brotteig machen. Oder was hältst du davon, das Fleisch in Crêpes einzurollen und dazu eine Sahnesoße?«

Quoyle lief das Wasser im Mund zusammen. Das war der alte Trick der Tante, die Namen der schmackhaftesten Gerichte herunterzuspulen und sich dann auf das einfachste zurückzuziehen. Nicht Partridges Stil.

»Hummersalat ist auch schön, aber zum Abendessen vielleicht ein bißchen zu leicht. Weißt du, es gibt eine Zubereitung, wie Warren und ich ihn immer im Fair Weather Inn auf Long Island aßen. Das Schwanzfleisch in Sake eingelegt, dann mit Bambussprossen und Wassernüssen gekocht, in die Schalen geschichtet und überbacken. Dazu gab es eine scharfe Soße, die nicht von dieser Welt war. Das krieg' ich hier alles nicht. Natürlich – wenn wir Krabben und Krebsfleisch und Muscheln hätten, könnte ich gefüllte Hummerschwänze machen – das gleiche Prinzip, aber mit Weißwein und Parmesan. Wenn ich Weißwein und Parmesan kriegen könnte.«

»Ich hab' Käse gekauft. Keinen Parmesan. Einfach Käse. Cheddar.«

»Na, damit ist ja alles klar. Hummerpastete. Wir haben zwar keine Sahne, ich kann aber Milch nehmen. Bunny wird sie ohne Gebrüll essen, und es ist eine Abwechslung zu dem Gekochten. Ich möchte etwas Besonderes machen. Ich hab' Dawn zum Essen eingeladen. Ich hab' ihr gesagt, um sechs, also ist noch genügend Zeit.«

»Wen?«

»Du hast schon richtig gehört. Ich hab' Dawn eingeladen. Dawn Budgel. Ein nettes Mädchen. Wird dir gut tun, mit ihr zu reden.« Denn der Neffe tat nichts außer arbeiten und mit den Kindern herumalbern.

Aus dem Wohnzimmer kam ein ohrenbetäubendes Gepolter.

»Bunny«, rief Quoyle. »Was baust du? Noch eine Kiste?«

»Ich baue ein Zelt.« Wut in der Stimme.

»Ein Holzzelt?«

»Ja. Aber die Tür ist schief.« Ein Krachen.

»Hast du was umgeworfen?«

»Die Tür ist *schief*! Und du hast gesagt, daß du mit mir Boot fährst. Und hast es nicht getan!«

Quoyle stand auf.

»Das hab' ich vergessen. Na schön, zieht euch beide eure Jacken an, und los geht's.«

Doch während Quoyle wartete, erfand Bunny gleich draußen vor der Tür ein neues Spiel.

»Leg dich auf den Rücken, schau, so.«

Sunshine ließ sich auf den Rücken fallen, streckte Arme und Beine aus.

»Jetzt schau zur Spitze des Hauses rauf. Einfach schauen. Es ist gruselig, das gruselige Haus stürzt ein.«

Und ihre Blicke wanderten zu den windschiefen Schindeln hinauf, zu den schwarzen Dachkanten. Über den First des

Hauses rasten diagonal der dünne Himmel und Wolken. Es entstand die Illusion, daß die Wolken statisch waren und das Haus unaufhaltsam nach vorn kippte. Die drohende Wand neigte sich über Sunshine, die sich hochrappelte und herrlich erschrocken davonrannte. Bunny hielt es länger aus, bis auch sie aufstehen und sich auf festen Boden flüchten mußte.

Quoyle hieß sie, sich nebeneinander ins Boot zu setzen. Sie umklammerten die Dollborde. Das Boot brummte über das Wasser. »Fahr schnell, Dad«, juchzte Sunshine. Aber Bunny starrte die schäumende Bugwelle an. Dort in der Gischt war ein weißes Hundegesicht, glitzernde Augen und ein Mund aus Blasen. Die Welle schäumte hoch und mit ihr der Hund; Bunny klammerte sich am Sitz fest und heulte. Quoyle schaltete in den Leerlauf.

Das Boot schaukelte im Wasser, keine Fahrt, Wellenklatschen.

»Ich hab' im Wasser einen Hund gesehen«, schluchzte Bunny.

»Im Wasser *ist* kein Hund«, sagte Quoyle. »Bloß Luftblasen und Schaum und die Phantasie von einem kleinen Mädchen. Bunny, du *weißt*, daß im Wasser kein Hund leben kann.«

»Dennis sagt, daß es Wasserhunde gibt«, schluchzte Bunny.

»Er meint andere Hunde. Einen echten, lebendigen Hund wie Warren« – nein, Warren war tot –, »einen lebendigen Hund, der schwimmen kann, der im Wasser schwimmt und den Jägern tote Enten bringt.« Verflixt, war denn alles tot?

»Also, es hat ausgesehen wie ein Hund. Der weiße Hund, Dad. Er hat was gegen mich. Er will mich beißen. Und mein Blut vergießen.« Jetzt kamen die Tränen.

»Es ist kein wirklicher Hund, Bunny. Es ist nur ein Phantasiehund, und selbst wenn er echt aussieht, kann er dir nicht weh tun. Wenn du ihn noch mal siehst, mußt du dich fragen: ›Ist das ein echter Hund oder ein Phantasiehund?‹ Dann merkst du, daß er nicht echt ist und mußt darüber lachen.«

»Aber Dad, wenn er aber *doch* echt ist?«

»Im Wasser, Bunny? In einem Stein? In einem Stück Sperrholz? Mach mal 'nen Punkt.« So versuchte Quoyle den weißen Hund mit Logik zu besiegen. Und nahm wieder Kurs auf den Steg, ganz langsam, damit es keine Bugwelle gab. Bekam den weißen Hund allmählich satt.

Am Nachmittag deckte Quoyle den Tisch, während die Tante den Teig für die Pastetenkruste zurechtdrückte.

»Leg das rote Tischtuch auf, Neffe. Es ist in der Kommode unter der Treppe. Vielleicht willst du dir auch ein frisches Hemd anziehen.« Die Tante steckte zwei weiße Kerzen in Glashalter, obwohl draußen noch hellichter Tag war. Die Sonne würde nicht vor neun untergehen.

Bunny und Sunshine waren herausgeputzt, in weißen Strumpfhosen, ihren samtenen Erntedank-Kleidchen mit Spitzenkragen. Sunshine konnte Bunnys Lackschuhe tragen, aber Bunny schmollte in schmutzigen Sportschuhen. Und ihr Kleid war zu kurz und zu eng, spannte unter den Achseln. Außerdem zu warm.

»Da kommt sie«, sagte die Tante, als sie Dawns japanischen Wagen aufs Haus zukurven hörte. »Jetzt benehmt euch mal, Kinder.«

Dawn kam die Stufen herauf, balancierte in weißen Stöckelschuhen, so groß, daß sie einem Mann hätten passen können, lächelte mit braunen Lippen. Ihre Nylonbluse leuchtete, der Rocksaum hing hinten tief herab. Sie trug eine Flasche. Quoyle dachte, es sei Wein, aber es war weißer Traubensaft. Er sah das Preisschild von Sobey. Ihre Schuhspitzen ragten in einem schmerzvollen Winkel hoch.

Er dachte an Petal in ihrem Kleid mit dem Rüschensaum, die langen Beine, die in mit Silberperlen bestickten Schuhen steckten, Petal, die in einer Wolke »Trésor« herumschoß, Blicke auf ihr Abbild in Spiegel, Toaster, Glas warf, mit den Fingern über Quoyles gaffendes Verlangen schnippte. Er spürte einen Stich Mitleid mit dieser armen Motte.

Die Unterhaltung schleppte sich dahin, Dawn sagte, sie finde die nackten Böden und groben Fenster »beeindruckend«. Sunshine häufte auf ihrem Schoß schmutzige Bären und Autos, das ist ein Bär, das ist ein Auto, als käme der Gast aus einem Land, wo es kein Spielzeug gab.

Endlich schob die Tante die duftende Pastete zu Quoyle. »Nur zu, Neffe, schneide sie auf.«

Sie zündete die Kerzen an – die Flammen waren in dem Kegel aus Sonnenlicht, der über den Tisch strömte, nicht zu sehen, aber der Wachsgeruch erinnerte daran –, brachte die Schüssel mit Erbsen und Perlzwiebeln, den Salat.

»Lassen Sie mich Ihnen helfen«, sagte Dawn, stand halb auf, ihr Rock verfing sich unter dem Stuhlbein. Aber sie konnte nichts tun. Ihre Stimme hallte in dem kargen Raum wider.

Quoyle durchtrennte die Kruste mit einem Aluminiumgerät. Bunny hielt ihre Gabel in die Kerzenflamme.

»Laß das«, sagte die Tante bedrohlich. Von der dampfenden Reine stieg ein Stück Hummerpastete auf, glitt auf Dawns Teller.

»Ach, ist das Hummer?« sagte Dawn.

»Ja, das ist es.« Die Tante. »Hummerpastete, locker und zart.«

Dawn legte große Wärme in ihre Stimme, wandte sich an die Tante. »Ich nehme nur Salat, Agnis. Ich mache mir nichts aus Hummer. Seit meiner Kindheit. Wir kriegten immer Hummersandwiches als Pausenbrot mit. Wir warfen sie in den Straßengraben. Krebs auch. Wie große Spinnen!« Versuchte zu lachen.

Bunny schaute auf die Kruste und das orange Fleisch auf ihrem Teller. Quoyle wappnete sich auf ein Gekreisch, aber es kam nicht. Bunny kaute übertrieben, sagte: »Ich mag rotes Spinnenfleisch.«

Dawn zu Quoyle. Vertraulich. Alles, was sie sagte, übertrieben. Interesse heuchelnd.

»Schrecklich, was diese Leute Agnis angetan haben.« War ihr eigentlich egal.

»Was für Leute?« fragte Quoyle, die Hand am Kinn.

»Die Leute in dem Hitler-Boot. Wie sie sich einfach verdrückt haben.«

»Was soll das heißen?« sagte Quoyle, blickte die Tante an.

»Na ja, sieht so aus, als wär' ich übers Ohr gehauen worden«, sagte sie, während Wutflammen zu ihren Haarwurzeln schossen. »Wir bauten die Sitzbänke auf der Jacht ein, alle bis auf zwei Stühle waren fertig und ausgeliefert, na ja. Und sie sind weg. Die Jacht ist weg. Nach Einbruch der Dunkelheit in See gestochen.«

»Kannst du sie nicht über das Jachtregister aufspüren? Das Boot ist doch einzigartig.«

»Ich dachte, ich warte ein bißchen«, sagte die Tante. »Warte erst mal ab. Vielleicht hatten sie einen Grund, überstürzt aufzubrechen. Krankheit. Geschäftliches. Sie sind im Ölgeschäft. Oder sie ist es. Sie hat das Geld. Oder es ist ihr ein Friseurtermin in New York wieder eingefallen. So sind sie. Darum habe ich nichts zu dir gesagt.«

»Hast du nicht früher in den Staaten für sie gearbeitet? Da müßtest du doch ihre Adresse haben.«

»Ja, vor ein paar Jahren habe ich die Sofas neu gepolstert. Aber die Unterlagen sind noch auf Long Island. Bei den Akten.«

»Ich dachte, du hättest dir alles raufschicken lassen«, sagte Quoyle, dem wieder die Leere des Zimmers, die fehlenden Möbel auffielen, die nach ihrer Aussage hergeschifft wurden. Zwei Monate schon.

Dawn fiel auf, daß seine Lippen von der Butter der Hummerpastete fettig waren.

»Es dauert«, sagte die Tante. »Rom wurde auch nicht an einem Tag erbaut.«

Draußen war Wind aufgekommen und summte in den Trossen. Bunny am Fenster.

»Wer hat Lust, Karten zu spielen«, sagte die Tante. Rieb sich die Hände und kniff die Augen zusammen, wie ein Karten spielender Bühnenschurke.

»Wißt ihr, wie man Alle Vier spielt?« fragte Dawn.

»Mädchen«, sagte die Tante, »und ob.«

Warf einen Blick zum Küchenschrank, wo sie ihre Whiskeyflasche verwahrte. Hätte am liebsten den Verschluß abgebissen.

19
Kumpel, ade

»Die ›russische Flucht‹: … ein Gefangener ist an seinen Wachmann … gefesselt. Bei seinen Bemühungen zu entkommen, reibt er seine Hände aneinander, bis er zwischen den Handwurzeln eine Bucht des Seils hält. Nun ist es leicht, die Bucht bis zu den Fingerwurzeln zu rollen, wo sie mit den Fingerspitzen einer Hand ergriffen und über die Fingerrücken der anderen Hand geschoben werden kann. Der Gefangene zieht dann weiter und … das Seil rutscht über den Handrücken unter die Handfesselschlinge.«

DAS ASHLEY-BUCH DER KNOTEN

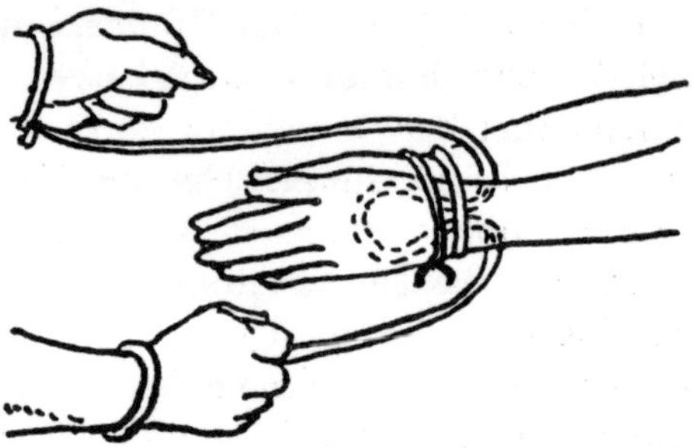

Manchmal trieb Tert Card alle aus dem Büro. Es war eine heiße, windstille Mittagsstunde wie ein Spalt zwischen zwei einander bekriegenden Wetterfronten. Sie zwängten sich in Billy Prettys Laster, ab ins Fisherman's Chance in Killick-Claw zu Fisch mit Pommes, Tert Card entronnen, der sich mit beiden Händen kratzte. Den es in den Achselhöhlen juckte.

Sie setzten sich an den öffentlichen Kai, aßen aus Styroporschachteln, von der Hitze benommen. Quoyle atmete durch den Mund, kniff die Augen vor dem blendenden Licht zusammen. Obwohl Billy Pretty warnte, am Horizont im Nordosten auf violette Wolken zeigte, die aus einem Punkt herausquollen wie ein Seidenschal, der durch einen Ehering gezogen wird. Im Südwesten sahen sie rivalisierendes Gewölk in phantastischen Mustern, als wäre ein Papiermarmorierer mit seinen Kämmen hindurchgefahren und hätte Locken, Kaskaden und geflügelte Liebesperlenfontänen geformt.

»Diese Woche habe ich so viele Geschichten über sexuellen Mißbrauch wie noch nie«, sagte Nutbeem. »Jack sollte sich freuen. Sieben Stück. Das übliche Gesabber von widerwärtigen alten Papis, die's mit ihren eigenen Kleinen treiben, noch einen Priester, der an Chorknaben herumfummelt, einen netten Onkel aus der Nachbarschaft drüben in Stribbins Cove, der die Mädchen mit dem Auto zur Sonntagsschule bringt und ihnen Süßigkeiten kauft, wenn sie vor ihm die Höschen herunterlassen. Eine war ein wenig ungewöhnlich – gibt einem einen Einblick in die dunkleren Seiten des neufundländischen Wesens. Der Kerl war Rausschmeißer in einer Kneipe in Misky Bay unten, versuchte, einen Betrunkenen hinauszuwerfen. Aber der Betrunkene ging zu seinem Lkw, holte sich aus dem Kühlkasten hinten einen Weißdorsch, in die Kneipe zurück, überwältigte den Rausschmeißer, riß ihm die Hose herunter und verging sich an ihm mit dem Weißdorsch.« Nutbeem lachte nicht.

»Was ist ein Weißdorsch?« fragte Quoyle.

Billy lehnte gegen einen Stapel, gähnte. »Ein kleiner, mein Junge. Ein kleiner Kabeljau. Es gibt Weißdorsch, Trockendorsch, Salzdorsch ... Wie du's auch nennen willst, es is' Fisch.«

Blickte auf die näher rückenden Wolken. Ranken, die sich ins ungetrübte Blau schlängelten.

»Ist eine komische Zeit, komisches Wetter. Wißt ihr noch, am Montag hatten wir einen gelben Tag – der Himmel war bedeckt mit einem häßlichen Gelb wie ein Glas alte Pisse. Dann gestern blauer Dunst und wallender Nebel. Und um das Maß vollzumachen, rief gestern der Jüngste meiner Schwester von St. John's an, erzählte, es wären gefrorene

Enten auf die Water Street gefallen, acht oder zehn, noch mit den ganzen Federn dran, mit geschlossenen Augen, als würden sie träumen, so fest gefroren wie die Polarkappen. Wenn das passiert, Jungs, dann aufgepaßt. Wie die Geschichte, die ich gestern übers Telefon reinbekam. Der gleiche Ort wie Nutbeems Weißdorsch, Misky Bay. Oh, Misky Bay unterliegt wohl gerade irgendeinem Einfluß der Gestirne. Würde mich nich' überraschen, zu hören, daß sie dort unten auch 'nen Regen aus gefrorenen Enten hatten.«

»Erzähl uns die Geschichte«, sagte Nutbeem. Hustete in seine Pfeife.

»Is' keine große Geschichte, aber sie zeigt, was für eine Stimmung Misky Bay ergriffen hat. Da runter würd' ich nich' gehen – wie ich von der Bundespolizei höre, ging eine Mutter von drei Kindern mit einem metallenen Handtuchhalter zu ihrer Großmutter, verprügelte sie unmenschlich, und steckte dann das Haus in Brand. Sie holten sie raus, aber die arme alte Dame blutete wie eine abgezogene Robbe und hatte schwere Verbrennungen von Kopf bis Fuß. Und in der Küche findet die freiwillige Feuerwehr einen versteckten Schatz. In einem Eimer unter der Spüle sind religiöse Schmuckgegenstände im Wert von dreihundert Dollar, die im Verlauf des vergangenen Jahres bei Woolworth geklaut wurden. Jede behauptet, die andere war's.«

»Ich hatte diese Woche keine Autounfälle.« Quoyle, der immer noch an den einen in seinem Kopf dachte. Eine Brise kräuselte die Bucht, erstarb.

»Natürlich«, sagte Nutbeem, »es regnet zwar nie, aber der Keller ist überschwemmt. Ich habe diese ungeheuer obszönen sexuellen Übergriffe, aber ich habe auch meine beste Auslandsmeldung – der Prozeß gegen die Lesbenvampirin ist vorbei. Hab's gerade heute morgen auf Kurzwelle gehört.«

»Gut«, sagte Quoyle. »Vielleicht verzichtet Jack dafür auf den Autounfall. Sind Fotos da?«

»Bei den älteren Radios sind die nur schwer zu kriegen«, erwiderte Nutbeem. »Außerdem halte ich es für unwahrscheinlich, daß er den Platz für die Autounfälle für eine

Geschichte aus Australien aufgibt. Das ist eine Grundregel: ein Autounfall mit Bildern auf Seite eins. Du wirst einen alten aus Tert Cards Ordner nehmen müssen, es sei denn, jemand verunfallt zwischen jetzt und fünf Uhr. Die Schiffsmeldungen und einen Bootsartikel hast du ja ohnehin. Stimmt's?« Nutbeem, der landete und fortflog.

»Stimmt.« Quoyle leckte Ketchup vom Schachteldeckel, verdrehte seine Serviette zu einem Knoten. »Das Boot, das am Dienstag morgen in Perdition Cove in die Luft flog.«

Billy streckte sich und gähnte, der verrunzelte Hals ein paar Sekunden lang wieder straff. »Ich spür', wie die Jahreszeit wechselt«, sagte er. »Es zieht an. Dieser Wetterumschwung bedeutet das Ende des heißen Wetters. Zeit, daß ich zur Guckinsel rausfahre und das Grab von meinem armen alten Vater herrichte. Hab's letztes Jahr aufgeschoben und das Jahr davor auch.« Eine gewisse Trauer lastete auf den Worten. Billy wirkte wie in einem Briefumschlag verwahrt; manchmal ging die Klappe auf, sein plattgedrücktes Selbst rutschte auf den Tisch.

»Was für heißes Wetter?« fragte Quoyle. »Das ist der erste Tag, an dem wir nach meiner Einschätzung über fünf Grad haben. Der Regen steht immer kurz davor, zu Schnee zu werden. Und wo liegt die Guckinsel?«

»Du weißt nich', wo die Guckinsel liegt?« Billy lachte ein wenig. Sein stechender, blauäugiger Blick. »Fünfzehn Meilen nordöstlich der Meerenge. Dort is' mal 'n Trupp Wale gestrandet – drum sagen manche Walinsel dazu, aber für mich ist es die Guckinsel. Auch wenn sie anfangs noch andere Namen hatte. Ein herrlicher Ort. Von lokalgeschichtlichem Interesse, Quoyle.« Neckend.

»Würde ich gern mal sehen«, sagte Quoyle, der seine Dose mit Krautsalat entdeckt hatte. »Auf einer Insel war ich noch nie.«

»Sei doch nich' blöd, Junge. Du bist jetzt auf einer, schau dir die Karte an. Du kannst mit mir rausfahren. Über die Guckinsel solltest du Bescheid wissen, das solltest du. Wär' genau das Richtige. Sonnabend morgen. Wenn das Wetter anständig ist. Am Sonnabend fahr' ich raus.«

»Wenn ich kann«, sagte Quoyle. »Wenn die Tante mit mir nicht schon Größeres vorhat.« Starrte weiter auf die Bucht hinaus. Als wartete er auf ein ganz bestimmtes Schiff. »Da ist gestern draußen in der Bucht ein Zeitungspapierfrachter vor Anker gegangen. Darüber wollte ich schreiben.« Das Sonnenlicht verblaßte, die Wolken kamen heran.

»Hab' ihn da draußen gesehen. Gehört, daß er Schwierigkeiten hatte.«

»Feuer im Maschinenraum. Ursache unbekannt. Diddy Shovel sagt, daß der Frachter vor fünf Jahren hier nicht angelegt hätte, es sei denn wegen Meuterei oder Hungersnot. Aber jetzt gibt's ein Reparaturdock, die Zulieferer, den Lastwagenterminal. Also kommen sie herein. Pläne, die Werft zu erweitern. Er sagt, es sei von einer großen Schiffswerft die Rede.«

»Ach, es war nich' immer so«, sagte Billy Pretty. »Früher bestand Killick-Claw aus ein paar klapprigen Fischstellingen und zwanzig Häusern. Der große Hafen war bis nach dem Zweiten Weltkrieg in der verfluchten Stadt, von der wir gerade geredet haben – Misky Bay. Ach, da war was los – die großen Kriegsschiffe dort, Tanker, Frachtschiffe, Truppentransportschiffe, alles. Nach dem Krieg, mein Junge, da hat die Stadt sich einfach flach aufs Deck gelegt. Und Killick-Claw steht auf und versetzt ihr 'nen Tritt über Bord. Na los, frag mich, was passiert is'.«

»Was ist passiert?«

»Munition. Während des Kriegs war Misky Bay ein Munitionsverladehafen. Sie ließen so verdammt viele Tonnen über Bord fallen, daß sich bis auf den heutigen Tag keiner mehr traut, in Misky Bay Anker zu werfen. Die Munition und die Kabel. Unten am Grund des Hafens liegt ein Gewirr aus Telefon- und Telegrafenkabeln, daß du meinen könntest, da wär' ein Heer von Katzen mit tausend Wollknäueln rumgehüpft.

Tatsache ist, daß es seit der Zeit mit dem armen alten Misky Bay bergab ging. Wahrscheinlich kam schon damals der Fluch über die Stadt. Weißt du, das wär' 'ne gute Schlagzeile für meine Geschichte mit dem Handtuchhalter:

FLUCH VON MISKY BAY ZERSTÖRT NOCH IMMER MENSCHENLEBEN.« Die Sonne verhüllt, leichter Wellenschlag, steife Brise.

»Schau dir das an.« Billy deutete auf einen Schlepper, der einen verbrannten Rumpf zog. »Weiß nich', was sie damit noch zu tun gedenken. Das muß deine Geschichte in Perdition Cove sein. Was is' passiert, Quoyle?«

Der Geruch nach Verkohltem wehte zu ihnen.

»Hab' den Artikel hier.« Angelte in seiner Tasche. »Ist natürlich noch die Rohfassung.« Aber er hatte zwei Tage damit verbracht, mit den Angehörigen zu reden, mit Augenzeugen, der Küstenwacht, Elektrikern und dem Propangashändler in Misky Bay. Las laut vor.

KUMPEL, ADE

Den Dienstagmorgen wird kein Mensch in Perdition Cove vergessen. Viele Leute schliefen noch, als der erste Sonnenstrahl über das Heck des Longliners *Kumpel* strich.

Mit einer neuen Glühbirne in der Hand ging der Eigner Sam Nolly an Bord. Er wollte eine ausgebrannte austauschen. Ehe der erste Sonnenstrahl das Ruderhaus erreichte, war Sam Nolly tot und die *Kumpel* ein qualmender Haufen im Hafen treibender Zahnstocher.

Die mächtige Detonation brachte fast alle Fenster in Perdition Cove zum Bersten und war bis nach Misky Bay zu hören. Die Crew eines Fischerboots vor Final Point berichtete, sie habe einen Feuerball übers Wasser rollen sehen, gefolgt von einer dichten, schwarzen Wolke.

Die Untersuchungen ergaben als Ursache der Explosion ausströmendes Propangas, das sich über Nacht angesammelt hatte und sich entzündete, als Sam Nolly die neue Birne einschraubte.

Der Longliner war noch keine zwei Wochen alt. Er wurde am Hochzeitstag von Sam Nolly und seiner Frau Helen (geb. Bodder) vom Stapel gelassen.

»Eine Schande«, sagte Billy.

»Nicht schlecht«, meinte Nutbeem. »Jack wird's gefallen. Blut, Boote und Bruchstücke.« Sah auf seine Uhr. Sie standen auf. Ein Stück Papier flog davon, flatterte den Kai entlang und ins Wasser.

Billy kniff die Augen zusammen. »Sonnabend morgen«, sagte er zu Quoyle. Augen wie ein blasser Spalt Himmel. Zurück zu Tert Card, das vollgestopfte Büro. Über ihnen waren die Wolkenmassen ineinandergeflossen, hatten die Gestalt feinkörniger Papierrollen angenommen, wie Flutmarken auf dem Sand.

Nachdem Billy und Nutbeem hineingegangen waren, trödelte Quoyle noch, stand einen Moment auf der rissigen Straße. Der lange Horizont, das anbrandende, geronnene Meer wie eine Schwingtür, die aufging, zuging, aufging.

20
Die Guckinsel

»›Der Pirat und das Beiboot.‹ Ein Seeräuber hat für seine Gefangenen nicht genug Platz und eine Bootsladung Gefangener achtern im Schlepp. Den Gefangenen wurden alle Messer abgenommen, und das Boot ist mit einer Bucht aus einer doppelten Leine festgemacht. Das achtere Ende der Leine ist mit einem Ringstek an einem Heckringbolzen befestigt. Um jede Ruderbank sind Webeleinensteke gebunden. Die Leine läuft dann durch den Bugringbolzen zum Achterdeck des Piratenschiffs. Den Gefangenen hat man gesagt: Wenn sie könnten, sollten sie sich befreien. Wie befreien sie sich?«

DAS ASHLEY-BUCH DER KNOTEN

Quoyle in Billy Prettys Skiff. Der alte Mann hüpfte behende an Bord, stellte eine Plastiktüte unter den Sitz und machte mit einem Ruck die Leine los. Der Motor sprang an – *uaaah* – wie eine Trompete. Hinter ihnen sprudelte eine lärmende Heckwelle hervor. Billy wühlte in einer Sperrholzkiste, grub ein braunes Plastikgestell aus, stellte es in einer Ecke auf, setzte sich hin und lehnte sich zurück.

»Ah. Is' mein Rückenfreund – verleiht der Wirbelsäule Unterstützung und Bequemlichkeit.«

Es gab nichts zu sagen. Dunst am Horizont. Der Himmel eine perlgraue Fläche, durch die diffuses Gelb sickerte. Der Wind füllte Quoyles Mund, zerteilte und zauste seine Haare.

»Dort sind der Widder und das Lamm«, sagte Billy und deutete auf zwei Felsen gleich hinter der Meerenge. Das Wasser überspülte sie.

»Mir gefällt, daß die Felsen Namen haben«, sagte Quoyle. »Es gibt einen unten vor Quoyle's Point –«

»Ach ja, der Kamm.«

»Genau der, ein gezackter Felsen mit hochragenden Spitzen.«

»Zwölf Spitzen hat der Felsen. Oder hatte er früher. Wurde nach der alten Art Streichhölzer benannt. Die kamen wie Kämme, unten in einem Stück, zwölf in einem Kamm. Man brach einfach eins ab. Schwefelgestank. Stinker hießen die – ein Kamm Stinker. Quoyle's Point hat 'ne Menge bekannte Felsen über und unter Wasser. Wie die Teeschrippen, ein ganzer Teller voll kleiner Felsen einen halben Faden unter dem Wasser, weiter draußen nördlich vom Kamm. Gleich vor dem Ende der Landspitze ist der Komatikhund. Wenn man im richtigen Winkel darauf stößt, sieht er ganz klar aus wie ein großer Schlittenhund, der auf dem Wasser sitzt, den Kopf hochhält, sich umblickt. Früher sagten die Leute, er warte auf einen Schiffbruch, er würde lebendig werden, rausschwimmen und die armen Ertrinkenden verschlingen.«

Bunny, dachte Quoyle, den darf sie nie sehen.

Billy zog wegen des grellen Lichts seine Mütze tiefer ins Gesicht. »Hast du den alten Nolan schon kennengelernt?«

»Nein, ich hab' ihn, glaube ich, einmal morgens allein draußen in einem alten Motordory gesehen.«

»Das ist er. Ein Sonderling, der Mann. Macht alles auf die alte Weise. Will kein Arbeitslosengeld annehmen. Ein guter Fischer, lebt aber armselig. Sondert sich ab. Ich bezweifle, daß er lesen oder schreiben kann. Er gehört zu deiner Sippe, ist von früher irgendwie verwandt. Du solltest mal runtergehen zu seiner Winzhütte und ihn besuchen.«

»Ich hätte nicht gedacht, daß wir hier noch Verwandte haben. Die Tante sagt, sie wären alle weg.«

»Bei dem täuscht sie sich. Nolan ist noch ziemlich auf Draht, und wie ich höre, hat er sich's in den Kopf gesetzt, daß das Haus ihm gehört.«

»Welches Haus? Unser Haus? Das Haus der Tante auf der Landspitze?«

»Genau das.«

»Das ist ja die richtige Zeit, es zu erfahren«, murmelte Quoyle. »Keiner hat ein Wort zu uns gesagt. Er hätte ja vorbeikommen können, weißt du.«

»Das ist nich' seine Art. Du nimmst dich besser in acht. Er ist vom alten Schlag der Quoyles, klammheimlich in der Nacht. Es heißt, von ihm geht ein Geruch aus wie nach Fäulnis und kaltem Lehm. Es heißt, er hat mit seiner Frau geschlafen, als sie tot war, und man riecht den Verwesungsgestank an ihm. Keine Frau wollte ihn mehr. Nicht eine.«

»O Gott«, schauderte Quoyle. »Was soll das heißen, ›vom alten Schlag der Quoyles‹. Die Geschichten kenn' ich nicht.«

»Besser so. Omaloor Bay ist nach den Quoyles benannt. Verrückte. Keine Beherrschung, viel Inzucht, Schwachköpfe und Mörder. Die Hälfte von ihnen war ziemlich ordinär. Du hättest Jack übers Telefon hören sollen, als er deinen Brief an den *Gammy Bird* bekam. Rief deine sämtlichen Referenzen an. Einen Mann mit einem Vogelnamen. Hat Jack erzählt, du wärst so gut wie Gold, würdest nicht toben und morden.«

»Partridge«, sagte Quoyle.

»Wir waren gespannt wie die Flitzbogen, was da zur Tür reinkommen würde. Dachten, du wärst ein großer, wilder Rabauke. Groß genug sowieso. Aber weißt du, die Quoyles waren erst so seit hundert Jahren auf der Landzunge. Zogen in den achtziger oder neunziger Jahren des letzten Jahrhunderts da hin, schleppten das grüne Haus Meilen um Meilen übers Eis, fünfzig Mann, eine Schar von Quoyles und ihre verschlagene Sippe, zerrten an den Seilen. Zogen es auf dicken Kufen, zu Kufen gemachten Fichtenstämmen. Wie 'n großer Schlitten.«

Durch die Meerenge hinaus, und Billy nahm Kurs aufs offene Meer. Quoyle hatte wieder seine Mütze vergessen, und sein Haar flatterte. Das Skiff schnitt durch die Gischt. Er empfand jene namenlose Freude, die sich nur bei einem schönen Tag auf dem Wasser einstellt.

»Ach«, sagte Billy über den Motor und das Geräusch des vom Rumpf abprallenden Wassers hinweg, »wenn wir gerade von Felsen mit Namen reden, da haben wir sie alle, Junge, Tausende und Abertausende von Meilen und Klippen, Riffs und bekannte Felsen auf Schritt und Tritt. Neufundland is' selber ein riesiger Fels im Meer, und die rundherum verstreuten Inseln sind ebenfalls Felsen. Berühmte Felsen wie der Kettenfelsen und der Pfannkuchen oben in St. John's, beide über dem Wasser und steil aufragend, und ein paar von den alten furchteinflößenden Steinen haben sie gesprengt – den Falken und den Rubin, die waren in der Meerenge von St. John's. Vor über hundert Jahren haben sie die gesprengt. Den Langen Harry oben an der Nordküste. Und verrückte Felsen, die Seetang ansammeln.

Ich erinnere mich an Kap Bonavista, da is' der Alte Harry unterhalb von zwei Faden, und der erstreckt sich drei Meilen ins Meer hinaus, und ganz am Ende is' 'ne widerliche kleine Erhebung, die heißt der Junge Harry. In North Broad Cove haben sie den Scharbenfelsen und den Höllenfelsen. Die Scharbe, das is' der Kormoran, die schwarze Gans, ein stinkendes schwarzes Ding, von dem die alten Leute sagten, es baue sein Nest aus toten Fischen. So nannten sie einen, wenn man aus Grand Banks kam. Wenn man aus Fortune kam, war man eine Gally, eine Vogelscheuche. Unten auf der Halbinsel Burin.« Billy Pretty warf den Kopf zurück und sang mit brüchiger, aber fröhlicher Tenorstimme:

Fortune-Gallys und Grand-Banks-Scharben,
Alle in Papiersäcken darben.
Und wenn die Säcke dann platzen
schimpfen die Grand-Banks-Scharben wie die Spatzen.

»Hast du das schon mal gehört? Jetzt zurück zu den Felsen. Salvage Harbor hat 'nen großen breiten, den nennen sie Brotlaib, und ein Stück weiter findest du den Kajütenfelsen.

Die Funk Islands sind tückisches Gewässer – Riffe, Untiefen und Klippen. Der Kleopatra- und der Schnappfelsen. Die Fogo Islands, gefährliche Gewässer, auf deren Felsen schon so manches Schiff aufgelaufen ist. Du wirst da geboren und wächst auf, um dich da durchzufinden. Und aus dem Wasser ragen der Besen, der Alte Lückner, der Irlandfelsen, der Kasernenfelsen, der Inspektor, der den Boden deines Boots inspizieren will.

Schau, dort, jetzt kannst du sie sehen, die Guckinsel. Ist etwa drei Jahre her, daß ich hier draußen war. Da bin ich geboren und aufgewachsen, und da hab' ich gelebt – wenn ich an Land war –, bis ich vierzig wurde. Als ich jung war, fuhr ich 'ne Reihc von Jahren zur See und arbeitete auf Frachtschiffen. Dann war ich bei zwei Schiffbrüchen dabei und dachte, wenn es noch einen gibt, will ich in heimischen Gewässern sein. Viele von meinen Verwandten liegen hier unten im Wasser, darum ist es in gewisser Weise heimelig. Ich kam zurück und fischte an der Küste. Jack Buggit gehörte zu meinem Trupp, obwohl er aus Flour Sack Cove kommt. Seine Mutter war die Cousine meiner Mutter. Du würdest nich' darauf kommen, wenn du uns siehst, aber wir haben das gleiche Alter. Beide dreiundsiebzig. Aber Jack ist härter geworden, und ich bin eingeschrumpelt. Die Regierung hat uns sechzig von der Guckinsel umgesiedelt. Aber du wirst sehen, daß ein paar von den Häusern noch genauso gerade und fest stehen, obwohl sie gut dreißig Jahre leer waren. Ja, sie sehen jedenfalls stabil genug aus.«

»Wie unser Haus draußen«, sagte Quoyle. »Es war in gutem Zustand, hat vierzig Jahre leer ausgehalten.«

»Es hat mehr als das ausgehalten«, sagte Billy.

Die Guckinsel ragte als senkrechtes Kliff aus dem Wasser. Eine halbe Meile vor der fürchterlichen Insel durchbrachen Felsen die Wasserfläche, schaumüberspült.

»Das ist der Heimatfelsen. Von dem halten wir uns fern.« Er änderte den Kurs in Richtung auf die südliche Inselspitze.

Billy arbeitete sich durch ein unsichtbares Labyrinth aus Untiefen und blinden Klippen. Das Boot zeigte auf eine rote Steinmauer, an deren Fuß Wellen brandeten. Quoyles trockener Mund. Sie waren fast im Schaum. Sechs Meter vor der Front des Kliffs konnte er die Einfahrt noch immer nicht sehen. Billy steuerte das Boot auf einen Schatten zu. Das Motorgeräusch vervielfachte sich, dröhnte und brüllte sie an, hallte von den Wänden wider, die aus onyxfarbenem Wasser aufragten.

Sie befanden sich in einer schmalen Fahrrinne. Quoyle konnte die Hand ausstrecken und den Felsen beinahe berühren. Die Kliffwand öffnete sich allmählich, die Fahrrinne wurde breiter, machte eine Biegung nach links und endete in einer Bucht, die von einem Landring eingeschlossen wurde. Fünf oder sechs Gebäude, ein weißes Haus, eine Kirche mit einem schiefen Turm, ein Schlitten mit Schindeln, alte Stellinge zum Fischtrocknen. Einen so geheimen und verfallenen Ort hatte Quoyle nicht erwartet. Trostlos; und die Tücke der versteckten Fahrrinne verlieh ihm etwas von einem Piratennest.

»Sonderbarer Ort«, sagte Quoyle.

»Die Guckinsel. Drüben in Killick-Claw sagten sie früher, daß die Leute von der Guckinsel für zwei Dinge bekannt wären – sie wären alle Seebären, wüßten, wie man Fisch aufspürt, und sie wüßten mehr über Vulkane als sonst jemand in Neufundland.«

Billy fuhr das Boot bis zum Strand, stellte den Außenborder ab und zog ihn hoch. Stille außer dem Tröpfeln des Wassers von der Schraube und dem Kreischen der Möwen. Billy keuchte und spuckte, zeigte die Bucht entlang auf ein Gebäude, das von der Küste zurückgesetzt war.

»Das is' unser altes Haus.«

Einst rot gestrichen, durchs Salzwetter zu einem trüben Rosa ergraut. Ein Stück kaputter Zaun. Billy packte seine Tasche und sprang aus dem Boot, seine Stiefelabsätze hinterließen im Sand Halbkreise. Vertäute die Leine an einem in den Felsen gerammten Rohr. Quoyle kletterte hinterher. Die Stille. Nur das kratzende Geräusch ihrer Stiefel und das Raunen des Meeres.

»Fünf Familien lebten hier, als mein Vater noch ein Kind war, die Prettys, die Pools, die Sops, die Pilleys und die

Cusletts. Alle Familien waren untereinander verheiratet. Junge, das waren freundliche, gute Menschen, und solche gibt's heut nich' mehr. Jetzt heißt's: Jeder Mann für sich. Und jede Frau auch.«

Er versuchte, ein umgefallenes Stück Zaun aufzurichten, aber es zerbrach ihm in den Händen, und er riß nur das Gestrüpp von dem stehenden Teil, stützte ihn mit Steinen.

Sie gingen zu dem hohen Ausguck, der der Insel ihren Namen gegeben hatte, einer Kuppe am Rand des Kliffs mit einem Fichtendickicht in einer Ecke, das Ganze von einer niedrigen Steinmauer gesäumt. Quoyle drehte sich um, konnte in das Halbrund des Hafens hinabsehen, konnte sich wieder drehen, auf das offene Meer sehen, auf ferne Schiffe mit Kurs nach Europa oder Montreal. Unten flüssiger Türkis. Im Norden zwei gestärkte Eisberglaken. Dort der Rauch von Killick-Claw. Weit im Osten, fast unsichtbar, ein dunkles Band wie gewickelte Gaze.

»Von hier aus konnten sie in jeder Richtung weit draußen die Schiffe sehen. Sommers brachten sie die Kühe hier herauf. Keine Kuh in Neufundland hat je eine bessere Sicht gehabt.«

Sie gingen über das Moos und Heidekraut zu einem Friedhof. Ein Zaun aus einfachen Pfählen umschloß Kreuze und Gedenktafeln aus Holz, viele umgestürzt, die Lettern im kalten Licht verblaßt. Billy Pretty kniete sich in die Ecke, zupfte an wildem Gras. Der obere Teil der Gedenktafel war in drei Bögen geschnitten, so daß es einem Stein ähnelte, die Farbe noch lesbar:

W. PRETTY
geb. 1897 – gest. 1934
IN DEN GROSSEN STÜRMEN GAB ER SEIN BESTES.
GOTT GEWÄHRE IHM EWIGE RUHE.

»Das ist mein armer Vater«, sagte Billy Pretty. »Fünfzehn war ich, als er starb.« Er scharrte weiter, rupfte Unkraut aus einem Rahmen in Sargform, der das Grab umgab. Er war mit einem noch kenntlichen Muster aus schwarzen und weißen Rauten bemalt.

»Hab' ich bei meinem letzten Besuch aufgefrischt«, sagte Billy, öffnete seine Tasche und nahm Dosen mit Farbe heraus, zwei Pinsel, »und jetzt tu' ich's wieder.«

Quoyle dachte an seinen eigenen Vater, fragte sich, ob die Tante seine Asche noch hatte. Es hatte keine Feier stattgefunden. Sollten sie eine Gedenktafel aufstellen? In ihm stieg ein schwaches Gefühl von Verlust auf.

Plötzlich sah er seinen Vater vor sich, sah die Spur aus Erdkirschenschalen, die vom Obstgarten um den Rand des Rasens führte, wo er entlanggegangen war, als er sie gegessen hatte. Der Mann hatte eine Leidenschaft für Obst. Quoyle erinnerte sich an lilabraune Seckelbirnen, von der Gestalt und Größe von Feigen, in deren Fleisch sein Vater die Zähne schlug wie ein Vogel den Schnabel, den Geruch von Obst in ihrem Haus, die Kerngehäuse- und Schalenabfälle in den Aschenbechern, die Gerippe von Weintrauben, Pfirsichkerne wie Hühnergehirne auf dem Fenstersims, den Bananenschalenhandschuh auf dem Armaturenbrett. Im Sägemehl auf der Werkbank im Keller Galaxien aus Obstkernen und -steinen, Kirschkernen, langen weißen Dattelkernen wie Raumschiffen. Im Kühlschrank Erdbeeren und im Juni das an einer Landstraße abgestellte Auto und sein Vater auf den Knien im Gesträuch, Walderdbeeren pflückend. Die ausgehöhlten Grapefruitschädel, gesprungene Kugeln aus Mandarinenschalen.

Andere Väter nahmen ihre Söhne mit zum Angeln und Zelten, aber Quoyle und sein Bruder machten Heidelbeerexpeditionen. Sie greinten vor Wut, während ihr Vater in den Büschen verschwand und sie mit Plastikbehältern in der sauren Hitze stehenließ. Einmal pflückte der Bruder, das Gesicht vor Weinen und Insektenstichen geschwollen, nur fünfzehn bis zwanzig Beeren. Der Vater kam zu ihnen zurück, die Arme gespannt vom Gewicht zweier randvoller Eimer. Da fing der Bruder zu weinen an, deutete auf Quoyle. Sagte, Quoyle habe die Beeren genommen. Der Lügner. Quoyle hatte einen halben Liter gesammelt, der Boden seines Eimers war anständig bedeckt. Bekam eine Abreibung mit einem Zweig von einem Heidelbeerbusch, daß es beim ersten Schlag Beeren regnete. Auf dem Nachhauseweg starrte er in die

Eimer, beobachtete grüne Würmer, Baumwanzen, Ameisen, Blattläuse, hinkende Spinnen über Kanäle zur Beerenoberfläche heraufkriechen, wo sie herumzappelten und staunten. Die Hinterseiten seiner Oberschenkel brannten.

Der Mann verbrachte Stunden im Garten. Wie viele Male, dachte Quoyle, hatte sein Vater sich auf seine Hacke gelehnt und die Reihen Stangenbohnen entlanggeblickt, gesagt: »Ein gutes Stück Boden haben wir hier, Jungs.« Er hatte es für das patriotische Gefühl des Einwanderers gehalten, wog es nun aber gegen die blankgescheuerte Kindheit auf einem von Salzwasser umspülten Felsen auf. Sein Vater war von tiefem Erdreich verzaubert gewesen. Hätte Bauer werden sollen. Kam dem toten Mann zu spät auf die Spur.

Als hätte Billy Pretty ihn denken gehört, sagte er: »Von Rechts wegen hätte mein Vater Bauer werden sollen. Er war ein Heimkind auf dem Weg nach Ontario, als Knecht verdungen.«

»Heimkind?« Das sagte Quoyle nichts.

»Aus einem Heim. Teils ein Waisenhaus, teils eine Stätte, in die sie Kinder steckten, wenn die Eltern sie nicht ernähren konnten oder wenn sie auf der Straße herumstreunten. England und Schottland kehrten sie zu Tausenden zusammen und verschifften sie nach Kanada rüber. Mein Vater war der Sohn eines Londoner Druckers, aber die Familie war groß, und der Vater starb, als er erst elf war. Weil er der Sohn eines Druckers war, konnt' er gut lesen und schreiben. Damals hieß er noch nich' Pretty. Er wurde als William Ankle geboren. Seine Mutter hatte schon all die andern, verstehst du, darum steckte sie ihn in ein Heim. In ganz Britannien gab es damals Heime. Vielleicht sind sie immer noch da. Die Barnardo-Heime, das Sears-Heim, die staatlichen Kinderheime, das Fegan-Heim, das Sekretariat der Kirche von England, die Quarrier-Heime und viele mehr. Er war im Sears-Heim. Sie zeigten ihm Bilder von Jungen, die in einem sonnigen Garten große, rote Äpfel pflückten, sagten, das sei Kanada, ob er nicht da hinwolle? Er erzählte uns immer, wie saftig diese Äpfel aussahen. Ja, sagte er.

Also war er ein paar Tage später auf 'nem Schiff, der

Aramania, auf dem Weg nach Kanada. Das war 1909. Sie gaben ihm 'ne kleine Blechtruhe mit 'n paar Kleidern, 'ne Bibel, 'ne Bürste und 'nen Kamm sowie 'n signiertes Foto von Reverend Sears. Von der Reise hat er uns oft erzählt. Auf dem Schiff waren dreihundertvierzehn Kinder, Jungen und Mädchen, alle zum Arbeiten auf Bauernhöfen bestimmt. Er sagte, viele von ihnen waren erst drei oder vier Jahre alt. Sie hatten keine Ahnung, wie ihnen geschah, wohin sie fuhren. Einfach kleine Waisen, die zu einem Feldsklavenleben geschippert wurden. Du mußt nämlich wissen, er blieb mit einigen der Überlebenden in Verbindung, mit denen er sich auf der *Aramania* angefreundet hatte.«

»Überlebenden von was?«

»Dem Schiffbruch, mein Junge, und wie er hierherkam. Auf dem Weg hier heraus haben wir von den Namen der Felsen geredet, wie du noch wissen wirst, aber es gibt noch andere Dinge auf See, die lebensgefährlich sind, und sie können keine Namen bekommen, weil sie sich bewegen, umhertreiben und verschwinden.« Er deutete auf die Eisberge am Horizont. »1909 gab's ja noch keine Eispatrouillen, Radargeräte und Wetterfaxe. Der Weg durch die Eisberge war riskant. Und in der bitteren Junidämmerung rammte das Schiff meines Vaters, wie drei Jahre später die *Titanic*, einen Eisberg. Gleich da draußen, gleich vor der Guckinsel. Für Eisberge gibt's keine Seekarte. Von den dreihundertvierzehn Kindern wurden nur vierundzwanzig gerettet. Die offizielle Zählung lautete dreiundzwanzig. Und sie wurden gerettet, weil der junge Joe Sop – der später zu Skipper Joe wurde, Herr über einen der letzten Fischschoner auf den Bänken – zum Ausguck heraufkam, um die Kühe zu holen, und die Lichter sah und die Kinder schreien und weinen hörte, als sie ins eiskalte Wasser fielen.

Er rannte zu den Häusern hinunter, brüllte, es gebe einen Schiffbruch. Jedes Boot am Ort wurde ausgebracht, da waren zum Beispiel zwei Witwen an den Rudern, die drei Kinder retteten, und sie holten raus, so viele sie konnten, aber für die meisten war es zu spät. In dem Wasser hältst du nur kurz durch. Da gefriert dir das Blut in den Adern, alles wird taub, und du stirbst in der Zeit, die wir bräuchten, um zu dem alten Haus zurückzulaufen.

Wochen später ankerte eine andere Schiffsladung Heimkinder auf dem Weg nach Kanada hier vor der Küste, und sie schickten ein kleines Boot herein, um die Überlebenden mitzunehmen, um sie an ihren ursprünglichen Bestimmungsort zu schicken. Aber mein Vater wollte nich' gehen. Er hatte hier bei den Prettys eine Heimat gefunden, und sie versteckten ihn, sagten den Zuständigen, sie hätten sich bei den Geretteten verzählt – nur dreiundzwanzig. Der arme William Ankle war untergegangen. Und so änderte mein Vater seinen Namen in William Pretty und wuchs hier auf und führte ein freies Leben. Und wenn er nich' glücklich war, dann wußte er 's nicht.

Wenn er mit den anderen weitergefahren wär', hätt' ihm wahrscheinlich ein elendes Leben geblüht. Wenn du mich fragst, dann wurde Kanada auf der Sklavenarbeit dieser armen Heimkinder aufgebaut, geschunden bis auf die Knochen, behandelt wie Dreck, halb verhungert und wahnsinnig vor Einsamkeit. Mein Vater blieb nämlich in Verbindung mit drei von den überlebenden Jungen, und sie schrieben sich gegenseitig. Ein paar von den Briefen hab' ich noch – arme, erbarmungswürdige Jungen, die einen Schiffbruch und die eiskalte See überlebt hatten und allein und ohne Freunde weiterfuhren in ein hartes Leben.«

Quoyles Augen feucht, in Gedanken sah er seine kleinen Töchter als Waisen, auf dem Weg über den kalten Kontinent zu einem wilden Bauern.

»Wohlgemerkt, es war nie einfach bei den Prettys, nie leicht auf der Guckinsel, aber sie hatten die Kühe und 'n bißchen Heu und die Beeren, den Fisch und ihre Kartoffeläcker, und im Herbst kriegten sie von 'nem Händler drüben in Killick-Claw ihr Mehl und ihren Schinken, und wenn schwere Zeiten kamen, dann teilten sie, halfen sich unter Nachbarn. Nein, Geld hatten sie keins, die See war gefährlich, und Männer gingen verloren, aber auf 'ne Art, wie die Leute es heut' nich' mehr begreifen, war es ein befriedigendes Leben. Eine eingeschworene Lebensgemeinschaft, der Weg mal eben, mal steinig, aber gemeinsam. Die Arbeit und das Leben von jedem einzelnen waren ein und dasselbe, nich' getrennt wie heute.

Vater bekam immer diese mitleiderregenden Briefe, manchmal erst 'n halbes Jahr, nachdem sie geschrieben worden waren, und las sie hier laut vor, und den Leuten strömten die Tränen übers Gesicht. Oh, wie gern hätten sie diese harten Bauern in Ontario in die Finger gekriegt! Nicht einer von der Guckinsel hat für die Konföderation mit Kanada gestimmt! Mein Vater hätt' am Konföderationstag 'ne schwarze Armbinde getragen. Wenn er so lang gelebt hätt'.

Einer von den Jungen, Lewis Thorn, bekam nie ein eigenes Bett, mußte im miefigen Stroh schlafen, hatte weder Schuhe noch Stiefel und wickelte seine Füße in Lumpen. Sie gaben ihm Kartoffelschalen und Brotkanten zum Essen, was sie sonst den Schweinen gegeben hätten. Sie schlugen ihn jeden Tag, bis er alle Farben eines dunklen Regenbogens hatte, Gelb und Rot und Grün und Blau und Schwarz. Er arbeitete von Sonnenaufgang bis -untergang, während die Bauerskinder Schule und Freizeit hatten. Sein Haar wuchs ihm bis auf den Rücken, ganz verfilzt und verzottelt. Er versuchte, es mit 'ner Handsichel zu stutzen. Du kannst dir vorstellen, wie das aussah. Er war dreckig und verlaust. Am schlimmsten war, wie sie sich über ihn lustig machten, ihn verhöhnten, weil er ein Heimkind war, ihn auslachten und ihm das Leben zur Hölle machten. Schließlich betrogen sie ihn um seinen geringen Lohn und trieben ihn in den Winter von Ontario hinaus, als er dreizehn war. Er ging zu 'nem andern Bauern, der noch schlimmer war. Nich' ein einziges Mal während seiner Jahre auf den Bauernhöfen – und er schuftete dort, weil er nichts anderes konnte, bis er mit knapp zwanzig Jahren bei einem Unfall ums Leben kam –, nich' ein einziges Mal sagte einer ein freundliches Wort zu ihm, seit er in Montreal von Bord gegangen war. Er schrieb meinem Vater, daß nur seine Briefe ihn abhalten würden, sich das Leben zu nehmen. Das Papier, auf das er schrieb, mußte er stehlen. Er hatte vor, nach Neufundland zu kommen, aber bevor es so weit kam, war er tot.

Den andern ging's genauso erbärmlich. Ach, ich weiß noch, wie unser Vater auf dem Kanapee lag, die Füße ausstreckte und uns von den armen, einsamen Jungen erzählte, die Sklaven der kanadischen Bauern waren. Er sagte immer: ›Dankt Gott dafür, daß ihr in einem anständigen Hafen seid.‹

Mein Vater brachte allen seinen Kindern das Lesen und Schreiben bei. Im Winter, wenn's mit dem Fischen vorbei war und die Stürme die Guckinsel einhüllten, hielt mein Vater hier unten in der Küche des alten Hauses Schule. Ja, jedes Kind auf dieser Insel lernte sehr gut Lesen und eine schöne Handschrift. Und wenn er 'n bißchen Geld hatte, bestellte er uns Bücher. Das eine Mal werd' ich nie vergessen, ich war zwölf Jahre alt, und es war November 1939. Ein paar Jahre, bevor er an Tbc starb. Schwere, schwere Zeiten. Kannst du dir nich' vorstellen. Das Boot mit der Herbstpost brachte meinem Vater eine große Holzkiste. Zugenagelt. Brutal schwer. Er wollte sie nich' aufmachen, hob sie für Weihnachten auf. Nachts konnten wir kaum schlafen, weil wir immer an die Kiste dachten und was drin sein könnte. Wir zählten alles in der Welt auf außer dem, was drin war. Am Weihnachtstag zerrten wir die Kiste zur Kirche rüber, und alle verrenkten sich den Hals und glotzten. Dad stemmte sie unter Nägelquietschen auf – und was war drin? Lauter Bücher. Es müssen hundert Bücher drin gewesen sein, Kinderbücher, ein großes rotes Buch über Vulkane, das den ganzen Winter alle in Bann hielt – eine geologische Studie, verstehst du, mit viel Fleisch dran. Das letzte Kapitel ging um vorzeitliche Vulkanaktivitäten in Neufundland. Das war das erste Mal, daß irgendeiner das Wort Neufundland in einem Buch gesehen hatte. Wir waren vielleicht aufgeregt – eine geistige Revolution. Daß *diese* Gegend in einem Buch stand. Wir dachten nämlich, wir wären ganz allein auf der Welt. Die einzige Niete war ein Kochbuch. In dem Buch war nicht ein einziges Rezept, das sich mit dem machen ließ, was wir in unseren Küchenschränken hatten.

Ich hab' nie erfahren, womit er die Bücher bezahlt hat oder ob sie ein Geschenk waren oder was. Einer von den Jungen auf den Höfen, denen er schrieb, zog als Erwachsener nach Toronto und wurde Liftbediener. Der suchte die Bücher aus und schickte sie. Vielleicht bezahlte er sie auch. Das werd' ich nie erfahren.«

Die neue Farbe glänzte auf dem Holz, die frischen Buchstaben schwarz und wie gestochen.

»Na, ich frag' mich, ob ich's noch mal aufrecht gehend hierher schaffe oder nur im Liegen. Ich lass' meinen Stein lieber tief einschneiden, weil keiner da is', der mich alle paar Jahre auffrischt, außer 'n paar Nichten und Neffen unten in St. John's.«

Quoyle dachte über William Ankle nach. »Was hat das bedeutet, was dein Vater über die große, stille Frau gesagt hat? Du hast es über Wavey Prowse gesagt. Etwas, was dein Vater immer gesagt hat. Ein Gedicht oder Sprichwort.«

»Ach das? Laß mich mal überlegen. Er sagte immer, es gibt vier Frauen im Herzen eines Mannes. Das Mädel auf der Wiese, die dämonische Geliebte, die beherzte Frau, die große und stille Frau. Es war nur so 'ne Redensart von ihm. Ich weiß nich', was sie bedeutet. Ich weiß nich', woher er sie hatte.«

»Warst du nie verheiratet, Billy?«

»Unter uns gesagt, ich hatte ein persönliches Problem und wollte nich', daß jemand davon erfährt.«

Quoyles Hand am Kinn.

»Bei der Hälfte von dem Zeug«, sagte Billy Pretty, »dem Sex-Zeug, das Nutbeem und Tert Card ausspucken, weiß ich nich', was sie meinen. Was überhaupt dahinter steckt.« Was er wußte, war, daß die Frauen wie Blätter geformt waren, aber die Männer ihretwegen fielen.

Er zeigte den Abhang hinab, vom Meer weg.

»Da is' noch ein Friedhof. Ein alter Friedhof.« Ein Feld weiter unten, von Strandgut umfriedet. Sie gingen hin. Wuchernde Wildnis. Ein paar Gräber mit von Flechten überwachsenen Felsblöcken noch erkennbar, der Rest in undurchdringlichem Gewirr verloren. Billys leuchtende Augen fixierten Quoyle, warteten auf etwas.

»Ich hätte nicht gemerkt, daß es ein Friedhof ist. Sieht sehr alt aus.«

»O ja. Wirklich sehr alt. Is' der Friedhof der Quoyles.«

Zufrieden mit der Wirkung auf Quoyle, dem der Mund offenstand, dessen Kopf hochzuckte wie bei einer Schlange, die von einem Spiegel überrascht wird.

»Man nannte sie nur die ›Wracker‹, waren vor Jahrhunderten auf die Guckinsel gekommen und haben sie zu ihrem gottlosen Piratennest gemacht. Piraten, ob Mann oder Frau, die Schiffe auf die Klippen lockten. Als Kinder haben wir immer nach verborgenen Schätzen gegraben. Drehten Steine um, ob eine schwarze Kiste darunter war.«

»Hier!« Quoyle standen die Haare zu Berge. Die gewundene Fahrrinne, der versteckte Hafen.

»Siehst du dort drüben die ausgelegten flachen Felsen? Dort stand euer Haus, das übers Eis nach Quoyle's Point rübergezogen wurde, eine Meute aufgebrachter Inselbewohner hinterher. Denn über die Jahre kamen andere hierher und ließen sich nieder. Vertrieben die Quoyles. Obwohl das Verbrechen, das den Ausschlag gab, ihre Weigerung war, an Pfingsten in den Gottesdienst zu gehen. Die Religion hatte die Guckinsel damals fest im Griff, aber nicht die Quoyles. Darum hauten sie ab, nahmen ihr Haus und hauten ab, brüllten im Gehen Schiffstauflieder.«

»Mein Gott«, sagte Quoyle. »Weiß die Tante das alles?«

»Ach, sie muß. Hat sie's dir nie erzählt?«

»Schweigt über die Vergangenheit«, sagte Quoyle, schüttelte den Kopf, kein Wunder.

»Um die Wahrheit zu sagen«, fuhr Billy fort, »hier waren viele, viele Menschen auf Schiffbrüche angewiesen, um ihr Los zu erleichtern. Sie retteten so viele Leben, wie sie konnten, und nahmen das Schiff dann vollkommen aus. Packten die Luxusgüter, Butter, Käse, Porzellanteller, silberne Kaffeekannen und schöne Kommoden. Hier gibt's noch viele Häuser mit Schätzen aus gestrandeten Schiffen. Und die Piraten kamen immer von der Karibik nach Neufundland herauf, um ihre Mannschaften aufzufrischen. Ein Ort für geborene Piraten und Wracker.«

Sie gingen zum Ausguck zurück, um sich noch einmal umzusehen. Quoyle versuchte, sich in die Rolle des gottlosen Piraten zu versetzen, der nach Beute oder Feinden Ausschau hielt.

Billy schrie auf, als er sah, daß der dunstige Horizont zu einer großen wogenden Wand geworden war, keine Meile mehr entfernt, ein Nebelvorhang, der über braunes Wasser rollte.

»Mach voran, Junge«, rief Billy, während er den Pfad zum Strand hinunterrutschte und -schlitterte und seine Farbdosen aneinanderschlugen. Quoyle keuchte hinter ihm her.

Der Motor knatterte, und ein paar Minuten später waren sie in der Fahrrinne.

21
Navigieren mit Poesie

»Nebel: Wenn das warme Wasser des Golfstroms in höhere Breitengrade vordringt, erzeugt es Nebel, vor allem in der Nähe der Großen Neufundlandbank, wo durch das kalte Wasser des Labradorstroms der Gegensatz zwischen den Temperaturen benachbarter Gewässer höchst auffällig ist.«

SEEMANNSLEXIKON

Als sie wieder zu dem Felsenlabyrinth kamen, war die Nebelbank knapp zweitausend Meter entfernt.

»Wenn wir in zehn Minuten aus den Felsen und Strömungen rauskommen und Kurs auf Killick-Claw nehmen, geht alles in Ordnung«, sagte Billy und steuerte das Boot in eine gewundene Bahn, die Quoyle nur erahnen konnte.

»Das waren die Felsen, auf die die Quoyles Schiffe lockten.« Schrie. Quoyle glaubte, den Sog der Strömung entlang der Klippen zu spüren, starrte ins Wasser, als suchte er in den Tiefen nach vollgesogenen Schiffsrümpfen. Sie umfuhren einen zerklüfteten Felsen, den Billy Netzmann nannte.

»Weil wenn du was verloren hast, Angelkorken, Körbe oder ein gutes Stück Tau, dann war es unheimlich, wie es schließlich um den Netzmann geschlungen wieder auftauchte. Irgendein Strudel trug die Dinge zu ihm, nehme ich an, und sie blieben in den Spalten hängen.«

»Jetzt hängt auch was dran«, sagte Quoyle. »So was wie eine Kiste. Moment mal, Billy, es ist ein Koffer.« Billy steuerte um den gluckernden Felsen, reichte Quoyle einen Fischhaken.

»Mach schnell damit.« Der Koffer war oben auf einem Felsen gestrandet, von der jetzt zurückweichenden Flut hochgespült. Er ruhte auf einem schmalen Vorsprung, als hätte ihn gerade jemand dort abgestellt. Quoyle klinkte den Haken in den Seilgriff und zerrte. Der Koffer war so schwer, daß er ins Meer polterte. Als er an die Oberfläche hüpfte, packte Quoyle ihn mit dem Haken, zog ihn heran. Schließlich konnte er hinüberlangen und den Griff packen. Schwer, aber er bekam ihn an Bord. Billy sagte nichts, manövrierte das gedrosselte Boot durch die blinden Klippen.

Der Koffer war schwarz vom Meerwasser. Teuer aussehend, aber mit einem Seilgriff. Er hatte etwas an sich. Quoyle versuchte es an den Riegeln, aber sie waren verschlossen. Der Nebel kam über sie, dicht, löschte alles aus. Sogar Billy hinten im Boot wurde blaß und unkörperlich. Ziellos, kein Horizont am Himmel.

»Bei Gott, Quoyle, du bist ein Wracker! Du bist ein echter Quoyle mit deinem Fischhaken da.«

»Er ist abgesperrt. Wir müssen ihn aufstemmen, wenn wir zurück sind.«

»Das kann 'ne Weile dauern«, sagte Billy. »Wir müssen uns reinschnüffeln. Sind noch über den Felsen. Wir tasten uns einfach entlang, bis wir sie hinter uns haben.«

Quoyle strengte seine Augen an, bis sie weh taten, und sah nichts. Unbehagen ergriff ihn, die schleichende Furcht vor dem Unsichtbaren. Das gespenstische Unbekannte, gefärbt mit Gedanken an Piraten-Quoyles. Vorfahren, deren verderbtes Blut in seinen Adern rann, die die Schiffbrüchigen mordeten, ihre ungewollten Bälger ertränkten, kämpften und brüllten, die Bärte zu Zacken geflochten, brennende Kerzen ins Haar gesteckt. Spitze Stöcke, im Feuer gehärtet.

Steuerbord voraus drohte ein Felsen, ein großer Turm im wirbelnden Dunst.

»Aha, genau richtig. Is' der Heimatfelsen. Jetzt sind wir auf gerader Bahn. Bald können wir den Rauch von Killick-Claw riechen und uns an ihm entlang reinschnüffeln.«

»Billy, den Heimatfelsen haben wir auf dem Weg zur Insel gesehen. Er war nur ein niedriger Felsen, kaum einen halben Meter über dem Wasser. Das Ding ist riesig. Es kann nicht derselbe Felsen sein.«

»Doch, doch. Er ragt jetzt nur ein bißchen höher heraus, weil Ebbe ist und er im Nebel liegt. Der Nebelschatten läßt ihn dir größer vorkommen. Es is' 'ne optische Täuschung, der gute alte Nebelschatten. Da wirkt ein Dory wie ein Öltanker.«

Das Boot tuckerte durch die blendende Weiße. Quoyle umklammerte die Dollborde und verzweifelte. Billy sagte, er könne die Kamine von Killick-Claw riechen, noch fünfzehn Meilen übers Wasser, und noch etwas, etwas Verwestes und Fauliges.

»Der Gestank gefällt mir nicht. Wie ein angespülter Wal in der dritten Woche bei heißem Wetter. Es scheint immer stärker zu werden. Vielleicht treibt ein toter Wal im Nebel. Horch auf die Glockenboje, die den Widder und das Lamm markiert. Bei dem Nebel können wir die Einfahrt leicht verfehlen.«

Nach knapp einer Stunde sagte Billy, er höre die Küstenbrandung, das Brechen der Wellen auf Stein, und dann tauchten in der Düsternis des Nebels und der hereinbrechenden Nacht ein paar nadelförmige Felsen auf.

»O je«, sagte Billy Pretty. »Das sind die Stricknadeln. Wir sind ein Stück östlich von Killick-Claw. Aber nicht weit von Desperate Cove. Was meinst du, sollen wir hier an Land gehen und warten, bis der Nebel sich verzieht, ehe wir die Küste zurückfahren? In Desperate Cove gab's früher ein gutes, kleines Restaurant. Sehen wir mal, ob ich noch weiß, wie man reinkommt. Zu Wasser bin ich nicht mehr hierhergekommen, seit ich ein Junge war.«

»Um Himmels willen, Billy, die Gewässer hier sind voller Felsen.« Wieder tauchte eine schäumende, schwarze Masse aus dem Nebel auf. Aber Billy kannte seinen Weg anhand eines Reims aus der alten Zeit, als die armen Männer nach dem Gedächtnis segelten, ohne Seekarten, Kompaß und Lichter.

Liegen die Stricknadeln dir voraus,
Siehst von Desperate Cove im Westen du ein Haus.
Gleich hinter den Nadeln steure dann,
Bis erscheint der Schuh vom Alten Mann.
Die Fahrrinne liegt jetzt nach dem großen Zeh,
Fahr durch die Enge langsam, tu dir nicht weh.

Der alte Mann umschiffte die Stricknadeln und tastete sich an Strömung und saugender Ebbe entlang.

»Es gibt ein Dutzend Tricks, um den Weg zu finden – auf die Küstenbrandung hören, rufen und das Echo von den Kliffs hören, den Lauf der Strömung unter sich spüren oder die verschiedenen Gerüche der einzelnen Buchten riechen. Mein Dad konnte einhundert Meilen Küste am Geschmack in der Luft bestimmen.«

Ein Felsbuckel, das Geräusch schmatzenden Wassers, dann ein langsames Tuckern entlang eines zerklüfteten Felsgrats. Erstaunt hörte Quoyle eine Autotür zuschlagen, hörte den Motor starten und das Fahrzeug davonbrausen. Er konnte nichts sehen. Aber einen Moment später war ein Schein an einer Stelling zu erkennen, und Billy drehte bei, stieg aus und schlang die Anlegeleine über einen Poller.

»Der Gestank«, sagte er, »kommt aus dem Koffer.«

»Vermutlich das Leder«, meinte Quoyle. »Fängt zu faulen an. Wie weit ist es zum Restaurant? Ich will ihn nicht hierlassen.«

»Der Laden war gleich die Straße rüber. Die Touristen kommen im Sommer mit ihren Kameras rein, weißt du, und sitzen den ganzen Tag lang hier und schauen aufs Wasser. Es ist wie ein seltsames Tier, von dem sie den Blick nicht lassen können.«

»Du wüßtest, warum, wenn du aus Sudbury oder New Jersey kämst«, sagte Quoyle.

»Da. Da ist es. Ich kann das Bratfett deutlicher riechen als den Gestank von dem Koffer. Laß den Koffer draußen.«

Es waren keine Gäste da, die Bedienung und die Köchin saßen friedlich an einem der Tische und häkelten Spitzendeckchen. Ein Geruch nach Brot, das tägliche Backen für den nächsten Tag.

»Mädels, wir sind total ausgehungert«, sagte Billy.

»Skipper Billy! Hast du mich erschreckt, so aus dem Nebel reinzuplatzen.«

Die Köchin legte ihr Häkelzeug weg und stellte sich neben die Tafel.

»Das ist alles, was noch da ist«, sagte sie und wischte

DORSCHBACKEN aus, wischte KRABBENTELLER aus. »Es gibt gebratenen Kalmar, mein Lieber, und Fleischklößchen. Du weißt schon, der Elch, den Railey erwischt hat, Skipper Billy? Na, wir haben so viele Hamburger aus ihm gemacht, und ich wollte den Kühlschrank leerkriegen, darum hab' ich heut morgen Fleischklößchen mit Soße gemacht. Ist gut geworden. Kartoffelbrei?« Nichts als senkrechte Linien, das zerfurchte Gesicht, die dunklen Falten ihres Rocks.

Billy rief Tert Card an, lehnte mit einem Zahnstocher im Mund an der Wand.

»Ich und Quoyle sind in Desperate Cove unten, stecken im Nebel fest. Ich lass' mein Boot hier, wenn du uns mit dem Auto nach Killick-Claw zurückholen kannst. Er hat sein Auto dort, und ich hab' meinen Laster unten am Kai gelassen. Ja. Ich hol's morgen. Wracker Quoyle hat einen Koffer vom Netzmann aufgeklaubt. Wissen wir nicht. Ist abgesperrt. Der Nebel ist so dick, also mach langsam. Hat keine Eile. Wir essen hier was. Ja. Nein, sie hat Raileys Elch zu Fleischklößchen gemacht. Klar, ich sag's ihr.«

Quoyle nahm den Kalmar und dazu Zwiebelhaschee. Die Tintenfischringe waren mit winzigen rosa Krabben gefüllt, auf Meerpetersilie gebettet. Billy mampfte seinen Teller Fleischklößchen. Die Bedienung brachte ihnen heiße Brötchen mit Butter und Rebhuhnbeerenmarmelade.

Die Köchin streckte ihr langes Gesicht aus der Küche.

»Ich hab' für Railey 'nen altmodischen Feigenpudding gemacht, Skipper Billy. Is' noch jede Menge da. Vielleicht wollt ihr mit 'nem Stück euren Gaumen kitzeln?«

»Ich schon. Und Tert Card holt uns ab. Er will 'ne Portion Fleischklößchen mitnehmen, wenn du noch genug hast.«

Also einen Teller Feigenpudding mit einem Schuß Rumsoße und Kaffee.

»Ich geh' und mach' den Koffer auf«, sagte Quoyle.

»Wracker Quoyle, er geht dir nicht aus dem Sinn, dieser blöde Koffer. Geh nur und mach ihn auf. Stemm ihn mit 'ner Gabelzange auf oder zerschlag ihn mit 'nem Stein. Ich hoffe, er ist mit Trophäen aus den Schatztruhen der Guckinsel vollgestopft.« Billy bat mit einem Fingerzeig um mehr Tee.

Quoyle schleppte den Koffer unter die einzige Lampe am Kai. Er fand ein Stück Rohr und schlug auf das Schloß. Das Rohr klirrte auf dem Messing. Das Schloß hielt. Quoyle sah sich nach etwas zum Aufstemmen um, einem Schraubenzieher oder einem Meißel, aber es gab nichts außer Steinen und Glasscherben. Enttäuscht holte er mit dem Rohr aus und schmetterte es, so fest er konnte, auf das Schloß. Ein metallisches Knacken, und der Koffer sprang auf, entsetzlicher Gestank entwich.

Im Licht der Laterne sah er auf einem Bett aus Seetang das zerfallene Auge, das plattgedrückte Gesicht und den vom Blut gehärteten Schnauzer von Bayonet Melville. Das glibbrige Schreckensbild rutschte auf den Kai.

22
Hund und Katz'

»Der Maschenknoten ... ist der übliche Weg, den Schotstek mit der Filetnadel zu machen.«

Das Ashley-Buch der Knoten

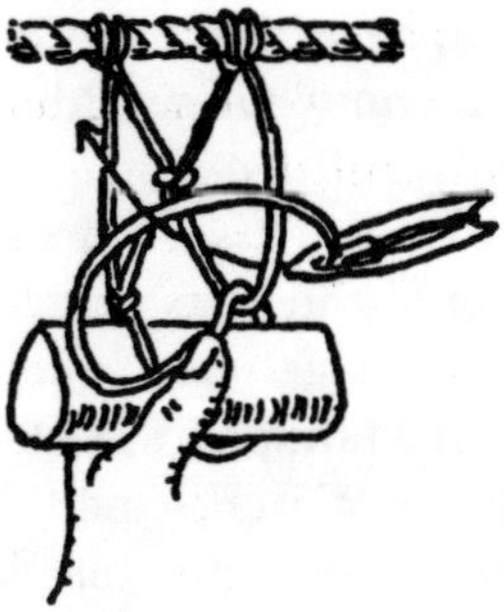

»Die Agnis hat ein Männerherz, das hat die Agnis«, sagte Mavis Banks zu Dawn, als die Tante mit Maßband und Notizbuch loszog. »Was Forsches, die packt die Sachen an wie ein Mann. Das kommt vom Leben in den Staaten. Alle Frauen dort sin' forsch. Haben Sie gesehn, wie ruhig sie war? Während der Neffe wie Wackelpudding war? Findet der den Kopf. Sie sagt, er hat zwei Tage lang nich' fahren können, so war er unter Schock. Ich war selber unter Schock. Daß die Bundespolizei reinkommt und fragt. Fragen über Fragen. Die arme Agnis.

Und da is' noch was. Sie is' zwar 'ne Hamm, aber sie is' 'ne Quoyle. Die Geschichten, meine Liebe. Omond – das war mein seliger Mann –, der kannte sie. Er stammte aus No Name Cove, von Capsize Cove die Bucht runter, das is' bloß eine Bucht vor Quoyle's Point. Und das kleine Mädel, das sie gekriegt haben, das is' 'ne echte Quoyle, steht schräg wie 'ne Boje bei stürmischer See.«

Dawn hörte sie kaum. Jedesmal wenn Agnis Hamms Lkw wegfuhr, war Dawn an der elektrischen Schreibmaschine. Blieb an manchen Abenden deswegen länger. Brief um Brief.

> Sehr geehrte Herren, ich möchte mich nach der Stelle des Autoverkäufers in Ihrer Firma erkundigen. Obwohl ich im Schiffahrtswesen ausgebildet bin …

> Sehr geehrte Herren, ich nehme Bezug auf Ihr Stellenangebot für eine Sekretärin mit Spanischkenntnissen. Ich kann zwar kein Spanisch, habe aber einen Abschluß in Seefahrtstechnik und möchte umschulen. Anbei …

Mavis Bangs redete weiter. »Also, ich sag' Ihnen, eine Frau, die neben ihrem Mann fischte, das war Mrs. Buggit. Hat die Kleinen zu ihrer Schwester gesteckt, und draußen waren sie. Sie war so stark wie ein Mann, hieß es. Mrs. Buggit geht jetzt nich' mehr raus, nur zur Wäscheleine. Sie leidet an Streßinkontinenz, so heißt das. Sie kann ihr Wasser nich' halten. Wenn sie aufsteht, lacht, hustet oder sonstwas. Ein Problem. Sie haben versucht, sie zu überreden, daß sie Übungen macht, wissen Sie, anspannen und loslassen, anspannen und loslassen, sie sagte, es würde kein bißchen Unterschied machen, nur daß sie merkten, daß der Hund vor der Tür zum Badezimmer stand und ganz besorgt war. Es hat sie schwer getroffen, wissen Sie, als sie ihren Ältesten verloren. Jesson. Genau wie Jack war der. Stur! Ließ sich rein gar nichts sagen. Was meinen Sie, Dawn, meinen Sie, es war Mrs. Melville? Die, für die wir das ganze schicke Leder zusammengenäht haben? Die seinen Kopf abgeschnitten hat? Agnis' Neffe sagt, sie waren wie Hund und Katz'. Dauernd am Streiten. Betrunken. Eine Frau und betrunken! Und wie sie sich in der Nacht verdrückt haben und Agnis nicht für unsere Arbeit bezahlt haben? Natürlich sieht's jetzt so aus, daß *sie* sich in der Nacht verdrückt hat und nich' bezahlt hat. Aber einem Mann den Kopf abschneiden und ihn in einen Koffer stecken! Sie sagen, jemand muß ihr geholfen haben, eine schwache alte Frau wie sie.«

»Ich weiß nicht«, sagte Dawn. Die Schreibmaschine hatte ein Speichersystem. Sie brauchte nur den Adressaten und die Stelle auszutauschen, und die Maschine spuckte den nächsten Brief aus.

Sehr geehrte Herren, kürzlich sah ich Ihre Anzeige im *Globe and Mail* für eine Forschungsassistentin. Ich kann zwar kein Japanisch, bin aber bereit, es zu lernen …

Sehr geehrte Herren, kürzlich sah ich Ihre Anzeige im *Globe and Mail* für eine Floristin. Ich kann zwar keine Blumen binden, bin aber bereit, es zu lernen …

Sehr geehrte Herren, kürzlich sah ich Ihre Anzeige im *Globe and Mail* für eine Stelle als Börsenmakler. Ich habe zwar eine Ausbildung im Schiffahrtswesen, bin aber bereit zu lernen …

»Es liegt an den bösen Menschen, die herkommen. Nichts ist mehr, wie es war. So häßliche Dinge sind hier nie passiert. Unsere Bräuche früher waren gar nich' so schlecht. Jetzt lachen vielleicht welche drüber, aber ganz oft is' was Richtiges dabei rausgekommen. Einen, den ich nie vergessen werd', heut kennt ihn kaum noch ein Mädel, weil sie keine Matten mehr flechten, aber wenn eine neue Matte geflochten wurde, wissen Sie, da holten sich die Mädels, die jungen Mädels, eine Katze, verstehen Sie, und sie setzten die Katze auf die neue Matte, hoben dann die Seiten an, damit die Katze drinblieb. Eine Katze war immer da. Neufundländer mögen Katzen. Dann schlugen sie die Matte wieder auseinander, und diejenige, zu der die Katze dann ging, die war als nächste mit Heiraten dran. Und das war so wahr, wie daß die Sonne aufgeht.«

Das Ziel lautete fünfundzwanzig Briefe pro Woche, jede Woche. Daraus mußte sich eine Antwort ergeben.

Sehr geehrte Herren, kürzlich sah ich Ihre Anzeige für einen Hundeabrichter. Ich habe zwar eine Ausbildung im Schiffahrtswesen, bin aber bereit, umzuschulen …

»Meine Schwester arbeitete den ganzen Winter lang an einer Matte, ein Muster aus Rosen und Kabeljau auf blauem Grund. Hübsch. Da war ich also, vierzehn Jahre alt. Wir waren fünf Mädels. Meine Schwester Liz und Kate und Jen und die beiden Marys. Sie hatten die Katze in die Matte gesetzt, als sie fertig war. Und wissen Sie was, die Katze kommt geradewegs auf mich zu und springt mir auf den Schoß. Und es klingt vielleicht merkwürdig, aber ich war die nächste, die heiratete. Liz starb vor dem Sommer an Tbc. Kate hat nie geheiratet. Mary Genge ging mit ihren Leuten nach Boston, und von der andern Mary weiß ich nichts. Aber ich hab' Thomas Munn geheiratet. An meinem fünfzehnten Geburtstag. Ist 1957 auf See verschollen. Ein schöner Mann. Das schwarze Haar. Wenn er ins Zimmer kam, ist einem sofort die Hitze ausgebrochen. Ich verzehrte mich vor Heulen. Ich war auf achtzig Pfund runter. Sie dachten, ich würd's nich' überleben. Aber irgendwie hab' ich's geschafft. Und hab' Desmond Bangs geheiratet. Bis er bei dem Flugzeugabsturz von mir ging. Oben in Labrador. Ich sag': ›Ich heirat' nie wieder, denn den Kummer halt' ich nicht aus.‹ Nicht wie manche andre, die ihrem Mann den Kopf abschneidet und ihn in einen Ranzen steckt.«

Noch fünf, und sie wäre fertig für die Woche. Sie wollte erst einmal alles annehmen, alles, nur um von hier fortzukommen. Um nicht mehr Mavis Bangs zu hören. Um etwas anderes als Fischerboote, Felsen und Wasser zu sehen!

> Ich möchte mich nach der Stelle eines Dekorateurs erkundigen. Ich bin zwar im Schiffahrtswesen und Polstern ausgebildet, aber auch bereit zu lernen …

»Wissen Sie, wir Mädchen waren alle gut im Handarbeiten. Liz natürlich, die die Matten flocht, sie war eine bekannte Mattenflechterin. Unsere Mam hielt Schafe wegen der Wolle. Ich seh' sie noch, wie sie nach dem Abendessen Wolle spinnt oder strickt. Strickte nach dem Essen immer. Ich seh' sie noch, wie sie dasitzt und ein paar Fäustlinge strickt und ihre hölzernen Nadeln klappern. Sagte, die Wolle würde abends besser rutschen, wär' locker, weil die Schafe sich hinlegen würden, verstehen Sie. Zum Schlafen. Das alte Spinnrad hab' ich geerbt. Is' ein Vermögen wert. Ich hab's immer draußen auf dem Rasen gehabt. Des hat's rot und gelb gestrichen, ein schönes Muster. Aber nachts mußten wir's reinholen, hatten Angst, ein Tourist könnt' es stehlen. Das tun die, wissen Sie. Die nehmen sich ein Spinnrad mitten aus Ihrem Hof. Ich kenn' eine Frau, der das passiert ist. Mrs. Trevor Higgend, geht in meine Kirche. Was halten Sie von dem Neffen, Dawn? Einen Mann, der findet, was er gefunden hat, würden Sie nich' wollen, was? Aus einem Quoyle is' noch nie was Gutes geworden.«

»Nie.« Die Tasten ratterten. Der letzte für diese Woche. Schon jetzt konnten in ihrem Briefkasten Antworten liegen.

> Ich möchte mich nach der Stelle als Bauzeichner erkundigen. Ich habe zwar eine Ausbildung im Schiffahrtswesen, bin aber bereit, umzuschulen und Bauzeichner zu lernen …

Quoyle und Wavey Seite an Seite, einander sympathisch; Herry, der ihnen in den Nacken atmete. Das Auto quälte sich durch den Regen den Hügel hinauf, von der Schule weg. Sie kamen über die Kuppe. Auf Quoyles Seite das Meer, ein krankes Grau im angestrengten, feuchten Licht.

Spritzten durch gelben Regen. Eine Reihe Briefkästen, einige in Gestalt von Häusern mit aufgemalten Fenstern. Vier Enten watschelten die schlammigen Furchen entlang. Quoyle fuhr im Schneckentempo hinter ihnen her, bis sie in den Straßengraben auswichen. Am Büro des *Gammy Bird* vorbei, am Haus der Buggits vorbei und weiter. Die quadratischen Häuser mit wunderbaren Streifen bemalt, tapfer vor den Felsen.

Waveys Häuschen war im Erdgeschoß Minzgrün, dann ein roter Streifen. Der scharlachrote Schlafanzug des Jungen an der Wäscheleine, leuchtend wie Chilischoten. Ein Stapel spitzer Scheite, ein Sägebock in einem Haufen aus Spänen und Rinde, abgesplitterte Holzstücke, zum Stapeln bereit.

Neben der Straße zwei Fischer, schlank und hart wie

Flintenrohre, flickten bei Regen ihre Netze, auf ihren Pullovern perlte die Nässe. Scharfe irische Nasen, lange irische Hälse und gekräuselte Haare unter Schirmmützen. Einer schaute auf, sein Blick sprang von Wavey zu Quoyle, musterte sein Gesicht, erkannte ihn. Filetnadel in der Hand.

»Dort ist Onkel Kenney«, sagte Wavey mit ihrer leisen, tragenden Stimme zu dem Jungen.

»Und«, rief das Kind.

In Archie Sparks Hof stand ein neuer Hund, ein blauer Pudel zwischen den Sperrholzschwänen.

»Und.«

»Ja, ein neuer Hund«, sagte Wavey. Ein Holzhund mit einem Seilschwanz und einem Blechdosenhalsband. Auf einem Stock. Auge wie ein Furunkel.

Im Rückspiegel sah er Waveys Bruder über die Straße auf sie zukommen. Der andere Mann sah aus der Ferne zu, hielt das Netz, die Hände still.

Wavey zog Herry aus dem Wagen. Er reckte sein Gesicht in den Sprühregen, schloß die Augen, spürte, wie die Tröpfchen ihn berührten wie kalte, feine Haarspitzen. Sie zog ihn zur Tür.

Quoyle streckte dem näherkommenden Mann die Hand entgegen, wie er es bei einem unbekannten Hund hätte tun können, der auf ihn zu stakste.

»Quoyle«, sagte er, und sein Name klang wie eine Ausflucht. Der Fischer drückte ihm kurz die Hand.

Ein Gesicht wie Waveys hageres Gesicht, aber gröber. Ein junger Mann, der nach Fisch und Regen roch. Sehnen und Muskeln, die bis ins neunte Jahrzehnt hielten.

»Haben Wavey heimgefahren, was?«

»Ja.« Seine weiche Hand war ihm peinlich. In dem Haus hinter dem aufsässigen Holzzoo bewegte sich ein Vorhang.

»Da ist Dad und spioniert«, sagte Ken. »Kommen Sie rein und trinken Sie 'ne Tasse Tee.«

»Nein, nein«, sagte Quoyle. »Ich muß wieder zur Arbeit. Hab' Wavey nur kurz gefahren.«

»Laufen hält einen munter. Sie haben doch den Koffer mit dem Kopf drin gefunden. Hätte mir den Magen umgedreht.

Sie sind auf der Landzunge da drüben.« Zeigte mit dem Kinn. »Dad sieht Sie da drüben an schönen Tagen durch sein Fernrohr. Haben ein neues Dach auf das alte Haus gemacht?«

Quoyle nickte, stieg wieder in sein Auto. Aber seine farblosen Augen waren warm.

»Fahren Sie zurück? Ich komm' mit bis zu mein'm Netz«, sagte Ken, schritt vorne um das Auto und ließ sich auf Waveys Sitz plumpsen.

Quoyle setzte zurück und wendete. Wavey war fort, in ihr Haus verschwunden.

»Kommen Sie jederzeit vorbei und besuchen Sie sie«, sagte Ken. »Es ist wirklich schade mit dem Jungen, aber er ist ein guter, kleiner Kerl, eine arme kleine Landratte.«

»Sehr geehrte Herren«, schrieb Dawn. »Ich möchte mich bei Ihnen …«

23
Maleficium

»Die geheimnisvolle Kraft, die Knoten angeblich innewohnt ... kann schädlich, aber auch segensreich sein.«

QUIPUS UND HEXENKNOTEN

Quoyle strich. Doch gleich, was sie mit dem Haus anstellten, dachte er, es behielt sein schauerliches Aussehen, verlor nichts von jenem ersten bedrohlichen Eindruck hinter dem Nebelvorhang. Wie hatte es wohl ausgesehen, als es neu und unbehandelt auf der Guckinsel stand oder als es über das knirschende Eis gezogen wurde? In ihm setzte sich die Idee fest, daß die Reise das Haus aus den Fugen gebracht, das Holz zu seltsamer Geometrie verzerrt hatte. Und ihn schauderte noch immer vor dem starren Auge des weißhaarigen Mannes, dem direkt auf ihn gerichteten stumpfen Glotzen.

Das Interesse der Tante, alles herzurichten, erlahmte, schweifte ab zu etwas Persönlichem in ihrem Zimmer, wo sie auf ihrem Bett lag und eine Stunde lang zur Decke hochstarrte. Oder sie stand mit einem Gähnen auf, einem kurzen Lachen, sagte: Also, dann wollen wir mal. Zurückgekehrt von wer weiß wo.

Die Wochenenden kamen auf folgendes heraus: die Tante in ihrem Zimmer, beim Herumstöbern oder beim Spazierengehen. Quoyle beim Freischlagen seines Pfads zum Meer, die Kinder im Moos hockend, um Insekten zu beobachten, wie sie sich Stengel hinaufmühten. Oder er hackte Holz gegen künftige Kälte. Dachte an Partridge, begeisterte sich am Kochen neuer Gerichte und ließ die Kinder ihre Finger in Vermengtes und Übergeschwapptes tunken; ließ Bunny manchmal das Schälmesser benutzen. Während er in der Nähe war.

Ende August stand eine Schüssel mit geputztem Tintenfisch auf dem Küchenregal. Quoyles Vorhaben: Linguine Calamari, wenn er mit dem Streichen fertig war. Denn er schuldete Partridge einen Brief. Die Tante kündigte einen Salat an – trotz erschlaffendem Kopfsalat und blassen Treibhaustomaten.

»Wir hätten einen kleinen Garten anlegen können«, sagte sie. »Wenigstens unseren Salat selbst ziehen. Das Zeug vom Supermarkt ist ja nicht genießbar. Der Sellerie angefault, der Salat sieht aus wie gekocht.«

»Wavey«, sagte Quoyle. »Wavey sagt, Gelbdolden sind besser als Spinat. Man kann sie an der ganzen Küste pflücken.«

»Nie davon gehört«, sagte die Tante. »Ich bin nicht so für Wildpflanzen.«

»Es ist wie mit wilder Meerpetersilie«, sagte Quoyle. »Davon könnte ich was in die Calamarisoße geben.«

»Ja«, sagte die Tante. »Versuch's mal. Was es auch ist.« Zog aber los, um zwischen den Felsen nach einem passenden Gartenbeet zu suchen. War noch nicht zu spät zum Salatsäen. Dachte, ein Treibhaus wäre nicht schlecht.

Der Tag war warm, Wind schlitterte über die Bucht, kräuselte das Wasser zu Katzenpfoten. Die Tante nahm den melancholischen Geruch von umgepflügter Erde wahr. Quoyle roch Farbe, bis er Kopfschmerzen bekam.

»Da kommt wer«, sagte die Tante, auf ihren Spaten gelehnt. »Zu Fuß auf der Straße.«

Quoyle schaute, aber da war niemand.

»Wo?«

»Gleich hinter der Fichte mit dem abgebrochenen Ast. Vom Bulldozer abgebrochen, möchte ich hinzufügen.«

Sie starrten auf den Weg Richtung Handschuhfabrik, Richtung Straße.

»Ich hab' jemand gesehn«, sagte die Tante. »Ich konnte die Mütze und die Schultern sehen. Ein Mann.«

Quoyle ging wieder zu seinem Farbkübel, aber die Tante schaute und stieß schließlich die Schaufel in den Boden, daß sie von selbst stehenblieb, ging auf die Fichten zu. Dort war niemand. Sah aber Fußspuren von Fischerstiefeln ins Gestrüpp verlaufen – ein Elchpfad, dachte sie, der in eine wilde Marsch aus teefarbenem Wasser und ledrigem Gebüsch führte.

Sie holte tief Luft, suchte am Straßenrand nach Hundespuren. Und war sich nicht sicher.

»Es ist der alte Mann«, sagte Quoyle. »Muß er sein.«

»Was für ein alter Mann?«

»Billy Pretty sagt, er ist mit den Quoyles verwandt. Sagt, er ist ein zäher alter Bursche. Wollte bei der Umsiedlung nicht von Capsize Cove fort. Blieb ganz allein da. Billy meint, er ist vielleicht ein wenig aufgebracht, weil wir in dem Haus sind. Das habe ich dir doch gesagt.«

»Nein, hast du nicht, Neffe. Und wer in aller Welt soll das sein?«

»Ich weiß, daß ich dir davon erzählt habe.«

Die Tante fragte vorsichtig, wie der Name lautete.

»Ich weiß es nicht. Einer von den alten Quoyles. Seinen Namen weiß ich nicht mehr. Irgendwas Irisches.«

»Das glaub' ich nicht. Von denen ist keiner mehr da. Weißt du, manche Quoyles hatten keinen besonderes guten Ruf«, sagte die Tante. Mit abgewandtem Kopf.

»Hab' ich gehört«, sagte Quoyle. »Hab' gehört, daß Omaloor Bay nach den Quoyles benannt ist – wie Schwachkopf-Teich, Sechs-Finger-Hafen oder Aprikosenohr-Bucht nach anderen Unglücklichen. Billy hat mir erzählt, wie sie von der Guckinsel rüberkamen. Sollen das Haus übers Eis gezogen haben.«

»So heißt es. Die Hälfte von den Geschichten sind erstunken und erlogen. Ich nehme an, die Quoyles waren so anständig wie alle anderen auch. Und ich bin mir sicher, daß ich nicht weiß, wer der Kerl sein könnte, von dem du sprichst.«

Quoyle wusch sich die Farbe von den Händen, rief: »Wer will mit mir die Küste entlangspazieren und Gelbdolden pflücken?«

Sunshine fand zwei wilde Erdbeeren. Bunny warf immer größere Steine in die Wellen; die Wasserspritzer kamen immer näher, bis einer sie erwischte.

»Na schön, na schön, gehen wir zum Haus zurück. Bunny kann ihre Strumpfhose wechseln, und Sunshine kann die Gelbdolden waschen, und ich brate den Knoblauch und die Zwiebeln an.«

Aber als die Soße fast fertig war, entdeckte er, daß keine Linguine da waren, nur eine Packung bogenförmige Eiernudeln, weiches Zeug, das unter der Soße verklumpte, daß die Tintenfischringe an den Tellerrand rutschten.

»Du mußt vorausplanen, Neffe.«

Wieder kurz vor Sonnenaufgang. Etwas weckte ihn. Grau und kalt ragte das kahle Zimmer über ihm auf. Er lauschte, ob Bunny rief oder weinte, hörte aber nur Stille.

Ein Kreis huschte über die Decke, verschwand. Taschenlampenstrahl.

Er stand auf, ging zu dem Fenster mit Meerblick, Fliegenleiber knirschten unter seinen bloßen Füßen. Kniete sich an einer Seite hin und lugte in die heller werdende Nacht. Lange sah er nichts. Seine Pupillen vergrößerten sich im Dunkeln, er sah, wie der Himmel den Perlmuttglanz des nahenden Lichts annahm. Das Meer erstand als Silbernegativ. Weit unten im drahtigen Gestrüpp sah er einen rastlos zuckenden Funken, und bald war er aus seinem Gesichtsfeld verschwunden.

»Wir sollten mal da runter«, sagte Quoyle. »Nach dem alten Mann sehen.«

»Ich bin mir sicher, daß ich keinen alten Onkel vierten Grades aufstöbern will, der einen Groll auf uns hat. Bislang sind wir sehr gut zu Rande gekommen, und es wär' besser, nicht an den Dingen zu rühren.«

Quoyle wollte hin. »Wir könnten die Mädchen mitnehmen, die würden das Herz eines Ungeheuers besänftigen.«

Oder eher verhärten, dachte die Tante.

»Na los, Tante.« Er drängte.

Aber sie blieb kühl. »Ich hab' drüber nachgedacht, überlegt, wer's sein könnte. Eine Reihe von Vettern meiner Mutter war in Capsize Cove, aber die waren in ihrem Alter, wenn nicht älter, Erwachsene mit eigenen Kindern, Enkeln, als ich noch ein Mädchen war. Wenn's also einer von denen ist, muß er Ende achtzig oder neunzig sein, vermutlich auch noch verkalkt. Ich nehme an, der Mann auf der Straße war jemand aus der Stadt, vielleicht beim Spaziergehen oder Jagen, wußte nicht, daß wir hier sind.«

Quoyle erwähnte das Taschenlampenlicht nicht. Aber lag ihr ein bißchen in den Ohren.

»Na, stell dich nicht so an, wir fahren bis dahin, wo sich die Straße verzweigt, und laufen den Rest. Ich möchte Capsize Cove sehen. Das verlassene Dorf. Mit Billy draußen auf der Guckinsel – das war traurig. Die leeren Häuser und dazustehen und von den alten Quoyles zu erfahren.«

»Ich war nie auf der Guckinsel und kann nicht sagen, daß mir das besonders fehlt. Deprimierend, diese alten Orte. Ich kann mir nicht denken, warum die Regierung die alten Häuser stehen ließ. Hätten sie alle verbrennen sollen.«

Quoyle stellte sich tausend angezündete Siedlungen im Wind vor, brennende Schindeln, die über die Felsen weg ins Meer flogen, zischten und verglühten.

Am Ende fuhren sie nicht.

24
Beeren pflücken

»Der Unterschied zwischen dem Webeleinenstek und Zwei Halben Schlägen ist für viele außergewöhnlich unklar. Der Grund ist, daß sie dieselbe Knotenform haben, aber der eine wird um einen Gegenstand, der andere um seine eigene stehende Part gebunden.«

DAS ASHLEY-BUCH DER KNOTEN

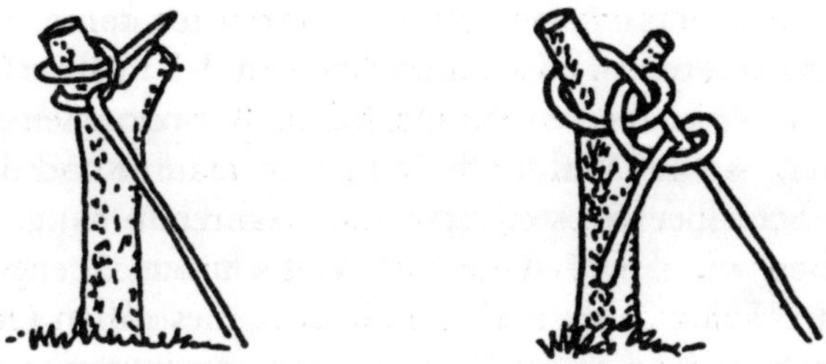

September, Monat der kürzer werdenden Tage und eiskalten Gewässer. Quoyle brachte Bunny zum ersten Schultag. Neue Schuhe, Faltenrock und weiße Bluse. Ihre Hände klamm. Ängstlich, lehnte seine Begleitung aber ab und ging allein durch die drängelnden Rangen. Quoyle beobachtete, wie sie einsam dastand, den Kopf kaum bewegte, während sie nach ihrer Freundin Marty Buggit Ausschau hielt.

Um drei Uhr wartete er draußen.

»Wie war's?« fragte er. Erwartete, zu hören, wie er sich dreißig Jahre früher gefühlt hatte – eingeschüchtert, elend.

»Es war lustig. Schau.« Sie zeigte ihm ein Stück Papier mit großen, fehlerhaften Buchstaben:

BUИ
Y

»Du hast deinen Namen geschrieben«, sagte Quoyle erleichtert. Verdutzt, daß sie so anders war als er.

»Ja.« Als hätte sie das schon immer getan. »Und die Lehrerin hat gesagt, wir sollen morgen eine Schachtel Papiertücher mitbringen, weil sich die Schule keine leisten kann.«

Stumpfe Nebelbögen bei der morgendlichen Fahrt um die Bucht. Auf Gewitter folgten Farbbuckel, Billy Pretty brabbelte von Mondhöfen. Stürme bliesen landein und landaus. Plötzlicher Hagel verwandelte sich in glühende, violette Stäbe, wurde zu Regen. Zwei, drei Tage Hitze wie aus der Wüste hergeweht. Lichtfasern, die die Bucht entlangkrochen wie leuchtende Aale.

Auf den Landzungen und in den Sümpfen reiften zu Millionen die Beeren: wilde Johannisbeeren, Stachelbeeren, Heidelbeeren, Preiselbeeren, Krannbeeren, Rebhuhnbeeren, Kürbisbeeren, späte Walderdbeeren, schwarze Krähenbeeren, dunkle Schellbeeren, steif über braunem Laub hängend.

»Gehen wir dieses Wochenende doch zum Beerenlesen«, sagte die Tante. »Als ich klein war, gab es gleich ein Stück dort drüben einen guten Platz. Danach machen wir Marmelade. Beerenlesen macht allen Spaß. Vielleicht möchtest du Wavey Prowse mitnehmen?«

»Das ist eine Idee«, sagte Quoyle.

Sie sagte, sie würde sich freuen – als hätte er sie zu einer Party eingeladen.

»Ken bringt mich vorbei – er will dein neues Dach sehen.« Ken schaute sich weniger das Dach als Quoyle und seine Töchter an; scherzte mit der Tante. Gab Herry einen Abschiedsklaps auf die Schulter. »Also, ich muß weg. Geschäfte in Misky Bay, da kann ich genauso um die Landzunge fahren. Soll ich dann später wieder vorbeikommen?« Augen wie ein Dornbusch, die alles gleichzeitig durchbohrten. Schnell, um alles aufzunehmen.

»In Ordnung«, erwiderte Wavey. »Danke, mein Junge.« Ihre Beereneimer hatten Seilgriffe mit nützlichen Knoten am Ende.

Die Tante, die kleinen Mädchen, Quoyle, Wavey und Herry gingen landeinwärts zu den Beerenplätzen hinter der Handschuhfabrik; ihre Eimer und Kübel klapperten, Rappeln der Steine auf dem Pfad, Sunshine sagte: Trag mich. Die Sonne warf Topasglanz über Ödland. Ultramarinblauer Himmel. Das Meer glitzerte.

Wavey in hellbraunen Strümpfen, einem Rock mit ausgebesserten Nähten. Quoyle trug sein Karohemd ziemlich eng.

»Früher kamen die Leute mit ihren Beereneimern und -kisten von meilenweit hierher«, sagte die Tante über die Schulter. »Damals, müßt ihr wissen, verkauften sie die Beeren.«

»Tun sie immer noch«, sagte Wavey. »Agnis, letzten Herbst zahlten sie neunzig Dollar für einen Vier-Kilo-Korb Schellbeeren. Mein Vater machte letztes Jahr mit seinen Beeren tausend Dollar. Die Leute in der Stadt wollen sie. Und manche machen immer noch Beerenpfui, wenn sie die Rebhuhnbeeren dafür kriegen.«

»Beerenpfui! Das war ein scheußliches Gesöff«, sagte die Tante. »Wir werden ja sehen, was wir finden.« Sah Wavey mit einem Seitenblick an, nahm die rauhen Hände und aufgesprungenen Schuhe wahr, Herrys Gesicht wie eine Untertasse entrahmte Milch. Aber ein hübscher Junge, hieß es, so schön wie der Vater, nur leicht verzerrt. Als wären formbare Züge mit starker Hand zusammengepreßt worden.

Das Meer glühte, durchsichtig vor Licht. Wavey und Quoyle pflückten nebeneinander. Waveys harte Finger arbeiteten sich durch die büscheligen Pflanzen, Zeigefinger und Daumen sammelten zwei, sieben Beeren, ließen sie in die gewölbte Handfläche rollen, in den Eimer fallen, ein schwaches Geräusch, wenn sie auftrafen. Ging auf den Knien. Ein bitterer Geruch nach Zerquetschtem. Quoyle blies Spreu weg. In dreißig Metern Entfernung Herry und Sunshine und Bunny, die wie Hunde über den flauschigen Boden kugelten. Die Tante streifte davon, ihr weißes Kopftuch schrumpfte zu einem Fleck. Beim Ausschwärmen verschwanden die Pflücker kurz in Senken oder hinter Buckeln. Das Meer zischte.

Die Tante rief Quoyle zu: »Juhuu. Hab' den Essenskorb

vergessen. Hinten bei der Handschuhfabrik. Hol du ihn, ich pass' auf die Kinder auf.«

»Komm mit«, sagte Quoyle zu Wavey. Drängend. Sie schaute zu Herry hinüber.

»Sie spielen. Komm. Wir gehen am Ufer entlang. Auf den Steinen geht das schneller als durchs Gestrüpp. In zwanzig Minuten sind wir wieder da.«

»Na schön.«

Und schon war sie auf ihren starken Beinen fort, Quoyle stolperte hinterher, rannte, um sie einzuholen. Der Ozean zuckte wie ein riesengroßes, über Schlangen gebreitetes Tuch.

Quoyle schlenkerte den Korb, ging am Ufer entlang, vorbei an abgerissenem Blasentang, Knöterich, Seerinde und Händelwurz, grünen Flechten und Korallenwurz, Matten von Rotalgen und zerriebenen Klumpen stacheliger Moostierchen zu Tausenden, langen braunen Fäden Riementang – ein schwarz werdender Uferstreifen, bekränzt vom Sturm der letzten Woche.

Wavey kletterte und hüpfte über die Felsen, stapfte durch die Tanghaufen. Quoyle setzte die Füße langsamer voreinander, im Korb klirrten Bierflaschen.

»Schau«, sagte er. An der Öffnung der Bucht ein Eisberg mit Doppelspitze.

»Er kippt.«

Wavey stellte sich auf einen Felsen, krümmte die Finger und hob ihre Fäuste an die Augen, als wären sie ein Fernglas. Die Eismasse neigte sich, als wollte sie im Wasser ihr Spiegelbild bewundern, neigte sich, bis die südliche Spitze einen Winkel wie ein Stift beim Schreiben bildete, die nördliche Spitze sich wie ein Liebender über sie beugte. Geräuschlos kamen die voneinander entfernten Spitzen zusammen, tauchten unter Wasser. Eine Fontäne verdrängten Wassers.

Quoyle unterhalb des Felsens. Plötzlich schlang er seine Hände um ihre Knöchel. Sie spürte die Hitze seiner Hände durch ihre braunen Strümpfe, rührte sich nicht. Auf dem Felsen gefangen. Blickte hinab. Quoyles Gesicht war an ihre Beine gedrückt. Sie sah weiße Kopfhaut durch gewelltes rötliches Haar, Finger, die sich fest um ihre Knöchel wanden, ihre Schuhe bis auf die Spitzen verdeckten, das Leder, das mit kleinen Löchern in Form eines viktorianischen Schnurrbarts verziert war, seine dicken Handgelenke und daneben die Armbündchen des Pullovers, ein Stück kaputter Muschelschale, in der Wolke hängengeblieben, Hundehaare auf den Ärmeln. Sie rührte sich nicht. Es war, als wäre da ein Vorhang, eine Hand am Zug, die ihn aufreißen könnte. Quoyle atmete den Duft ihrer Baumwollstrümpfe ein, ein weiblicher Geruch nach Salz und Seegras, der ihn kühn machte. Seine Finger lösten sich, die Hände zogen sich zurück. Sie spürte ihr Fehlen. Quoyle blickte sie fest an. »Komm runter. Komm runter.« Er streckte die Arme aus. Kein Zweifel, was er meinte. Sie atmete kaum. Wie erstarrt. Die geringste Bewegung, und er wäre über ihr, würde ihr die Kleider hochschieben, die braunen Strümpfe wegzerren und sie auf die Steine drücken, daß die Strandfliegen über bloße Haut kröchen, Quoyle, er würde in sie eindringen, ihr sein großes Kinn seitlich in den Hals rammen. Und danach ein stillschweigendes Einvernehmen, eine bittere Komplizenschaft, Verrat. Sie platzte heraus.

»Weißt du, wie er umgekommen ist? Mein Mann? Herold Prowse? Ich sag' es dir. Er liegt im Meer. Er liegt unten am Grund. Ich komme nie ans Meer, ohne zu denken: *Da* liegt Herold. Der alte Billy hat dir davon erzählt, oder?«

Sie rutschte den Felsen herunter, jetzt sicher, vom Kummer geschützt. Quoyle trat zurück, ließ die Hände baumeln, sah sie an. Die Worte sprudelten.

»Herold war Schauermann auf der *Sevenseas Hector*. Die erste anständige Arbeit, die er je hatte. Herrliches Geld, geregelte Arbeit. Alles lief gut für uns. Die größte, sicherste Ölbohrinsel der Welt. Drei Wochen Arbeit, drei Wochen frei. Er war draußen, als sie kenterte. Das Telefon. Früh am Morgen. Am 29. Januar 1981. Ich war auf und angezogen, legte mich aber wieder hin, weil mir so übel war. Ich war mit Herry schwanger. Die Stimme einer Frau war am Telefon, und sie sagt, sagt zu mir: ›Ach, Mrs. Prowse. Wir müssen Ihnen mitteilen, es wird gemeldet, daß die *Sevenseas Hector* im Sturm gekentert ist und die Männer als vermißt gelten.‹ Im Sturm gekentert, sagte sie. Erst behaupteten sie, es hätte daran gelegen, daß der Sturm so heftig war.

Aber es waren noch weitere Ölbohrinseln da draußen, nur zwölf Meilen entfernt, und die blieben stehen. *Sevenseas Ajax* und *Deep Blue 12.* Die hatten keine Probleme. Stürme wie den, die gibt's jeden Winter. Es war kein Jahrhundertsturm, den's nur einmal alle hundert Jahre gibt. Neunundsiebzig Mann vermißt, und nicht eine Leiche wurde je geborgen. Ein paar von ihnen sah man in einem Rettungsboot sinken, die See brach über ihnen herein, und weg waren sie.

Nach und nach kam es heraus. Wie ein Alptraum, der immer schlimmer wird und aus dem man nicht aufwacht. Die Regierung hatte keine Sicherheitsbestimmungen für diese Dinger. Der Aufbau der Ölbohrinsel war schlecht. Keiner dort wußte, wer die Verantwortung trug. Der Vorarbeiter oder der Meister? Die meisten Männer an Bord hatten keine Ahnung vom Meer. Geologen und Betonierer, Kranführer, Bohrarbeiter, Schweißer und Schlosser, sie waren hinter dem Öl her, achteten nicht auf das Wasser oder das Wetter. Kapierten nicht einmal die Wetterberichte, die sie bekamen. Wußten nicht mal so viel, daß sie die Fensterblenden schlossen, als das Meer hochpeitschte. Das Glas im Bullauge des Ballastraums war zu schwach. Die Kontrolltafel schloß kurz, wenn Wasser eindrang. Ein Brecher zerschmetterte das Bullauge, drang ein und durchnäßte die Tafel. Sie waren nicht richtig ausgebildet. Keine Handbücher. Als die Tafel ausging und sie versuchten, mit ein paar kleinen Messingstäben den Ballast von Hand richtig zu verteilen, machten sie alles falsch, verkehrtrum, brachten die Plattform zum Kippen. Genau wie bei dem Eisberg vorhin. Und sie kenterte. Und die Rettungsboote taugten nichts, und die meisten Männer schafften es gar nicht in die Boote, weil das Lautsprechersystem ausfiel, als die Kontrolltafel versagte. Der Anwalt sagte, es war ein Dominoeffekt.

Also, ich will deine Gefühle nicht verletzen, aber so steht's. Ich dachte daran, als ich dem Eisberg beim Untergehen zusah. Ich denke jedesmal daran, wenn ich am Ufer steh', ich schau den Strand entlang, halb voll Angst, halb in der Hoffnung, Herolds ertrunkenen Leichnam im Seegras zu sehen. Obwohl es jetzt Jahre her ist.«

Quoyle hörte zu. Mußte er sie ins Inland bringen? Und was war mit Petal, die wie ein injizierter Impfstoff gegen die Liebespest durch seine Adern strömte? Was hatte es für einen Sinn, Waveys trockene Hand zu berühren?

Sie kamen den Pfad herauf, zum Ödland, blickten zu dem hellen Flecken, dem Kopftuch der Tante, den Kindern, hüpfende Flöhe.

Quoyle hinter ihr. Ohne nachzusehen, wußte Wavey genau, wo er war.

Wärme, tiefer Himmel, die Stille außer den fernen Stimmen der Kinder. Dann – scharf, wie ein Kopfschmerz bisweilen plötzlich aufhört – gab etwas nach, ließ langer Kummer nach. Sie drehte sich um. Quoyle war so nah. Sie setzte an, etwas zu sagen. Ihre sommersprossige, rauhe Haut errötete. Sie stürzte, oder er zog sie hinab. Sie rollten über die prallen Kissen aus Beerenpflanzen, umklammerten einander, sie rollten, heiße Arme und Beine, Beeren und Blätter, Münder und Tränen und törichte Worte.

Aber als die See unten seufzte, hörte sie es, dachte an Herolds hübsche Knochen, verfangen in Geisternetzen. Und schob Quoyle weg. War auf und rannte auf die Tante zu, die Mädchen und den armen, vaterlosen Herry; der Picknickkorb schlug gegen ihre Beine. Wenn Quoyle überhaupt etwas wollte, mußte er ihr folgen.

Wavey rannte, um zu entkommen, dann um des Rennens willen und schließlich, weil sie nichts anderes tun konnte. Es hätte unentschlossen gewirkt, wenn sie den Schritt gewechselt hätte, als wüßte sie nicht, was sie wollte. Immer schien es, als müßte sie weiterhin sinnlose Dinge tun.

Quoyle lag im Heidekraut und starrte ihr nach, beobachtete, wie die Falten ihres blauen Rocks durch die größer werdende Entfernung ausgelöscht wurden. Die Tante, die Kinder, Wavey. Er preßte seinen Unterleib gegen das Ödland, als würde er sich mit der Erde vereinigen. Seine erregten Sinne verliehen der fernen Szene enorme Bedeutung. Die kleinen Gestalten vor dem riesigen Felsen mit dem Meer dahinter. Alle verwickelten Lebensdrähte waren herausgerissen, und er konnte das Grundmuster des Lebens sehen. Nichts als Felsen und Meer, davor für kurze Zeit die winzigen Gestalten von Menschen und Tieren.

Sein geschärfter Blick bohrte sich in die Vergangenheit. Er sah Generationen wie Zugvögel, die Bucht gesprenkelt mit Geistersegeln, die verlassenen Siedlungen wieder im Saft und in der Tiefe Netze, blitzend vor Schuppen. Sah die Quoyles, durch das Verstreichen der Zeit vom Bösen gereinigt. Er stellte sich vor, daß die Tante begraben und tot war, er alt, Wavey gebeugt vom Alter, seine Töchter weit fort, Herry noch immer entzückt von Holzhunden und bunten Fäden, ein ergrauter Herry, der in einem Nordzimmer im oberen Stockwerk des Hauses schlafen würde oder im kleinen Zimmer unter der Treppe.

Ein Gefühl von neu erworbener Reinheit, ein Gefühl von Ereignissen in zitterndem Gleichgewicht durchflutete ihn.

Alles, alles schien bedeutungsschwer.

25
Öl

»Wenn Bilder durch Erschütterungen von außen seitlich verkantet werden, hängt man sie an einen einzelnen Draht, der durch die beiden Ösenschrauben führt und an zwei Bilderhaken festgemacht wird.«

DAS ASHLEY-BUCH DER KNOTEN

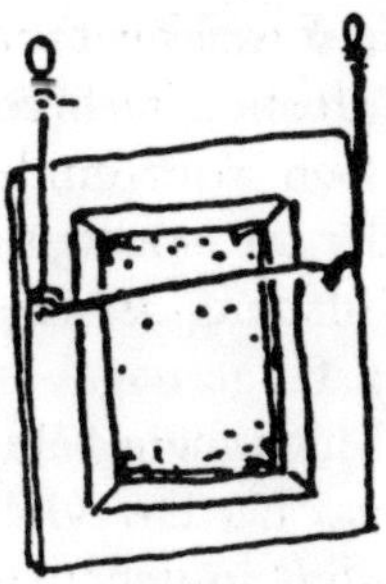

Die Bucht wimmelte von Schaumkronen; wie Maden in einer großen Wunde. Ein rauher Morgen. Quoyle sprang die Stufen hinunter. Er würde mit dem Auto fahren. Ging aber erst zum Steg hinunter, um aufs Wasser zu schauen. Das Boot rammte gegen die Reifen. Die anrollenden Wellen hatten etwas Schweres, eine Art düstere Wut. Schaute auf seine Uhr. Wenn er Gas gab, war noch genug Zeit für eine Tasse Tee mit Toast in Bawk's Nest. Den Ölartikel ins reine schreiben und dann runter nach Misky Bay in die Seefahrtsarchive. Die Boote im Hafen begutachten. Sollte ein Schoner von der Westküste dasein.

Saß am Tresen und tunkte Toast in den Becher. Eine zusammengeklappte Scheibe auf einmal in seinen Schlund.

»Quoyle! Quoyle! Komm hierher.« Billy Pretty und Tert Card saßen hinten in einer Nische, Teller und Tassen auf dem Resopaltisch verstreut, Tert Cards Zigarettenkippen in seiner Untertasse ausgedrückt.

»Sieh an, wer da hereingeschneit kommt«, sagte Card, verströmte Gereiztheit, so stark wie Rasierwasser. Er litt gerade an Mundgeschwüren, obwohl er Zauberknoten zur Abwehr trug. Sie kamen mit dem Winter. Sie kamen, wenn er sich beim Kauen eines Stücks gekochten Schweinefleisches versehentlich in den Mund biß. Diesen Morgen hatte er seine Lippe heruntergezogen und in den Spiegel geschaut, angewidert von den weißen Rändern dreier Wundmale wie infizierte Löcher. Hatte Backpulver darübergetupft. Ein paar Tage lang keine eingelegten Gurken, keinen schwarzen Kaffee. Und beugte sich jetzt über eine Tasse milchigen Tee.

Quoyle bestellte Toast nach. Traubenmarmelade extra. Überlegte, ob er Bratkartoffeln nehmen sollte.

»Jetzt fehlt uns nur noch Nutbeem, und wir brauchen nich' ins Büro zu gehen.« Billy zerdrückte sein Ei im Fischhaschee.

»Wie ich sage, die Hoffnung der Gegend hier« – Tert Card bohrte mit dem kleinen Fingernagel im Ohrenschmalz – »ist das Öl. Als 1980 das McGonigle-Feld entdeckt wurde, habe ich Aktien gekauft, jawohl. Ein Goldstrom liegt vor uns, wenn es mit dem Ausstoß losgeht. Die Petrodollars. Junge, wenn das Schiff kommt, geht's ab nach Florida.«

»Das McGonigle-Feld?« fragte Quoyle.

»Kaum zu glauben, daß du nicht weißt, daß das größte Ölvorkommen Kanadas direkt vor unserer Küste entdeckt wurde, draußen unter der Großen Neufundlandbank, Millionen und Abermillionen Faß Öl. Das ist das McGonigle-Ölfeld. Wir werden alle reich. Überall Arbeitsplätze, Dividenden für Aktionäre, Fabriken, Wohnungen und Infrastruktur. Das größte Entwicklungsprojekt im Land. Das werden goldene Zeiten.«

Ein dürrer Mann mit einem Schnurrbart wie ein Strichcode blickte aus der Nische vor ihnen über seine Schulter weg Tert Card an. Quoyle dachte, er könne einer der Aufseher in der Fischfabrik sein. Er aß Hafergrütze und dazu Bologneser Wurst.

Billy Pretty schnaubte. »Die einzigen, die die Jobs und die wirtschaftlichen Vorteile kriegen, sitzen in St. John's, vielen Dank. Paß nur auf, bis die soweit sind, daß sie das Öl hochpumpen, kommen sie mit der Kernfusion klar und machen soviel sauberen Strom, wie man nur wollen kann, schlicht aus Wasser. Und Neufundland guckt wieder in die Röhre.«

Quoyle reichte Billy ein Dreieck Toastbrot mit viel Traubenmarmelade darauf. Wie zerbrechlich der alte Mann wirkt, dachte er, so im direkten Vergleich mit dem massigen Tert Card. »Nein, mein Junge, die Fusion kriegen sie nie in Gang. Öl ist die Sache. Neufundland wird zur reichsten Gegend der Welt. Eine neue Ära. Wir werden im Geld schwimmen.«

Billy Pretty drehte sich zu Quoyle. »Da hörst du die Ölhysterie.« Dann wieder zu Tert Card. »Was kommen wird, is', daß die internationalen Ölkonzerne den Rahm abschöpfen. Wieviel wird da noch in die Vorhäfen tröpfeln? Die Fremden kriegen das Geld. Es gibt jetzt schon Drogen und Verbrechen hier und Prostituierte, die mit ihren roten Hintern wackeln, und es hat erst angefangen. Vandalismus, Diebstahl und Zerstörungswut.«

»Das stimmt«, sagte der Aufseher aus der Fischfabrik – die Hafergrütze war gegessen, die Wurst verschlungen, er rauchte die erste Zigarette und war bereit, weit auszuholen. »Schauen Sie doch bloß, wie mitten in Killick-Claw der alte Leuchtturm niedergebrannt wurde. Schauen Sie, wie das Fischereiamt verwüstet wurde.«

»Und«, sagte Billy, der sich umdrehte, um seinen Verbündeten mit einzubeziehen, »Alkoholismus, moralische Verkommenheit der gemeinsten Art. Scheidung und Grausamkeit und verlassene Kinder, die am Straßenrand rumlungern. Umweltverschmutzung! Der Meeresgrund übersät mit Resten von Kabeln und Fässern und zerbrochenem Metall, das jedes Schleppnetz zerreißen kann. Und was steht bevor? Eine Ölpest nach der andern wird die paar Zwergdorsche auslöschen, die noch übrig sind, den Fischfang vollständig zerstören, das Ufer mit einer schwarzen stinkenden Schaumbrühe überziehen, Boote und Häfen ruinieren. Die Schiffahrtsstraßen werden mit Öltankern und Versorgungsbooten verstopft sein.« Schenkte sich zitternd einen Schluck Tee ein.

»Er ist ja voll in Fahrt«, spottete Tert Card und betrachtete den schwarzen Schmalztropfen auf seinem Nagel. »Hat die Quellen des Nils geschaut.«

Billy Pretty blickte Quoyle und den Mann aus der Fischfabrik an, machte den Mund auf, um zu sagen, was er zu sagen hatte.

Neben ihm wiegte sich Tert Card, tat so, als würde er Geige spielen.

»Ich hätte gern eine Portion Bratkartoffeln mit Bologneser Wurst«, sagte Quoyle zur Bedienung. Billy holte tief Luft.

»Ich hab' erlebt, wie der Kabeljau und der Kapelin von Millionen Tonnen auf zwei oder drei Eimervoll runtergegangen sind. Erlebt, wie die Fischerei sich vom jahreszeitlich bedingten Fang entlang der Küste, kleinen Booten, zu Ganzjahres-Hochsee-Fabrikschiffen und Trawlern entwickelt hat. Jetzt is' der Fisch vollkommen verschwunden und die Wälder sind abgeholzt. Ruiniert und kaputt! Kein Wunder, daß es hier Gespenster gibt. Das sind die Toten, die von Bulldozern aus dem Grab geholt werden!«

Endlich kam der Mann von der Fischfabrik zu Wort: »Früher hieß es: ›Ein Mann hat sich sein Leben eingerichtet, wenn er eine Kuh, einen Kahn und einen Kartoffelacker hat.‹ Und wie heißt es jetzt: Jeder ist sich selbst der nächste.«

»Stimmt genau«, sagte Billy. »Jetzt heißt's nur noch, dem Geld nachjagen, Plastikschnellboote kaufen, Motorschlitten und komische Hunde vom Festland. In Kneipen rumhängen, morden und stehlen. Sich die Kleider vom Leib reißen und so tun, als wär' man übergeschnappt. Früher hatten wir ein glückliches Leben hier. Es war sogar fröhlich. Ein fröhliches Leben. Du kannst nicht wissen, wovon ich rede, Tert Card, du mit deinem furchtbaren Drang, nach Florida zu ziehen. Warum meine Luft vergeuden.« Hielt die Teekanne über seine Tasse, aber es kam nichts heraus.

Tert Cards Mundwerk hatte nur eine Gelegenheit abgewartet. Er sprach alle an, einschließlich der schwitzenden Bedienung, der Köchin, deren Kopf in der Durchreiche auftauchte. »Wenn es noch die alten Zeiten wären, Mr. Pretty, dann wärst du schon tot. Du vergißt die Hongkong-Grippe, die du vor ein paar Wintern hattest, warst im Krankenhaus damit.

Ich hab' dich in dem Bett liegen sehen, grau wie ein toter Dorsch, daß ich gedacht hab', na, dem langt's. Aber du hast Antibiotika gekriegt und Sauerstoff und alles und hast überlebt. Und jetzt beißt du die Hand, die dich gerettet hat. Keiner, keiner, der ganz bei Trost ist, würde zu den harten, harten Zeiten zurückkehren. Die Leute waren bloß freundlich, weil das Leben so dreckig war, daß sie sich keine Feinde leisten konnten. Es hieß, sich abstrampeln oder untergehen. Und in so einer Lage werden die Leute sehr nett.« Sog die Luft durch die Zähne.

Die Köchin rief aus der Küche: »Ich sage, laßt die Fischerei sein. Laßt den Ölleuten freie Hand. Schlechter kann's nicht werden, höchstens besser.« Lachte, um zu zeigen, daß es ein Witz war. Falls nötig.

»Lassen Sie das einige Ihrer Gäste lieber nicht hören, oder Sie sind im Nu Tapetenkleister.« Der Mann aus der Fischfabrik stand auf, holte sich einen Zahnstocher.

»Von *mir* wird das jeder hören!« brüllte Tert Card. »Öl ist stark und Fisch ist schwach. Da gibt's keinen Vergleich. Die ganze Welt braucht Öl. In Öl steckt die dicke Kohle. Es gibt zu viele Fischer und zu wenig Fisch. Darauf läuft's doch raus. Also, gehen wir jetzt in die Redaktion und basteln die blöde Zeitung zusammen. Quoyle, hast du deine Bootsgeschichte?« Schrie immer noch. Den ganzen Kopf voll hitziger Wut.

»Nur zu«, sagte Billy, der sie gelesen hatte, der zugehört hatte, wie Quoyle am Telefon eine Woche lang von Öl geredet hatte, ihn noch ölverschmiert von Cape Despond hatte zurückkommen sehen, die Notizen ein schmieriges Bündel, weil er sich unter die Retter erledigter Seevögel gemischt hatte. »Gib ihm die Geschichte, und wir sehen Tert Card, den Ölkönig, an einem Anfall ersticken. Man könnte meinen, er hätte eine Million Dollar in Ölaktien. Pah, zwei Aktien von Mobil hat er. Zwei!« Zuckte mit dem Kopf wie eine Schlange.

»Sie liegt auf meinem Schreibtisch«, sagte Quoyle.

»Das vergesse ich dir nicht, Billy Pretty«, sagte Card, auf dessen Wangen Flecken groß wie Untersetzer brannten.

Die kurze Prozession nach Flour Sack Cove, mitgenommener Kaffee, der übers Armaturenbrett schwappte, das Lenkrad klebrig von Krapfenzucker. Zehn Minuten später reichte Quoyle Tert Card seine Kolumne, sagte nichts, beobachtete, wie seine Augen hin und her huschten. ANGESTELLTE ERWARTEN ANFALL.

NIEMAND HÄNGT EIN BILD VON EINEM ÖLTANKER AUF

An der Wand der Gemeindebibliothek von Killick-Claw hängt ein Foto von 1904. Darauf zu sehen sind acht Schoner in der Omaloor Bay auf dem Weg zu den Fischgründen, die Segel gebläht wie weiße Schwingen. Sie sind unvergleichlich schön. Es bedurfte großer Geschicklichkeit und Navigationskenntnis, um sie zu segeln. Heute ist der vertrauteste Anblick am Meereshorizont das niedrige schwarze Profil eines Öltankers. Öl, roh oder raffiniert, ist – ausnahmslos – das wichtigste internationale Handelsgut.

Ein anderer vertrauter Anblick ist schwarzer Ölschaum meilenweit am Ufer entlang wie etwa diese Woche an der Küste von Cape Despond. Am Montag morgen beobachteten Hunderte von Menschen, wie 14 000 Tonnen Rohöl aus einem geborstenen Tank der *Golden Goose* ans Ufer gespült wurden. Tausende von Seevögeln und Fischen kämpften in dem Öl ums Überleben, Fischerboote und -netze wurden verseucht. »Das ist das Ende hier«, sagte der 87jährige Jack Eye aus Little Despond, der in jungen Jahren als Doryfischer zur Schonerflotte gehörte.

Unsere Welt läuft mit Öl. Über 3000 Tanker durchpflügen die Weltmeere. Darunter sind die größten beweglichen Objekte, die der Mensch je geschaffen hat, die VLCC (Very Large Crude Carriers = Sehr große Rohöltanker), die über 400 Meter lang sind und über 200 000 Tonnen Ladegewicht haben. Bei vielen dieser Schiffe ist der Rumpf nicht unterteilt. Manche sind alt und verrostet, schwach gebaut. Eines steht fest: Es wird noch mehr Ölverschmutzungen geben, und manche werden fürchterlich werden.

Niemand hängt sich ein Bild von einem Öltanker an die Wand.

Tert Card las den Artikel, legte ihn auf seinen Schreibtisch und sah Quoyle an.

»Du auch«, sagte er. »Du auch, verdammte Scheiße.«

Als die Redaktion an diesem Abend leer war, stellte er sich ans Fenster, wandte sich an einen abwesenden Quoyle.

»Halt dich mit deinem verfluchten amerikanischen roten Greenpeace-Liberalismus hier raus. Was bildest du dir eigentlich ein? O ja, Mr. Quoyles ach so kostbare Kolumne! Das ist gegen unsere ganzen Anstrengungen für Entwicklung und wirtschaftlichen Fortschritt.«

Und er schrieb den Artikel um, machte mit kühner Hand den Klebeumbruch, ging aus und betrank sich. Um die Schmerzen seiner lästigen Mundgeschwüre zu stillen. Wie konnten sie wissen, daß er Glas um Glas kippte, um sich selbst als hart und schön begreifen zu können?

Ein oder zwei Tage später brachte Tert Card ein gerahmtes Bild aus dem Kalender einer Schiffsreederei mit. Er hängte es hinter seinem Schreibtisch auf. Die riesengroße *Quiet Eye* schob sich vor einem Sonnenuntergang in die Placentia Bay. DER GRÖSSTE ÖLTANKER DER WELT. Als die Tür zum erstenmal zuknallte, hing es gleich schief.

Quoyle fand es lustig, bis Tert Card am Mittag mit den nach Druckerschwärze riechenden Bündeln des *Gammy Bird* vom Drucker zurückkam. Nahm sich ein Exemplar, blätterte es auf, um zu schauen, wie die Schiffsgeschichte geworden war. Seine Kolumne war zu einer Bildlegende verkürzt worden, die bei dem gleichen Kalenderbild stand, das Tert Card sich an die Wand gehängt hatte.

DAS BILD VON EINEM ÖLTANKER

Stolz fahren über 3000 Öltanker auf den Weltmeeren. Sogar die größten dieser Riesentanker nutzen die tiefen Häfen und Raffinerien Neufundlands. Öl und Neufundland gehören zusammen wie Eier und Schinken, und wie Eier und Schinken werden sie uns alle ernähren. Hängen wir uns alle ein Bild von einem Öltanker an die Wand.

Quoyle spürte, wie ihm das Blut aus dem Kopf wich; ihm wurde schwindlig.

»Was hast du gemacht!« brüllte er Tert Card an, mit einer Stimme wie eine Axt.

»Den Artikel geglättet, das ist alles. Wir wollen nichts von dieser Greenpeace-Scheiße hören.« Tert Card wieherte. Fühlte sich gut. Reckte sein billiges Gesicht.

»Du hast den Artikel völlig verdreht! Du hast ihn zu einem verkommenen Stück Propaganda für die Ölindustrie gemacht. Daß ich dastehe wie ein Sprachrohr der Tankerlobby.« Er drängte Card in eine Ecke.

»Ich hab's dir gesagt«, sagte Nutbeem. »Ich hab's dir gesagt, Quoyle, paß auf, er verhackstückt deine Arbeit.«

Quoyle war in Rage, eine Quelle voll Wut, ein Öllager unter harmlosem Sand, angezapft und schäumend.

»Das ist eine *Kolumne*«, schrie Quoyle. »Du kannst nicht die Kolumne von jemandem ändern, verdammt noch mal, nur weil sie dir nicht paßt! Jack hat mich gebeten, eine Kolumne über Boote und Schiffahrt zu schreiben. Das heißt meine Meinung und meine Schilderung, wie ich die Sache sehe. Das« – er fuchtelte mit der Zeitung vor den flachen Wangen herum – »habe ich nicht geschrieben, ist nicht meine Meinung, ist nicht, wie ich es sehe.«

»Solange ich Chefredakteur bin«, sagte Tert Card rasselnd wie Kiesel in einer Büchse, »habe ich das Recht, alles zu ändern, was meiner Meinung nach nicht zum *Gammy Bird* paßt. Und wenn du anderer Meinung bist, dann rate ich dir, die Sache mit Jack Buggit zu klären.« Duckte sich unter Quoyles erhobenen Armen durch.

Und rannte zur Tür.

»Glaubt bloß nicht, ich wüßte nicht, daß ihr alle gegen mich seid.«

Und die dicke Kerze, die Tert Card war, verschwand mit ihrem flackernden Licht anderswohin.

»Du bist ja eine Überraschung, Quoyle«, sagte Billy Pretty. »Ich hätte nicht gedacht, daß du soviel Dampf im Topf hast. Du hast ihn vertrieben.«

»Jetzt weißt du, wie es steht«, sagte Nutbeem. »Ich habe es dir am ersten Tag zu sagen versucht.«

»Aber paß nur auf. Morgen schwimmt er wieder obenauf. Tert Card beißt sofort zurück, er ist ein rachsüchtiger Hund.«

»Ich bin selber überrascht«, sagte Quoyle. »Ich rufe Jack an«, sagte er, »und kläre die Sache. Entweder schreibe ich eine Kolumne, oder ich schreibe keine.«

»Einen Rat, Quoyle. Ruf Jack nicht an. Er ist beim Fischen draußen, wie du vermutlich weißt. Und es paßt ihm auch nicht, wenn Angelegenheiten vom *Gammy Bird* bis zu ihm nach Hause dringen. Laß die Sache einfach laufen und mich heute oder morgen abend bei seinen Stellingen vorbeischauen. Der Krebsgang ist bei Jack am besten.«

»*Gammy Bird.* Tert Card am Apparat. Ach ja, Jack.« Tert Card hielt den Telefonhörer gegen die Pulloverbrust, sah Quoyle an. Unfreundliches Morgenlicht.

»Will dich sprechen.« Sein Tonfall wies auf schlechten Geschmack oder Verrücktheit seitens Jacks.

»Hallo.« Auf Beschimpfungen gefaßt.

»Quoyle. Hier Jack Buggit. Du schreibst deine Kolumne. Wenn du ins Fettnäpfchen trittst, dann sagen wir, es liegt daran, daß du in den Staaten aufgewachsen bist. Tert hält seine Finger da raus. Gib ihn mir wieder.«

Quoyle hielt das Telefon hoch und winkte Card. Sie konnten Jack keifen hören. Langsam wandte Tert Card sein Gesicht zum Fenster, zum Meer, den Rücken zum Büro. Während die Minuten vergingen, trat er von einem Fuß auf den anderen, setzte sich auf den Rand seines Schreibtischs, wühlte in Ohren und Nasenlöchern. Er schaukelte, wechselte den Hörer von einer Schläfe zur anderen. Schließlich wurde das Telefon still, und er legte auf.

»Na schön«, sagte er ruhig, obwohl seine roten Backen brannten, »Jack meint, er will versuchen, Quoyles Kolumnen zu bringen, wie sie kommen. Vorläufig jedenfalls. Also machen wir's einfach so. Aber er hat eine Idee zur Autounfallseite. Ihr wißt, es gibt Wochen, in denen wir keine guten Unfälle haben und aufs Archiv zurückgreifen müssen. Also,

Jack will Schiffsunfälle dazunehmen. Er sagt, daß bei der Fischerversammlung davon die Rede war, daß es im vergangenen Jahr über dreihundert gefährliche Bootsunfälle und -verluste gab. Quoyle, du sollst über Bootsunfälle schreiben und dir Fotos besorgen, genauso wie du's bei den Autounfällen machst. Es gibt so viele, daß wir immer eine frische Katastrophe haben können.«

»Daran besteht kein Zweifel«, sagte Quoyle und sah Tert Card an.

26
Toter Mann

»Toter Mann: ein nicht belegtes, loses Tauende an den Segeln oder in der Takelage.«

SEEMANNSLEXIKON

Ende September, Ebbe, Mond im letzten Viertel. Das erste Mal, daß Quoyle in dem grünen Haus allein war. Die Tante war übers Wochenende nach St. John's gefahren, um Knöpfe und Musselin zu kaufen. Bunny und Sunshine hatten gebrüllt, daß sie zu Martys Geburtstag bei Dennis und Beety übernachten wollten.

»Sie ist meine beste Freundin, Dad. Ich wollte, sie wäre meine Schwester«, sagte Bunny leidenschaftlich. »Bitte, bitte, bitte, laß uns über Nacht bleiben.« Und im Imbiß-Geschenkeladen Zum Fliegenden Tintenfisch wählte sie als Geschenk für Marty einen Ring aus perlfarbener Muschelschale, gepunktetes Papier zum Einwickeln.

Am Freitag nachmittag fuhr Quoyle in seinem verspotteten Boot mit einer Tüte Lebensmittel, zwei Sechserpacks Bier über die Bucht. All seinen Aufzeichnungen und der Schreibmaschine. Einem Stapel Bücher über Schiffahrtsregeln im 19. Jahrhundert und Verstöße dagegen. In der Küche bückte er sich, um das Bier in die Eisbox unter der Spüle zu stellen, dann fiel ihm das Eis ein. Er hatte welches besorgen wollen, aber die leere Box war immer noch leer, immer noch im Boot. Es war egal. Am Abend trank er das Bier, wie es war, kritzelte beim Licht der Gaslampe.

Am Samstag stapfte Quoyle in den untermöblierten Zimmern herum; die staubige Luft schien sich zu kräuseln, als er sich hindurchbewegte. Bis Mittag hackte er Holz; Bier, zwei Dosen Sardinen und eine Dose Limabohnen. Am Nachmittag arbeitete er am Küchentisch, fing mit seinem ersten Entwurf an, haute auf die Tasten, fluchte, wenn seine Finger zwischen ihnen steckenblieben, schrieb über Samuel Plimsoll und seine Linie.

»Um Himmels willen, helfen Sie mir!«

Die Plimsollmarken oder Ladelinien an einem Schiff hat jeder schon einmal gesehen. Sie bezeichnen, bis zu welchem Grad ein Schiff sicher Ladung aufnehmen kann.

Diese Ladelinien verdanken sich einem einzigen besorgten Menschen: Samuel Plimsoll, der 1868 zum Abgeordneten von Derby gewählt wurde. Plimsoll kämpfte für die Sicherheit der Seeleute zu einer Zeit, als skrupellose Schiffseigner absichtlich überladene alte Schiffe auf See schickten. Plimsolls kleines Buch *Unsere Seeleute* beschrieb schlechte Schiffe, die so schwer mit Kohle oder Eisen beladen waren, daß ihre Decks überspült wurden. Die Eigner wußten, daß die Schiffe sinken würden. Sie wußten, daß die Mannschaften ertrinken würden. Sie taten es der Versicherung wegen.

Überladung war der Hauptgrund für Tausende von Schiffbrüchen jedes Jahr. Plimsoll flehte um eine auf alle Schiffe gemalte Ladelinie, flehte darum, daß kein Schiff, unter welchen Umständen auch immer, den Hafen verlassen durfte, wenn die Linie nicht deutlich sichtbar war. Er sprach seine Leser unmittelbar an: »Zweifeln Sie an diesen Behauptungen? Dann, um Himmels willen, oh, um Himmels willen, helfen Sie mir dabei, daß eine königliche Kommission ihren Wahrheitsgehalt überprüft!« Auf jedem Zentimeter seines Wegs wurde er von mächtigen Schiffahrtslobbys bekämpft.

Als er aufhörte, brach der Abend wieder herein. Kochte sich zwei Pfund Krabben in Olivenöl und Knoblauch, sog das Fleisch aus den Schalen. Ging in der Dämmerung mit dem letzten Bier zum Steg hinunter, ertrug die Stechmücken, sah zu, wie die Lichter von Killick-Claw angingen. Die Leuchttürme auf den Landspitzen blinkten.

Die alte Hexe kam in der Nacht, sattelte und zäumte Quoyle. Er träumte wieder, daß er auf der Alptraumautobahn sei. Eine winzige Gestalt unter einer Buckelbrücke streckte ihm flehentlich die Arme entgegen. Petal, zerfetzt und blutig. Doch er fuhr so schnell, daß er an ihr vorbeigetragen wurde. Die Bremsen funktionierten nicht. Er wachte für ein paar Minuten auf, den rechten Fuß auf der Traumbremse, sein Hals naß vor Angstschweiß. Der Wind ächzte durch die Haustrossen, ein Geräusch, das ein Gefühl von hoffnungsloser Verlassenheit hervorrief. Aber er zog sich die Ecke des Schlafsacks übers Ohr und schlief wieder ein. Gewöhnte sich allmählich an Alpträume.

Bis Sonntag mittag war der Plimsoll-Artikel fertig, und Quoyle brauchte einen Spaziergang. War nie am Ende der Landzunge gewesen. Als er die Tür hinter sich zuzog, fiel ein Stück verknoteter Faden vom Riegel. Er hob es auf und steckte es in die Tasche. Dann die Küste entlang auf den Ausläufer der Landspitze zu.

Kletterte über Felsen, so groß wie Häuser, rutschte an ihren Flanken in feuchte Räume mit Böden aus Seetang. Die Steine hielten verlorengegangene Netze fest, zu haarigen Fransen aus Muschelschalen und Seetang zerschlagen. Aus Tidenpfützen flogen Möwen auf. Der Fels war mit leeren Krabbenschalen übersät, noch naß von rostfarbenen Körperflüssigkeiten. Die Küstenlinie verengte sich zu einem Kliff. Auf diesem Weg konnte er nicht weitergehen.

Also kehrte er um, kletterte zur Heide hinauf, die den Hang wie mit verschrumpelten Perücken bedeckte. Tiefausgewaschene Steine. Folgte Karibupfaden bis zur Granitzunge hinauf, die sich ins Meer erstreckte. Zu seiner Rechten der blaue Kreis der Omaloor Bay, auf seiner Linken die rauhe Küste, die sich meilenweit bis Misky Bay hinzog. Vor ihm der offene Atlantik.

Seine Stiefel hallten auf den nackten Steinen wider. Stolperte über in Ritzen steckende Wacholderwurzeln, sah Quarzadern wie geronnene Blitze. Der Hang war mit Rinnen und Erhebungen, Vorsprüngen und Plateaus übersät. Weit voraus sah er einen aufgeschichteten Steinhaufen; fragte sich, wer ihn gemacht hatte.

Brauchte eine halbe Stunde, um zu diesem Turm zu gelangen und umschritt ihn. Dreimal so hoch wie ein Mann, die

Steine von Flechten verkrustet. Vor langer Zeit errichtet. Vielleicht von den alten Beothuks, die jetzt ausgerottet waren, von Walfängern und Kabeljaufischern zum Spaß erschlagen. Vielleicht eine Markierung für baskische Fischer oder Wracker-Quoyles, die mit falschen Lichtsignalen Schiffe auf die Felsen lockten. Das grollende Brausen des Meeres zog ihn weiter.

Schließlich das Ende der Welt, ein wilder Ort, der am Rand des Höllenschlunds zu balancieren schien. Kein menschliches Zeichen, nichts, kein Schiff, kein Flugzeug, kein Tier, kein Vogel, keine schaukelnde Fallenmarkierung, keine Boje. Als stünde er allein auf dem Planeten. Der ungeheuerliche Himmel dröhnte auf ihn ein, und instinktiv hob er die Hand, um ihn abzuwehren. Durchscheinende, zehn Meter hohe Brecher donnerten flaschenfarben auf Stein, trieben Blasen in einen mahlenden Milchsee mit Sahnehauben. Sogar dreißig Meter über dem Meer brannte der Salzdunst noch in den Augen und perlte in feinen Tröpfchen auf seinem Gesicht und seiner Jacke. Wellen brandeten mit dem hohlen Baß, der Öfen und Mauselöchern eigen ist.

Er fing an, sich den Felshang hinabzuarbeiten. Naß und glitschig. Er ging vorsichtig, von den Urgewalten erregt, fragte sich, wie es bei Sturm wäre. Und es war sogar Ebbe gemäß jenem komplexen Vorgang des An- und Abschwellens von Wasser gegenüber Land; als würde in der Mitte der Erde zweimal am Tag ein großes Herz schlagen.

Diese Gewässer, dachte Quoyle, heimgesucht von vermißten Schiffen, Fischern, Forschern, die in Meerlöcher hinuntergurgelten, so schwarz wie ein Hundeschlund. Die in Salzbrühe um Hilfe brüllten. Wikinger unter knatternden Winden, die anhand des gebündelten Lichts von Sonnensteinen durch den Nebel steuerten. Die Inuit in Fellbooten, atmend, atmend, das rhythmische Einsaugen kalter Luft, vereiste Paddel, die eintauchten, gefrierende Gischt, glänzender Rücken, der auftaucht, Aufprall, das Boot zerfetzt, in die Tiefe kreiselnd. Tausendjährige Eisberge von den Gletschern, schauerlich, still, abgesehen von den Wellen, die sich an ihren Flanken brachen, das trügerische Geräusch der Küstenlinie, wo keine Küstenlinie war. Nebelhörner, gedämpftes Gewehrknallen entlang der Küste. Eis, das Land an Meer schweißte. Frostrauch. Wolken, gefleckt von Spiegelungen der Wasserlöcher in den Eisplatten. Die grelle Helligkeit des Eises, die Ausmaß und Entfernung auslöschte, die Sinne Einbildung und Täuschung unterwarf. Ein merkwürdiger Ort.

Als Quoyle hinabkletterte, rutschte er auf dem trügerischen Tang aus, klammerte sich an den Felsen. Erreichte einen Vorsprung, auf dem er stehen und den Hals recken konnte, in den Mahlstrom hinunterblicken. Konnte nicht weitergehen.

Er sah drei Dinge: eine Honigwabe überspülter Höhlen; einen Felsen in Gestalt eines großen Hundes; einen menschlichen Leichnam in einem gelben Anzug, den Kopf unter Wasser, als wäre er entzückt über die Muster am Meeresgrund. Arme und Beine ausgebreitet wie ein Seestern, glitt der Leichnam in eine kleine Höhle und wieder heraus, ein Spielzeug an einem Faden, an dem das Meer zupfte. ZEITUNGSREPORTER ANSCHEINEND MAGNET FÜR TOTE.

Es gab keinen Weg zu der Leiche, es sei denn, er sprang in den Schaum. Wenn er ein Seil und einen Haken mitgebracht hätte ... Er begann, wieder die Klippe hochzuklettern. Da fiel ihm ein, daß der Mann womöglich von da gestürzt war, wo er jetzt kletterte. Doch wahrscheinlicher aus einem Boot. Es melden.

Wieder auf festem Boden, rannte er. Seine Seite schmerzte. Den toten Mann melden. Vom Haus aus hätte er noch eine Stunde gebraucht, um die Bucht bis zur Station der berittenen Polizei zu umfahren. Schneller mit dem Boot. Der Wind in seinem Rücken strich sein Haar nach vorn, so daß die Spitzen nach seinen Augen schnappten. Anfangs spürte er die Kälte an seinem Hals, aber während er über die Felsen trottete, wurde er rot vor Hitze und mußte seine Jacke aufmachen. Brauchte lange bis zum Steg.

Von der Dringlichkeit der Angelegenheit gepackt, jenem gelben Leichnam, der hin und her trieb, machte er die Leinen los und nahm geradewegs Kurs über die Bucht auf Killick-Claw. Als hätte es noch eine Chance gegeben, den Mann zu retten. Zehn Minuten später, als er aus dem Schutz der Leeküste und im Wind war, wußte er, daß er einen Fehler begangen hatte. War mit seinem Boot nie in so rauhem Gewässer gewesen. Die Wogen kamen von der Öffnung der Bucht her breitseits daher, Schaumkronen wie grausames Lächeln. Das Boot schlingerte, stieg in die Höhe, fiel mit Übelkeit bereitender Geschwindigkeit in die Wellentäler. Instinktiv änderte er den Kurs, nahm die Wellen schräg mit dem Bug. Aber jetzt steuerte er auf einen Punkt nordöstlich von Killick-Claw zu. Irgendwo würde er wenden müssen und Ostsüdost Richtung Hafen fahren. In seiner Unerfahrenheit wußte Quoyle nicht, wie man über die Bucht kreuzte, eine lange Strecke mit dem Wind und den Wellen schräg von achtern und dann einen kurzen Schlag mit dem Wind über dem anderen Bug. Auf halber Strecke machte er plötzlich eine Wende Richtung Killick-Claw, bot sein niedriges, flaches Heck direkt den Wellen dar.

Das Boot schlingerte schlimmer, und eine kurze Schnur glitt unter dem Sitz hervor. Sie war an einem Ende verknotet, hatte am anderen Kinken und Schlingen, als wären alte Knoten endgültig aufgedröselt worden. Zum erstenmal begriff Quoyle: Die verknoteten Stricke hatten eine Bedeutung.

Das Boot stampfte mit der Nase voraus, der Bug grub sich in das laute Wasser, während die Schraube raste. Quoyle hatte Angst. Jedesmal, wenn ihm die Pinne aus der Hand rutschte und das Boot gierte. Ein paar Minuten später war seine Fahrt zu Ende. Der Bug schlug auf wie eine Axt, schleuderte das Heck hoch. Sogleich packte eine Welle zu, warf das Boot breitseits der heranrollenden See zu. Es bäumte sich auf. Kenterte. Und Quoyle schwebte unter Wasser.

In fünfzehn schauerlichen Sekunden lernte er gut genug schwimmen, daß er das gekenterte Boot erreichen und sich an den Schaft des Außenborders klammern konnte. Sein Gewicht zog eine Seite des umgekehrten Hecks nach unten und hob den Bug ein wenig, aber genug, daß eine heranrollende Welle das Boot erwischte, es umkippte und füllte. Quoyle, der wieder durch das durchsichtige Meer taumelte, sah das fahle Boot unter sich sinken, beiläufig nach unten treiben, während auf seinem Weg in die Tiefen die vertrauten Einzelheiten von Rumpf und Anstrich verschwammen.

Er kam wieder an die Oberfläche, nach Luft ringend, halb blind von irgend etwas Brennendem in seinen Augen, und sah blutiges Wasser tropfen.

Wie dumm, dachte er, wie dumm, zu ertrinken, wo die Kinder noch so klein sind. Keine Rettungsweste, kein treibendes Ruder, kein Sinn. Und auf ging es mit ihm auf einer Woge, getragen vom Körperfett und einer Lunge voll Luft. Er trieb. Eineinhalb Meilen von beiden Ufern entfernt trieb Quoyle in den kalten Wellen. Die verknotete Schnur schwamm vor ihm, und ungefähr fünf Meter weiter schaukelte eine rote Kiste – die Plastikbox für das Eis, das er vergessen hatte. Durch eine Flottille von Streichhölzern, die aus der Einkaufstüte ins Boot gefallen sein mußten, strampelte er auf die Box zu. Er wußte noch, daß er die Streichhölzer gekauft hatte. Vermutete, daß sie eines Tages ans Ufer gespült würden, kleine Stäbchen, die Köpfe weggewaschen. Wo würde er sein?

Er packte die Griffe der Kühlbox, legte seine Brust auf den Deckel. Blut von seiner Stirn oder seinem Haaransatz, aber er wagte es nicht, loszulassen, um nach oben zu langen und die Wunde zu berühren. Er konnte sich nicht erinnern, aufgeschlagen zu sein. Das Boot mußte ihn erwischt haben, als es kenterte.

Die Wellen schienen berghoch, aber er hob und senkte sich mit ihnen wie ein Splitter, achtete auf die grünen Brecher, die ihn unter sich begruben, die aufsteigenden, hinterlistigen Kronen, die ihm Salzwasser in die Nase trieben.

Es war beinahe Ebbe gewesen, als er den toten Mann gesehen hatte, vor vielleicht zwei Stunden. Jetzt mußte die Flut wieder kommen. Seine Uhr war weg. Aber gab es nicht eine Stunde Stauwasser zwischen dem Gezeitenwechsel? Er wußte wenig über die Strömungen in der Bucht. Der Mond in seinem letzten Viertel bedeutete die kürzere Nippflut. An der Westseite, sagte Billy, gab es komplizierte Wasserverhältnisse, Untiefen und Riffs und scharfe Unterwasserklippen. Er fürchtete, der Wind würde ihn fünf Meilen weiter in die

Meerenge treiben und dann aufs Meer hinaus, Richtung Irland auf einer Kühlbox. Wenn er nur näher an der Westküste gewesen wäre, der Leeküste, wo das Wasser sanfter war und er sich vielleicht zum Felsen hätte durchschlagen können.

Es verging eine lange Zeit, Stunden, dachte er. Er spürte seine Beine nicht mehr. Wenn er auf den Wellen hochstieg, versuchte er zu erspähen, wo er war. Die Westküste schien jetzt näher zu sein, aber trotz des Windes und der hereinkommenden Flut bewegte er sich auf das Ende der Landzunge zu.

Später war er überrascht, als er den Steinhügel erspähte, den er am Morgen umschritten hatte. Mußte in einer Kabbelung sein, die ihn das Ufer entlang bis zur Spitze trieb, zu den Höhlen, zu dem toten Mann. Ironie, wenn er so enden sollte, in die dröhnenden Wasserhöhlen gleiten und wieder heraus, als Gefährte des Mannes in Gelb.

»Nicht solange ich diese heiße Kiste habe«, sagte er laut, denn inzwischen kam es ihm so vor, als wäre die rote Kühlbox mit glühender Holzkohle gefüllt. Er schloß darauf, weil sein Kiefer unkontrollierbar klapperte, wenn er sein Kinn von dem Deckel hob, und das Klappern nachließ, wenn er es wieder auf die Kiste legte. Nur eine herrliche Hitze konnte diese Wirkung haben.

Er war überrascht, als er sah, daß es fast Abend war. In gewisser Weise war er froh, weil das bedeutete, daß er bald zu Bett gehen und etwas Schlaf bekommen konnte. Er war ungeheuer müde. In die steigenden und fallenden Wogen würde es sich köstlich weich sinken lassen. Das hatte er herausgefunden. Er wußte nicht, warum es ihm nicht schon vorher eingefallen war, aber der gelbe Mann war gar nicht tot. Schlief. Ruhte. Und in einer Minute, dachte Quoyle, würde er sich auf die Seite drehen und etwas Schlaf bekommen. Sobald die Lichter ausgeschaltet wurden. Aber das harte Licht schien ihm direkt in die verquollenen Augen, und Jack Buggit zerrte ihn von der heißen Kiste weg, auf einen Haufen kalten Fisch.

»Herr Jesus Christus! Ich hab' doch gewußt, daß hier draußen einer ist. Hab's gespürt.« Er warf einen Persenning über Quoyle. »Ich hab' dir ja gesagt, das Ding ersäuft dich. Wie lang bist du schon im Wasser? Kann nicht allzu lange sein, Junge, da drin lebt man nich' lang.«

Aber Quoyle konnte nicht antworten. Er schlotterte so stark, daß seine Fersen auf die Fische trommelten. Er versuchte, Jack zu sagen, er solle die heiße Kiste holen, damit ihm wieder warm würde, aber sein Kiefer wollte nicht funktionieren.

Halb zerrte, halb schob Jack ihn in Mrs. Buggits perfekte Küche. »Da ist Quoyle, den hab' ich aus dem verfluchten Gesöff gefischt«, sagte er.

»Wenn Sie wüßten, wie viele Jack gerettet hat«, sagte sie. »Wie viele.« Alle außer einem. Sie zog Quoyle die Kleider aus, legte ihm Wärmflaschen auf die Oberschenkel und hüllte ihn in eine Decke. Sie machte einen Becher dampfenden Tee und zwängte ihn Quoyle löffelweise zwischen die Zähne. Man merkte, daß sie Übung hatte. Jack murmelte, eine Tasse Rum würde mehr helfen.

Nach zwanzig Minuten waren sein Kiefer locker genug und sein Verstand stark genug, daß er das mit dem sinkenden Boot, die Täuschung mit der heißen Kiste herauswürgen, die Einzelheiten des Domizils der Buggits wahrnehmen konnte. Daß er eine zweite Tasse Tee mit viel Zucker und Kondensmilch trinken konnte.

»Das ist ein schöner Oolong-Tee«, sagte Mrs. Buggit. Rum konnte es an Heilwirkung nicht einmal entfernt damit aufnehmen.

Alles im Haus war gemäß der großen Kunst der Gegend mit Schiffchen- und Häkelspitzen bedeckt, Muster aus Spitzenwellen und Treibeis, Wellhornschnecken und Seetang, der Schwingung von Hummerfühlern, dem runden Knoten eines Dorschauges, den stacheligen Kommas von Krabben und zerfurchten Meereshöhlen, weißem Schnee auf schwarzem Felsen, Möwen mit Windmühlenflügeln, schräg fallendem Silberregen. Harte, gequälte Knoten umgaben Bilderrahmen von Ahnen und Ankern, den Einband der Bibel zierten Schaumkronen, das Zifferblatt der Uhr lugte wie das Gesicht einer Braut aus einem Kranz handgearbeiteter Wiesenblumen. Die Knäufe der Küchenschubladen hatten Troddeln wie eine Nackttänzerin in einem Freudenhaus, die Kesselgriffe waren mit Schlangenrippmuster umstrickt, die bequemen Sessel trugen Archipele aus Faden und Garn, über die Riffe von Arm- und Rückenlehnen geworfen. Auf einem Regalbrett ein Telefonbuch der Provinz Ontario von 1961.

Mrs. Buggit stand vor der nilgrünen Wand, trat an den Herd vor, um den Kessel wieder aufzufüllen, ihre Hände glichen geschweißten Schöpfkellen. Große knubbelige Knöchel und narbige Finger. Das kochende Wasser schoß in die Teekanne. Mrs. Buggit trug ein ärmelloses Baumwollkleid. Das Haus atmete tropische Hitze und die Trägheit von Komfort.

Sie hatte eine Stimme, die vom Schreien gegen den Wind und dem Äußern fester Meinungen geprägt war. In diesem Haus schrumpfte Jack zu Puppengröße zusammen, seine Frau wurde in dem wächsernen Glanz der Kaskaden von Blumen riesengroß. Sie musterte Quoyles Gesicht, als hätte sie ihn einst gekannt. Seine Zähne am Becher klapperten weniger. Die Schauder, die ihn von Kopf bis Fuß geschüttelt hatten, verebbten.

»Ihnen wird schon warm«, sagte sie, der es nie wieder richtig warm weden konnte, die jetzt mit einem heißen Ziegelstein für seine Füße zu ihm trat. Auf der Matte regte sich eine gefleckte, halb ausgewachsene Hündin, spitzte kurz die Ohren.

Wie viele Männer, die ihre Tage bei harter körperlicher Arbeit zubringen, erschlaffte Jack, wenn er sich in einen Sessel setzte, streckte alle viere von sich, als würde der Luxus seine Muskeln zu Mus machen.

»Das war dein Körperbau, das ganze Fett, weißt du, das hat dich die ganzen Stunden isoliert, dich am Schwimmen gehalten. Ein dünner Mann wäre gestorben.«

Da fiel Quoyle der gelbe Mann wieder ein, und er erzählte seine Geschichte von neuem, fing mit dem Spaziergang auf der Landzunge an und endete mit dem Licht in seinen Augen.

»Bei den Öfen?« Jack ging zu dem Telefon in einer Nische

unter der Treppe und rief die Küstenwache an. Quoyle saß mit klingenden Ohren da. Mrs. Buggit sprach mit ihm.

»Menschen mit Brille kommen mit Hunden nicht klar«, sagte sie. »Ein Hund muß Ihnen klar in die Augen sehen können, um Sie zu verstehen. Ein Hund wartet darauf, daß Sie lächeln, er wartet, wenn nötig, einen Monat lang.«

»Der Neufundländer«, sagte Quoyle schlotternd, spürte die verführerische Müdigkeit des Ertrinkens noch immer in den Knochen.

»Der Neufundländer! Der Neufundländer-Hund hat damit nichts zu tun. Das ist nicht der echte Hund von der Gegend hier. Der echte Hund, der beste Hund in der Welt, ist der Wasserhund. Die da, Batch, ist teils Wasserhund, aber die reinrassigen sind alle ausgestorben. Sie wurden alle vor Generationen ausgerottet. Fragen Sie Jack, der erzählt es Ihnen. Obwohl Jack ein Katzenmensch ist. Ich bin diejenige, die Hunde mag. Batch stammt von Billy Prettys Elvis. Jack hat einen Kater, wissen Sie, den alten Tommy, fährt im Boot mit ihm raus. Genauso ein guter Fischer wie er.«

Und schließlich waren Billy Pretty und Tert Card ins Bild gesetzt, die Küstenwacht von dem gelben Mann unterrichtet, Quoyles Teebecher leer. Jack ging zur Stelling hinunter, um seinen Fisch zu säubern und auf Eis zu legen. Hatte gerettet, jetzt mochte die Frau wiederherstellen.

Quoyle folgte Mrs. Buggit hinauf ins Gästezimmer. Sie reichte ihm frisch gefüllte Wärmflaschen.

»Beim nächsten wenden Sie sich besser an Alvin Yark«, sagte sie.

Ehe er einschlief, bemerkte er an der Tür einen merkwürdig gefältelten Zylinder. Das war das letzte, was er sah.

Am Morgen, gierig vor Hunger, euphorisch vor Leben, sah er, daß der Zylinder ein aus einem Versandhauskatalog gemachter Türstopper war, tausend Seiten zusammengefaltet und festgeklebt, und stellte sich vor, wie Mrs. Buggit Wintertag für Wintertag daran bastelte, während der Wind am Dach entlangratschte und der Schnee fiel, während das feste Eis der zugefrorenen Bucht ächzte und weit im Norden sich der Frostrauch ringelte. Und dennoch falzte und klebte sie geduldig, falzte und klebte, während der Kessel auf dem Herd dampfte, daß die Fenster beschlugen. Was Quoyle betraf, so waren das verräterischste Moment seines sechs Stunden langen Bades seine dunkelblauen Zehennägel, verfärbt von seinen billigen Socken.

Und als ihr Haus wieder leer war, Quoyle fort und die Teekanne ausgekocht und aufs Regal geräumt, der Boden gemoppt, ging sie hinaus, um Quoyles feuchte Decke aufzuhängen, um die gestern vergessene, fleckige Wäsche abzunehmen. Obwohl noch sanfter September war, braute sich um sie herum der bittere Sturm zusammen, der Jesson geholt hatte. Augen blinzelten im grellen Licht; steife Finger zogen an Jacks Hosenbeinen, kratzten den Rauhreifpelz ab, der aus dem blauen Kittel wuchs. Dann wieder hinein zum Zusammenlegen und Bügeln, aber immer darauf gefaßt, das Kreischen des Treibeises hinter der Landzunge zu hören, der großen Eisberge, die unter dem Druck einstürzten, der Eisschollen, die unter dem weißen Mond hundert Meter und mehr in die Höhe ragten und barsten, zerbarsten.

27
Die Redaktion

Kombüsenmeldungen: grundlose Gerüchte über ein Schiff.

Seemannslexikon

Zwei Tage nach Quoyles Kenterung kam Billy Pretty am Nachmittag grinsend in die Redaktion, auf dem Kopf eine alte lederne Fliegerkappe, deren Bänder baumelten, in seiner grau-schwarz-karierten Wolljacke, das Gesicht nebelfarben.

»Sie haben deinen Ertrunkenen, Quoyle, der Seenotrettungsdienst hat ihn aus der Höhle geholt. Aber er war eine kleine Enttäuschung.«

Nahm einen Fetzen Papier aus seiner Tasche, faltete ihn auf.

»Und es ist eine Geschichte für die Titelseite, die ich mir auf dem Weg hierher ausgedacht habe. Hätte von Rechts wegen deine Geschichte werden sollen, aber ich hab' sie schon aufgeschrieben. Es war ein Rettungsanzug, in dem er schwamm. Von der Strömung zu den Öfen raufgetragen. Dort wurde vor Jahren auch ein Kerl aus No Name Cove angespült.«

»Was soll das heißen, er war eine Enttäuschung?«

»Sie konnten nicht sagen, wer er war. Erst einmal. Gab ein kleines Problem.«

»Also spann uns nicht auf die Folter, Billy Pretty. Was war?« Tert Card dröhnte drauf los.

»Kein Kopf.«

»Der Koffer?« sagte Quoyle dämlich. »Der Kopf in dem Koffer? Mr. Melville?«

»Ja genau, Mr. Melville aus dem Koffer. Glauben sie. Die Bundespolizei und die Küstenwacht heulen im Moment wie die Wölfe den Mond an. Lassen die Telefonleitungen in die Staaten heißlaufen, Verlautbarungen und Warnungen. Kommt aber vermutlich nichts dabei raus. Sie sagen, es sieht so aus, als wäre die Leiche in den Anzug gesteckt worden, nachdem der Kopf abgeschnitten worden war.«

»Woher wissen Sie das?«

»Weil die Leiche in fünf Teilen hineingeschoben wurde. Zerteilt wie ein Stück Kuchen.«

Billy Pretty an seinem Computer, hämmerte Sätze heraus.

VERMISSTE MÄNNERLEICHE GEFUNDEN
SCHAURIGE ENTDECKUNG BEI ÖFEN

»Ich weiß nicht, warum ich nie gute Geschichten bekomme«, sagte Nutbeem. »Nur die schmutzigen. Für Nutbeem bloß das dreckigste Zeug, übles Zeug, das sich nur in augenzwinkernden Andeutungen beschreiben läßt. Das Zeug wird mir wirklich nicht fehlen. Das schönste, was ich je hatte, war eine Liste von Vergehen, die dem Bürgermeister von Galliambic vorgehalten wurden. Er hat vor zwei Wochen in der Atlantik-Lotterie hunderttausend gewonnen und damit gefeiert, daß er in einer Woche vierzehn Studenten belästigt hat. Die Anklage lautet auf unzüchtige Handlungen, grobe Unzucht und Analverkehr. Da haben wir einen verdorbenen Neunundzwanzigjährigen, der im Goldenvale-Altersheim vorbeischaute und eine Einundsiebzigjährige überredete, mit ihm in seinem Laster zum Einkaufscenter von Misky Bay zu fahren. Fuhr geradewegs ins Gebüsch und vergewaltigte sie so schlimm, daß sie genäht werden mußte. Sie nahmen ihn in Gewahrsam, und wir wissen, was er dann tat, als er vor Gericht erschien.«

»Riß sich sämtliche Kleider vom Leib«, dröhnten Quoyle, Billy Pretty und Tert Card im Chor.

»Noch mehr Priester in Verbindung mit dem Waisenhaus. Schon neunzehn warten inzwischen auf ihren Prozeß. Da haben wir einen Arzt in der Klinik von No Name Cove, der wegen sexueller Belästigung von vierzehn Patientinnen angeklagt ist – ›provokantes Betasten von Brüsten und Genitalien‹ nennen sie es. Der Chorleiter in Misky Bay bekannte sich am Montag der sexuellen Belästigung und Nachstellung schuldig – bei über hundert Jungen im Lauf der letzten zwölf Jahre.

Ebenfalls in Misky Bay wurde ein amerikanischer Tourist verhaftet, der im städtischen Schwimmbad an kleinen Jungen herumfummelte. ›Er hat mich immer wieder hinten und vorn betatscht‹, sagte ein zehnjähriges Opfer aus. Und hier in Killick-Claw steht ein liebender Vater unter der Anklage, sich an zweien seiner Söhne und seiner minderjährigen Tochter bei zahllosen Gelegenheiten zwischen 1962 und heute vergangen zu haben. Analverkehr, Unzucht und Vergewaltigung. Hier haben wir noch einen Familienfreund – ein großer, kräftiger fünfunddreißigjähriger Fischer verbringt seine Stunden an Land damit, seiner kleinen vierjährigen Tochter beizubringen, wie oraler Sex geht und wie sie ihn zu masturbieren hat.«

»Du meine Güte«, sagte Quoyle erschrocken. »Das kann doch nicht alles in einer Woche passiert sein.«

»In einer Woche?« sagte Nutbeem. »Ich hab' noch eine Seite darüber.«

»Damit verkauft sich die Zeitung«, sagte Tert Card. »Nicht mit Kolumnen und Tips für daheim. Nutbeems Sex-Geschichten mit Namen und Daten, wo möglich. Das war Jacks Genie, daß er wußte, wie sehr die Leute dieses Zeug wollen. Natürlich macht das jetzt jede Zeitung in Neufundland, aber der *Gammy Bird* hat als erster Namen und grausliche Details geliefert.«

»Es wundert mich nicht, daß dich das deprimiert, Nutbeem. Ist es hier schlimmer als anderswo? Es scheint schlimmer zu sein.«

Billy in seiner Ecke schrieb vor sich hin, den Stuhl abgewandt. Dieses Zeug.

»Ich weiß nicht, ob es schlimmer ist oder einfach stärker an die Öffentlichkeit gelangt. Vielleicht ist die Priestergeschichte am schlimmsten. Es gibt in den kleinen Vorhäfen eine Menge Priester, die Mißbrauch treiben, wo ihnen naive Eltern trauen. Aber zynischerweise habe ich sagen hören, Kindsmißbrauch sei eine alte neufundländische Tradition.«

»So was zu sagen ist häßlich«, sagte Tert Card. »Eine britische Tradition würde ich sagen.« Kratzte sich am Kopf, bis Schauer von Schuppen zwischen die Computertasten fielen.

»Was passiert denn mit Kinderschändern hier? Gibt's ein Resozialisierungsprogramm? Oder schmoren sie einfach im Knast?«

»Weiß ich nicht«, sagte Nutbeem.

»Könnte 'ne gute Geschichte abgeben«, meinte Quoyle.

»Ja«, sagte Nutbeem mit brummender Stimme, als würde seine Hauptfeder ausleiern. »Könnte. Wenn ich sie kriegen würde, bevor ich gehe. Aber das kann ich nicht mehr. Die *Pluckerwank* ist fast fertig, und ich muß vor dem Eis hier raus.« Ein starkes, knirschendes Gähnen. »Bin in der Hinsicht ohnehin ausgebrannt.«

»Sag lieber Jack was davon«, plusterte Tert Card sich auf.

»Ach, er weiß Bescheid.«

»Was hast du, Quoyle, einen Autounfall oder Bootsunfall? Du mußt was haben. Anscheinend bist du jedesmal zu Interviews für die verdammten Schiffsmeldungen fort, wenn ein Autounfall reinkommt. Oder vielleicht eine Spazierfahrt mit Mrs. Prowse? Quoyle, ist das so? Du bist häufiger außerhalb des Büros als Jack.«

»Ich hab' Harold Nightingale«, sagte Quoyle. »Ein Foto von Harold auf dem leeren Pier. Der Artikel ist in deinem Computer. Schlagzeile: Alles Ade.«

ALLES ADE

Es gibt Tage, da lohnt sich das Aufstehen einfach nicht. Keiner weiß das besser als Harold Nightingale aus Port Anguish. Für die Fischer in Port Anguish war es eine katastrophale Saison. In der ganzen Zeit hat Harold Nightingale genau neun Kabeljaue gefangen. »Vor zwei Jahren«, sagte er, »fingen wir draußen vor den Bumpy Banks über hundertfünfzigtausend Pfund. Dieses Jahr – weniger als keins. Ich weiß nicht, was ich tun soll. Wäsche annehmen vielleicht.«

Um die neun Kabeljaue zu fangen, gab Mr. Nightingale 423 Dollar für Sprit, 2150 Dollar für Lizenzgebühren, 4670 Dollar für Bootsreparatur und -instandsetzung, 1200 Dollar für neue Netze aus. Und was die Sache noch schlimmer macht, ist, daß er in seinen 31 Jahren als Fischer den schlimmsten Befall von Seepusteln erlebte. »Die Handgelenke geschwollen bis zu den Ellbogen«, sagte er.

Letzten Freitag hatte Harold Nightingale es satt. Er sagte seiner Frau, er würde seine Netze zum letztenmal heraufholen. Er setzte eine Anzeige für sein Boot und seine Ausrüstung auf und bat sie, sie im *Gammy Bird* aufzugeben. Er und seine vierköpfige Crew verbrachten den Morgen damit, die Netze hochzuziehen (alle waren leer); sie waren auf dem Nachhauseweg, als der Wind leicht zunahm. Eine gemäßigte Dünung kam auf, und am Heck brachen sich mehrere Wellen. Kurz vor der Einfahrt nach Port Anguish kenterte das Boot nach Steuerbord und kam nicht wieder hoch. Kapitän Nightingale und der Crew gelang es, in die Dorys zu klettern und das sinkende Boot zu verlassen. Das Schiff verschwand unter den Wellen, und sie steuerten die Küste an. Das Boot war nicht versichert.

»Das schlimmste ist, daß sie unter dem Gewicht von leeren Netzen sank. Es hätte mich ein wenig getröstet, wenn es eine Ladung Fisch gewesen wäre.«

Zu Hause angekommen, nahm Mr. Nightingale seine Verkaufsanzeige zurück.

»Haha«, sagte Tert Card. »Ich weiß noch, wie er wegen der Anzeige anrief.«

Quoyle lümmelte sich an seinen Schreibtisch, dachte an den alten Mann, der im Regen stand und ihm erzählte, wie alles gewesen war. An Harold Nightingale, dessen Lebenswerk wie ein dämlicher Witz endete.

Er nahm Partridges Brief aus der Tasche und las ihn noch einmal. Wie ein Jo-Jo jeden Tag die Küste rauf und runter, Möbel für das neue Haus. Mercalia hatte Partridge zum Geburtstag einen Camcorder geschenkt. Sie hatten ein Schwimmbecken und etwas, das sich »Spitzen-Chefkoch-Gasgrill« nannte – kostete zwei Tausender. Er beschäftigte sich ernsthaft mit Weinproben, hatte einen Weinkeller. Hatte auf einer Party Spike Lee kennengelernt. Mercalia lernte fliegen. Er hatte ihr eine Pilotenjacke aus Leder und einen weißen Seidenschal gekauft. Zum Scherz. Hatte jemand gefunden, der ihm wieder einen Lehmofen in den Hinterhof baute. Fleischräucherschacht, Lachs aus dem Columbia River. In der Küche ein Wasserspender mit drei verschiedenen Temperaturen. Sie hatten sich eine tolle Anlage mit Digitalanzeige zugelegt, die in verschiedenen Zimmern und in unterschiedlicher Lautstärke gleichzeitig Videolaserdiscs und CDs abspielen konnte. Wann würde Quoyle rüberfliegen und sie besuchen? Sei jederzeit willkommen. Wirklich jederzeit.

Quoyle faltete den Brief wieder zusammen, steckte ihn in seine Tasche. Die Bucht war ein mit Papierschiffchen gesprenkeltes Aluminiumtablett. Wie kurz die Tage wurden. Er schaute auf seine Uhr, erstaunt, wie die Monate aus ihr herausgefallen waren.

»Nutbeem. Hast du Lust, auf einen Kalmarburger zu Skipper Will zu gehen?«

»Unbedingt. Laß mich den Absatz fertigschreiben, dann komm' ich mit.«

»Bringt mir eine Portion Fisch und Pommes mit.« Tert Card zog zusammengefaltete Scheine aus seiner Nylonhose.

Aber Billy nahm den Deckel mit Garfield-Comics von seiner Essensdose, betrachtete das Einmachglas mit Dorscheintopf, eine Scheibe Brot und Margarine. Richtete sich das Essen her und dachte, besser so.

Quoyle und Nutbeem beugten sich über einen Tisch hinten im Lokal. Es stank nach heißem Öl und abgestandenem Tee. Nutbeem goß sich einen Strom teakholzfarbenen Pekoe in seine Tasse.

»Ist dir Jacks unheimlicher Sinn für Aufträge aufgefallen? Er gibt dir ein Gebiet, das mit deinen persönlichen, tiefsten Ängsten zu tun hat. Schau dir deinen Fall an. Deine Frau kam bei einem Autounfall um. Worüber sollst du berichten? Über Autounfälle, sollst Bilder machen, wenn die Polster noch brennen und das Blut noch warm ist. Er überträgt Billy, der aus unbekannten Gründen nie geheiratet hat, die Familienseite, die Frauenseite, die Feinheiten von Heim und Herd – muß für den alten Mann ausgesucht schmerzlich sein. Und ich. Ich muß die elenden sexuellen Übergriffe abdecken. Und mit jedem Fall erlebe ich meine Kindheit nach. Ich wurde in der Schule drei Jahre lang mißbraucht. Erst von einem jämmerlichen Geometrielehrer, dann von älteren Jungen, die seine Kumpane waren. Bis zum heutigen Tag kann ich nicht schlafen, ohne mich wie eine Mumie in fünf oder sechs Decken zu wickeln. Und was ich nicht weiß, ist, ob Jack begreift, was er tut, ob der Schmerz durch wiederholte Konfrontation nachlassen und betäubt werden soll, oder ob er einfach bleibt, so frisch wie am Tag des ersten persönlichen Erlebens. Ich würde sagen, er bleibt.«

Quoyle bat um mehr Brötchen, zupfte an dem Teebeutel auf seiner Untertasse herum. Würden die Brötchen reichen?

»Macht er mit sich nicht dasselbe? Fährt aufs Meer hinaus, das seinen Vater und Großvater geholt hat, zwei Brüder, den ältesten Sohn und den jüngsten fast auch? Es betäubt ihn, den Schmerz, meine ich. Es betäubt ihn, weil du siehst, daß deine Lage nicht einzigartig ist, daß andere Leute genauso leiden wie du. Es muß was an dem alten Sprichwort dran sein, daß geteiltes Leid halbes Leid ist. Daß es sich leichter stirbt, wenn die anderen um einen herum sterben. Fröhliche Gedanken, was, Quoyle? Trink noch einen Schluck Tee und hör auf, an diesem ekligen Beutel rumzudrücken. Hast du gesehen, was Tert Card heute morgen hinten an seiner Hose kleben hatte?«

Aber Quoyle entschloß sich zu zwei Stück Rebhuhnbeerenkuchen mit Vanilleeis.

Um vier Uhr fuhr er los, um Wavey abzuholen.

Das kalte Wetter rückte von Norden her vor, Regen wurde zu Schneeregen, Schneeregen zu Schnee, Nebelschwaden wurden zu Wolken aus stecknadelkopfgroßen Kristallen, und Quoyle steckte in einem verwickelten Tagesablauf. Morgens lieferte er Sunshine bei Beety ab, brachte Bunny zur Schule, nahm Wavey mit. Um vier machte er es umgekehrt. MANN SPIELT CHAUFFEUR. Tee in Waveys verrückter Küche, wenn er für den Tag fertig war. Wenn er bis spät arbeiten mußte, blieben sie manchmal bei ihr. Sie schnitt Quoyle die Haare. Er stapelte sonntagmorgens ihr Holz. Vernünftig, daß sie ab und zu gemeinsam aßen. Näher und näher. Wie zwei Enten, die erst auf verschiedenen Seiten des Wassers schwimmen, aber in der Mitte enden, beisammen. Es dauerte lange.

»Dafür gibt's keinen Grund«, flüsterte Mrs. Mavis Bangs Dawn zu. »Hin und her zu fahren und sie mitzunehmen. Die Kinder könnten mit dem Schulbus fahren. Der Schulbus würd' das Mädel bei der Zeitung rauslassen. Sie könnte Zeitungen aufräumen, während Agnis' Neffe seine Arbeit fertig macht. Was immer er da tut. Schreibt Sachen auf. Scheint keine allzu schwere Arbeit für 'nen Mann zu sein. Und Mrs. Herold Prowse braucht bei dem Wetter nich' den ganzen Weg zu laufen. Sie hat ihre Netze nach ihm ausgelegt.«

»Ich dachte, es ist umgekehrt. Er sucht so verzweifelt nach jemandem, der sich um diese Gören kümmert und das Kochen übernimmt. Und das andere, wenn Sie wissen, was ich meine. So groß, wie er ist, ist er doch wie am Verhungern.«

In Waveys Küche stand am Fenster ein Arbeitstisch, wo sie die Mini-Dorys, die ihr Vater schnitzte, gelb anmalte. Mit einem kleinen Aufkleber auf jedem: *Schnitzereien aus Flour Sack Cove*. Sie schmirgelte und bemalte Serviettenhalter in Form von Labradorretrievern, Holzschmetterlinge, die Touristen außen an ihre Häuser nageln konnten, Seemöwen, die auf einem einzigen Dübelbein standen. Ken brachte sie zu den Andenkenläden entlang der Küste. In Kommission, aber sie verkauften sich recht gut.

»Ich weiß, es sind bloß Sachen für Touristen«, sagte sie, »aber so schlecht sind sie nicht. Anständige Arbeit, von der man einigermaßen leben kann.«

Quoyle strich mit den Fingern über die sorgfältigen Gelenke und die glasige Lasur. Und sagte, er finde sie schön.

Das kleine Haus war voller Farben, als brodelte unter Waveys trockener Haut ein Hang zum Aufruhr. Lila Stühle, Knüpfteppiche in Scharlachrot und Blau, bemalte Küchenschränke und Streifen an den Türrahmen. So daß sie, wenn sie inmitten all der Farbe stand, wie eine ausradierte menschliche, weibliche Form wirkte.

Sunshine gefiel ein Schrank mit Glastüren besonders. Hinter dem Glas eine weiße Terrine, eine Reihe von Tellern mit schwimmenden Fischen um den Rand, vier grüne Weingläser. Auf jede der unteren Türen hatte Wavey ein Bild gemalt: ihr eigenes Haus mit dem bemalten Zaun; den Hof ihres Vaters mit den Holzfiguren. Sunshine öffnete die Vatertür. Sie quietschte pfeifend. Sunshine mußte lachen.

28
Der Schlittschuhläufer-Kettengriff

Um jemanden zu retten, der im Eis eingebrochen ist, werden die Finger des Retters und die des Opfers gegenläufig ineinander verhakt.
»Die Fingernägel sollten kurz sein.«

DAS ASHLEY-BUCH DER KNOTEN

Die Tante draußen, um sich umzusehen. Sie hatte Luft schnappen, von Quoyle und den Kindern im Haus fortkommen wollen. Fort von Sunshines Summen, ihren klappernden Schuhen und bohrenden Fragen. Der Kassette von Nutbeem, die Bunny endlos laufen ließ, dabei die Batterien verbrauchte. Die letzten Oktobertage, ein Gewehrgeknatter entlang der Küste, weil die Lummenschwärme vor dem Eis nach Süden flohen. Im Osten sammelten sich vor dem Festlandsockel die Steinbutte. Erschöpfte Lachse lagen tief in den Flußbecken unter dem verkrusteten Eis oder trieben ins Meer.

Sie kam an einen kleinen Teich. Erinnerte sich an ihn, dieses Wasseroval, umgeben von Heidelbeergestrüpp und Lorbeer, Frauen und Kinder, die über das herbstliche Sumpfland zogen, Schellbeeren, die im schräg einfallenden Licht wie Honigtropfen leuchteten. Löchrige Stiefel, Vögel, die aufflatterten, wenn die Beerenpflücker näher kamen. Ihre Mutter hatte die Moore immer gemocht, trotz der Stechmücken. Ein Stück höher liegenden Boden finden, ein wenig unter den rasenden Wolken schlafen. »Ach«, sagte sie, »ich könnte den Rest meines Lebens verschlafen.« Wieviel sie verschlafen hatte – unwissend! Und war in einem Krankenhausbett in

Brooklyn an Lungenentzündung gestorben, im Glauben, sie sei auf dem Ödland unter nördlicher Sonne.

Die Tante erlaubte sich die Erinnerung an einen Oktober: der Teich zugefroren, das Eis so farblos wie eine Bügeleisenfläche, die Wolken in dünnen Lagen wie graue Stifte in einer Schachtel. Schwarze Krähenbeeren mit Eishäuten. Der Wind zusammengefallen. Tiefste Stille, der Dampf ihres Atems trieb aus ihrem Mund. Das ferne Stöhnen der Wellen. Kein toter Grashalm zitterte, keine Möwe oder Lumme flog. Eine perlgraue Landschaft. Sie war elf oder zwölf. Blaue Strickstrümpfe, das umgenähte Kleid ihrer Mutter. Ein eingelaufener Wollmantel, englisch, unter den Armen zu eng, ein abgelegtes Stück, auf dem Pfingstbasar abgezweigt. Sie hatte ein riesiges Paar Männerhockeyschlittschuhe, zog sie über ihre Schuhe, band sie ganz fest. Ein Schnürsenkel riß. Sie machte einen Altweiberknoten, steckte die Metallspitze durch die Öse, band verlorene Knoten.

Die schrägen weißen Spuren der ersten Striche, dann Schlingen und Schleifen wie beim Abspulen eines Fadens. Im windstillen Zwielicht sauste sie durch die Kälte. Das Geräusch des Atmens, das Schlittschuhkratzen. Allein auf dem vollkommenen Eis am roten Nachmittag, die Wolken wie Zweige, wie ein Dickicht aus schwankenden, blutenden Zweigen. Allein. Und ein Brötchen mit Schweinefleisch in der Tasche. Blickte auf und sah, er war da.

Er kam aufs Eis, knöpfte seine Hose auf, glitt behutsam auf den Sohlen seiner Fischerstiefel. Und obwohl sie nirgendwohin als immer nur im Kreis herum fahren konnte, obwohl sie wußte, daß er sie früher oder später erwischen würde, fuhr sie davon, wich seinen Sätzen lange Zeit aus. Vielleicht zehn Minuten lang. Eine lange Zeit.

Jetzt blieb sie stehen und betrachtete den Teich. Klein, uninteressant. Kein Grund, hinunterzugehen. Der Himmel war nicht rot, sondern im Südwesten fast schwarz. Stürme im Anzug. Schon bald würde es auf den Glasscheiben Frost geben, Rauhreif auf den Fensterbrettern, den Reifrand, der sich auf der Decke sammelte, wo der Atem kondensierte, das Holz des Hauses würde sich in den arktischen Nächten mit knallendem Quietschen und Krachen zusammenziehen. Wie es war – einstmals. Dann, das Rutschen von Füßen, heißer Atem auf ihrem Gesicht. Und draußen der tosende Wind in den Trossen, der den Kamin hinabraste und um die Ofenringe herum Rauchränder hochblies. Das nackte Elend des Februar. Des März, April. Schnee bis Ende Mai. Schauderte.

Na schön, das Leben hatte sie abgehärtet, sie hatte sich allein entlang der rauhen Küsten durchgeschlagen, hatte ihre Segel ausgebessert und geflickt, zerschlissene Ausrüstung durch starken, geeigneten Stoff ersetzt. Sie hatte sich von den Felsen und Untiefen fortgearbeitet. Hatte es geschafft. Schaffte es immer noch.

Die Luft prickelte. Fernes Eis schob sich herab. Am wolkenlosen Himmel bildeten sich Schneekristalle wie Fetzen aus durchsichtigem Plastik, kamen aus dem Nichts. Sie stapfte zum Haus zurück, die Kälte in ihren Nasenlöchern wie der Geruch nach Verbranntem. Mußte die Wettervorhersage hören. Die lange Fahrt um die Bucht. Sie konnten die Dinge nicht länger aufschieben.

Drinnen hängte sie ihren Mantel auf, drapierte den Hut auf der Stoffschulter, steckte die gefütterten schwarzen Handschuhe in die rechte Tasche. Ordentlich, die Finger nach innen, daß die Bünde schlaff herunterhingen.

Der Neffe las ihnen vor. Könnte auch gleich mit dem Kochen anfangen. Etwas Einfaches. Pfannkuchen. Und dachte, Mehl in die Schüssel schüttend, an den kommenden Schnee. Sie mußten darüber reden. Der erste Sturm konnte die Straße dichtmachen. Er wußte es bestimmt nicht.

Der Wind pfiff über das Gestrüpp daher, ächzte durch die Haustrossen.

»Essen!« rief die Tante. Wie laut ihre Stimme in dem halbmöblierten Raum war.

»Was würde ich jetzt nicht dafür geben«, sagte sie plötzlich zu Quoyle, der mit der Gabel einen Pfannkuchen auf seinen kalten Teller schob, »in einem guten Restaurant ein schönes Abendessen zu genießen und mir danach im Kino einen guten Film anzuschauen. Was würde ich nicht dafür geben, morgen rauszugehen und in einen geheizten Bus einzusteigen, anstatt in diesem Lastwagen um die ganze Bucht zu fahren. Ich sag's dir ganz offen, der Winter fängt an, mich zu schrecken.«

Als hätte er darauf gewartet, daß die Jahreszeit angekündigt wurde, setzte der Schnee ein, schnippte ein paar Flocken gegen die Fenster.

»Siehst du?« sagte die Tante, als hätte ein Verbündeter sie bei einer Auseinandersetzung unterstützt.

Quoyle kaute seinen Mundvoll Pfannkuchen, schluckte Tee. Er hatte darüber nachgedacht.

»Ich habe mit dem Bulldozer-Typen geredet, dem Freund von Dennis. Er pflügt uns die Straße zu einem bestimmten Preis frei. Wenn der Schnee höher als zehn Zentimeter ist. Das schafft dein Laster.«

»Achtundzwanzig Meilen Pflügen! Was soll der Preis denn sein?«

»Einhundert pro Fahrt. Reicht kaum für den Sprit. Bei der Häufigkeit der Stürme hier, schätzt er, daß er mindestens zweimal die Woche rauskommen muß. In fünf Monaten macht das vierzigmal. Das sind viertausend Dollar. Eine andere Möglichkeit ist Dennis. Er hat gesagt, er könnte uns mit seinem Boot hin und her fahren, bis die Bucht zu stark vereist. Wenn wir ihm den Sprit und die Zeit zahlen, zu, sagen wir, zehn Dollar die Stunde.«

»Na, der Handel hört sich schon besser an«, sagte die Tante.

»Das meine ich nicht. Stell dir mal vor, er muß zwei Stunden pro Tag dafür aufwenden – die Überfahrt ist zwanzig Minuten bei ruhiger See. Das macht das gleiche wie der Bulldozer, hundert die Woche. Und bis Januar ist die Bucht vereist. Ich will nicht riskieren, daß die Mädchen auf einem Motorschlitten über die Bucht hin und her fahren. Dennis sagt, es gibt brüchige Stellen. Es ist gefährlich. Jeden Winter bricht jemand ein und ertrinkt. Du mußt die Route kennen. Und im übrigen gefällt mir die lange Fahrt für sie jeden Tag auch nicht.«

»Du hast dir die Sache gründlich überlegt«, sagte die Tante. Trocken. Sie war es gewohnt, diejenige zu sein, die plante.

Er sagte nicht, daß er am Tag vor seinem Kentern durch die kahlen Zimmer des Hauses spaziert war und sich gedacht hatte, daß ihre Möbel in diesem Jahr nicht mehr kommen würden.

»Dann«, sagte er und schnitt Sunshines Pfannkuchen mit dem Rand seiner Gabel, um ihr quietschendes Messer nicht mehr hören zu müssen, »könnten wir auch für den Winter über die Bucht ziehen. Das Haus hier als Sommerlager betrachten. Nutbeem geht in ein, zwei Wochen. Sein Wohnwagen. Für uns alle vier ist kein Platz, aber die Mädchen und ich kämen wohl zurecht. Wenn du ein Zimmer finden würdest. Oder irgendwas. Weiß Mrs. Bangs nicht vielleicht was?«

Aber die Tante war erstaunt. Sie war spazierengegangen und hatte den Teich betrachtet. Jetzt war alles weitergerast wie ein unbeleuchteter Zug im Dunkeln.

»Schlafen wir darüber«, sagte die Tante.

Am Morgen zwölf Zentimeter Schnee und blendender Sonnenschein, ein warmer Wind. Alles tropfte und lief. Die weiße Decke auf dem Dach warf Falten, riß auf, brach in gezackten Stücken ab, die zischend herunterrutschten und auf den Boden krachten. Bis Mittag nur noch Schneeinseln auf der feuchten Straße und in den Senken des Ödlands.

»Na fein«, sagte die Tante, »ich will noch ein bißchen länger darüber nachdenken.« Jetzt, wo es soweit war, war es zu schnell gegangen.

»Na, ich hab' mich schon gefragt, was mit Ihnen passiert is'«, sagte Mavis Bangs, deren Scheitel im schwarzen Haar in der Raute Sonnenlicht wie Draht leuchtete. »Ich hab' gedacht, Sie sind vielleicht krank. Oder haben Ärger mit dem Laster. Meine Liebe, ich hab' mir solche Sorgen gemacht. Oder Dawn hat gesagt, vielleicht is' es der Schnee, aber der is' ja fast so schnell geschmolzen, wie er gekommen is', also haben wir gedacht, das is' es nich'. Na, jedenfalls bin ich mittags zur Post rauf und hab' ihre Briefe abgeholt.« Sie zeigte mit dem Blick auf den Tisch der Tante. Bedeutsam. Sie hatte sich schnell angewöhnt, Agnis Hamm kleine Gefälligkeiten zu tun.

Und holte ungebeten die Post oder goß eine Tasse Tee ein. Bot sich an mit unsichtbaren Fanfaren.

»Es war der Schnee«, sagte die Tante. »Sie wissen ja, wie der Schnee sich auf einer unbefestigten Straße hält.« Sie schob die Briefe herum. »Tatsächlich haben wir entschieden, daß es besser wäre, für den Winter etwas zu suchen, was näher am Ort ist. Das Haus mehr als Sommerlager zu betrachten, wissen Sie. Er will nicht, daß die Kinder an Schultagen die ganze Strecke fahren müssen. Nun denn.« Sie seufzte.

Mrs. Bangs begriff blitzschnell. »Suchen Sie etwa ein Haus für Sie alle? Ich weiß, die Burkes haben davon geredet, endgültig zu verkaufen und nach Florida zu ziehen. Sie fahren jeden Winter runter. Haben jetzt Freunde dort. Einen Bungalow mit Veranda. Mrs. Burke, Pansey, sagt, sie haben zwei Orangenbäume und eine Palme mitten in ihrem Vorgarten. Pflückt die Orangen direkt vom Baum. Is' das zu glauben? Das is' 'ne Ecke, die ich gern sehen würde, bevor ich sterbe. Florida.«

»Ich war dort«, sagte Dawn. »Sie können's geschenkt haben. Wenn Sie mir Montreal geben. Oh, là, là. Schöne Kleider. Die ganzen Märkte, solches Essen haben Sie in Ihrem Leben noch nicht gesehen, Kinos, Boutiquen. Miami können Sie geschenkt haben. Ein Pack reiche Staatler.«

»Wie sieht das Haus der Burkes denn aus?« fragte die Tante unverblümt.

»Tja, es ist oben auf dem Hügel. Bei der Straße nach Flour Sack Cove raus, aber auf dieser Seite. Also, wenn Sie rausgehen, sich vor den Hügel stellen und anfangen, raufzuklettern – wenn Sie über die Häuser steigen könnten, verstehen Sie –, dann würden Sie direkt draufstoßen. Graues Haus mit blauen Verzierungen. Sehr gut in Schuß. Mrs. Burke ist eine gute Haushälterin. Eine altmodische Küche mit einem Kanapee und allem, aber sie haben auch Komfort. Ölheizung. Geschirrspüler. Waschmaschine und Trockner im Keller. Der Keller ist ausgebaut. Schöne, neue Tapeten in sämtlichen Zimmern.«

»Hmm«, sagte die Tante. »Meinen Sie, die würden vermieten?«

»Das bezweifle ich. Ich glaube nicht, daß sie vermieten wollen. Sie wurden schon gefragt. Ich glaube, sie wollen verkaufen.«

»Na ja, wissen Sie, eigentlich übernimmt mein Neffe ja den Wohnwagen von dem Engländer. Arbeitet bei der Zeitung. Mr. Nutbeem. Er geht bald fort.«

»Dann möchten Sie also was für sich allein.«

«Ja-a«, sagte die Tante.

»Ich glaube, das Haus der Burkes wäre zu groß für eine Person«, sagte Mrs. Bangs. »Angenommen Sie wären bereit, es zu kaufen. Es hat neun Zimmer. Oder zehn.«

»Ich habe eine Stange Geld in das alte Haus gesteckt. Es ist eine Schande. Es nur als Sommerlager zu nutzen. Aber das Hin- und Herfahren ist ein Problem. Wie heißt es so schön: Was man nicht ändern kann, nehme man geduldig an. Ich habe mir für den Rest der Woche ein Zimmer im Sea Gull genommen, bis wir uns was überlegt haben. Der Neffe und die Mädchen wohnen bei Beety und Dennis. Ist ein wenig eng, aber sie kommen zurecht. Wollen nicht eingeschneit werden. Aber das soll jetzt nicht unsere Sorge sein. Was steht denn heute auf dem Plan? Die schwarzen Polster für die *Arrowhead*.«

»Dawn und ich haben die schwarzen Polster Freitag nachmittag fertig gemacht. Sind heute morgen in den Schiffversand.«

Die Tante sah sich ihre Post an. »Ihr seid mir ganz schön voraus«, sagte sie. Sie drehte eine Postkarte um und las sie. »Das ist ja großartig«, sagte sie, die Stimme mit Sarkasmus gespickt. »Ich dachte, wir würden diese Woche die Pakeys auf ihrer *Bubble* sehen. Hier ist eine Postkarte von ihnen. Sie sagen, sie könnten es nicht riskieren, zu dieser Jahreszeit hier heraufzukommen. Schönwettersegler sind das. Nein, es ist schlimmer. Sie lassen die Arbeit von einem Jachtkonstrukteur machen! Diese Trottel.« Die Tante warf die Postkarte hin, hob ein kleines Päckchen hoch.

»Wen kenne ich in Macao? Es ist aus Macao.« Riß es auf.

»Was ist denn das?« sagte sie. Ein Bündel amerikanischer Währung fiel auf den Tisch. Mit einem hellblauen Band zusammengehalten. Nichts weiter.

»Dieses Blau …« Mavis Bangs zögerte, streckte ihre Hand aus.

Die Tante betrachtete das blaue Band. Knüpfte es auf und reichte es ihr. Mit einem bedeutungsvollen Blick. Es war kein Band, sondern ein dünner Streifen hellblaues Leder.

29
Alvin Yark

»Die ›Bucht eines Endes‹ ... hat beim Knoten zwei Bedeutungen. Erstens, im Unterschied zu den Tampen und der stehenden Part ist es das Mittelteil eines Endes. Zweitens ist die Bucht eine Kurve oder Bogen in einem Ende, nicht enger als ein Halbkreis. Dies entspricht der topographischen Bedeutung des Wortes. An einer Küste nennt man eine Bucht einen so breiten Einschnitt, daß man bei beliebigem Wind auf einem Bug hinaussegeln kann.«

Das Ashley-Buch der Knoten

Der einzige Vorteil des grünen Hauses war sofort klar. Quoyle, gähnend und unrasiert in einer Ecke von Beetys Küche, kämmte die Knoten aus Sunshines Haaren, umgeben von einem Drunter und Drüber aus Toast, Kakao, der Suche nach verlegten Kleidungsstücken und Hausaufgaben, als Tert Card hereinkam, sich eine Tasse Kaffee einschenkte. Dennis war vor einer Stunde auf und davon. Card sah Beety an, leckte sich ungeniert die Lippen und zwinkerte wie ein Truthahn mit Bindehautentzündung.

Dann stellte er sich vor Sunshine und Quoyle, zupfte zwischen seinen Beinen herum, als würde er von glühend heißer Unterwäsche versengt. »Quoyle. Wollte dir bloß mitteilen, daß du Diddy Shovel anrufen sollst. 'ne Sache mit 'nem Schiffsbrand. Besser, du fährst gleich hin. Ich hab' dir die Kamera in den Wagen gelegt. Schau mal, ob du ein paar Bilder kriegst. Ich sag dir, Jack Buggit ist ein gerissener Hund.

Die Leute lesen lieber was über einen eingeschlagenen Schädel auf einem Schiff als über sämtliche Autounfälle in ganz Neufundland.« Ließ sich mit dem Kaffee Zeit. Tätschelte Sunshine unterm Kinn und kratzte sich wieder, bevor er hinausstolzierte.

»Ich mag den ekligen Mann nicht«, sagte Sunshine. Spürte Quoyles Ärger durch den Kamm.

»Selbstverliebt«, sagte Beety. »War er schon immer. Konkurrenzlos.«

»So«, sagte Murchie Buggit und kratzte sich wie wild.

»Das reicht«, sagte Beety. »Du siehst aus wie ein Hund voll Flöhe.«

»Er auch.« Und Sunshine und Murchie schrien vor Lachen, bis Murchie an Toastkrümeln würgte und Quoyle ihm auf den Rücken klopfen mußte.

Aber noch ehe er den Hafenmeister anrief, läutete das Telefon.

»Für dich«, sagte Beety.

»Hallo?« Erwartete Diddy Shovels Stimme.

»Quoyle«, sagte Billy Pretty, »hast du wegen dem Boot schon bei Alvin Yark vorbeigeschaut?«

»Nein, Billy. Um ehrlich zu sein, ich hab' noch nicht mal daran gedacht. War in den letzten Wochen zu beschäftigt. Und nach dem, was passiert ist, mißtraue ich Booten vermutlich.«

»Darum mußt du dich sofort wieder damit beschäftigen. Jetzt bist du getauft. Der Winter is' die beste Zeit, um ein Boot zu bauen. Alvin baut dir was, und wenn das Eis weg ist, bring' ich dir die Tricks bei. Weil du weit weg von den Booten aufgewachsen bist und eine Gefahr für dich selber.«

Quoyle wußte, daß er hätte dankbar sein sollen. Kam sich aber dämlich vor. »Das ist nett von dir, Billy. Ich weiß, ich sollte es machen.«

»Du fährst jetzt einfach raus zu Alvin. Du weißt, wo seine Werkstatt ist? Laß es dir von Wavey zeigen. Alvin ist ihr Onkel. Der älteste Bruder ihrer seligen Mutter.«

»Alvin Yark ist Waveys Onkel?« Er schien in einer Spirale zu laufen, immer engere Kreise zu ziehen.

»Aber ja.«

Die Hand noch am Hörer, wählte Quoyle Diddy Shovel an. Was war das mit dem Feuer, war eine Geschichte drin? Bunny schlurfte in die Küche, hatte den Pullover verkehrt herum an. Quoyle versuchte ihr durch Zeichen zu sagen, sie solle den Pullover umdrehen, rief die mißmutige Beethoven-Miene hervor.

»Junger Mann«, dröhnte die beeindruckende Stimme, »während Sie herumtrödeln, brennt die *Rome*. Frachtschiff *Rome*, sechshundert Fuß lang, unter panamesischer Flagge, mit einer Ladung Zink- und Bleipulver, ist, schauen wir mal, ungefähr zwanzig Meilen draußen und steht mit Karacho in Flammen. Zwei Tote. Der Kapitän und ein Unbekannter. Der Rest der Crew mit dem Hubschrauber gerettet. Einundzwanzig Jungs aus Myanmar. Wissen Sie, wo Myanmar liegt?«

»Nein.«

»Genau dort, wo früher Burma war. Der Hubschrauber hat die meisten Besatzungsmitglieder ins Krankenhaus von Misky Bay gebracht. Verdacht auf Rauchvergiftung. Schiff wird abgeschleppt. Bestimmungsort Killick-Claw. Mehr weiß ich auch nicht.«

»Wissen Sie, wie ich zu ihr rauskomme?«

»Wozu der Aufwand? Warten Sie, bis sie reingeschleppt wird. Kann nich' lang dauern.«

Doch um halb vier war das Schiff noch immer in der Meerenge. Quoyle rief wieder Diddy Shovel an.

»Sollte um fünf da sein. Höre, sie haben Schwierigkeiten gehabt. Schlepptau ist gerissen, mußten ein neues anbringen.«

Wavey kam die Stufen herunter, zog an den Ärmeln ihres selbstgeschneiderten Mantels, die Farbe wie Schneematsch. Sie stieg ein, blickte ihn an. Ein schwaches Lächeln. Sah weg.

Ihrer beider Schweigen angenehm. Etwas wuchs. Aber was? Nicht Liebe, die schwärte und schmerzte. Nicht Liebe, die nur einmal kam.

»Ich muß zum Hafen runter. Also können wir die Kinder abholen, und ich bringe dich und den kleinen Herold gleich zurück. Ich kann Bunny eine Stunde bei Beety absetzen oder sie mitnehmen. Sie schleppen ein Schiff rein, auf dem es gebrannt hat. Zwei Tote, einer davon der Kapitän. Die anderen im Krankenhaus. Sagt Diddy Shovel.«

»Ich zittere, wenn ich bloß davon höre.« Und schauderte tatsächlich.

Die Schule kam in Sicht. Bunny stand am Fuß der Treppe, ein Stück Papier in der Hand. Quoyle fürchtete die Dinge, die sie von der Schule nach Hause brachte, die sie ihm mit vorgestülpten Lippen zeigte: Nudelstückchen, zu einem Gesicht auf kariertes Papier geklebt, Pfeifenreiniger, zu Blumen verbogen, Wachsmalkreidehäuser mit quadratischen Fenstern, braune Bäume mit Brokkolikronen, wie man sie in Neufundland nie sah. Schulikonographie, dachte er.

»So sollen wir es machen, sagt Miss Grandy.«

»Aber Bunny, hast du schon mal einen braunen Baum gesehen?«

»Marty malt ihre Bäume braun. Und ich auch.«

Quoyle zu Wavey: »Billy sagt, ich soll mir den Winter über ein Boot bauen lassen. Er sagt, bei Alvin Yark.«

Ein Nicken, als sie den Namen ihres Onkels hörte.

»Er ist ein guter Bootsbauer«, sagte sie mit ihrer leisen Stimme. »Er macht dir bestimmt ein gutes.«

»Ich dachte, ich fahr' am Sonntag rüber«, sagte Quoyle. »Und frage ihn. Nehme die Mädchen mit. Willst du mit Herry mitkommen? Ist das ein guter Tag dafür?«

»Der beste«, sagte sie. »Und ich hab' Sachen, die ich Tante Evvie bringen wollte. Wir können bei ihnen essen. Tante Evvie, die ist 'ne Köchin!«

Dann machten sich Quoyle und Bunny zum Hafen auf, aber die *Rome* war auf Anweisung der Reederei nach St. John's geschleppt worden.

»Normalerweise sagen sie mir Bescheid«, sagte Diddy Shovel. »Vor ein paar Jahren hätte ich ihnen die Ohren lang gezogen, aber was soll ich mich jetzt noch aufregen?«

Am Sonntag war der Nebel so dicht wie Abfallbaumwolle, führte eine Kälte mit sich, die sich in die Knochen fraß. Die Kinder wie eine Reihe Hühner auf dem Rücksitz. Wavey ein wenig herausgeputzt, schwarze Schuhe, die auf der Bodenmatte glänzten. Quoyles Augen brannten bei dem Versuch, den Dunst zu durchdringen. Die Cordhose schmerzhaft eng. Er gelobte zum tausendstenmal, abzunehmen. Die Häuser am Straßenrand waren verschwunden, das Meer nicht zu sehen. Eine Stunde für die zehn Meilen bis zur Abzweigung nach Nunny Bag Cove. Autos, die in die Gegenrichtung krochen, Nebelleuchten, so trüb wie schmutzige Untertassen.

Nunny Bag Cove war eine Straßenschleife voller neuer Ranchhäuser. Sie konnten sie im Nebel kaum sehen.

»Sie hatten vor sechs Jahren ein Feuer«, sagte Wavey. »Die Stadt brannte ab. Alle bauten sich mit dem Geld von der Versicherung neue Häuser. Ein paar Familien hatten keine Versicherung, so fünf oder sechs, glaube ich, aber die anderen teilten mit ihnen, so daß für jeden ein neues Haus raussprang. Onkel Al und Tante Evvie brauchten kein so großes Haus mehr wie früher, darum steuerten sie was von dem Geld bei.«

»Moment mal«, sagte Quoyle. »Sie bauten sich ihr Haus kleiner, als die Versicherungssumme hergab?«

»Hmm«, sagte Wavey. »Er hatte eine extra Versicherung auf sein Bootshaus. Hatte es so hoch versichert, als wäre ein neuer, gerade fertiggewordener Longliner drin gewesen.«

»Das ist vorausschauend«, sagte Quoyle.

»Na, weißt du, hätte ja sein können! Besser vorsorgen als nicht. Wie vielen ist das passiert, und die Versicherung war nur fürs Haus?«

Mrs. Yark, dünne Arme und Beine wie Eisenstangen, dirigierte sie alle an den Küchentisch, goß den Kindern Milchtee in winzige Tassen mit aufgemalten Tieren, vergoldeten Rändern. Sunshine hatte ein geflecktes Schwein, Herry einen Hahn und eine Henne mit Silberflitter. Ein gelocktes und gehörntes Schaf für Bunny. Der Tisch war noch feucht, weil er gerade erst abgewischt worden war.

»Putt, putt, putt«, sagte Herry mit dem Finger auf dem Hahn.

»Die waren schon alt, wie ich noch klein war«, sagte Wavey.

»Du wärst überrascht, meine Liebe, wie alt die sin'. Meine Großmutter hat sie schon gehabt. Das is' lange her. Sie kommen aus England. Es waren mal zwölf, aber jetzt sin' nur noch die vier da übrig. Die Pferde und Kühe sin' kaputt, nur Untertassen sin' noch mehr. Waren noch 'n paar kleine Glasteller dazu da, aber die sin' auch kaputt.« Mrs. Yarks Ingwerplätzchen waren fliegende Tauben mit Rosinenaugen.

Bunny fand lauter interessante Sachen in der Küche, einen zusammenklappbaren Stiefelknecht, eine blecherne Puddingform in Gestalt einer Burg mit spitzen Türmen, eine geblümte Barttasse mit einer Keramikbrücke am Rand, damit der Schnurrbart eines Herren nicht naß wurde.

»Sie hatten Glück, daß Sie die Sachen vor dem Feuer retten konnten«, sagte Quoyle. Aß noch mehr Plätzchen.

«Ähm, ja«, seufzte Mrs. Yark, und Quoyle sah, daß er einen Fehler begangen hatte.

Quoyle verließ das Reich der Frauen, folgte Alvin Yark in die Werkstatt hinaus. Yark war ein kleiner Mann mit papierenem Gesicht, Ohren, so groß wie Fünfzig-Cent-Münzen, Augen wie Weidenblätter. Er sprach mit Lippen, die nicht mehr als ein Spalt zwischen Nase und Kinn waren.

»Du willst also ein Boot. Ein Motorboot?«

»Einfach ein kleines Boot, ja. Ich will was, mit dem ich um die Bucht komme – nicht zu groß. Etwas, mit dem ich allein fertig werde. Ich bin darin nicht besonders gut.«

Eine Mütze saß seitlich auf seinem knorrigen Kopf. Er trug einen Overall, der durch einen Reißverschluß mit zwei Zügen unterteilt war; einer baumelte an seinem Unterleib, der andere an seinem Brustkasten. Unter dem Overall trug er ein Karohemd und über dem Ganzen eine Wolljacke mit noch mehr Reißverschlüssen.

»Ein Rodney mit Außenbordmotor würd's wohl tun. Fünfzehn, sechzehn Fuß. Mit 'nem kleinen Sieben-PS-Motor dran. Was in der Art«, sagte er und zeigte auf ein stämmiges Boot mit guten Linien, das auf zwei Sägeböcken ruhte.

»Ja«, sagte Quoyle. Wußte genug, um zu erkennen, daß er etwas Gutes vor sich hatte.

»Lern dein'n Kleinen, drin zu rudern, wenn sie 'n bißchen kräftiger sind.«

Sie gingen in das trübe Dämmerlicht der Werkstatt.

»Ach«, sagte Yark. »Ich hab' noch ein oder zwei zum Fertigmachen, weißte«, und deutete auf Holzskelette und halbverschalte Bordwände. »Das heißt, ich helf' den Winter vielleicht Nige Fearn mit sein'm Longliner. Aber wenn ich in'n Wald rauskomm' und das Holz find', geht's schnell. So ums Frühjahr rum, ja, wenn 's Eis abzieht. Wenn ich in den Wald komm' und die richtigen Stecken find', weißte, Fichte, Tanne. Siehste, man muß schon gute find'n, der Stamm, der sollt' 'ne kleine Wölbung ham, 'n Achtersteven und 'n Kniestück und natürlich 'n Totholz und 'n Bugband. Du mußt die richtigen dafür ham. Deine Beplankung, weißte. 's gibt hier Leut, die dämpfen die. Ich würd' mich in kein Boot mit gedämpften Planken setzen. Zu schwach.«

»Ich dachte, Sie hätten das Material hier«, sagte Quoyle.

»Nein, Junge, ich bau' nich' mit trocknem Holz. Das Boot saugt 's Wasser auf, wenn's aus trocknem Holz is', weißte, und gibt's nich' mehr her. Aber wennde mit grünem Holz baust, kommt das Wasser nie ins Holz. Ich bau' nie mit trocknem Holz.«

30
Die Sonne hinter Wolken

Quoyle und seine Töchter gingen von Beety und Dennis aus zu Fuß zum Sea Gull, wo die Tante logierte, feucht und unordentlich. Sunshine, die Quoyles Hand umklammerte, rutschte immer wieder aus. Bis er merkte, daß es ein Spiel war, »Schluß damit« sagte.

Die Straße glänzte unter einem Mond wie ein Motorradscheinwerfer. Frostiger Novembernebel, der die Welt mit Glatteis überzog, der rauhen Kälte der Nordküste. Unmöglich, zu fahren, obwohl er vorher gefahren war, es bis Little Despond und zurück geschafft hatte, der Ölpest gefolgt war. Die Recherchen abgeschlossen hatte. Der alte Mr. Eye mit Lungenentzündung im Krankenhaus. Ein Ölrand um die kleine Bucht.

Durch den Eingang, den Geruch nach chemischem Mischmasch in den Speisesaal, wo die Tante wartete. An leeren Tischen vorbei. Bunny ging gemessen; Sunshine stürmte auf die Tante los, stolperte, machte eine Bauchlandung und heulte. Also fing das Abendessen mit Tränen an. Von der Fensterscheibe wallte kalte Luft herüber.

»Armes Ding«, sagte die Tante und untersuchte Sunshines rote Knie. Die Bedienung kam über den abgewetzten Teppich daher, einer ihrer Schuhe quietschte beim Gehen.

Quoyle trank ein Glas Tomatensaft, der nach Büchse schmeckte. Die Tante kippte Whiskey; gläserweise Ginger

Ale. Dann Truthahnsuppe. In Quoyles Suppe schwamm eine sehnige Halsader.

»Ich muß sagen, nach dem ersten Tag Ruhe und Frieden habt ihr mir alle gefehlt. Sehr.« Das Gesicht der Tante rötlicher als gewöhnlich, die blauen Augen voll Tränen.

Quoyle lachte. »Du fehlst uns.« In Beetys und Dennis' Keller schlafen. Vermißte die unkomplizierte Gesellschaft der Tante, ihre Art, die Probleme bei den Hörnern zu packen.

»Dad, weißt du noch, die roten Täßchen mit Bildern drauf bei Waveys Tante?«

»Ja, Bunny. Es waren reizende Täßchen.«

»Ich schreibe dem Weihnachtsmann einen Brief, daß er uns genau solche bringen soll. In der Schule schreiben wir an den Weihnachtsmann. Und ich hab' ein Bild von den Tassen gemalt, damit er die richtigen nimmt. Und blaue Perlen. Und Marty hat das gleiche geschrieben. Dad, Marty schreibt ihr S umgekehrt.«

»Ich will ein Boot mit einem Stock und einer Schnur«, sagte Sunshine. »Du setzt das Boot ins Wasser und stößt es mit dem Stock an. Und es schwimmt weg! Dann ziehst du an der Schnur, und es kommt zurück!« Sie lachte übermäßig.

»Hört sich an, als wär' das das Boot, das ich brauche.« Quoyle aß seine kalten Brötchen.

»Und wenn ich die roten Täßchen bekomme«, sagte Bunny, »mach' ich dir eine Tasse Tee, Tante.«

»Also, mein Liebes, den trinke ich bestimmt gern.«

»Na, wer bekommt die Muscheln«, fragte die Bedienung und hielt einen Teller hin, auf dem sich fahle Klumpen, ein Berg Reis und eine Scheibe ausgebleichtes Brot türmten.

»Oje, die hab' ich bestellt«, sagte die Tante, runzelte die Stirn angesichts des faden Essens, flüsterte Quoyle zu: »Hätten auf einen Kalmarburger zu Skipper Will gehen sollen.«

»Wenn wir bei Beety sind, dann macht sie manchmal Fischköpfe und -schwänze«, sagte Bunny. »Das mag ich.«

»Und ich kann's nicht ausstehen«, sagte Sunshine und machte in ihrem Ginger-Ale-Glas ein Sauggeräusch.

»Stimmt nicht. Du hast alles aufgegessen.«

Die Dorschbacken und Pommes frites kamen.

»Ehem«, sagte die Tante. »Das ist eine Art Ankündigung. Ich habe etwas anzukündigen. Gute und schlechte Neuigkeiten. Die gute Neuigkeit ist, daß ich einen großen Auftrag habe, der mich fast den ganzen Winter beanspruchen wird. Die schlechte ist, er ist in St. John's unten. Wie's dazu kam – ich hab' lang über meine Geschäfte in der Jachtpolsterei nachgedacht. Sehen wir den Tatsachen ins Gesicht: Die Jachteigner sind hier nicht so zahlreich wie auf Long Island. Neufundland steht bei den Jachtbesitzern als Anlegehafen nicht gerade an erster Stelle. Ich habe mir also Sorgen gemacht. Weil ich die letzten sechs Wochen nicht viel Arbeit hatte. Wenn das geheimnisvolle Geld aus Macao nicht gewesen wäre, das für mich gar nicht geheimnisvoll ist, aber stellt euch bloß diese sonderbare Frau vor, die ihren Mann zerlegt, aber ihre Rechnungen bezahlt – jedenfalls hätte ich in der Klemme gesteckt. Also hab' ich nachgedacht. Es gibt jede Menge Handelsschiffahrt in Neufundland. Halte ich die falsche Fahne hoch? Vielleicht. Hab's mit ein paar neuen Namen versucht. Hamms Jachtpolsterei bringt sie sicher nicht in Scharen an. Wie wär's, sage ich zu Mrs. Mavis Bangs, was halten Sie von Hamms Schiffspolsterei? Könnte für Jachten sein, könnte für Tanker sein, könnte für alles sein, was schwimmt. Sie hielt den Namen für gut. Also rief ich bei Ausrüstern und Bootsreparaturwerften in St. John's an, stellte mich als Agnis Hamm von Hamms Schiffspolsterei vor, und natürlich besteht Bedarf. Auf Anhieb einen großen Auftrag, ein Frachtschiff, die *Rome*, auf der es schlimm gebrannt hat. Die Brücke wurde zerstört, die Polsterung in der Offiziersmesse, dem Mannschaftsraum, alles von Rauch und Wasserschäden ruiniert. Arbeit für Monate. Also nehme ich Dawn und Mrs. Mavis Bangs mit nach St. John's runter, und wir arbeiten, bis wir fertig sind. Sie wollen ein Kunstleder in kräftigem Burgund. Und eines in Königsblau, sehr edel. Leder ist nichts für jedermann. Es kann schimmlig werden. Dawn ist ganz aufgeregt, nach St. John's zu kommen. Bunny, steck dir die Serviette in den Kragen, wenn du mit Ketchup herumspritzt. Du bist so ein Dreckspatz.«

»Dad«, sagte Bunny. »Ich kann was. Skipper Alfred hat's mir gezeigt. Es heißt ›Die Sonne hinter Wolken‹.«

»Hmm«, sagte Quoyle und zog eine Dorschbacke durch die Tatarsoße in der Schale aus rostfreiem Stahl. »Aber Tante, wo wohnst du dann? Ein Hotel in St. John's für ein paar Monate kostet ein Vermögen.«

»Schau«, sagte Bunny und legte ein Stück Faden zusammen.

»Das ist das Gute daran«, sagte die Tante und kaute ihre Muscheln. »Die Firma hat zwei Wohnungen für solche Fälle. Mr. Malt – er ist der Kerl, mit dem ich zu tun habe – sagt, daß sie ziemlich oft Spezialisten auf bestimmten Gebieten ansetzen müssen, für Metallbeanspruchung, Schiffsschraubenpläne, Prüfer und ähnliches. Wir bekommen also eine der Firmenwohnungen umsonst – hat mehrere Schlafzimmer. Gehört zu unserem Vertrag. Und wir haben Platz zum Arbeiten. Können das Polstererwerkzeug aufstellen. Dawns Bruder hilft uns, alles hinten in meinen Laster zu laden. Das Kunstleder lassen sie von irgendwoher kommen, New Jersey, glaub' ich. Und spätestens Ende nächster Woche sind wir fort. Alles nur, weil ich den Namen geändert habe.«

»Klingt sehr verwegen, Tante.«

»Na, im Frühjahr bin ich wieder da. Wir können wieder in unser grünes Haus rausziehen, sobald die Straße offen ist. Wird durch das Warten um so schöner sein. Wenn 's dir hier noch gefällt, meine ich. Oder willst du vielleicht nach New York zurückgehen?«

»*Ich* geh' nicht zurück nach New York«, sagte Bunny. »Marty Buggit ist für immer meine Freundin. Aber wenn ich groß bin, gehe ich hin.«

Quoyle wollte auch nicht nach New York zurück. Wenn das Leben ein Lichtbogen war, der in Dunkelheit begann, in Dunkelheit endete, dann war der erste Teil seines Lebens normal verlaufen. Hier war es, als hätte er ein Polarisationsmikroskop gefunden, das alles, was man damit betrachtete, vertiefte und verstärkte. Dachte an sein dummes Ich in Mockingburg, das alles hingenommen hatte, was ihm zugestoßen war. Kein Wunder, daß die Liebe ihm durch Herz und Lungen geschossen war, innere Blutungen verursacht hatte.

»Dad«, sagte Bunny, den Tränen nahe. »Ich hab's zweimal gemacht, und du hast nicht zugeschaut. Und die Tante auch nicht.«

»Ich hab' zugeschaut«, sagte Sunshine. »Aber ich hab' nichts gesehen.«

»Vielleicht brauchst du eine Brille«, sagte die Tante.

»Tut mir leid, Bunnylein. Zeig's mir noch mal. Ich schau mit Adleraugen zu.«

»Ich auch«, sagte die Tante.

Das Kind spannte eine an den Enden zusammengebundene Schnur, legte sie sich in einander überlappenden Kreisen um die Finger, Daumen und Zeigefinger in den vier Eckschlingen.

»Jetzt paßt auf die Sonne auf«, sagte Bunny. »Die Sonne ist das Loch in der Mitte, der Rest sind die Wolken. Paßt auf, was passiert.«

Langsam zog sie die Schlingen zusammen, langsam wurde der Kreis in der Mitte kleiner und verschwand schließlich.

»Es ist ein Fadenspiel«, sagte Bunny. »Ich kenne noch eins. Skipper Alfred kennt mindestens hundert.«

»Das ist ja ganz erstaunlich«, sagte Quoyle. »Hat Skipper Alfred dir die Schnur gegeben?« Er nahm den glatten Faden, zählte sieben winzige, harte Knoten und zur Verbindung der Enden eine unbeholfene Überhand. »Hast du die Knoten gemacht?« Mit lockerer Stimme.

»Den hab' ich gemacht.« Die Überhand. »Ich hab' sie heut morgen im Auto gefunden, Dad, auf deiner Rückenlehne.«

31
Manchmal paßt man einfach nicht auf

»Ein Seemann hat nur eine geringe Chance, einen Gegenstand, der ihm über Bord gegangen ist, zurückzubekommen. So findet man geknotete Bändsel an allen beweglichen Dingen, die oben, besonders in der Takelage, getragen werden: Marspieker und Fids, Farbbüchsen und Schmierfetteimer, Bleistifte, Brillen, Kopfbedeckungen, Schnupftabakdosen, Taschenmesser, Tabak und Geldbeutel, Amulette, Bootsmannpfeifen, Uhren, Ferngläser, Pfeifen und Schlüssel. All das ist am Hals, an der Schulter, am Handgelenk oder an irgendeinem Knopfloch, Gürtel oder Hosenträger festgemacht.«

DAS ASHLEY-BUCH DER KNOTEN

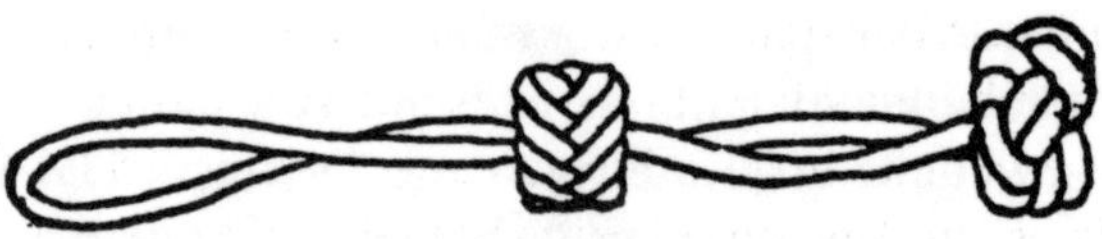

»Am 21. November lichtete in St. John's die *Galactic Blizzard*, ein Eisenbahnfährschiff mit Doppelruder und doppelten Verstellpropellern, Anker mit Kurs auf Montreal«, schrieb Quoyle, dem von seinem frühmorgendlichen Ausflug zu dem havarierten Schiff noch kalt war.

> Am Ufer entlang bildete sich zwar schon Eis, aber es herrschte schönes Wetter. Der Himmel war blau, das Meer ruhig und die Sicht unbegrenzt. Eine Stunde nach der Ausfahrt aus dem Hafen von St. John's fuhr das Schiff voll auf die südliche Klippe von Strain Bag Island auf. Die Kollision weckte den wachhabenden Offizier, der eingedöst war. »Manchmal paßt man einfach nicht auf«, sagte er zu den Untersuchungsbeamten der Küstenwacht.

Tert Card polterte zur Tür herein. »Ich fühl' mich ganz taub vor Kälte«, rief er, blies auf seine rissigen Hände, lehnte seinen breiten Rücken an die Gasheizung, »so eine Kälte so früh im Jahr verleidet einem die Gegend hier ganz. Wie ich heut morgen versucht hab', die Klippen langzufahren und der Schnee vom Eis her blies, die Scheibenwischer festfroren und das Auto zur Seite rutschte, da hab' ich mir gedacht: Ist doch erst November. Wie kann das sein? Fing an, über die Verkehrsstatistiken nachzugrübeln. Letzten Januar gab's in Neufundland Hunderte von Autounfällen. Tote, Verletzte, Sachschäden. In nur einem Monat. So fängt die Sehnsucht an, wenn man an einem kalten Tag wie heut die Klippen entlangfährt. Erst fragt man sich nur selbst. Dann spricht man's laut aus. Dann schneidet man die Coupons in den Reisemagazinen aus. Die Broschüren treffen ein. Man legt sie aufs Armaturenbrett, damit man eine Palme betrachten kann, wenn man abnibbelt. Im Februar hält einen nur noch eins aufrecht – das Flugticket nach Florida auf der Kommode. Wenn man bis März durchhält, Junge, dann schafft man's in den Himmel. Man steigt in Misky Bay in den Flieger, an den Tragflächen hängt soviel Eis und es herrscht ein Höllenwind, daß man zweifelt, ob der Flieger es überhaupt schafft, aber er schafft es, und wenn er runtersteigt und landet, wenn sie die Tür aufstoßen, mein Sohn, ich sag' dir was: Der Geruch nach heißem Sommer und Sonnenöl und Abgasen läßt einen aufschreien vor Lust. Ein liebliches Plätzchen haben die da unten mit ihren Orangen.« Er holte tief Luft, stieß ein verrotztes Schnauben aus, dachte an glattes gelbes Wasser wie Likör. Sprach Quoyle an: »Also, Junge, hast du diese Woche einen Auto- oder Bootsunfall oder nicht?«

»Ich würd' nie da runterfliegen. Ich würd' keinen Fuß in so 'n Flugzeug setzen.« Billy Pretty schaute von seinen gekritzelten Motiven und seinem überquellenden Schreibtisch auf, rotumränderte Augen, Gesicht wie ein löchriger Teig. »Ich hoffe, du hast alle möglichen Unfälle, Quoyle, weil ich nich' viel hab' – noch ein paar unbekannte Leichen und zwei nackte Männer vor Gericht. Einen Kerl haben sie geschnappt, als er aus 'nem Fenster gekrochen kam, beladen mit 'ner Nähmaschine, der Mikrowelle, 'nem Kurzwellenempfänger, 'nem Farbfernseher, und der Fischer und seine bessere Hälfte schlafen oben in ihrem Schlafzimmer weiter, lauter süße Träume, wachten überhaupt nicht auf. Die Polizei sah ihn an einem Nagel am Fensterbrett hängen. Also ab mit ihm nach Killick-Claw in den Knast. Mitten in der Nacht fängt er an zu brüllen und zu johlen, reißt sich alle Kleider vom Leib. Sie meinten, er wär' 'n Psycho. Schickten ihn zur Beobachtung rüber nach Waterford. Die Sache breitet sich verdammt noch mal aus! Hier ist noch einer. Ein junger Kerl, der Vater ist Fischer unten in Port aux Priseurs, macht 'nen fetten Krabbenfang und kauft dem Jungen ein Pferd. Baut 'nen Stall und kauft dem Jungen ein Pferd. Der Junge wollte ein Pferd. ›All die Möglichkeiten, die ich nie hatte, blablabla.‹ Hatte keine Ahnung von Pferden. Stellte es raus in den Stall. Nach 'ner Woche oder so verliert der Junge das Interesse dran und vergißt es. Schließlich verhungert das Pferd. Sie halten dem Jungen 'ne Standpauke und brummen dem Vater tausend Dollar Strafe auf. Er hat das Geld zwar, aber, was meint ihr, was er macht? Steht im Gerichtssaal vor dem Richter. Reißt sich ebenfalls sämtliche Kleider vom Leib. Also wird er auch nach Waterford rübergeschickt.

Ja, hier haben wir vermißte Personen und nicht identifizierte Leichen, und keine zwei passen zusammen. Ein Mann aus Chaw Cove ging zur Jagd. Das einzige, was sie noch fanden, waren seine Handschuhe. Hier unten in Puddickton findet gnä' Frau 'nen kalten, nassen Leichnam, der unter dem Steg des Skippers treibt. Ein völlig Fremder, und nicht der Kerl aus Chaw Cove. Nicht ein Faden an ihm. Da fragt man sich glatt, ob der nicht auch kürzlich vor Gericht gestanden hat. Am schlimmsten ist diese Hundegeschichte. Wieder ein Krabbenfischer in Port aux Priseurs. Der Kerl kaufte ein paar schicke Festlandshunde, ein paar Pitbullterrier, ein paar Rottweiler, ein paar Dobermänner, hielt sie alle draußen auf seiner großen Koppel. Jetzt können sie den Mann nicht finden. Ist anscheinend in den Hundepferch raus und nicht wiedergekommen. Die ganze Familie sitzt beim Abendessen. Nach ein paar Stunden sagt einer: ›Wo ist denn der Alte wieder?‹ Sie gehen mit der Taschenlampe raus zum Hundepferch, rufen

Juhu. Auf dem Schnee ist überall Blut und ein paar von Dads Kleidungsstücken in erbärmlichem Zustand. Darum glauben sie, obwohl er vermißt wird, zu wissen, wo er ist.«

Tert Card träumend am Fenster, Richtung Süden starrend. »In Port aux Priseurs sollten sie lieber die Finger von den Tieren lassen. Sie haben 's einfach nicht raus. Sollten sich an Autos und Drogen halten. Quoyle, hast du irgendeinen Unfall, um die Titelseite aufzumöbeln?«

Nutbeem hob den Kopf, öffnete die verschränkten Arme. »Da das meine letzte Woche ist, sind die Auslandsnachrichten natürlich bombig. Erstens: der kanadische Gesundheitsminister hat sich mit einem Streit über Enthaarung in die Nesseln gesetzt.«

»Einige von uns hier, Nutbeem, halten Kanada nicht für eine ausländische Macht«, sagte Card.

»Laß ihn in Ruhe«, sagte Billy Pretty. »Red weiter, Junge.«

»Na schön. Hunderte von Ärzten kündigen eine Krankenversicherungsinitiative zur Entfernung ungewollten Gesichtshaars bei ihren Patientinnen an. Ein Beamter des Gesundheitsministeriums wird mit den Worten zitiert: ›Eine heiße Sache.‹ Meint vermutlich das Elektrolysegerät. Millionen und Abermillionen Dollar für Millionen und Abermillionen Behandlungen.«

Card kicherte. Er war ganz Fettflecken und Hunger. Fingernägel wie Zuckerzangen.

»Dachte, daß du das lustig finden würdest«, sagte Nutbeem.

Quoyle war überrascht, Billy Pretty belfern zu hören: »Du magst ruhig lachen, Card, aber für eine Frau ist es widerlich und bitter, den Schatten eines Schnurrbarts über ihr Gesicht kriechen zu sehen. Wahrscheinlich würdest du mehr Mitgefühl entwickeln, wenn es darum ginge, daß Männern das Brustfett entfernt wird, oder?« Er starrte Cards spitze Brüste an. Ein paar Sekunden lang Schweigen, dann Tert Cards feuchtes Lachen, Billys Kichern. Es war nur ein Witz. Quoyle erkannte einen Witz immer noch nicht, wenn er ihn hörte.

»Ach ja«, sagte Card und schneuzte sich in ein Papiertaschentuch, faltete es im Licht des Fensters auf. »Meine Schwester litt darunter, nur hatte sie Haare an den Armen. Unsere Alte wußte andere Wege, damit umzugehen. Wir hatten Skipper Small, der war ein Wunderheiler. Er schrieb etwas auf ein kleines Stück Papier, warf es ins Feuer, sah beim Verbrennen zu, bis nur noch eine Aschehaut auf den Kohlen lag, ganz weiß und verhutzelt. Dann nahm er einen Stock, stocherte in der Aschehaut herum, daß die Stückchen durch den Kamin davonflogen. ›Da‹, sagte er, ›da verschwindet dein Leiden.‹«

»Und waren die Arme deiner Schwester dann in Ordnung?«

»Und ob, Junge. Ihre Arme wurden so glatt wie Seide, jawohl, es war ein Vergnügen, sich von ihnen drücken zu lassen. Sagten alle. Ich hoffe, das sind nicht alle deine Auslandsnachrichten, Nutbeem, Enthaarung in Ontario.«

»Tja, wir haben noch die Cholera-Epidemie in Peru. Argentinien und Paraguay weigern sich jetzt, in Peru Fußball zu spielen. In den vergangenen sechs Wochen wurden vierzehntausend Fälle gemeldet.«

»Gut. Wir bringen die Geschichte gleich neben der über die unbekannten Insekten, die Angestellte des Sozialamts in Misky Bay gestochen haben, nachdem vor kurzem peruanische Einwanderer angekommen waren.« Er sah Quoyle an. »Hast du einen Unfall, Kumpel?«

»Hm«, sagte Quoyle. Gab Tert Card aber nichts.

»Also, was ist damit, wo ist der Artikel, und hast du Fotos?«

»Die Schiffskollision auf Strain Bag. Dann hab' ich ein Paar Dias von einem brennenden Auto geschossen – Ursache unbekannt. Der Laster war vor dem Bestattungsinstitut geparkt und ging einfach in Flammen auf, als die Familie drin saß. Sah wie eine brennende Bratpfanne aus.«

»Das ist ein sehr guter Tip, Quoyle. Wenn uns je die Bilder knapp werden sollten, dann holen wir uns eine Bratpfanne, füllen sie mit Öl und stecken sie in Brand. Wackeln ein bißchen mit der Kamera, wenn wir die Schnappschüsse machen. Wer soll das schon merken?«

»Etwas in Misky Bay. Anscheinend ein Zwist zwischen Zwillingsbrüdern, Boyle und Doyle Cats.«

»Die kenn' ich«, sagte Billy Pretty. »Einer von denen ist Taxifahrer.«

»Stimmt. Boyle ist der Taxifahrer. Am Abend zuvor hatte es irgendwie Ärger gegeben. Muß was mit einem Drogendeal zu tun haben, wird angenommen. Am Mittwoch nachmittag nimmt Boyle an der Fischfabrik einen Fahrgast auf, macht kehrt und wird von einem maskierten Mann angegriffen, auf einem brandneuen blauen Motorschlitten von Yamaha mit dem Wort PSYCHOPATH auf der Motorhaube. Sein Bruder Doyle soll angeblich so einen Motorschlitten besitzen. Der Motorschlittenfahrer feuert mit einem Gewehr auf das Taxi und rast davon, die Windschutzscheibe des Taxis wird weggepustet, das Fahrzeug kommt ins Schleudern und endet auf der Laderampe der Fischfabrik. Leichte Schnittverletzungen und Fleischwunden. Der Motorschlitten entkam.«

»Liegt da unten jetzt Schnee?«

»Nein.«

»An den Ort erinnere ich mich immer aus mehreren Gründen«, sagte Nutbeem. »Aber vor allem wegen den einfallsreichen Gewalttätigkeiten und der Sache, daß die Leute sich vor Gericht die Kleider vom Leib reißen. Scheint eine neufundländische Spezialität zu sein. Hier haben wir eine ziemlich normale Brandstiftung. Irgendein Typ hat sein Boot in Brand gesteckt – vielleicht hast du die Geschichte auch, Quoyle –, wahrscheinlich um an die Versicherung ranzukommen, und sitzt seit ein paar Tagen im Knast. Heute morgen bringen sie ihn vor Gericht, und er tut das übliche.«

»Reißt sich die Kleider vom Leib«, dröhnte es durch den Raum.

»Das kann ich gebrauchen«, sagte Billy, auf den Tasten klappernd.

»Tert«, sagte Nutbeem. »Deine Schwester – war sie diejenige, von der du uns erzählt hast, daß sie einen Seewolf verschluckt hat?«

»Seewolf? Du trübe Tasse, sie hat eine Seemaus verschluckt, so 'nen Ringelwurm. Ein Seewolf ist ein Fisch, der über einen Meter lang wird. Kam im Dunkeln runter, nahm eine Kelle Wasser und schluckte es. Als sie noch klein war.

Sagte, sie spürte was runterrutschen. Kurz darauf fing sie an, zu essen wie ein Pferd. Hörte gar nicht mehr auf zu essen. Ach, unsere Alte wußte gleich Bescheid. ›Du hast eine Seemaus verschluckt‹, sagte sie. Nutbeem, deine Sex-Geschichten laufen gerade an meinem Bildschirm runter. Schreibst du die jetzt am laufenden Meter? Sieben, acht, neun – das sind elf Geschichten über Sexualmißbrauch. Wenn wir die alle aufnehmen, ist kein Platz mehr für andere Nachrichten.«

»Du solltest mal mein Notizbuch sehen. Es ist eine Epidemie.« Nutbeem drehte sich zu den Aktenschränken hinter ihm um. Das khakifarbene Metall quietschte, als er eine Schublade aufzog. »Das alles, seit ich hier bin. Was macht ihr bloß, wenn ich fort bin?«

»Das ist Jacks Problem, unter anderem«, sagte Tert Card voll Befriedigung. »Willst du immer noch am Dienstag aufbrechen?«

»Ja, ich lasse diese Schneegeißel hinter mir und segle davon, in die Karibik, immer zwischen den Inseln durch auf der Suche nach Abenteuer und Liebe.«

»Für den Aufbruch ist es schon spät. Hier kann's passieren, daß dich Sturm und Eis über Nacht einschließen. Das Eis hat sich an einigen Stellen schon gebildet. Eine gefährliche Jahreszeit für ein Segelboot. Du schaffst es vermutlich nicht. Deine Leiche werden sie als nächste in den Öfen finden.« Tert Card stocherte mit einer Umschlagecke in den Zähnen herum. Das Papier blieb stecken und zerriß, zwischen den gelben Schneidezähnen eingeklemmt.

»So läuft 's hier. Im Spätherbst wird's überall leer. Alle ziehen ab in den Süden«, sagte Billy Pretty. »Nur ein paar von uns haben's die ganzen Jahre hier ausgehalten, waren im Winter nie weg, außer auf See. Und Quoyle is' der einzige, den ich je erlebt hab', der hierherkommt, um sich niederzulassen. Über ihn mach' ich mir grade Gedanken. Ich vermute, er is' der nächste.«

»Ich bleibe offensichtlich«, sagte Quoyle. »Alvin Yark baut mir ein Boot. Bunny ist in der Schule, kommt gut zurecht. Und Sunshine gefällt es bei Beety. Die Kinder haben Freunde.

Die Tante kommt im Frühjahr aus St. John's zurück. Das einzige, was uns fehlt, ist eine Wohnung.«

»Ich seh' euch nicht in Nutbeems Wohnwagen. Hast du dir das Ding schon mal angeschaut?« Tert Cart lächelte über irgendein Geheimnis.

»Er sieht ihn am Freitag. Quoyle hilft mir bei den Vorbereitungen für die Party. Wir holen alles Trinkbare, was man sich vorstellen kann, von Rum über Ingwerbier bis zu Champagner.«

»Champagner! Den mag ich«, sagte Tert Card. »Mit einem reifen Pfirsich drin.«

»Komm schon. Das hast du irgendwo gelesen. In Neufundland hat's nie einen reifen Pfirsisch gegeben.«

»Ich trinke das, wenn ich nach Florida runterfahre. Ich trinke Mai-tai, Jamaica Glow, Beachcomber, Banana-Daiquiri, Piña Colada – mein Gott, in der Badehose auf dem Balkon sitzen und diese Sächelchen trinken! Bei brütender Hitze.«

»Ich bezweifle, daß ein Mann zwei kleine Mädels ganz allein großziehen kann«, sagte Billy Pretty. »Ich bezweifle, daß es ohne heftige Streitereien und dauernde Nervenzusammenbrüche abgeht.«

Quoyle ließ erkennen, daß er auf dem Ohr taub war.

32
Der haarige Teufel

»Um eine Wuling zu entwirren, löst man alles, was eingeklemmt ist, lockert die Knoten und macht dort ein Loch durch die Masse, wo das längste Ende aus der Wuling herauskommt. Dann fährt man fort zu rollen oder zu wickeln, immer aus der Mitte heraus, genauso wie ein Strumpf aufgerollt wird. Man hält immer die Wuling offen und lose und zieht nicht am Ende. Man läßt die Wuling sich selbst auflösen.«

DAS ASHLEY-BUCH DER KNOTEN

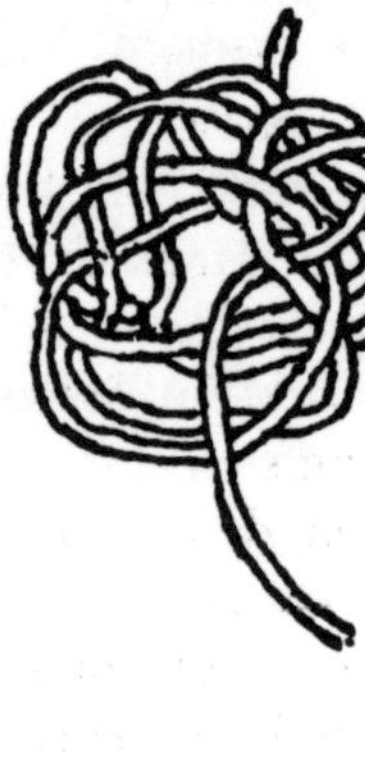

Eine warme Strömung, eine Zunge milder Luft, leckte in der Nacht vom Festland herüber und hielt die anrückenden Eisränder auf. Der Novemberschnee schmolz. Aufgewühlt von dem Scheinfrühling, geriet Tert Card am Freitag nachmittag im Büro in Alberlaune, spielte Streiche, meldete sich mit Falsettstimme am Telefon und ging immer wieder auf die Toilette. Sie rochen den Rum in seinem Atem. Nutbeems Erregung zeigte sich in seiner oft umkippenden Stimme. Seine Abreise in Verbindung mit dem zunehmenden Mond.

»Ich hole Bunny ab und bring' sie zu Beety«, sagte Quoyle. »Bin gleich wieder da.«

In Beetys Küche trank er schnell eine Tasse Tee.

»Beety, heut abend ist Nutbeems Party. Ich fahre früh raus, um ihm beim Herrichten zu helfen und mir den Wohnwagen anzuschauen. Mein Gott, du machst das beste Brot.« Schlang es hinunter.

»Na, vielleicht mach' ich's bald nicht mehr, wenn Allie Marvel dieses Frühjahr ihre Bäckerei eröffnet. Das Brot bindet einen ans Haus, und es gibt andere Dinge, die ich tun möchte.« Sie flüsterte: »Wenn Dennis mitspielt.«

»Dad«, sagte Bunny, »ich will zu der Party.«

»Nein, zu der nicht. Das ist eine Männerparty. Die würde dir keinen Spaß machen.«

»Hey, Quoyle«, sagte Dennis vom Fernseher im Wohnzimmer her, »hierher kommst du heut abend wohl nicht zurück.«

»Doch, schon«, sagte Quoyle, der in der Kellerwerkstatt auf einem Feldbett schlief, bis sie in Nutbeems Wohnwagen umziehen konnten. »Weil ich morgen einen langen Tag habe. Wo die Straßen jetzt frei sind. Muß am Morgen ein paar Sachen holen, die noch im Haus draußen sind, und dann Alvin mit dem Boot helfen.«

»Wenn die Mädchen noch ein Extrapaar Handschuhe da draußen haben, dann bring sie mit«, sagte Beety. »Sunshine, zeig deinem Dad, was mit den Handschuhen passiert ist.« Das kleine Mädchen brachte ein steifes, verkohltes Ding an.

»Sie hat ein paar Holzscheite reingetragen, und ihr alter Handschuh ist an 'nem Splitter hängengeblieben. Sie hat's nicht gemerkt, und Dennis schichtet das Holz in den Ofen, und wir riechen es. Nichts stinkt wie brennende Wolle, das merkst du sofort. Haben das Ding rausgeholt, aber es ist hoffnungslos. Ich strick' ihr heut abend 'nen neuen, aber man kann gar nicht genug Kinderhandschuhe haben.«

Sunshine rannte zu Quoyle, legte ihm den Mund ans Ohr und rief eine laute, kitzlige Nachricht hinein.

»Dad, Beety zeigt mir, wie man strickt. Ich strick' dir ein Weihnachtsgeschenk. Das ist ganz schön schwierig.«

»Ja, du lieber Gott«, sagte Quoyle. »Und du bist erst vier.«

»Es ist so ein Trick, Dad, es ist nämlich bloß ein langer,

langer, dicker Faden, und der wird zu einem Schal. Aber ich kann ihn dir nicht zeigen.«

»Verrätst du da ein bestimmtes Geheimnis?« fragte Beety.

»Ja«, antwortete Sunshine strahlend.

»Bis später«, sagte Quoyle.

»Bis dann!« rief Dennis ungeduldig.

Quoyle und Nutbeem brauchten eineinhalb Stunden, um zu dem Wohnwagen zu kommen. Sie hielten bei dem Laden mit Alkohollizenz, wo sie Kisten mit Bier und Rum in den Kombi luden, bis er hinten durchhing, fuhren zum einzigen Supermarkt der Stadt und stapelten auf dem Rücksitz in Plastik eingeschweißte Partyteller mit Schinken, Truthahn, kaltem Aufschnitt und rotäugigen Oliven, holten dann in der Fischfabrik eine Wanne Eis, die Nutbeem irgendwie aufs Dach band. Es wurde früh dunkel. Noch ein paar Wochen bis zur Wintersonnwende.

»Ist das nicht zuviel?« fragte Quoyle. »Zuviel von allem?«

»Du vergißt die freien Mitarbeiter und die Anzeigenkunden und die beiden scharfsinnigen Kritiker, Benny Fudge und Adonis Collard, die für uns die Restaurantkolumne schreiben. Hast du ihre letzte gelesen? Eine Art ›Führer für gebratene Bologneser Wurst in Neufundland‹. Dann kommt dein Kumpel, der alte Bursche vom Hafen unten, und der Typ vom Gericht, der mir die Meldungen über sexuellen Mißbrauch liefert. Und dann kommt um Mitternacht immer noch der eine oder andere vorbei. Und vielleicht fünfzig Leute, die einfach reinschauen. Du wirst schon sehen. Killick-Claw ist 'ne Party-Stadt. Darum hab' ich gut zwanzig Liter Rum gekauft.«

»Gebratene Bologneser Wurst schmeckt eigentlich nicht schlecht«, sagte Quoyle.

»Du bist zum Einheimischen geworden.«

Sie fuhren ans Südende über eine einspurige Brücke zu einem Wohnwagen hinter einer Häusergruppe. Ein verblaßtes Pastellrosa, darauf ein mit Schablone gezeichneter Zierstreifen aus Mädchen mit Schirmen, ein niedriger Lattenzaun. An den Stufen lehnte Nutbeems schäbiges Fahrrad.

»In den richtigen Häusern wohnen die Goodlads«, sagte Nutbeem. »Fischer. In dem grünen Haus Lambie, John und seine Mutter, in den anderen die beiden jüngeren Söhne, Ray in dem rot-weißen und Sammy in dem blauen. Der älteste Sohn ist Meeresbiologe in St. John's. Das ist sein Wohnwagen. Letzten Sommer kam er einmal rauf, fuhr aber nach zwei Tagen wieder. War auf dem Weg nach Neuseeland, um irgendeine Art exotischen Krebs der südlichen Halbkugel zu studieren.« Nutbeem selbst fühlte sich zu Krebsen nur im kulinarischen Sinn hingezogen, obwohl er, wenn er zuviel davon aß, an den Unterarmen einen Ausschlag bekam.

»Komm rein«, sagte er und öffnete die Tür.

Ein ganz normaler Wohnwagen, dachte Quoyle, mit Synthetikteppichboden, Kabäuschen als Schlafabteilen, einem Wohnzimmer wie auf einem Foto aus den sechziger Jahren – außer den vier riesengroßen Lautsprechern, die wie Leibwächter in den Ecken standen –, einer schrankgroßen Küche mit Minikühlschrank und -herd, einer Spüle, in der Quoyles beide Hände kaum Platz hatten. Das Bad hatte eine Besonderheit. Quoyle schaute hinein, sah zusammengerollt wie ein Jagdhorn auf der Matte einen gelben Schlauch liegen und in der Duschkabine ein halbes Plastikfaß.

»Was ist das denn?« fragte er Nutbeem.

»Ich habe mich nach einer Badewanne gesehnt – ist immer noch mein Traum. In den Fässern wird Melasse verschifft. Ich habe also eine Hälfte abgesägt und sie hier reingestellt. Ich kann mich darin zusammenkauern. Ist nicht besonders befriedigend, aber besser als ein kalter Plastikvorhang, der sich einem um den Leib wickelt.«

Wieder im Wohnzimmer, sagte Nutbeem: »Warte, bis du das hörst«, und schaltete einen Turm von Akustikelementen an. Rote und grüne Lichtstreifen, leuchtende Digitalanzeigen, pulsierende Kurvenlinien, orangerote Schriftzeichen erwachten zum Leben. Aus den Lautsprechern ein Geräusch wie aus der Lunge eines Riesen. Nutbeem legte eine silberne CD ein, und im Wohnwagen begann es zu donnern. Die Musik war so laut, daß Quoyle kein einziges Instrument unterscheiden konnte, nichts als ein rhythmisch hämmernder Klang, der ihm die Atome umgruppierte und jeden Gedanken zermalmte.

Quoyle rammte die Bierflaschen in die Eiswanne, half Nutbeem, den Tisch an die Wand zu schieben. Das über die Partyteller gespannte Plastik vibrierte sichtbar.

»Wenn die ersten Gäste auftauchen«, rief Nutbeem, »reißen wir das Plastik herunter.«

In den Küchenschränken suchten sie vergebens nach einer Schüssel, die groß genug für dreißig Tüten Kartoffelchips war.

»Was ist mit dem Faß in der Dusche?« schrie Quoyle. »Nur für heut abend. Groß genug ist es.«

»Genau! Und nimm dir ein Bier! Nutbeems Abschiedsparty ist offiziell eröffnet!« Und während Quoyle Kartoffelchips in das von Seife verschmierte Faß schüttete, schickte Nutbeem ein langgezogenes Geheul in die Nacht.

Durch das mit lachsrosa Vorhängen gerahmte Aussichtsfenster sahen sie über die schmale Brücke eine Reihe von Scheinwerfern näher kommen. Das Bier in Quoyles Flasche zitterte unter den Schlägen der Musik. Nutbeem sagte etwas, das unmöglich zu verstehen war.

Tert Card kam als erster durch die Tür und torkelte gegen den Tisch mit den Partytellern. Er hielt eine Flasche Rum umklammert, trug eine Bergsteigermütze aus Leinen, die seinen Kopf in den einer riesigen Albinoameise verwandelte. Er rupfte an der Plastikverpackung, schnappte sich eine Handvoll Schinken und schob sie sich in den Mund. Ein ganzer Schwung Männer kam hinter ihm herein, schreiend und schwankend, und als wären sie bei einem Schinken-und-Käse-Freßwettbewerb, schnappten sie sich Essen von den Partytellern. Schoben Kartoffelchips in sich hinein, als würden sie Bratgeflügel stopfen.

Der Wohnwagen schaukelte auf seinen Fundamenten aus Schlackenstein. Mit einemmal war der Raum so voll, daß die Flaschen über die Köpfe von Hand zu Hand weitergereicht werden mußten.

Tert Card war neben ihm. »Ich muß dir was erzählen«, schrie er und prostete Quoyle mit einem Becherglas mit gesplittertem Rand zu. Aber verschwand, bevor er weiterreden konnte.

Quoyle fing an, sich auf wilde, lockere Art zu amüsieren, die Knoten der Vaterschaft für den Abend gelöst, die Gedanken an Petal und Wavey ruhiggestellt. Er war als Erwachsener erst auf zwei oder drei Partys gewesen und noch nie auf einer, wo sämtliche Gäste Männer waren. Gewöhnliche Partys, dachte er, waren subtile Spiele sexuellen und gesellschaftlichen Federballs; das hier war etwas ganz anderes. Es herrschte eine wüste Ausgelassenheit, die mehr mit einer Schlägerei auf einem Parkplatz hinter einer Hafenspelunke gemein hatte als mit einem fröhlichen Lebewohl für Nutbeem. Ein ranziger Geruch nach Tabak, Rum und ungewaschenen Haaren. Vor ihm hüpfte wieder Tert Cards Bergsteigermütze auf und ab, als würde dieser Kniebeugen machen. Er wischte sich mit dem Unterarm über die Augenbrauen.

»Jeder fragt mich nach dem haarigen Teufel«, brüllte Tert Card, »aber dir will ich's sagen.«

Quoyle bekam die Worte des endlosen Monologs kaum mit. »Als mein Vater als junger Mann in Labrador war ... Wurde immer Skit Card genannt, weil er Linkshänder war. Sagte, er hätte das Gefühl, als wär' bei ihm in der Nähe ein *Loch* unterm Schnee. Vorsichtig gehen oder ... reinfallen und nach unten wirbeln. Er ging vorsichtig ... gespenstisch. Eines Tages holt er seinen Kumpel Alphonse ... Sie kommen ins Lager ... Alphonse sagt ... ›*Hat keinen Zweck*, ich geh' zurück.‹ Vater überredet ihn ... ›*Bleib* bis Tagesanbruch‹ ... legen sich hin. Am Morgen war Alphonse *verschwunden*. Seine Spuren ... geradeaus. Dann nichts ... die Spuren verschwunden, der Schnee unberührt.«

Ein Mann mit einem fleischigen Gesicht von der Größe und Gestalt eines fünfzehn Pfund schweren Schinkens schob sich vor Quoyle. Obwohl er schrie, klang seine Stimme weit weg.

»Hallo, Quoyle, Adonis Collard. Schreibe die Restaurantkolumne. Wollte bloß hallo sagen. Komm' nicht oft nach Killick-Claw rauf. Bin unten in Misky Bay. Wegen der Restaurants.« Die Menge wogte, und Quoyle wurde in die Nähe der Bierwanne geschoben. Nutbeems Hifi-Anlage gab entsetzlich tiefe Schnarch- und Sägegeräusche von sich. Dann wieder Tert Card, dem ein Stück Schinken aus dem Mund hing.

»Vater holte sich eine *Stange.* Stocherte rum, wo die Spuren aufhörten. Mit einemmal ein Geräusch, als würd' ein *Korken* rausgezogen ... ein tiefer blauer Schacht in die Tiefe ... polierter *Stahlzylinder.* Er wirft den Stecken rein. Pfiff wie ein Rennschlitten.«

Jemand schob sich zwischen sie, und Quoyle versuchte, sich zum Eingang durchzuarbeiten, benutzte die Ellbogen wie Ruder. Aber wieder stand Card vor ihm.

»Mit einemmal ist was *hinter* ihm. Wie ein *Hockeypuck* sprang ein *haariger Teufel* in das Loch runter ... *rote Augen.* Sagt zu meinem Vater: ›*Dich* hol' ich auch noch ... wenn ich meine *Töpfe und Pfannen* geschrubbt hab'.‹ Vater ... rannte vierzig Meilen.«

»Meine Frau«, brüllte Quoyle, »ist tot.«

»Das weiß ich«, sagte Tert Card. »Das ist keine Neuigkeit.«

Gegen zehn war Quoyle betrunken. Die Menge der Gäste war enorm, so dicht zusammengedrängt, daß Nutbeem sich weder durch den Gang noch zur Tür zwängen konnte und auf die restlichen Kartoffelchips in dem blauen Faß urinierte und damit ein Exempel statuierte. Die ohrenbetäubende Musik beförderte den Wahnsinn. Draußen zwei Schlägereien, und der dunkelrot angelaufene Diddy Shovel warf Nutbeems Fahrrad in die Bucht. Der starke Mann sah sich um, verlangte nach einem Balken, an dem er sich mit dem kleinen Finger hochziehen konnte. Dennis tauchte auf, erhitzt und taumelnd, eine Rumflasche in der Hand. Ein Mann mit grimmigem Gesicht, den Quoyle nie gesehen hatte, zog seine Hose aus und tanzte im Schlamm. Ein schrecklicher Ruck, als zwanzig grölende Männer ein Ende des Wohnwagens anhoben und die Steinblöcke wegschoben. Da war Jack, den Arm um Dennis, trank aus dessen Flasche. Ein Lastwagen rammte wahllos andere Autos, sandte Glassplitter auf den Boden. Billy Pretty lag auf den Stufen und sang tonlose Lieder, zwang jeden, über ihn wegzusteigen. Ein mitreißender, wilder Wahnsinn braute sich zusammen, Geschrei und Gebrüll im Takt mit der hämmernden Musik, heftiges

Schnauben und rasende Tollerei. Die Stimmen wurden schwerer und verfielen in den alten Dialekt der Vorhäfen. Quoyle verstand kein Wort mehr.

Ein ausgemergelter, schwarzhaariger Mann, dreißig Zentimeter größer als die einheimischen Männer, die meist ein breites Kinn, keinen Hals, sandfarbenes Haar und einen mächtigen Brustkorb hatten, stieg auf die Stufen. Er hob eine Axt hoch, die er neben Nutbeems Holzstapel gefunden hatte.

»Uh!« rief er. »Will Abschied nehm', was? Wir woll'n ihn hierham. Auf, Jungs, wir zerhacken sein Boot. Hast deine Kettensäge dabei, Neddie?«

Nutbeem kreischte: »Nein! Nein! Rührt sie bloß nicht an! Laßt sie bloß in Ruhe, verdammte Scheiße!«

Mit Gebrüll stürzte ein Dutzend Mann hinter dem Schwarzhaarigen her. Quoyle begriff nicht, was vor sich ging, sah, daß er allein zurückgeblieben war. Die Party war ohne ihn weitergewandert. Genau wie immer. Quoyle außen vor. Es hatte sich kein verdammtes Bißchen geändert. Eingeschnappt torkelte er die Straße entlang, fort in Richtung auf – was? Irgendwas.

»Quoyle, du verdammter Hund, komm zurück und hilf mir, sie zu retten!« Nutbeems Geheul ging im allgemeinen Lärm unter.

Die Party stürmte zu dem Steg, wo die *Pluckerwank* vertäut lag. Ein paar hatten hinten aus ihren Pickups Kettensägen geholt, andere trugen Stöcke und Steine. Der Schwarzhaarige machte den Anführer und brüllte. »Wir lieben den verdammten alten Nutbeem!«

Das schlichte kleine Boot lag am Steg, repariert und seeklar, Proviant verstaut, Frischwassertanks gefüllt, neue Taue, die paar blanken Teile poliert. Lachend und weinend taumelte Nutbeem die Straße entlang, während die wilden Männer über sein Boot herfielen. Der Schwarzhaarige hob die Axt und ließ sie mit aller Kraft aufs Deck sausen. Eine Kettensäge fraß sich in den Mast. Schreckliche Schlag- und Reißgeräusche, immer wieder Klatschen, wenn Teile der *Pluckerwank* ins Wasser fielen. Der Schwarzhaarige ging mit seiner

Axt unter Deck und hackte sich in ein paar Minuten durch den Boden.

»Rette sich, wer kann«, schrie er, stürmte voran und sprang auf den Steg. Innerhalb von zehn Minuten war Nutbeems Boot untergegangen, nur noch das Dach der Kabine schaute aus dem Wasser wie ein vollgesogenes Floß.

Quoyle erinnerte sich nicht, daß er den Mahlstrom verlassen hatte. Im Augenblick war er noch dort, im nächsten auf Händen und Knien im Graben auf der anderen Seite der Brücke. Die Luft war wie Wasser in seinem brennenden Mund. Oder war er ins Wasser gefallen und dampfte jetzt steuerlos durch die Nacht? Er stand auf, taumelte, schaute zum Wohnwagen zurück. Aus den Fenstern schien schräg das Licht wie bei einem sinkenden Passagierschiff. Die Schiffe konnten Nutbeems Lautsprecher noch fünf Meilen von der Küste entfernt hören. Das Geheul des Mobs.

Er ging los, schlurfte die Straße entlang, hinein in die Stille. Zum Teufel mit Nutbeem. Er hatte seine eigenen Probleme. An den Häusern vorbei und die steilen Straßen von Killick-Claw hinauf. Sein Kopf wurde beim Gehen etwas klarer. Er wußte nicht, wohin er ging, kletterte aber immer weiter. Der Hügel über der Stadt. Die gleiche Strecke, die er jeden Tag zur Arbeit nahm. Er sah die Hafenlichter unten, ein großes Schiff, das langsam durch die Bucht fuhr. Der Leuchtturm auf der Landspitze ließ seinen Strahl übers Meer gleiten. Quoyle ging weiter. Er hatte das Gefühl, bis nach Australien gehen zu können. Jetzt den langen Hügel hinab, am dunklen Büro des *Gammy Bird* vorbei. Kaltes Fernseherlicht im Haus der Buggits; die Mrs. allein mit ihren Schneewehen aus Häkelspitzen. Blickte über die Bucht, wo sich Quoyle's Point in der trüben Nacht verlor. Der Mond läuterte die Landmasse, warf einen funkelnden Streifen aufs Wasser.

Er war vor ihrem Küchenfenster. Drinnen eine verzerrte, schrille Musik. Er kniete sich ans Fenster. Die harte Beleuchtung von dem Neonring an der Decke. Ein Klappern. Er schaute hinein und sah Wavey auf einem Küchenstuhl, die Beine breit, ihr Rock eine Hängematte für das rote Akkordeon auf ihrem Schoß. Ihr Fuß ging auf und ab, klopfte den Takt in einem Rhythmus, der in seinem steten Gleichmaß traurig war. Und auf der leeren Linoleumbühne vor dem Herd Herry, der hopste und tanzte, das Pfannkuchengesicht von einem Grinsen höchster Konzentration gespalten.

Quoyle kroch zur Straße hinaus. Der Widerschein des Mondes bohrte sich in das flache Wasser wie ein Loch ins Meer, wie der Eisschacht, in dem der haarige Teufel von Tert Cards Vater seine Pfannen und Töpfe schrubbte. Die bemalten Holzhunde im Hof von Waveys Vater hielten Wacht, ihre Halsbänder aus Flaschendeckeln fingen das Licht ein, als würden sie krampfhaft schlucken. Er ging wieder los, Richtung Killick-Claw, wo er sich im Gasthof ein Zimmer mieten würde. Beetys und Dennis' Heim, sein Feldbett im Keller hatte er vergessen.

33
Der Onkel

»Magische Netze, Schlingen und Knoten wurden und werden in manchen Fällen vermutlich immer noch als tödliche Waffen benutzt.«

QUIPUS UND HEXENKNOTEN

Um zehn Uhr morgens klopfte das Zimmermädchen an Quoyles Tür, steckte ihren Kopf herein und rief: »Will das Zimmer machen, mein Guter.«

»Warten Sie«, sagte Quoyle. »Halbe Stunde.« Völlig versoffene Stimme.

»Waren wohl auf der Party, wo sie das Boot versenkt haben. Harriet sagt, die Küche will das Frühstück abräumen, damit sie mit dem Mittagessen anfangen können. Soll ich ihr sagen, daß Sie Ihnen ein bißchen Eier und Tee aufhebt?«

Aber Quoyle lag vor der Kloschüssel auf den Knien, übergab sich, litt, voller Selbsthaß. Hörte ihre Stimme wie eine Wespe in einem Glas. Schließlich konnte er die Dusche aufdrehen, sich unter die heißen Nadeln stellen, das Gesicht nah am Brausekopf, spüren, wie die Kopfschmerzen ein wenig wichen. Seine Beine taten weh.

Nach dem Dampf war das Zimmer eisig. Er zog sich an, das Gewebe wie knitterndes Metall. Als er sich zum Schuhzubinden bückte, schossen ihm die Kopfschmerzen wieder in die Augen, und sein Magen zog sich zusammen.

Der Himmel vor dem Fenster war schmutzig, auf der Straße wirbelte Sand. Ein paar Lastwagen fuhren vorbei, aus Auspuffrohren ringelten sich Abgase. Kälte. Sein Jackenärmel war von der Schulter bis zum Handgelenk zerrissen.

Unten grinste Harriet.

»Muß ja 'ne Party gewesen sein«, sagte sie.

Quoyle nickte.

»Sie sollten 'ne Tasse Tee trinken. Eine schöne Tasse heißen Tee.«

»Ich mach' mir eine draußen im Haus«, sagte er. »Ich muß heute morgen raus und ein paar Sachen holen.« Sunshines Stiefel, die extra Kinderhandschuhe, seine restlichen Hemden, ein Buch aus der Bibliothek, das seit Wochen fällig war. Ein paar Werkzeuge. Sollte am Nachmittag bei Alvin Yark sein. Er erinnerte sich, daß Nutbeems Wohnwagen auseinandergenommen worden war. Angenommen, sie konnten nicht mehr darin wohnen? Versuchte, Nutbeem anzurufen, fummelte, um die Münzen in den Schlitz zu bekommen. Keine Reaktion.

»Heute abend soll's Schnee geben«, sagte Harriet und raschelte mit ihrer Zeitung. »Was gibt's Neues von Agnis? Gefällt's ihr in St. John's? Dawn gefällt's, das weiß ich. Sie ist die Jüngste von meinem Vetter Arky. Amüsiert sich wahrscheinlich bestens. Sagt, daß sie nie wieder hierher zurückkommt.«

»Okay, wahrscheinlich«, sagte Quoyle. Zitternd.

Auf der Straße fand er sein Auto nicht. Zwang seine Gedanken zurück zu Nutbeems Party, erinnerte sich, Meilen über Meilen zu Waveys Haus hinausgegangen zu sein. Durchs Fenster gelugt zu haben. Das Auto mußte noch bei Nutbeem stehen. Oder hatte er einen Unfall gebaut, es in den Straßengraben gefahren oder sogar ins Meer? Er wußte es nicht. Ging aber zum Taxistand am Hafen und ließ sich zum Wohnwagen hinausfahren. Es gab keinen Ort, den er weniger gern gesehen hätte.

»So, hier war also die große Party«, sagte der Fahrer. »War noch nie hier. Ich hab' Partys erlebt, die sin' drei, vier Tage gegangen. Jetzt nich' mehr. Die guten Zeiten sin' vorbei.« Und fuhr fort.

Sein Kombi war da, aber mit einer Delle in der Tür. Auf dem Rücksitz sieben oder acht Bierdosen. Auf der Kühlerhaube eingetrocknete Schinkenreste. Der Wohnwagen hing an einem Ende durch. Der Hof war voller Scherben von kaputten Flaschen. Kein Zeichen von Nutbeem, seinem Fahrrad oder seinem Boot am Pier. War er in der Nacht betrunken davongesegelt, ohne sich zu verabschieden? Mußte mit dem Kopf in einem Schraubstock auf dem Atlantik schaukeln.

Quoyle fiel das Faß voll Pisse ein, die winzigen Aluminiumzimmer. Er wollte nicht in dem Wohnwagen wohnen.

Beety blickte ihn kühl an und gab ihm einen Becher Tee.

»Ich habe im Gasthof übernachtet«, sagte er, »offenbar.«

»Sieht so aus, als hättest du in 'ner Hundehütte geschlafen. Ich hätte nie gedacht, daß du zu denen gehörst, Quoyle.«

»Ich auch nicht.« Der Tee, kochend heiß mit zwei Stück Zucker und viel Milch, stellte ihn wieder her. »Ist Dennis auf?«

»Ja. Man könnte auch sagen, er war gar nicht im Bett. Kam bei Tagesanbruch mit dem armen Nutbeem an, um Werkzeug zu holen, und ist jetzt draußen, um den Rest von denen zu vertreiben, die das Boot versenkt haben. Der arme Mr. Nutbeem.«

»Das Boot versenkt? Davon hab' ich nichts gesehen. Ich komme grade von dort. Ich hab' überhaupt nichts gesehen. Es war keiner da. Nichts.«

»Sie sind los, um einen Kran zu holen. Dennis sagt, sie waren letzte Nacht in einer wüsten Stimmung. Schien ein guter Witz zu sein, den armen Nutbeem hier festzunageln, indem sie sein Boot kaputt machten. Also müssen sie's jetzt reparieren.«

»Mein Gott«, sagte Quoyle. »Und ich dachte, Nutbeem wäre in der Nacht weggefahren.«

»Er sah nicht aus, als wär' er in der Verfassung, über die Straße zu gehen.«

»Dad. Rate mal, Dad, ich bin krank. Und Bunny ist auch krank. Und Marty auch.«

Sunshine stand in einem schlabbernden Schlafanzug in der Tür, ihre Nase lief. Umklammerte ein Stück Papier.

»Armes Baby«, sagte Quoyle, hob sie hoch und tunkte für sie ein Stück von seinem Toast in den Tee.

»Sie sind alle erkältet«, sagte Beety.

»Ich wollte sie heute morgen mit raus zum Haus nehmen. Du hast sie die ganze Woche gehabt, Beety. Du brauchst sicher eine Pause.«

»Sie sind wie meine eigenen«, sagte sie. »Aber vielleicht bist du morgen nachmittag da? Kannst ein bißchen bei ihnen bleiben? Winnie ist zwar da, aber ich hätte gern, daß ein Erwachsener in der Nähe ist, weißt du. Dennis und ich wollten seine Eltern besuchen. Sie haben gesagt: ›Kommt zum Abendgottesdienst raus, einem kleinen Abendessen.‹ Wir hätten die Kinder mitgenommen, aber die niesen und husten nur.«

»Ich bleibe gern bei ihnen, Beety. Du warst mir die größte Hilfe auf der Welt. Ich hab' gestern abend Jack und Dennis zusammen gesehen. Wirkten beide guter Stimmung. Ich nehme an, die Abkühlungsphase ist vorbei.«

»Das war doch nur Klatsch. Ihr Verhältnis ist nie abgekühlt. Ein bißchen hitzig, das trifft's eher, aber das ging schnell wieder vorbei. Die alten Klatschmäuler haben die Sache hochgespielt.«

Sunshine fühlte sich unter Quoyles Hand heiß an. Er sah ihr beim Zeichnen zu. Oben eine Form mit Kaktusohren und Ringelschwanz. Die Beine reichten bis unten an den Rand des Blatts.

»Es ist ein Affe mit ausgestreckten Beinen«, sagte Sunshine. Quoyle küßte die heiße Schläfe, der lauernden Kräfte gewahr, die sie drängen würden, Brokkolibäume mit brauner Rinde zu zeichnen.

»Nutbeems Wohnwagen sah heute morgen ziemlich traurig aus. Sie haben gestern nacht das eine Ende vom Fundament heruntergehoben. Ich glaube, ich würde mit den Kindern lieber in ein Haus ziehen als in den Wohnwagen. Wenn ich was finde. Falls du von jemandem hörst, der eine Weile vermietet.«

»Hast du mit den Burkes gesprochen? Sie sind unten in Florida. Ein schönes Haus. Sie wollten es verkaufen, würden es jetzt aber vielleicht vermieten. Wollten es erst nicht, aber es gab keine Käufer. Es steht oben an der Straße nach Flour Sack Cove. Du fährst zweimal am Tag daran vorbei. Graues Haus mit einem Schild ZU VERKAUFEN davor. An der Ecke dort.«

»Mit einem schwarzweißen Lattenzaun drum herum?«

»Genau.« Er kannte das Haus. Ein ordentliches Haus mit blauer Einfassung, hoch oben, der Ausblick einer Seemannsfrau auf den Hafen. »Will am Montag mal sehen, was ich rauskriegen kann. Ist womöglich genau das Richtige für uns. Aber kaufen kann ich es nicht. Ich habe viel Geld in unser altes Haus gesteckt. Es ist nicht mehr viel übrig. Das Geld der Mädchen habe ich für sie auf die Seite gelegt. Also, so sieht's aus«, sagte er halb zu Sunshine, halb zu Beety. »Ich fahre jetzt zu dem grünen Haus raus und hole den Rest von unseren Sachen. Dann fahre ich zu Alvin Yark rauf und helfe ihm mit dem Boot. Dann schaue ich bei Nutbeem rein, um zu sehen, was mit *seinem* Boot los ist. Ob sie's repariert haben. Ob Dennis soweit ist, daß er für heute Schluß machen kann, vielleicht holen wir uns ein paar Pizzas und einen Film auf Video. Wie wär' das, Beety? *Die Lustbestie auf der Pirsch*, das ist doch genau die Art Film, die du magst, oder?«

»Nein! Hör auf damit. Warum bringst du nicht eine Komödie mit? Die australische, die du neulich geholt hast, war recht anständig.«

Er fragte sich, ob sie aus dem australischen Lesben-Vampirmord schon einen Film gemacht hatten.

Die Kiesstraße zu Quoyle's Point – geriffeltes Eis in den Schlaglöchern – hatte nie so erbärmlich gewirkt. Absolute Flaute, und der schwere Himmel drückte aufs Meer. Windstille. Völlige Windstille. Kein Haucher, hätte Billy gesagt.

Der Automotor wirkte unnatürlich laut. Auf dem Boden rollten Bierdosen herum. An der Abzweigung nach Capsize Cove vorbei und ein Rauchfaden, an der Handschuhfabrik vorbei, dann war er bei dem grimmigen Haus, das wie ein Hut auf dem Felsen saß.

Die verlassene Stille. Der schale Geruch. Wie beim erstenmal. Als hätten sie nie darin gewohnt. Stimme und Energie der Tante ausgelöscht.

Das Haus senkte sich wie eine schwere Last auf ihn, der Druck der Vergangenheit erfüllte die Räume wie geruchloses Gas. In der Ferne atmete das Meer. Das Haus bedeutete der Tante etwas. Band ihn das? Die Küste um das Haus herum kam ihm schön vor. Aber das Haus war fehl am Platz. War immer fehl am Platz gewesen, dachte er. Mit Menschenkraft Meilen übers Eis gezogen, die Ausgestoßenen, die sich an den Seilen abmühten und dem gottesfürchtigen Mob Flüche zuriefen. Mit der Winsch auf den Felsen gehoben. Ächzend. Ein gefesselter Gefangener, der sich bemühte, freizukommen. Das Brummen der gespannten Trossen. Die Schwingung ging ins Haus über, ließ es lebendig wirken. Das war es, in dem Haus fühlte er sich, als wäre er im Inneren eines angebundenen Tieres, das zwar keine Sprache hatte, aber Gefühle. Von der brüllenden Vergangenheit verschluckt.

Die Treppe hinauf. Jemand hatte verknotete Fäden auf die Schwelle jedes Zimmers gelegt. Die dreckigen Fingerspuren auf der Schwelle zur Tür des Zimmers, wo die Kinder geschlafen hatten! Quoyle tobte, knallte die Türen.

Er dachte an den Rauch, der von Capsize Cove heraufkam, an das, was Billy über den alten Onkel gesagt hatte, der irgendwo da unten wohnte. Der diese verdammten Knoten band! Quoyle raffte seine Hemden von den Bügeln innen an der Tür, fand Bunnys Stiefel. Keine Extrahandschuhe, soweit er sehen konnte. Und verließ polternd das Haus, die verknoteten Fäden in seiner Tasche.

Er ließ das Auto auf dem Hügel über Capsize Cove stehen. Wollte der Angelegenheit ein Ende bereiten. Von der Straße war nicht mehr viel übrig. Im gefrorenen Schlamm sah er

Hundespuren. Hob einen Stock auf, war bereit, eine Töle zu verscheuchen. Oder einen Knotenbinder zu bedrohen. Das verlassene Dorf kam in Sicht, Gebäude, die in steilen Terrassen übereinanderklebten. Skelettartige Gehäuse, Bohlen und Wände verschwunden. Eine blaue Fassade, ein Würfel aus Balken und Latten. Pfeiler, die nichts stützten, die morschen Planken ins Meer gefallen.

Aus einer Hütte am Ufer, eher ein Bootsschuppen als ein Haus, kam Rauch. Quoyle sah sich um, hielt Ausschau nach dem Hund, bemerkte ein an Land gezogenes Skiff, mit einer von Steinen niedergehaltenen Plane bedeckt. Netze und Schwimmer. Ein Eimer. Der Pfad von der Hütte zu einem Außenklo dahinter. Die alten Stellinge zum Dorschtrocknen, Borde für Tintenfische. Drei Schafe auf einem handtuchgroßen Feld, ein Stapel Feuerholz, am Strand ein roter Stern aus einer Plastiktüte.

Als er näher kam, rannten die Schafe mit klingelnden Glöckchen vor ihm weg. Kein Hund. Er klopfte. Stille. Aber er wußte, daß der alte Mann drinnen war.

Er rief: Mr. Quoyle, Mr. Quoyle, hatte das Gefühl, sich selbst zu rufen. Und keine Antwort.

Hob den Riegel an und ging hinein. Ein Durcheinander aus Feuerholz und Plunder, Gestank. Der Hund knurrte. Er entdeckte ihn in der Decke neben dem Herd, einen weißen Hund mit verfilzten Augen. In der anderen Ecke rührte sich ein Haufen Lumpen, und der alte Mann setzte sich auf.

Trotz des trüben Lichts, trotz der Entstellung durch das Leichenalter, sah Quoyle Ähnlichkeiten. Das unbändige Haar der Tante; der lippenlose Mund seines Vaters; die Familienaugen, eingesunken unter Brauen, so dick wie Roßhaar; die Haltung seines Bruders. Und der Blick auf sein, Quoyles, monströses Kinn, das hier ein etwas kleinerer, knochiger Vorsprung war, gedämpft von weißen Stoppeln.

In dem Mann vor ihm, in der Hütte, vollgestopft mit der Armut aus einem anderen Jahrhundert, sah Quoyle, woraus er entsprossen war. Denn der alte Mann war wahnsinnig, die Zahnräder im Getriebe seines Verstandes waren schon seit langer Zeit nur noch nutzlos klappernde Scheiben, gesäumt von den Stummeln abgebrochener Zacken. Wahnsinnig vor Einsamkeit oder Lieblosigkeit oder wegen irgendeiner genetischen, chemischen Verirrung oder des alles überflutenden Gefühls von Verrat, an dem alle Einsiedler leiden. Schlingen einer Angelschnur unter den Füßen, das verfilzte Knäuel festgestampft wie der übrige Müll, ein Tohuwabohu aus Splittern, Sand, Regen, Meeresfeuchte, Schlamm, Tang, Wollfetzen, abgenagten Schafsrippen, Fichtennadeln, Fischschuppen und -gräten, geplatzten Luftblasen, Robbeninnereien, Tintenfischknorpeln, kaputtem Glas, zerrissenen Kleidern, Hundehaaren, Nagelschnipseln, Rinde und Blut.

Quoyle zog die verknoteten Fäden aus seiner Tasche, ließ sie auf den Boden fallen. Der Mann stürzte vor. Mit abgestoßenen Fingern schnappte er sich die Fäden vom Boden, warf sie in den Herd.

»Jetzt gehn die Knoten nie mehr auf! Sin' durchs Feuer verewigt!«

Quoyle konnte ihn nicht anschreien, nicht einmal wegen Hexenknoten auf den Wegen seiner Töchter, nicht einmal wegen des weißen Hundes, der Bunny geängstigt hatte. Sagte: »Das brauchen Sie nicht zu machen.« Was nichts hieß. Und er ging.

Wieder die ausgewaschene Straße hinauf, in Gedanken bei dem alten Quoyle, seinem erbärmlichen Zauber aus Tierteilen und Zwirn. Lebte zweifellos nach den Mondphasen, machte Zeichen auf Blätter, sah Blutregen und schwarzen Schnee von der Bucht her wehen, glaubte, daß die Gänse in den Sümpfen von Manitoba Winterschlaf hielten. Dessen letzte kümmerliche Verteidigung gegen eingebildete Feinde darin bestand, in eine Schnur Knoten zu knüpfen.

Quoyle bückte sich durch die Tür zur Werkstatt. Alvin Yark im Dämmerlicht, ein geschwungenes Stück Holz mit einem Schabhobel glättend.

»Sieht nach 'nem guten Stamm aus«, dröhnte Yark. »Geh' ich im Wald rum und seh' die Fichte und sag' mir, das is' ja 'n hübscher, kleiner Stamm für Quoyle. Seh' doch, daß er

’nen schönen Schwung hat, gibt ’n schlankes Boot, nich’ zu schlank, weißte. Hab’ vor circa zehn Jahren ein Boot für Noah Day gebaut, Stamm sah als Baum hübsch aus, aber zu grade, weißte, hatte nich’ genug Schwung. Wurde zu breit an Bug und Heck. Sagt Noah zu mir: ›Wenn ich ’n andres Boot hätt’, würd’ ich das verkaufen.‹«

Quoyle nickte, legte seine Hand ans Kinn. VERKATERTER MANN LAUSCHT PLANVARIABLEN EINES BOOTSBAUERS.

»Das gibt die verschiednen Boote, weißte. Jeder Baum wächst ’n bißchen anders, so daß bei jedem Boot, das du baust, weißte, der Überhang vom Vordersteven und der Überhang vom Heck auch ’n bißchen anders is’, und daher kommt’s, daß du verschiedene Rümpfe hast. Jeder is’ anders, wie Männer und Frauen, manche gut, manche nich’ so gut.« Hatte das bei einer Predigt gehört und sich angeeignet. Mit heiserer, tiefer Stimme fing er zu singen an: »Ach, die *Gandy Goose*, die is’ bald leck.«

Quoyle zwischen den Querspanten, bis zu den Knöcheln in Hobelspänen. Kälte. Alvin Yark trug Handschuhe, der Reißverschluß seiner Jacke blitzte.

An die Wände gelehnt standen die Außenplanken.

»Das sind die, die ich vorige Woche zugeschnitten hab’. Ich schneid’ sie nich’ alle gleich, weißte«, erklärte er Quoyle. »Zuerst die drei wichtigsten Teile, den Vordersteven, den Kiel und den Achtersteven. Hab’ meine Mallen, weißte, hat mir mein Vater hinterlassen. Hat damit alle seine Hölzer ausgemessen und zugeschnitten, aber ’ne ganze Reihe von Markierungen sin’ verwischt, und manche waren nie aufgeschlüsselt, so daß man nich’ weiß, was sie bedeuten sollen. Also mach’ ich die drei wichtigsten, weißte, und die Spanten. Dann weiß ich, wo ich steh’.«

Quoyles Aufgabe bestand im Anheben und Hochhalten. Seine Kopfschmerzen waren stärker geworden. Er konnte ihre Form und Farbe spüren, ein riesengroßes Y, das von seinem Hirnstamm um den Schädel herum bis zu den Augen reichte, von rötlich-schwarzer Farbe wie gegrilltes Fleisch.

Alvin Yark schnitt Bodenwrangen, hobelte und glättete, bis sie mit Kiel und Spanten zusammenpaßten wie ein Handschlag. Die Teile lagen bereit. Jetzt paßten sie den Achtersteven an die Kielschäftung. Wenn Quoyle sich nach vorn beugte, drohten die beiden Speere seiner Kopfschmerzen, ihm die Augen aus den Höhlen zu treiben.

»Hoch mit dem Steven.« Dann die Spanten auf die Innenfugen der Wrangen.

»Setzen wir sie zusammen«, sagte Yark und trieb die Vier-Zoll-Stifte ein, befestigte die Bolzen. Er sang: »Ach, die *Gandy Goose*, die is' bald leck.«

»Da haste das Rückgrat. Das is' das Gerippe von dein'm Boot. Du schaust's dir an, und wennde dich mit Booten auskennst, kannste schon das fertige Ding sehn. Aber keiner kann sagen, wie sich's im Wasser macht, mit Brechern und Wellen zurechtkommt, bis du's ausprobierst. Außer dem armen alten Onkel Les, Les Budgel. Is' inzwischen tot. Wär' jetzt circa hundertdreißig. Baute an der Küste hier schon Boote, bevor ich mein'n ersten Hammer und Nagel gesehn hab'. Baute schöne Skiffs und Dorys, sagenhaft. Sein letztes Boot war's beste. Trank gern ein'n, der Onkel Les, ja, kippte den Rum literweise die Kehle runter. Wurde alt. Komisch, wie wir's alle schaffen.«

Bei der Erwähnung von Alkohol dröhnte Quoyles Kopf noch schlimmer.

»Die Frau war tot, die Kinder nach Australien fort. Da ging'n ihm allmählich Beerdigungen, die zwölf Himmelstüren und Särge durch 'n Kopf. Machte sich schließlich dran, sich selber 'nen Sarg zu zimmern. Ging in seine Werkstatt runter mit 'nem halben Teekessel voll Rum und fing zu hämmern an. Hämmerte und sägte die halbe Nacht durch. Dann kroch er wieder ins Haus zurück und schlief sein'n Rausch aufm Küchenboden aus. Mein alter Dad ging in die Werkstatt rüber, ganz neugierig, den herrlichen Sarg zu sehn. Da stand er, ein Sarg mit Steven und Kiel, schön verplankt und kalfatert, ein kleiner, hübsch gestrichener Zwei-Meter-Sarg. Das beste daran war das Spiegelheck, grade richtig für 'nen kleinen Außenbordmotor.«

Quoyle lachte schwach.

Yark verzapfte ein gekrümmtes Stück Fichte, das er Binnensteven nannte. »Verstärkt den Steven, verstehste. Gibt den Planken Halt – wenn wir je soweit kommen, falls ich so lang lebe.« Er ging in die Hocke, maß, schlug einen Nagel in ein Ende des Kiels, hängte die Schlinge einer Schlagschnur über den Nagel und zog die blaue Schnur bis zu einer Markierung am anderen Ende, zupfte daran. Ein schwacher Nebel aus blauem Pulver, und die Plankenlinie war markiert.

»Denke, wir könnten 'ne Tasse Tee vertragen«, murmelte Yark, wischte sich erst mit dem Handrücken über die Nase, beugte sich dann über die Hobelspäne, um Sägemehl und Schnodder auszurotzen. Sang ein Stück von seinem Lied. »Ach, die is' bald leck, denn Nut und Bolzen sind ein Dreck.«

Aber Quoyle mußte weiter zu Nutbeems Wohnwagen.

Beim Wohnwagen saßen Nutbeem, Dennis, Billy Pretty und der Schwarzhaarige auf den Stufen; tranken trotz der Kälte Bier. Quoyle würgte es beim bloßen Gedanken. Kein Kran, kein Boot.

»Du siehst ramponiert aus, Quoyle.«

»Fühl' mich auch so. Wie sieht's aus?« Er konnte sehen, daß zumindest der Wohnwagen wieder auf seinen Blöcken stand, das Glas zu einem schiefen Haufen zusammengekehrt war.

»Sie ist futsch.« Dennis. »Konnten den Kran nicht beschaffen, aber Carl kam mit seinem Bulldozer. Das war ein Verhau. Hat einfach die Kabine abgerissen. Haben Orvar, den Taucher aus No Name unten, kommen lassen, daß er eine Trosse unter sie legt. Wir ziehn sie 'n bißchen hoch, um sie mit 'ner Leine am Ufer festzumachen, und sie bricht in zwei Teile. Die Flut kam rasch rein, und jetzt sieht's aus, als wär' sie weggetrieben. Sie ist irgendwo da draußen, in zwei Teilen. Also ist sie zu allem Überfluß auch noch 'ne Gefahr für die Schiffahrt.«

»Ich bin so angewidert«, sagte Billy Pretty, Schlamm bis zu den Knien, eine Seite des Gesichts aufgeschürft und wund, die emailblauen Augen unter der Mütze blutunterlaufen. Nippte, als würde er einen Aperitif trinken.

Nutbeem schluckte einen Mundvoll des kohlesäurehaltigen

Gebräus und blickte über die Bucht. Der Himmel schwer und niedrig. Obwohl es erst drei war, sickerte Dunkelheit herein.

»Ich hätte es ohnehin nicht geschafft«, sagte er. »Sturm kommt auf. Sturmwarnungen, Schneeregen, Schnee, danach eisige Kälte, alles, was dazugehört. Bis Dienstag gibt's Treibeis. Ich hätt' es nicht geschafft.«

»Vielleicht nich'«, sagte Billy Pretty, »aber du hätt'st dein Boot bis zum Frühjahr an Land ziehen können.«

»Zwecklos, mit Tränen mein Bier zu verwässern«, sagte Nutbeem.

Ein paar kleine Schneeflocken fielen auf Billys Knie. Er starrte sie wütend an, hauchte sie an, damit sie schmolzen. Es fielen noch ein paar, in weiten Abständen. »Hier haben wir die Federn des Teufels.«

Aber das Wort hatte Nutbeem. »Ich hab' meine Pläne im Lauf des Tages geändert.«

»Bleibst du dann noch ein bißchen? Für das Weihnachtsspiel und die Tage solltest du sowieso bleiben.«

»Ich glaube, ich werde nie mehr auf eine Party gehen wollen«, sagte Nutbeem. »Es ist wie mit dem Jungen, der immer ein paar Löffel Zucker stibitzte, bis seine Oma ihn vor eine Schüssel mit dem Zeug setzte, ihm einen gewaltig großen Löffel in die Hand drückte und ihm befahl, sitzenzubleiben, bis die Schüssel leer war. Der hatte danach nie wieder Lust auf Zucker.« Blies beim Lachen traurig die Backen auf.

»Wenigstens kannst du drüber lächeln.« Dennis. Lächelte selber halb.

»Wenn ich das nicht könnte, würde ich überschnappen, oder? Nein, ich habe beschlossen, zu lächeln, zu vergessen und nach Brasilien zu fliegen. Wärme. Kein Nebel. Das Wasser hat ein schönes Schwimmbadgrün, fast eine David-Hockney-Farbe. Milde Brisen. Vielleicht ist es ja noch möglich, ein paar Monate lang angenehm zu leben. Und der Fisch! O Gott. Gelbschwanzsteaks. Es gibt da so eine ganz einfache, einheimische Soße – man nimmt sie zu Fisch, zu anderen Soßen oder Salaten. Man preßt einfach eine Tasse Limonensaft aus, gibt eine gute Prise Salz rein und läßt sie ein paar Wochen lang stehen, dann seiht man sie ab, gibt sie in eine

Flasche, Korken drauf, fertig. Sie riecht ziemlich merkwürdig, hat aber einen herrlichen Geschmack. Man träufelt sie auf ein Stück Fisch, der frisch dampfend vom Grill kommt. Und grüne kubanische Soße – Limone, Knoblauch, Wasserkresse, Tabasco, Sauerrahm und Hummerrogen. Und ich mache ein Curry, ein Muschelcurry, in Kokosmilch gedünstet und mit Streifen von geräuchertem Seglerfisch serviert, das ist, wenn ich so sagen darf, der Himmel auf einem Teller.«

»Stopp«, sagte Quoyle. Schneeschleier fegten über die Bucht, bestäubten ihnen Schultern und Haare.

»Mein lieber Junge, ich bin noch nicht mal bis zu den verdammten Schalenkrebsen gekommen. Schalenkrebse, die herrlichen kaisergelben, scharlachroten und ebenholzbraunen Höhepunkte aller Krebse der sieben Weltmeere, die herrlichste Stunde des Epikureers, der Augenblick der Wahrheit bei Tisch. Ich mag sie mit zerlassener Butter, zu der ich einen Schuß saure Limonensoße und ein paar Tropfen Walnußessig gebe, vielleicht eine Spitze Knoblauch.«

»Beim Kochen bist du ein Dichter, Nutbeem«, sagte Billy Pretty. »Damals, als du mir einen Teller von deinem Robbenflossencurry gegeben hast. Das war ein Gedicht.«

»Ich kann, glaube ich, mit Sicherheit sagen, daß wir, Billy, die beiden einzigen Menschen sind, die jemals von diesem seltenen Gericht gegessen haben. Und die Krabben. Auf brasilianische Art. Eine große, schwarze Eisenpfanne. Man erhitzt ein bißchen Olivenöl, wirft ein paar Knoblauchzehen hinein und gibt dann die Krabben dazu, so wie sie aus dem Meer kommen – erst trocknet man sie aber ein wenig ab. Wenn sie gar sind und ein hübsches Orangerot haben, kippt man sie auf braune Papiertüten, streut ein wenig Meersalz darauf, eine Prise frisch gemahlenen grünen Pfeffer oder einen Spritzer aus der Tabascoflasche und serviert sie auf den Tüten. Einfach die Köpfe abbeißen, das Fleisch mit den Zähnen herausziehen und die Schwänze ausspucken.« Der Schnee fegte über sie. Nutbeems Haare und Augenbrauen waren dick damit bedeckt, weil er in den Wind schaute. Die anderen hatten sich umgedreht und boten dem Wetter den Rücken dar.

»So hat mein alter Freund Partridge immer Krabben zubereitet«, sagte Quoyle.

Der schweigsame Schwarzhaarige runzelte die Stirn. Auf seinen Schultern lagen flauschige, weiße Epauletten.

»Na, ich weiß nich'. Is' nich' schlecht, wie sie sie unten in No Name Cove bei Nell machen. Die klein'n Krabben, so groß wie 'n Fingernagel. Sie entschalt sie, taucht sie in Panade und wälzt sie in zerstoßenen Grahamcrackern, bäckt sie dann in viel Öl raus und serviert sie mit 'nem Tütchen Tatarsoße. Is' genau 's Richtige! Sin' auch gut in der Mehlsoße auf Bohnen.«

»Ja, das sind die leckersten Krabben, die ich je gekostet habe«, sagte Nutbeem. »Sehr gut sind sie, diese winzigen Krabben. Na ja, später lass' ich mich vielleicht die Küste rauftreiben, fahre dann rüber an die Pazifikküste von Mexiko zu ein paar von den Haifischfangdörfern. Ziemlich rauhe Gegend und ein ziemlich rauher Sport. Ich habe eigentlich keine richtigen Pläne. Eine bestimmte Zeit Treibenlassen ist angesagt.«

»Ach«, sagte Billy, der die Handkante als Striegel benutzte und sich unter der Tweedmütze den Schnee aus dem Nacken schabte. »Wenn ich nur wieder jung wär'. Würde mit dir ziehen. Ich war in São Paulo und die Küste runter. Hab' sogar die Limonensoße gegessen, von der du redest. Damals in den dreißiger Jahren. Und Schalenkrebse. War auch in Kuba. Und Schina. Vor dem Krieg. Ach, Neufundländer sin' reiselustig. Ich hab' 'nen Neffen, war vor kurzem mit 'nem Truppentransporter hier, der hat die Amis zum Golfkrieg transportiert. Überall auf der Welt trifft man uns. Aber ich bin aus dem Alter raus. Mir is' es egal, ob Limonen oder Kartoffeln, Fisch oder Fleisch.«

»Wann brichst du auf, Nutbeem?«

»Dienstag. Am gleichen Tag. Damit habe ich die letzte Chance, für Jack und Tert 'ne schöne Portion bizarrer Geschichten zu mixen. ›ÄLTLICHER WITWER BRENNT MIT HUMMER DURCH!‹, ›PREMIERMINISTER BADET IN IMPORTBIER‹, ›SCHMUTZIGER ALTER PAPI VERGEWALTIGT PFERD SEINER KINDER‹. Vielleicht werd' ich den *Gammy Bird* ja doch vermissen.

Ach, Quoyle, eine schlechte Neuigkeit für dich. Die Goodlads sagen, daß sie ihren Wohnwagen jetzt nicht mehr an jemanden von der Zeitung vermieten wollen. Nach letzter Nacht. Ich hab' sie angefleht, ihnen gesagt, daß du zwei süße kleine Töchter hast, ein sehr bescheidener Kerl bist, ein pingeliger Haushälter, nie Partys gibst und so weiter und so weiter, aber sie wollen nichts davon hören. Tut mir schrecklich leid.«

»Ich finde schon was anderes«, sagte Quoyle. Bei jedem Atemzug eine Ladung Schnee in den Nasenlöchern. Die Kopfschmerzen waren ein dumpfes Klopfen im Hintergrund.

»Zu schade«, sagte Billy Pretty, silbrig von Schnee, die Farbe mit der Jahreszeit wechselnd. »Zu schade.« Das schien alles einzubeziehen.

Quoyle blinzelte zum Himmel, wo nichts zu sehen war außer einer Milliarde von einem scharfen Wind getriebener, wirbelnder Flocken.

»Wie der Atem einer Stiefmutter«, sagte Billy.

34
Im Festtagsstaat

Seeleute trugen ihre Haare in zwei Arten von Zöpfen: als Rattenschwanz zusammengedreht oder als Vier-Strang-Vierkantplatting geflochten. Um die Frisur vollkommen zu machen, griffen sie auf ein Fäßchen mit eingepökelten Aalhäuten zurück. Der Seemann rollte die Aalhaut zurück (wie ein Kondom) und schob sie dann über seinen Zopf und bändselte sie. Für Paradeanlässe verschönerte er den Zopf mit einem roten, zu einer Schleife geknüpften Band.

»Quoyle, mach den Artikel fertig, und ich fahr' mit dir ums Eck ins Heavy Weather und lad' dich auf 'nen heißen Grog ein.« Tert Card, mürrisch und weiß, starrte haßerfüllt auf die zugefrorene Bucht. Denn es war sehr still und kalt geworden. Pfannkuchen aus unter Wasser treibendem Eis verbanden sich mit anderen zu großen Flächen, das gummigrüne Eis wurde dicker, ein Eisgürtel setzte sich am Ufer fest, verknüpfte das Meer mit dem Land. Flüssiges wurde fest, Festes wurde unter Kristallen begraben. Eine gleichmäßige Ebene erstreckte sich fast bis zur Öffnung der Bucht. Er beobachtete, wie die

Eisbrecher sich durchnagten, einen gezackten, schwarzen Wasserpfad schnitten.

»Na, ich kann wohl mitkommen.« Widerwillig. Wollte nicht mit Tert Card trinken gehen, dachte aber, es gehe sonst keiner. Auf einen schnellen. »Laß mich Beety anrufen und ihr sagen, daß ich ein bißchen später komme.« Wollte lieber seine Töchter abholen und heim ins Haus der Burkes fahren, ein knarrendes, gemütliches Haus mit vielen Schränken in unvermuteten Winkeln. Das merkwürdigste daran war ein Lampenschirm, der leise knisterte, wenn die Birne warm wurde. Es gab ein Bad mit einer handgetriebenen Kupferwanne, die breit genug für Quoyle war. Die erste Wanne, in die er jemals hineinpaßte. Extrazimmer für Gäste. Falls welche kamen.

»Dann trinken wir einen Schluck oder zwei, oder zwei.« Tert Card grinste, während der Teufel an den Sehnen seiner Kehle zupfte, als wäre sie eine Gitarre. »Mir nach.« Die Fahrzeuge ächzten durch die Kälte.

Das Heavy Weather war ein langer Raum mit schmutzigem Linoleumboden und dem Geruch nach verstopfter Toilette, Erbrochenem, abgestandenem Rauch und Alkohol. Hierher kam Tert Card zum Trinken, von hier kroch er nach Hause, kaum imstande, die Stufen hinauf in sein Haus zu kommen. Quoyle dachte, daß er zu Hause vermutlich brüllte. Oder schlimmer. Die paar Male, die er seine Frau gesehen hatte, hatte sie ziemlich verhärmt gewirkt, und die Kinder waren zusammengezuckt, als er Hallo zu ihnen gesagt hatte. Denn er achtete auf kleine Kinder.

Fluoreszierende Lichtkegel. Eine feste Reihe von Rücken an der Bar. Silhouetten von Männern in Mützen mit Ohrschützern, die man bei Bedarf herunterklappen konnte. Zeigten einander Fotos von Booten. Das Gespräch drehte sich um Versicherungen, Arbeitslosigkeit und Weggehen, um woanders Arbeit zu finden. Quoyle und Tert Card setzten sich an einen Nebentisch voller zusammengeknüllter Servietten. Ein qualmender Aschenbecher. Hinter ihnen zwei alte Säufer in Mänteln und ins Gesicht gezogenen irischen Tweedmützen, nichts als Schals, Stöcke und störrische Knie. Sie saßen dicht nebeneinander auf einer langen Bank. Jeder mit einer Hand am Glas. Es hätte eine Dorfkneipe jenseits des Ozeans sein können, dachte Quoyle.

»Was willst du trinken?« Tert Card lehnte sich auf den Tisch, bis dieser schaukelte. »Was willst du trinken, sag nichts, sag nichts, Rum und Pepsi.« Und er zog los, kramte in seiner Tasche nach Geld.

Und wieder zurück im Dämmerlicht.

Sie tranken. Tert Cards Kehle arbeitete durstig, und er schluckte wieder, hob den Arm, daß die Gelenke krachten, und winkte, streckte zwei Finger in die Luft.

»Ich hab' schon Schlimmeres erlebt.« Meinte das Wetter. »Wie dick vor zwei Jahren das Eis an der ganzen Küste war. Die Eisbrecher waren rund um die Uhr unterwegs. Und die Stürme brachen einem das Herz. Erst vor ein paar Jahren hatten wir die erste Dezemberwoche über bitterkalte, kreischende Winde, fünfzehn Meter hohe, wütende Wellen, es war, als würd' der Grund des Ozeans hochkommen. Du hättest sehen sollen, wie Billy in seiner Ecke saß und am ganzen Leib zitterte, vollkommen durchgefroren. Dann ein, zwei Wochen später die heftigsten Regenfälle seit Menschengedenken. Überschwemmungen und Verwüstungen. Der Damm am Verlorenen Mann brach. Ich weiß nicht, wieviel Dollar Schaden das anrichtete. Die Dezemberstürme sind am trügerischsten, wechselhaft und grausam. In zehn Minuten bist du von 'ner warmen Brise bei 'nem arktischen Blizzard.«

An der Wand zeigte ein Fischerkalender das letzte Blatt. Die blanken Tische spiegelten. Tert Cards wütendes Gähnen. Draußen Dunkelheit, die längste nächtliche Dunkelheit. Aus einem Radio hinter der Theke sickerte der Wetterbericht. Eine Warmfront. Vorhersage überdurchschnittlich warm.

»So ein Wetter kriegen wir jetzt. Sturm, dann Kälte, dann Wärme. Ein Jo-Jo, rauf und runter, der kälteste, wärmste, stärkste Wind, die höchste Flut. Als wär' 'ne Yankee-Werbeagentur mit dem Ganzen beauftragt.«

Ein alter Mann, über achtzig, schätzte Quoyle, und immer noch im Arbeitsleben, warum nicht, brachte ihnen neue Drinks. Die Haare zur silbernen Bürste gestutzt, die Augen ebenfalls silbrig, gebogen wie Lünetten, der graue Schimmer eines Tropfens unter seiner Nase, in dem sich das Licht fing. Ein Schnurrbart wie Fichtennadeln. Offenstehender Mund, eine Öffnung zum Schädel, mit Blick auf die weiße Zunge, weißes Zahnfleisch. Starrte blöde das Geld an, das Tert Card ihm hinwarf.

»Ich will dir was sagen«, sagte Tert Card. »Jack und Billy Pretty wissen's schon. Ich gehe. Ich hab' genug von Killick-Claw. An Neujahr. Sie wollen mich unten in St. John's, soll die Hausmitteilungen für die Lieferanten der Ölbohrinseln rausgeben. Hab' gestern den Anruf gekriegt. Mich vor einem Jahr beworben. Ja, da gibt's 'ne Warteliste. Die schöpfen nur den Rahm ab. Kannst wetten, daß ich froh bin wegzukommen. Wenn ich richtig pokere, komm' ich vielleicht in die Staaten, nach Texas in die Zentrale. Obwohl ich eigentlich nach Florida will. Ich werd' an dich denken, Quoyle, mich fragen, ob du noch hier oben bist. Also, ich fahr' am Neujahrstag. Ich wette, du bist der nächste, der geht. Du gehst zurück in die Staaten. Jack und Billy werden den *Gammy Bird* selber rausbringen müssen. Wenn sie's können.«

»Wie wird's deiner Frau in der Stadt gefallen?«

»Meine Frau! Die kommt nich' mit runter. Die bleibt hier, daheim. Bleibt daheim, wo sie hingehört. Ihre ganze Familie lebt hier. Die bleibt hier. Eine Frau bleibt daheim. Die bleibt hier.« Empört über den Gedanken, daß es anders sein könnte. Aber als er nach weiteren Drinks winkte, stand Quoyle auf, sagte, er müsse los zu seinen Kindern. Ein Abschiedshieb von Tert Card.

»Weißt du, Jack will, daß Billy meinen Job übernimmt. Dich werden sie wahrscheinlich auf die Frauensachen ansetzen, Quoyle, und einen neuen Mann anstellen für die Schiffsmeldungen und Unfälle. Ich glaube, deine Tage sind gezählt.« Und seine Hand wanderte unter sein Hemd und kratzte.

Überrascht nahm Quoyle eine fieberhafte Aufregung wahr, die mit den Dezemberstürmen daherfegte, als würde die von Wind und Wellen entfesselte dämonische Energie auf die Menschen an der Küste übergreifen. Wohin er ging, überall

Sägen und Raspeln, Stricknadelgeklapper, große runde Kuchen, die sich voll Brandy sogen, auf Wäscheklammerpuppen gemalte Gesichter, ausgestopfte Katzen aus alten Socken.

Bunny erzählte von der Aufführung in der Schule. Sie machte etwas zusammen mit Marty. Quoyle wappnete sich für eine Stunde auswendig gelernter Weihnachtsgedichte. Mochte Weihnachten nicht. Dachte an das eine Mal, als sein Bruder das Geschenkpapier von einem ganzen Satz Matchboxautos riß, winzige, komplizierte Fahrzeuge in wunderbaren Farben. Er mußte auch ein Spielzeug bekommen haben, erinnerte sich aber nur noch an die flachen, weichen Päckchen, die Schlafanzüge enthielten, oder die braunen und blauen Strickhemden, die seine Mutter kaufte. »Du wächst so schnell«, klagte sie ihn an. Ihre Augen wanderten zu dem normal wachsenden Bruder, der seinen Alfa Romeo in den roten Doppeldecker rasen ließ.

Er war noch immer nicht darüber hinweg und störte sich an den marktschreierischen Radiostimmen, die Einkaufstage abzählten, die Zuhörer aufforderten, sich in Schulden zu stürzen. Mochte aber den Geruch von Tannenbäumen. Und mußte zu der Schulaufführung.

Der Zuschauerraum war gerammelt voll. Ein Rauschen bester Kleider, alte Männer in nach Kampfer stinkenden schwarzen Jacketts, die unter den Achseln kniffen, Frauen in Seide und feiner Wolle in den Farben Kamel, Zinnober, Cayenne, Bronze, Persimone, Immergrün, Aztekenrot. Importierte italienische Pumps. Die Haare gewellt und gelockt, zu steifen Wolken gesprayt. Lippenstift. Rote Kringel aus Rouge. Die Männer mit rasierten Wangen. Krawatten wie Geschenkpapier, Kinder in Bonbonrosa und Creme. Der Hauch parfümierter Körper, ein Gebrumm wie von Bienen über einem Mohnfeld.

Quoyle, der Sunshine trug, konnte Wavey nirgends sehen. Sie nahmen neben Dennis Platz, der allein in der dritten Reihe saß. Beety, dachte Quoyle, half vermutlich in der Küche. Erkannte den alten Barmann aus dem Heavy Weather vor sich, ein paar Säufer von den Lagerhäusern am Kai, deren dunkles Haar jetzt angefeuchtet und gekämmt war, die Gesichter aufgedunsen vom Trinken und der Erregung, unter Leuten zu sein. Eine Reihe unverheirateter Fischer, die darauf warteten, von Jobs in der Ferne zu erfahren. Die gerissenen Jungs. Ganze Wagenladungen voll Klans und entfernten Verwandten, die sich auf Klappstühle zwängten. Sunshine stellte sich auf ihren Stuhl und machte ein Spiel daraus, Leuten zu winken, die sie nicht kannte. Wavey und Herry konnte er nicht ausmachen. Ein Geruch nach Gesichtspuder. Sie hatte gesagt, sie würde da sein. Er suchte weiter.

In ihrem braunen Kostüm kam die Direktorin auf die Bühne, ein Scheinwerfer flackerte über ihre Füße, und der Kinderchor setzte ein. Schrille, reine Stimmen überfluteten die Zuhörer.

Es war anders, als er gedacht hatte. Ja, Kinder lispelten komische oder religiöse Gedichte und bekamen donnernden Beifall. Aber nicht nur Schulkinder traten auf. Auch Leute aus der Stadt und den kleinen Buchten außerhalb kamen auf die Bühne. Benny Fudge, der schwarzhaarige Rabauke, der den Angriff auf das Boot des armen Nutbeem geleitet hatte – denn jetzt hieß er »der arme Nutbeem« –, sang in einem klangvollen Tenor »The Moon Shines Bright« und schloß mit zwei Takten Fingerschnippen und Steppen.

»Als ich klein war, kamen sie nachts vorbei und sangen vor der Tür«, flüsterte Dennis. »Der alte Sparky Fudge, Bennys Großvater, mußt du wissen, hatte eine berühmte Stimme. Ging vor den Mummy Banks über Bord.«

Dann standen Bunny und Marty allein am Bühnenrand.

»Hey, Bunny!« schrie Sunshine. »Hey, Marty!« Allgemeines Gelächter.

»Ruhe jetzt«, flüsterte Quoyle. Das Kind wie eine Sprungfeder.

Bunny und Marty hatten zusammenpassende rote Trägerkleidchen an. Beety hatte sie an der Nähmaschine die langen Seitennähte selbst nähen lassen. Quoyle sah, wie Bunny die Knie zitterten. Ihre Hände zusammengeballt. Sie fingen etwas zu singen an, das Quoyle durch die Tür von Beetys Küche hatte sickern hören, eine eingängige kleine Melodie in einer fremden

Sprache, die wie eine afrikanische klang. Wie hatten sie das gelernt? Er und Dennis wischten sich über die Augen und schnieften verlegen.

»Ziemlich gut«, krächzte Quoyle.

»O ja«, sagte Dennis mit der Stimme eines Räuberhauptmanns.

Quoyle fiel Nutbeems Kassette ein. Hatten die Kinder irgendein heidnisches Lied davon auswendig gelernt, ohne dessen Bedeutung zu kennen? Er hoffte es.

Eine Frau, vielleicht siebzig Jahre alt, ein Haarnetz über den leuchtenden Haaren wie eine Silberrolle über der Stirn, kam lächelnd auf die Bühne. Über ihrem Lächeln runde Bäckchen wie zwei Hügel über einem Tal. Die Augen schwammen hinter einer Brille. Ein Kind rannte vor und legte hinter ihr einen Fußball auf den Boden.

»Ach, das ist gut«, sagte Dennis und knuffte Quoyle. »Tante Sofiers Hühnernummer.«

Sie stand ein paar Sekunden still, die langen alten Arme in ihrer Strickjacke, den Tweedrock bis zu den Knien. Gelbe Strümpfe und an den Füßen rote Pantoffeln. Plötzlich kratzte eines ihrer Beine auf der Bühne, die Arme wurden zu Flügeln, und unter Gurren und Gackern verwandelte Tante Sofier sich in eine gereizte Henne, die ein Ei bewachte. Quoyle lachte, bis ihm die Kehle weh tat. Obwohl er Hennen nie lustig gefunden hatte.

Dann Wavey und Herry. Der Junge trug einen Matrosenanzug, klapperte in Stepschuhen über die Bühne. Wavey setzte sich in ihrem grauen, selbstgenähten Kleid auf einen Stuhl, das Akkordeon vor der Brust wie einen Kühlergrill. Die wenigen verzerrten Töne. Wavey sagte etwas, das nur der Junge hörte. Gespanntes Schweigen. Dann sagte Wavey: »Eins, zwei, drei« und fing an. Der Hornpipe dröhnte ins Publikum, und sogleich schlugen Hunderte Fersen auf den Boden, der Junge klapperte auf den blanken Dielen hin und her. Quoyle klatschte, alle klatschten und johlten sie, bis Herry nach vorn lief und sich tief verbeugte, wie seine Mutter es ihm beigebracht hatte, aus den Scharnieren seines Gesichts heraus lächelte und lächelte.

Der Clou war Beety.

Als erstes tauchte aus dem Vorhang der schwarze Stock auf, und ein Gejohle ging durch die Menge. Keck kam sie heraus. Stolzierte. Trug ein Tanztrikot, übersät mit Ziermünzen und länglichen und runden Glasklunkern, Flitter und Scheiben, eingekerbten Rollen, Glasbrillanten, Katzenaugen, schillernden Federn und Perlen, geriffelten Kringeln, klobigen Kegeln und Perlmuttertränen. Sie brauchte nur zu atmen, um schimmernde Prismen ins Publikum zu werfen. Ein Zylinderhut, der das Licht einfing wie einen Bumerang. Lehnte sich auf den Stock. Wirbelte den Hut um einen Finger, schnippte ihn in einem doppelten Salto hoch und fing ihn gerade mit dem Kopf auf.

»Wir wissen alle, wie Billy Pretty is'«, sagte sie, die Stimme voll List und Alberei, ein Ton, den Quoyle nie an ihr gehört hatte. Er warf einen Blick auf Dennis, der sich mit halboffenem Mund vorgebeugt hatte, so begierig auf ihr nächstes Wort wie alle anderen.

»Is' schon gut, wenn man 'nen Dollar sparen kann, was, Billy?«

Die Zuschauer drehten sich lachend auf ihren Sitzen, um Billy anzustarren, der fast ganz hinten saß, würgte. Der Stock wirbelte durch die Luft.

»Ja, ja, wir wissen, wie er is'. Aber wie viele kennen die Geschichte vom letzten Winter, Februar war's, wir hatten grade den Silbertau, als Billy die alte Standuhr in seiner Küche reparier'n lassen wollt'? Das ging so, ihr lieb'n Leut.« Der Stock spazierte herum. »Billy rief Leander Mesher an.«

Die Zuschauer quietschten und drehten sich wieder lachend auf ihren Stühlen, um den Lebensmittelhändler anzusehen, dessen Hobby das Reparieren alter Uhren war.

»Leander is' dafür bekannt, daß er so manche Uhr an sein'm Küchentisch gerichtet hat. Alte Uhren. Ein paar hier erinnern sich vielleicht noch. Man mußte sie aufziehen. Jeden Tag. Gott helfe mir, es stimmt! Jeden Tag. Das Leben in der alten Zeit war schrecklich hart. Also! Ruft Leander an. War 'n Ortsgespräch. Kostenlos.« Sie verwandelte sich in einen lässigen Billy Pretty, Telefonhörer am Ohr.

»›Leander‹, sagt er. Was würd'st du dafür verlangen, wenn du mir die alte Standuhr reparierst, die seit hundert Jahren hier in meiner Küche steht. Ich zieh' sie mit 'nem Schlüssel auf. Läuft nich' mit Batterie.‹

›Ach‹, sagt Leander. ›Könnte so hundertzehn Dollar machen. Das Teure ist der Transport. Laster und Lieferung. Muß für jede Fahrt fünfzig berechnen. Muß zwei starke Jungs anheuern, Sprit und Öl für den Wagen. Versicherung. Die Luft in den Reifen.‹

›Die Luft in den Reifen kostet doch nix‹, sagt Billy.

›Wo bist du gewesen, Billy? Das heißt jetzt Inflation.‹

Also, ihr lieb'n Leut, Billy überlegt ein bißchen. Wir wissen, er wohnt oben auf dem Hügel, und Leanders Haus steht unten am Fuß des Hügels, und dazwischen liegt ein Dutzend Straßen. Billy rechnet sich alles aus. Er trägt die Uhr selber runter zu Leander. Spart sich fünfzig Dollar. Leander kann sie zurückbringen. Den Hügel rauf. Schließlich ist sie ja gar nich' so schwer, is' ja größtenteils leerer Raum für das Pendel, aber sperrig ist sie. Sehr sperrig.« Sie maß den Umfang der Standuhr ab, langte nach oben, um die Holztaube zu berühren, die, wie jeder wußte, oben auf Billys Uhr saß, breitete die Arme aus, bückte sich und staubte ein paar Fussel von dem geschnitzten Sockel aus Obstbaumholz. Quoyle drehte sich um, sah, daß Billy vor Lachen brüllte, als seine Uhr auf der Bühne wiedererstand. Einer im Publikum machte Tick-Tack.

»Er holt sich 'n gutes Stück Seil, versteht ihr, schlingt und knotet es dort rum, wo seine Arme anpacken sollen. Und hievt sie sich auf den Rücken – und schon is' er zur Tür hinaus! Richtung Leander.« Jetzt war sie Billy, der den steilen, vereisten Hügel hinabwankte. »›Furchtbar rutschig‹, sagt unser Billy.« Machte vorsichtige, kleine Schritte.

»Also, unten am Fuß des Hügels, da wohnt Tante Fizzard, neunzig Jahre alt, stimmt's, meine Liebe?«

Und jeder reckte sich vor, um die ältliche Dame in der ersten Reihe zu sehen, die zu einem zittrigen Gruß dicke Stöcke hob und Gejohle und Beifall erntete.

»Neunzig Jahre alt, und da geht sie also, hat ihre Galoschen an mit ein bißchen Pelz oben drauf, hat Spikes in die Absätze geschlagen, damit sie nich' ausrutscht, trägt ihren schwarzen Wollmantel und 'ne gestrickte Wollmütze, hat 'nen Stock in jeder Hand, und jeder Stock hat am Ende 'ne rote Gummispitze. Sie kann nich' hinfallen, wenn sie geschubst wird. Denkt sie.« Jetzt war Beety Tante Fizzard, tastete sich zentimeterweise voran, warf wütende Blicke nach links und rechts, hielt Ausschau nach denen, die neunzigjährige Frauen schubsen.

»Oben auf dem Hügel ...« Das Publikum raste.

»Oben auf dem Hügel gab's, so könnt' man das nennen, 'n paar Problemchen. Erst läuft unser Billy 'n paar Schritte nach rechts und rutscht, dann fängt er sich und stolpert nach links und gleitet aus, und er geht gradeaus weiter und schlittert, und dann is' der Hügel steiler und 's Eis funkelt wie Wasser, und er is' gut unterwegs, dann haut's ihn um, und mit der Uhr unten drunter wird er immer schneller, als wär' er auf 'nem großen Komatik, den er nich' lenken kann.

Die arme, alte Tante Fizzard hört 'n Zischen, und sie schaut nach oben, aber es is' zu spät, die Uhr erwischt sie und rammt sie in den Schneehaufen. Es is' schrecklich still. Endlich steht Billy auf und fängt an, seine kostbare Uhr aus 'm Schnee zu ziehn, schnallt sie sich wieder auf den Rücken. Er hat noch 'n paar Schritte bis zu Leanders Haus, versteht ihr. Schaut zurück und sieht Tante Fizzards Schuhe aus dem Schnee ragen. Sieht sie ein bißchen herumwackeln, dann kommt Tante Fizzard aus dem Schnee, die Mütze is' verrutscht, ein Stock bis zum Frühjahr vergraben, der schwarze Mantel so voller Schnee, daß er weiß is'.

›Du! Du, Billy Pretty!‹ Sie faucht ihn an.« Der Stock wirbelte.

»Sagt zu ihm« – eine lange Pause –, »sagt: ›Warum trägst du keine Armbanduhr wie alle andern auch?‹«

Ein ungeheures Gejohle aus dem Publikum. Junge Männer warfen ihre Armbanduhren in die Luft.

»Ach, sie is' 'ne Wucht, sie is' 'ne Wucht, oder?« Dennis klopfte Quoyle auf den Rücken, beugte sich vor, um die alte Mrs. Fizzard an der Schulter zu berühren.

»Kein Wort davon ist wahr«, kreischte die, puterrot vor Lachen. »Aber wie sie einen dazu bringt, daß man's glaubt! Ach, sie ist schrecklich gut!«

Und ein paar Tage später schenkte Quoyle Wavey eine Teekanne aus farblosem Glas, einen Seidenschal mit einem aufgedruckten Muster aus Heidelbeeren. Er hatte beides per Post von einem Museumsladen in den Staaten bestellt. Sie schenkte ihm einen Pullover in der Farbe von Ochsenblutschuhwichse. Hatte ihn abends gestrickt. Er war nicht zu klein. Ihre Gesichter näherten sich einander so weit, daß ihr Atem sich mischte. Dennoch dachte Quoyle an das einzige Geschenk, das Petal ihm je gemacht hatte. Sie hatte Dutzende Geschenke von ihm aufgemacht. Ein Türkisarmband, ein Aquarium für tropische Fische, eine Weste, auf die mit Perlen Elvis Presleys Gesicht gestickt war, mit kanariengelben Augen und Lippen aus Ziermünzen. Sie machte die letzte Schachtel auf, sah ihn an. Der mit baumelnden Händen dasaß, sie betrachtete.

»Einen Moment«, sagte sie und rannte in die Küche. Er hörte den Kühlschrank aufgehen. Mit den Händen hinter dem Rücken kam sie zurück.

»Ich hatte keine Zeit, dir was zu kaufen«, sagte sie und streckte ihm beide Hände entgegen. Öffnete die Finger. In jeder Handkuhle lag ein braunes Ei. Er nahm sie. Sie waren kalt. Er hielt das für eine zärtliche, wunderbare Geste. Sie hatte ihm doch etwas geschenkt, die Eier, nur ein Symbol, aber sie waren als Geschenk aus ihren Händen gekommen. Für ihn. Es spielte keine Rolle, daß er sie am Tag zuvor selbst im Supermarkt gekauft hatte. Er bildete sich ein, sie würde ihn verstehen, sie müsse ihn lieben, um zu wissen, daß die ausgestreckten Hände, das Geben zählten.

Am ersten Weihnachtsfeiertag trieb ein Wolkenhaufen herein. Aber die Tante war von St. John's heraufgekommen, und sie aßen zusammen mit Dennis und Beety in Mrs. Buggits Küche. Leute gingen ein und aus, das Feuer loderte heiß, Geschichten wurden erzählt, von früher, vom Tag der Heiligen Drei Könige, Mummenschanz und Masken von Tür zu

Tür. Jack schlurfte um den Tisch herum und goß heißen Rumpunsch ein. Ein Stück weiter weg hörten sie zur Feier des Tages sporadisches Gewehrfeuer.

Dennis' Schnurrbart weiß vor Frost. Er und Quoyle am Samstag vormittag nach Weihnachten beim Fällen des Feuerholzes für den nächsten Winter, im Fichtenwald im Hinterland der Bucht. Quoyle mit der Kettensäge, für die er eine Schwäche hatte, Dennis beim Abtrennen und Stutzen der Äste. Der von Sunshine gestrickte blaue Schal reichte kaum um Quoyles Hals. Am Mittag stellten sie sich dicht neben das kleine Feuer, schlürften heißen Tee.

»Beety sagt, wir sollten bei dem alten Nolan unten in Capsize Cove vorbeischaun. Weil wir ja nich' so weit weg sind. Ein bißchen früher Schluß machen und hinfahrn. Dad oder sonst jemand geht normalerweise am Anfang vom Winter hin und schaut, ob er genug Holz und Essen hat. Is' dieses Jahr 'n bißchen spät. Beety hat ihm 'nen Kuchen und Brot gebacken. Ich hab' heut früh zwar seinen Rauch gesehen, aber man weiß nie.«

»Ich hab' nicht mal an ihn gedacht«, sagte Quoyle. Schuldbewußt.

In einer weiten Kurve fuhren sie auf die Bucht hinaus, Dennis erzählte lautstark Geschichten von betrunkenen Motorschlittenfahrern, die für immer unters Eis sanken, weil sie die Wege nicht kannten.

»Verdammt kalt«, rief er und blinzelte zu der Einkerbung in der Küstenlinie hinüber. Die leeren Häuser von Capsize Cove kamen in Sicht wie eine Kohlezeichnung auf rauhem Papier. Eine langgezogene überhöhte Biegung zur Küste hin.

Aus dem Metallrohr auf der Hütte des alten Onkels kam Rauch. Das Jaulen des Motorschlittens zu einem stotternden Leerlauf gedrosselt.

»Laß ihn laufen«, sagte Dennis.

Schlimmer, als Quoyle es in Erinnerung hatte. Der Gestank war zum Würgen. Der alte Mann zu schwach oder verwirrt, um zum Außenklo zu gehen. Vor ihnen schlotterte ein Skelett. Der Hund neben dem Ofen rührte sich nicht. Lebte aber.

Quoyle konnte nicht anders. Er übergab sich und torkelte zur Tür. Auf der umzäunten Weide drei Höcker unter dem Schnee. Erfrorene Schafe.

»Onkel Nolan«, hörte er Dennis sagen. »Ich bin's, Dennis Buggit, der Junge von Jack Buggit, von der anderen Seite der Bucht. Meine Frau schickt dir Brot.« Er zog das Brot aus der Tragetasche. Der süße, anheimelnde Duft von Brot. Das Skelett fiel darüber her, stopfte sich den Laib in den Mund, aus der zuckenden Kruste drang ein ersticktes Heulen.

Dennis kam heraus, spuckte. Räusperte sich und spuckte noch einmal.

»Ein stinkender Verhau. Der arme alte Kerl ist am Verhungern. Herr Jesus Christus, was für ein Verhau. Besser, er würd' in ein Heim gehen, was meinst du? Er hat 'ne Schraube locker. Verbrennt die Wände seines Hauses, da. Siehst du, wo er die Bretter weggerissen hat? Er ist dein Verwandter, also liegt die Entscheidung bei dir. Was man mit ihm machen soll. Wenn sie ihn abgeholt haben, komm' ich wieder rüber und ersäufe den alten Hund. Ist sowieso halb tot.«

»Ich hab' keine Ahnung, was ich unternehmen soll.«

»Beety wird schon wissen, wen man da anruft. Sie arbeitet ehrenamtlich für diesen Fürsorgeverein, der Frauen hilft. Und minderjährigen Müttern. Kennt sämtliche Gruppen. Sie und Wavey.«

»Beety und Wavey?« Quoyles Gesicht feuerrot vor Schuld. Er hätte sich um den elenden alten Onkel kümmern sollen, schon als er ihn das erstemal sah. Hatte nicht nachgedacht.

»Diesen Fürsorgeverein, den haben Beety und Wavey gegründet. Vor ein paar Jahren. Ein Gemeinderat, der bei uns drüben wohnt, schlug eines Winters seine Frau zusammen, warf sie mit nacktem Arsch raus in den Schnee. Sie kommt zu Beety. Blau vor Kälte, taub und mit Blut in den Ohren. Am nächsten Tag ruft Beety Wavey an. Wavey weiß, wie man solche Gruppen ins Leben ruft, was in Gang bringt, seit sie diese Sonderschulgruppe eingerichtet hat. Hat das Ohr der Provinzregierung, verstehst du? Gewinnt ihre Aufmerksamkeit.«

»Das sind Frauen!« sagte Quoyle. Dachte aber: Ach, du

hättest Petal sehen sollen, hättest mein reizendes Mädel sehen sollen. Ein grotesker Gedanke – Petal in Killick-Claw – und nicht lustig. Sie hätte geschrien, wäre ins nächste Flugzeug gesprungen. Hätte sich nie, nie wieder sehen lassen.

»Mein Junge«, sagte Dennis, »du weißt nicht mal über die Hälfte von allem Bescheid«, und jagte den Motorschlitten auf die windgepeitschte Bucht hinaus.

35
Ein Tagwerk

Ein Tagwerk: besteht zumindest im Loggen von Mittag zu Mittag, dem Bestimmen des Längengrads und der Meridianhöhe der Sonne für den Breitengrad zu Mittag.

SEEMANNSLEXIKON

»Will mit dir reden, Quoyle.« Jack, der durch die Leitung brüllte. »Hol' dich morgen früh ab. Damit die unten in Misky Bay wissen, wer du bist.« Kratzender Husten. Legte auf, bevor Quoyle etwas sagen konnte. Falls er etwas zu sagen gehabt hätte.

Im Januar war von jeher Winter gewesen. Der Himmel verschmolz unmerklich mit dem neutralfarbenen Eis, das den Ozean bedeckte, in der Nähe des Ufers fest, fünfzig Meilen draußen gezackte Schollen, die auf den Wogen schwammen. Jeden Tag fiel Schnee, manchmal langsame Flocken, als würden sie trödeln in der Pause zwischen Stürmen. Lag höher und höher; ein Meter fünfzig, zwei Meter fünfzig, drei Meter fünfzig hoch. Die Straßen waren Kanäle zwischen schalldämpfenden Wällen, Metall und Holz zum Schweigen gebracht. Und etwa alle zehn Tage – nach Quoyles Rechnung – wieder ein Sturm.

Die Heizung in Jacks Lkw blies aus allen Rohren, dennoch vereiste der Atem der beiden Männer die Seitenfenster. Quoyle kratzte mit den Fingernägeln, um nach den Sattelrobben zu schauen, die jetzt allmählich das Eis in der Ferne sprenkelten wie Kommas oder Strichpunkte. Hörte Jack nur halb zu. Dachte an Robben. Waveys älterer Bruder Oscar hielt eine Robbe als Haustier. War wild auf die einheimischen Kammuscheln. Jack hatte viel auf dem Herzen und redete wie eine Nietpistole. Die neue Grundfischfangsaison war eröffnet, ein Labyrinth aus Zuteilungen und Quoten, das ihn durcheinanderbrachte.

»Selbst Einstein könnt' das nicht kapieren. Sie haben ein Scheißdurcheinander daraus gemacht, diese Trottel in Ottawa, die 'nen Lumpfisch nicht von ihr'm eigenen Arsch unterscheiden können.« Jack bei einem mittleren Temperamentsausbruch. »Genauso is' es.« Kämmte seine Haare mit einer Hand, daß sie hochstanden. »Verdammt, da kriegst du was gut in Gang und dann is' Schluß. Sieht so aus, als würd' ich immer alles notdürftig zusammenflicken müssen.«

Quoyle lümmelte in seinem riesigen braunen Anorak auf dem Sitz. Der Name von Oscars Robbe war ihm wieder eingefallen. Pussels. So hießen die einheimischen Kammuscheln.

»Okay, Quoyle, Billy will die Heim-und-Herd-Seite weitermachen, also wirst du Chefredakteur. Du machst Tert Cards Job, stellst das Ding zusammen, übernimmst das Telefon, Aufträge, Rechnungen, Anzeigenkunden, Druckerei. Dem Scheißkerl von Drucker mußt du auf die Finger sehen. Drum fahr' ich mit dir runter. Wenn man 'nen Fehler machen kann, macht er ihn bestimmt. Wird schon klappen. Ich will, daß du weiterhin die Schiffsmeldungen schreibst.«

Quoyle schreckte hoch, die Hand halb am Kinn.

»Möchte Benny Fudge für die Gerichtsmeldungen und Autounfälle ausprobieren, die Geschichten über Sexualmißbrauch. Das Restaurantzeug und die Auslandsmeldungen streichen. Alle kennen sämtliche Restaurants, und was anderswo passiert, interessiert keinen. Das kriegen sie aus dem Fernseher.«

Der Lkw kletterte die gewundene Straße über das Vorgebirge hinauf, und sie kamen in eine Zone mit lichtem Dauerschneefall.

»Was meinst du – sollen wir die Heim-und-Herd-Seite neu aufmachen? Könnten sie ›Lifestyles‹ nennen. Weißt du, Billy und ich überlegen das seit Jahren. Hier gibt's zwei Arten zu leben. Da is' einmal die alte Art: sich um die Familie kümmern, sterben, wo man geboren wurde, fischen, sein Holz schlagen, 'nen Garten unterhalten, mit dem auskommen, was man hat. Dann gibt's die neue Art: auswärts arbeiten, 'ne Stelle finden, wo einem jemand sagt, was man zu tun hat, pendeln, der Bruder is' in Südafrika, die Mutter in Regina, jedes verdammte blöde japanische Scheißtrumm kaufen, das zu kriegen is'. Von zu Hause weggehn. Losziehn auf Arbeitssuche. Und 'n paar Leuten geht's damit gar nich' gut. Quoyle, wir wissen alle, daß der *Gammy Bird* bekannt ist für seine Vogelhausgrundrisse und guten Rezepte, aber das reicht nicht. Jetzt müssen wir mit elektrischen Garkochern und Verbraucherbonitäten fertig werden, Asphaltauffahrten, Lotterien, Hähnchenimbissen, Edelkaffee aus Gourmetläden, dem ganzen Zeug. Ratschlägen, wie man sich in fernen Städten zurechtfindet. Billy meint, es gibt genug Stoff, um die Heim-und-Herd-Artikel auf zwei Seiten auszudehnen. Er wird dir sagen, was er sich so denkt. Du klärst das mit ihm.«

»Wir könnten ein paar von denen, die fortgezogen sind, dazu bringen, daß sie ab und an eine Gastkolumne schreiben. Brief aus Australien, Brief aus Sudbury, wie es dort ist«, sagte Quoyle.

»Das würd' ich bestimmt lesen, wenn ich einundzwanzig wär' und fort müßte. Es wird eine andere Zeitung werden. In vielerlei Hinsicht.«

»Nutbeem konnte mit heiklen Geschichten gut umgehen. Ich weiß nicht, wie Benny Fudge mit den Sexualverbrechen zurechtkommt.«

»Na, warten wir mal ab und schauen, wie der Kerl sich macht, bevor wir über ihn herfallen, was? Kannst du damit leben, Quoyle?« Kamen in den Verkehr von Misky Bay, ein Kreis namenloser Straßen und steiler Einbahnstraßen bergaufwärts, erschwert durch Schneehügel.

Er nickte. Schwor sich beim Heiligen Pussel, daß es nie einen Druckfehler geben würde.

»Komm heut abend zur Stelling rauf, und ich erzähl' dir das Übrige. Okay, also hier biegst du ab, siehst du, dann fährst du hinterm Feuerwehrhaus vorbei. Is' der kürzeste Weg.«

»Also«, sagte Quoyle, der saß, wo Tert Card gesessen hatte, wenn er auch den Schreibtisch abgeräumt und das Foto von dem Öltanker zerrissen hatte, »was haben wir diese Woche für Meldungen. Benny, wie geht's dir mit den Geschichten über Sexualmißbrauch und den Gerichtsmeldungen?« Bemühte sich, tief zu sprechen.

Benny Fudge saß da, die Hände auf seinem sauberen Schreibtisch verschränkt wie in einer Arithmetikstunde. Sein hochgebauschtes Haar erinnerte Quoyle an Eraserhead.

»Das will ich dir sagen. Ich hab' so etwa fünfzig von Nutbeems Geschichten gelesen, um zu sehen, wie er mit den Mißbrauchsfällen umgegangen ist, aber so wie er krieg' ich das nicht zusammen. Ich hab's versucht, weil ich das Gefühl gehabt hab', als wär' ich's Nutbeem schuldig. Wegen dem Boot. Aber ich hab' keinen Schwung reinbekommen. Besser schaff' ich's nicht.«

> Am Dienstag wurde eine Anklage wegen Inzest gegen einen 67jährigen aus Misky Bay fallengelassen, als seine 14jährige Tochter die Aussage verweigerte.
> Dr. Simon Booty (71) aus Distant Warren wurde unter der Anklage festgenommen, sich von Mai 1978 bis Juli 1991 an sieben Patientinnen sexuell vergangen zu haben. Er steht am 31. Januar vor dem Landgericht.

Wartete, biß sich auf die Daumennägel.

Quoyle sah Billy an, der die Augenbrauen leicht hochzog. Nutbeem hätte zwei herzzerreißende Geschichten herausgequetscht.

»Der übrige Stoff war super. Der andere Gerichtsstoff? Ich hab' nette Sachen.«

»Und wie sollen die netten Sachen aussehen?« fragte Quoyle.

»Zwei Typen hier werden mit allem beschuldigt, was man sich vorstellen kann. Hatten 'nen Zusammenstoß mit Wildhütern. Anklage lautet auf Tragen von Feuerwaffen außerhalb der Jagdsaison, Hinderung von Wildhütern an der Ausübung ihrer Pflicht, Angriff auf Wildhüter mit spitzen Ästen und Hummerkörben, Zerschlagen der Polaroid-Sonnenbrillen der Wildhüter, verbale Bedrohung der Wildhüter. Hier ist noch 'ne Geschichte von 'nem Typen, angeklagt wegen

Besitz von Kupferdraht. Im Wert von viertausend Dollar. Anklage lautet außerdem auf Haschischhandel. Und dann hab' ich 'nen Jugendlichen auf Diebestour. Klaut ein Fahrrad in Lost All Hope, fährt damit elf Meilen bis Bad Fortune, dort klaut er ein Motorrad und schafft es bis Never Once. Aber der Junge hat Ehrgeiz. Läßt das Motorrad stehen und klaut ein Auto. Fährt das Auto ins Meer und schwimmt bei Joy in the Morning ans Ufer. Wo zufällig zwei Bundespolizisten mit ihrem Streifenwagen parken und Krapfen essen. Und fünf Anklagen wegen Betrug an der Arbeitslosenversicherung. Und vier Schlepperkapitäne mit Strafen über je zweitausend Dollar, weil sie in gesperrten Gewässern Rotbarsch fingen. Ein Typ unten in No Name hat dreißig Tage fürs Fischen in Küstengewässern bekommen. Alle möglichen Autounfälle. Und 'ne Menge Fotos. Ich mach' gern Fotos. Ich kann doppelt Karriere machen. Als Reporter und als Fotograf.«

»Schreib sie mit ein paar mehr Details zusammen als in deinen Geschichten über Sexualmißbrauch.« Quoyle tat ruppig, ausgekocht.

»Ja, das Verbrechenszeug könnt' ich den ganzen Tag schreiben. Aber nicht das Sexzeug.« Mit gespitzten Lippen. »Die Kriminalartikel und die Arbeit mit der Kamera betrachte ich als meine große Chance.«

Chance wozu, fragte sich Quoyle. Doch da saß er an Tert Cards Fenster mit dem Telefonhörer am Ohr, jagte die Artikel durch den Computer, klebte den Umbruch, brachte ihn hinunter nach Misky Bay in die Druckerei. Als die Zeitung diese Woche herauskam, riß er die Seite mit dem Impressum heraus und schickte sie Partridge: *Chefredakteur: R. G. Quoyle.*

Und so ging es weiter, Geschichten von im Eis steckengebliebenen Frachtschiffen, ein Matrose, der vom Seenotrettungsdienst aus der Luft befreit wurde, weil er zwischen wasserdichten, elektrisch betriebenen Türen festsaß, ein Hecktrawler, der nach einer Explosion im Maschinenraum ein Spiel der Wellen war, ein Kühltrawler der Fischfabrik, der von den Untiefen zurückerobert wurde, ein Matrose, der bei rauhem Seegang auf einem Forschungsschiff über Bord ging und nicht wieder auftauchte, Flugzeugabstürze und Ölverseuchungen, Wale, die sich in Netzen verfingen, illegaler Billigverkauf von Fischeingeweiden im Hafen, Medaillen für Feuerwehrleute und Schönheitsköniginnen, gewalttätige Ehemänner, ertrunkene Jungen, verschollene und wiederaufgetauchte Forscher, Schiffe, die bei stürmischer See sanken, ein Fischerboot, das von einem Eisbrecher angefahren wurde, ein Lotteriegewinner, Beschlagnahme illegalen Elchfleischs.

Und der Tante schickte er die Kopie eines Polizeiberichts. Mrs. Melville war zusammen mit dem Steward von der *Tough Baby* in Hawaii festgenommen worden. Ein gutaussehender Mann, dreißig Jahre jünger als sie, in Giorgio-Armani-Kleidung und am Steuer eines Lexus LS 400 mit Funktelefon. »Ich hab's aus Liebe getan«, gestand sie. Der Steward sagte nichts.

Alles ein Tagwerk.

36
Zwangsjacke

Zwangsjacke: Jacke aus starkem Stoff wie zum Beispiel Segeltuch, bei welcher der Körper eng zusammengeschnürt wird, um Tobsüchtige oder rabiate Geisteskranke, gewalttätige Kriminelle usw. bewegungsunfähig zu machen. Einige fesseln die Arme an den Körper, andere haben lange Ärmel ohne Öffnungen, deren Enden zusammengebunden werden können.

Der Norden neigte sich der Sonne zu. Als das Licht sich ausbreitete, erblühte eine milchige Patina aus Phytoplankton über den Hochseebänken entlang der Linie, wo der Golfstrom und das Brackwasser der Labradorströmung zusammenstießen. Die Gewässer flossen in vielen Schichten aus Arktischem und Tropischem ineinander, die Wellen schäumten vor Bakterien, Hefen, Diatomeen, Pilzen, Algen, Blasen und Tröpfchen, dem Lebensstoff, der Wachstum, Wechsel, Vereinigung förderte.

Eines Freitagnachmittags. Quoyle zu Hause, sich alte Kleider anziehend. Durchs Küchenfenster hielt er Ausschau nach Jacks Skiff. Regenfarbener Horizont, obwohl keiner fiel, wo Quoyle war. Ein Hecktrawler legte von der Fischfabrik ab, wahrscheinlich unterwegs zu den Funk Island Banks. Zehn Tage mit einer vierzehnköpfigen Mannschaft, das Netzschleppen, das langsame Einholen, der kurze Moment voll Spannung, wenn der Stert des Netzes hochkam, der Kabeljau sich auf das Deck ergoß. Oder nicht viel drin war. Und hinunter zum Ausbluten und Ausnehmen. Und wieder schleppen und einholen. Und das Netz flicken. Und wieder. Und wieder.

Da war Jacks Skiff, arbeitete sich auf Flour Sack Cove vor. Die Regenvorhänge trieben nach Osten, ließen blaue Schlieren zurück. Quoyle nahm den Hörer auf.

»Hey, Billy? Ich fahre jetzt zu Jack. Seh' ihn grade reinkommen.«

»Du hast grade 'nen Anruf aus den Staaten gekriegt. Ich hab' ihm deine Nummer gegeben, also wart noch 'nen Moment. Und ich hab' ein Gerücht gehört, daß Sea Song nächsten Monat vielleicht drei Fischfabriken schließt. Quelle anonym. No Name Cove soll auf der Liste stehen. Sag das Jack. Wenn's stimmt, weiß ich nich', wovon die Leute dort unten leben sollen.«

»Hast du schon mit jemand bei Sea Song geredet?«

»Ach, der Manager hat ein Gesicht wie ein Pferdedieb und wird wie üblich drumherumreden. Aber wir probieren's.«

Quoyle gab dem Anrufer fünf Minuten, hatte seine Hand am Türknauf, als das Telefon läutete. Partridges Stimme, fast fünftausend Meilen weg, schleppend und traurig.

»Quoyle? Quoyle? Ist ja eine kümmerliche Leitung. Hör mal, verfolgst du die Unruhen?«

»In etwa«, erwiderte Quoyle. »Verwenden hier in den Nachrichten so zehn Sekunden drauf. Sieht übel aus.«

»Übel, ganz genau. Nicht bloß in L.A. Sieht so aus, als wär' das ganze Land von einem Wutvirus angesteckt, die Leute greifen nach den Waffen, wie man früher auf die Uhr gesehen hat. Weißt du noch Edna, die Textredakteurin beim *Record*?«

»Ja. Hat mich nie angelächelt. Nicht einmal.«

»Ednas Lächeln mußte man sich verdienen. Hör zu. Sie hat mich gerade angerufen. Sie hatten ein Unglück, eine Tragödie beim *Record*. Gestern nachmittag kam irgendein Gestörter mit 'ner Scheißmaschinenpistole rein und erschoß Punch, Al Catalog und drei, vier andere. Acht Verletzte.«

»Herrje! Warum?«

»Ach, das gehört zu dem, wie's hier zugeht, hat was mit den Leserbriefen zu tun. Wenn du's glauben kannst. Der Typ hat einen anonymen Brief geschickt, geschrieben, daß die Unruhen nötig wären, um das System zu reinigen und den Reichtum umzuverteilen, und sie haben ihn nicht gedruckt. Also kam er mit seiner Maschinenpistole vorbei. Edna sagt, daß er sie nicht erwischt hat, lag nur daran, daß sie unter dem Schreibtisch war und nach Büroklammern gesucht hat, als die Schießerei losging. Weißt du noch, daß nie genug Büroklammern da waren? Quoyle, letzte Woche haben sie auf der Autobahn auf Mercalia geschossen. Nur damit du siehst, wie verrückt es hier zugeht, und ich hab' noch 'nen Witz über das Leben in Kalifornien gemacht, über den Stil von L.A. Scheißkugeleinschläge in der Windschutzscheibe. Wurde nur um Zentimeter verfehlt. Sie ist zu Tode verängstigt, und ich mach' noch Witze. Nach Ednas Anruf ist mir aufgegangen, in was für einem beschissenen, elenden, verrückten Land wir leben. Du kannst nirgendwo mehr hin, ohne erschossen, verbrannt oder zusammengeschlagen zu werden. Und ich hab' gelacht.« Und Quoyle glaubte, seinen Freund auf der anderen Seite des Kontinents weinen zu hören. Oder vielleicht war es wieder Lachen.

Ein durchdringender Geruch in der Luft, ein undefinierbarer Geschmack, der ihn dazu brachte, bewußt einzuatmen. Der Himmel wie das strohgelbe Blutwasser, das aus Wunden sickert. Rostblumen an den Türen des Kombis. In Mockingburg, New York, hätte er jetzt tot sein können.

Jack stand im Skiff, hakte Kabeljau auf die Stelling. Quoyle zog einen Ölmantel über, seine Handschuhe. Er packte ein Messer, griff sich einen Kabeljau. Anfangs war es ihm merkwürdig vorgekommen, ein Redaktionstreffen so zu gestalten.

»Die Hände können genausogut was tun, während wir reden«, sagte Jack, richtete sich auf. »Hab' immer den Anblick von fünf, sechs erwachsenen Männern gehaßt, die um einen Tisch sitzen und nichts tun, als die Kiefer zu bewegen. Du siehst sie rumkritzeln, ein Blatt Papier abreißen, mit dem Fuß wackeln, mit Büroklammern rumfummeln.«

An Büroklammern wollte Quoyle nicht denken. Erzählte Jack von dem Mann mit der Maschinenpistole, dem Schuß ins Blaue auf der Autobahn, den Unruhen.

»Is' doch bekannt, wie gewalttätig es in den Staaten zugeht. Das Schlimmste, was du *hier* kriegst«, sagte Jack, »is' 'n guter Kinnhaken und vielleicht, daß dein Auto über die Klippe geschoben wird.« Sie arbeiteten schweigend weiter.

Jack sagte, der Kabeljau sei klein, vier bis fünf Pfund im Schnitt, heutzutage fange man nur noch selten einen über fünfzig Pfund, obwohl die Männer in früheren Zeiten große Exemplare mit zweihundert Pfund gefangen hätten. Oder mehr. Zwanzig Jahre lang erbarmungslos überfischt, bis die Bestände beinahe zusammenbrachen. Sind zusammengebrochen, sagte Jack, oben am Tisch, sein Messer in Bewegung.

»Warum ich nich' zu fischen aufhöre, tja«, sagte er, schlitzte behende auf, riß die Eingeweide heraus, eine Zigarette im Mundwinkel, »selbst wenn ich wollte, das liegt daran, daß ich nie wieder meine Lizenz zum Hummer- oder Lachsfangen kriegen würde. Weiß zwar nicht, warum, aber das Hummerfischen mag ich am liebsten. Du läßt deine blöde Lizenz nur eine Saison lang auslaufen, und sie is' für immer futsch.«

»Billy hat gesagt, ich soll dir sagen, es geht das Gerücht, daß Sea Song nächsten Monat vielleicht drei Fabriken zumacht. Sagt, er hat gehört, daß No Name eine davon sein könnte.«

»Herrgott! Da denkst du, schlimmer kann's nicht kommen, und es kommt schlimmer! Diese blöde Sache mit der Zuteilung von Fischereiquoten, als ob's Kartoffeläcker wären, die du ausgräbst. Wenn kein Fisch da is', dann kannst du keinen zuteilen, und du kannst keinen fangen. Wenn du keinen fangen kannst, dann kannst du ihn nicht verarbeiten und auch nicht verschiffen, du hast kein Auskommen für niemand. Niemand versteht die verrückten Regeln mehr. Pfuschen nur rum. ›Zu viele einheimische Fischer für zu wenig Fisch‹, sagen sie. Und wo ist der Fisch hingekommen? Zu den Russen, Franzosen, Japsen, nach Westdeutschland, Ostdeutschland, Polen, Portugal, Großbritannien, Spanien, Rumänien, Bulgarien – oder wie die Länder heutzutage alle heißen. Und selbst nach Festlegung der Höchstgrenze war das Fischen in der Küstenzone nichts. Wie soll der Fisch denn bis an die Küste kommen, wenn die Trawler und Schleppnetzfischer ihn fünfzig, hundert Meilen weit draußen schnappen? Und die Longliner den Rest zwanzig Meilen vor der Küste? Was bleibt dann noch für die Küstenfischer?«

Er spuckte ins Wasser. Beobachtete Quoyles unbeholfenes Hantieren mit dem Messer.

»Jetzt hast du in etwa 'ne Vorstellung. Mehr is' nich' dabei. Mußt nur üben.«

»Die Anzeigen, Jack. Die getürkten Anzeigen würd' ich gern streichen. Wir brauchen mehr Platz. Letzte Woche hatten wir den Artikel über die Sägemühle, den Artikel über den neuen Park für Landesgeschichte in Misky Bay, die Demonstration gegen ausländische Fischer vor den Virgin Rocks, eine Demonstration gegen die hohen Stromtarife, den Streik der Krabbenverarbeiter – gute, handfeste Artikel aus dem Lokalbereich –, und wir mußten sie ganz schön reinquetschen. Keine Bilder. Es wär' natürlich was anderes, wenn's echte Anzeigen wären.«

»Ach, das war Tert Cards Idee, getürkte Anzeigen für große Läden unten in St. John's zu bringen. Damit's so aussieht, als wär'n wir groß dabei, verstehst du. Um die einheimischen Anzeigenkunden ein bißchen anzuschubsen. Nur zu, schmeiß die Anzeigen raus, wenn du den Platz brauchst. Weißt du, wie wir anfingen, hatten wir nicht so viele Nachrichten. Und die Anzeigen sahen gut aus.«

Einer nach dem anderen fielen die ausgenommenen Fische in den grauen Plastikkanister. Jack schleuderte die Gedärme und Lebern ins Wasser.

»Fischereiprobleme? Verdammt schlimme Probleme. Die haben die Küstenfischer zu 'ner Art Wanderarbeiter gemacht. Wir ernten nur noch das Produkt. Ziehen von einer Ernte zur nächsten, pflücken, was sie uns sagen. Nehmen, was sie uns bezahlen. Wir haben überhaupt keine Kontrolle mehr übers Fischen. Wir treffen keine Entscheidungen, tun bloß, was sie uns sagen, und zwar wo und wann sie's uns sagen. Wir leben nach Regeln, die woanders gemacht werden, von Arschlöchern, die von der Gegend hier keine blasse Ahnung haben.« Eher ein harsches Ausatmen als ein Seufzer.

Aber, dachte Quoyle, so war es überall. Jack hatte Glück, daß er so lang davongekommen war.

Ende Februar kamen Papiere aus St. John's, die er als nächster Angehöriger unterschreiben sollte, Papiere, um den alten Onkel auf immer einzusperren. Wahnvorstellungen, Altersschwachsinn, schizophrene Persönlichkeit. Aussichten: schlecht. Er saß da und starrte auf die gepunkteten Linien. Konnte nicht so einfach unterschreiben, daß ein unbekannter Mann, mit dem er nur einen Satz geredet hatte, der nur Knoten gegen ihn gebunden hatte, den Rest seines Lebens verlieren sollte. Er wollte in die Stadt fahren und den alten Onkel besuchen, ehe er etwas unterschrieb. Angenommen, er blickte wild, sabbernd und irr? Das erwartete er. Angenommen, er war bei Verstand und voller Vorwürfe? Das erwartete er ebenfalls.

In letzter Minute fragte er Wavey, ob sie mitkommen wollte. Tapetenwechsel, sagte er. Sie könnten essen gehen. In einen Film. Zwei Filme. Wußte aber, daß er etwas anderes sagte.

»Es wird lustig.« Das Wort klang aus seinem Mund dämlich. Wann hatte er es je ›lustig‹ gehabt? Oder Wavey, deren rissiges Gesicht bereits die Falten mittleren Alters hatte, die Trockenheit ausstrahlte, jenseits von Ofenhitze und Wind? Was war überhaupt los? Alle beide der Schlag, der mit gezwungenem Lächeln dasteht und zusieht, wie andere tanzen, sich auf Barhockern drehen, kegeln. Es lustig haben. Aber Kino mochte Quoyle, die Dunkelheit, die Umrisse der Haare Fremder auf der Leinwand, den Geruch nach Erdnüssen und Shampoo, knirschendes Popcorn zwischen den Zähnen. Er konnte seinem Kinn und seiner massigen Gestalt davonfliegen, hinein in die weißen Kleider und schlanken Körper auf der Leinwand.

Wavey sagte ja. Herry könne bei ihrem Vater bleiben. Ja, aber ja.

Ein paar zerrissene Fetzen frühmorgendlicher Wolken in der Form und Farbe von Lachsfilets. Der zarte, grünliche Himmel, der härter wurde, während sie zwischen hohen Schneewällen entlangfuhren. Ein Lichtrand flutete hoch, durchtränkte das Auto. Quoyles gelbe Hände mit bronzenen Haaren ums Steuer, Waveys braunes Sergekostüm wie Goldstoff. Dann kam das gewöhnliche Tageslicht, das Schwarzweiß der Landschaft aus Eis, Schnee, Fels und Himmel.

Quoyles schweifende Gedanken ließen ihm nichts zum Reden, nichts, um das Schweigen zu brechen, das zwischen ihnen anschwoll. Nuschelte eine dumme Frage nach Alvin Yarks endlosem Lied. Interessierte sich aber nicht dafür. Wollte einfach mit etwas anfangen.

»Singt das, so lange ich denken kann. Die *Gandy Goose* sank auf See, und die *Bruce* war das Schiff, auf dem sie die Elche transportierten. Elche aus Neubraunschweig. Ich weiß nicht, wann, damals, so um den Ersten Weltkrieg. In Neufundland gab es keine Elche, bevor sie sie herbrachten.« Für sie bedeutete es auch nichts, aber der Austausch von Stimmen in dem brummenden Auto machte Mut. Ihr fiel ein Junge in der Schule ein, der über sein Mittagessen aus schimmeligen Crackern weinte. Sie hatte ihm ihr Fleischsandwich geschenkt, Scheiben kalten Elchbratens.

»Jetzt gibt's genug davon«, sagte Quoyle lachend, wollte die rissige Hand ergreifen. Es wirkte wie ein Omen, als sie neben dem Highway in einer zugefrorenen Suhle eines der Tiere sahen.

Mittags fuhren sie schon an offenen Häfen vorbei, und der Anblick des blauen Wassers machte sie beide glücklich. Blau – nach Monaten voll Eis.

Wavey in den Geschäften an der Water Street, aufgeregt und erschrocken über die Gerüche von neuem Leder, duftenden Warenlagern, Verkehrsabgasen. Sie kaufte Herry eine Spielzeugkuh, ihrem Vater eine lange Unterhose. Eine Schachtel mit Grußkarten für jede Gelegenheit im Sonderangebot. Ein Schälmesser mit rotem Griff als Ersatz für den Stummel in der Küchenschublade. Einen Büstenhalter mit Blütenmuster in Edelsteinfarben. Es gab prächtige Shetlandwolle, aus der sich ein Norwegerpullover hätte machen lassen. Aber sie war zu teuer. Ihr fiel das Schaufenster eines Fischhändlers auf, wo auf einem Eisbett eine wunderbare Szene aus Fischen dargestellt war. Ein Skiff aus Flunderfilets schwamm auf Wellen aus Krabben und blauschwarzen Muscheln. Ein ganzer Lachs gab einen Leuchtturm ab, sandte Strahlen aus funkelnden Makrelen aus. Alles umrahmt von einem Rand aus Krebszangen.

Sie hatte Quoyles Liste, seinen Umschlag mit dem Geld für die Kleider für Bunny und Sunshine. Trikots, Cordhosen, einen Pullover für Sunshine, Socken und Höschen. Was für ein ungeheures Vergnügen, für kleine Mädchen einzukaufen. Sie fügte Haarspangen hinzu, Socken mit Bündchen aus Spitzenmuscheln, zwei hübsche Wollmützen, grünblau und violett. Paßte auf Taschendiebe auf, von denen es in Städten wimmelte. Aß zu Mittag ein Roastbeefsandwich und verbrachte den Nachmittag damit, einfach durch teure Läden zu bummeln, sah sich alles an und gab keinen weiteren Cent aus.

Auch Quoyle ging einkaufen, umkreiste die Regale des Geschenkladens im Irrenhaus, weil er dem alten Onkel etwas mitbringen wollte. Wer wußte, wie seine Erinnerungen aussahen? Wer wußte, wie sein Leben ausgesehen hatte? Er hatte gefischt. Schneckenkörbe hochgezogen. Hatte einen Hund besessen. Ging nachts spazieren. Knüpfte Knoten.

Er schaute bei den Ringermagazinen und den maschinell bestickten Duftbeuteln, fand das sentimentale Foto eines Pudels in einem geprägten Metallrahmen. Das mußte genügen. Überflüssig, es einpacken zu lassen, sagte er der Frau an der Kasse und steckte es in seine Jackentasche.

Der alte Onkel saß auf einem Plastikstuhl mit hölzernen Armlehnen. Saß allein an einem Fenster. Er war sehr sauber und trug ein weißes Nachthemd, einen weißen Bademantel. Pappslipper an seinen geäderten Füßen. Er starrte auf einen Fernseher in einer Halterung oben an der Wand, dessen Bild so verschwommen war, daß bei jedem Gesicht zwei Münder, vier Augen und extra Wangenkonturen zu sehen waren. Ein kahlköpfiger Mann redete über Diabetes. Ein knallblauer Werbespot für Frostschutzmittel mit Fragmenten eines Hockeyspiels, einem Eisregen.

Quoyle stieg auf einen Stuhl, stellte Kontrast und Schärfe ein, drehte leiser. Kletterte herunter, setzte sich. Der alte Onkel sah ihn an.

»Bist auch hergekomm'?«

»Ja«, sagte Quoyle. »Ich wollte dich besuchen.«

»Verdammt lange Fahrt, wie?«

»Ja«, sagte Quoyle. »Aber Wavey Prowse hat mir Gesellschaft geleistet.« Warum sagte er dem alten Onkel das?

»Ach ja. Hat ihr'n Mann verlor'n.«

»Ja«, sagte Quoyle. Quoyle fand, daß mit dem Verstand des alten Mannes alles in Ordnung war. Er sah sich nach geknoteten Fäden um, sah keine. »Und was hältst du davon?« fragte er vorsichtig. Konnte alles heißen.

»Oh! Wunnerbar! Wunnerbares Essen! Sie ham heiße Regenbäder aus der Decke, mein Sohn, oh, wie weiße Seide, die Seife, die schäumt inner Hand. Kommst dir vor wie'n Bub, wenndc so unners heiße Wasser gehst. Sie geben dir jeden Tag neue Kleider. Weiß wie angewehter Schnce. Der Fernseher. 's gibt Karten und Spiele.«

»Hört sich angenehm an«, sagte Quoyle und dachte, er kann nicht zurück in den stinkigen Saustall.

»Nein, nein. Nur angenehm isses nich'. Der ganze Laden is' voller Spinner. Ich weiß, wo ich bin. Trotzdem is' der Komfort hier so wunnerbar, daß ich ihn'n was vorspiel'. Sie fragen mich: ›Wer sin' Sie?‹ – Ich sag': ›Joey Smallwood.‹ Oder: ›Größter Krebs im Korb.‹ ›Ach, der spinnt‹, denken sie. ›Den behalten wir da.‹«

»Hm«, sagte Quoyle. »In Killick-Claw gibt's ein Altenheim. Vielleicht gibt's die Möglichkeit ...« War sich aber nicht sicher, ob sie ihn nehmen würden. Langte in seiner Tasche nach dem Foto mit dem Pudel, reichte es dem alten Mann.

»Hab' dir ein Geschenk mitgebracht.«

Der alte Mann hielt es in seiner zitternden Klaue, schaute. Wandte sich von Quoyle ab, zum Fenster hin, zum Meer hin, fuhr mit der linken Hand hoch, die Finger über den Augen.

»Ich hab' Knoten gegen dich gebunden. Winde geweckt. Die Schafe sin' tot. Weißgesicht kommt hier nich' rein.«

Schmerzlich. Quoyle wünschte sich, er hätte eine Packung Pralinen gekauft. Hielt aber durch.

»Onkel Nolan.« Wie sonderbar die Worte klangen. Aber daß er sie aussprach, band ihn in gewisser Weise an diese verschrumpelte Hülse. »Onkel Nolan Quoyle. Das ist alles

Vergangenheit. Mach' dir keine Vorwürfe. Hältst du's aus, bis ich mich im Altenheim erkundigt habe? Dort sind 'ne ganze Menge Leute aus Killick-Claw und No Name Cove. Du weißt, daß Du nicht nach Capsize Cove zurück kannst.«

»Wollt' nie dort bleiben! Wollt' Pilot werden. Fliegen. Ich war siemundzwanzig, als Lindbergh den Atlantik überquert hat. Damals hätt'st du mich sehn soll'n! Ich war stark! Er war hier in Neufundland. Von hier isser gestartet. Alle warense hier: der heilige Brendan, Leif Erikson, John Cabot, Marconi, Lucky Lindy. Große Dinge sin' hier passiert. Das hab' ich immer gewußt. Gewußt, daß ich dazu bestimmt bin, schöne Sachen zu machen. Aber wie anfangen? Wie wegkommen und anfangen? Ich hab' mitm Fischen angefang', aber sie ham Böen-Quoyle zu mir gesagt. Weißte, ich war 'n Unglücksrabe, brachte immer schlimme Winde. Hatte kein Glück. Keiner von den Quoyles hatte Glück. War ganz allein. Am Ende sin' meine Hoffnungen gesunken.«

Quoyle sagte, er würde sich über das Altenheim in Killick-Claw informieren. Dachte, in der Zwischenzeit würde er nichts unterschreiben.

Der alte Onkel blickte an Quoyle vorbei zur Tür.

»Wo is' Agnis? Sie hat mich nich' mal besucht.«

»Ehrlich gesagt, ich weiß nicht, warum.«

»Ach, ich weiß, warum sie nich' vorbeikommen will. Schämt sich! Sie schämt sich, weil ich weiß, was ich weiß. War aber froh genug, daß sie zu mir ins Haus konnt', wie sie noch 'n Mädel war. Kam zur Alten mit ihr'n Schwierigkeiten, hat gebettelt um Hilfe. Geschnieft und geheult. Dreckige Frauensachen! Ich hab' gesehn, wie sie die Wurzel ausgegraben hat. Scheele kleine Wacholderbeeren, die Teufelsaugen ham aus dem Gebüsch zugeschaut. Hat aus den Wurzeln schwarzen Teufelssud gekocht, hat ihn ihr in der Küche gegeben. Sie war die ganze Nacht dabei, kreischte wie eine Bombe, ein Geheul, daß ich nich' schlafen konnt'. Seh' sie am Morgen, wollt' nich' aufschaun, drehte ihr hübsches Gesicht zur Wand. Im Becken war was Blutiges.

›Na und‹, sag' ich, ›isses vorbei?‹

›Ja‹, sagt die Alte. Und ich geh' zu mein'm Boot raus. 's

war ihr Bruder, weißte, der klobige, dicke Guy Quoyle. War an ihr dran, seid sie 'n kleines Mädel war.«

Quoyle zog eine Grimasse, spürte, wie seine schrundige Unterlippe aufplatzte. Also war die Tante auch auf der Alptrauminsel gewesen. Sein eigener Vater. Herrgott!

»Ich komm' morgen früh vorbei«, nuschelte er. »Wenn du was brauchen solltest.« Der alte Mann blickte das Foto mit dem Pudel an. Aber Quoyle glaubte im Weggehen, nun doch das wahnsinnige Funkeln zu sehen, erinnerte sich an Billys böse Geschichte über die tote Frau des Mannes. Die alte Frau. Hatte sich über die Leiche hergemacht. Ach, die Quoyles.

Im Speisesaal des Hotels bestellte Quoyle Wein. Irgendeinen obskuren Burgunder, korkig und sauer. Wie anmutig Wavey das Glas hob. Aber er stieg ihnen sofort zu Kopf, und beide redeten sie wie wild – ja, wovon? – von nichts. Er hörte ihre dunkle Stimme, sogar wenn sie schwieg. Quoyle vergaß den alten Onkel mit allem, was er gesagt hatte; fühlte sich herrlich, herrlich. Wavey beschrieb die Sachen aus den Geschäften, Sunshines kobaltblauen neuen Pullover, der ihre feurigen Locken betonen würde. Sie spürte den neuen Büstenhalter unter ihrem Kleid und Unterrock. Proben vom Parfümtresen sandten jedesmal, wenn sie die Gabel hob, von ihren Handgelenken erlesene Düfte aus. Über den Tisch blickten sie einander an. Erst kurz, dann mit den ausgedehnten und durchdringenden Blicken, die sexueller Vereinigung vorausgehen. Weingläser klirrten. Butter schmolz auf ihren Messern. Quoyle ließ eine Krabbe fallen, und Wavey lachte. Er lasse immer Krabben fallen, sagte er. Sie aßen beide Kalbsschnitzel. Noch eine Flasche Wein.

Nach so einem Abendessen war das Kino fast zuviel. Sie gingen trotzdem. Etwas über eine französische Einsiedlerin, die durch Jalousien spähte und mit einem Brotmesser spielte.

Und schließlich ins Bett.

»Ach«, sagte Wavey, die benommen und ein wenig angeschlagen in Quoyles breiten Armen lag, »das ist das Hotel, in dem Herold und ich unsere Flitterwochen verbrachten.«

Am Morgen sagte der Pfleger, der alte Mann dürfe nicht besucht werden. Hatte das Glas aus dem Pudelbild gebrochen und auf jeden eingestochen, der sich ihm näherte. Und wurde ruhiggestellt. Von wegen Altenheim.

37
Schlingensteine

»Der Schlingensteinstek ... wird zum Verankern von Hummerkörben genommen. Er kann sowohl in die Bucht als auch in das Ende gebunden werden. Die Enden werden festgezogen und die Törns in der stehenden Part durch die Schlaufen genommen.«

Das Ashley-Buch der Knoten

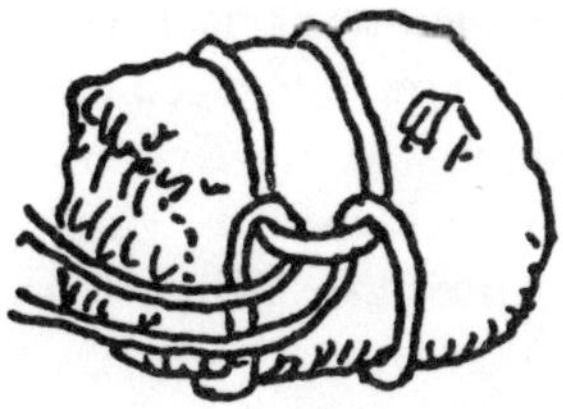

Wochen grausamer Kälte. Quoyle fühlte sich in Pullover und Anorak recht wohl. Der alte Kombi spuckte und knatterte, gab schließlich in Sichtweite des *Gammy Bird* den Geist auf. Quoyle stieg aus, schob mit der Schulter, lenkte mit einer Hand. Brachte ihn zum Rollen, sprang hinein und drehte den Schlüssel um, legte den Gang ein. Der Motor sprang ein paar Sekunden lang an und starb wieder ab, während er hinter Billys verfallenen Dodge rollte. Eis in der Benzinleitung, dachte er. Vielleicht hat Billy Benzin, das in Ordnung ist.

Billy hatte Telefonnotizen. Zwei Anrufe der Direktorin von Bunnys Schule. Sofort zurückrufen. Quoyle wählte, das Herz schlug ihm bis zum Hals. Wenn Bunny nur nichts passiert war.

»Mr. Quoyle. Wir hatten heute morgen einigen Ärger mit Bunny. In der Pause. Leider muß ich Ihnen mitteilen, daß sie Mrs. Lumbull, eine der Lehrerinnen, geschubst hat. Sehr fest geschubst hat. Genauer gesagt hat Bunny sie umgeworfen. Sie ist für ihr Alter sehr groß und kräftig. Nein, es war kein

Versehen. Es war eindeutig Absicht. Ich brauche Ihnen wohl nicht zu sagen, daß Mrs. Lumbull aufgeregt ist und sich nicht erklären kann, warum das Kind sie geschubst hat. Bunny will nichts dazu sagen. Sie sitzt mir an meinem Schreibtisch gegenüber und weigert sich, etwas zu sagen. Mr. Quoyle, Sie kommen wohl besser hierher und holen sie ab. Mrs. Lumbull kannte Bunny nicht einmal. Sie ist nicht in ihrer Klasse.«

»Billy, kann ich mir deinen Wagen ausleihen? Hab' Eis in der Benzinleitung.«

Bunny war ins Vorzimmer geschickt worden. Dort saß sie in Mütze und Mantel, die Arme verschränkt, das Gesicht rot und trotzig. Wollte Quoyle nicht ansehen. Blieb verschlossen.

Die Direktorin mit ihrem flaumigen Gesicht, das braune Wollkostüm. Fingernägel wie die Kellen von Andenkenlöffeln. Hielt einen Stift in der Hand, als wäre sie beim Schreiben gestört worden. Eine autoritäre Stimme, durch Übung vervollkommnet.

»Unter den gegebenen Umständen bleibt mir keine andere Wahl, als Bunny von der Schule zu weisen, bis sie ihr Verhalten erklärt und sich bei Mrs. Lumbull entschuldigt. Also, Bunny, das ist deine letzte Chance. Dein Vater ist jetzt da, und ich möchte, daß du die Sache aus der Welt schaffst. Sag mir, warum du die arme Mrs. Lumbull geschubst hast.«

Nichts. Quoyle sah, daß das Gesicht seines Kindes so voller Wut und Jammer war, daß es nicht sprechen konnte.

»Komm«, sagte er sanft, »gehen wir raus in Billys Wagen.« Nickte der Direktorin zu. Die ihren Stift mit einem harten Geräusch auf den Tisch legte.

Im Wagen heulte Bunny.

»Du hast die Lehrerin geschubst?«

»Ja.«

»Warum?«

»Sie ist die allerschlimmste!« Und wollte nicht mehr sagen. Also fuhr Quoyle mit ihr zu Beety, dachte, wir sind wieder soweit.

»Mrs. Lumbull, was?« Beety zog die Brauen hoch. »Wette drei Kekse, daß du Grund dazu hattest.«

»Und ob«, sagte Bunny und schniefte laut. Beety schob Quoyle zur Tür. Winkte ihn unauffällig hinaus.

Er erfuhr die Geschichte am Nachmittag. Von Beety über Marty.

»Mrs. Lumbull arbeitet als Springerin, übernimmt die Klassen, wenn die eigentliche Lehrkraft krank oder bei 'ner Besprechung ist. Heut hat sie die Sonderklasse übernommen. Hat sie alle mit ins Freie genommen. Ist die Klasse von Herry Prowse. Der arme Herry kommt in die kalte Luft und meint, er muß pinkeln. Versucht, es Mrs. Lumbull zu sagen. Hüpft auf und nieder. Du weißt, wie Herry spricht. Nicht nur, daß sie ihn nicht versteht – oder vielleicht doch –, sondern sie läßt ihn sich auch an die Ziegelsteinwand stellen, um sein Gezappel zu kurieren, und jedesmal, wenn er ihr sein Bedürfnis mitzuteilen versucht, äfft sie ihn nach und stößt ihn zurück. Herry plappert dahin, macht sich schließlich die Hose naß und fühlt sich gedemütigt. Und da kommt der Racheengel, Miss Bunny Quoyle, mit vollem Tempo, und rammt Mrs. Lumbull von hinten in die Knie. Der Rest ist Geschichte. Wenn sie mein Kind wär', Quoyle, würd' ich ihr 'n Orden verleihen. Aber es wird schwer werden, das mit der Schule ins reine zu bringen. Die Direktorin will nichts davon wissen, daß es Schwierigkeiten mit einer Lehrerin gibt. Lehrkräfte sind schwer zu kriegen. Sogar solche wie Mrs. Lumbull. Sie wird bestimmt versuchen, die Sache vom Tisch zu wischen.«

An diesem Abend telefonierte Quoyle mit der Tante, wußte nicht, daß er sie in Bewegung setzen würde. Ein Kreischen durch die Leitung wie von einer Seemöwe. Sie nahm ein Flugzeug in aller Frühe, ließ sich nicht abweisen, und am Vormittag sah die Direktorin drei Generationen von Quoyles auf der überfrorenen Einfahrt daherkommen. Der neue helmartige Haarschnitt der Tante aus St. John's, Quoyles vorspringendes Kinn und dazwischen Bunny.

Mußte sich von der Tante eine Standpauke anhören. Aber Quoyle war derjenige, der die Sache bereinigte, alles in vernünftigem Ton erklärte, die Direktorin und Bunny zu gegenseitigen Entschuldigungen und Versprechungen überredete. Fiel der Direktorin ziemlich leicht, die wußte, daß Mrs.

Lumbull nach Grand Falls ziehen wollte, um eine christliche Buchhandlung zu eröffnen. Fiel Bunny schwer, die das Leben noch nach dem kindlichen Maßstab von gerecht und ungerecht beurteilte.

Bestimmte Räder hatten sich gedreht, bestimmte Zacken ineinandergegriffen. Wie üblich ging Quoyle am Samstagnachmittag zu Alvin Yark, hatte Wavey und die Kinder dabei. Wavey drehte sich zum Rücksitz um. Blickte Bunny an, nicht wie Erwachsene Kinder anblicken, um Schuldbewußtsein oder Verständnis zu entdecken, Fingernägel, Reißverschlüsse und Mützen zu überprüfen, sondern wie ein Erwachsener einen anderen. Sagte einiges, ohne Worte. Nahm Bunnys Hand und drückte sie.

»Sehr erfreut, sehr erfreut«, sagte Herry, der Zusammenhänge stets mitbekam.

Auf dem Weg nach Nunny Bag Cove stellte sich im Auto eine Art inneres Gleichgewicht her, ein seltener Gefühlsgleichklang, der alle Insassen ergriff.

Wavey und ihre Tante Evvie knüpften einen Fußabstreifer mit einem dem Kalender entnommenen Seevögelmuster. Wavey arbeitete an dem Papageientaucher. Bunny ging mit ihrem Lesebuch zum Schaukelstuhl am Fenster. Wenn die Scheibe nicht vereist war, beobachtete von hier aus die Katze der Yarks Boote, als wären es Wasserratten. Sunshine und Herry schüttelten Spielzeug aus Herrys rotem Rucksack. Später zog es Sunshine zu den Frauen, den blitzenden Haken, die Wollschlingen hochzogen, Lummen und Dickmäuler kreierten. Sie atmete den zum Niesen reizenden Geruch der Rupfenunterlage. Wavey zwinkerte ihr zu. Sunshine kam näher, legte ihre Finger auf den Papageientaucher. Wollte es sehnlichst selbst probieren.

»So«, sagte Wavey und schloß die Hand über der des Kindes, führte den Haken um die helle Wolle. Bunny blätterte die Seiten um und striegelte die Katze mit ihrem bestrumpften Fuß. Sie sah auf.

»Petal war bei einem Autounfall in New York und kann nicht herkommen. Weil sie nicht mehr aufwachen kann. Ich könnte sie aufwecken, aber es ist zu weit. Darum fahre ich vielleicht hin, wenn ich erwachsen bin.«

Wie ist sie jetzt nur darauf gekommen, dachte Wavey.

In der Werkstatt haderte Yark. Der Schnee lag hoch, Stürme und Böen tobten noch, aber das Eis brach schon, die Robben zogen in die Buchten, Kabeljau und Tarbutt laichten, die Heringe waren unterwegs. Er spürte Wechsel und Leben, die alte jahreszeitlich bedingte Sehnsucht, hinauszukommen. Ein paar Robben zu erlegen. Oder auf Eisberge zu schießen. Jedenfalls in Bewegung zu kommen. Aber dafür waren seine Augen zu schwach, hatten vor zwanzig Jahren durch Schneeblindheit bei Helligkeit zu tränen angefangen, obwohl seine Frau ihm Teekompressen aufgelegt hatte. Der Grund, warum er jetzt in einer abgedunkelten Werkstatt arbeiten mußte.

In den vergangenen Wochen hatte er den Kiel auf Bodenblöcke gesetzt und eingekeilt, hatte das Rückgrat des Bootes gerade gehobelt, verzahnt und unverrückbar gesichert.

»Jetzt sieht's allmählich nach was aus. Heut passen wir die Hauptplanken ein.«

Mit seinem verkratzten und abgewetzten Zollstock maß er entlang einer unsichtbaren Linie oben vom Steven weg, murmelte vor sich hin. Er berechnete den Mittelpunkt der Rumpflänge und markierte den Kiel ein zweites Mal ein paar Zentimeter vor der Mittelpunktmarkierung. Maß vom Achtersteven aus, um den Platz des Achterdecks zu bestimmen. Quoyle räumte Reihen von Meißeln und Sägen auf, spähte durch das staubbedeckte Fenster auf das Eis in der Bucht. Noch immer war das Abmessen nicht vorbei. Anhand von Regeln und Plänen, die er im Kopf hatte, berechnete Yark die Lage des unteren Rands der Spanten von der Plankengrundlinie aus.

»Laß mich die Säge da nehmen, Junge«, sagte der alte Mann. Seine Worte schienen aus einem Mundvoll Schnee zu kommen. Quoyle reichte ihm die Säge, den Meißel, die Säge, den Meißel, beugte sich über die Arbeit, um Yark dabei zuzusehen, wie er die Plankengrundlinie einkerbte, die die

Spantenpaare aufnehmen sollte. Schließlich konnte er dabei helfen, die Planken anzusetzen, indem er sie hielt, während der alte Mann sie mit kräftigen Zwingen, die er Stützschoren nannte, am Boden befestigte.

»Jetzt zapfen wir den Achtersteven ein, mein Sohn.« Verbolzte die Spanten, daß das Metall sich rasch ins Holz fraß. Legte die Hände auf die Hüften und beugte sich zurück, ächzend. »Können auch aufhören, solang wir so 'nen Vorsprung haben. Is' Wavey da?«

»Ja. Und die Kinder.«

»Man braucht Kinder um ein'n rum. Halten ein'n jung.« Räusperte sich und spuckte in die Hobelspäne. »Wann macht ihr zwei Nägel mit Köpfen?«

Er schaltete das Licht aus, drehte sich im Dämmerschein der Werkstatt um und sah Quoyle an. Quoyle war sich nicht sicher, was er damit meinte. Der Spalt von Yarks Mund ging in die Breite, weniger ein Lächeln als vielmehr ein Aufbrechen von Nähten, das zu der unverblümten Frage gehörte. Um Quoyles Nähte aufzubrechen. Und andere unterschwellig mit einbezogene Nähte.

Quoyle atmete weiter aus wie einer, der schwer arbeitet.

»Ich weiß es nicht«, sagte er.

»Liegt's an dem Jungen?«

Quoyle schüttelte den Kopf. Wie sollte er es sagen? Daß er Petal liebte und nicht Wavey, daß sein ganzes Liebesvermögen in einem raschen Auflodern aufgezehrt worden war. Der Moment war gekommen, und der Funke hatte gezündet, und für manche ging er niemals aus. Für Quoyle, der Liebe mit Jammer gleichsetzte. Alles, was er bei Wavey empfand, war Wohlbehagen und eine bescheidene Freude.

Aber er sagte: »Es liegt an Herold. Ihrem Mann. Er geht ihr immer im Kopf rum. Sie hängt sehr an seinem Andenken.«

»'erold Prowse!« Der alte Mann schloß die Tür. »Laß dir von mir was über 'erold Prowse erzählen. An manchen Orten hat man Seufzer der Erleichterung gehört, als er vermißt wurde. Hast du schon 'n Mann gekannt, der wie 'n Kater is'? So einer war 'erold. Er verspritzte seine Bankerte die Küste rauf und runter von St. John's bis Go Aground. Unten in Misky Bay war's das reinste Gesellschaftsspiel, Säuglinge und kleine Kinder anzublinzeln, um zu sehen, ob sie 'erold ähnlich waren. Und oft war das der Fall.«

»Wußte Wavey das?«

»Natürlich wußte sie's. Er hat ihr das Leben zur Hölle gemacht. Hat sie mit der Nase draufgestoßen. Verschwand wochen- und monatelang, trieb sich rum. Nein, mein Junge, mach dir keine Sorgen wegen 'erold. Wo's drum ging, die Erinnerung an 'erold frisch und in Ehren zu halten, da wurd' er natürlich zu 'ner tragischen Gestalt. Was hätt' sie sonst tun sollen? Und dann war noch der Junge da. 'nem Jungen, der unter solchen Umständen auf die Welt kommt, kann man ja nich' sagen, daß sein Dad 'ne Ratte war. Ich weiß, daß sie ein Trara um 'erold macht. Aber wie weit kommt sie damit?« Er machte die Tür wieder auf.

»Wahrscheinlich nicht weit weg von Herold«, sagte Quoyle, der rhetorische Fragen beantwortete.

»Kommt drauf an, wie du's siehst. Evvie hat Schwarzbrot gebacken. Schaun wir, daß wir was abkriegen, mit 'ner Tasse Tee.« Klopfte Quoyle auf den Arm.

Die Robbenjagd begann im März, ein paar Ausländer draußen auf der Front, der blutigen Front vor Labrador, wo die Sattelrobben im Schutz von Eishügeln warfen und sich häuteten. Jahrhundertelang hatte der Mensch dort gewütet, hatte die Tiere verbrannt und erfrieren lassen und ertränkt, hatte erst damit aufgehört, als es in roter Farbe vom Fernsehen gesendet wurde – das Erschlagen von Robben.

Tausende von Robben kamen auch in die Buchten, und aufgeregte Landratten jagten ihnen in jedem Gefährt nach, das zwischen den Eisschollen brauchbar war.

In der fluoreszierenden Helligkeit um vier Uhr morgens trank Jack Buggit die letzte Tasse Tee, holte sich von dem Haken hinter dem Ofen Jacke und Kappe. Steckte die Hände in von seiner Frau gestrickte Fäustlinge, nahm das Gewehr, schob eine Schachtel Patronen in die Jackentasche. Schaltete das Licht aus und tastete sich durch das Dunkel zum Riegel. Die Tür ging lautlos hinter ihm zu.

Die kalte Luft füllte seine Kehle wie Eiswasser. Der Himmel ein Netz, seine Maschen voll funkelnder Sterne.

Unten an der Stelling lud er seine Ausrüstung in das reifumränderte Skiff. Gewehr, Keule – wünschte, er hätte einen norwegischen Hakepigg gehabt, ein brauchbares Instrument, um wieder aufs Eis zu kommen, falls man hineinfiel. Tja, ein Fischer mußte ein Risiko eingehen. Sein Robbenjägermesser, Antigilbmittel, Axt, zerstoßenes Eis, Eimer, Nylonbesen, Schnur, Plastiktüten. Denn Jack häutete auf dem Eis. Und das mußte richtig gemacht werden, oder es hatte überhaupt keinen Wert.

Überprüfte den Treibstoff. Und war draußen im Eis der Bucht, unterwegs zu dem Eis dahinter.

Bei Tageslicht kroch er auf dem Bauch auf einen Haufen Robben zu.

Schoß die ersten Sattelrobben vor acht Uhr. Jack blickte kurz auf ein gebrochenes Auge, berührte die nackte Pupille, drehte das fette Tier auf den Rücken und machte einen geraden Schnitt in der Mitte vom Maul zum Schwanz. Über sechzig Jahre Erfahrung auf den Robbenweiden. War früher mit einer ganzen Schar Leute draußen, nichts von wegen einsamer Trapper. Erinnerte sich an Harry Clews, einen berühmten Häuter, der die fettesten mit drei schnellen Messerschnitten abzog. Ach, was für einen fauligen Atem der Kerl gehabt hatte, drinnen hielt es keiner mit ihm aus. Die Frauen legten sich die Hand über die Nase. Wohnte auf seinem Boot, könnte man sagen. Ein hartes Leben, die Robbenjagd. Und am Ende wurde Harry Clews, ein Fachmann in einer bitteren Kunst, bei seiner Arbeit fotografiert, auf einen Buchumschlag geklatscht und auf der ganzen Welt geschmäht.

Er schob das Messer unter die Speckschicht und trennte die Flossenarterien durch, rollte die Robbe auf einer sauberen, schrägliegenden Eisscholle auf den aufgeschnittenen Bauch. Rauchte eine Zigarette, während er zusah, wie das Karmesinrot in den Schnee sickerte. Dachte, wo getötet wird, muß auch Blut fließen.

Jetzt schnitt er mit bloßen Händen den Pelz von dem Kadaver, hielt die Speckschicht gleich dick, schnitt die Flossen heraus und legte sie beiseite. Die Löcher waren klein und stimmten vollkommen überein. Er wusch den Pelz im Meer, denn das eisenreiche Blut hätte ihn fleckig und wertlos gemacht, legte ihn auf sauberen Schnee, die Haarseite nach unten, keine Kerbe und kein Kratzer darin, und wandte sich dem Kadaver zu.

Packte die Luftröhre und schnitt sie durch, schälte Lungen, Magen und Gedärme heraus, ließ die Membran dabei unversehrt, schnitt durch den Beckenknochen nach oben, arbeitete sich mit dem scharfen Messer vorsichtig um den After, ohne je den dünnen Darm zu ritzen. Dann zog er die ganze Masse unversehrt aus dem Kadaver. Kippte Eimer voll Meerwasser zum Kühlen und Waschen über das Fleisch. Eine Lache in der Körperhöhlung.

Er trug den Pelz ein paar Meter weiter zu einem sauberen Fleck, legte ihn mit der Haarseite nach oben, kehrte die Wassertropfen mit seinem Besen ab, rieb das Antigilbmittel in den Pelz und um die Ränder. Perfekt. Das ist sie, bei Gott, sagte er bei sich.

Eines Abends ging Wavey zur Essenszeit zum Haus der Burkes hinüber. Trug einen Korb, Herry schlenderte hinter ihr her, kratzte mit einem Stock über den Straßenrand. Das Meer noch hell unter den schillernden Blumenkohlwolken. Sie öffnete die Tür zur Küche der Burkes, ging hinein. Dort kochte Quoyle gerade Spaghettiwasser. Natürlich sei sie gelaufen, sagte sie. Im Korb hatte sie eine Robbenflossenpastete.

»Du hast gesagt, du hättest noch nie welche gegessen. Sie schmeckt gut. Vom Schulterstück, weißt du. Nicht wirklich von den Flossen. Von einer Robbe, die Ken gefangen hat. Seine letzte Robbe, sagt er. Er zieht bald nach Toronto.« Sie wollte nicht bleiben. Also stopfte Quoyle seine Kinder in ihre Jacken, ließ die Pastete ein paar Minuten lang auf dem Tisch stehen, um sie nach Hause zu fahren. Fuhr vor dem Lattenzaun vor. Ihre Hand auf dem Korbgriff, seine Hand auf ihrer. Die Hitze ihrer Hand hielt die ganze Strecke zurück zum Haus der Burkes vor.

Die Pastete hatte reichlich saftiges, dunkles Fleisch in schmackhafter Soße. Aber Sunshine aß nur die Kruste, sie wollte schleunigst zurück zu ihren Wachsmalstiften. Ein Punktkreuz auf einer Seite voller Wellenlinien. »Das ist Bunny«, sagte sie, »wie sie übers Wasser fliegt.« Und lachte, daß ihr Mund weit aufging, alle Zähnchen zu sehen waren.

In der Nacht aß Quoyle das ganze Ding auf und leckte die Form aus, eine Zunge wie ein Spüllappen. Stand noch mit der Backform in der Hand da, als die Tür aufging und Wavey hereinkam.

»Herry schläft bei Dad«, sagte sie. »Und ich schlafe hier.« Atemlos vom Rennen.

Echte Neufundländerküsse in jener Nacht, gewürzt mit Robbenflossenpastete.

Drei oder vier Tage später dachte er immer noch an die Robbenflossenpastete. Erinnerte sich an die beiden rohen Eier, die Petal ihm geschenkt hatte. Denen er eine so erbärmliche Bedeutung beigemessen hatte.

»Petal«, sagte Quoyle zu Wavey, »haßte Kochen. Hat kaum gekocht.«

Dachte an die paar Male, an denen er für sie Abendessen hergerichtet, seine blöden Kerzen aufgesteckt, die Servietten gefaltet hatte, als wären sie wichtig gewesen, gewartet und schließlich allein gegessen hatte, das Radio zur Unterhaltung. Und später aß er mit den Kindern, schaufelte Dosenspaghetti in sich hinein, kratzte Babynahrung von kleinen Kinnen.

»Einmal hat sie mir zwei Eier geschenkt. Rohe Eier als Geschenk.«

Er hatte ein Omelett daraus gemacht, sie damit gefüttert, als wäre sie ein noch nicht flügger Vogel. Und hatte die Schalen in einem Pappbecher oben auf dem Küchenschrank aufgehoben. Wo sie immer noch stehen mußten.

»Sie muß doch ab und zu mal einen Toast gemacht haben.«

»Sie war nicht viel daheim. Sie arbeitete – tagsüber. Und nachts und an den Wochenenden – da war sie wahrscheinlich mit ihren Liebhabern aus. Ich weiß, daß sie mit ihnen aus war.«

»Liebhaber!«

Er wollte es sagen. »Petal ging zu anderen Männern. Sie mochte andere Männer,« sagte Quoyle. »Und wie.« Unklar, ob er den Grad ihrer Zuneigung oder die Zahl der Männer meinte. Wavey wußte Bescheid, zischte durch die Zähne. Hatte sie nicht geahnt, daß da was faul war? So, wie Quoyle von seiner Liebe redete, aber nie von der Frau? Da konnte sie auch aus ihrem Geflecht von Geheimnissen eines herausholen.

»Weißt du«, sagte sie. »Herold.« Dachte daran, wie Herold im Morgengrauen hereingestolpert kam, nach Zigaretten, Rum und fremdem Fleisch roch, nackt zwischen die sauberen Laken kam, das Schamhaar klebrig und verfilzt von seiner umtriebigen Nacht. »Is' bloß Fotzensaft, Frau«, sagte er immer, »jetzt halt's Maul.« Sie atmete aus, sagte wieder: »Herold.«

»Hm«, machte Quoyle.

»Herold«, sagte Wavey, »war ein Frauenheld. Er behandelte meinen Körper wie einen Trog. Nach ihnen zu mir, rein und los. Ich kam mir vor, als würde er Erbrochenes in mich kippen, wenn er zum Höhepunkt gekommen war. Und das hab' ich nie jemandem erzählt außer dir.«

Langes Schweigen. Quoyle räusperte sich. Konnte er sie ansehen? Fast.

»Jetzt weiß ich was, was ich vor einem Jahr noch nicht wußte«, sagte Quoyle. »Petal hat nichts getaugt. Und vielleicht, denke ich, hab' ich sie deswegen geliebt.«

»Ja«, sagte Wavey. »Mit Herold war's genauso. Es ist, als würde man spüren, daß man nichts Besseres verdient. Und je schlimmer es wird, um so wahrer scheint es, daß du's dir selber eingebrockt hast, oder es wär' nicht so. Weißt du, wie ich's meine?«

Quoyle nickte. Nickte immerfort und atmete pfeifend durch gespitzte Lippen, als würde er über etwas nachdenken. Während der stattliche Herold und die hinreißende Petal zwischen Rattenlöchern der Erinnerung hin und her huschten. So ähnlich.

Quoyle konnte sich nicht an den Anblick Billy Fudges beim Stricken gewöhnen. Schlang sein Sandwich hinunter und zerrte seinen Strumpf heraus, hantierte eine halbe Stunde lang mit den Nadeln, so schnell wie die Tante. Kaum war er mit dem blauen Teil fertig, ging er zu weißer Wolle über, eine Art Jacke, schien es.

Quoyle versuchte darüber zu witzeln. »Wenn du schreiben könntest, wie du strickst.« Benny sah auf, gekränkt.

»Der kann noch mehr als Stricken. Benny war Champion im Netzeflicken. Er kennt die Nähnadel besser als seine Frau, stimmt's nich', Benny?« Billy zwinkerte Quoyle zu.

»Auf andre Art«, antwortete Benny. Das schwarze Haar fiel ihm ins Gesicht, als er sich über seine Arbeit beugte.

So schlecht sei seine Schreibe auch gar nicht, meinte Quoyle besänftigend. Billy nickte, immer noch beim Thema Stricker und geschäftige Hände.

»Jack strickt immer noch 'n bißchen, natürlich nich' mehr wie früher. Er war 'n guter Stricker. Aber er hatte nie die Hand dafür wie Benny. Benny is' wie der Transportfahrer, weißt du, der, der 'nen Container-Lkw zwischen St. John's und Montreal fuhr?«

Quoyle dachte an Partridge. Er wollte ihn diesen Abend anrufen. Ihm was erzählen. Aber was? Daß er einen Kabeljau ausnehmen konnte, während er über Werbeanzeigen und Druckkosten redete? Daß er sich fragte, ob die Liebe auch andere Farben haben konnte außer dem tiefen Schwarz, wenn keine da war, und der roten Hitze der Besessenheit?

»Der Fahrer bretterte immer schnurgerade durch Neuschottland und Neubraunschweig, hatte die Arme durchs Lenkrad gesteckt, strickte wie 'ne Maschine. Hatte 'nen ganzen Pullover gestrickt, bis er nach Montreal kam, verkaufte ihn für gutes Geld als authentische Handarbeit eines neufundländischen Fischers.«

»Könnt' ich auch«, sagte Benny Fudge. »Weißt du zufällig, was er dafür gekriegt hat?«

»Nein. Aber ich kann dir erzählen, wie der Junge einmal den Trans-Canada-Highway entlangdonnerte und so schnell strickte, wie der Laster fuhr, als die Bullen ihn aufs Korn nehmen. Jagen hinter ihm her, hundertvierzig Kilometer pro Stunde. Fahren schließlich an den Rand, machen dem Kerl n' Zeichen zum Anhalten, aber er is' so ins Stricken vertieft, daß er nichts mitkriegt.«

Einer von Billys Witzen. Quoyle lächelte schwach.

»Der Bulle macht sein Blaulicht an, muß schließlich aus dem Fenster brüllen: ›Hey, fahren Sie nich' so feste! Fahren Sie nich' so feste!‹ Und der große Lkw-Stricker schaut den Bullen an, schüttelt leicht den Kopf und sagt: ›Aber Sir, das wird doch 'n Pullover und keine Weste.‹«

Benny Fudge verzog keine Miene. Aber Billy quietschte wie rostiges Metall.

Am Ende der Robbenjagdsaison wechselte Jack zu Heringen über. Er hatte seine Heringsnetze.

Das mochte Quoyle anscheinend am liebsten – an einem steinigen Strand sitzen, hinter einem Felsen vom Wind geschützt, den Rost mit silbernen Heringen über Kohlen halten. Die kalten Picknicks am Meeresrand. Aus Treibholz und ein paar Steinen baute Wavey einen Tisch. Herry zog gummiartigen Tang herum. Die Sonne erwärmte einen grasbewachsenen Hang, eine Schafsweide, über die Bunny und Sunshine tobten.

»Wavey?« Sunshines schrille Stimme. »Wavey, hast du Marshmallows mitgebracht?«

»Ja, Mädel. Die kleinen.«

Mädel auf der Wiese, dachte Quoyle, seine Töchter betrachtend. Und als ob etwas einrasten würde, brachte er den Spruch von Billys Vater mit seinem Leben in Übereinstimmung. Die dämonische Geliebte. Die beherzte Frau. Mädel auf der Wiese. Die große und stille Frau.

Dann kam Bunny mit hohlen Händen auf sie zugerannt. Stets ein Pfeil, der ins Ziel flog. Ein steifer, vollkommener Vogel, so klein wie ein Stein, in einer Kinderhand. Zusammengekrümmte Beine.

»Ein toter Vogel«, sagte Wavey. »Das arme Ding hat sich den Hals gebrochen.« Denn der Kopf baumelte. Sie sagte nichts von Schlaf oder Himmel. Bunny legte ihn auf einen Stein, ging zwanzigmal hin, um ihn anzusehen.

Die Heringe rauchten, die Kinder drückten sich herum, sagten: Dad, Dad, wann sind sie fertig. Dad, sagte Herry. Und reckte sein Pfannkuchengesicht, lachte über seine Klugheit.

»Herr Jesus Christus, du bist schlimmer als die Möwen.« Jack, der Quoyle zusah, wie er Heringe in einen Eimer schaufelte.

»Ich könnt' die ganze Bootsladung essen.«

»Wenn du nich' die Zeitung rausbringen würdst, müßtest du mit dem Fischen anfangen. Es liegt dir. Das seh' ich. Was wirklich gut is', weißt du, du nimmst 'nen kleinen Herd mit aufs Boot, 'ne Bratpfanne und Speck, da machst du dir das beste, was du je gegessen hast. 's gibt garantiert keinen Fischer, der sich was zum Essen mitnimmt. Sogar wenn er ab und an hungrig bleibt. Nichts, was an Land gemacht wird, is' so gut wie das, was du aus dem Meer ziehst. Du mußt mal mit mir rausfahren.«

Zwei Wochen später waren die Heringe unerklärlicherweise verschwunden, und der *Gammy Bird* wurde vorübergehend dünner, während Billy, Quoyle und Dennis Jack dabei halfen, seine Hummerkörbe zu überholen, ein paar neue zu machen. Und Benny Fudge fuhr nach Misky Bay, um sich sämtliche Zähne ziehen zu lassen.

»Ich weiß nich', ob ich den Hummer für mich fang' oder für euch.«

»Ach, könnt' ich doch bloß selber rausfahren«, sagte Billy. »In Hummer steckt Geld. Aber du kriegst keine Lizenz. Die einzige Möglichkeit, daß einer hier eine kriegen könnt', wär' die, daß du deine an Dennis abgibst.«

»Ich steh' bereit«, sagte Dennis.

»Morgen noch nich'«, sagte Jack. Kurz und hart. Wachte eifersüchtig über seine Fischereirechte. Das tat er. Und wollte seinen letzten Sohn an Land halten.

»Irgendeines schönen Tages kochen wir uns 'nen großen Topf Hummer, was?« sagte Billy. »Sogar wenn wir sie von jemand unten in No Name Cove kaufen müssen. Zu schade, daß wir keinen Anlaß zum Feiern haben.« Zwinkerte Dennis zu, verdrehte die Augen in Richtung Quoyle.

»Den haben wir«, sagte Quoyle. »Am Samstag kommt die Tante zurück, und wir veranstalten bei mir zu Hause ein Begrüßungsfest. Aber ich bezweifle, daß es da Hummer gibt.«

Jack hatte in einer Ecke seines Schuppens einen Haufen Steine. Anker für die Hummerkörbe, sagte er. Schlingensteine.

38
Der Traum des Hundeschlittenlenkers

»Eine Leine für einen großen Hund mit Reitpeitschenschnürung. Nimm vier lange Lederstreifen in der Größe von Schuhriemen auf Mitte und bilde die Handgelenksschlaufe entweder mit einer Vierstrang-Strang-Vierkant- oder Französischen Platting. Bändle zusammen und mache einen Acht-Strang-Diamantknoten über das dicke Ende des Kerns. Überziehe den Kern ... mit einem Türkischen Bund.«

DAS ASHLEY-BUCH DER KNOTEN

Als Alvin Yark seinen abgegriffenen Zollstock aus der Tasche holte, klapperte der Reißverschluß seines Pullovers. Zeit für die Arbeit. Hatte sich am Tag zuvor von einem Liter eingeweichter Tannennadeln ausputzen lassen, hatte seine Gedärme entleert und war jetzt bereit zum Bäumeausreißen. Zeichnete mit seinem Bleistiftstummel am Kiel die Stellen für die Spantenpaare an, die noch nicht zugeschnitten waren. Im Fenster leere Straße. Summend, singend trat er an das Hängebord, das die ganze Breite der Werkstatt entlang verlief, und zog Planken herunter, befestigte sie am ganzen Gerippe entlang, vom Vordersteven über die Mittschiffskrümmung und dann bis hin zum Achtersteven. Und da erkannte man das Boot.

»Das Beste hat er verpaßt, der Quoyle. Hat verpaßt, wie sie aus dem Nichts aufgetaucht is'.« Sah wieder durchs Fenster. Nichts als Aprilwasser, weißgestreift wie von zuckenden Blitzen, wie Spitzentischdecken, die langsam auseinanderreißen. Eisklumpen stießen gegen die Pfähle. Hinter der

Landzunge Trümmer von Eisbergen, Platten und Schollen, ein sich auflösender Eisberg wie ein blauer Kühlergrill im ruhelosen Wasser.

Schließlich fuhr Quoyles schlammspritzender, unförmiger Kombi in Yarks Blickfeld. Quoyle blieb im Türrahmen stehen, der ochsenblutrote Pullover hatte sich an einem Nagel verhakt. Nestelte aufgeregt an der Wollschlaufe, wo ein anderer daran gerissen hätte, sagte, er müsse rechtzeitig wieder zurück sein. Zum Willkommensessen für die Tante. Er und Wavey, sagte er, hätten am Vormittag so viel Fischeintopf gemacht, daß man einen Tanker damit versenken könnte, und Alvin und Evvie sollten lieber vorbeikommen und ihn vertilgen helfen.

»Mach gern mal einen drauf«, sagte Yark. »Is' Agnis schon da oder kommt sie noch?«

Quoyle hatte die Tante um Mittag in Deer Lake abgeholt. Sie sah fit aus. Voller Energie und Ideen.

Aber Quoyle träumte, mit den Gedanken woanders. Er reichte Yark das falsche Werkzeug.

»Es ist soviel los«, nuschelte er. Die Lifestyle-Seite ging ihm durch den Kopf. Post in Strömen. Sie hatten zwar keinen Plan für ein Vogelhäuschen mehr gebracht, aber was war die richtige Medizin für Heimweh? Alle, die fortgingen, litten an gebrochenem Herzen. »Eines Tages komme ich wieder«, schrieben sie alle. Taten es aber nie. Das alte Leben war ihnen zu klein geworden.

Yark brummte sein endloses Shanty: »Ach, die *Gandy Goose*, die is' bald leck, denn Nut und Bolzen sind ein Dreck, sie sinkt zum Grund gleich wie die *Bruce*, die *Gandy Goose*, und bringt Neufundländer um die Eck'«, während er die Maße auf die rohen Planken übertrug.

»Nächsten Sonnabend haste dein Boot. Dann isses fertig.« Gott sei Dank, dachte Quoyle. MANN ENTKOMMT ENDLOSEM LIED. Über die oberste Planke rannte eine hellbraune Spinne.

»Is' 'n Unwetter im Anzug. Die Spinnen sin' schon 'n ganzen Tag wepsig, und meine Knie knack'n. Also, schneiden wir die Spanten zu. ›Ach, es war die *Bruce*, die bracht' die Elche, im Fichtenwald da leben welche.‹«

Quoyle sah sich sein Boot an. Die Planken waren das eigentlich Wichtige daran, dachte er, verwechselte die Sache mit der Idee. Denn das Boot hatte seit Monaten in Yarks Kopf existiert.

Während Yark sägte und modellierte, lehnte Quoyle die Spanten an die Wand. Ihre Kurven ließen ihn an Wavey denken, die Leierform der Hüfte, die von der Taille an schwoll, Schenkel, gespannt wie chinesische Brücken. Würde, wenn er und Wavey heirateten, Petal bei ihnen im Bett liegen? Oder Herold Prowse? Er malte sich aus, wie die dämonischen Liebhaber es miteinander trieben, bissen und knurrten, während er und Wavey sich an das Fußteil duckten, die Augen fest zugedrückt, Finger in den Ohren.

Die Dämmerung rückte näher, ihr Atem wirbelte weiß, als sie die Spanten ansetzten und mit Zwingen befestigten.

»Die is' bald leck, die is' bald leck, ich trink gleich Tee und ess' Gebäck«, sang Yark, als sie aus dem Zwielicht ins grüne Abendglühen traten. Meer und Himmel wie gefärbtes Glas. Der Leuchtturm auf der Landzunge schleuderte seinen Strahl, Wohnungsfenster erblühten hellorange.

»Hörste das?« sagte Yark und blieb auf dem Pfad stehen. Den Arm warnend ausgestreckt, die Finger gespreizt.

»Was?« Nur das saugende Ziehen des Meeres unten. Er wollte nach Hause.

»Die See. Hab' eine große gehört. Sie baut 'ne Dünung auf.« Lauschend standen sie unter dem bernsteinfarbenen Himmel. Das Gestrüpp nur schwarzes Gewirr, das Kliff eine Grabstele.

»Dort! Schau dir das an!« Yark packte Quoyle am Handgelenk, zog dessen Arm mit seinem eigenen mit, deutete nach Nordosten auf die Bucht hinaus. Draußen auf dem sich verdunkelnden Wasser schimmerte ein blauer Feuerball. Der Blitz des Leuchtturms mähte über die Bucht, offenbarte nichts, und in der verdutzten Dunkelheit danach rollte der sonderbare Schein weiter, rollte und verblaßte.

»Das is' ein Wetterleuchten. Hab' ich oft gesehn. Es kommt ein Unwetter.« Obwohl der trügerische Himmel klar war.

An der Straße vor dem Haus der Burkes entlang parkten Pkw und Lkw, und durchs Fenster konnte er Leute in der Küche sehen. Er trat in Musik. Wavey spielte auf ihrem Akkordeon »Joe Lard«, und Dennis zupfte auf seiner Gitarre. Wer sang? Beety holte Pfannen aus dem Ofen, rief einen Witz. Schallendes Gelächter. Mavis Banks erzählte Mrs. Buggit von einer Frau in St. John's, die an einer Brustdrüsenentzündung litt. Ken und sein Kumpel lehnten mit verschränkten Armen an der Wand und sahen den anderen zu. Denn sie waren in einem geistigen Toronto, auf einer raffinierten Party anstatt bei einem alten Küchentratsch.

»Dad.« Bunny zerrte sanft an Quoyle, der gerade seine Jacke auszog, flüsterte eindringlich. »Ich hab' so gewartet und gewartet, daß du nach Hause kommst. Dad, du mußt in mein Zimmer raufkommen und schauen, was Wavey uns mitgebracht hat. Komm, Dad. Sofort. Bitte.« Ganz aufgeregt. Er hoffte, es waren keine Wachsmalstifte. Fürchtete noch mehr Brokkolibäume. Der Kühlschrank war damit gepflastert.

Quoyle ließ sich durch die Gesellschaft zerren, sein Blick fing Waveys Blick auf, Waveys Lächeln, ach, nur ihm galt es, und hinauf in Bunnys Zimmer. Auf der Treppe kam ihm ein Bild. War die Liebe etwa wie eine Tüte gemischter Bonbons, die herumgereicht wurde und aus der man sich mehr als einmal bedienen durfte? Manche brannten vielleicht auf der Zunge, andere erinnerten an Nachtduft. Manche waren innen gallebitter, manche vermischten Honig mit Gift, manche waren schnell hinuntergeschluckt. Und zwischen den gewöhnlichen Lakritz- und Pfefferminzbonbons ein paar seltene; eines oder zwei mit tödlichen Nadeln im Herzen, ein anderes, das Ruhe und sanfte Lust brachte. Schlossen seine Finger sich um dieses?

Herry und Sunshine lagen auf dem Boden. Marty schob einem Husky-Welpen eine Schüssel mit Wasser hin. Weißes Fell, der Schwanz zusammengerollt wie ein Farn. Der Welpe raste auf Bunny zu, packte die Schlaufe ihres Schnürsenkels und zog.

»Es ist ein weißer Hund.« Konnte es kaum aussprechen. Beobachtete sie aus dem Augenwinkel.

»Sie ist ein Schlittenhund, Dad. Wavey hat sie von ihrem Bruder bekommen, der züchtet Schlittenhunde.«

»Ken? Ken züchtet Schlittenhunde?« Er wußte, daß es nicht Ken war, bemühte sich aber, es zu begreifen. MANN ÄUSSERST ÜBERRASCHT, WEISSEN HUND IN ZIMME R SEINER TOCHTER ZU SEHEN.

»Nein, der andere Bruder. Oscar. Der die Robbe als Haustier hält. Weißt du noch, wie wir die Robbe gesehen haben, Dad? Aber Ken hat uns rübergefahren. Und Oscar zeigt mir, wie man sie abrichtet, wenn sie groß genug ist. Und ich fahre dann mit ihr, Dad. Wenn sie will. Und ich frage Skipper Al, ob er mir hilft, einen Komatik zu bauen. Das ist der Schlitten, Dad. Wir haben bei Oscar einen gesehen. Ich werde Hundeschlittenrennfahrer, wenn ich groß bin.«

»Ich auch«, sagte Sunshine.

»Das ist das schönste, was ich je gehört habe. Meine Hundeschlittenmädchen. Habt ihr ihr schon einen Namen gegeben?«

»Warren«, sagte Bunny. »Warren die Zweite.«

»Warren die Zweite«, sagte Herry.

Quoyle sah, daß er sein Leben womöglich in Gesellschaft einer Hundedynastie aus Warrens verbringen würde.

»Dad«, flüsterte Bunny. »Herry bekommt auch einen Hund. Den Bruder von Warren der Zweiten. Morgen. Verrat's ihm aber nicht. Es ist nämlich ein Geheimnis.«

Quoyle ging nach unten, um die Tante und dann Wavey zu umarmen. Und weil er gerade so nah war und in kühner Stimmung, küßte er sie. Eine große, echte Umarmung. Ihre Zähne streiften seine Lippen. Zwischen ihnen brummte das Akkordeon einen verrückten Akkord. Auf diese öffentliche Vertraulichkeit hin Gejohle und Geklatsche. So gut wie eine Verlobung. Waveys Vater saß am Tisch, eine Hand auf dem Oberschenkel, die andere stippte Asche von seiner Zigarette in eine Untertasse. Ein schiefes Lächeln für Quoyle. Ein eher anerkennendes als komplizenhaftes Zwinkern. Daher mußte Wavey ihr verschmitztes Zwinkern haben. Aber Jack war in der Speisekammer und spähte durchs Fenster ins Dunkel.

»Jack«, rief Beety, »was treibst du da drin?« Sie stellte eine große weiße Torte hin, die mit rosa Guß verziert war. In Zuckerbuchstaben stand da: »Willkommen Agnis«. Quoyle aß zwei Stück und versuchte, an ein drittes zu kommen, aber das ging an Billy Pretty, der verspätet mit Schnee im Haar hereinkam. Stellte sich neben den Herd. Gewichtig. Jeder Mann im Raum sah ihn an. Obwohl er noch nichts gesagt hatte.

»Der Seewetterbericht meldet nich' viel, aber ich sag' euch, da braut sich was zusammen. Schneit heftig. Würd' sagen, auf jeden Fall Böen bis dreißig Knoten. Von Osten her und drehend. Ich würd' sagen, das wird 'n richtiger Heuler. Hört euch das an.« Und als der vergleichsweise schwache Wind des Akkordeons quietschte und erstarb, hörten sie das Kreischen der Luft um die Hausecke.

»Muß so ein Polartief sein, das man nich' kommen sieht, bis es vorbei is'. Ich mach' lieber meinen Diener und verzieh' mich nach Hause. Die Sache gefällt mir nich'«, sagte Billy, den Mund voll Torte.

Und allen anderen auch nicht.

»Ich mach' mich auf den Nachhauseweg, Kumpel«, rief Jack Quoyle zu. »Du weißt ja, ich hab's kommen gespürt. Zerschmettert mir mein Boot zu Trommelschlegeln, wenn ich's nich' an Land zieh'. Mutter fährt mit Dennis.« Und zeigte auf seine Frau, auf Dennis. Keine Widerrede.

Bis neun Uhr waren die unruhigen Gäste fort, dachten an zugewehte Straßen und beschädigte Boote.

»Sieht so aus, als hätt'st du's mitgebracht, Tante.« Sie saßen in der Küche, umgeben von Tellern, die Tante mit ihrem Gläschen Whiskey. Ein Skelett aus Gabeln in der Spüle.

»Ach, sag das nicht. Sag nie zu jemandem, daß er einen Sturm mitbringt. Das Schlimmste, was du sagen kannst.« Wirkte aber froh.

Bringt man eine Pendeluhr vom Äquator in ein nördliches Land, geht sie vor. Arktische Flüsse schneiden ihre rechten Ufer tiefer ein, und in nördlichen Wäldern verirrte Jäger steuern unbewußt nach rechts, während die Erde sich unter ihren Füßen dreht. Und im Norden heben die gefährlichen Stürme aus dem Westen oft mit Ostwind an. All diese

Phänomene hängen mit der Corioliskraft zusammen, der beschleunigenden gyroskopischen Wirkung der Erdumdrehung, die Wind und Wetterrichtung schafft, die rücklaufenden Strömungen und Wirbel von Stürmen.

»Drehender Wind, mieses Wetter«, sagte Billy Pretty bei sich, als er den Hügel hinabsteuerte. Der Wind schwenkte jetzt Richtung Norden.

Vor ein paar Tagen hatte er Windhunde gesehen, Lichtrauten am grauen Himmel. Hatte sich vor seinem inneren Auge Wind vorgestellt, sah dessen Richtungen in den asymmetrischen Formen von Windrosen auf alten Karten, deren verlängerte Spitzen die vorherrschenden Luftströmungen darstellten. Zur Sturmrose für seine Küste gehörte ein Pfeil, der sich von Nordost bis Südwest drehte.

Um Mitternacht kam der Wind geradewegs aus Westen, und er hörte, wie das Ächzen zu einem Bellen anschwoll, ein schrecklicher Wind aus dem ganzen Katalog der Winde. Ein Wind, der mit dem Blue Norther verwandt war, dem eiskalten Blaast und dem Landlash. Ein Vetter des Ochsenauges, ein Unwetter, das als kleine Wolke mit einer rötlichen Mitte anfing, Schwiegermutter des Vinds-gnyr der nordischen Sagen, des dreitägigen Nordosters der Küsten von Neuengland. Ein Onkelwind des alaskischen Williwaw und von Irlands wildem Doinionn. Stiefschwester der Kossava, die die jugoslawischen Ebenen mit russischem Schnee attackiert, des Steppenwinds und des gewalttätigen Buran aus den weiten, offenen Steppen Zentralasiens, des Crivetz, der eiskalten Wiugas und Purgas Sibiriens und des wilden Myatel aus Rußlands Norden. Ein Blutsbruder des Prärie-Blizzards, des arktischen kanadischen Heulers, einfach als Nordwind bekannt, und des Pittarak, der die Eisfelder Grönlands hinunterraste. Dieser namenlose Wind, der über den Felsen Neufundlands wie mit einer Stahlklinge schabte.

Billy nuschelte Gebete in sein Kissen – für die armen Seelen, die es in dieser Nacht auf den Wellen erwischte, auf einer See, die mit meilenlangen Schaumbändern gestreift war. Die steifen Tanker, alte Trawler mit schwachen Rümpfen würden auseinanderbrechen.

Schließlich mußte er aufstehen. Der Strom war weg. Er suchte im Dunkeln herum, fand die Taschenlampe und leuchtete zum Fenster hinaus. Sah nur ein paar Zentimeter weit, nichts außer Schnee, der so schnell wirbelte, daß er die Luft zum Leuchten brachte.

Vorsichtig öffnete er die Tür, spürte, wie sie einen Satz machte, als der Wind gegen sie donnerte. Und schloß sie mit Mühe wieder. Ein Schneefächer auf seinem Küchenboden, der Abdruck seiner nackten Füße darin. Jedes Fenster im Haus klapperte, und draußen ein Geschepper rollender Eimer, klatschender Taue, platschender Planen inmitten des Tosens. Die Drähte zwischen seinem Haus und dem Strommast klagten in Dissonanzen, die ihm die Haare zu Berge stehen ließen. Die Kälte kam geradewegs von den Gletschern, raste den dampfenden Ozean herab. Er warf Holzscheite auf die Kohlen, aber der Kamin zog kaum. Der Wind, dachte er, blies so fest, daß er wie eine Kappe über dem Kamin lag. Wenn das möglich war.

»Das bläst ja 'nem Hund den Pelz weg«, sagte er. Und seine eigene Hündin, Elvira, zuckte mit den Ohren, die Haut auf ihrem Rücken zitterte.

Im Haus der Burkes lauschte die Tante dem Takt der See, ein Trommelgeräusch, das durch die Beine des Betts heraufwanderte. Die Straße hinauf erkannte Mrs. Buggit das Kreischen eines ertrinkenden Sohnes, der nach Luft schnappte. Stocksteif zwischen den Laken erfuhr Herry Unermeßlichkeit, wurde zu einer einsamen Ameise in einem riesengroßen Saal. Und unten in St. John's zitterte der alte Onkel in seinem weißen Bett vor Vergnügen über das, was er mit Windknoten heraufbeschworen hatte.

Bunny aber stieg den heulenden Kamin hinauf, segelte gegen den Wind über die Bucht zu dem Felsen, wo das grüne Haus gegen die Trossen kämpfte. Sie legte sich auf Stein, blickte auf. Eine Schindel hob sich, flog davon. Eine Reihe Ziegel fiel vom Kamin wie Spielkarten. Jede der angespannten Trossen rief gleich einem brüllenden Stier jeweils einen anderen Ton, der wahnsinnige Baß fuhr in den Felsen, die Bretter und Bohlen des Hauses vibrierten. Die Wände klapperten, warfen Nägel auf die ächzenden Böden. Das Haus strebte dem Meer zu.

Ein Knarzen, ein Pfeifen, als eine Trosse riß. Glas barst. Das Haus schlingerte auf knirschenden Balken. Die Trossen schrillten.

Flach auf dem Rücken liegend, sah Bunny zu, die Arme ausgestreckt wie ein gepfählter Gefangener, unfähig, sich zu bewegen. Das Haus wurde an der befreiten Ecke angehoben, sank, wurde angehoben. Glas brach. Eine zweite Trosse riß. Jetzt hob sich die ganze Rückseite des Hauses, als würde das Gebäude einen Knicks machen, senkte sich wieder. Krachende Balken, Glassplitter, drinnen schlitterten die Pfannen und Töpfe und Betten und Tische über die Böden, eine Schublade mit Löffeln und Gabeln rutschte die Schräge hinab, die Treppe löste sich auf.

Eine Windbö zerrte das Haus nach Osten. Die letzten Trossen rissen, und in einem langsamen Riesenlooping kippte das Haus vornüber.

Kreischend. Wach. Über den Boden robbend, um wegzukommen. Der Wind draußen bewies den Alptraum. Quoyle mit einem Satz durch die Tür, packte das strampelnde Kind. Er hatte Angst um seine Tochter. Die wahnsinnig vor Entsetzen war.

Doch nach zehn Minuten war sie ruhig, schluckte eine Tasse heiße Milch, hörte sich Quoyles vernünftige Erklärung an – Windgeräusche lösten Alpträume aus –, sagte ihm, sie könne wieder einschlafen, wenn Warren die Zweite auf ihrem Bett schlafen dürfe. Als er sie vorsichtig fragte, was sie geträumt hatte, konnte sie sich nicht erinnern.

Quoyle brachte eine Sondernummer des *Gammy Bird* heraus: UNSERE ZERSCHLAGENE KÜSTE. Mit Fotos von Booten auf den Straßen, liegengebliebenen Schneepflügen. Tausende von Geschichten, sagte Billy Pretty mit müder Stimme. Vermißte Schiffe, über vierzig Männer, drei Frauen und ein Kind zwischen der Großen Neufundlandbank und dem St.-Lorenz-Schiffahrtsweg ertrunken. Boote zertrümmert und Ladungen verloren. Benny Fudge brachte Fotos von Hauseigentümern, die ihre zugewehten Pickups ausgruben.

Der Wetterbericht sagte eine Hitzewelle voraus.

Sie kam am Montag, ein gleißender Hitzetag, überall schmelzender Schnee und Gerede über eine globale Erwärmung. Ein löchriger Eisberg kratzte an der Landspitze vorüber. Quoyle in Hemdsärmeln, blinzelte sich durch das grelle Licht. Wenn er konnte, schob er die Gedanken an Bunny beiseite, fühlte Freudenkrämpfe. Aus keinem ihm ersichtlichen Grund außer dem langen Tageslicht oder der Wärme oder weil die Luft so klar und mild war, daß es ihm vorkam, als würde er gerade zu atmen lernen.

Am späten Vormittag ging die Tür zur Redaktion auf. Da stand Wavey. Die nie hierher kam. Sie winkte ihm. Flüsterte ihm ins Ohr, ihr Atem köstlich an seiner Wange. Der kastanienbraune Zopf ein Tau aus glänzenden Haaren, die er schon offen erlebt hatte. Gelbe Farbe auf ihren Fingerknöcheln, ein schwacher Geruch nach Terpentin.

»Dad sagt, du mußt heute nachmittag vorbeikommen. Er will dir was zeigen.« Sagte aber, sie wisse nicht was. Irgendeine Männersache. Denn Archie war Spezialist darin, die Dinge des Lebens in Männersachen und Frauensachen zu unterteilen. Ein leerer Küchenschrank und ein voller Teller waren Männersache, ein voller Küchenschrank und ein leerer Teller Sorge der Frauen.

Als Quoyle angefahren kam, lehnte er an seinem Zaun. Mußte den Kombi eine halbe Meile weit heraufkommen gehört haben, denn der Auspuff war kaputt. Quoyle wußte, daß er das Stück hätte gehen können, hatte die Bewegung nötig, aber Fahren war schneller. Ab morgen würde er zu Fuß gehen, falls schönes Wetter wäre.

Archie lehnte da, sein Holzzoo hinter ihm, hielt ein altmodisches Fernglas in der Hand. Eine Zigarette im Mund. Vor Jahren hatte er durch das Fernglas die Jungen der Buggits gesehen, draußen auf dem körnigen Eis, wie sie herumalberten, von einer Scholle zur anderen hüpften. Konnte den Schnodder aus ihren Nasen laufen sehen. Landeten eine Stunde lang nicht einmal daneben. Dann sprang Jesson zu kurz, klammerte sich an den Rand des Eises, der andere versuchte, ihn hochzuziehen. In ein paar Minuten war Archie mit seinem Boot draußen, rettete den Jungen, zerrte ihn aus der Grieseisströmung. Dachte damals, was für ein Glück, daß er das Fernglas hatte. Sah es später aber als Vorzeichen an. Keiner konnte die Hand des Schicksals aufhalten. Jesson war zum Ertrinken geboren.

Als Quoyle auf ihn zuging, hob er das Fernglas, ging die jenseitige Küste ab, betrachtete zur Veranschaulichung dessen, was er zu sagen hatte, Quoyle's Point.

»Weißt du, ich glaub', euer Haus is' weg. Schau mal.« Hielt ihm das Fernglas hin.

Quoyle stand auf schneebedecktem Gestein. Bewegte das Fernglas langsam hin und her. Und noch einmal.

Archie stank nach Zigaretten. Sein Gesicht rissig von Tausenden feiner Linien, krumme, schwarze Haare, die ihm aus Ohren und Nasenlöchern wuchsen. Die Finger orange. Mußte beim Sprechen immer husten.

»Nein, du findest es nich', weil's nich' da is'. Ich hab' heut' morgen nach ihm Ausschau gehalten, aber es is' nich' mehr, wo's war. Dachte, du willst vielleicht rausfahren und schaun, ob's nur runtergekippt is' oder fortgesegelt. Hatten 'nen ganz schön starken Wind. Wie viele Jahre ham die Trossen es schon gehalten?«

Das wußte Quoyle nicht. Schon vor Lebzeiten der Tante, also vierundsechzig Jahre lang und länger. Seit die alten Quoyles das Haus übers Eis gezogen hatten.

»Das wird sie schwer ankommen, wenn's weg is'«, sagte er. »Nach der ganzen Mühe.« Und obwohl er wußte, daß sein Geheimpfad noch da war, hatte er das Gefühl, als hätte er die Stelle verloren, wo die Unglückshäher durch Tunnel zwischen Fichtenzweigen flatterten, der Stelle, wo er auf den Strand sprang. Als hätte er die Stille verloren. Jetzt gab es nur noch die Stadt. Die Quoyles wieder beim Umstellen.

Dankte Archie und schüttelte ihm die Hand.

»Gut, daß ich das Fernglas hab'.« Archie zog an seiner Zigarette, fragte sich, was für eine verborgene Bedeutung darin liegen könnte.

Beety sagte, ja, Dennis sei beim Holzfällen für seinen Kumpel Carl, der noch immer nicht mehr als eine Gabel heben konnte, ein kragenartiges Ding um den Hals tragen mußte. Ja, er habe den Motorschlitten dabei. Der Schnee sei aber uneben. Unten an der Straße neben dem blauen Verkehrsschild; Quoyle würde den Laster am Straßenrand geparkt stehen sehen. Nicht weit von der Stelle, wo sie nach Weihnachten beim Fällen gewesen seien. Dort würde ein Pfad in den Wald führen. Er würde ihn finden. Bestimmt.

Dennis in einem Halbkreis roher Stümpfe, und Quoyle mußte schreien, um das lärmende Eiern der Kettensäge zu übertönen. Er sagte, sein Haus sei verschwunden. Und schon waren sie unterwegs, suchten sich einen Weg durch einbrechende Verwehungen, an der Abbiegung nach Capsize Cove vorbei. Der Kies schien durch. An der Handschuhfabrik vorbei. Die Unglückshäher waren jedenfalls da. Geruch von Harz und Abgasen. Plätschern von Schmelzwasser.

Der große Felsen stand nackt da. Die Bolzen steckten fest im Stein, eine Trossenschlinge kringelte sich wie eine Taurolle. Und sonst nichts. Denn das Haus der Quoyles war verschwunden, hochgehoben vom Wind, den Felsen hinab ins Meer gestürzt mit einer Kielwelle aus Glas und Schneekristallen.

»Unsere ganze Arbeit und unser ganzes Geld einfach so weg? Steht vierzig Jahre lang leer und ist dann in einem Augenblick weg! Gerade, als wir's hergerichtet hatten.« Die Tante in ihrer Werkstatt, in ein Taschentuch schniefend. Schweigen. »Was ist mit dem Außenklo?«

Er traute seinen Ohren kaum. Das Haus war weg, und die Tante fragte nach dem Scheißhaus.

»Ist mir nicht aufgefallen, Tante. Aber ich hab' auch nicht besonders danach gesucht. Der Steg ist noch da. Wir könnten da draußen ein kleines Lager errichten, für schöne Wochenenden und den Sommer, weißt du. Ich habe mir überlegt, daß wir das Haus der Burkes kaufen könnten. Es ist ein schönes Haus und bequem. Es ist groß genug. Neun Zimmer, Tante.«

»Ich komm' drüber weg«, sagte sie. »Darin war ich immer gut. Über was wegzukommen.«

»Ich weiß«, sagte er. »Ich weiß von ein paar Dingen, über die du weggekommen bist.«

»Oh, mein Junge, wenn du auch nur einen Schimmer hättest.« Schüttelte den Kopf, das steife Lächeln.

Das manchmal ärgerlich war. Quoyle platzte heraus: «Ich weiß, was mein Vater gemacht hat. Mit dir. Als ihr Kinder wart. Der alte Onkel hat's mir erzählt, der alte Nolan Quoyle.«

Er wußte es. Die Tante holte tief Luft. Das Geheimnis ihres ganzen Lebens.

Wußte nicht, was sie sagen sollte, und lachte. Oder so ähnlich. Dann schluchzte sie in ihre Hände, während der Neffe sagte: Na, na, ihr die Schulter tätschelte, als wäre sie Bunny oder Sunshine. Und Quoyle war derjenige, der an eine Tasse Tee dachte. Hätte seinen Mund halten sollen.

Sie richtete sich auf, die geschäftigen Hände wiederbelebt. Tat so, als hätte er nie etwas gesagt. Sprudelte bereits Ideen hervor, wie Jack Fische aufspießte.

»Wir bauen uns was Neues. Wie du gesagt hast, was für den Sommer. Den Rest des Jahres würde ich genauso gern in der Stadt wohnen. Eigentlich hatte ich schon daran gedacht.«

»Erst müssen wir an Geld kommen. Ehe wir was draußen auf der Landzunge bauen können. Und ich weiß nicht, wieviel ich reinstecken kann. Ich glaube, ich möchte das Burke-Haus kaufen.«

»Also«, sagte die Tante, »das Geld, um draußen auf der Landzunge neu zu bauen, ist kein Problem. Wir haben ja die Versicherung.«

»Du hast das grüne Haus versichern lassen?« Quoyle ungläubig. Er hatte keinen Sinn für Versicherungen.

»Natürlich. Das war das erste, als wir letztes Jahr hierherzogen. Feuer, Überschwemmung, Eis, höhere Gewalt. Das war höhere Gewalt, wenn ich je welche erlebt habe. Wenn ich du wäre, würde ich die Burkes nach dem Haus fragen. Das Haus ist richtig geräumig für dich. Die Kinder und alles. Denn ich nehme doch an, daß du und Wavey soweit seid. Obwohl du nichts gesagt hast.«

Quoyle nickte fast. Senkte sein Kinn. Dachte nach, während die Tante redete.

»Aber ich habe andere Pläne.« Dachte sich einiges davon beim Reden aus. Konnte jetzt nicht mehr mit dem Neffen zusammenleben. Der wußte, was er wußte.

»Ich hab' mir über das Gebäude Gedanken gemacht, wo meine Werkstatt ist. Ich hab' mir überlegt, es zu kaufen. Krieg' es für 'nen Apfel und 'n Ei. Ich brauch' mehr Arbeitsfläche. Und oben ist es hübsch und gemütlich mit Blick auf den Hafen. Könnte eine schöne Wohnung abgeben. Und ich würde auch nicht allein einziehen. Mavis – Mavis Bangs, du kennst Mavis – will als Partnerin ins Geschäft einsteigen. Sie hat ein bißchen Geld beiseite gelegt. Ach, wir haben den ganzen Winter lang über nichts anderes geredet. Und es ist ja auch sinnvoll, wenn wir beide über der Werkstatt wohnen. Also das machen wir, denke ich. Auf gewisse Weise ist es ein Segen, daß das alte Haus weg ist.«

Wie üblich war die Tante weit voraus und rannte.

39
Glänzende Radkappen

»Es gibt noch alte Knoten, von denen nicht berichtet wurde. Und solange es neue Aufgaben für Tauwerk gibt, werden immer neue Knoten zu entdecken sein.«

DAS ASHLEY-BUCH DER KNOTEN

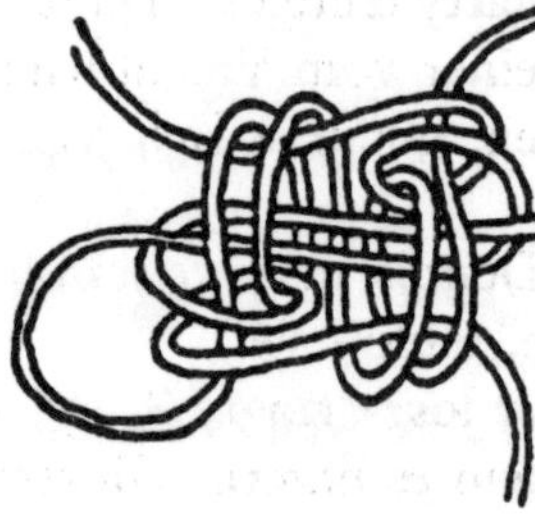

Noch immer Packeis wie zerbrochene Speiseteller in der Bucht, aber das Boot war fertig. Der letzte Span ringelte sich aus Yarks Hobel. Er trat ein Stück zurück, tätschelte das anmutige Holz, erzeugte eine handflächengroße Staubwolke. Schien selber aus Sägemehl gemacht. Summte.

»Na, da haben wir sie«, sagte er. »'n bißchen Farbe drüber und ab damit.« Und während Quoyle und Dennis das Boot mühsam auf den Anhänger luden, sah der alte Mann zu, packte aber nicht mit an. Sein Teil war getan. Yarks Mund klappte auf. Quoyle, der ahnte, was kommen würde, kam ihm zuvor und brüllte: »Ach, die *Gandy Goose*, die is' bald leck«, sang das Lied bis zum Ende, immer lauter, bis die schwermütige Melodie aus seiner heißen Kehle Wärme annahm. Der alte Yark hielt es für einen Salut, spann eine halbe Stunde lang Seemannsgarn, bis er zu seinem Tee hinaufging, die Ohren noch warm von der Melodie wie von einem Hut, der beim Ofen gehangen hatte.

Eine Platte gebratener Heringe mit ausgelassenem Speck und Kartoffelbrei. Ein Literglas Senf. Beety hin und her, stieg über Warren die Zweite, die für immer unter dem Tischtuch oder bei den Stiefeln leben wollte, sich aber nicht entscheiden konnte. Quoyle und Wavey waren zum Abendessen eingeladen, voller freundlichem Gelächter und Lob für das, was sie aßen. Gekochten Kohl. Und zum Abschluß Heidelbeertörtchen mit Sahne. Von jedem Gericht eine doppelte Portion für Quoyle. Obwohl der Kohl Gase erzeugen würde.

Sunshine bog eine große Heringsgräte hin und her und sang: »Birkenrinde, Pechwinde, Kirschenwein und Terpentein.« Bunny und Marty teilten sich einen Stuhl, die Arme untergehakt, jede mit einer vom Valentinstag aufgehobenen Tüte Schokoladenherzen, gönnten sich jede eines. GLÜCK IN DER LIEBE. O DU KIND.

Am Tisch zappelte Dennis herum, stand auf, setzte sich. Öffnete eine Schublade, schloß sie.

»Was ist denn mit dir los?« fragte Beety. »Du bist ja heut abend wie ein Kater, dem es unterm Hintern brennt.«

Ein gekränkter Blick von Dennis, während Quoyle sich auf die Lippe biß.

»Ich weiß nicht, Frau! Scheint, daß ich was suche. Weiß nicht, was. Das ist los.«

»Willst du noch Tee?«

»Nein, nein, ich hab' genug.«

Aber es gab Gründe. Keine Arbeit seit Wochen, keine in Aussicht, sagte er zu Quoyle. Keine gute Lebensweise, immer die Sorge ums Einkommen. Habe es satt. Wäre anders, wenn er ein bißchen fischen könnte. Wieder auf, um die Teekanne zu holen, schaute hinein. Quoyle habe Glück, daß er eine Stelle hatte. War denn kein Tee mehr da?

»Die Zeitung gehört deinem Vater«, sagte Quoyle. »Kannst du nicht bei der Zeitung arbeiten? Wir könnten dich weiß Gott brauchen. Wir haben in jeder Hinsicht zu wenig Leute.« Stieß mit seinem Löffel gegen die Tasse, verschüttete die Hälfte des Zuckers auf dem Tischtuch.

»Herrgott, nein! Lieber lass' ich mir die Arme an der Schulter abhacken. Ich kann's nich' leiden, mit kleinen, glitschigen Wörtern rumzupfuschen, Lesen, Schreiben und so. Als würdest du dich durch tote Fliegen wühlen.« Er zeigte seine groben Hände. »Wir reden davon« – nickte in Richtung Beety, die den Blick gerade gesenkt hielt –, »auf ein, zwei Jahre nach Toronto zu gehen. Ich will's nich', aber wir könnten was ansparen und dann zurückkommen. Dort gibt's für Zimmerleute gute Arbeit. Hier gibt's nichts.« Trommelte auf den Tisch, was alle Kinder in Gang brachte, kleine Finger, die den hohlen Galopp zu erzeugen versuchten. Dennis schaute böse. Nicht überzeugend.

Beety und Wavey schrubbten das Geschirr, redeten über Toronto. Beetys Stimme so schlaff wie ein heißer Lumpen. Wie es sein könnte. Ob es den Kindern gefallen würde. Vielleicht lieber doch nicht. Vielleicht. Vielleicht.

Quoyle konnte kaum sagen: Geht nicht. Wußte, daß sie auf immer verloren wären, wenn sie gingen, denn sogar die wenigen, die zurückkamen, waren verändert wie ein Messer, das man aus der Asche eines abgebrannten Hauses holt. Arme Bunny, wenn sie Marty verlieren sollte. Armer Quoyle, wenn er Dennis und Beety verlieren sollte.

Als alle gähnten, trug Quoyle Herry, der mehr oder weniger schlafend auf dem Wohnzimmerteppich lag. Sunshine faßte Wavey an der Hand, weil Eis lag. Der Hund war als erster im Auto und probierte alle Sitze aus.

»Wavey«, sagte Sunshine, »wenn du einen Fisch bügeln würdest, wär' der dann so groß wie ein Teppich?«

»Größer, glaube ich«, sagte Wavey. «Wenn du ihn aufklappen würdest.«

Dennis begleitete sie hinaus. Rost blätterte auf den Boden, als Quoyle Waveys Tür zuschlug.

»Wann wirst du den alten Karren endlich los?« Griesgrämig. Drückte seine Hand gegen den Kombi, bis er losfuhr. Sah ihre Rücklichter kleiner werden, ging über die Straße und schaute. Nichts zu sehen außer dem elektronisch gesteuerten Blinken des Leuchtturms. Das Meer flach wie ein Brett.

Im schlafenden Haus ließ Quoyle ein Bad einlaufen. Er weichte im Wasser, hielt sich die Nase zu und glitt in die

Hitze. Dankbar. Das Schicksal hätte ihm Nutbeems Melassefaß geben können.

Aus der Wanne draußen, rubbelte er sich mit einem Handtuch ab, wischte den Bodenspiegel auf der Innenseite der Badezimmertür ab. Er betrachtete sein nacktes Ich, während in der kalten Luft Dampf von seinem Fleisch aufstieg. Sah, daß er riesig war. Der Stiernacken, der breite Kiefer und die schweren Backen voll kupferfarbener Bartstoppeln. Die gelblichen Sommersprossen. Volle Schultern und mächtige Arme, die Hände so haarig wie die eines Werwolfs. Feuchter Pelz auf der Brust, bis hinunter zu dem gewölbten Bauch. Massige Genitalien, rot vom heißen Badewasser, in einem Nest rötlicher Haare. Oberschenkel, Beine wie Baumstümpfe. Dennoch wirkte er eher stark als beleibt. Er schätzte, daß er an einem wichtigen Punkt seiner körperlichen Entwicklung war. Das mittlere Alter war nicht mehr weit, schreckte ihn aber nicht. Seine Fehler waren jetzt schwerer zu zählen, vielleicht, weil sie sich jenseits allen Zählens angehäuft hatten oder mit seinem Allgemeinzustand verschmolzen waren.

Er zog das graue Nachthemd an, das unter den Armen zerrissen war und an seinem nassen Rücken klebte. Wieder durchfuhr ihn ein Freudenblitz. Grundlos.

Erwachte und hörte das Telefon läuten. Drunten in der Küche. Stolperte über ein schmutziges Hemd, das er hatte fallen lassen. Dennis am Apparat.

»Ich weck' dich nich' gern, aber du mußt es erfahren. Mumma hat vor 'n paar Minuten angerufen. Er is' noch nich' wieder da. Is' seit vier Uhr morgens draußen. Hätte zum Abendessen wieder da sein sollen. Es ist jetzt zehn. Da stimmt was nich'. Ich hab' den Seenotrettungsdienst angerufen. Bin jetzt auf dem Weg zu Mumma. Hatte den ganzen Tag das Gefühl, daß was faul is'. Wir sind aufs Schlimmste gefaßt.«

»Sag mir Bescheid, sobald du was hörst.« Quoyle schauderte in der eisigen Küche. Die Uhr stand auf sechs nach zehn. Er konnte das Meer nicht hören.

Um Mitternacht rief Dennis wieder an, die Stimme heiser und leer. Als hätte ein Kampf schlimm geendet.

»Sie haben das Boot gefunden. Sie haben ihn gefunden. Er is' ertrunken. Sie haben gesagt, die Wiederbelebungsversuche sind fehlgeschlagen.« Kein Herzschlag, kein Atem, lag auf dem Tisch im Notfallraum des Rettungsschiffs. »Scheint mit dem Fuß in der Schlingsteinleine hängengeblieben zu sein, als er 'ne Hummerfalle rauswarf. Sie bringen ihn und das Boot jetzt rein. Rufst du Billy an? Ich bring' Mumma runter. Sie will da sein, wenn sie ihn reinbringen.«

Am Morgen, ungefrühstückt und zittrig von sieben Tassen Kaffee, mit Herz- und Magenbeschwerden, fuhr Quoyle auf dem Weg zu Wavey zum Kai. Dort lag Jacks Skiff auf dem orangeroten Schiff des Seenotrettungsdienstes, Lkw und Pkw und ein Gewirr von Leuten, die das Boot des Ertrunkenen anstarrten.

Wavey fiel wie ein gefällter junger Baum gegen ihn, durchnäßte sein Hemd mit Tränen. Quoyle lehnte sich gegen die Spüle in ihrer kleinen Küche. Er sagte, er würde Herry und Bunny zur Schule fahren, um ihren Tag nicht aus dem Gleichgewicht zu bringen. Sunshine sollte bei Wavey bleiben, die nach dem kurzen Luxus von Quoyles Schulter Schulbrote machte. Um Beety nicht damit zu belasten.

Reglosigkeit. Handhoher Dunst auf dem Wasser ließ das ausgefranste Ufer verschwimmen. Felsvorsprünge wie schwarze Metallriemen klammerten das Meer ans Land. Quoyle atmete durch, kalte Luft schoß ihm die Nase hoch, und er fühlte sich schuldig, weil Jack tot war und er da, noch atmend.

Der papiergesichtige Billy wußte jede Einzelheit, war in der Nacht zuvor zum Kai gefahren, hatte Mrs. Buggit die Hand auf den Arm gelegt, Dennis an der Schulter berührt und gesagt, es tue ihm leid. Hatte gesehen, wie Jack zurück zum Haus gebracht und hineingetragen worden war. Half dabei, Jack die Kleider vom Leib zu ziehen, ihn mit einem Laken zuzudecken. Bemerkte das passende Muttermal unter der linken Brustwarze, überlegte sich, daß die Punkte, zusammen mit der rechten Brustwarze, die Satzzeichen abgeben könnten für eine Inschrift rund um den Torso:

Jack. Das war er: Ein Fischersmann war unser

Hatte Mrs. Buggit und ihre Schwestern mit der Wasserschüssel und den Scheren gesehen, um Jack für seinen Anzug vorzubereiten, ihn zu rasieren und zu scheren, die Nägel zu schneiden. Ein gesticktes Kissen für seinen Kopf lag bereit, aus einer Truhe geholt, aus dem Seidenpapier ausgewickelt. *Seine Fahrt ist zu Ende.* Im Nordlicht des Fensters vor Jahrzehnten gefertigt.

Quoyle und Benny Fudge lehnten an ihren Schreibtischen, sahen Billy an, der aus durchscheinenden Gräten zu bestehen schien, dessen Gerede auf sie prasselte wie geworfene Kiesel.

»Sie fanden das Skiff draußen am Krempenfelsen. Dort hat Jack nie im Leben 'ne Hummerfalle aufgestellt. Kann mir nich' vorstellen, was er dort wollte. Ihr kennt den Kater, den er so mochte, rief ihn Skipper Tom. War noch im Boot. Der Seenotrettungsdienst fährt längsseits, leuchtet mit dem Suchscheinwerfer, und da is' Skipper Tom, tigert hin und her und peitscht mit dem Schwanz, als wüßte er, daß Jack Hilfe brauchte und er ihm keine geben kann. Sie konnten Jack klar wie bei Tageslicht unter Wasser sehen. Die Leine hing über Bord. Er hing mit dem Gesicht nach unten gleich unter dem Boot. Die Schlingsteinleine der Hummerfalle hatte sich um seinen Knöchel gewickelt und ihn über Bord gerissen. Er konnt' sich nich' losmachen. Sie war wie verrückt verwirrt. Seine Hand steckte in seiner Hosentasche. Er muß nach seinem Messer getastet haben, wißt ihr, um sich loszuschneiden. Aber es war kein Messer da. Kann sein, er hat es fallen lassen oder irgendwie verloren, als er über Bord ging und nich' gemerkt. Ich weiß nich', ob er's lose in der Tasche trug, aber als ich nach meinem Messer fischte, war es in meiner rechten Hosentasche und mit einem Bändsel an meiner Gürtelschlaufe gesichert. Denn wenn du's verlierst, wenn du mit dem Gesicht nach unten im Wasser liegst wie der arme Jack, dann war's das, dann bist du weg.« Heiser wie ein Rabe.

Quoyle stellte sich vor, wie Jacks Kleider sich unter Wasser wie Seide wellten, Gesicht, Hals und Hände wie Mondstein unter dem Meer schimmerten.

»Amen«, sagte Benny Fudge. »Viele Hummerfänger enden so.«

»Wie nimmt Mrs. Buggit es auf?« Dachte an die Frau in der ewigen Kälte des Kummers. Treibgut im Auf und Ab von Wogen aus Schiffchenspitze.

»Überraschend ruhig. Sie sagte, sie hätt's erwartet, seitdem sie die erste Woche verheiratet war und Jack als auf dem Eis vermißt galt. Beim Robbenjagen. Sie hat die Qual jetzt dreimal mitgemacht. Wenigstens hat sie einen Trost. Sie haben ja den Leichnam geborgen. Sie kann Jack begraben. Sie haben ihn nach Hause gebracht, um ihn aufzubahren. Jack wird der erste Buggit seit langem sein, der in Erde begraben wird. Es ist eine Erleichterung für sie, daß sie den Leichnam hat.«

Eng nebeneinanderstehende Steine auf dem Friedhof von Killick-Claw, denn jemand, der auf See verlorengegangen war, brauchte keine zwei Meter Platz.

»Sie bahren ihn jetzt auf. Heut nacht is' die Totenwache und morgen der Gottesdienst, Quoyle. Bring du Wavey heut abend um sieben Uhr zum Haus von dem armen Jack. Das soll ich dir von Dennis sagen. Und er fragt, ob du einer der Sargträger für den armen Jack sein wirst.«

»Ja«, sagte Quoyle. »Das werde ich. Und wir bringen diese Woche eine Jack gewidmete Sondernummer. Billy, wir werden einen Nachruf für die Titelseite brauchen. Der von Herzen kommt. Wer könnte das besser als du? Rede mit allen. Ich frage mich, ob's Fotos von ihm gibt. Werde mal sehen, ob Beety was weiß. Benny, vergiß alles, was du grade machst. Fahr zum Seenotrettungsdienst runter und laß dir die Einzelheiten von Jacks Bergung geben. Mach ein paar Bilder von dem Skiff. Bring den Kater mit rein. Wie heißt er noch? Skipper Tom.«

»Was soll nur aus dem *Gammy Bird* werden?« sagte Benny

Fudge und strich sein glattes, schwarzes Haar zurück. »Wird er einschlafen?« Seine große Chance drohte ihm zu entgleiten. Sogar jetzt spielte er mit einer Schnur, als wäre es Wolle.

»Nein. Eine Zeitung führt ein Eigenleben, eine Existenz jenseits ihrer irdischen Eigner. Wir kommen morgen wie üblich raus. Müssen höllisch arbeiten, um es zu schaffen. Wann ist die Totenwache, Billy?« Quoyle fing an, die Titelseite umzuschmeißen.

Billy griff nach seinem Notizbuch. »Um sieben. Ich weiß nicht, ob Dennis einen Sarg bauen kann oder sie einen kaufen müssen.«

Benny Fudge schlüpfte zur Tür hinaus, in der Hand den neuen Laptop, auf dem Kopf einen Filzhut aus dem Versandhandel, sein Gesicht verändert von neuen Zähnen und Ehrgeiz.

Dicker werdender Nebel auf dem Wasser. Dampfspiralen wanden sich, die Luft wurde dichter und füllte sich auf, jene andere Welt verschwand, wie einen Schacht hinunter, ließ nur nassen Felsen zurück, die geglättete See und wäßrige Luft. Aus der Ferne der heisere und gedämpfte Ruf eines Nebelhorns, ein auf einer Frühlingswiese vor Verlangen brüllender Stier.

Quoyle war erschöpft, aufgedreht, machte sich zur Totenwache fertig. Er zwängte sich in seine schwarze Beerdigungshose. Er würde zur Zeitung zurückfahren müssen, sobald er anständigerweise gehen konnte, und Billys langen Artikel kleben. Sie hatten ein schönes Bild von Jack, auf dem er zwar zehn Jahre jünger war, aber genauso aussah, neben seinem frisch gestrichenen Skiff stehend. Quoyle hatte für Mrs. Buggit einen schönen 23x30 cm großen Abzug rahmen lassen.

Er fürchtete sich davor, Jack in seinem Salon in einer Gischt geknoteter Spitzendeckchen liegen zu sehen. Stellte sich den Körper naß vor, als hätten sie ihn nicht trocken bekommen, in Strömen von ihm herunterlaufendes Meerwasser, das laut auf den polierten Boden tropfte, und wie Mrs. Buggit sich besorgt bückte, um es mit einem weißen, in der Hand zusammengeknüllten Tuch aufzuwischen.

Auch sein altes Tweedjacket war zu eng. Am Ende gab er es auf und zog den riesigen ochsenblutfarbenen Pullover an, den er täglich trug. Da ließ sich nichts machen. Aber für die Beerdigung am nächsten Tag würde er sich ein neues Jackett kaufen müssen. Am Morgen in Misky Bay, wenn er die Zeitung zum Drucken brachte. Band sich seine guten Schuhe zu, als Wavey anrief und sagte, Bunny müsse ihn etwas fragen.

Harte, kleine Stimme. Erst das zweite Mal, daß er mit ihr telefonierte. Sie würde nie vom Verkaufen von Versicherungen leben können.

»Dad, Wavey hat gesagt, ich muß dich fragen. Wenn ich zum Erwachen von Onkel Jack gehen will. Wavey hat gesagt, du mußt sagen, ob wir dürfen. Dad, du gehst, und Marty und alle gehen, und Herry und Wavey gehen, und ich und Sunshine müssen bei der Tante in ihrer Werkstatt voller Nadeln bleiben, und ich will nicht, ich will zu dem Erwachen gehen.«

»Bunny, es heißt ›Wache‹, nicht ›Erwachen‹. Und Marty und Murchie und Winnie gehen, weil Jack ihr Großvater war. Laß mich mit Wavey darüber reden.«

Aber Wavey hielt es für richtig, daß sie gingen.

Quoyle sagte, im letzten Jahr habe es zu viele Tote für sie gegeben.

»Aber alles stirbt«, erwiderte Wavey. »Im Leben gibt es Kummer und Verlust. Das müssen sie begreifen. Sie scheinen zu glauben, daß der Tod nur ein Schlaf ist.«

Tja, meinte Quoyle, sie wären doch nur Kinder. Kinder sollten vor dem Wissen um den Tod bewahrt werden. Und was sei mit Bunnys Alpträumen? Die könnten schlimmer werden.

»Aber, mein Lieber, wenn sie nicht wissen, was der Tod ist, wie können sie dann die tieferen Seiten des Lebens verstehen? Die Jahreszeiten und die Natur und die Schöpfung –«

Er wollte nicht, daß sie sich über Gott und Religion ausließ. Was sie manchmal tat.

»Vielleicht«, sagte Wavey, »hat sie diese Alpträume, weil

sie Angst hat, daß sie, wenn sie schläft, nicht mehr aufwacht – wie Petal und Warren und ihre Großeltern. Außerdem: Wenn du dir die Verstorbenen ansiehst, wirst du nie durch die Erinnerung an sie gequält. Das ist altbekannt.«

Also willigte Quoyle ein. Und versprach, nicht zu behaupten, Jack würde schlafen. Und er würde vorbeikommen und sie alle mit dem Kombi abholen. In etwa einer Viertelstunde.

Der Straßenrand voll von Pkw und Lkw. Sie mußten weit hinten parken und zum Haus gehen, auf ein Getöse aus Stimmen zu, das dreißig Meter weit trug. Eine Schlange von Leuten defilierte durch den Salon, wo zwischen Spitzenwindrädchen auf schwarz drapierten Sägeböcken Jacks Sarg ruhte. Sie fädelten sich in die Schlange ein, zwängten sich in den Salon. Quoyle hielt Bunny an der Hand, trug Sunshine. Jack wie ein Foto seiner selbst, wachsig, im ungewohnten Anzug. Die Augenlider violett. Eigentlich, dachte Quoyle, sah er tatsächlich so aus, als würde er schlafen. Mußte Bunny wegzerren.

Stellte sich in die Schlange, die sich in die Küche schob, wo es Kuchen gab und Brotzöpfe, den dampfenden Kessel, eine Reihe Whiskeyflaschen und kleiner Gläser. Das Gerede schwoll an, es ging um Jack. Was er alles getan oder vielleicht getan hatte.

Billy Pretty sprach, ein Glas in der Hand. Sein Gesicht war vom Whiskey blutrot, und die Worte purzelten als ekstatische Deklamation heraus, schwankten im Seegang seines Redens. »Ihr wißt alle, daß wir nur auf der Durchreise sind. Wir wandeln nur ein paarmal über diese Steine, unser Boot treibt eine kurze Weile dahin, und dann müssen wir untergehen. Das Wasser ist eine dunkle Blume, und ein Fischer ist eine Biene in ihrem Herzen.«

Dennis in einem Sergeanzug mit gebauschten Bündchen und Beety mit der Hand auf Mrs. Buggits zitternder Schulter. Dennis wühlte in Schachteln und Schubladen, suchte nach Jacks Logennadel. Die fehlte, seit Jahren fehlte. Jetzt wurde sie gebraucht.

Draußen spielten Kinder. Quoyle sah, wie Marty im Hof

den Hennen Brotkrumen zuwarf. Aber Bunny wollte nicht zu ihr gehen, schlängelte sich zurück in den Salon und bezog neben dem Sarg Stellung.

»Ich hole sie«, sagte Wavey. Denn das Starren des Kindes war unnatürlich. Während Dennis seiner Mutter die Nadel zeigte, die er in der Speisekammer auf dem obersten Regalbrett in einer Tasse gefunden hatte. Ein Emailkranz mit der Initiale R. Sie nahm sie, stand auf und ging langsam in den Salon. Um sie an Jacks Revers zu heften. Der letzte Schliff. Beugte sich über ihren toten Mann. Die Nadelspitze zitterte, als sie versuchte, durch das Gewebe zu stechen. Ein respektvolles Schweigen der zusehenden Trauergäste. Plötzliches Schluchzen von Beety. Wavey zog sanft an Bunnys Hand. Ein starrer Blick auf die Leiche. Sie wollte nicht kommen, riß sich los.

Ein Husten wie bei einem alten Motor, der startet. Mrs. Buggit ließ die Nadel auf den Satin fallen, drehte sich um und packte Dennis am Arm. Ihre Kehle erstarrt, die Augen wie hölzerne Türknäufe. Wavey zerrte Bunny weg. Dennis war derjenige, der rief:

»Dad ist wieder am Leben!«

Und sprang vor, um seinem Vater dabei zu helfen, aus dem engen Sarg zu kommen. Ein Gebrüll und Gekreisch. Einige stolperten rückwärts, andere sprangen vor. Quoyle schoß aus der Küche, sah einen Knoten von ausgestreckten Armen, die dem grauen Jack in die Gegenwart zurück helfen wollten, während ihm mit jedem Senken des Brustkastens Wasser aus dem Mund tröpfelte. Und hörte Bunny durchs Zimmer rufen: »Er ist aufgewacht!«

Quoyle fuhr den zittrigen Dennis durch den Nebel in die Klinik, folgte dem Krankenwagen. In dem heulenden Fahrzeug konnten sie Mrs. Buggits Profil sehen. Den Whiskey ließen sie schnell hinter sich, das laute, ungläubige Gebrabbel und Geschrei von einem heiligen Wunder. Gegenüber Quoyle wiederholte Dennis alles, was geschehen war, was er gedacht, was er gefühlt, was er gesehen hatte, was der Notarzt gesagt hatte, als wäre Quoyle nicht dabei gewesen.

»Sie sagen, sie machen sich Sorgen wegen einer Lungenentzündung! Und einem Gehirnschaden! Aber ich nicht!« Dennis lachte, klopfte auf den Autositz, sagte: Fahr dem Krankenwagen nach, die Hände voller Papiere, die er irgendwo aufgeklaubt hatte. Er redete wie eine Windmühle, in hohen, im Kreis wirbelnden Sätzen. Raschelte mit den Papieren und sortierte sie beim Fahren. Boxte Quoyle in die Schulter.

»Da liegt er, will sich aufsetzen. Er is' ziemlich fest eingekeilt. Kommt halb hoch und schaut uns an. Hustet wieder. Das Wasser sprudelt nur so aus ihm raus. Kann überhaupt nich' sprechen. Aber scheint zu wissen, wo er is'. Der Doktor kommt mit der Ausrüstung da, sagt, daß er's wahrscheinlich schafft, zäh, wie er is'. Sagt, daß normalerweise Kinder das Untertauchen überleben. Is' bei Erwachsenen selten. Aber die kennen Dad schlecht. Die Kälte des Wassers schläfert nämlich den Organismus ein, und das Herz schlägt ganz langsam. Eine Weile lang. Der Doktor sagt, er kann nich' lang im Wasser gewesen sein. Sagt, er wettet, daß er's schafft. Und Mutter! Das erste, was sie sagt, als sie wieder reden kann, sie sagt: ›Dennis hat deine Logennadel gefunden, Jack. Die so lang verschwunden war.‹«

Quoyle sah es auf der Titelseite, es schlug alles andere haushoch. Dennis warf das Papier auf den Boden des Autos.

»Mach langsamer, ich muß das hier in Ordnung bringen.«

»Was ist das?«

»Muß Dad unterschreiben. Seine Hummerlizenz. Muß er mir überschreiben. Es werden jetzt ganz schöne gefangen.«

Wavey saß mit Bunny im Gästezimmer der Buggits, wo Quoyle mit Wärmflaschen geschlafen hatte, auf der Bettkante.

»Schau«, sagte Wavey. »Erinnerst du dich an den toten Vogel, den du vor ein paar Wochen am Ufer gefunden hast? Als Dad die Heringe gebraten hat?« Denn sie sagten alle »Dad« zu ihm.

»Ja.« Bunnys Finger fummelten an der Bettdecke.

»Der Vogel war tot und hat nicht geschlafen. Weißt du

noch, wie du ihn dauernd angeschaut hast und er immer gleich war? Tot. Wenn etwas tot ist, dann kann es nicht mehr aufwachen. Es schläft nicht. Das gilt auch für tote Menschen.«

»Onkel Jack war tot und ist aufgewacht.«

»Er war nicht richtig tot. Sie haben sich geirrt. Dachten, daß er tot ist. Das wäre nicht das erste Mal gewesen. Passierte mit einem Jungen, als ich zur Schule ging. Eddie Bunt. Sie dachten, er wäre ertrunken. Aber er war in einer Art Koma.«

»Was ist ein Koma?«

»Tja, das ist, wenn du bewußtlos bist, aber du bist nicht tot und schläfst nicht. Etwas in deinem Körper oder deinem Kopf ist verletzt, und der Körper wartet eine Weile, bis es ihm wieder so gut geht, daß er aufwachen kann. Es ist so, wie wenn dein Dad morgens das Auto startet und aufwärmen läßt. Es läuft, aber fährt nirgendwo hin.«

»Dann ist Petal in einem Koma. Sie schläft, sagt Dad, und kann nicht aufwachen.«

»Bunny, ich sag' dir jetzt was graderaus. Petal ist tot, sie ist nicht in einem Koma. Sie schläft nicht. Dein Dad hat das gesagt, damit du und Sunshine nicht zu traurig werdet. Er wollte lieb zu euch sein.«

»Sie könnte in einem Koma sein. Vielleicht haben sie sich geirrt wie bei Onkel Jack.«

»O Bunny, es tut mir leid, aber sie ist wirklich und wahrhaftig tot. Wie der kleine Vogel, der tot war, weil sein Genick gebrochen war. Manche Verletzungen sind so schwer, daß sie nicht besser werden können.«

»War Petals Genick gebrochen?«

»Ja. Ihr Genick war gebrochen.«

»Dennis' Freund Carl hat ein gebrochenes Genick, und er ist nicht tot. Er muß bloß einen großen Kragen tragen.«

»Sein Genick war bloß fast gebrochen.«

Schweigen. Bunny nestelte an den gehäkelten Sternen der Bettdecke. Wavey sah, daß die Fragen noch lange kommen würden, daß das Kind die Feinheiten und Abstufungen des Daseins abmaß. Unten schwoll das Getöse und Gelächter an. Oben: schwierige Fragen. Warum wurde der eine verschont und ein anderer verloren? Warum stand einer auf und ein anderer nicht? Ach, sie konnte Jahre um Jahre mit Erklärungen verbringen und die Geheimnisse nie auflösen. Würde es aber versuchen.

»Wavey. Können wir nachschauen, ob der Vogel noch da ist?« Gespannte, kleine Finger, die an der Häkelarbeit zerrten.

»Ja«, sagte sie. »Wir schauen nach. Aber vergiß nicht, daß wir einen schlimmen Sturm hatten und so ein kleines Ding wie ein toter Vogel weggeweht werden kann oder die Wellen hochkommen und ihn mitnehmen können. Oder vielleicht holt ihn sich eine Katze oder eine Möwe zum Mittagessen. Vermutlich werden wir ihn nicht finden. Komm. Wir sehen mal, ob Ken uns hinfährt. Dann fahren wir zu mir nach Hause und machen Kakao.«

Der Felsen war da, aber der Vogel nicht. Eine kleine Feder in einem Büschel Gras. Sie hätte von jedem Vogel stammen können. Bunny hob sie auf.

»Er ist weggeflogen.«

In den Wochen nach Jacks Wiederauferstehung, seiner langsamen Genesung von der anschließenden Lungenentzündung und Stimmlosigkeit erzählte er flüsternd Einzelheiten seiner Rundfahrt zum anderen Ufer und wieder zurück.

Ein anständiger Tag. Nicht viele Hummer, aber ein paar. Auf dem Weg zurück war der Motor schlecht gelaufen. Hatte ausgesetzt. Die Taschenlampenbatterie leer. Fummelte zwei Stunden lang im Dunkeln am Motor herum und brachte ihn nicht zum Laufen. Ein paar Skiffs fuhren vorbei, er rief, um sich abschleppen zu lassen. Hörten ihn nicht. Später und später. Dachte, er würde die ganze Nacht dort verbringen. Zündete sein Feuerzeug an und schaute auf seine Armbanduhr. Fünf vor zehn. Skipper Tom miaute und hüpfte herum, als würde ihn etwas jucken. Erbrach dann eine Ladung Katzenkotze über eine Hummerfalle. Jack warf sie über Bord, um sie abzuwaschen, und das war auch schon alles; er wurde ins Wasser gerissen. Zerrte an der Schnur an seinem Gürtel, an der sein Messer hing. Spürte, wie der Knoten aufging, das

Messer ihn seitlich am Kopf traf, als es sank. Atmete Wasser. Kriegte Krämpfe. Pißte, schiß und zuckte. Und als das Bewußtsein schwand, fing er zu glauben an, er sei in einem riesigen Einmachglas. Wartete darauf, daß ihn jemand herauszog.

Quoyle erlebte Augenblicke in sämtlichen Farben, gab geistreiche Bemerkungen von sich, achtete auf den vielschichtigen Klang der Wellen, wenn sie Steine zählten, er lachte und weinte, bemerkte Sonnenuntergänge, hörte Musik bei Regen, sagte: Ja. Vor dem Haus der Burkes tauchte eine Reihe glänzender Radkappen auf Stöcken auf. Ein Hochzeitsgeschenk des Brautvaters.

Denn wenn Jack Buggit dem Einmachglas entkommen konnte, wenn ein Vogel mit einem gebrochenen Genick wegfliegen konnte, was mochte dann sonst noch alles möglich sein? Wasser konnte älter sein als Licht, Diamanten in heißem Ziegenblut zerspringen, Berggipfel kaltes Feuer von sich geben, Wälder mitten im Ozean auftauchen, es kann passieren, daß ein Krebs mit dem Schatten einer Hand auf dem Rücken gefangen, daß der Wind in einem Stück verknoteter Schnur eingesperrt wird. Und es mag sein, daß die Liebe manchmal ohne Schmerzen und Elend kommt.

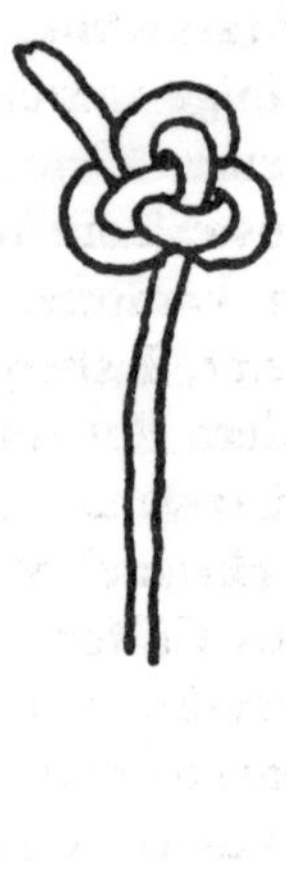

Danksagung

Beim Schreiben von *Schiffsmeldungen* erhielt ich von vielen Seiten Hilfe. Für die finanzielle Unterstützung danke ich dem National Endowment for the Arts, für einen ruhigen Ort zum Arbeiten der Ucross Foundation of Wyoming. Ratschläge, Kommentare und Auskünfte vieler Menschen in Neufundland halfen mir, die alten Bräuche und heutigen Veränderungen auf der Felseninsel zu begreifen. Der neufundländische Witz und die Freude am Gespräch machten die beiläufigsten Begegnungen zu einem Vergnügen. Besonders dankbar bin ich der Herzlichkeit und guten Gesellschaft von Bella Hodge aus Gunner's Cove und Goose Bay, die meinetwegen von einem Hund gebissen wurde und mich mit den Genüssen der neufundländischen Küche vertraut machte. Carolyn Lavers öffnete mir die Augen für die Stärken und die Vielseitigkeit der neufundländischen Frauen; ebenso der Schriftsteller Bill Gough mit seinem 1984 erschienenen Roman *Maud's House*. Die Angehörigen der kanadischen Küstenwacht, das Personal des *Northern Pen* in St. Anthony, Fischer und Holzfäller, der Wetterdienst der kanadischen Umweltschutzbehörde, sie alle erzählten mir, wie es dort zugeht. John Glusman stöberte Bücher über Neufundland auf, die ich nie entdeckt hätte. Walter Punch von der Massachusetts Horticultural Society Library bestätigte mir einige unsichere botanische Namen. Mein Dank gilt auch meinen Gefährten auf den Reisen an die kanadische Atlantikküste: Tom Watkin, der gegen Winde, Bären und Stechmücken kämpfte; meinem Sohn Morgan Lang, der ein Aprilgewitter, Eisberge und Karibus mit mir teilte. Dankbar bin ich dem Rat und der Freundschaft von Abi Thomas. Barbara Grossman ist die Lektorin meiner Träume – klarer, blauer Himmel bei dichtestem Nebel. Und ohne die Eingebungen aus Clifford W. Ashleys 1944 publiziertem Werk *Das Ashley-Buch der Knoten*, das ich zum Glück bei einem Flohmarktverkauf für ein paar Cents erstand, wäre dieses Buch nur ein Gedankenfaden geblieben.